ein Ullstein Buch

DER PIRAT:

Auch heute noch gibt es Freibeuter und Korsaren, doch nicht mit dem Degen, sondern per Telefon oder Scheck ändern sie Besitzverhältnisse. Aber Abenteurer sind sie geblieben – wie Baydar, der Wüstensohn. Im Beduinenzelt geboren, ist dieser Ölprinz intelligent wie ein Fuchs, mißtrauisch wie ein Schakal und schnell wie eine Sandviper. Er jongliert mit Milliarden ebenso wie mit den Gefühlen schöner Frauen; unterwürfige Araberinnen oder selbstbewußte Europäerinnen – alle erliegen gleichermaßen Baydars Verführungskunst. Er selbst aber kann nur von seinesgleichen bezwungen werden. Und als eben das geschieht, als ihm aus seiner eigenen Familie ein mächtiger Gegner erwächst, erschüttert es ihn bis ins Mark. Doch als echter Pirat liefert er einen Kampf bis aufs Messer.

DIE BOSSE:

Unwiderstehlich zieht die glitzernde Glamourwelt des Showgeschäftes sie alle an, jene Machtgierigen, die nur von dem einen Willen besessen sind, nach oben zu gelangen, ganz nach oben, in die Chefetagen der großen Film- und Fernsehkonzerne. Dort sind sie die Götter, die Herren der Macht, die über Millionenbeträge genauso kalt disponieren wie über Menschen und Schicksale. Denn ihr einziger Glaubenssatz ist Erfolg. Doch wehe, wenn er sie verläßt. Neue Bosse warten nur darauf, sich in ihre Sessel zu setzen. Robbins bietet einen schonungslosen Blick hinter die Fassaden der Glaspaläste, in denen jene Männer regieren, die von sich behaupten: wo wir sind, ist oben. Es ist aber auch ein Blick in die Welt der Zögernden und Hoffenden, der Träumer und Schwachen, die die Bosse umlagern, und der betörend schönen Frauen, die alle ihre Mittel hemmungslos einsetzen, um eiskalt an ihr Ziel zu gelangen.

DER AUTOR:

Harold Robbins (eig. Harold Rubin resp. Francis Kane), am 21. Mai 1916 in New York City geboren. Er wuchs als Waisenkind in verschiedenen Heimen und Familien auf. 1940 wurde er von den Universal Film Studios als Expedient eingestellt; als er die Firma fünfzehn Jahre später verließ, war er Leiter der kaufmännischen Abteilung und hatte inzwischen zu schreiben begonnen. Harold Robbins lebt abwechselnd in Kalifornien und in Frankreich.

Harold Robbins

Der Pirat

Die Bosse

Zwei Romane in einem Band

ein Ullstein Buch

ein Ullstein Buch
Nr. 20669
im Verlag Ullstein GmbH,
Frankfurt/M – Berlin

Ungekürzte Ausgabe

Umschlagentwurf:
Hansbernd Lindemann
Umschlagfoto: Jan de Witt

Sonderausgabe mit Genehmigung
des Scherz Verlags,
Bern – München – Wien
Der Pirat
Titel der Originalausgabe:
The Pirate

Die Bosse
Titel der Originalausgabe:
The Inheritors

Aus dem Amerikanischen
von Willy Thaler
Gesamtdeutsche Rechte beim
Scherz Verlag, Bern und München
Printed in Germany 1985
Druck und Verarbeitung:
Ebner Ulm
ISBN 3 548 20669 7

Januar 1986

CIP-Kurztitelaufnahme
der Deutschen Bibliothek

Robbins, Harold:
Der Pirat. Die Bosse. 2 Romane in 1 Bd.
Harold Robbins. [Aus d. Amerikan. von
Willy Thaler]. – Ungekürzte Ausg.,
Sonderausg. – Frankfurt/M; Berlin:
Ullstein, 1986.
(Ullstein-Buch; Nr. 20669)
Einheitssacht.: The pirate ‹dt.›
ISBN 3-548-20669-7
NE: Robbins, Harold: [Sammlung ‹dt.›];
GT

Vom selben Autor
in der Reihe der
Ullstein Bücher:

Die Unersättlichen (2615)
Die Moralisten (2659)
Die Traumfabrik (2709)
Die Manager (2723)
Die Playboys (2824)
Die Wilden (2885)
Die Profis (2946)
Der Clan (3198)
Sehnsucht (20080)
Träume (20114)

Harold Robbins

Der Pirat

Roman

Für meine Töchter Caryn und Andréana.
Möge ihre Welt voll Verständnis, Liebe und Frieden sein.
H. R.

PROLOG: 1933

Seit acht Tagen tobte ein Sturm, wie keiner ihn je erlebt hatte. Nicht einmal Mustapha, der Kameltreiber, der schon ein alter Mann gewesen war, als die anderen in der Karawane noch Kinder waren, konnte sich an einen solchen Sturm erinnern.

Die Ghutra dicht vor dem Gesicht, erkämpfte er sich mühsam seinen Weg zum Zelt des Karawanenführers Fuad. Alle paar Schritte blieb er stehen und spähte durch die schmalen Stoffschlitze, um sich zu vergewissern, daß er nicht die Richtung verlor und aus dem geringen Schutz, den die Oase bot, in den prasselnden, wirbelnden Sand der offenen Wüste geriet. Sobald er anhielt, bohrten sich die Sandkörner wie Schrotkugeln in sein Gesicht. Er hustete und versuchte, genug Speichel zu sammeln, um sich zu räuspern, bevor er das kleine Zelt betrat. Aber sein Mund war voll trockenem Sand und wurde nicht feucht.

Fuad blickte hoch, als der Kameltreiber eintrat. Er saß auf einem Schemel vor einem kleinen Tisch, auf dem die Öllampe flackerte und Schatten ins Dunkel warf. Schweigend blickte er zu Mustapha hoch. Er war riesig und nicht sehr gesprächig.

Wie stets, wenn er mit dem Karawanenführer sprach, richtete Mustapha sich zu seiner vollen Größe von etwas mehr als anderthalb Metern auf. »Es ist Sand in Allahs Augen geraten«, sagte er. »Er ist blind und sieht uns nicht mehr.«

Fuad brummte, bequemte sich dann aber zu sprechen. »Du Esel«, sagte er, »glaubst du, er würde uns gerade jetzt, da wir von Mekka zurückkehren, aus den Augen verlieren?«

»Es liegt Tod in der Luft«, sagte Mustapha beharrlich. »Sogar die Kamele können ihn riechen. Sie sind unruhig.«

»Zieh ihnen Decken über die Köpfe«, sagte Fuad. »Wenn sie nichts mehr sehen können, werden sie in ihre Kamelträume versinken.«

»Das habe ich schon getan«, erwiderte Mustapha, »aber sie schütteln die Decken ab. Zwei habe ich schon verloren.«

»Gib ihnen Haschisch zu kauen«, schlug Fuad vor, »nicht so viel, daß sie verrückt werden. Nur gerade genug, um sie zu beruhigen.«

»Dann schlafen sie zwei Tage lang.«

»Das macht nichts. Wir bleiben ja vorläufig hier.«

Der Kleine beharrte auf seiner Meinung. »Es ist aber doch ein schlechtes Vorzeichen. Wie geht es dem Herrn?«

»Er ist ein guter Mensch«, antwortete Fuad, »er beklagt sich nicht. Die ganze Zeit pflegt er seine Frau, und sein Gebetsteppich ist immer nach Mekka gerichtet.«

Der Kameltreiber schmatzte mit den Lippen. »Glaubst du, daß ihre Gebete jetzt Erfüllung finden werden, nachdem sie die Pilgerfahrt gemacht haben?«

Fuad rollte bedeutungsvoll mit den Augen. »Alles liegt in Allahs Händen. Aber ihre Stunde ist nah. Bald werden wir es wissen.«

»Ein Sohn«, sagte Mustapha. »Ich flehe zu Allah, daß er ihnen einen Sohn schenkt. Drei Töchter sind eine schwere Last, selbst für einen so bedeutenden Mann wie ihn.«

»Einen Sohn«, wiederholte Fuad. »Allah sei ihm gnädig.« Er erhob sich von seinem Schemel und stand wie ein Turm vor dem kleinen Mann. »Los, du Esel«, brüllte er plötzlich, »geh zurück und kümmere dich um deine Kamele, sonst begrabe ich deine alten Knochen in ihrem Dung.«

Das große Zelt, das man inmitten der Oase zwischen vier Riesenpalmen errichtet hatte, war hell erleuchtet. Hinter einem der Vorhänge summte leise der Benzingenerator, der den elektrischen Strom lieferte.

Zum zwanzigstenmal an jenem Tag öffnete Dr. Samir Al Fay den Türvorhang und spähte hinaus in den Sturm.

Sand drang durch den schmalen Vorhangschlitz in seine Augen, so daß er nicht einmal die kaum vier Meter hohen Baumwipfel über dem Zelt oder den Rand der Oase ausmachen konnte, wo der wirbelnde Sand eine in den Himmel ragende Mauer zu bilden schien. Er schloß die schmale Öffnung, rieb sich den Sand aus den Augen und kehrte in den Hauptraum des Zeltes zurück. Seine Füße in den weichen Pantoffeln bewegten sich lautlos und sanken tief in die dicken Teppiche ein, die den Sandboden bedeckten.

Nabila, seine Frau, blickte zu ihm hoch. »Noch nicht besser?« fragte sie leise.

Er schüttelte den Kopf. »Noch immer nicht.«

»Wann, glaubst du, wird der Sturm aufhören?« fragte sie weiter.

»Ich weiß es nicht«, antwortete er. »Vorläufig scheint er noch gar nicht nachzulassen.«

»Bedauerst du es?« Ihre Stimme war sanft.

Er trat zu ihrem Stuhl und blickte auf sie nieder. »Nein.«

»Ohne mein Drängen hättest du diese Pilgerfahrt nicht unternommen.«

»Ich habe sie nicht deinetwegen unternommen, sondern um unserer Liebe willen.«

»Aber du glaubst nicht daran, daß die Pilgerfahrt nach Mekka etwas ändern wird«, sagte sie. »Du hast mir gesagt, daß das Geschlecht eines Kindes bei dessen Empfängnis bestimmt wird.«

»Weil ich Arzt bin«, sagte er. »Aber ich bin auch gläubig.«

»Und wenn das Kind ein Mädchen ist?«

Er antwortete nicht.

»Würdest du dich dann von mir scheiden lassen oder eine zweite Frau nehmen, wie es dein Onkel, der Fürst, wünscht?«

Er griff nach ihrer Hand. »Du bist eine Närrin, Nabila.«

Sie blickte ihm ins Gesicht, Schatten verdunkelten ihre Augen. »Meine Zeit rückt heran. Und ich bekomme Angst.«

»Ohne Grund«, sagte er beruhigend. »Übrigens wirst du einen Sohn haben. Ich sagte dir doch, daß der Herzschlag des Kindes der eines Jungen ist, nicht wahr?«

»Samir, Samir«, flüsterte sie. »Du würdest mir alles mögliche sagen, um mir Kummer zu ersparen.«

Er hob ihre Hand an die Lippen. »Ich liebe dich, Nabila. Ich will keine andere Gemahlin, überhaupt keine andere Frau. Wenn wir diesmal keinen Sohn bekommen, dann eben das nächstemal.«

»Es gibt kein nächstes Mal für mich«, sagte sie traurig. »Dein Vater hat dem Fürsten schon sein Wort gegeben. Dein Sohn wird den Titel erben.«

»Wir werden das Land verlassen. Wir können nach England ziehen. Ich bin dort zur Schule gegangen und habe noch eine Menge Freunde.«

»Nein, Samir. Dein Platz ist in der Heimat. Dein Volk braucht dich. Schon jetzt hilfst du ihm mit den Dingen, die du gelernt hast. Wer hätte je geträumt, daß der Generator, den du aus England mitgebracht hast, um deinen Operationssaal zu beleuchten, dazu führen würde, daß elektrisches Licht in unser Land kommt?«

»Und noch mehr Reichtum in unsere Familie«, fügte er hinzu. »Reichtum, den wir nicht brauchen, da uns ohnehin schon alles gehört.«

»Aber nur du kannst dafür sorgen, daß der Reichtum zum Wohle aller und nicht nur für einige wenige verwendet wird. Nein, Samir, du darfst nicht fortgehen. Unser Volk braucht dich.«

Er schwieg.

»Du mußt mir etwas versprechen.« Sie sah ihm in die Augen. »Wenn es ein Mädchen ist, läßt du mich sterben. Ich kann den Gedanken an ein Leben ohne dich nicht ertragen.«

»Der Sturm«, sagte er. »Es muß der Sturm sein. Nur so kann ich mir deine törichten Gedanken erklären.«

Sie senkte den Blick. »Es ist nicht der Sturm«, flüsterte sie. »Die Wehen beginnen schon.«

»Bist du sicher?« fragte er. Seinen Berechnungen nach war es noch drei Wochen zu früh.

»Ich habe schon drei Kinder geboren«, sagte sie ruhig, »ich weiß es. Die erste Wehe war vor zwei Stunden, die letzte gerade vorhin, als du in den Sturm hinaussahst.«

Mustapha schlief, durch drei Decken vor dem Wind geschützt, die er über den Kopf gezogen hatte, und gewärmt von den Kamelen zu seinen beiden Seiten. Er träumte von einem Paradies voll goldenen Sonnenscheins und reizender, ebenso goldfarbener Huris mit festen Brüsten, Bäuchen und Hinterbacken. Es waren wunderschöne Haschischträume, denn niemals wäre er so selbstsüchtig gewesen, seinen Kamelen Haschisch zu geben, ohne selbst davon zu nehmen. Er konnte sie doch nicht ohne seine Führung ins Paradies wandern lassen. Ohne ihn wären die armen Geschöpfe ja verloren.

Über ihm tobte der Sturm, der Sand prasselte auf seine Decken. Am Rande des Paradieses änderte ein Kamel plötzlich seine Lage, und Kälte kroch durch Mustaphas alte Knochen. Er schob sich instinktiv näher an das warme Tier heran, aber es rückte nur weiter von ihm ab. Er wickelte sich in seine Decken und versuchte es bei einem anderen Kamel. Doch auch das verließ ihn, und nun griff ihn die Kälte von allen Seiten an. Langsam erwachte er.

Die Kamele erhoben sich mühsam. Wie gewöhnlich, wenn sie unruhig waren, begannen sie zu urinieren und ihren Darm zu entleeren. Ein kräftiger Spritzer auf seine Decken weckte Mustapha endgültig. Er fluchte zornig, weil man ihn seinem Traum entrissen hatte, und brachte sich vor dem heißen, stinkenden Strom in Sicherheit.

Er stützte sich auf Hände und Knie und lugte unter den Decken hervor. Plötzlich stockte ihm der Atem. Aus der Sandmauer tauchte ein Reiter auf einem Esel auf, gefolgt von einem zwar gesattelten, aber reiterlosen zweiten Esel. Der Reiter kam direkt auf ihn zu.

Da schrie Mustapha auf. Der Reiter hatte zwei Köpfe. Zwei weiße Gesichter auf einem einzigen Körper starrten ihn unheilvoll an.

Mustapha sprang auf. Er vergaß den Sand, der ihm ins Gesicht peitschte und rannte zum Zelt des Karawanenführers. »*Ah-jii! Ah-jii!* Der Todesengel kommt uns holen!« schrie er.

Fuad schoß wie ein Blitz aus dem Zelt, packte Mustapha mit seinen Riesenarmen und hob ihn hoch, schüttelte ihn wie ein unartiges

Kind »Halt's Maul!« brüllte er. »Hat unser Herr nicht genug Sorgen mit seiner Frau in den Wehen? Soll er sich noch deine Rauschgiftträume anhören?«

»Der Todesengel! Ich habe ihn gesehen!« Mustapha klapperte mit den Zähnen. Er streckte die Hand aus. »Sieh doch! Bei den Kamelen!«

Inzwischen waren mehrere andere Männer herbeigelaufen. Alle blickten in die Richtung von Mustaphas ausgestreckter Hand. Ein allgemeines Stöhnen der Furcht ertönte, als die zwei Esel jetzt aus dem Dunkel und dem Sand auftauchten. Denn auf dem ersten Esel saß ein Mann mit zwei Köpfen.

Die Männer verschwanden fast ebenso schnell, wie sie gekommen waren, jeder an seinen eigenen Zufluchtsort; nur Mustapha strampelte weiter in Fuads Armen. Unwillkürlich lockerte Fuad den Griff, mit dem er den Kameltreiber festhielt; der kleine Mann riß sich los und tauchte im Zelt unter; Fuad blieb allein zurück, um dem Todesengel die Stirn zu bieten.

Nahezu gelähmt vor Schrecken sah Fuad, wie die Esel vor ihm anhielten, und hörte die Stimme des Reiters: *»Assalaam aleikum.«*

Automatisch antwortete Fuad: *»Aleikum assalaam.«*

»Ich bitte dich um Hilfe«, sagte der Reiter. »Wir irren seit Tagen durch den Sturm; meine Frau ist krank, und ihre Zeit ist beinahe gekommen.«

Langsam, vorsichtig, wand sich der Reiter aus einer Decke und stieg ab. Da erst sah Fuad, daß die Decke zwei Menschen eingehüllt hatte, einen Mann und eine Frau. Schnell trat er vor und hob die Frau von dem Esel. »Komm«, sagte er, »ich helfe dir.«

Aus dem Dunkel tauchte Samir auf, in eine beigefarbene Mischlah gehüllt. »Was ist los?« fragte er.

Fuad wandte sich um, die Frau lag wie eine Feder auf seinen Armen. »Reisende, die sich im Sturm verirrt haben, Herr.«

Der Mann lehnte sich schwach gegen seinen Esel. »Ich weiß nicht, wie viele Tage wir dort draußen waren«, flüsterte er und glitt langsam zu Boden.

Samir sprang vor und schob seinen Arm unter die Achseln des Mannes. »Stütz dich auf mich«, sagte er.

Dankbar lehnte sich der Mann an ihn. »Meine Frau«, wisperte er. »Sie ist krank. Kein Wasser.«

»Sie wird sich erholen«, tröstete Samir ihn. Er wandte sich an den Karawanenführer. »Bring sie in mein Zelt.«

»Die Esel«, sagte der Mann.

»Für sie wird man auch sorgen«, beruhigte ihn Samir.

Das Gesicht des Mannes war vom windgepeitschten Sand zerkratzt und blutete; seine Lippen waren aufgeschwollen und voller Blasen. Er war groß, größer als Samir, hatte eine kräftige Nase und durchdringende, blaue Augen. Unter den geschwollenen Augenlidern hervor beobachtete er Samir, der sich von dem Lager, auf dem die Frau lag, aufrichtete.

Der Arzt wußte nicht, was er sagen sollte; die Frau lag im Sterben. Sie war fast völlig ausgetrocknet, ihr Puls schwach und unregelmäßig, ihr Blutdruck beängstigend niedrig. »Wie viele Tage wart ihr in dem Sturm?« fragte er.

Der Mann schüttelte den Kopf. »Ich weiß es nicht. Es kam mir vor wie eine Ewigkeit.«

»Sie ist sehr schwach«, sagte Samir.

Der Mann schwieg eine Weile. Er starrte in seine Teetasse, die in seinen narbigen Händen fast verschwand. Seine Lippen bewegten sich, aber Samir hörte keinen Laut. Dann sah er Samir an. »Du bist Arzt?«

Samir nickte.

»Wird sie am Leben bleiben?«

»Ich weiß es nicht.«

»Meine Frau wollte, daß unser Kind im Heiligen Land zur Welt kommt«, sagte der Mann. »Aber die Engländer ließen uns nicht herein. Wir wollten heimlich über die Grenze, aber dafür müssen wir die Wüste durchqueren.«

Samir fragte erschrocken: »Mit nur zwei Eseln? Ihr habt noch fast neunhundert Kilometer Wüste vor euch.«

»Der Sturm kam, und wir verloren unseren Proviant«, berichtete der Mann. »Es war ein Alptraum.«

Samir wandte sich erneut der Frau zu. Er klatschte in die Hände, und Aida, die Dienerin seiner Frau, betrat den Raum. »Mach mir etwas Zuckerwasser zurecht«, sagte er. Als sie gegangen war, sagte er: »Sieh zu, daß sie davon trinkt.«

Der Mann nickte, schwieg einen Augenblick und sagte dann: »Du weißt natürlich, daß wir Juden sind.«

»Ja. Wir alle sind Reisende auf demselben Meer«, sagte Samir. »Würdest du mir Hilfe verweigern, wenn unsere Lage umgekehrt wäre?«

Der Mann schüttelte den Kopf. »Nein. Wie könnte ich das im Namen der Menschlichkeit?«

»So ist es.« Samir lächelte und streckte die Hand aus. »Ich heiße

Samir Al Fay.«

Der Mann ergriff die Hand. »Isajah Ben Esra.«

Aida kam mit einer kleinen Tasse und einem Löffel zurück. Samir nahm es ihr aus der Hand. »Bring mir eine saubere Serviette.«

Als sie die Serviette gebracht hatte, setzte er sich neben das Lager der Frau, tauchte das Tuch in das warme Zuckerwasser und drückte es an den Mund der Kranken. »Sieh mir zu, wie ich es mache«, sagte er zu dem Mann. »Du mußt ihre Lippen vorsichtig öffnen und ihr die Flüssigkeit in die Kehle träufeln. Es ist der einzige Ersatz für intravenöse Glukoseernährung, den ich mir denken kann. Aber sehr langsam, damit sie nicht erstickt.«

»Ich verstehe«, nickte Ben Esra.

Samir erhob sich. »Nun muß ich mich um meine Frau kümmern.«

Ben Esra blickte ihn fragend an.

»Wir sind auf der Rückreise von einer Pilgerfahrt nach Mekka, und der Sturm hat uns hier überrascht. Wir hatten damit gerechnet, daß unser Kind zu Hause geboren wird. Das ist aber jetzt unwahrscheinlich. Die Wehen haben drei Wochen zu früh eingesetzt.« Samir machte eine ausdrucksvolle Gebärde. »Allahs Wege sind geheimnisvoll. Wären wir nicht nach Mekka gereist, um ihn um einen Sohn zu bitten, hättest du nicht gewollt, daß dein Kind im Heiligen Land geboren wird, so hätten wir einander nie getroffen.«

»Ich danke dem Herrn, daß du hier bist«, sagte Ben Esra. »Möge Er dir den Sohn schenken, um den du betest.«

»Ich danke dir«, entgegenete Samir. »Und möge Allah deine Frau und dein Kind behüten.«

Er verließ den Raum, der durch Vorhänge von dem übrigen Zelt abgetrennt war; Ben Esra beugte sich über seine Frau und drückte das befeuchtete Tuch an ihre Lippen.

Eine Stunde vor Tagesanbruch erreichte der Sturm seinen Höhepunkt. Er heulte um das Zelt wie das Echo gewaltigen Kanonendonners, und der Sand trommelte gegen die Zeltwände wie Hagelkörner, die ein zorniger Himmel herniederschleudert. Da schrie Nabila in Schmerz und Angst: »Das Kind in meinem Leib ist tot. Ich kann sein Leben, seine Bewegung nicht mehr spüren.«

»Still«, sagte Samir beruhigend. »Es ist alles in Ordnung.«

Nabila griff nach seinem Arm. Ihre Stimme klang verzweifelt. »Bitte, Samir, denke an dein Versprechen. Laß mich sterben.«

Er blickte sie an, Tränen verschleierten seinen Blick. »Ich liebe dich, Nabila. Du wirst am Leben bleiben und mir einen Sohn schenken.« Schnell, so schnell, daß sie es gar nicht spürte, fand er die Vene und gab ihr eine Spritze; sie fühlte nur das Nachlassen des Schmerzes, als das Morphium zu wirken begann.

Müde richtete er sich auf. Seit über zwei Stunden schon hatte er den Herzschlag des Kindes mit dem Stethoskop nicht mehr feststellen können. Nabilas Wehen waren immer heftiger geworden, aber der Gebärmuttermund hatte sich nicht weiter geöffnet.

»Aida«, sagte er zu der alten Dienerin. »Ruf den Karawanenführer. Ich brauche seine Hilfe, um das Kind herauszuholen. Aber er soll sich gründlich waschen, bevor er ins Zelt kommt.«

Sie nickte und lief ängstlich aus dem Raum. Samir breitete eilig die Instrumente auf dem sauberen weißen Tuch neben dem Bett aus. Plötzlich zuckte Nabila zusammen, und ein Blutstrom färbte die Leintücher rot. Etwas war ganz und gar nicht in Ordnung – offenbar ein Blutsturz. Ihr sich aufbäumender Leib war bereit, das Kind herauszupressen. Aber Samir konnte den Kopf nicht tasten. Die Nachgeburt versperrte den Gebärmutterausgang.

Der rote Fleck auf den Leintüchern vergrößerte sich rasch. Samir arbeitete in rasender Eile und mit zunehmender Furcht. Mit der Hand erweiterte er die Öffnung des Gebärmuttermundes und holte die Nachgeburt heraus. Dann öffnete er die Fruchtblase, zog das Kind nach unten und heraus. Er durchtrennte die Nabelschur und wandte sich dann wieder Nabila zu. Einen Augenblick lang hielt er den Atem an, seufzte dann aber erleichtert auf, als er sah, daß die Blutung zum Stehen gekommen war. Zum erstenmal betrachtete er jetzt das Kind.

Es war ein Mädchen, und es war tot. Das wußte er, auch ohne es zu berühren. Tränen stiegen ihm in die Augen, als er sich umwandte und Nabila ansah. Nun konnte sie ihm keinen Sohn mehr schenken. Auch kein anderes Kind. Er würde dafür sorgen, daß sie nie mehr schwanger wurde – es wäre zu gefährlich für sie. Er fühlte eine Welle der Verzweiflung in sich aufsteigen. Vielleicht hatte sie recht, vielleicht wäre der Tod gnädiger für sie gewesen.

»Doktor!« Ben Esra stand am Türvorhang.

Samir starrte den Juden mit tränenverschleierten Augen an; er konnte nicht sprechen.

»Meine Frau, Doktor . . .« Panik klang in Ben Esras Stimme auf. »Sie atmet nicht mehr!«

Mit einer Reflexbewegung griff Samir nach seiner Ärztetasche. Er warf noch einen Blick auf Nabila. Das Morphium hatte gewirkt, und sie schlief. Samir eilte in den anderen Raum.

Er kniete neben der stillen Frau nieder und suchte mit dem Stethoskop ihren Herzschlag. Kein Ton. Schnell zog er eine Adrenalinspritze auf und stach sie der Frau direkt ins Herz. Er öffnete ihren Mund und versuchte es mit Mund-zu-Mund-Beatmung. Vergeblich. Schließlich wandte er sich an Ben Esra. »Mein Beileid«, murmelte er.

Ben Esra starrte ihn an. »Sie kann nicht tot sein«, sagte er. »Ich sehe wie sich ihr Bauch bewegt.«

Samir drehte sich schnell um und betrachtete die stille Gestalt genau. Ben Esra hatte recht, der Bauch der Frau schien sich zu heben und zu senken. »Das Kind!« rief Samir. »Das Kind kann noch gerettet werden!« Er griff nach seiner Tasche und nahm ein Skalpell heraus.

»Was tust du da?« rief Ben Esra. Samir nahm sich nicht die Zeit, die Kleider der Frau zu öffnen, er schnitt sie auf, bis der blauverfärbte und geschwollene Leib der Frau frei lag.

»Schließ die Augen – nicht hersehen!« sagte Samir.

Ben Esra gehorchte wortlos. Samir machte den Einschnitt, und die dünne Haut klaffte mit einem fast platzenden Geräusch auseinander. Er öffnete den Unterleib und hielt einen Augenblick später das Kind in Händen. Rasch durchtrennte er die Nabelschnur und band sie ab. Zwei kurze Schläge auf die Hinterbacken des Kindes, und das gesunde Schreien des Neugeborenen erfüllte das Zelt.

Samir sah Ben Esra voll an. »Du hast einen Sohn.«

Aber Ben Esra starrte mit einem seltsamen Ausdruck zurück und schwieg.

»Du hast einen Sohn«, wiederholte Samir.

Ben Esras Augen füllten sich mit Tränen. »Was soll ich mit einem Sohn?« fragte er. »Ohne Frau und noch neunhundert Kilometer Wüste vor mir, die ich durchqueren muß. Das Kind wird sterben.«

»Wir werden dir Vorräte geben.«

Der Jude schüttelte den Kopf. »Es hat keinen Zweck. Ich muß mich vor der Polizei verstecken. Ich kann dem Kind nichts bieten.«

Samir schwieg und hielt weiterhin das Kind in den Armen.

Ben Esra sah ihn an. »Und dein Kind?« fragte er den Arzt.

»Tot«, antwortete Samir einfach. »Ich nehme an, Allah fand es in seiner Weisheit richtig, unsere Gebete nicht zu erfüllen.«

»War es ein Sohn?« fragte der Jude.

Samir schüttelte den Kopf. »Ein Mädchen.«

»Vielleicht ist Allah weiser als wir beide«, sagte Ben Esra, »und hat uns deshalb in der Wüste zusammengebracht.«

»Das verstehe ich nicht«, bemerkte Samir.

»Ohne dich wäre das Kind mit der Mutter gestorben. Du bist mehr sein Vater, als ich es bin.«

»Du bist wahnsinnig«, sagte Samir.

»Nein.« Ben Esras Stimme schien an Kraft zu gewinnen. »Bei mir wird es sterben. Und die Belastung, die es bedeutet, wenn ich es mitnehme, könnte leicht auch zu meinem Tod führen. Aber Allah hat mit diesem Kind dein Gebet um einen Sohn erhört. Als dein Sohn wird es sicher aufwachsen.«

Samir blickte dem Juden in die Augen. »Aber als mein Sohn wird er ein Moslem sein, kein Jude.«

»Spielt das wirklich eine Rolle?« fragte Ben Esra. »Sagtest du nicht selbst, daß wir alle Reisende auf demselben Meer sind?«

Samir blickte auf den winzigen Knaben in seinen Armen nieder. Plötzlich durchströmte ihn eine Liebe, wie er sie noch nie gefühlt hatte. Wahrhaftig, Allah hatte ihre Gebete auf seine eigene Weise erfüllt.

»Wir müssen schnell handeln«, stieß Samir hervor. »Folge mir.«

Er trug das Neugeborene in den Raum, in dem Nabila schlief.

Ben Esra aber nahm das totgeborene Kind und ging damit zurück zum Lager seiner toten Frau. Samir legte den Knaben auf den Tisch und hüllte ihn in ein sauberes weißes Tuch. Kaum war er damit fertig, kamen Aida und Fuad herein.

»Reinige meinen Sohn und wasche ihn«, befahl Samir der Frau.

Sie starrte ihm einen Augenblick in die Augen, dann bewegten sich ihre Lippen. »Gepriesen sei Allah.«

»Dafür wird Zeit sein beim Morgengebet«, wies er sie scharf zurecht. Dann wandte er sich an den Karawanenführer. »Ich brauche dich hier nicht mehr«, sagte er und ging ihm voran durch den Vorhang.

So plötzlich, wie er gekommen war, legte sich der Sturm. Der Morgen brach hell und klar herein. Die beiden Männer standen neben den frischen Gräbern am Rand der Oase. Esra hielt seine zwei Esel am Zügel, der eine beladen mit Wasser und Proviant, der andere gesattelt mit dem alten, abgenutzen Ledersattel. Ben Esra und Samir wechselten einen verlegenen Blick. Keiner von beiden wußte, was er sagen sollte.

Isajah Ben Esra streckte seine Hand aus.

Samir nahm sie wortlos. Ein warmes Gefühl der Verbundenheit erfüllte sie. Nach einer Weile lösten sich ihre Hände, und der Jude schwang sich in den Sattel. *»Chatrak«,* sagte er.

Samir sah zu ihm hoch. Mit seiner rechten Hand machte er die traditionelle Gebärde: er berührte Stirn, Lippen und schließlich sein Herz. *»As-sa-laam aleikum.* Geh in Frieden.«

Ben Esra schwieg einen Augenblick. Er warf einen Blick auf die Gräber, dann auf Samir. Beide Männer hatten Tränen in den Augen *»Aleichem schalom«*, erwiderte Esra und trieb die Esel an.

Samir schaute ihm eine Weile nach, dann kehrte er langsam zum Zelt zurück. Aida erwartete ihn aufgeregt am Eingang.

»Die Herrin wacht auf!«

»Hast du es ihr gesagt?« fragte er.

Die Dienerin schüttelte den Kopf.

Er ging durch den Vorhang ins Innere des Zelts und nahm das Kind auf. Er stand neben seiner Frau, als sie die Augen aufschlug. Lächelnd blickte er auf sie nieder.

»Samir«, flüsterte sie, »es tut mir so leid.«

»Es gibt nichts, was dir leid tun müßte«, sagte er zärtlich und legte ihr das Kind in die Arme. »Allah hat unsere Gebete erhört. Wir haben einen Sohn.«

Sie blickte das Baby eine Weile an, dann wandte sie ihm das Gesicht zu. Ihre Augen füllten sich mit Tränen. »Ich hatte einen entsetzlichen Traum«, murmelte sie. »Ich träumte, das Baby sei gestorben.«

»Das war ein Traum, Nabila«, sagte er. »Nur ein Traum.«

Nabilas Blick heftete sich auf das Kind, ihre Finger streiften zart das weiche Tuch von seinem Gesichtchen. »Er ist schön«, sagte sie. Dann sah sie erschrocken hoch. »Samir!« rief sie. »Unser Sohn hat blaue Augen!«

Samir lachte laut. »Aber meine liebe Frau«, sagte er, »wirst du denn nie klüger? Alle neugeborenen Kinder haben blaue Augen.«

Doch Allah hatte wirklich ein Wunder vollbracht. Denn Baydar Samir Al Fay bekam, als er heranwuchs, dunkel-, fast violettblaue Augen; sie hatten die Farbe des nächtlichen Himmels über der Wüste.

ERSTES BUCH

Frühlingsende 1973

Der nadelfeine Strahl der Dusche auf seinem Kopf übertönte den Lärm der vier Düsenmotoren. Dampf stieg an den Wänden der engen Kabine hoch. Schnell seifte er sich ein, bis duftender Schaum seinen Körper ganz bedeckte, dann spülte er sich ab und stellte den Wasserhahn von heiß auf eiskalt. Fast augenblicklich fiel die Müdigkeit von ihm ab, und er war hellwach. Er drehte das Wasser zu und trat aus der Duschkabine.

Wie gewöhnlich erwartete Dschabir ihn mit dem schweren Frotteémantel und dicken Handtüchern. Er hüllte seinen Herrn in die Tücher. »Guten Abend, Herr« sagte er leise.

»Guten Abend, mein Freund«, sagte Baydar und rieb sich kräftig ab. »Wie spät ist es?«

Dschabir warf einen Blick auf seine Armbanduhr, ein Geschenk seines Herrn. »Es ist neunzehn Uhr fünfzehn nach französischer Zeit«, sagte er stolz. »Hat der Herr gut geruht?«

»Ja, danke«, sagte Baydar, ließ die Handtücher fallen und schlüpfte in den bereitgehaltenen Bademantel. »Wo sind wir?«

»Über dem Ärmelkanal«, antwortete Dschabir. »Der Kapitän hat mich beauftragt, Euch mitzuteilen, daß wir um zwanzig Uhr vierzig in Nizza sein werden.«

»Gut«, sagte Baydar.

Dschabir hielt die Tür des kleinen Baderaums auf, und Baydar ging in seine Kabine. Obwohl die Hauptkabine groß war – sie nahm fast ein Drittel des Innenraums der Boeing 707 ein –, war die Luft darin schwer, und es roch durchdringend nach Haschisch und Amylnitrit.

Baydar blieb einen Augenblick stehen. Die Gerüche machten ihm nichts aus, während er die Drogen nahm, aber nachher waren sie ihm zuwider. »Hier drin stinkt es«, sagte er. »Schade, daß man kein Fenster aufmachen kann.«

Dschabir verzog keine Miene. Er machte sich aber sofort daran, sämtliche Luftklappen zu öffnen, und versprühte anschließend einen stark parfümierten Spray im Raum. Dann wandte er sich wieder zu Baydar. »Hat der Herr sich entschieden, welchen Anzug er heute wünscht?«

»Noch nicht«, antwortete Baydar mit einem Blick auf das riesige Doppelbett, das fast die Hälfte der Kabine einnahm.

Die beiden Mädchen lagen in inniger Umarmung ihre nackten Körper glänzten in dem sanftgoldenen Licht der Kabine. Sie schliefen tief und fest. Baydar dachte mit Vergnügen an die letzte Nacht. Die Mädchen hatten ihre Aufgabe glänzend erfüllt: ihm die Langeweile während des langen Flugs von Los Angeles nach Nizza zu vertreiben. Doch jetzt konnte er sich nicht einmal mehr an ihre Namen erinnern. Er wandte sich ab und ging zur Tür. Dort drehte er sich nach Dschabir um. »Weck sie auf und sag ihnen, sie sollen sich anziehen«, sagte er und schloß die Tür hinter sich.

Er ging durch den schmalen Gang, vorbei an den zwei Gästekabinen und in den Salon. Dick Carriage, sein Sekretär, saß von Telefonen und Fernschreiber umgeben am Schreibtisch im vorderen Teil, der als Büro diente. Der junge Rechtsanwalt war wie stets korrekt gekleidet: weißes Hemd, Krawatte, dunkler Anzug. Baydar konnte sich nicht erinnern, ihn jemals in Hemdsärmeln gesehen zu haben.

Carriage erhob sich. »Guten Abend, Boss«, sagte er förmlich. »Haben Sie gut geruht?«

»Ja, danke«, entgegnete Baydar. »Und Sie?«

Carriage verzog ein wenig das Gesicht, das Höchste an Ausdruck, was er sich gestattete. »Ich kann im Flugzeug nie schlafen.«

»Das wird noch kommen«, bemerkte Baydar lächelnd.

Carriage lächelte nicht. »Wenn ich's in zwei Jahren nicht gelernt habe, werde ich es wohl nie lernen.«

Baydar drückte auf den Rufknopf für den Steward. »Irgendwas los?«

»Alles ruhig«, antwortete Carriage. »Sie wissen ja, Wochenende.«

Baydar nickte. Er hatte auch kein Neuigkeiten erwartet. Es war Samstag, und sie hatten Los Angeles um ein Uhr morgens verlassen.

Raoul, der Chefsteward, kam aus der Küche. »Bitte, Sir?«

»Kaffee«, sagte Baydar. »Amerikanischen Kaffe.« Sein Magen war nicht in der richtigen Verfassung für den starken Filterkaffe, den der Steward gern servierte. Er wandte sich wieder an Carriage. »Hatten Sie Verbindung mit der Jacht?«

Carriage nickte. »Ich sprach mit Kapitän Petersen. Er hat alles für die Party heute abend organisiert. Der Rolls und die *San Marco* erwarten uns. Wenn das Meer ruhig ist, kann die *San Marco* Sie in zwanzig Minuten nach Cannes bringen«, meinte er. »Im Wagen würde es wegen des Verkehrs beim Filmfestival über eine Stunde dauern.«

Der Steward brachte den Kaffee; während er einschenkte, zündete sich Baydar eine Zigarette an. Er trank einen Schluck. »Wünschen Sie etwas zu speisen?« fragte der Steward.

»Jetzt nicht, danke«, anwortete Baydar. Er wandt sich an Dick. »Ist meine Frau an Bord der Jacht?«

Der Kapitän sagte mir, sie sei in der Villa. Aber Jussef ist aus Paris angekommen und bereits an Bord. Er bat mich, Ihnen mitzuteilen, daß er für heute abend einige sensationelle Talente besorgt hat.«

Baydar nickte. Jussef Ziad war der Leiter seines Pariser Büros; er hatte einen in jedem Land. Es waren kluge, charmante, gebildete junge Leute, die das Geld liebten und gern nahe dem Zentrum der Macht saßen. Ihre Hauptfunktion bestand darin, hübsche Mädchen als Dekoration für die Partys, die Baydar im Verlauf seiner Geschäfte gab, aufzutun. »Verbinden Sie mich bitte mit Mrs. Al Fay«, sagte er.

Er ging zurück in den Salon und setzte sich an den runden Mahagonitisch. Raoul goß ihm wieder Kaffee ein; Baydar schlürfte ihn schweigend. Kurz darauf summte das Telefon neben ihm. Er nahm den Hörer ab.

Carriages Stimme ertönte: »Mrs. Al Fay ist nicht zu Hause. Ich sprach soeben mit ihrer Sekretärin; Mrs. Al Fay sei zu einer Filmvorführung gegangen und werde von dort aus direkt zur Jacht fahren.«

»Danke«, sagte Baydar und legte auf. Er war nicht überrascht. Er hatte nicht erwartet, Jordana zu Hause vorzufinden, schon gar nicht während des Filmfestivals oder wenn eine Party im Gang war. Sie mußte immer dort sein, wo etwas los war. Einen Augenblick lang fühlte er Ärger in sich aufsteigen, der aber schnell vorbeiging. Schließlich war es gerade das, was ihn vor allem an ihr gefesselt hatte. Sie war Amerikanerin, keine Araberin. Amerikanische Mädchen blieben nicht daheim sitzen. Er hatte vergeblich versucht, das seiner Mutter zu erklären. Sie war immer noch enttäuscht darüber, daß er nach der Scheidung von seiner ersten Frau nicht wieder eine Araberin geheiratet hatte.

Das Telefon summte erneut. Er hob den Hörer ab. Diesmal war es der Pilot, Kapitän Andrew Hyatt. »Wenn Sie gestatten, Sir«, sagte er, »möchte ich das Flugzeug von der Air France überholen lassen, falls wir lange genug in Nizza bleiben.«

Baydar grinste. Das war die höfliche Methode des Kapitäns, um herauszubekommen, wieviel Urlaub er der Besatzung geben konnte. »Ich denke, wir können bis Mittwoch bleiben. Wird das genügen, Andy?«

»Ja, Sir.«

»Es war ein angenehmer Flug, Andy. Danke.«

»Ich danke Ihnen, Sir.« Die Stimme des Piloten klang erfreut, als er auflegte.

Baydar drückte auf den Knopf für Carriage. »Logieren Sie die Besatzung bis Dienstag im *Negresco* ein.«

»Ja, Boss.« Carriage zögerte. »Und die beiden Mädchen, sollen wir sie zur Party einladen?«

»Nein«, antwortete Baydar kurz. Diesen Punkt hatte Jussef bereits erledigt.

»Was sollten wir mit ihnen anfangen?«

»Bringen Sie sie zusammen mit der Besatzung im *Negresco* unter«, sagte er. »Geben Sie jeder fünfhundert Dollar und eine Rückflugkarte nach Los Angeles.«

Er legte auf und starrte aus dem Fenster. Es war beinahe dunkel, und weit unter ihm begannen Lichter in der französischen Landschaft zu flimmern. Was Jordana wohl tun mochte? Es war fast einen Monat her, seit er sie mit den Kindern in Beirut gesehen hatte. Sie hatten verabredet, sich zu Jordanas Geburtstag in Südfrankreich zu treffen. Er dachte an das Diamanthalsband von Van Cleef und fragte sich, ob es ihr gefallen würde. Schwer zu sagen. Heutzutage waren verwaschene Jeans und Modeschmuck alles. Nichts war mehr echt, sogar ihre gegenseitigen Gefühle nicht.

Jordana stieg aus dem Bett, ging ins Badezimmer und nahm auf dem Weg ihre Kleider mit.

»Warum so eilig, Darling?« fragte die Männerstimme aus dem Bett.

Sie blieb in der Badezimmertür stehen und wandte sich zu ihm um. »Mein Mann kommt an«, sagte sie, »und ich muß rechtzeitig auf dem Schiff sein, um mich für die Party umzuziehen.«

»Vielleicht hat sein Flugzeug Verspätung«, sagte der Mann lässig.

»Baydars Flugzeug hat nie Verspätung«, erwiderte sie kurz, ging ins Badezimmer und schloß die Tür hinter sich. Sie beugte sich über das Bidet, drehte die Hähne auf und regelte den Warm- und Kaltwasserzufluß, bis sie die gewünschte Temperatur erreicht hatte. Dann öffnete sie ihre Handtasche, nahm einen Plastikbehälter mit ihrer eigenen Seife heraus, setzte sich rittlings auf das Bidet und begann sich zu waschen. »Eines Tages werde ich mich mal nicht waschen«, dachte sie. »Ich möchte nur wissen, ob er es merkt.«

Sie drückte auf den Abflußknopf, erhob sich und trocknete sich ab, während das Wasser durch den Abfluß gurgelte. Französische Hotelbidets klangen immer gleich, ob in Paris, Cannes oder in der Provinz. Gluck, gluck, Pause, gluck, gluck, gluck. Sie tat etwas Parfüm auf ihre Fingerspitzen und strich damit leicht über den seidenweichen Venusberg. Dann zog sie sich schnell an und verließ das Badezimmer.

Der Mann saß nackt im Bett und folgte ihr mit den Blicken.

»Sehen wir uns nachher bei der Party?« fragte er.

Sie sah ihn verächtlich an. »Du kommst nicht zur Party.«

»Aber warum denn nicht, Darling?« protestierte er. »Ich war die ganze Woche mit dir auf dem Schiff.«

»Eben deshalb«, sagte sie. »Baydar ist kein Dummkopf.«

»Wann sehe ich dich dann wieder?« maulte er wie ein Kind.

Sie zuckte die Achseln. »Das weiß ich nicht.« Sie öffnete ihre Handtasche, zog einen mit Hundertfrancnoten gefüllten Briefumschlag heraus und ließ ihn auf das Bett fallen. »Das dürfte deine Hotelrechnung und deine sonstigen Spesen decken«, sagte sie. »Und es bleibt dir noch etwas als Überbrückung, bis du deine nächste Bekanntschaft machst.«

Die Stimme des Mannes klang beleidigt. »Aber, Darling, glaubst du, es war nur wegen des Geldes?«

Sie lachte. »Hoffentlich nicht. Ich würde nur sehr ungern glauben, daß ich eine so schlechte Geliebte war.«

»Ich werde nie wieder eine Frau finden wie dich«, sagte er traurig.

»Du brauchst nicht lange zu suchen. Es gibt eine Menge unseresgleichen. Und wenn du Referenzen brauchst, sag ihnen, ich hätte gefunden, du seist der Beste.«

Sie war draußen, bevor er noch antworten konnte. Während sie im Korridor auf den Aufzug wartete, blickte sie auf die Uhr. Es war Viertel vor acht. Sie würde gerade genug Zeit haben, um auf dem Schiff ein heißes Bad zu nehmen und sich kurz hinzulegen, bevor sie sich für die Party umzog.

2

Als Jussef aus dem Taxi stieg, erkannte er Jordanas weißen Sportwagen vor dem *Carlton.* Während er zahlte, sah er sich nach ihr um, entdeckte aber nur Guy, ihren Chauffeur, der mit anderen Fahrern plauderte. Er wandte sich um und betrat das Hotel.

Es war der Tag vor der offiziellen Eröffnung des Filmfestivals und der Reklamerummel schon in vollem Gange. Jussef blieb kurz stehen, um sich die Plakate anzusehen. Am auffallendsten war eine riesige Fahne, die quer durch die ganze Halle gespannt war: *Alexander Salkind* präsentiert *Die drei Musketiere.* Langsam las er die Darstellerliste durch: Michael York, Oliver Reed, Richard Chamberlain,

Raquel Welch, Charlton Heston, Faye Dunaway. Wirklich eine Starbesetzung.

Sogar er, Filmfan von Kindheit an, war beeindruckt. Er ging zum Empfang.

Elie, der Empfangschef, verneigte sich lächelnd. »Monsieur Ziad, ich freue mich, Sie wieder hier zu sehen.«

Jussef erwiderte das Lächeln. »Man kommt immer wieder gern hierher, Elie.«

»Und was kann ich für Sie tun, Monsieur Ziad?« fragte der kleine Mann.

»Ich soll Mr. Vincent hier treffen«, antwortete Jussef. »Ist er schon angekommen?«

»Er erwartet Sie in der kleinen Bar«, sagte Elie.

»Danke.« Jussef wollte schon gehen, wandte sich aber nochmals um, als sei ihm etwas eingefallen. »Übrigens, haben Sie Madame Al Fay gesehen?«

Elie schüttelte den Kopf. »Nein«, sagte er ohne Zögern. »Soll ich sie ausrufen lassen?«

»Es ist nicht wichtig«, winkte Jussef ab und begab sich in die kleine Bar neben den Aufzügen.

Elie nahm den Hörer von dem Telefon hinter seinem Pult und flüsterte eine Nummer. Der Liftboy im Abwärtslift meldete sich, hörte zu, hängte ein und sagte zu Jordana: »Monsieur Elie empfiehlt, daß Madame den Aufzug zur Rue de Canada hinaus nehmen. Er hat einen Pagen hingeschickt, um Madame im Zwischenstock abzuholen.«

Jordana sah den Liftboy an; sein Gesicht war ausdruckslos. Der Aufzug hielt bereits im Zwischenstock. Sie nickte. »Danke.« Sie trat hinaus und ging durch den Gang bis zum anderen Ende des Hotels. Elie hatte Wort gehalten und einen Pagen hingeschickt, der sie in dem altmodischen kleinen Kabinenfahrstuhl erwartete, der für besondere Anlässe auf dieser Gebäudeseite verwendet wurde.

Sie verließ das Hotel durch die *Carlton Bar* über die Terrasse und kam über die Einfahrt zum Hoteleingang. Guy, ihr Chauffeur, sah sie und eilte zur Tür des Rolls. Jordana wandte sich um und warf einen Blick in die Halle, bevor sie die Stufen zur Straße hinabging. Durch den Schwarm von Leuten am Empfang hindurch erhaschte sie Elies Blick und nickte zum Dank. Er neigte leicht den Kopf; seine Miene blieb unverändert.

Guy hielt die Wagentur offen, sie stieg ein. Sie wußte nicht, warum Elie sie umdirigiert hatte, aber es genügte, daß er es getan hatte. Der

Empfangschef war wahrscheinlich der klügste Mann an der Côte d'Azur. Und vermutlich der diskreteste.

Die kleine Bar war überfüllt, aber Michael Vincent saß an einem Tisch abseits von allen anderen zwischen Bar und Eingang. Er erhob sich, als Jussef eintrat, und streckte ihm die Hand entgegen.

Jussef ergriff sie. »Entschuldigen Sie meine Verspätung. Der Verkehr auf der Croisette ist mörderisch.«

»Das macht nichts«, antwortete Vincent. Es war erstaunlich, was für eine sanfte Stimme dieser über einsneunzig große Riese hatte. Er wies auf die jungen Damen, die mit ihm am Tisch saßen, und sagte: »Wie Sie sehen, war ich höchst angenehm beschäftigt.«

Jussef lächelte. Er kannte die Mädchen, sie gehörten zu der Gruppe, die er aus Paris mitgebracht hatte. »Suzanne, Monique«, murmelte er und nahm Platz.

Sie erhoben sich sogleich. Sie kannten die Spielregeln: das war eine geschäftliche Zusammenkunft. Sie würden auf ihre Zimmer gehen und sich für die Party bereitmachen.

Der Kellner öffnete rasch die Flasche und reichte ihm ein Glas zum Probieren. Wieder nickte Jussef, und der Kellner sah Michael Vincent fragend an.

»Ich bleibe bei Scotch«, sagte der Regisseur.

Der Kellner füllte Jussefs Glas und verschwand. Jussef hob sein Glas. »Ich hoffe, Sie sind mit Ihrer Unterbringung zufrieden.«

Der große Mann lächelte. »Die beste Suite im Hotel, und Sie fragen, ob ich zufrieden bin? Ich möchte nur wissen, wie Sie das geschafft haben. Als ich vor zwei Wochen anrief, gab es während des Festivals nicht ein freies Zimmer in der Stadt. Aber Sie rufen mich einen Tag davor an, und wie durch Zauberei gibt es plötzlich eine ganze Suite.«

Jussef lächelte geheimnisvoll. »Sagen wir, es fehlt uns nicht ganz an Einfluß.«

»Darauf will ich trinken«, sagte der Amerikaner. Er trank seinen Whisky aus und bestellte mit einem Wink einen zweiten.

»Mr. Al Fay hat mich ersucht, Ihnen für die Mühe zu danken, daß Sie sich freimachen und hierher kommen konnten. Er freut sich sehr auf die Begegnung mit Ihnen.«

»Ganz meinerseits«, entgegnete Vincent, zögerte einen Augenblick und fuhr dann fort: »Ich finde es beinahe zu gut, um wahr zu sein.«

»Was meinen Sie?«

»Das Ganze«, meinte Vincent. »Ich habe über fünf Jahre gebraucht, um das Geld für die Produktion von »Ghandi« aufzutreiben, und nun kommen Sie mit zehn Millionen Dollar und fragen, ob ich geneigt wäre, einen Film über das Leben Mohammeds zu drehen.«

»Für mich ist es nicht überraschend«, sagte Jussef. »Und für Sie wird es das auch nicht sein, wenn Sie Mr. Al Fay kennenlernen. Er ist ein Mann mit großartigem Instinkt. Und nachdem er Ihre Filme über die großen Weltweisen - Moses, Jesus Christus und Ghandi - gesehen hatte, war es ganz natürlich, daß er sich an Sie wandte. Sie sind wahrscheinlich der einzige Mann, der diese großartige Geschichte gestalten kann.«

Der Regisseur nickte. »Es wird Probleme geben.«

»Natürlich«, stimmte Jussef zu, »die gibt es immer.«

Vincent runzelte die Stirn. »Es wird nicht leicht sein, einen solchen Film zu vertreiben. Im Filmgeschäft sitzen viele Juden.«

Jussef lächelte. »Darüber wollen wir uns erst den Kopf zerbrechen, wenn es soweit ist«, sagte er gleichmütig. »Vielleicht wird Mr. Al Fay eine der großen Gesellschaften kaufen und den Film selbst vertreiben.«

Vincent trank wieder einen Schluck Scotch. »Ihr Mr. Al Fay muß ein großartiger Mann sein.«

»Davon sind wir überzeugt«, sagte Jussef ruhig. Er beobachtete den Filmemacher und fragte sich, ob der Mann noch der gleichen Meinung wäre, wenn er wüßte, wie sorgfältig man sich über ihn informiert hatte. Alles, was Vincent seit seiner Kindheit je getrieben hatte, war in einer Akte auf Baydars Schreibtisch festgehalten. Auch nicht ein Bruchteil aus dem Privatleben dieses Mannes war darin ausgelassen. Die Mädchen, die Frauen, das Trinken, sogar seine Mitgliedschaft bei der geheimen John Birch Society und bei anderen leicht antisemitisch gefärbten Gruppen, alles stand darin. Auch eine Analyse darüber, warum er persona non grata in der Filmindustrie war. Antisemitismus ließ sich in einer so sensiblen Industrie wie dem Filmgeschäft schwer verbergen. Sein Film »Ghandi« war schon vor fünf Jahren abgedreht worden, in der westlichen Welt aber noch immer nicht herausgekommen. Und kein einziges neues Projekt hatte sich für den Mann seither verwirklicht. In den letzten Jahren hatte er von Freunden und Versprechungen gelebt. Und von der Whiskyflasche.

Jussef erzählte ihm nicht, daß Baydar bei vielen anderen angefragt hatte, bevor er zu Vincent gekommen war. Aber alle anderen hatten das Angebot abgelehnt. Nicht etwa, weil sie der Ansicht waren, daß der Prophet kein gutes Filmthema abgeben würde, sondern weil sie glaubten, daß ein solcher Film zum momentanen Zeitpunkt eher propagandistisch als philosophisch wirken würde. Sie wußten es alle besser und fürchteten sich vor den Juden; die Juden hatten das Geschäft fest in der Hand, und kein Produzent wollte sie sich zu Gegnern machen.

Er sah auf die Uhr und erhob sich. »Leider muß ich Sie verlassen. Ich habe noch ein paar Geschäfte zu erledigen.«

Vincent warf ihm einen Blick zu. »Natürlich, ich verstehe. Danke für Ihren Besuch.«

»Es war mir ein Vergnügen«, sagte Jussef. »Die Jacht liegt vor dem Hotel. Ab zehn Uhr dreißig warten am Pier des *Carlton* Schnellboote, um die Gäste zum Schiff zu bringen. Sie sind dann jederzeit willkommen.«

Der Kellner brachte die Rechnung. Jussef unterzeichnete sie, Vincent erhob sich. Die Männer schüttelten einander die Hände, und Jussef verließ die Bar. Vincent bestellte noch einen Scotch.

Als Jussef aus dem *Carlton* trat, stellte er fest, daß Jordanas Wagen fort war. Er sah auf seine Armbanduhr: kurz nach acht. Er ging die Stufen hinunter und auf das Hotel *Martinez* zu. Die Neugierigen sammelten sich bereits. In den nächsten Wochen würde es jeden Abend chaotische Szenen geben, wenn die Leute von überallher kamen, um die Berühmtheiten und Filmstars anzugaffen. Er schritt schnell und ohne nach links oder rechts zu schauen durch die Menge. Es blieb ihm noch mindestens eine Stunde Zeit, bevor er zum Schiff zurück mußte, um Baydar zu treffen.

Die Halle des *Martinez* war nicht so überfüllt wie die des *Carlton*. Er ging direkt zum Lift und fuhr zum Dachgeschoß. Dort stieg er aus, eilte den Gang entlang zur Penthouse-Suite am anderen Ende und drückte auf den Klingelknopf; im Inneren schlug leise die Glocke an. Er wartete eine Weile, dann drückte er wieder ungeduldig auf den Knopf.

Durch die verschlossene Tür drang eine heisere Stimme: *»Qui est la?«*

»C'est moi. Ouvre la porte.«

Man hörte, wie die Kette abgenommen wurde, dann ging die Tür auf, ein großer, blonder junger Mann erschien und sah Jussef mürrisch an. »Du kommst spät«, sagte er vorwurfsvoll. »Du wolltest schon vor einer Stunde hier sein.«

»Ich sagte dir ja, ich habe zu tun«, erklärte Jussef und trat an ihm vorbei in die Suite. »Ich muß nämlich arbeiten, um Geld zu verdienen, verstehst du.«

»Du lügst!« Der junge Mann sprach böse, als er die Tür schloß. »Du warst bei Patrick.«

»Ich hab dir doch gesagt, Patrick ist in Paris«, widersprach Jussef. »Ich wollte ihn nicht hier haben.«

»Er ist hier«, sagte der blonde junge Mann kurz. »Ich habe ihn heute nachmittag am Strand gesehen. Zusammen mit dem Engländer dem die Kaufhäuser gehören.«

Jussef schwieg; er versuchte, den Zorn, der in ihm kochte, zu beherrschen. Er hatte Patrick ausdrücklich befohlen, im Hotel zu bleiben und sich nicht vor morgen sehen zu lassen. »Der Scheißkerl!« fluchte er. »Den werde ich mir vornehmen, wenn ich ihn sehe!«

Er ging quer durch den Raum zu dem Tisch, auf dem die Flaschen standen, unter anderem auch eine geöffnete Flasche Dom Pérignon in einem Eiskübel. Er goß sich ein Glas ein und wandte sich an den jungen Mann. »Möchtest du Champagner, Darling?«

»Nein.« Der junge Mann war schlechter Laune.

»Hör mal, Jacques«, sagte Jussef versöhnlich, »sei doch nicht so! Du weißt, welche Pläne ich für dich habe.«

Zum erstenmal, seit er eingetreten war, blickte Jacques ihn an. »Wann werde ich sie kennenlernen?« fragte er.

»Heute abend. Auf der Jacht«, sagte Jussef. »Ich habe alles vorbereitet.«

»Gehe ich mit dir?« fragte Jacques.

Jussef schüttelte den Kopf. »Nein. Du kennst mich gar nicht. Wenn sie ahnte, daß wir befreundet sind, hättest du keine Chance. Ich habe es so eingerichtet, daß du Prinzessin Mara zur Party begleitest. Sie wird dich der Gastgeberin vorstellen.«

»Warum Mara?« wiedersprach Jacques. »Du weißt doch, ich mag sie nicht.«

»Weil sie tun wird, was ich sage«, antwortete Jussef entschieden. »Sie wird Jordana irgendwann am Abend erzählen, wie großartig du im Bett bist und was für einen herrlichen Schwanz du hast.«

Jacques blickte ihn an. »Und daraufhin wird sich die Dame in mich verlieben?«

»Nein«, sagte Jussef, »das hängt von dir ab. Aber Jordana ist noch immer Amerikanerin genug, um sich davon beeindrucken zu lassen, wenn eine so erfahrene Frau wie Mara dich empfiehlt. Außerdem ist Jordana schwanztoll.«

Der jüngere Mann schwieg, als er zum Tisch hinüberging und sich nun doch ein Glas Champagner einschenkte. »Hoffentlich hast du recht«, meinte er dann und trank einen Schluck. »Was aber, wenn sie sich für einen anderen interessiert?«

»Es gab da jemand«, sagte Jussef, »das habe ich von der Besatzung der Jacht erfahren. Aber wie ich Jordana kenne, hat sie ihm den Laufpaß gegeben, denn sie wünscht keine Komplikationen, wenn ihr Mann in der Nähe ist.«

»Und wenn ich ihr nicht gefalle?«

Jussef lächelte und stellte sein Glas hin. Er ging zu dem jungen Mann hinüber und zog an der Kordel, die seinen Bademantel zusammenhielt. Der Mantel öffnete sich. Jussef nahm Jacques' Penis in die Hand und streichelte ihn sanft. »Herrliche fünfundzwanzig Zentimeter«, murmelte er. »Wie sollte ihr das nicht gefallen?«

3

Der Fernschreiber begann zu rattern, sobald das Flugzeug am westlichen Ende des Flugplatzes bei den Lagerhäusern hielt. Dick Carriage löste seinen Sicherheitsgurt und ging zu dem Apparat. Er wartete, bis das Rattern aufhörte, dann riß er die Meldung ab, setzte sich an den Schreibtisch und schlug das Codebuch auf, das er immer bei sich trug.

Baydar warf ihm einen Blick zu, wandte sich dann aber wieder den beiden Mädchen zu. Sie hatten ihre Sicherheitsgurte bereits geöffnet und erhoben sich. Er stand gleichzeitig mit ihnen auf und sagte lächelnd: »Ich hoffe, euer Aufenthalt an der Côte wird euch gefallen.«

Die Blonde erwiderte sein Lächeln. »Wir sind schon ganz aufgeregt. Für uns ist es das erste Mal. Nur schade, daß wir Sie nicht sehen werden!«

Er machte eine vage Handbewegung. »Geschäfte, immer Geschäfte.« Seine Gedanken waren bei dem Fernschreiben; es mußte wichtig sein, wenn der Apparat am Wochenende arbeitete. »Aber wenn ihr etwas braucht, wendet euch nur an Carriage; er wird sich darum kümmern.«

»Das werden wir tun«, sagte die Dunkelhaarige. Sie streckte ihm höflich die Hand entgegen. »Vielen Dank für den schönen Trip.«

Die Blonde lachte. »Es war ein wirklicher Trip.«

Baydar stimmte in ihr Lachen ein. »Danke fürs Mitkommen.«

Raoul trat heran. »Der Wagen für die Damen wartet am Eingang.«

Baydar sah den Mädchen nach, die dem Steward zum Ausgang folgten, und wandte sich dann wieder an Carriage. Der junge Mann hatte gerade die Meldung dechiffriert, riß sie vom Block und reichte sie Baydar.

ZEHN MILLIONEN PFUND STERLING GEMÄSS VEREINBARUNG AN IHR KONTO BANQUE DE SYRIE GENF ÜBERWIESEN. FÜR WEITERE EINZELHEITEN KONTAKTAUFNAHME MIT ALI JASFIR MIRAMAR HOTEL CANNES
(UNTERSCHRIFT) ABU SAAD

Baydar las die Meldung teilnahmslos und zerriß sie dann sorgfältig. Carriage tat das gleiche mit dem Fernschreiben und sammelte die Fetzen in einem Umschlag. Er ging zurück zum Schreibtisch und zog darunter etwas hervor, das aussah wie ein gewöhnlicher Papierkorb mit einem geschlitzten Deckel. Er öffnete den Behälter, warf das Papier hinein, schloß ihn wieder und drückte auf ein Knöpfchen an der Seite. Der Knopf glühte rot auf und wurde nach einer Weile wieder schwarz. Er hob den Deckel und schaute nach. Von dem Papier war nur noch gekräuselte Asche übrig. Zufrieden nickte er und ging zurück zu Baydar.

»Wann wollen Sie Mr. Jasfir sprechen?« fragte er.

»Heute abend. Laden Sie ihn zu der Party ein.«

Carriage nickte und ging wieder zu seinem Schreibtisch. Baydar lehnte sich nachdenklich in seinem Stuhl zurück. Immer war es so. Wie sorgfältig er auch seinen Urlaub planen mochte, stets kam etwas dazwischen. Aber das hier war wichtig und durfte nicht vernachlässigt werden. Abu Saad war der Finanzbevollmächtigte der Al-Iquah, einer der mächtigsten Splittergruppen der Fedajin, und die Summen, die durch seine Hände gingen, waren astronomisch. Es waren Beträge von den Herrschern der reichen Ölscheichtümer und -königreiche wie Kuwait, Dubai und Saudi-Arabien, die darauf bedacht waren, ihr Image in der mohammedanischen Welt aufrechtzuerhalten. Und mit typisch nahöstlicher Vorsicht wurde ein Teil dieses Geldes in Investitionen und Depots beiseitegeschafft, für den Fall, daß die Bewegung Schiffbruch erleiden sollte. Kaum mehr als fünfzig Prozent der erhaltenen Gesamtsumme kam wirklich dem Befreiungskampf zugute.

Baydar seufzte leise. Allahs Wege waren seltsam. Für die arabische Welt war Freiheit stets ein flüchtiger Traum gewesen. Vielleicht stand geschrieben, daß es immer so bleiben sollte. Gewiß gab es Menschen wie ihn selbst, denen er zulächelte, für die anderen jedoch blieb nur das Ringen um die blanke Existenz. Aber die Pforten des Paradieses waren allen geöffnet, die da glaubten; eines Tages würden sie zu diesen Pforten gelangen. Vielleicht.

Er erhob sich und ging zum Schreibtisch. »Geben Sie mir das Halsband aus dem Tresor«, sagte er zu Carriage. Er schob das samtbezogene Etui in seine Jackentasche und ging zur Flugzeugtür. »Wir sehen uns um elf Uhr auf der Jacht«, warf er über die Schulter Carriage noch zu.

Der nickte. »Ja, Sir.«

Dschabir erwartete ihn am Fuß der Rampe. »Der Wagen steht bereit, Herr, um Euch zum Schnellboot zu bringen.«

Der große schwarze Rolls parkte neben dem Flugzeug. Raoul stand davor und sprach mit einem Mann in der Uniform des französischen Zolls. Der Beamte berührte halb salutierend seine Mütze.

»Avez-vous quelque chose à déclarer, Monsieur?«

Baydar schüttelte den Kopf. »Nein.«

Der Zollbeamte lächelte. »Merci, Monsieur.«

Baydar stieg in den Wagen. Dschabir schloß die Tür hinter ihm und setzte sich neben den Fahrer. Der Motor sprang an, und der Wagen machte eine Kurve, um zum westlichen Ende des Flugplatzes zu gelangen.

Dort lag die *San Marco* an dem klapprigen alten Pier vertäut. Zwei Matrosen und der Erste Offizier der Jacht erwarteten ihn. Der Erste Offizier salutierte, als Baydar ausstieg. »Willkommen, Mr. Al Fay.«

Baydar lächelte. »Danke, John.«

Ein Matrose half ihm in das Boot hinunter, Dschabir folgte ihm. Baydar ging nach vorn und trat ans Ruder.

Der Erste Offizier reichte ihm einen gelben Regenmantel und eine Mütze. »Ihr Wetterzeug, Sir. Wir haben etwas Wind, und unser Baby hier schleudert die Gischt ganz hübsch hoch.«

Baydar ließ sich schweigend in den Mantel helfen. Auch Dschabir und die Matrosen zogen Wetterkleidung über. Baydar drückte den Starterknopf. Der Motor sprang mit einem Getöse an, das die nächtliche Stille zerriß. Baydar warf über die Schulter einen Blick nach achtern. »Leinen los!«

Der Matrose nickte, ließ die Achterleine los. Sie löste sich vom Pfosten wie eine sich windende Schlange. Der Matrose stieß das Boot vom Pier ab. »Alles klar, Sir«, rief er und schoß die Leine auf.

Baydar ließ die Kupplung los, und das mächtige Schnellboot bewegte sich langsam vorwärts. Baydar gab vorsichtig Gas und steuerte auf das offene Meer hinaus. Das Boot glitt mühelos durchs Wasser. Baydar setzte sich und schnallte sich an.

»Schnallt euch gut an«, rief er. »Ich drehe jetzt auf.«

Hinter ihm war Bewegung zu hören, dann übertönte die Stimme

des Ersten Offiziers den Motorlärm. »Alles klar, Sir.«

Baydar drehte den Gashebel voll auf. Das Boot schien sich mit einem einzigen plötzlichen Ruck aus dem Wasser zu heben, und die Gischt wurde vom Bug in einem leuchtenden Bogen hoch über ihre Köpfe geschleudert. Der Wind peitschte Baydars Gesicht, der die Zähne zu einer Grimasse entblößte und den Atem anhielt. Ein Blick aufs Log zeigte ihm, daß sie bereits vierzig Knoten machten. Fast hätte er laut aufgelacht, als er das Ruder sanft drehte und das Boot auf Cannes zuraste. Die Kraft von dreihundertzwanzig Pferden lag in seinen Fingerspitzen, während ihm Wind und Wasser ins Gesicht schlugen. Irgendwie war das noch schöner als Sex.

In Ali Jasfirs Apartment klingelte das Telefon. Der schwammige Libanese hob den Hörer ab. »Jasfir.«

Eine amerikanische Stimme schnarrte in sein Ohr. Er lauschte eine Weile und nickte. »Ja, gewiß. Es wird mir ein Vergnügen sein. Ich freue mich darauf, Seine Exzellenz kennenzulernen.« Er legte den Hörer auf und watschelte zurück zu seinen Freunden.

»Es ist soweit«, verkündete er befriedigt. »Wir treffen uns heute abend auf seiner Jacht.«

»Das ist gut für dich«, sagte der schlanke, dunkelhaarige Franzose auf dem Diwan, »aber es löst noch nicht unser Problem.«

»Pierre hat recht«, stimmte ihm Tony, der Amerikaner in dem bunten Sporthemd, zu. »Meine Kontaktleute in Amerika haben ein größeres Problem.«

Ali Jasfir nickte. »Das verstehen wir, und wir tun auch unser Möglichstes, um es zu lösen.«

»Ihr tut es nicht schnell genug«, antwortete der Amerikaner. »Wir werden das Geschäft mit anderen Lieferanten machen müssen.«

»Verdammt!« meinte Pierre. »Gerade jetzt, wo die Labors so gut arbeiten.«

»Und reichlich Rohmaterial da ist«, fügte Ali hinzu. »Die Bauern haben geliefert, die Ernte war gut. Es gab keinerlei Zwischenfälle bei der Anlieferung. Aber mir scheint, daß sich der Ausfall durch die Lücke in deinem Verteilersystem jetzt auch auf uns auswirkt, Pierre. Die letzten beiden Sendungen aus Frankreich sind in den Vereinigten Staaten abgefangen worden.«

Das Gesicht des Amerikaners wurde hart. »Die durchlässigen Stellen sind hier, sonst hätten die Feds nie Wind davon bekommen. Wir werden einen anderen Weg für die Einfuhr finden müssen.«

»Über Südamerika«, schlug der Franzose vor.

»Geht nicht«, erwiderte Tony kurz. »Das haben wir bereits versucht und sind aufgeflogen. Wenn das Loch hier ist, wird die Sache schwierig.«

»Die undichte Stelle muß in eurer Organisation sein«, sagte Ali mit einem Blick auf den Franzosen.

»Unmöglich«, entgegnete der. »Jeder, der für uns arbeitet, wurde auf Herz und Nieren geprüft.«

»Wahrscheinlich bleibt uns gar keine Wahl«, sagte Ali. »Wir können eure Operation nicht weiter finanzieren, wenn die Ware nicht auf den Markt gelangt.«

Der Franzose schwieg nachdenklich. »Wir wollen nichts überstürzen«, meinte er schließlich. »Diese Woche geht wieder eine Ladung ab. Warten wir ab, was damit geschieht.«

Ali Jasfir sah fragend den Amerikaner an. Der nickte. Ali wandte sich abschließend an den Franzosen. *»D'accord,* Pierre.«

Nachdem der Franzose gegangen war, fragte Tony: »Was meinst du, Ali?«

Ali zuckte die Achseln. »Da wird keiner mehr klug daraus.«

»Möglich, daß er uns hintergeht«, sagte Tony. »An der Westküste kommt das Zeug immer noch ungehindert rein. Wir zahlen dem Mob dort Prämien, um gerade noch genug zu kriegen, daß wir im Geschäft bleiben können.«

»Kriegen die ihre Ware aus Indochina?« fragte Ali.

Tony nickte. »Und wesentlich billiger als wir.«

Ali schüttelte den Kopf. »Mit gutem Grund. Unsere Kosten wären auch niedriger, wenn wir von der CIA finanziert würden.«

»Das ist nur ein Teil des Problems«, sagte Tony. »Die heiße Ware in den Staaten heute ist Kokain. Und da sind wir schwach.«

»Mit der Frage haben wir uns schon beschäftigt«, warf Ali ein. »Ich habe Verbindungen in Bogotà und fliege nächste Woche selbst hin.«

»Die Jungs werden erfreut sein, das zu hören. Wir bleiben lieber mit euch im Geschäft, als uns nach einem neuen Partner umzusehen.«

Ali stand auf. Das Gespräch war beendet. »Wir werden noch lange miteinander im Geschäft bleiben.«

Er begleitete den Amerikaner zur Tür. Sie schüttelten einander die Hände. »Wir treffen uns Anfang nächsten Monats in New York.«

»Hoffentlich hat sich die Lage bis dahin gebessert.«

»Davon bin ich überzeugt«, antwortete Ali. Er schloß die Tür hinter dem Mann und legte Riegel und Kette vor. Dann eilte er ins Badezimmer, wo er sich umständlich die Hände wusch und trocknete. Als er damit fertig war, ging er zum Schlafzimmer und klopfte leise an die Tür.

Sie öffnete sich, und ein junges Mädchen stand im Türrahmen. Ihre olivfarbene Haut, die dunklen Augen und das lange schwarze Haar paßten nicht recht zu den Jeans und dem poppigen Hemd. »Ist die Besprechung beendet?« fragte sie.

Er nickte. »Möchtest du etwas Kaltes trinken?«

»Hast du eine Cola?«

»Gewiß«, sagte er, ging in die Küche und holte Coca-Cola aus dem Kühlschrank. Er füllte ein Glas und reichte es ihr.

Sie trank in großen Schlucken. »Wann fliegen wir ab?« fragte sie.

»Ich habe Plätze für den morgigen Flug nach Beirut gebucht«, antwortete er. »Aber vielleicht kommt es zu einer Verzögerung.«

Sie sah ihn fragend an.

Er erwiderte ihren Blick fest. »Ich bin heute abend mit deinem Vater verabredet.«

Sie erschrak. »Du wirst mich doch nicht verraten?« Sie stellte das Glas hin. »Du hast mir versprochen, daß er es nicht erfährt. Sonst wäre ich nicht aus der Schweizer Schule abgehauen.«

»Das heute abend hat mit dir gar nichts zu tun«, beruhigte er sie. »Dein Vater hat keine Ahnung. Wir haben geschäftlich miteinander zu reden.«

»Geschäftlich? Wieso?« fragte sie argwöhnisch.

»Dein Vater macht viele Investitionen für uns. Er hat Zutritt in Kreise, in die wir sonst nicht eindringen könnten. Er kann auch Nachschub und Material besorgen, an die wir nicht herankommen.«

»Weiß er, daß es für unsere Sache ist?«

»Ja.«

Ihr Gesicht bekam einen seltsamen Ausdruck.

»Er sympathisiert mit uns«, sagte er hastig.

»Ich traue ihm nicht!« erwiderte sie heftig. »Mein Vater sympathisiert nur mit Geld und Macht. Menschliches Leid und Gerechtigkeit bedeuten ihm nichts.«

»Dein Vater ist Araber«, sagte er steif.

Sie starrte ihn an. »Das ist nicht wahr! Er ist mehr Abendländer als Araber. Sonst hätte er sich nicht von meiner Mutter scheiden lassen, um diese Frau zu heiraten! Mit dem Geschäft ist es ebenso. Wieviel Zeit verbringt er bei seinem Volk, in seinem Vaterland? Zwei Wochen im Jahr? Es würde mich nicht wundern zu entdecken, daß er sogar mit den Israelis Geschäfte macht. Viele seiner westlichen Freunde sind Juden.«

»Dein Vater hat auf seine Weise viel für unsere Sache getan.« Ali sah sich plötzlich einen Mann verteidigen, den er gar nicht kannte. »Unser Kampf kann nicht von Soldaten allein gewonnen werden.«

»Unser Kampf wird von Männern gewonnen werden, die bereit sind, ihr Blut zu vergießen und ihr Leben hinzugeben, nicht von solchen wie mein Vater, die nur an Profit denken.« Zornig stapfte sie zurück ins Schlafzimmer und schlug die Tür hinter sich zu.

Er klopfte an die Tür. »Leila«, sagte er versöhnlich. »Soll ich dir etwas zu essen bestellen?«

»Hau ab, laß mich in Ruhe. Ich bin nicht hungrig!« Ersticktes Schluchzen war durch die geschlossene Tür zu vernehmen.

Eine Weile blieb er unschlüssig stehen, dann ging er in sein Schlafzimmer, um sich zum Abendessen umzuziehen. Die Jugend war voller Ideale. Für sie war alles schwarz oder weiß. Zwischentöne gab es für sie nicht, nur gut oder schlecht.

Aber es war nicht seine Aufgabe zu urteilen. Man führte keinen politischen Kampf einzig mit Idealen. Die Jungen wußten nicht, daß man Geld brauchte, um etwas zu erreichen. Geld, um ihre Uniformen zu kaufen, um ihnen Gewehre, Waffen und Ausbildung zur Verfügung zu stellen. Moderne Kriegsführung, auch Guerillakrieg, war kostspielig. Und das war der wahre Grund, warum man so viel Zeit darauf verwendet hatte, Leila zu indoktrinieren. Man hatte ihren Groll gegen ihren Vater benutzt, bis sie soweit war, sich auch physisch an die Fedajin zu binden. Es ging gar nicht darum, was sie selbst zu bieten hatte; es gab genug andere Mädchen, die ebensoviel leisten konnten wie Leila.

Aber keine von ihnen hatte einen Vater, der zu den reichsten Männern der Welt gehörte. Ali seufzte tief. Übermorgen würde sie in ein Trainingslager in den libanesischen Bergen verschwinden. War sie erst einmal dort und unter ihrer Kontrolle, würde Baydar Al Fay für einige Pläne, die er bereits abgelehnt hatte, vielleicht zugänglicher werden. Leila dürfte eine stärkere Waffe sein als ein Revolver in seinem Genick.

4

»Ihr Anruf in die Staaten, Mr. Carriage«, sagte die Hoteltelefonistin auf englisch.

»Danke«, erwiderte Dick. Es summte und krachte in der Leitung, dann ertönte eine Stimme. »Hallo«, sagte Dick.

Wieder knackte es mehrmals, dann kam ein Summgeräusch. »Hallo, hallo«, rief er ungeduldig. Plötzlich wurde die Leitung klar, und die Stimme seiner Frau kam durch. »Hallo, Margery«, rief er.

»Richard?« fragte sie.

»Natürlich Richard«, knurrte er seltsam ärgerlich. »Wer denn sonst?«

»Deine Stimme klingt so weit entfernt.«

»Ich bin auch weit entfernt; in Cannes.«

»Was machst du dort?« fragte sie. »Ich dachte, du arbeitest.«

»Mein Gott, Margery, ich arbeite ja. Ich sagte dir doch, der Boss will hier den Geburtstag seiner Frau verbringen.«

»Wessen Geburtstag?«

»Seiner Frau«, schrie er. »Ach, laß das doch, Margery. Wie geht es den Kindern?«

»Sehr gut, nur Tommy ist erkältet. Ich habe ihn heute zu Hause behalten. Wann kommst du heim?«

»Ich weiß nicht. Der Boss hat eine Menge Dinge vor.«

»Du sagtest aber doch, diesmal sei es nur für drei Wochen.«

»Es hat sich allerhand ergeben, es ist nicht meine Schuld.«

»Als du noch bei Aramco warst, ging es uns besser. Da bist du wenigstens jeden Abend heimgekommen.«

»Ich habe eine Menge weniger Geld verdient. Zwölftausend im Jahr statt vierzig.«

»Aber du fehlst mir«, jammerte sie, Tränen in der Stimme.

Er wurde weich. »Du fehlst mir auch, Liebling. Und die Kinder.«

»Richard?«

»Ja, Liebling?«

»Geht es dir gut?«

»Ausgezeichnet«, sagte er.

»Ich mache mir dauernd Sorgen. Ich habe den Eindruck, du fliegst ständig, du bist nie lang genug an einem Ort, um dich richtig auszuruhen.«

»Ich hab gelernt, im Flugzeug zu schlafen«, log er. »Mir geht's prima.« Er griff mit der freien Hand nach einer Zigarette und zündete sie an. »Wir bleiben auf jeden Fall bis Mittwoch hier. Bis dahin kann ich mich erholen.«

»Das freut mich«, sagte sie. »Kommst du bald nach Hause?«

»Sobald ich kann.«

»Ich liebe dich, Richard.«

»Ich dich auch. Und gib den Kindern einen dicken Kuß von mir.«

»Das tu ich«, sagte sie. »Lebwohl.«

»Leb wohl, mein Liebe.« Er legte den Hörer auf und nahm einen langen Zug aus der Zigarette. Er sah sich im Hotelzimmer um; es erschien ihm seltsam leer und nüchtern. Hotelzimmer waren überall in der Welt gleich. Sie waren so entworfen, daß man sich darin nicht zu Hause fühlen konnte.

Wäre er nur wie Baydar veranlagt! Der schien sich überall, wo er hinkam, wohl zu fühlen. Fremde Räume und fremde Orte bedrückten ihn überhaupt nicht. Natürlich hatte er in den wichtigsten Großstädten ein Haus oder eine Wohnung: in New York, Los Angeles, San Francisco, London, Genf, Beirut, Teheran. Aber auch wenn er im Hotel wohnte, wußte er ein Zimmer so umzuändern, daß es zu seinem Stil paßte.

Vielleicht deshalb, weil er sein ganzes Leben im Ausland verbracht hatte. Sein Vater hatte ihn nach England zur Schule geschickt, dann in die Staaten aufs College, zuerst auf die Harvard Business School, später nach Stanford. Sein Leben war schon vor seiner Geburt genau geplant worden. Als Vetter des regierenden Emirs und einzigem männlichen Erben der Familie wurden ihm natürlich alle geschäftlichen Angelegenheiten anvertraut. Mit wachsender Ölproduktion war immer mehr Geld in ihre Schatzkammern geflossen. Und die Investitionen dieser Riesensummen wurden Baydar übertragen, weil man sich nicht entschließen konnte, Leuten aus dem Westen zu vertrauen. Abgesehen von den trennenden Unterschieden in Philosophie und Religion hatte auch eine allzu lange Geschichte kolonialer Unterdrückung das Ihre zu diesem Mißtrauen beigetragen. Bereits reich, als er begann, war Baydar noch reicher geworden. Allein sein Jahreseinkommen an Provisionen überstieg bereits fünf Millionen Dollar, und er kontrollierte einen internationalen Investmentfond von mehr als fünfhundert Millionen Dollar. Interessant war daran, daß er seine Geschäfte ohne festgefügte Organisation abwickelte. In jedem Land gab es eine kleine Gruppe von Angestellten, die ihm unmittelbar unterstanden. Aber alle endgültigen Entscheidungen traf er selbst. Er allein wußte, wie alles funktionierte und zusammenhing. Dick begann erst jetzt, nach zwei Jahren, den Umfang der Geschäftstätigkeit zu ermessen, mußte aber immer noch feststellen, daß jeder Tag neue, für ihn überraschende Entwicklungen bringen konnte.

Daß Baydar möglicherweise mit Al-Iquah zu tun hatte, merkte er zum erstenmal, als er das Fernschreiben Abu Saads, des Finanzvertreters der Gruppe, sah. Carriage hatte immer geglaubt, daß Baydar mit seinen konservativen Grundsätzen die Aktionen der Fedajin ablehnte und eher schädlich als nützlich für die arabische Sache erachtete. Trotzdem schien er mit ihnen Geschäfte zu machen. Carriage war intelligent genug, um zu wissen, daß es dafür einen Grund geben mußte. Irgend etwas war im Gange, wovon nur Baydar wußte. Was mochte es bloß sein? Es war zwecklos, daran herumzurätseln. Er würde es sowieso erst erfahren, sobald Baydar darüber sprach.

Carriage warf einen Blick auf seine Armbanduhr. Es war fast zehn Uhr. Zeit sich anzuziehen und auf die Jacht zu fahren. Baydar wußte ihn gern in der Nähe, wenn Geschäfte besprochen wurden.

Baydar blieb an der Verbindungstür zwischen seiner und Jordanas Privatkabine stehen. Er überlegte eine Weile, dann ging er zurück zu seinem Ankleidetisch und griff nach dem samtüberzogenen Schmucketui. Seine Pantoffeln glitten lautlos über den dicken Teppich. Nur das Rascheln seiner glänzenden Baumwolldschellaba war zu hören, als er ihre Kabine betrat.

Der Raum lag, abgesehen von dem durch die offene Tür einfallenden Licht, in völligem Dunkel. Ihre zusammengerollte Gestalt zeichnete sich unter den Leintüchern ab. Leise schloß er die Tür, ging zum Bett und setzte sich. Sie regte sich nicht.

Nach einer Weile sagte er: »Jordana.«

Kein Zeichen verriet, daß sie ihn gehört hatte.

»Bist du wach?« flüsterte er.

Keine Antwort. Er beugte sich vor und legte das Schmucketui auf das Kissen neben ihren Kopf, dann stand er auf und ging zur Tür. Als er nach der Klinke griff, flammte plötzlich das Licht auf. Er blinzelte und drehte sich um.

Sie saß aufrecht im Bett, das lange blonde Haar bedeckte ihre weißen Schultern und die vollen Brüste mit den rosa Spitzen. Sie sah ihn schweigend an.

»Ich dachte, du wärst eingeschlafen«, sagte er.

»War ich auch«, antwortete sie. »Hattest du einen guten Fl

Er nickte. »Ja.«

»Die Kinder werden sich freuen, dich zu sehen«, sagte s du diesmal ein wenig Zeit für sie haben?«

»Ich habe vor, bis Mittwoch hierzubleiben«, sagte er. » cht könnten wir morgen mit ihnen nach Capri fahren und ein age dort bleiben.«

»Das würde ihnen gefallen.« Sie schlug die Leintücher zurück, stieg aus dem Bett und nahm den Morgenrock, der auf einem Stuhl lag. Im Spiegel am anderen Kabinenende sah sie, daß er sie beobachtete. »Ich muß mich für die Party anziehen«, sagte sie, schlüpfte in den Morgenrock und wandte sich ihm zu.

Er antwortete nicht.

»Du solltest dich auch anziehen.«

»Mach ich«, sagte er.

Er sah ihr nach, wie sie ins Badezimmer ging und hinter sich die Tür schloß. Das schwarze Samtetui lag immer noch auf dem Kissen; sie hatte es nicht einmal bemerkt.

Er nahm es an sich und ging ruhig zurück in seine Kabine. Er klingelte nach Dschabir.

Der Diener erschien sofort. »Ja, Herr?«

Baydar reichte ihm das Schmucketui. »Der Kapitän soll das in den Tresor schließen. Wir bringen es morgen zurück.«

»Ja, Herr«, antwortete der Diener und schob das Etui in seine Tasche. »Ich habe den blauen Shantungsmoking heute herausgelegt. Ist das richtig?«

Baydar nickte. »Ausgezeichnet.«

»Danke«, sagte Dschabir, verneigte sich und ging.

Baydar starrte auf die Tür, die der Diener hinter sich geschlossen hatte. Es war unmöglich. Sie mußte das schwarze Etui auf dem Kissen neben sich gesehen haben. Sie hatte es absichtlich ignoriert.

Er wandte sich abrupt um und ging wieder in ihre Kabine. Sie saß vor ihrem Toilettentisch und schaute in den Spiegel. Sie sah sein Spiegelbild und drehte sich nach ihm um.

Seine flache Hand schlug ihr ins Gesicht. Sie stürzte vom Stuhl auf den Boden, und ihr Arm fegte dabei Parfüm und verschiedene Kosmetikfläschchen vom Toilettentisch. Sie starrte mit aufgerissenen, mehr überraschten als erschreckten Augen zu ihm hoch. Als sie ihre Wange betastete, konnte sie fast den Abdruck seiner Hand spüren. Sie machte keinerlei Anstalten aufzustehen. »Das war dumm von dir«, sagte sie beinahe unpersönlich. »Jetzt werde ich nicht zu meiner eigenen Geburtstagsparty gehen können.«

»Du wirst zu der Party gehen«, sagte er grimmig, »und wenn du einen Schleier tragen mußt wie alle anständigen Moslemfrauen.«

Ihre Augen folgten ihm, als er zurück zur Tür ging. Er blieb stehen und blickte auf sie herunter. »Alles Gute zum Geburtstag«, sagte er und schloß die Tür hinter sich.

Dick befand sich in der Nähe der Bar und blickte zu seinem Arbeitgeber hinüber. Baydar stand mit Jussef und mehreren Leuten beisammen und hörte auf seine ruhige Art aufmerksam zu, wie Jussef eine seiner endlosen Geschichten erzählte. Dick sah auf die Uhr: beinahe eins. Falls Baydar beunruhigt war, daß Jordana immer noch nicht erschien, ließ er sich nichts davon anmerken.

Die Musik tönte aus den Lautsprechern, die über den Markisen des Sonnendecks angebracht waren. Mehrere Paare tanzten, ihre Körper bewegten sich geschmeidig im Schein der verschwenderisch aufgehängten Lampen. Andere Paare saßen auf den Bänken an der Reling oder an Cocktailtischchen rund um die Tanzfläche. Das Büfet war unten im Hauptdeck aufgebaut, aber Baydar hatte noch nicht das Zeichen zum Essen gegeben.

Ali Jasfir kam auf Dick zu. Trotz des kühlen Abends glänzte das Gesicht des fetten Libanesen vor Schweiß. »Ein schönes Schiff«, sagte er. »Wie lang ist es?«

»Fünfundfünfzig Meter«, sagte Dick.

Jasfir nickte. »Es wirkt größer.« Er blickte über das Deck zu Baydar hin. »Unser Gastgeber scheint sich gut zu unterhalten.«

Carriage lächelte. »Das tut er immer. Ich kenne niemanden, der Geschäft und Vergnügen so gut zu verbinden versteht wie er.«

»Anscheinend kommt das Vergnügen an erster Stelle«, bemerkte Jasfir mit leiser Mißbilligung.

»Heute ist schließlich Madames Geburtstag«, erwiderte Carriage höflich, aber kühl. »Außerdem erwartete er nicht, auf dieser Fahrt Geschäfte zu besprechen.«

Jasfir nahm die versteckte Abfuhr kommentarlos hin. »Ich habe die Dame noch nicht kennengelernt.«

Carriage gestattete sich ein Lächeln. »Es ist ihr Geburtstag, und Sie wissen ja, wie Frauen sind. Vielleicht plant sie einen großen Auftritt.«

Jasfir nickte würdevoll. »Westliche Frauen sind ganz anders als arabische. Sie nehmen sich Freiheiten heraus, von denen unsere Frauen nicht einmal träumen würden. Meine Frau . . .« Er brach ab und starrte zur Treppe, die vom unteren Deck heraufführte.

Carriage folgte seinem Blick. Jordana war soeben erschienen. Sämtliche Unterhaltungen verstummten. Nur die Musik dröhnte von oben her und ging plötzlich in die wilden Klänge von *Misirlou* über.

Auf ihrem Weg zur Mitte der Tanzfläche schien Jordana wie von Licht umhüllt. Sie war wie eine orientalische Tänzerin gekleidet. Ein Büstenhalter aus gehämmertem Gold bedeckte ihre Brüste, sonst war sie nackt bis zu dem juwelenbesetzten Band, das verschiedenfarbige Chiffonbahnen zusammenhielt, die wie ein Rock wirkten. Auf dem Kopf trug sie ein Diadem, und ihr langes blondes Haar floß über ihre Schultern. Ein seidener Schleier verdeckte ihr Gesicht, so daß nur ihre verführerischen Augen sichtbar waren. Sie hob die Hände über den Kopf und blieb eine Weile reglos stehen.

Carriage hörte, wie der Libanese den Atem anhielt. Jordana hatte noch nie so schön ausgesehen. Jede Linie ihres herrlichen Körpers war zu sehen. Langsam begann sie sich zur Musik zu bewegen.

Zuerst nahmen die Fingerzimbeln an ihren Händen den Rhythmus auf, dann, als der Beat deutlicher wurde, begann sie zu tanzen. Carriage hatte schon viele Bauchtänzerinnen gesehen. Er stammte aus einer Familie aus dem Mittleren Osten und kannte den Tanz seit seiner Kindheit. Aber eine solche Vorführung hatte er noch nie erlebt.

Das war der Gipfel der Sexualität. Jede Bewegung Jordanas brachte Erinnerungen an die vielen Frauen zurück, die er gekannt hatte, und alle waren in der Erotik ihres Tanzes vereinigt. Er riß seine Augen von ihr los und beobachtete seine Umgebung.

Sie spürten es alle, die Frauen und die Männer in gleicher Weise. Ihre Leidenschaft und Begierden verrieten sich in der Art, wie sie Jordana ansahen, deren Tanz seinem wilden Höhepunkt zustrebte. Alle außer Baydar.

Er stand da und beobachtete schweigend jede ihrer Bewegungen. Aber sein Gesicht war teilnahmslos, der Blick in sich gekehrt. Und seine Miene änderte sich nicht einmal, als sie vor ihn trat und ihm kniend in klassischer Weise ihre Ergebenheit bezeugte. Dann, als die Musik ihren Höhepunkt erreichte, sank Jordana in die Knie und berührte mit der Stirn seine Füße.

Einen Augenblick lang herrschte Stille, dann ertönte Applaus. Bravorufe vermengten sich mit den arabischen *achsanti.*

Nach einer Weile beugte Baydar sich über sie, nahm ihre Hand und half ihr auf die Füße. Es wurde weiter geklatscht. Ruheheischend hob Baydar die Hand; der Applaus verebbte.

»Meine Frau und ich danken Ihnen für Ihre Anwesenheit bei dieser freudigen Gelegenheit.«

Neuer Applaus und Gratulationsrufe. Er wartete, bis wieder Ruhe eintrat. »Es bleibt uns nichts Weiteres mehr zu sagen als . . . Meine Damen und Herren – zu Tisch!«

Ohne ihre Hand loszulassen, führte er seine Frau die Treppe zum Hauptdeck hinunter. Die Unterhaltungen setzten wieder ein und erfüllten die Nacht, als die anderen ihnen folgten.

5

Uniformierte Stewards standen am Büfett, um die Gäste zu bedienen. Der Tisch war mit Speisen beladen – Roastbeef, gebackene Schinken, gefüllte Truthähne und ein am selben Tag gefangener riesiger Barsch. Als Hauptattraktion beherrschte ein mächtiger, aus Eis modellierter Fisch die Tafel, auf dem eine Kristallschale mit zehn Pfund großkörnigem Belugakaviar prangte.

Tische und Bänke waren bereits von hungrigen Gästen besetzt, als Carriage sah, wie Baydar sich entschuldigte und auf die Salontür zustrebte. Er wandte sich um und sah zu Carriage hin, dann nickte er in die Richtung von Jasfir, der noch in der Schlange vor dem Büfett wartete. Baydar betrat den Salon, ohne sich noch einmal umzudrehen.

Carriage begab sich zu dem Libanesen. »Mr. Al Fay erwartet Sie, wenn Ihnen das recht ist.«

Jasfir warf einen Blick auf das Büfett und dann auf Carriage. Der Magen des kleinen Mannes hatte beim Anblick der Speisen zu knurren begonnen. Widerwillig schickte er sich an, den leeren Teller, den er in der Hand hielt, abzustellen.

Dick nahm ihm den Teller aus der Hand. »Ich lasse Ihnen vom Steward Ihr Essen bringen.«

»Danke«, sagte Ali.

Dick reichte den Teller einem Steward und trug ihm auf, ihn gefüllt zu Mr. Jasfir ins Arbeitszimmer zu bringen, dann wandte er sich um.

»Bitte folgen Sie mir.«

Jasfir ging hinter ihm durch den Gang, der zu den Kabinen führte. Mittschiffs blieb Carriage vor einer Mahagonitür stehen und klopfte an.

Aus dem Inneren ertönte Baydars Stimme: »Herein.«

Carriage öffnete und trat zur Seite, um Jasfir vorbeizulassen. Er selbst blieb draußen. »Wünschen Sie noch etwas, Sir?« fragte er.

»Stellen Sie die Blinkanlage an«, sagte Baydar. »Möglich, daß ich Sie später brauche.«

»Gut«, antwortete Carriage. Ein Steward kam mit Jasfirs Teller. »Tragen Sie ihn hinein«, ordnete Dick an. Als der Steward herauskam, schloß er die Tür. Er hörte noch, wie sie abgeschlossen wurde, als er durch den Gang davonging.

»Ich muß mich für die Störung entschuldigen«, sagte Baydar.

Der Libanese saß schon vor seinem Teller und aß. »Kein Problem«, sagte er zwischen zwei Gabeln voll Kaviar. Schwarzer Saft tropfte ihm aus dem Mundwinkel, er betupfte ihn zart mit der Serviette.

Baydar ging zu dem kleinen Schreibtisch und nahm einen Aktendeckel aus der Schublade. Er legte ihn neben Jasfirs Teller auf den Tisch. »Gemäß den Besprechungen mit Ihren Auftraggebern habe ich hier einen Investitionsplan für erstklassige Wertpapiere und Immobilien aufgestellt, der nach unserer vorsichtigen Schätzung über zehn Jahre hin etwa zwölf Prozent jährlich abwerfen dürfte. Das bedeutet eine Wachstumsrate von sechs Prozent und Ausschüttung in bar in der gleichen Höhe. Am Ende der zehn Jahre haben Sie über vierzig Prozent gemacht, während sich das Kaptial verdoppelt hat.«

»Das ist sehr gut«, sagte Jasfir, der an einem Stück Huhn kaute.

»Ich brauche nur noch die Zustimmung Ihrer Auftraggeber«, sagte Baydar.

Jasfir machte keinerlei Anstalten, sich die Akten anzusehen. Er legte den Hühnerknochen auf den Teller und schmatzte höflich mit den Lippen, um zu zeigen, wie gut ihm das Essen geschmeckt hatte. »Dürfte ich mir die Hände waschen?« fragte er.

Baydar nickte. Er führte den Libanesen in das kleine Badezimmer neben dem Arbeitszimmer. Als der kleine Mann zurückkam, saß Baydar hinter seinem Schreibtisch. Der Libanese ließ den Aktendeckel auf dem Tisch neben seinem leeren Teller liegen und setzte sich auf einen Stuhl vor dem Schreibtisch. Baydar wartete höflich.

»Der Mensch denkt, Gott lenkt«, begann Jasfir.

Baydar schwieg.

»Die Umstände erfordern eine Änderung unserer Pläne«, sagte Jasfir. »Ich fürchte, wir werden auf die Ausführung des Investitionsplans verzichten müssen.«

Baydards Gesicht blieb unbewegt. Er sagte nichts.

»Es mußten andere Dispositionen für das Kapital getroffen werden«, sagte der Libanese.

»Ich verstehe«, sagte Baydar ruhig. »Ich werde dafür sorgen, daß die avisierten zehn Millionen Pfund unverzüglich an Sie zurücküberwiesen werden.«

»Das wird nicht nötig sein«, sagte Jasfir schnell. »Wir sehen keinen Grund, weshalb nicht Sie dieses Geschäft für uns erledigen sollten. Natürlich zu Ihrem üblichen Provisionssatz.«

Baydar nickte schweigend.

»Wie Sie wissen, wird Israel täglich mächtiger. Und bedrohlicher. Die Leiden unserer Leute unter israelischer Herrschaft werden immer größer. Sie rufen ihre Brüder zu Hilfe. Die Zeit wird knapp. Wir müssen bald handeln, sonst wird alles endgültig verloren sein.« Der Libanese machte eine Atempause. »Wir haben mit der Société Anonyme de Matériel Militaire gewisse Abmachungen für Lieferungen in Höhe von sechs Millionen Pfund getroffen. Auf Grund des Vertrauens, das wir in Sie setzen, sind wir übereingekommen, Sie als unseren akkreditierten Einkäufer zu beauftragen. Wir sind bereit, Ihnen dafür Ihre übliche zehnprozentige Provision zusätzlich zum Nettoaufwand zu bezahlen.«

Baydar schwieg noch immer.

»Für die restlichen drei Millionen vierhunderttausend Pfund haben wir eine Million Pfund als Investition in die kolumbianische Landwirtschaft, natürlich Kaffeeplantagen, vorgesehen.«

»Natürlich«, sagte Baydar. Aber es war beiden klar, daß er die Sache durchschaute. »Bleiben noch zwei Millionen dreihundert.«

Jasfir lächelte. Der kleine Mann freute sich. Er wußte, wenn das Geld einmal auf Baydars Konto lag, würde es kein Problem sein, sich seine Unterstützung zu sichern. Wie reich er auch sein mochte, er wollte immer noch mehr. »Für den Rest haben wir keine Pläne«, sagte er. »Wir dachten, vielleicht könnten Sie einen Investitionsplan für diese Summe ausarbeiten, und wir würden Ihnen eine Liste von bestimmten Nummernkonten in der Schweiz und auf den Bahamas geben.«

»Ich verstehe.« Baydar nickte.

»Natürlich würden Sie auch für diese Restsumme Ihre zehn Prozent Provision erhalten«, sagte Jasfir schnell. »Das bedeutet, Sie bekommen fast eine Million Pfund dafür, daß Sie das Geld bloß über Ihr Konto laufen lassen.«

Baydar blickte ihn an. Das war die Schwäche der arabischen Welt. Korruption und Bestechung waren schon zum festen Bestandteil ihres Handels geworden. Von zehn Millionen Pfund würden nur sechs Millionen für das Wohl des Volkes verwendet werden. Und dieses Wohl war äußerst fragwürdig. Was das Volk brauchte, war Nahrung und Erziehung, nicht Gewehre. Und sicher brauchte es keine Bereicherung seiner Führer auf seine Kosten.

Der Libanese hielt das Schweigen für Zustimmung. Er erhob sich. »Dann darf ich meinen Auftraggebern mitteilen, daß Sie die Sache übernehmen«, sagte er zufrieden.

Baydar sah ihn an. »Nein.«

Jasfir riß erstaunt den Mund auf. »Nein?« wiederholte er.

Baydar sprang auf und schaute auf den kleinen Mann hinunter. »Montag morgen, sofort nach Öffnung der Banken, geht das Geld zurück«, sagte er. »Sie können Ihren Leuten sagen, daß ich ihnen zu meinem Bedauern nicht behilflich sein kann. Aber ich bin leider außerstande, diesen Auftrag zu übernehmen. Ich bin sicher, Sie werden jemand anderen finden, der sich besser dafür eignet als ich.«

»Es steht geschrieben, daß ein hastig gefaßter Beschluß später oft bereut wird«, sagte der kleine Mann.

»Es steht auch geschrieben«, zitierte Baydar anzüglich, »daß ein ehrlicher Mann sein Leben ohne Reue lebt.« Er drückte auf einen Knopf auf seinem Schreibtisch und schritt zur Tür.

»Mr. Al Fay«, sagte Jasfir.

Baydar wandte sich um. »Ja?«

»Noch bevor der Winter kommt, wird es Krieg geben.« Der Libanese sprach zum erstenmal arabisch. »Wenn er vorbei ist, wird der Mittlere Osten in unserer Hand sein. Es wird kein Israel mehr geben, denn wir werden die Welt in die Knie zwingen. Die alte Ordnung ist zu Ende – eine neue Kraft geht vom Volk aus. Wenn du dich uns jetzt anschließt, wirst du auf der Seite der Sieger stehen.«

Baydar antwortete nicht.

»Der Wüstensand wird rot sein vom Blut unserer Feinde«, fügte Jasfir hinzu.

»Und von dem unseren«, antwortete Baydar. »Und wenn es vorbei ist, wird sich nichts geändert haben. Ein paar hundert Meter da, ein paar hundert dort. Wir sind nur Schachfiguren in der Hand der Großmächte; Rußland und Amerika können es sich nicht leisten, eine der beiden Seiten gewinnen zu lassen.«

»Sie werden auf uns hören müssen«, sagte Jasfir. »Wir kontrollieren ihre Ölzufuhr. Wenn wir sie abdrehen, fallen sie auf die Knie.«

»Nur bis zu einem gewissen Punkt«, sagte Baydar. »Dann werden sie uns in die Knie zwingen.«

Es klopfte. Baydar schloß auf und öffnete. »Bitte begleiten Sie Mr. Jasfir zurück zu der Party«, sagte Baydar zu Carriage. Er wandte sich nochmals an den Libanesen. »Wenn wir irgend etwas tun können, um Ihren Aufenthalt angenehmer zu gestalten, stehen wir zu Ihrer Verfügung.«

Jasfir starrte ihn an. Die Bitternis der Enttäuschung stieg wie Galle in seine Kehle. Aber er zwang sich zu einem Lächeln. Die Dinge würden sich schnell ändern, sobald Baydar entdeckte, daß seine Tochter bei ihnen war. »Chatrak«, sagte er. »Mit Ihrer Erlaubnis?«

»Geh in Frieden«, sagte Baydar förmlich auf arabisch. Er schloß die Tür, ging zum Tisch und nahm den Aktendeckel zur Hand. Er starrte ihn einen Moment an, dann warf er ihn in den Papierkorb. Also nur ein Vorwand, um ihn mit hineinzuziehen. Sie hatten nie daran gedacht, seine Vorschläge zu befolgen.

Das wußte er nun. Er wußte auch, daß sie nicht aufgeben würden. Sie würden nicht ruhen, bis sie die übrige Welt auf ihr eigenes tiefes Niveau gezogen hatten. Oder, wenn ihnen das nicht gelang, sie vernichtet hatten.

Plötzlich war er müde. Er ging zurück zum Schreibtisch, setzte sich und schloß die Augen. Er sah die freundlichen, ernsten Augen seines Vaters, die ihn anblickten, tief, bis fast in seine Seele. Eine Szene aus seiner Kindheit stieg vor ihm auf. Damals war er höchstens zehn Jahre alt gewesen.

Sie hatten Krieg gespielt, und er hatte seinen Spielgefährten mit einem hölzernen Krummsäbel geschlagen und dabei aus voller Kehle geschrien: »Stirb, Ungläubiger, stirb! Im Namen des Propheten, stirb!«

Plötzlich wurde ihm der Krummsäbel aus der Hand gerissen, und als er sich verblüfft umsah, sah er zu seiner Verwunderung seinen Vater. »Warum hälst du mich zurück?« fragte er zornig. »Achmed spielt doch den Juden.«

Sein Vater kniete sich hin, so daß ihre Gesichter auf gleicher Höhe waren. »Du hast Gott gelästert«, sagte er sanft. »Du hast den Namen des Propheten gebraucht, um deine Handlungen zu rechtfertigen.«

»Das ist nicht wahr«, erwiderte er. »Ich habe den Propheten verteidigt.«

Sein Vater schüttelte den Kopf. »Du vergißt, mein Sohn, daß der Prophet, den du durch Ausübung von Gewalt verteidigen willst, auch als der Bote des Friedens bekannt ist.«

Das war dreißig Jahre her, und jetzt drängten auch andere Erinnerungen an früher hoch und erkämpften sich den Weg in sein Bewußtsein.

6

Die Landebahn schimmerte in der Mittagssonne, als die zweimotorige DC-3 über dem Flugfeld am Wüstenrand kreiste, um zu landen. Baydar schaute aus dem Fenster auf den Flugplatz, als er hörte, wie das Fahrwerk ausgefahren wurde. Am anderen Ende der Landebahn warteten mehrere schwarze Cadillacs; dahinter standen im Schatten einer Palmengruppe einige Kamele mit ihren Treibern. Das schleifende Geräusch der Landeklappen zeigte an, daß das Flugzeug zum Landen ansetzte.

Baydar blickte sich in der Kabine um. Die Stewardess saß bereits angeschnallt auf ihrem Platz. Auch Dschabir hatte sich festgeschnallt. Baydar schloß seinen Sicherheitsgurt, während das Flugzeug sanft auf die Wüste niederging.

Vor seinem Fenster wirbelte der Sand hoch, als ob der Pilot direkt auf dem Wüstenboden landete. Dann raste die Betonbahn unter ihm vorbei, und ein Beben lief durch die Maschine, als die Räder aufsetzten. Kurz darauf bremste der Pilot scharf, und Baydar spürte, wie er gegen den Sicherheitsgurt gepreßt wurde. Dann ließ der Druck ganz plötzlich nach, und die Maschine rollte gemächlich zum Ende der Landebahn. Der Motorenlärm ebbte ab, die Stewardess erhob sich von ihrem Platz und kam durch die Kabine auf ihn zu.

Die blonde Amerikanerin hatte das gleiche unpersönliche, berufsmäßige Lächeln wie alle Stewardessen. Daß dies das Privatflugzeug seines Vaters war, änderte nichts an ihrer Haltung. »Ich hoffe, Sie hatten einen angenehmen Flug, Mr. Al Fay.«

Er nickte. »Danke, ausgezeichnet.«

»Wir haben eine gute Zeit rausgeholt«, sagte sie. »Nur siebenundachtzig Minuten von Beirut.«

»Eine sehr gute Zeit«, antwortete er höflich.

Das Flugzeug hielt. Durch die Fenster konnte er sehen, wie die Wagen näher kamen. Ein paar Männer in uniformähnlicher Kleidung stiegen aus dem ersten Wagen. Jeder von ihnen trug eine Maschinenpistole, und sie rannten zu den ihnen angewiesenen Plätzen rund um das Flugzeug. Die Türen des zweiten Wagens blieben geschlossen. Tief dunkelbraun getönte Fensterscheiben machten es Baydar unmöglich, ins Wageninnere zu sehen. Vier Arbeiter rollten die Rampe zum Flugzeug.

Baydar löste seinen Sicherheitsgurt, erhob sich und ging zur Tür. Dschabir streckte abwehrend den Arm aus. »Würde der Herr so freundlich sein, einen Augenblick zu warten?«

Baydar nickte und ließ den Diener vor sich zur Tür gehen. Der Copilot kam aus dem Cockpit und stellte sich mit der Stewardess an den Ausgang. Sie machten keine Anstalten, die Tür zu öffnen. Dschabir knöpfte seine Jacke auf und zog aus dem Schulterhalfter eine schwere Luger, entsicherte sie und hielt die Waffe schußbereit.

Es klopfte scharf an der Tür, eins, zwei, drei. Der Copilot hob die

Hand und blickte Dschabir an.

»Eins, zwei«, sagte der Diener. »Die Antwort muß eins, zwei, drei, vier sein. Wenn nicht, fliegen wir sofort ab.«

Der Pilot nickte und klopfte an die Tür: eins, zwei.

Die korrekte Antwort folgte sofort. Jetzt erst öffnete der Pilot die Tür. Zwei bewaffnete Wächter standen links und rechts vom Ausgang, zwei weitere unten am Fuß der Rampe.

Baydar wollte zum Ausgang, doch wieder hob Dschabir die Hand. »Gestatten Sie, Herr.«

Er trat auf die Rampe hinaus und wechselte schnell einige arabische Worte mit einem der Wächter, wandte sich dann nach Baydar um und nickte.

Die intensive Wüstenhitze prallte Baydar entgegen, noch ehe er die Tür erreicht hatte. Er trat hinaus in die Sonne und blinzelte in das gleißende Licht. Er ging die Rampe hinunter, als sich die Tür des zweiten Wagens öffnete und sein Vater ausstieg.

Der alte Mann ging an den Wachen vorbei und kam langsam auf Baydar zu. Er trug die traditionelle Kleidung des Wüstenscheichs, seine Ghutra schützte Kopf und Nacken vor den heißen Sonnenstrahlen. Baydar eilte auf seinen Vater zu, beugte sich über seine ausgestreckte Hand und küßte sie ehrerbietig.

Samir hob mit der anderen Hand den Kopf seines Sohnes hoch. Eine Zeitlang betrachtete er das Gesicht des jungen Manns, dann umarmte er ihn und küßte ihn auf beide Wangen. *»Marhaba.* Willkommen daheim, mein Sohn.«

»Ja halabik. Ich freue mich, daheim zu sein, mein Vater.« Baydar richtete sich auf. Er war um einen Kopf größer als sein Vater.

Samir blickte zu ihm auf. »Du bist gewachsen, mein Sohn«, sagte er stolz. »Du bist ein Mann geworden.«

Baydar lächelte. »Wir sind im Jahre einundfünfzig, Vater. Man bleibt nicht immer ein Junge.«

Samir nickte. »Wir sind stolz auf dich, mein Sohn, stolz auf deine Erfolge in den amerikanischen Schulen, stolz auf die Ehre, die du uns gemacht hast, stolz darauf, daß du auf die berühmte Harvarduniversität aufgenommen wurdest.«

»Ich bin bemüht, meinen Eltern Ehre und Freude zu machen«, sagte Baydar. »Wie geht es meiner Mutter und meinen Schwestern?«

Samir lächelte. »Sie sind gesund. Du wirst sie bald genug sehen. Deine Mutter erwartet dich sehnsüchtig zu Hause, und heute abend werden deine Schwestern und ihre Männer zum Essen zu uns kommen.«

Baydar war zwar enttäuscht, daß die Frauen nicht zu seiner Begrüßung zum Flugplatz gekommen waren, aber zu beherrscht, sich das anmerken zu lassen. Hier war man nicht in den Vereinigten Staaten, wo er in den letzten fünf Jahren gelebt hatte. Arabische Frauen – zumindest die anständigen – zeigten sich nicht in der Öffentlichkeit. »Ich freue mich auf das Wiedersehen«, sagte er.

Sein Vater faßte ihn am Arm. »Laß uns in den Wagen steigen, da ist es kühl. Es ist das neueste Modell mit Klimaanlage.«

»Danke, Vater.« Baydar wartete höflich und stieg nach seinem Vater in den riesigen Cadillac.

Eine Wache mit einer Maschinenpistole kam zum Wagen gerannt, schloß hinter ihnen die Tür und setzte sich auf den Vordersitz neben den Fahrer. Weitere Wachen stiegen in die andere Wagen. Als die Kolonne sich in Bewegung setzte, sah Baydar, wie die Kameltreiber ihre Tiere zum Flugzeug trieben, um das Gepäck und die Vorräte aufzuladen. Die Wagen verließen den Flugplatz und bogen in die asphaltierte Straße ein, die zu den wenigen Kilometer entfernten Bergen führte. Ein gepanzerter Jeep mit schußbereitem Maschinengewehr fuhr direkt hinter ihnen.

»Der Krieg ist schon so viele Jahre vorbei. Ich dachte, Wachen wären jetzt nicht mehr notwendig«, sagte Baydar leicht erstaunt zu seinem Vater.

»In den Bergen gibt es immer noch viele Banditen«, erwiderte Doktor Al Fay.

»Banditen?«

»Ja. Sie kommen heimlich über unsere Grenzen, stehlen, vergewaltigen, töten. Viele hier glauben, es seien israelische Guerillas.«

»Aber es gibt doch in der Nähe gar keine Grenze mit Israel«, warf Baydar ein.

»Richtig«, erwiderte Doktor Al Fay. »Doch es könnten von Israel bezahlte Agenten sein. Wir können es uns nicht leisten, in unserer Wachsamkeit nachzulassen.«

»Seid ihr je von diesen Banditen belästigt worden?«

»Nein, wir hatten Glück. Aber wir hörten von anderen, die es erlebt haben.« Samir lächelte. »Aber laß uns lieber von erfreulicheren Dingen reden. Hast du schon gehört, daß deine älteste Schwester in einigen Wochen ein Kind erwartet?«

Die Autos erreichten die Steigung ins Gebirge. Nach ein paar Minuten sah Baydar das erste Grün am Straßenrand. Kakteen wichen Zwergkiefern, dann Blumen, Bougainvilleen und grünem Gras. Sein Vater drückte auf einen Knopf, um die Fenster herunterzulassen.

Frische, nach Blumen duftende Luft strömte herein und verdrängte den abgestandenen, klimatisierten Dunst.

Doktor Al Fay atmete tief ein. »Es gibt viele menschliche Erfindungen, aber den Duft frischer Bergluft kann niemand ersetzen.«

Baydar nickte. Sie fuhren rasch zum Bergkamm empor. Ihr Haus stand auf der anderen Seite, mit dem Blick auf das Meer. Er fragte sich, ob es wohl noch so war, wie er es in Erinnerung hatte.

Auf dem Gipfel kam das Haus in Sicht. Baydar schaute aus dem Fenster und sah unter sich die weißen Dächer. Das Haus war größer, als er es in Erinnerung hatte. Einige Gebäude waren hinzugekommen. Ein großes Schwimmbecken mit Blick aufs Meer war am anderen Grundstücksende gebaut worden. Und noch etwas gab es, das er vorher nie gesehen hatte: Um das ganze Besitztum zog sich eine hohe Mauer mit Wachtürmen in Abständen von etwa fünfzig Metern, jeder bemannt mit einem Wächter mit Maschinengewehr.

Das Haus selbst war hinter Bäumen verborgen. Baydar drehte sich zu seinem Vater um. »Sehen alle Häuser so aus?«

Der nickte. »Manche haben sogar noch mehr Wachen. Der Fürst hat über hundert Mann auf seinem Sommersitz.«

Baydar sagte nichts dazu. Irgend etwas stimmte nicht, wenn die Menschen sich selbst zu Gefangenen machen mußten, um sich sicher zu fühlen. Der Wagen bog in die Auffahrt zum Haus. Kurz darauf kamen sie an den Bäumen vorbei, die es gegen die Straße abschirmten, und zu dem gewaltigen Eisentor in der Mauer. Langsam und lautlos öffneten sich die elektrisch betriebenen Torflügel. Ohne anzuhalten, fuhren die Autos durch und machten erst einen halben Kilometer weiter vor dem riesigen weißen Haus halt. Ein Diener lief heran, um die Wagentüren zu öffnen. Sein Vater stieg als erster aus. Baydar folgt ihm.

Er blickte die breiten Marmorstufen hinauf, die zum Portal führten. Es stand offen. Eine Frau in einem langen weißen Gewand, das Gesicht unverschleiert, die Haare jedoch von einem Kopftuch verdeckt, wartete am Eingang.

»Mutter!« rief er, lief die Stufen hinauf und schloß sie in die Arme.

Nabila blickte mit Tränen in den Augen zu ihrem Sohn hoch. »Vergib mir, mein Sohn«, flüsterte sie, »aber ich konnte es nicht mehr erwarten, dich wiederzusehen.«

Da dies kein formelles Zusammentreffen war und nur Familienmitglieder anwesend waren, speisten alle zusammen. Bei formellen Gelegenheiten aßen die Männer allein und die Frauen nachher oder gar nicht.

Baydar blickte über den Tisch zu seinen Schwestern. Fatima, drei Jahre älter als er, mit rundem Gesicht und hochschwangerem Körper, strahlte stolz neben ihrem Ehemann. »Es wird ein Junge«, sagte sie. »In Salahs Familie gab es nur Jungen, und alle sagen, ich sehe genauso aus wie seine Mutter, als sie Salah erwartete.«

Ihr Vater lachte. »Altweibergeschichten. Nicht sehr wissenschaftlich, aber so lange wir nichts Genaueres wissen, bin ich bereit, sie zu glauben.«

»Ich werde dir deinen ersten Enkel schenken«, sagte Fatima anzüglich mit einem Blick auf ihre Schwester Nawal, deren erstes Kind ein Mädchen war.

Nawal schwieg. Ihr Mann Omar, Arzt im Krankenhaus seines Schwiegervaters, schwieg ebenfalls.

»Junge oder Mädchen«, sagte Baydar, »es wird Allahs Wille sein.«

Dem konnten alle beistimmen. Samir erhob sich. »Die Abendländer haben einen Brauch«, erklärte er. »Die Männer ziehen sich in einen anderen Raum zurück, um sich an einer Zigarre zu erfreuen. Ich finde das sehr angenehm.«

Sein Vater ging voran ins Herrenzimmer. Baydar und seine Schwäger folgten ihm. Ein Diener öffnete und schloß die Tür hinter ihnen. Samir öffnete eine Zigarrenkiste auf seinem Schreibtisch. Er nahm eine Zigarre und roch genußvoll daran. »Kubanische Zigarren. Sie wurden mir aus London geschickt.« Er reichte die Kiste herum. Salah und Omar bedienten sich, aber Baydar schüttelte den Kopf. Er zog ein Päckchen amerikanischer Zigaretten aus der Tasche. »Ich bleibe bei diesen.«

Samir lächelte. »Sogar deine Sprache klingt eher amerikanisch als arabisch.«

»Nicht für die Amerikaner«, sagte Baydar. Er zündete seine Zigarette an.

»Was hältst du von ihnen?« fragte Samir neugierig.

»In welcher Hinsicht?«

»Es sind doch zumeist Juden«, tat Salah sich hervor.

Baydar sah ihn scharf an. »Das stimmt nicht. Im Verhältnis zur Gesamtbevölkerung gibt es dort sogar sehr wenige Juden.«

»Ich war in New York«, beharrte Salah. »Die Stadt wimmelt von Juden. Sie beherrschen alles. Die Regierung, die Banken.«

Baydar betrachtete seinen Schwager, einen untersetzten, pedantischen jungen Mann, dessen Vater als Geldverleiher ein Vermögen verdient hatte und nun eine der größten Banken in Beirut besaß. »Ihr macht also Geschäfte mit jüdischen Banken?« fragte er.

Ein Ausdruck des Abscheus überflog Salahs Gesicht. »Natürlich nicht«, antwortete er steif. »Wir arbeiten nur mit den größten Banken, der Bank of America, der First National und der Chase Bank.«

»Und die sind nicht jüdisch?« fragte Baydar. Aus den Augenwinkeln konnte er das Lächeln seines Vater sehen: Samir hatte bereits begriffen.

»Nein«, sagte Salah.

»Dann kontrollieren die Juden also nicht alles in Amerika«, sagte Baydar. »Oder?«

»Zum Glück«, gab Salah zurück. »Aber sie würden es liebend gern tun, wenn sie Gelegenheit dazu hätten.«

»Aber Amerika ist pro-israelisch«, mischte sich nun Samir ein.

Baydar nickte. »Ja.«

»Warum?«

»Du mußt versuchen, die amerikanische Mentalität zu verstehen. Sie sympathisiert mit dem Schwächeren. Und Israel hat das in seiner Propaganda sehr geschickt ausgenutzt. Zuerst den Engländern gegenüber, dann uns.«

»Wie können wir das ändern?«

»Sehr einfach«, sagte Baydar. »Indem wir Israel in Frieden lassen. Es ist nur ein schmaler Landstrich mitten unter uns, nicht größer als ein Floh auf einem Elefantenrücken. Was können sie uns schon tun?«

»Sie werden keine Flöhe bleiben«, sagte Salah. »Von überall aus Europa treffen Tausende von Flüchtlingen ein. Der Abschaum von Europa. Die werden sich mit dem nicht begnügen, was sie haben. Der Jude will immer alles.«

»Das wissen wir noch nicht«, sagte Baydar. »Wenn wir sie als Brüder willkommen heißen und mit ihnen zusammenarbeiten würden, um unsere Länder zu erschließen, anstatt Widerstand zu leisten, sähe es vielleicht ganz anders aus. Vor langer Zeit wurde einmal gesagt, ein mächtiges Schwert vermöge mit einem Schlag eine Eiche zu fällen, nicht aber, ein in der Luft schwebendes Seidentuch zu zerschneiden.«

»Ich fürchte, dafür ist es zu spät«, sagte Salah. »Die Schreie unserer Brüder, die unter ihrer Herrschaft leben, gellen in unseren Ohren.«

Baydar zuckte mit den Achseln. »Das weiß Amerika nicht. Dort weiß man nur, daß ein kleines Volk von einer Million Menschen völlig von einer feindlichen Welt umschlossen lebt, die hundertmal mehr Menschen zählt.«

Sein Vater nickte würdevoll. »Das wird man gut überlegen müssen. Es ist ein sehr komplexes Problem.«

»Es ist gar nicht komplex«, sagte Salah heftig. »Denkt an meine Worte; mit der Zeit werdet ihr alle sehen, daß ich recht habe. Dann werden wir uns vereinigen und sie vernichten.«

Samir warf einen Blick auf seinen anderen Schwiegersohn. »Was ist deine Ansicht, Omar?«

Der junge Arzt räusperte sich verlegen. Er war ungewöhnlich schüchtern. »Ich bin kein Politiker«, sagte er, »deshalb beschäftige ich mich nur wenig mit diesen Dingen. An den Universitäten in England und Frankreich, wo ich studiert habe, gab es viele jüdische Professoren. Sie waren gute Ärzte und gute Lehrer.«

»Das habe ich auch gefunden«, stimmte Samir ihm zu. Und zu Baydar gewandt, fragte er: »Ich nehme an, du hast noch keine Pläne für morgen.«

»Ich bin zu Hause«, sagte Baydar. »Wozu soll ich da Pläne machen?«

»Gut«, meinte Samir, »denn wir sollen morgen mit Seiner Exzellenz Fürst Feijad speisen. Er möchte deinen achtzehnten Geburtstag feiern.«

Baydar wunderte sich; sein Geburtstag lag schon mehrere Monate zurück. »Ist Seine Exzellenz hier?«

»Nein, er ist in Aley, um ein paar Ferientage frei von Familie und Pflichten zu genießen. Wir sind eingeladen, ihn morgen dort zu besuchen.«

Baydar war klug genug, nicht nach dem Grund zu fragen. Sein Vater würde ihn ihm schon rechtzeitig mitteilen.

»Gut.« Sein Vater lächelte. »Aber jetzt wollen wir wieder zu deiner Mutter und deinen Schwestern zurückgehen; ich weiß, sie warten begierig darauf, daß du ihnen mehr von deinen Geschichten über Amerika erzählst.«

7

Aley war ein kleines Bergdorf, fünfzig Kilometer von Beirut entfernt. Es gab dort keine Industrie, keinen Handel, keine Landwirtschaft. Der Ort hatte nur eine Daseinsberechtigung: Vergnügen. Die Hauptstraße durch das Dorfzentrum war auf beiden Seiten von Restaurants und Cafés gesäumt, in denen orientalische Tänzerinnen und Sängerinnen aus dem ganzen Mittleren Osten auftraten. Touristen aus dem Westen waren unerwünscht und wurden selten bis gar nicht gesehen. Es waren die reichen Scheichs, Prinzen und Geschäftsleute, die hier den strengen Sitten und der Langeweile ihrer eigenen Welt entflohen.

Hier durften sie sich alles erlauben, was bei ihnen zu Hause undenkbar gewesen wäre. Sie konnten Alkohol trinken, essen, was sie wollten, und sich Freuden leisten, die ihnen das strenge mohammedanische Gesetz versagte. Und, vielleicht das Wichtigste, hier waren sie anonym. Wie gut man den anderen auch kennen mochte, man sah über ihn hinweg und sprach ihn nicht an, es sei denn, man wurde ausdrücklich dazu aufgefordert.

Es war schon nach zehn Uhr am nächsten Abend, als Samirs Wagen vor dem größten Café der Hauptstraße hielt. Fürst Feijad hatte, seiner Bedeutung entsprechend, das Etablissement für die ganze Nacht gemietet. Es wäre unter seiner Würde gewesen, sich unter die üblichen Gäste zu mischen. Er war der absolute Herrscher über ein tausend Quadratmeilen großes Land, das an vier Länder, Irak, Saudi-Arabien, Syrien und Jordanien, grenzte. Daß sein Land irgendwo auf jedes dieser Länder übergriff, spielte keine Rolle, denn es diente einem nützlichen Zweck. In seinem Land konnte jede der angrenzenden Nationen ungestraft und unbehelligt gegenseitige Streitigkeiten und Probleme bereinigen. Baydars Großmutter war die Schwester von Fürst Feijads Vater, und als Vettern der königlichen Familie waren die Al Fays die zweitwichtigste Familie des Landes.

Der Fürst hatte Baydars Vater alle öffentlichen Dienstleistungsbetriebe übertragen. Die Elektrizitäts- und Telefongesellschaften gehörten Samir, und dafür hatte die Familie Schulen und Krankenhäuser gebaut, in denen jeder kostenlos betreut wurde. Die Al Fays waren schon immer reich gewesen, aber durch diese Privilegien waren sie mühelos noch reicher geworden.

Es war eine große Enttäuschung für die ganze Familie, daß der Fürst keinen männlichen Erben hatte, dem er den Thron vererben konnte. Er hatte mehrmals geheiratet und stets seine Pflichten erfüllt. Da ihm aber keine seiner Frauen einen männlichen Erben schenkte, ließ er sich jedesmal scheiden. Jetzt war er sechzig und hatte längst beschlossen, Allahs Willen, daß er keinen männlichen Erben haben sollte, zu akzeptieren und dafür zu sorgen, daß sein Vetter ihm zu einem solchen verhalf.

Aus diesem Grund hatte Samir vor achtzehn Jahren seine Pilgerfahrt nach Mekka gemacht. Seine Gebete waren durch Baydars Geburt erhört worden. Feijad hatte jedoch trotz seines Versprechens

Baydar noch nicht offiziell zu seinem Erben bestimmt, sondern darauf bestanden, daß er nach westlicher Art erzogen würde, dort lebte und die westliche Welt kennenlernte. Samir war darüber in mancherlei Hinsicht erfreut; sein Sohn würde Arzt werden wie er, und sie würden Seite an Seite arbeiten.

Aber der Fürst hatte andere Absichten. Es gab genug andere, die Ärzte werden konnten, Baydar sollte wichtigere Dinge lernen – Handel. Nur durch wachsende Klugheit im Handel konnte sein Land – und das hieß, er selbst und seine Familie – noch reicher und mächtiger werden. Er empfand das fundamentale Mißtrauen des Arabers gegen die Menschen aus dem Westen, mit denen er Geschäfte machte: er spürte, daß sie ihn in seiner Unwissenheit als minderwertig, ja geradezu kindlich betrachteten. Und so kam es, daß er beschloß, Baydar nicht nach England zu schicken, um in die Fußstapfen seines Vaters zu treten, sondern nach Amerika, wo Geschäftstüchtigkeit bewundert und respektiert wurde.

Samir blickte stolz auf seinen Sohn, als er aus dem Wagen stieg. Er trug die traditionelle arabische Kleidung. Die Ghutra fiel über seinen Nacken, die Gewänder umgaben seine hohe schlanke Gestalt; er war ein gutaussehender Mann. Das kräftige Kinn, die vorstehende Nase, die blauschwarzen Augen, tief zwischen den hohen Backenknochen liegend, verrieten Stärke und Charakter. Der Fürst würde erfreut sein. Vielleicht würde er Baydar jetzt zu seinem Erben einsetzen.

In Gedanken bat er Allah um Vergebung für seine irdischen Hoffnungen und Eitelkeiten. War es nicht Wunder genug, daß Allah ihm in der Wüste einen Sohn geschenkt hatte? Damit sollte er zufrieden sein. Allahs Wille geschah.

Er winkte Baydar, der ihm über die Stufen ins Café folgte. Der Haushofmeister des Fürsten stand mit zwei bewaffneten Wächtern an der Tür. Er erkannte Samir und verneigte sich im traditionellen Gruß. *»As-salaam aleikum.«*

»Aleikum as-salaam«, antwortete Samir.

»Seine Exzellenz erwartet sehnsüchtig die Ankunft seines Lieblingsvetters«, sagte der Haushofmeister. »Er hat befohlen, Euch sofort nach Eurer Ankunft zu ihm zu führen. Er befindet sich oben in seinen Gemächern.«

Sie folgten dem Haushofmeister zur Treppe am anderen Ende des großen Saals. Im Café selbst war es still. Die sonst so geschäftigen Kellner standen in Gruppen beisammen und schwatzten miteinander, und in der Nähe des Podiums saßen die Mitglieder der Kapelle herum, rauchten und unterhielten sich. Keine der Sängerinnen und

Tänzerinnen war zu sehen. Bevor der Fürst nicht das Zeichen gab, würde hier nichts geschehen.

Die Gemächer über dem Café waren für ganz besondere Gäste reserviert, die nach einer vergnügten Nacht vielleicht zu müde waren, um nach Hause zu fahren, oder die hier zu bleiben wünschten, um etwaige weitere Vergnügen zu genießen, die von der Direktion auf Wunsch arrangiert wurden. Der Haushofmeister blieb vor einer Tür stehen und klopfte.

»Wer ist da?« frage eine Knabenstimme.

»Doktor Al Fay und sein Sohn sind gekommen, um Seine Exzellenz zu besuchen«, antwortete der Haushofmeister.

Die Tür wurde von einem Knaben in Seidenhemd und -hose geöffnet. Seine Augen waren stark geschminkt, seine Wangen mit Rouge gefärbt, die Fingernägel lang und lackiert. »Treten Thie bitte ein«, lispelte er auf englisch.

Baydar und sein Vater betraten den Raum. Ein schwacher süßlicher Geruch nach Haschisch hing in der Luft. Der Raum war leer. »Bitte nehmen Thie Platth«, lispelte der Knabe und wies auf Sofas und Stühle. Damit zog er sich ins Nebenzimmer zurück.

Baydar und sein Vater sahen sich schweigend an.

Der Knabe kam zurück. »Theine Exthellentth wird gleich erscheinen. Haben Thie irgendeinen Wunsch? Eine Erfrischung? Wir haben auch englischen Whithky, wenn eth Ihnen lieber itht.«

Samir schüttelte den Kopf. »Nein, besten Dank.«

Die Tür ging wieder auf, und Emir Feijad trat ein. Er war fürstlich gekleidet, das Haupt bedeckt mit weißem Musselin. Er ging quer durch den Raum auf seinen Vetter zu.

Samir und Baydar erhoben sich und führten die traditionelle Gehorsamsverneigung vor ihrem Herrscher aus. Feijad nahm lächelnd Samirs Hände. »Begrüßt man so einen Vetter, den man so lange nicht gesehen hat?« Er legte die Arme um Samirs Schultern, küßte ihn auf beide Wangen und wandte sich dann, noch immer lächelnd, an Baydar. »Und das ist der kleine Junge, der weinte, als er fortfuhr zur Schule?«

Baydar wurde rot. »Das ist schon lange her, Eure Exzellenz.«

»Nicht gar so lang«, lachte der Fürst. »Ich glaube, du warst damals sechs Jahre alt.«

»Jetzt ist er achtzehn«, sagte Samir. »Und ein erwachsener Mann, gelobt sei Allah.«

»Al-hamdu li-llah«, wiederholte der Prinz. Er blickte zu Baydar hoch, der sie beide um Kopfeslänge überragte. »Groß ist dein Sohn.

Größer als irgendeiner in unserer Familie, soweit ich mich erinnere.«

»Das kommt von der Ernährung, Eure Exzellenz«, sagte Samir. »In Amerika sind die Speisen mit viel Vitaminen und Mineralien angereichert. Die ganze jüngere Generation wird größer als ihre Eltern.«

»Was für Wunder ihr Wissenschaftler vollbringt!« sagte der Fürst.

»Es sind Allahs Wunder«, gab Samir zurück. »Wir sind nur seine Werkzeuge.«

Der Fürst nickte. »Wir haben vieles zu besprechen, mein Vetter«, sagte er, »aber das können wir am Morgen tun. Heute abend wollen wir die Freude unserer Zusammenkunft und unserer gegenseitigen Gesellschaft genießen.« Er klatschte in die Hände. »Ich habe für euch eine Suite bereitmachen lassen, damit ihr euch erfrischen könnt nach der Reise. Um Mitternacht treffen wir uns dann unten im Café, wo man für uns ein Fest vorbereitet.«

Samir verneigte sich. »Wir sind überaus dankbar für deine großzügige Gastfreundschaft.«

Der Knabe erschien wieder. »Führe meine Vettern zu ihren Gemächern«, befahl der Fürst.

Der Knabe verneigte sich. »Eth wird mir ein Vergüngen thein, Eure Exthellentth.«

Baydars Zimmer war durch einen großen Salon von dem seines Vaters getrennt. Er ging in sein Schlafzimmer, das luxuriös und reich mit Seide und Satin ausgestattet war. Kissen aus Samt bedeckten die Sofas. Kaum war er eingetreten, klopfte es leise an der Tür. »Herein«, sagte er.

Eine junge Dienerin trat ins Zimmer und verneigte sich ehrerbietig. »Kann ich dem Herrn zu Diensten sein?« fragte sie leise, mit schamhaft abgewandtem Blick.

»Ich wüßte nicht, womit.«

»Vielleicht darf ich dem Herrn ein warmes Bad einlassen, damit er die Ermüdung der Reise fortwaschen kann?« schlug sie vor.

»Das wäre angenehm«, sagte er.

»Danke, Herr«, erwiderte sie und ging durch das Zimmer zum Baderaum. Baydar blickte ihr nachdenklich nach. Er war zu Hause. In Amerika gab es solchen Service nicht.

Das Café war lärmerfüllt. Eine Tänzerin, von bunten Schleiern umflattert, drehte und wand sich auf der kleinen Bühne. Ihr silberner Büstenhalter reflektierte das gleißende Licht. Direkt vor der Bühne, an hufeisenförmig angeordneten Tischen, saß der Fürst mit seinen

Gästen und folgte aufmerksam der Vorführung. Zu seiner Rechten, auf dem Ehrenplatz, saß Samir, links von ihm Baydar. Hinter dem Fürsten kauerten auf niederen Schemeln mehrere Knaben, alle auf die gleiche auffällige Art geschminkt wie der Junge, der Samir und Baydar in der Suite des Fürsten empfangen hatte. Im Hintergrund dirigierte der Haushofmeister die Kellner und andere Mitglieder des Personals. Eiskübel mit Champagnerflaschen standen an jedem Platz, und die Gläser wurden ständig nachgefüllt. Mehr als fünfzig verschiedene Vorspeisen und einheimische Spezialitäten bedeckten die Tische. Die Gäste aßen mit den Fingern, und nach jedem Bissen wischte ein Diener ihnen diskret mit einem frisch befeuchteten, warmen Tuch die Hände ab. An der Tür und den Wänden standen ein Dutzend von Feijads Leibwächtern, die den Fürsten keinen Augenblick aus den Augen ließen.

Die Musik schwoll an, und die Tänzerin sank zum Finale auf die Knie. Der Fürst gab das Zeichen zum Applaus. Auf seinen Wink hin nahmen die Kellner frische Champagnerflaschen aus den Eiskübeln, ließen sich vor der Bühne auf die Knie nieder, öffneten Flasche auf Flasche und schossen die Korken hoch über den Kopf der knienden Tänzerin. Lässig entnahm der Fürst dem vor ihm liegenden Haufen eine Banknote, knüllte sie zusammen und warf sie der Tänzerin vor die Füße.

Mit einer graziösen, eleganten Bewegung hob sie das Geld auf und steckte es in den Gürtel direkt unter ihren Nabel. Sie verneigte sich nochmals und ging verführerisch lächelnd rückwärts von der Bühne ab.

Jetzt winkte der Fürst den Haushofmeister heran und flüsterte ihm etwas ins Ohr. Der Haushofmeister nickte, wandte sich um, machte den Knaben hinter dem Fürsten ein Zeichen und bedeutete dann der Kapelle, weiterzuspielen.

Beim ersten Ton der Musik erschienen vier Mädchen auf der Bühne und begannen ihren Tanz. Die Beleuchtung wurde immer schwächer, bis der Raum mit Ausnahme blauer, auf die Tänzerinnen gerichteter Scheinwerfer, völlig dunkel war. Die Musik wurde wilder, die Scheinwerfer umkreisten die Tänzerinnen, die sich immer mehr in Ekstase steigerten. Der Tanz dauerte über eine Viertelstunde, in der die Mädchen in Raserei verfielen und schließlich zu Boden sanken, wobei das Licht erlosch.

Einen Moment lang herrschte Stille, dann begann der Fürst begeistert zu klatschen. Langsam gingen die Lichter wieder an. Die Tänzerinnen, immer noch erschöpft am Boden liegend, erhoben sich langsam. Baydar starrte sie ungläubig an. Das waren nicht die Mädchen, die den Tanz begonnen hatten. Das waren die jungen Burschen, die hinter dem Fürsten gesessen hatten.

Diesmal nahm sich der Fürst nicht einmal die Mühe, die Banknoten zusammenzuknüllen. Er warf das Geld mit vollen Händen auf die Bühne, während die Champagnerkorken wild dazu knallten.

Baydar schaute zu seinem Vater hinüber. Samirs Gesicht war unbewegt. Er fragte sich, was sein Vater von dem Abend dachte. Es waren Hundertpfundnoten, die der Fürst so unbekümmert den Tänzerinnen zuwarf – mehr Geld, als ein durchschnittlicher Arbeiter im Jahr verdiente.

Der Fürst sah Baydar an und sagte auf französisch: *»C'est beau, c'est magnifique, non?«*

Baydar hielt seinem Blick stand. Der war wachsam und prüfend. »Ja.« Er zögerte einen Augenblick. »Sind sie alle Lustknaben?«

Der Fürst nickte. »Liebst du das? Such dir einen aus zu deinem Vergnügen.«

Baydar sah den älteren Mann noch immer fest an. Er schüttelte den Kopf. »Danke, nein. Nicht für mich. *Je préfère les femmes.«*

Der Fürst lAchte laut und wandte sich an Samir. »Dein Sohn ist reizend und hat einen gesunden Geschmack«, sagte er.

Samir blickte seinen Sohn an und lächelte stolz. Baydar wußte irgendwie, daß er den ersten Test des Fürsten bestanden hatte.

Es war fünf Uhr morgens, und die Dämmerung erschien über den Bergen, als Baydar seinem Vater gute Nacht sagte und sich in sein Schlafgemach zurückzog. Die Vorhänge waren zugezogen, und der Raum lag im Dunkeln. Er suchte nach dem Lichtschalter.

Eine Hand hielt seinen Arm fest. Die Frauenstimme war sanft, mit einem ganz leichten ägyptischen Akzent. »Die Kerzen brennen sofort, Exzellenz.«

Ein feiner Moschusduft stieg ihm in die Nase, als sie sich von ihm entfernte. Er blieb reglos stehen und versuchte, das Dunkel zu durchdringen, konnte jedoch nichts erkennen, bis sie ein Streichholz anzündete. Dann lächelten ihm dunkle Augen unter langen Wimpern zu, und sanftes Kerzenlicht durchflutete den Raum. Er erkannte in dem Mädchen eine der Tänzerinnen aus dem Café. Sie trug dasselbe Kostüm, aber die Brüste waren nicht mehr von Silberplättchen bedeckt, sondern mit einem durchsichtigen Seidenschal hochgebunden, durch den der dunkle Kreis der Brustwarzen deutlich erkennbar war. Sie lächelte ihm wieder zu. »Ich habe ein warmes Bad bereiten lassen, falls Eure Exzellenz müde sein sollten.«

Er antwortete nicht.

Sie klatschte in die Hände. Zwei weitere Mädchen lösten sich aus dem Schatten der Zimmerecken. Ihre Kostüme waren noch spärlicher, und nur hauchdünne Schleier umspielten ihre Brüste und fielen von den Hüften um die Beine. Als sie auf Baydar zutraten und dabei am Licht vorbeistreiften, konnte er deutlich die Form ihrer nackten Körper und ihrer sorgfältig enthaarten Schamhügel sehen. Nur ihre Gesichter waren durch den traditionellen mohammedanischen Schleier verhüllt.

Die Ägypterin klatschte erneut in die Hände, und aus der hinteren Ecke erschien ein weiteres Mädchen. Es stellte einen Plattenspieler an, leise Musik erfüllte den Raum. Langsam begann sie, sich im Rhythmus zu wiegen.

Die beiden Mädchen faßten ihn an der Hand und führten ihn zum Bett. Mit sanften und raschen Bewegungen entkleideten sie ihn. Er hatte immer noch kein Wort gesprochen.

Die eine der beiden zündete eine Zigarette an und gab sie ihm. Er nahm einen Zug. Der leicht süßliche, durchdringende Geruch von Haschisch drang ihm in die Nase, und er spürte, wie eine angenehme Wärme in ihm aufstieg. Er tat noch einen tiefen Zug und gab die Zigarette zurück.

»Wie heißt du?« fragte er schließlich das Mädchen.

»Nadja, Exzellenz«, sagte sie und erwies ihm die Geste des Gehorsams.

Er lächelte ihr zu und fühlte, wie das Verlangen nach ihr in ihm aufstieg. Er streckte sich auf dem Bett aus. »Müssen wir baden?« fragte er.

Sie lachte. »Ganz wie Eure Exzellenz wünschen.«

Er sah die vier Mädchen an, spürte, wie das Haschisch in seine Lenden stieg, sah an sich hinunter und wieder auf die Mädchen. »Ich wünsche euch alle«, grinste er.

8

Das Zimmer war von der Sonne durchflutet, als Baydar erwachte. Dschabir stand mit einer Tasse dampfend heißem türkischem Kaffee neben seinem Bett. Baydar trank einen Schluck und verbrannte sich prompt den Mund. »Wieviel Uhr ist es?«

»Es ist Mittag, Herr«, sagte der Diener.

Baydar sah sich im Zimmer um. Er wußte nicht mehr, wann die Mädchen gegangen waren. Seine letzte Erinnerung an sie gipfelte in einem wilden Durcheinander von Körpern und Wärme. Begonnen hatte es wohl damit, daß er auf der Seite lag und eines der Mädchen ihn von oben bis unten mit Öl einrieb. Dann waren plötzlich alle vier über ihm, mit ihren Zungen jede Stelle seines Körpers liebkosend, bis seine Erregung so hochgradig wurde, daß der Saft wie eine Fontäne aus ihm hervorschoß. Dann war er eingeschlafen.

Er trank einen weiteren Schluck von dem heißen Kaffee und schüttelte den Kopf. »Ist mein Vater schon auf?«

»Ja, Herr. Er ist beim Fürsten, und man erwartet Euch zum Frühstück.«

Baydar trank den Kaffee aus und sprang aus dem Bett. »Sag ihnen, daß ich sofort komme.«

Er duschte zuerst kalt, dann heiß, dann wieder kalt. Nach wenigen Minuten war er völlig wach. Er strich mit den Fingern rasch übers Kinn und beschloß, die Rasur könne noch warten. Als er aus dem Badezimmer kam, hatte Dschabir bereits Hemd und Hose für ihn bereitgelegt.

Sein Vater und der Fürst saßen noch beim Frühstück, als er eintrat. Der Haushofmeister war gerade dabei, das Geschirr wegzuräu-men.

Baydar küßte die Hand seines Vaters und dann die des Fürsten. Der einladenden Geste des Emirs folgend, nahm er Platz. »Möchtest du etwas essen?« fragte der Fürst höflich.

»Danke, nein«, antwortete Baydar. Es wäre unhöflich gewesen zu essen, nachdem der Fürst seine Mahlzeit beendet hatte.

»Vielleicht etwas Kaffee?« fragte der Fürst.

»Ja, bitte«, nickte Baydar.

Der Haushofmeister beeilte sich, seine Tasse zu füllen. Baydar trank von dem dicken, süßen Gebräu und wartete ruhig und ehrerbietig. Obgleich die Vorhänge zugezogen waren, so daß das Sonnenlicht nicht in den Raum dringen konnte, trug der Fürst eine Sonnenbrille, hinter deren Gläsern seine Augen unsichtbar blieben. Er wartete, bis Baydar seine Tasse absetzte. »Dein Vater und ich haben über deine Zukunft gesprochen.«

Baydar neigte den Kopf. »Ich bin Euer Diener.«

Der Fürst lächelte. »Vor allem bist du mein Vetter und Blut von meinem Blut.«

Baydar schwieg. Es wurde keine Antwort von ihm erwartet.

»Die Welt ändert sich schnell«, fuhr der Fürst fort. »Vieles ist geschehen seit deiner Geburt. Unsere Pläne müssen sich dem anpassen.« Er klatschte scharf in die Hände.

Der Haushofmeister zog sich zurück und schloß lautlos die Tür hinter sich. Sie waren allein im Zimmer.

Der Fürst wartete einen Augenblick und senkte seine Stimme dann zu einem Flüstern. »Du weißt, daß ich dich immer als meinen Erben betrachtet und geglaubt habe, du würdest eines Tages meinen Platz als Herrscher dieses Landes einnehmen.«

Baydar sah zu seinem Vater hin, aber Samirs Miene blieb ausdruckslos. So wandte er sich wieder dem Fürsten zu.

»Aber die Zeiten haben sich geändert«, sagte der Fürst. »Es gibt andere, wichtigere Dinge, denen wir gegenüberstehen. Im ganzen Mittleren Osten strömt die Flut der Zukunft unter dem Wüstensand hervor und verspricht Reichtümer, wie wir sie uns nie hätten vorstellen können. Die Quelle dieses Reichtums ist Öl, das Herzblut der modernen, industrialisierten, westlichen Welt. Und unter unserem kleinen Land liegt eines der größten Ölbecken, die der Mensch je kannte.«

Er machte eine Atempause, hob die Kaffeetasse an die Lippen und nahm einen Schluck des heißen, süßen Getränks. »Ich habe im letzten Monat mit mehreren amerikanischen, britischen und europäischen Gesellschaften ein Abkommen über den Abbau dieser Vorkommen unterzeichnet. Man war bereit, uns zehn Millionen Dollar für Versuchsbohrungen zu bezahlen. Wenn Öl gefunden wird, erhalten wir zusätzliche Summen für jede Quelle und gewisse Abgaben für jede Tonne Öl, die unser Land verläßt. Außerdem haben sich die Gesellschaften verpflichtet, Raffinerien zu bauen und bei der Entwicklung unseres Landes zu helfen. Das alles birgt große Möglichkeiten, aber ich habe kein gutes Gefühl dabei.«

»Das verstehe ich nicht«, sagte Baydar, obwohl er ganz genau verstand. Deshalb hatte man ihn ja fortgeschickt, um die Geschäftsmethoden der westlichen Welt zu lernen.

»Ich glaube, du verstehst es sehr wohl«, entgegnete der Emir scharfsichtig. »Aber laß mich auf meine Weise fortfahren. Zwar hat die Welt auf Imperialismus und Kolonisierung verzichtet, aber es gibt andere Methoden, um ein Land und seine Bevölkerung zu versklaven. Man macht sie wirtschaftlich abhängig. Ich werde nicht zulassen, daß der Westen so mit uns verfährt, aber es paßt in meinen Plan, ihn für unseren Fortschritt bezahlen zu lassen.«

Baydar nickte. Er fühlte neuen Respekt für den Fürsten in sich aufsteigen. Hinter all seinem oft seltsamen und oberflächlichen Verhalten verbarg sich doch ein Mann mit Kopf. »Wie kann ich dabei helfen?« fragte er. »Euer Wunsch ist mir Befehl.«

Der Fürst blickte Samir an und nickte. Samir lächelte, und der Fürst wandte sich wieder an Baydar. »Ich habe eine wichtigere Aufgabe für dich, als mein Nachfolger zu werden. Ich brauche einen Mann, der sich in der westlichen Welt zu bewegen versteht, der die Reichtümer, die man uns widerwillig geben wird, auf westliche Art nutzen kann, um sie noch zu vermehren. Und wenn du diese Aufgabe übernehmen willst, für die du geschult wurdest und noch weiter ausgebildet werden wirst, verspreche ich dir, daß dein erstgeborener Sohn mein Erbe und der nächste Fürst sein wird.«

»Ich brauche kein Versprechen von meinem Fürsten«, erwiderte Baydar. »Es wird mir eine Freude sein, seine Wünsche auszuführen.«

Der Emir erhob sich und umarmte Baydar. »Mehr könnte mein eigener Sohn nicht für mich tun.«

»Ich danke Eurer Exzellenz für das Vertrauen. Ich bete nur darum, daß es Allah in seiner Weisheit gefällt, mich dessen wert zu machen.«

»Allahs Wille geschehe«, sagte der Fürst. »Du wirst nach Amerika auf die Universität zurückkehren. Aber von jetzt an wird deine Ausbildung in den Händen von Männern liegen, die mir von den amerikanischen Ölgesellschaften empfohlen wurden. Du wirst eine sehr spezialisierte Ausbildung erhalten, die etwa drei Jahre dauern wird.«

Baydar nickte. »Ich verstehe.«

»Aber wir haben noch eine andere Angelegenheit zu regeln«, sagte der Fürst und setzte sich wieder. »Deine Heirat.«

Baydar starrte ihn überrascht an. Das hatte er nicht erwartet. »Meine Heirat?« wiederholte er.

Der Fürst lächelte. »Du brauchst dich nicht zu wundern. Nach den Berichten, die ich über die vergangene Nacht erhielt, solltest du mir viele Söhne schenken.«

Baydar schwieg.

»Dein Vater und ich haben diese Frage sehr sorgfältig erwogen und nach langer Überlegung eine Braut für dich ausgesucht, auf die du sehr stolz sein kannst. Sie ist jung und schön und stammt aus einer der besten Familien im Libanon. Sie heißt Maryam Riad und ist die Tochter von Mohammed Riad, dem berühmten Bankier.«

»Ich kenne das Mächen«, warf sein Vater eilig ein. »Sie ist wirklich sehr schön. Und sehr fromm.«

Baydar schaute seinen Vater an. »Wie alt ist sie?«

»Sechzehn«, antwortete Samir. »Sie war zwar nie im Ausland, wurde aber sehr gut erzogen. Im Augenblick besucht sie das amerikanische Mädchencollege in Beirut.«

»Sechzehn ist jung für eine Ehe«, wandte Baydar ein.

Der Emir lachte. »Ich habe weise gewählt. In Amerika ist ein sechzehnjähriges Mädchen vielleicht jung. In unseren Ländern ist sie gerade reif.«

Auf der Rückfahrt im Wagen nach Beirut war Baydar sehr still. Erst als sie die Vororte der Stadt erreichten, fragte Samir: »Was gibt es, mein Sohn?«

»Nichts, Vater.«

»Bist du enttäuscht darüber, nicht der Erbe des Fürsten zu werden?«

»Nein.«

»Dann ist es wohl der Gedanke an deine bevorstehende Heirat?«

Baydar zögerte. »Ich kenne das Mädchen nicht einmal. Vor heute nachmittag hatte ich noch nie von ihm gehört.«

Samir sah ihn an. »Ich glaube, ich verstehe dich. Du fragst dich, warum wir uns die ganze Mühe machen, dich auf westliche Art erziehen zu lassen, um dann deine Heirat nach unseren alten Bräuchen zu arrangieren. Ist es das?«

»Ich glaube, ja. In Amerika lernt man das Mädchen wenigstens zuerst kennen und kann herausfinden, ob man sich mag.«

»Das geschieht auch hier, mein Sohn. Aber wir sind keine gewöhnlichen Leute«, sagte Samir ruhig. »Wir haben Verantwortungen, die wichtiger sind als unsere persönlichen Gefühle.«

»Aber du und Mutter, ihr kanntet euch, bevor ihr geheiratet habt. Ihr seid praktisch zusammen aufgewachsen.«

Samir lächelte. »Das ist richtig. Aber unsere Ehe war vereinbart worden, als wir noch Kinder waren. Wir wußten das, und es brachte uns enger zusammen.«

»Hättest du eine andere geheiratet, wenn das so vereinbart worden wäre? Trotz deiner Gefühle für Mutter?«

Samir überlegte eine Weile, dann nickte er. »Ja. Vielleicht nicht gern, aber ich hätte keine andere Wahl gehabt. Man muß tun, was man tun muß. Es ist Allahs Wille.«

Baydar sah seinen Vater an und seufzte. Allahs Wille. Das traf auf alles zu. Der Mensch selbst hatte sehr wenig Rechte. »Ich möchte das Mädchen kennenlernen«, sagte er.

»Das wurde bereits arrangiert«, antwortete Samir. »Ihre Familie wurde eingeladen, das Wochenende bei uns in den Bergen zu verbringen. Sie werden übermorgen ankommen.«

Plötzlich fiel Baydar etwas ein. »Wußtest du das etwa schon

lange?«

»Nicht lange«, antwortete sein Vater ausweichend. »Der Fürst teilte mir seinen Entschluß erst vorige Woche mit.«

»Weiß Mutter davon?«

»Ja.«

»Ist sie einverstanden?«

»Mit der Heirat? Ja.«

»Du scheinst zu zögern«, sagte Baydar.

»Deine Mutter hatte große Träume davon, daß du Fürst wirst.« Samir lachte. »Frauen denken nicht immer sehr realistisch.«

»Und du, Vater, warst du auch enttäuscht?«

Samir blickte seinem Sohn in die Augen. »Nein.« Er dachte zurück an die Nacht, in der sein Sohn geboren wurde. »Du warst immer mein Prinz und wirst es bleiben.«

9

Maryam Riad war wie die meisten libanesischen Mädchen klein, kaum mehr als einsfünfzig, und hatte große dunkle Augen. Ihr schwarzes Haar war nach der neuesten Pariser Mode hochtoupiert, was sie größer erscheinen lassen sollte. Ihr Teint schimmerte hell oliv, und sie neigte ein wenig zur Rundlichkeit, wogegen sie ständig mit allen möglichen Diäten ankämpfte, sehr zum Mißbehagen ihrer Eltern, für die eine arabische Frau wohlgenährt auszusehen hatte. Sie sprach fließend französisch und ungern englisch, haßte es, ins amerikanische Mädchencollege in Beirut zu gehen, und lag ihren Eltern dauernd in den Ohren, daß sie viel lieber wie die Kinder anderer reicher Familien eine Schweizer oder französische Schule besucht hätte.

Doch stießen diese Beschwerden bei ihrem Vater auf taube Ohren. Mädchen brauchten keine Ausbildung, denn nachdem sie verheiratet waren, hatten sie lediglich ein Haus zu führen und Kinder zu bekommen. Maryam mußte mit bitteren Gefühlen zusehen, wie ihre Brüder in ausländische Schulen geschickt wurden, während sie selbst zu Hause blieb und nicht einmal so viel Freiheit genoß wie viele ihrer Freundinnen, die mit ihr zur Schule gingen. Sie mußte sofort nach dem Unterricht nach Hause kommen, durfte sich nie mit jemandem verabreden, nur mit einer Anstandsdame ausgehen und auch das nur bei Gelegenheiten, die von ihrem Vater gebilligt worden waren.

Als sie im Wagen mit ihren Eltern zum Haus der Al Fays unterwegs war, betrachtete ihr Vater sie zufrieden. »Also, meine Tochter«, sagte er auf seine schwerfällige Art, »vielleicht verstehst du nun, warum deine Eltern dich so behütet haben. Vielleicht weißt du uns nun mehr zu schätzen.«

»Ja, Vater«, antwortete sie gehorsam.

»Glaubst du, der Fürst hätte dich für diese Heirat ausgewählt, wenn du auf ausländischen Schulen gewesen wärst?« fragte er. »Nein«, beantwortete er seine Frage selbst. »Was er wollte, war eine echt arabische Frau, nicht eine, die durch fremde Einflüsse verdorben ist.«

Sie warf ihrer Mutter einen Blick zu, die schweigend vor sich hin sah. Ihre Mutter sprach nie, wenn der Vater in der Nähe war. »Ja, Vater«, sagte sie wieder.

»Ich wünsche, daß du auf deine Manieren achtest«, befahl ihr Vater. »Benimm dich vor allem ehrerbietig und sittsam. Ich wünsche nichts von dem leichtfertigen Ton zu hören, den du von deinen Freundinnen im College gelernt hast.«

»Ja, Vater«, sagte sie gelangweilt zum drittenmal.

»Diese Hochzeit wird die bedeutendste im ganzen Land sein«, fuhr ihr Vater fort. »Alle Welt weiß, daß dein erster Sohn der Erbe des Fürsten wird.«

Sie schaute ihren Vater aus den Augenwinkeln an. »Und wenn ich nur Töchter bekomme?«

Ihr Vater war schockiert. »Du wirst Söhne haben!« schrie er, als ob er es damit wahrmachen könnte. »Verstehst du mich? Du wirst Söhne haben!«

»Wenn es Allah gefällt«, erwiderte sie, insgeheim lächelnd.

»Sein Wille geschehe«, fügte ihre Mutter automatisch hinzu.

»Es ist Allahs Wille«, sagte ihr Vater voller Überzeugung. »Weshalb hätte er sonst diese Heirat arrangiert?«

Maryam war sehr beeindruckt von dem, was sie sah, als der Wagen durch das Tor in den weitläufigen Besitz der Al Fays einfuhr. Sie kannte Reichtum, aber keinen solchen! Verglichen mit Samir war ihr Vater, obwohl einer der reichsten Männer von Beirut, lediglich wohlhabend. Zahllose Diener und Wächter waren zu sehen, und das Ganze wirkte auf sie wie eine andere Welt.

Zu Ehren des Ereignisses trug die Familie Riad traditionelle Kleidung, aber in ihren Koffern befanden sich die neuesten Pariser Modelle, die sie am Abend beim großen Diner tragen würden.

»Zieh deinen Schleier zurecht«, mahnte ihre Mutter, als der Wagen anhielt und ein Diener herankam, um die Tür zu öffnen.

Maryam bedeckte schnell ihr Gesicht, so daß nur ihre Augen sichtbar blieben. Sie sah, wie Dr. Al Fay ihnen entgegen kam, Baydar einen halben Schritt hinter sich. Ihr Atem stockte. Die beiden trugen ebenfalls traditionelle Kleidung, und in der Haltung ihres Bräutigams lag etwas, das deutlich das Erbe der Wüste verriet. So konnte nur ein echter Scheich aussehen!

Ihr Vater stieg aus. Samir kam mit ausgestreckten Armen auf ihn zu. *»Ahlan, Ahlan.«*

»Ahlan fikum.« Die beiden Männer umarmten und küßten einander auf beide Wangen.

Dann wandte Samir sich um und stellte seinen Sohn vor. Baydar bewies mit der traditionellen Geste seinem zukünftigen Schwiegervater Ergebenheit und Respekt und hieß ihn willkommen. Dann hielt er ihm auf westliche Art die Hand entgegen.

Sie schüttelten einander die Hände und traten zum Wagen. Frau Riad stieg aus und wurde von Samir begrüßt. Gleich danach erschien Maryam. Ihr Vater nahm sie an der Hand und führte sie zu Samir. »Erinnerst du dich an Dr. Al Fay?«

Sie sah ihn einen Augenblick an, dann wandte sie den Blick ab, wie es sich gehörte. Sie nickte und drückte mit der üblichen Geste ihre Ergebenheit aus. Samir faßte ihre Hand. »Mein Kind«, sagte er. »Willkommen. Möge unser Heim für immer dein Heim sein.«

»Danke«, flüsterte sie. »Möge Allahs Wille es so beschließen.«

Samir winkte, und Baydar trat heran. Sittsam hielt sie den Blick gesenkt, so daß sie nur seine Schuhspitzen unter der fließenden Dschelaba sah. »Maryam«, sagte Samir, »darf ich dir meinen Sohn Baydar, deinen künftigen Ehemann, vorstellen?«

Bevor sie hochblickte, drückte sie wieder ihre Ergebenheit aus, dann hob sie den Kopf. Einen Augenblick lang war sie wie versteinert. Niemand hatte ihr gesagt, daß er blaue Augen hatte! Dann begann ihr Herz zu klopfen, und sie spürte, wie sie unter dem Schleier errötete. Es gab so vieles, das ihr niemand gesagt hatte. Er war so groß. Und so schön. Sie senkte den Blick und konnte kaum seine Begrüßungsworte hören, so stark pulste das Herzklopfen in ihren Ohren. Zum erstenmal im Leben war sie wirklich dankbar, daß ihre Eltern sie nicht ins Ausland auf die Schule geschickt hatten. Sie war rettungslos verliebt.

Das Abendessen war eine offizielle Angelegenheit. Samir hatte eigens den französischen Koch aus seinem Beiruter Haus kommen lassen. Statt der üblichen libanesischen Mezzeh gab es Gänseleberpastete und großkörnigen iranischen Kaviar als Vorspeise. Dann folgten nicht das übliche Moulouchieh, Kaninchen mit Reis, sondern Coq au vin und Lammkeule; die Nachspeise jedoch war wieder landesüblich - Baklava in mehr als zwanzig seiner honigsüßen Varianten.

Während des ganzen Mahles wurde Champagner gereicht - als einzige Umgehung der mohammedanischen Gesetze. Die Damen in ihren langen Pariser Abendkleidern und die Herren im Smoking unterhielten sich höflich und oberflächlich, wie zwei Familien es tun, die sich eben kennenlernten.

Gegen Ende der Mahlzeit erhob sich Riad. »Wenn es mir gestattet ist«, sagte er in seiner wichtigtuerischen Art, »möchte ich einen Trinkspruch auf unseren geschätzten Gastgeber, den gütigen Doktor Al Fay, vorschlagen. Möge Allah ihn und seine Familie mit seinem Segen überschütten.«

Er hob sein Glas und trank einen Schluck Champagner. »Und noch einen Trinkspruch«, sagte er schnell, das Glas noch immer in der Hand. Er lächelte über den Tisch hinweg Baydar zu. »Auf meinen zukünftigen Schwiegersohn, den ich schon als meinen Sohn betrachte, und auf meine Tochter. Möge Allah ihre Verbindung mit vielen Söhnen segnen.«

Maryam spürte, wie sie beim allgemeinen freundlichen Gelächter ringsherum errötete. Sie wagte nicht, Baydar über den Tisch weg anzublicken. Ihr Vater fuhr fort:

»Und obwohl die Frage der Mitgift zwischen unseren Familien nie erörtert wurde, möchte ich doch diesen alten und geachteten Brauch nicht übersehen. Denn wie sonst kann ein Mann seiner Liebe zu seiner Tochter und seiner Schätzung für ihren Mann Ausdruck verleihen?«

Samir erhob sich protestierend. »Nein, Mohammed, das Geschenk deiner Tochter ist Reichtum genug.«

»Mein lieber Samir.« Der Bankier lächelte und schob den Einspruch beiseite. »Willst du mir diese einfache Freude versagen?«

»Natürlich nicht.« Samir setzte sich wieder.

»Mein Sohn«, wandte sich Riad an Baydar. »Am Tag eurer Hochzeit wird in meiner Bank in Beirut in deinem Namen ein Konto in der Höhe von einer Million libanesischer Pfund eröffnet werden. Du kannst damit tun, was du willst.«

Baydar warf Maryam einen Blick zu, ehe er sich erhob und seinem Schwiegervater dankte. Ihr Gesicht war gerötet, und sie blickte nicht vom Tisch hoch. Baydar wählte seine Worte sorgfältig. »Mein geehrter Vater, möge Allah Zeuge deiner Freigebigkeit und Güte sein. Nur um eines muß ich dich noch bitten: daß du mir deine führende Hand leihst, damit ich weisen Gebrauch von deinem großzügigen Geschenk mache.«

»Das werde ich gern tun«, erwiderte Mohammed Riad schnell. Er war hocherfreut. Alles verlief genauso, wie er es geplant hatte. Er war sicher, daß dieses Konto nur der Beginn der Geschäfte sein würde, die seine Bank fortan mit der Familie Al Fay tätigen würde.

Samir erhob sich. Das Diner war beendet. Mit einem Blick zu Baydar sagte er: »Es wäre nett, wenn du deiner Verlobten die Gärten zeigtest, während wir uns in der Bibliothek ausruhen.«

Baydar nickte und ging rund um den Tisch, um Maryams Stuhl zu halten, als sie sich erhob. Er lächelte ihr zu. »Man scheint uns loswerden zu wollen.«

Sie nickte. Er nahm ihren Arm, und sie gingen zur Gartentür.

Frau Riad wandte sich an Nabila. »Sind sie nicht ein schönes Paar?«

Sie erreichten den Teich am Gartenende, bevor einer von beiden ein Wort gesagt hatte. Dann aber begannen sie fast gleichzeitig zu sprechen. Maryam hielt inne. »Entschuldige.«

»Es ist mein Fehler«, sagte Baydar schnell. »Was wolltest du sagen?«

»Nichts Wichtiges«, antwortete sie. »Was wolltest du sagen?«

Sie lachten, jeder ein wenig geniert für den anderen. Er blickte auf sie nieder. »Ich wollte wissen, was deine Ansicht ist. Ich meine darüber, daß wir heiraten werden.«

Sie senkte den Blick, ohne zu antworten.

»Du brauchst darauf nicht zu antworten«, sagte er rasch. »Die Frage war nicht fair. Du hast ja kaum eine andere Wahl, nicht wahr?«

Sie hob den Kopf. »Und du?«

Nun war er es, der nicht antwortete. Er fischte ein Päckchen Zigaretten aus seiner Jackentasche. »Rauchst du?«

Sie schüttelte den Kopf.

Er zündete eine an und nahm einen tiefen Zug. Dann stieß er langsam den Rauch aus. »Ein bißchen altmodisch, nicht?«

»Ja.«

»In Amerika vergißt man beinahe, wie unsere Bräuche sind.«

»Ich wollte immer ins Ausland fahren«, sagte sie, »aber mein Vater ließ es nicht zu. Hat es dir dort gefallen?«

»Ja«, antwortete er. »Dort sind die Menschen einfacher. Man weiß meistens genau, was sie denken.«

Sie zögerte. »Hattest du dort ein Mädchen?«

»Nicht ein bestimmtes Mädchen. Aber wir hatten viele Verabredungen. Und du?«

»Mein Vater ist sehr streng. Ich durfte nur selten ausgehen. Es gab sogar einen Streit, als ich aufs College wollte.«

Sie verfielen wieder in Schweigen. Er betrachtete das glühende Ende seiner Zigarette. Diesmal sprach sie zuerst. »Du hast blaue Augen.«

»Ja«, meinte er. »Mein Vater sagte, das geht auf die Kreuzzüge zurück. Seither gibt es dann und wann blaue Augen in der Familie.«

Sie wandte sich ab und blickte aufs Meer hinaus. Sie sagte sehr leise: »Ich muß für dich eine große Enttäuschung sein nach all den Mädchen, die du im Westen gekannt hast.«

»Das ist nicht wahr«, entgegnete er rasch. »Ich habe sie nie ernstgenommen. Sie haben nichts im Kopf. Nicht wie wir.«

»Aber sie sind sehr schön und groß.«

»Maryam«, sagte er.

Sie wandte sich ihm zu.

»Auch du bist sehr schön.«

»Wirklich?« fragte sie. »Findest du das tatsächlich?«

»Ich finde es.« Er faßte nach ihrer Hand. »Willst du immer noch ins Ausland fahren?«

»Ja.«

Er lächelte. »Dann machen wir unsere Hochzeitsreise nach Europa.«

Und das taten sie. Sie heirateten Ende Juli und verbrachten den Monat August mit Reisen auf dem Kontinent. Als Baydar Maryam im September nach Beirut zurückbrachte und sie dort ließ, um wieder auf die Universität nach Amerika zu fahren, war sie bereits schwanger.

10

Die Gäste kamen vom Diner zurück, und auf dem Oberdeck wurde wieder getanzt. Baydar war wie üblich verschwunden, sobald das Essen serviert wurde. Es war seine Gewohnheit, seine Besprechungen abzuhalten, während die anderen speisten. War die Mahlzeit vorbei, erschien er wieder und mischte sich unter die Gäste. Auf diese Weise wurde er nicht vermißt und sparte viel Zeit.

Jordana setzte sich so, daß sie Baydars Wiedererscheinen im Salon beobachten konnte. Sogar nach neun Jahren Ehe war er ihr oft immer noch fremd. Er hatte etwas an sich, das sie nie verstehen würde. Manchmal schien es ihr, als bemerkte er sie überhaupt nicht, und dann wieder brachte er völlig überraschend Dinge zur Sprache, die ihr klarmachte, daß es nur sehr wenig gab, was er von ihr nicht wußte.

Zum Beispiel heute abend. Sie hatte das Van-Cleef-Etui auf ihrem Kissen sehr wohl gesehen, aber aus irgendeinem perversen Grund, den sie selbst nicht völlig verstand, beschlossen, es nicht zur Kenntnis zu nehmen. Vielleicht, weil sie sein ewiges Kommen und Gehen nicht mit Geschenken entschuldigt haben wollte. Ganz anders als die amerikanischen Männer, die sie gekannt hatte, konnte sie ihn nicht mit Schuldgefühlen manipulieren. Seine Reaktionen waren direkt und einfach. Es schlummerte noch sehr viel Ungebändigtes im Dunkel seiner Seele, um manchmal ganz plötzlich hervorzubrechen. Aber ihre eigene Reaktion hatte sie überrascht. Es lag für sie direkt etwas Tröstliches in seiner Gewalttätigkeit. Sie hatte sich benommen wie ein Kind, das seinen Vater zu einer Bestrafung herausforderte, um sich seiner Liebe zu vergewissern. Damit waren ihre Schuldgefühle aus dem Weg geräumt, und sie konnte auf Mittel und Wege sinnen, seine Gunst zurückzugewinnen.

Kaum hatte er die Tür hinter sich zugeschlagen, stand sie auf und schaute in den Spiegel. Der Abdruck seiner Hand brannte in ihrem Gesicht. Sie klingelte nach ihrer Sekretärin, ließ sich einen Eisbeutel bringen und hielt ihn über eine Stunde ans Gesicht, bis die Schwellung zurückgegangen war.

Erst dann entschloß sie sich für ihr Kostüm. Sie würde eine Moslemfrau sein, wenn er das wollte. Ein Weib, eine Huri, eine Sklavin. War es nicht das, was Allah ihnen versprach, sobald sie durch die Pforten des Paradieses traten?

Sie hob das Champagnerglas an die Lippen und beobachtete die Salontüren. Baydar war noch nicht herausgekommen.

»Jordana, Darling«, flötete eine überschwengliche Stimme ihr ins Ohr. »Dein Tanz war phantastisch.«

Jordana drehte sich um, als sie die Stimme erkannte. »Mara«, sagte sie und hielt ihr die Wange zum üblichen Kuß hin. »Du bist mehr als freundlich.«

»Nein, Darling«, sagte die Prinzessin schnell. »Es ist wahr. Das war die erotischste Darbietung, die ich je gesehen habe. Wäre ich ein Mann, ich hätte dich auf der Stelle vergewaltigt.« Sie lachte und fügte hinzu: »Eigentlich könnte ich das auch tun.«

Jordana stimmte in ihr Lachen ein. »Das ist wohl das größte Kompliment, Mara.«

Die Prinzessin drängte sich näher an Jordana. »Unglaublich, wie du das gemacht hast! Hast du den jungen Mann bemerkt, den ich mitgebracht habe? Er wurde fast verrückt. Ich dachte, er sprengt seine Hose.«

Jordana schaute sie scharf an. Es sah Mara gar nicht ähnlich, sich derart zu verbreiten. »Wirklich, Liebste?«

»Wirklich«, antwortete Mara. »Und er brennt darauf, dich kennenzulernen. Hast du einen Augenblick Zeit?«

Jordana sah über die Schulter der Prinzessin, wie Carriage mit Jasfir aus dem Salon kam. »Im Augenblick nicht«, antwortete sie. »Baydar wird bald herauskommen.«

Jasfir trat auf sie zu. »Madame Al Fay.«

»Mr. Jasfir«, sagte sie förmlich.

»Ich möchte Ihnen für den schönen Abend danken und mich entschuldigen, daß ich so früh aufbrechen muß, aber ich habe noch dringende Geschäfte zu erledigen.«

Sie reichte ihm die Hand. »Auch mir tut das leid.«

Er küßte ihr die Hand.

»Vielleicht haben wir das nächstemal Gelegenheit, uns besser kennenzulernen«, sagte sie.

»Es würde mir ein Vergnügen sein«, erwiderte er. *»Bonsoir,* Madame.«

Während Jasfir über das Deck ging, um sich mit einem der Schnellboote an Land bringen zu lassen, sah Jordana, wie Carriage sich Jussef zugesellte und die beiden dann gemeinsam mit dem amerikanischen Filmregisseur Michael Vincent im Salon und durch den Gang in Richtung von Baydars Arbeitszimmer verschwanden.

»Noch eine Besprechung?« fragte Mara.

Jordana zuckte mit den Schultern und hob ihr Champagnerglas. Die Prinzessin ließ sich neben ihr in den Stuhl sinken.

»Einer meiner Ehemänner war auch so. Ich habe schon vergessen, welcher. Andauernd Besprechungen. Es war so langweilig, daß ich mich scheiden ließ.«

Jordana lächelte. »Baydar mag alles mögliche sein, aber langweilig ist er nicht.«

»Das habe ich auch nicht gesagt. Aber manche Männer merken nicht, daß es noch andere Dinge im Leben gibt als Geschäfte.«

Jordana antwortete nicht. Sie trank ihren Champagner. Plötzlich war sie deprimiert. Nichts mehr schien zwischen ihnen zu klappen.

»Komm, Liebste«, drängte die Prinzessin. »Ich stelle dir meinen jungen Mann vor. Ihn wird es glücklich machen, und dich amüsiert es vielleicht für ein paar Minuten.«

»Wo ist er?«

»Dort drüben. Der große Blonde, der bei der Treppe steht.«

Jordana sah ihn sich an. »Er sieht jung aus.«

Die Prinzessin lachte. »Er *ist* jung, Liebste. Fünfundzwanzig und mit der Ausdauer eines Stiers. Seit Rubis Glanzzeiten habe ich nie mehr einen solchen Kerl getroffen.«

»Ein Gigolo?« fragte Jodana.

»Natürlich, Liebste. Sind das nicht alle schönen jungen Männer? Aber das macht die Sache einfacher, wenn du genug von ihnen hast. Gib ihnen ein paar Francs, und sie verschwinden. Keine Komplikationen.«

»Hast du schon genug von ihm? Oder warum reichst du ihn weiter?«

Mara lachte. »Nein, Liebste. Aber er überfordert mich. Da kann ich nicht mehr mithalten. Dauernd hält er mir seinen herrlichen Riesenschwanz entgegen, aber ich bin leider nicht mehr jung genug. Ich bin erschöpft.«

»Zumindest bist du ehrlich.«

»Ich bin immer ehrlich«, sagte Mara gekränkt. »Willst du ihn also kennenlernen?«

Jordana warf einen Blick zum Salon. Carriage kam allein zurück. Jussef und Vincent waren noch bei Baydar. Sie zuckte mit den Achseln. »Von mir aus. Bring ihn her.«

Baydar reichte Vincent einen Scotch mit Wasser und bat ihn, Platz zu nehmen. Jussef zog sich diskret in eine Zimmerecke zurück, während Baydar sich dem Amerikaner gegenübersetzte.

»Ich bin schon lange ein Bewunderer Ihrer Arbeit, Mr. Vincent«, begann Baydar.

»Danke, Mr. Al Fay. Ich fühle mich ehrlich geschmeichelt von Ihrem Urteil.«

»Ich stehe damit gewiß nicht allein«, sagte Baydar und beschloß, direkt zur Sache zu kommen. Der Mann war schließlich Amerikaner, und er brauchte nicht lange herumzureden. »Ich habe deshalb beschlossen, Sie zu fragen, ob es Sie interessieren würde, einen Film über das Leben des Propheten zu drehen. Haben Sie jemals daran gedacht?«

Der Regisseur trank einen Schluck. »Offen gestanden, nein, Mr. Al Fay.«

»Gibt es einen bestimmten Grund dafür, Mr. Vincent?«

Vincent schüttelte den Kopf. »Es ist mir einfach nie eingefallen. Vielleicht deshalb, weil wir Amerikaner sehr wenig über Mohammed wissen.«

»Es gibt aber über vierhundert Millionen Menschen, die das Thema sehr interessiert«, sagte Baydar.

Vincent nickte. »Das weiß ich jetzt. Mr. Ziad hat mir das sehr ausführlich erklärt und mir auch mehrere Biographien des Propheten gegeben; ich muß zugeben, daß mich die Idee fasziniert.«

»Glauben Sie, daß daraus ein Film zu machen wäre?«

»Ja, sogar ein sehr guter Film.«

»Einer, der in der westlichen Welt Erfolg haben könnte? Der mithelfen könnte, ihr verständlich zu machen, daß wir eine Kultur besitzen, die auf den gleichen moralischen Grundsätzen beruht wie die ihre?«

»Erfolgreich? Das weiß ich nicht. Was das Verständnis betrifft, würde ich sagen, ja. Vorausgesetzt, daß der Film überhaupt gezeigt wird.«

Baydar nickte. »Ich verstehe. Aber angenommen, es wäre möglich. Was wäre der erste Schritt, um das Projekt zu realisieren?«

»Jeder Film braucht zuerst einmal ein Drehbuch.«

»Sie haben schon für andere Filme Drehbücher geschrieben. Wäre es Ihnen möglich, auch dieses zu schreiben?«

»Wenn ich den Stoff besser beherrschen würde, sicher. Aber ich fürchte, ich weiß zu wenig darüber.«

»Und wenn Sie die nötige Mithilfe erhielten?«

»Nur dann, wenn ich sicher sein könnte, daß der Film auch wirklich gedreht würde.«

»Und wenn ich Ihnen garantiere, daß der Film gedreht wird?«

Vincent blickte Baydar an und holte tief Atem. Wenn er zusagte, und der Film wurde nicht gedreht, war er in der Branche erledigt. Dafür würden schon die Juden sorgen. Wurde er jedoch gedreht, und das auch noch gut, würden auch sie ihn in ihren Kinos spielen. Im Grunde war es ihnen ganz egal, was für ein Film es war, wenn nur die Kasse stimmte. »Ich bin sehr teuer«, sagte er. »Mich bekommt man nicht billig.«

»Das weiß ich bereits, Mr. Vincent. Wäre ein Honorar von einer Million Dollar plus Gewinnbeteiligung zu wenig?«

Aus den Lautsprechern tönte langsame, romantische Musik, und die Tanzfläche war dicht besetzt, als Jacques Jordana das Champagnerglas aus der Hand nahm und sie zum Tanz aufforderte. Er lächelte sie an. »Ich habe lange auf die richtige Musik gewartet, um Sie zum Tanz bitten zu können.«

Jordana spürte die Wirkung des Champagners. Sie erwiderte sein Lächeln. »Wie nett von Ihnen.«

Er zog sie eng an sich. »Ihr Amerikaner! Ist das alles, was Sie zu sagen haben?«

Sie sah ihm ins Gesicht. »Amerikaner? Ich bin keine Amerikanerin. Erkennen Sie das nicht an meinem Kleid?«

»Sprich nicht«, sagte er. »Überlasse dich der Musik.« Er drückte ihren Kopf an seine Schulter und preßte mit der anderen Hand ihre Hüften eng an sich. Er bewegte sich sehr langsam im Rhythmus der Musik und ließ sie genau spüren, was ihr Körper in ihm auslöste.

So tanzten sie eine Weile, und sie schloß genußvoll die Augen. Plötzlich ließ er ihre Hand los, bewegte sich langsam der Reling zu, wo sie von niemandem gesehen werden konnten. »Ich habe Knöpfe an der Hose, keinen Reißverschluß«, wisperte er. »Mach sie auf!«

Sie starrte ihn mit weit aufgerissenen Augen an. »Du bist verrückt«, flüsterte sie. »Die Leute beobachten uns!«

»Kein Mensch kann uns hier sehen! Höchstens unsere Rücken.«

Ohne den Blick von seinen Augen zu wenden, suchten ihre Finger fieberhaft die Knöpfe seiner Hose und öffneten sie. Er trug nichts darunter. Er zog ihren Kopf an seine Brust, so daß sie nach unten schauen mußte. »Nimm ihn dir!« befahl er.

Mara hatte nicht übertrieben. Ihre Handfläche reichte bei weitem nicht aus, die ganze Länge seines Penis zu erfassen. Sie spürte, wie ihre Handfläche feucht wurde.

»Fester!« keuchte er.

Sie hörte die Musik nicht mehr, ging völlig auf im Rhythmus der Bewegung ihrer Hand.

»Jetzt!« schluchzte er beinahe, und sie starrte fasziniert nach unten, bis es vorbei war.

»Danke«, sagte er lächelnd und zog sein Taschentuch aus der Brusttasche. »Hier, trockne deine Hände ab.«

Sie rieb sich die Handflächen ab und gab es ihm zurück.

Er schüttelte den Kopf. »Mich auch!«

Sie wischte ihn ab, und er brachte seine Kleidung wieder in Ordnung. »Das Taschentuch kannst du wegwerfen«, meinte er lässig.

Das zerknüllte Tuch fiel ins Meer, und sie kehrten auf die überfüllte Tanzfläche zurück. »Ich muß dich wiedersehen«, flüsterte er. »Wo kann ich dich anrufen?«

»Du kannst mich nicht anrufen. Ich rufe dich an.«

»Ich wohne im *Martinez.* Rufst du bestimmt an? Versprichst du es?«

Sie nickte. Die Musik endete gerade, als sie Baydar, gefolgt von Jussef und dem amerikanischen Filmregisseur, über die Treppe kommen sah. »Mein Mann«, flüsterte sie. Sie trennte sich von ihm, aber er hielt ihre Hand fest.

»Morgen?« flüsterte er.

»Ja.« Sie riß ihre Hand los und bahnte sich ihren Weg über die Tanzfläche zu Baydar. Ihr Gesicht war gerötet, und sie fühlte sich genauso, als ob sie gerade gehascht hätte.

»Darling!« rief sie. »Was für eine reizende Geburtstagsparty! Wie kann ich dir je genug danken?«

11

Es war schon nach Mitternacht, und Leila wurde es langweilig, nur in ihrem Zimmer herumzusitzen. Sie trat ans Fenster und blickte hinaus auf die Croisette. In der warmen Nacht flanierten immer noch Scharen von Menschen auf und ab. Die Reklameschilder auf dem Mittelstreifen der breiten Prachtstraße waren hell erleuchtet und wiesen auf die Filme hin, die während des kommenden Festivals gezeigt wurden.

Sie wandte sich vom Fenster ab, sie hatte genug. Wenn sie nicht bald hier herauskam, wurde sie verrückt. Sie nahm eine Jacke und den Schlüssel und ging in die Halle. Während sie auf den Lift wartete, zog sie die Jacke an. Beim Verlassen des Gebäudes sah sie genauso aus wie all die anderen jungen Mächen, die in Jeans und Hemden in der Nacht herumwanderten.

Sie schlug die Richtung zum *Carlton* ein, blieb an der Ecke der Rue du Canada stehen, um sich ein Eis zu kaufen, und überquerte dann die Straße zur Uferseite, die weniger belebt war. Gegenüber dem *Carlton* setzte sie sich auf ein Mäuerchen und beobachtete die Menschen, die das Hotel betraten oder verließen.

Sie aß ihr Eis bis zum letzten Krümel der Waffeltüte auf und leckte sich dann die Finger sauber. Sie hörte das Geräusch eines Schnellboots und drehte sich zum Meer um.

Ein großes Motorboot legte am Hotelsteg an. Es war leer bis auf zwei Matrosen in weißen Trikothemden und Segeltuchhosen. Der eine sprang auf den Steg und belegte die Bugleine. Gleich darauf kletterte auch der andere Matrose an Land, und beide blieben rauchend und plaudernd stehen.

Sie sah über das Motorboot hinweg aufs Meer. Einige hundert Meter weit in der Bucht ankerte die Jacht ihres Vaters; die Lichter auf dem Oberdeck flimmerten in der Nacht. Leise Musik klang zum Strand herüber. Sie zog eine Zigarette heraus und zündete sie an.

Sie blickte zurück zum Hotel. Dort war nichts los. Ein kleiner Wagen auf der Croisette verlangsamte seine Fahrt und hielt an. Der Fahrer beugte sich über den Sitz, kurbelte das rechte Fenster nach unten und rief ihr etwas zu.

Sie hörte nicht, was er sagte, wußte jedoch, was er wollte. Verächtlich schüttelte sie den Kopf, erhob sich und wandte ihm den Rücken zu. Der Fahrer hupte als Antwort und fuhr mit kreischenden Reifen davon.

Impulsiv ging sie über die Stufen zum Strand hinab und auf die Anlegestelle zu. Zuerst nahmen die Matrosen automatisch Haltung an, aber als sie näherkam, verfielen sie wieder in ihre vorherige Ungezwungenheit, rauchten weiter und beobachteten sie.

Leila blieb auf dem Dock stehen und sah wortlos zu ihnen hinunter.

»Bonsoir«, rief ihr der größere Matrose zu.

»Bonsoir«, antwortete sie. Sie betrachtete das Boot. Es war ein Luxusmodell, ausgestattet mit allen Schikanen wie Funk und Stereotonband. Sie zweifelte keinen Augenblick daran, daß es ihrem Vater gehörte; er hatte immer alle neuesten amerikanischen Spielereien.

»Kein Geschäft heute?« fragte der kleinere Matrose anzüglich.

Sie beachtete ihn nicht.

Der größere lachte. »Komm runter«, sagte er. »Wir zahlen dir jeder zehn Francs für eine schnelle Nummer.«

Sie starrte ihn an. »Was ist los?« fragte sie spöttisch und zeigte auf die Jacht. »Sind euch die Mädchen dort drüben zu teuer?«

Der größere Matrose ließ sich nicht beirren. »Zwanzig für jeden. Das ist unser Höchstangebot.«

Sie lächelte ihm zu. »Ihr kriegt es umsonst, wenn ihr mich da hinausbringt.«

Die beiden Matrosen sahen zuerst einander und dann sie an. »Das geht nicht«, erklärte der größere.

»Habt ihr Angst, euren Job zu verlieren?« höhnte sie. »Was ist da draußen überhaupt los?«

Sie knöpfte aufreizend ihre Jacke auf und umfaßte ihre vollen Brüste. *»Regardez ces tétons«,* sagte sie. »Wie würde euch das schmecken?«

Die beiden schüttelten beinahe traurig die Köpfe. »Fünfundzwanzig Francs«, sagte schließlich der größere.

»Tut mir leid«, erwiderte sie, knöpfte schnell die Jacke zu und wandte sich ab. »Ihr habt eure Chance gehabt.«

»Morgen«, rief ihr der größere nach. »Komm zum alten Hafen. Dann fahren wir dich hinaus.«

»Morgen bin ich nicht mehr hier.«

»Warte!« rief der kleinere und sagte dann rasch etwas zu dem anderen, das sie nicht hören konnte.

»Also gut. Einmal rund um die Jacht und dann zurück. Okay?«

»Okay.« Sie kletterte zur Anlegestelle hinunter, und der größere Matrose sprang ins Boot. Das Aufheulen des Motors erfüllte die Nacht. Der kleinere Matrose streckte de Hand aus, um ihr ins Boot zu helfen, aber sie stieg allein ein, ging nach achtern und setzte sich hin.

Der Mann löste das Haltetau, sprang in das abfahrende Boot und rief ihr zu: »Komm lieber nach vorn. Da hinten wirst du naß.«

Sie lächelte ihm zu. »Das macht mir nichts«, sagte sie.

Als das Boot an Tempo gewann, setzte er sich neben sie. Er langte hinüber und öffnete die beiden Knöpfe ihrer Bluse. Eine schwielige Hand umfaßte rauh ihre Brust. »Fabelhaft«, sagte er. »Große Klasse!«

»Warum hast du's so eilig?« fragte sie. »Wir haben viel Zeit.«

Er beugte sich vor und nahm gierig ihre Brustwarze zwischen die Lippen. Sie stieß ihn weg. »Warte«, sagte sie ärgerlich. »Erst wenn die Fahrt zu Ende ist.«

Er starrte sie mit gerötetem Gesicht an.

Sie lächelte süß. »Keine Angst, ich lege dich schon nicht rein.« Sie zog die Jacke aus. »Du kannst das als Pfand nehmen.«

Er stand verdutzt mit der Jacke da und sah sie an. »Was für Spielchen treibst du?«

Bevor sie antworten konnte, summte das Funktelefon. Der größere Matrose hob ab. Eine Stimme bellte zornig. Er legte auf und sah sich nach den beiden um, während er das Boot in einem weiten Bogen wendete. »Wir müssen zurück zum Steg«, sagte er. »Der Kapitän ist stinksauer. Dort warten Leute, die an Bord wollen.«

»Verdammt!« schimpfte der kleinere Matrose. Er gab ihr die Jacke zurück. »Zieh das an.«

»Ich habe dir ja gesagt, laß die Finger davon«, sagte der größere.

»Merde!« schnauzte der kleinere zurück.

Leila nahm die Jacke und knöpfte schweigend ihre Bluse zu. Sie schaute zum Pier hin, wo einige Leute in eleganter Abendkleidung standen. Der eine Matrose stellte den Motor ab, und das Boot glitt an den Steg.

Der andere sprang flink mit der Leine an Land und machte es fest.

Zwei Herren und zwei Damen starrten Leila neugierig an, als sie aus dem Boot stieg, sagten aber nichts. Sie kletterte auf den Pier, und als sie sich noch einmal umwandte, sah sie, wie der kleinere Matrose den Damen mit übertriebenem Eifer ins Boot half. Plötzlich schaute er zu ihr hinauf.

»C'est la vie«, rief sie lächelnd hinunter.

Inzwischen saßen auch die Herren, und das Boot legte langsam ab. Der kleinere Matrose sprang hinein, lachte ihr zu und hob seine Hände mit der typisch gallischen Gebärde des »da kann man nichts machen«.

Leila ging über den Pier zum Strand, da tauchte aus den Schatten der Kabinen plötzlich Ali Jasfir auf. »Was ist mit dir los?« schrie er. »Hast du den Verstand verloren? Du hättest alles verraten können!«

Sie erschrak. »Ich habe dich nicht von der Jacht kommen sehen.«

»Als ich ins Apartment kam und sah, daß du nicht dort warst, wäre ich beinahe verrückt geworden. Du wußtest doch genau, daß du die Zimmer nicht verlassen darfst!«

»Ich langweilte mich«, gab sie gereizt zurück.

»Du langweiltest dich«, wiederholte er höhnisch. »Und da mußtest du hierher kommen und eine Bootsfahrt machen?«

Sie starrte ihn an. »Warum nicht?« fragte sie. »Wer hätte mehr Recht dazu? Schließlich gehört das Boot meinem Vater.«

Es war nach vier Uhr morgens, als der letzte der Gäste mit dem Boot an Land gebracht wurde. Jordana verabschiedete sich von Prinzessin Mara und Jacques, als Jussef zu Baydar trat, der allein stand. »Soll ich die Mädchen hier lassen?« fragte er, auf die beiden Starlets weisend, die neben Vincent standen.

Baydar schüttelte den Kopf.

»Wünschen Sie, daß ich an Bord bleibe?«

»Nein, ich rufe Sie morgen früh im Hotel an.«

»O.K.« Jussef lächelte. »Gute Nacht.«

»Gute Nacht.«

Als Jordana von der Reling zurückkam, war Baydar schon gegangen. Sie ging langsam in den Salon.

Ein Steward kam auf sie zu. »Darf ich Madame etwas bringen?«

»Nein, danke«, antwortete sie. »Übrigens, haben Sie Mr. Al Fay gesehen?«

»Ich glaube, er ist in seine Kabine gegangen, Madame«, entgegnete der Steward und zog sich zurück.

Sie ging durch den Gang in ihre Kabine. Nur die Nachttischlampe brannte neben dem Bett; ihr Nachthemd und der Morgenrock lagen bereit. Langsam zog sie sich aus. Plötzlich fühlte sie sich erschöpft und leer. Die Stelle, wo er sie geschlagen hatte, begann wieder zu schmerzen.

Sie ging ins Badezimmer, nahm ein Fläschchen Percodan aus dem Arzneischrank, steckte zwei von den gelben Tabletten in den Mund und spülte sie mit einem Schluck Wasser hinunter. Dann sah sie in den Spiegel. Sie hätte ihr Make-up entfernen sollen, aber es war ihr zu anstrengend.

Sie ging zurück ins Schlafzimmer und zog ihr Nachthemd an. Müde ließ sie sich ins Bett fallen, machte die Nachttischlampe aus und schmiegte sich in die Kissen.

Durch den Spalt unter seiner Tür drang Licht in ihr Zimmer. Er war noch wach. Sie schloß die Augen, während der Schmerz allmählich abklang. Sie war beinahe eingeschlafen, da öffnete sich plötzlich seine Tür. Sie riß die Augen auf.

Er stand völlig angekleidet im Türrahmen und sagte längere Zeit nichts.

»Ich wünsche die Kinder um neun Uhr mogens an Bord zu sehen«, ordnete er schließlich an.

»Ja, Baydar«, antwortete sie, »ich werde dafür sorgen. Das wird hübsch werden. Wir waren schon lange nicht mehr mit den Kindern beisammen.«

Seine Stimme war kalt und ausdruckslos. »Ich habe nach meinen Söhnen verlangt. Nicht nach dir.«

Sie schwieg.

»Ich werde sie am Sonntag zurückbringen.«

»Bis dahin kannst du nicht nach Capri und wieder zurück fahren.«

»Wir fahren nicht nach Capri. Ich muß Montag früh in Genf sein. Wir fahren nur nach Saint Tropez.«

Die Tür fiel hinter ihm zu, und wieder versank der Raum im Dunkel. Sie blickte auf das Leuchtzifferblatt der Uhr auf dem Nachttisch. Es war fünf vorbei.

Sie nahm sich eine Zigarette und zündete sie an. Zu spät, um hier zu schlafen, wenn die Kinder um neun Uhr auf der Jacht sein mußten. Müde machte sie wieder Licht und drückte auf die Klingel für das Dienstmädchen.

Am besten zog sie sich gleich an und fuhr zur Villa. Um sieben würden die Kinder wach sein; sie konnte den Schlaf später, wenn sie fort waren, nachholen.

12

Michael Vincent betrat den Speisesaal des Hotels. Seine Augenlider waren von Schlafmangel geschwollen, sein Gesicht voller Falten und vom Whisky gezeichnet. Er starrte durch die Strahlen der Morgensonne, auf der Suche nach Jussef, den er schließlich an einem Fenstertisch erblickte.

Jussef war frisch rasiert, sein Blick klar. Auf seinem Tisch lag neben dem Kaffee ein Feldstecher. »Guten Mogen.«

»Morgen«, knurrte Vincent und setzte sich ihm gegenüber. »Wie schaffen Sie das? Es muß sechs Uhr gewesen sein, bevor Sie ins Bett kamen. Jetzt ist es halb zehn, und Sie bitten mich zu einer Besprechung.«

»Wenn der Boss da ist, schläft keiner«, sage Jussef. Er nahm den Feldstecher und reichte ihn dem Regisseur. »Sehen Sie doch selbst. Er ist schon draußen und fährt Wasserski.«

Vincent schaute durch den Feldstecher und stellte die Gläser so lange ein, bis er die Jacht klar und scharf sah. Er entdeckte das Motorboot, das durch die Bucht raste. Baydar stand auf einem Ski, hielt mit der einen Hand die Schleppleine und mit der anderen einen kleinen Jungen auf seinen Schultern. »Wer ist der Junge?« fragte Vincent.

»Der jüngere Sohn vom Boss, Samir«, antwortete Jussef. »Vier Jahre alt und nach seinem Großvater benannt. Der ältere Sohn, Prinz Muhammed, fährt hinter dem anderen Boot. Er ist zehn.«

Vincents Blicke, die bisher nur Baydar gefolgt waren, entdeckten erst jetzt das zweite Boot. Er schwenkte das Glas und betrachtete den Jungen. Der Zehnjährige war das Abbild seines Vaters; schlank und kräftig, hielt auch er die Schleppleine nur mit einer Hand. »Prinz Muhammed?« fragte Vincent. »Ist Baydar ein . . .«

»Nein«, sagte Jussef schnell. »Baydar ist der Vetter von Feijad, dem regierenden Fürsten. Da dieser keine männlichen Erben hat, hat er Baydars Sohn zum Thronfolger bestimmt.«

»Interessant«, sagte Vincent. Als der Kellner an den Tisch kam, legte er das Fernglas hin. »Ist es zu früh, um eine Bloody Mary zu bekommen?«

»Hier nicht«, sagte Jussef lächelnd und bestellte. Der Kellner nickte und verschwand. Jussef beugte sich über den Tisch. »Ich muß mich entschuldigen, daß ich Sie so früh gestört habe, aber der Boss rief mich heute morgen an, und ich muß für einige Tage mit ihm wegfahren, deshalb hielt ich es für wichtig, daß wir unser Geschäft unter Dach bringen.«

»Ich dachte, wir hätten gestern abend bereits alles vereinbart«, sagte Vincent.

Der Kellner kam mit dem Getränk. Jussef wartete, bis er wieder gegangen war und Vincent den ersten Schluck getrunken hatte. »Fast alles«, sagte er glattzüngig, »bis auf die Agentenprovision.«

»Ich habe keinen Agenten«, sagte Vincent sofort. »Ich führe meine Verhandlungen immer selbst.«

»Diesmal haben Sie aber einen«, entgegnete Jussef. »Sie müssen wissen, bei uns ist das so Brauch. Und wir sind sehr für die Einhaltung von Bräuchen.«

Vincent begann zu begreifen, wollte es aber von Jussef selbst hören. »Und wer ist mein Agent?«

»Ihr größter Fan«, sagte Jussef liebenswürdig. »Der Mann, der Sie für den Job empfohlen hat. Ich.«

Vincent schwieg eine Weile und nahm noch einen Schluck von seiner Bloody Mary. Er spürte, wie sich sein Kopf klärte. »Die üblichen zehn Prozent?« fragte er.

Jussef schüttelte, immer noch lächelnd, den Kopf. »Das ist ein westlicher Brauch. Unser Brauch ist dreißig Prozent.«

»Dreißig Prozent?« rief Vincent schockiert. »Das ist ein unerhörter Betrag.«

»In Anbetracht Ihres Honorars für diesen Film nicht unangemessen. Eine Million Dollar ist eine unerhörte Bezahlung. Ich weiß zufällig, daß es fünfmal mehr ist, als Sie für Ihren letzten Film bekommen haben. Man hätte Ihnen dieses Angebot nicht gemacht, wenn ich nicht gewußt hätte, daß Baydar seit langem von diesem Film träumt und sich Ihre Mitarbeit durch eine solche Summe sichern wollte.«

Vincent betrachtete Jussefs Gesicht. Der Araber lächelte immer noch, aber seine Augen waren todernst. »Fünfzehn Prozent«, bot er an.

»Ich habe viele Spesen«, sagte Jussef und breitete die Hände mit entschuldigender Geste aus. »Aber Sie sind mein Freund, ich will mit Ihnen nicht handeln. Fünfundzwanzig Prozent.«

»Was für Spesen?« frage Vincent neugierig. »Ich dachte, Sie arbeiten für Baydar. Bezahlt er Sie nicht gut?«

»Gut genug für ein angenehmes Leben. Aber man muß auch an die Zukunft denken. Ich habe eine große Familie zu ernähren und muß ein paar Dollar auf die Seite legen.«

Vincent fischte in seiner Tasche nach Zigaretten. Jussef kam ihm zuvor. Er öffnete ein goldenes Zigarettenetui und hielt es dem Regisseur hin. »Ein schönes Etui«, sagte Vincent, indem er sich bediente.

Jussef lächelte. Er legte das Etui vor den Regisseur auf den Tisch. »Es gehört Ihnen.«

Vincent starrte ihn überrascht an. Er verstand diesen Mann überhaupt nicht. »Aber das ist pures Gold. Das können Sie mir doch nicht so einfach schenken!«

»Warum nicht? Sie haben es bewundert.«

»Das ist kein ausreichender Grund«, widersprach Vincent.

»Sie haben Ihre Sitten, wir haben die unseren. Wir betrachten es als heilbringend, Geschenke zu machen.«

Vincent schüttelte resigniert den Kopf. »O.K. Zwanzig Prozent.«

Jussef streckte lächelnd die Hand aus. »Abgemacht.«

Sie schüttelten einander die Hände. Vincent steckte die Zigarette in den Mund, und Jussef gab ihm mit einem goldenen Dupontfeuerzeug Feuer. Vincent zog an der Zigarette, dann lachte er. »Ich riskiere es nicht, Ihr Feuerzeug zu bewundern, sonst schenken Sie mir das auch noch.«

Jussef lächelte. »Sie passen sich unseren Gewohnheiten schnell an.«

»Das werde ich wohl müssen, wenn ich diesen Film machen will.«

»Sehr richtig«, bestätigte Jussef ernst. »Wir werden bei diesem Film sehr eng zusammenarbeiten, und ich glaube, zu gegebener Zeit kann ich Ihnen zeigen, wie wir beide noch viel Geld verdienen können.«

Vincent ergriff sein Glas und trank. »Auf welche Weise?« fragte er.

»Von Ihnen würde man für Dienstleistungen und Material viel mehr Geld verlangen als von mir«, erklärte Jussef. »Gemeinsam können wir dem Boss eine Menge einsparen und zugleich für uns noch einen vernünftigen Gewinn herauswirtschaften.«

»Ich will daran denken«, sagte Vincent. »Wahrscheinlich werde ich mich oft an Sie wenden.«

»Ich stehe Ihnen gegzur Verfügung.«

»Wann, glauben Sie, sind die Verträge zur Unterschrift bereit?« fragte Vincent.

»Noch in dieser Woche. Sie werden in Los Angeles aufgesetzt und mit Telex hierher übermittelt.«

»Warum Los Angeles? Gibt es in Paris keine guten Rechtsanwälte?«

»Die gibt es natürlich, aber Sie müssen den Boss verstehen. Er verlangt bei allem das Beste. Und die besten Rechtsanwälte dafür sitzen nun einmal in Hollywood.« Er blickte auf die Uhr. »Ich muß gehen«, sagte er, »ich bin schon verspätet. Der Boss will, daß ich die Mädchen an Bord bringe.«

Sie erhoben sich beide. »Die Mädchen?« fragte Vincent erstaunt. »Hat denn Mrs. Al Fay nichts dagegen?«

»Mrs. Al Fay hat beschlossen, in der Villa zu bleiben, damit der Boss mehr Zeit allein mit seinen Söhnen verbringen kann.«

Sie schüttelten sich die Hände, und Jussef verschwand in Richtung Hotelhalle. Vincent ließ sich wieder auf seinen Stuhl sinken. Es gab so vieles an diesen Menschen, das er noch würde lernen müssen. Sie waren nicht ganz so einfach, wie das zuerst den Anschein hatte. Der Kellner kam vorbei, und er bestellte eine weitere Bloody Mary. Wenn schon, dann konnte er den Tag auch gleich richtig beginnen.

Die Starlets und Patrick warteten mit ihrem Gepäck in der Halle, als Jussef aus dem Restaurant kam. Er bat Elie, die Taschen an Bord des Motorbootes bringen zu lassen.

»Geht nur voraus«, wies er sie an. »Ich komme gleich nach. Muß nur noch schnell einen Anruf erledigen.«

Aus einer der Telefonkabinen rief er Jacques im *Martinez* an. Es klingelte zehnmal, bevor sich seine verschlafene Stimme meldete.

»Ich bin es, Jussef«, sagte er. »Habe ich dich geweckt?«

»Ja.« Jacques' Stimme klang sauer.

»Der Boss hat mich aufgefordert, mit ihm einige Tage auf der Jacht zu verbringen, und ich fahre jetzt ab. Ich wollte wissen, wie du mit ihr verblieben bist.«

»Sie will mich anrufen.«

»Glaubst du, daß sie das macht?«

»Ich weiß nicht. Jedenfalls war sie gestern abend nicht gerade abweisend und recht flink mit den Händen.«

»Dann wird sie anrufen«, sagte Jussef befriedigt. »Hat sie ihn erst mal in der Hand gehabt, kriegst du ihn auch zwischen ihre Beine.«

»Wann kommst du zurück?« fragte Jacques.

»Sonntag abend. Der Boss fährt noch in derselben Nacht nach Genf. Und wenn du bis dahin noch nichts von ihr gehört hast, werde ich für den amerikanischen Filmregisseur ein Abendessen geben, und du kannst sie dort treffen.«

»Aber du wirst mir nicht wieder diese Prinzessin Mara aufhalsen, oder?« fragte Jacques. »Ich kann die Person nicht ausstehen.«

»Nein. Diesmal kannst du allein kommen.« Jussef verließ die Zelle und gab der Telefonistin einige Francs Trinkgeld. Er wollte sein Zigarettenetui aus der Tasche ziehen und erinnerte sich, daß er es verschenkt hatte. Er fluchte leise, lächelte dann aber, als er die Stufen zur Straße hinunterging. Es war kein schlechtes Geschäft. Die dreihundert Dollar, die die Dose wert war, hatten ihm die letzten fünf Prozent eingebracht. Und fünfzigtausend Dollar waren nicht zu verachten.

Als er ins Zimmer trat, stand sie beim Fenster und schaute aufs Meer. »Hast du gepackt?« fragte er.

»Ja«, sagte sie, ohne sich umzudrehen. »Die Jacht läuft aus.«

Er kam ans Fenster und blickte hinaus. Die Jacht wendete und fuhr in Richtung Estérel. Himmel und Wasser waren gleichmäßig blau, und die Sonne schien hell. »Heute wird es warm«, bemerkte er.

Sie schaute immer noch nicht zu ihm hin. »Er war mit seinen Söhnen Wasserski fahren.«

»Mit deinen Brüdern?«

»Sie sind nicht meine Brüder!« rief sie erbittert. »Sie sind seine Söhne.« Jetzt erst wandte sie sich ins Zimmer. »Das wird er eines Tages noch merken.«

Ali Jasfir beobachtete schweigend, wie sie durchs Zimmer ging und neben dem Bett auf einen Stuhl sank. Sie zündete eine Zigarette an. Ihr war nicht bewußt, wie sehr sie die Tochter ihres Vaters war. Der schlanke, kräftige Körper war kein Erbe ihrer Mutter. Die war wie die meisten arabischen Frauen etwas korpulent.

»Ich erinnere mich, wie er meine Schwester und mich, als wir klein waren, zum Wasserskifahren mitnahm. Er konnte es sehr gut, und wir hatten viel Spaß. Als er sich dann von meiner Mutter scheiden ließ, war alles vorbei. Er hat uns nicht mal mehr besucht. Er warf uns fort wie alte Schuhe.«

Ali merkte, daß er Baydar plötzlich verteidigte. »Dein Vater braucht Söhne. Und deine Mutter konnte keine Kinder mehr bekommen.«

»Ihr Männer seid alle gleich«, sagte Leila verächtlich. »Vielleicht werdet ihr eines Tages lernen, daß wir nicht nur Geschöpfe für eure Bequemlichkeit sind. Schon jetzt geben die Frauen mehr für die arabische Sache als die meisten Männer.«

Über diesen Punkt wollte er nicht mit ihr diskutieren. Das war nicht sein Job. Sein Job war, sie nach Beirut und dann in die Berge ins Trainingslager zu bringen. Danach konnte sie diskutieren, so viel sie wollte. Er drückte auf den Knopf für den Gepäckträger.

»Welches Flugzeug nehmen wir?« fragte sie.

»Air France nach Rom, dann Middle East Air nach Beirut.«

»Was für ein Umstand«, sagte sie, erhob sich, ging wieder zum Fenster und blickte hinaus. »Was wohl mein Vater sagen würde, wenn er wüßte, daß ich hier bin?«

13

Baydar schaute auf seine Armbanduhr. »Es bleiben uns noch fünf Stunden, bis die Börse in New York öffnet«, sagte er.

»Das läßt uns nicht viel Zeit zur Refinanzierung von zehn Millionen Pfund Sterling, Monsieur Al Fay«, meinte M. Brun, der Schweizer Bankier. »Und für den Rückruf der Kaufaufträge ist es zu spät.«

John Sterling-Jones, sein britischer Teilhaber, nickte. »Es wird unmöglich sein. Ich schlage vor, daß Sie sich die Sache nochmals überlegen, Mr. Al Fay.«

Dick Carriage beobachtete seinen Arbeitgeber von der anderen Seite des Raumes aus. Baydars Gesicht blieb ausdruckslos, obwohl er genau wußte, auf was der britische Bankier anspielte. Es wäre sehr einfach, das Telefon zu nehmen und Abu Saad mitzuteilen, daß er bereit sei, den neuen Vorschlag anzunehmen. Sobald er aber das tat, hatten sie ihn in der Hand. Und das wollte er nicht, nachdem er so viele Jahre um seine Unabhängigkeit gekämpft hatte. Niemand würde ihn in der Hand haben. Nicht einmal sein regierender Fürst.

»Meine Einstellung bleibt unverändert, Mr. Sterling-Jones«, sagte Baydar ruhig. »Ich habe nicht die Absicht, ins Rüstungsgeschäft einzusteigen. Hätte ich das gewollt, so hätte ich es schon vor Jahren getan.«

Der Engländer antwortete nicht.

Baydar wandte sich an den Schweizer. »Wieviel kann ich von hier aus abdecken?« fragte er.

Der Schweizer warf einen Blick auf seinen Schreibtisch. »Ihr verfügbares Barkonto beläuft sich auf fünf Millionen Pfund, Monsieur Al Fay.«

»Und wieviel Kredit habe ich?«

»Unter den obwaltenden Umständen?« fragte der Schweizer.

Baydar nickte.

»Keinen«, sagte der Schweizer. »Es sei denn, Sie ändern Ihre Einstellung. Dann natürlich können Sie jeden gewünschten Betrag bekommen.«

Baydar lächelte. Bankiers waren doch überall gleich. »Wenn ich das täte, bräuchte ich Ihr Geld nicht, Monsieur Brun.« Er griff in die Tasche und zog ein Scheckbuch heraus. »Würden Sie mir Ihren Füllfederhalter leihen?«

»Selbstverständlich, Monsieur Al Fay.« Der Schweizer reichte ihm den Füllhalter mit einer gezierten Geste.

Baydar legte das Scheckbuch auf die Schreibtischecke und schrieb rasch einen Scheck aus. Er riß ihn heraus und schob ihn mit dem Füller dem Bankier zu.

Der Bankier nahm den Scheck auf. »Monsieur Al Fay«, sagte er überrascht, »wenn wir diesen Scheck auf fünf Millionen Pfund auszahlen, ist Ihr Konto erschöpft!«

Baydar erhob sich. »Ganz recht, Monsieur Brun. Und schließen Sie es gleich. Ich erwarte den Durchschlag Ihres Überweisungsauftrags an meine New Yorker Bank innerhalb einer Stunde in meinem Hotel.« Er ging zur Tür. »Sie werden im Lauf des Morgens auch noch Instruktionen darüber erhalten, was mit den anderen Fonds und Konten geschehen soll, für die ich Vollmachten besitze. Wollen Sie bitte dem Abschluß dieser Konti ebensolche Aufmerksamkeit angedeihen lassen wie ihrer Eröffnung.«

»Monsieur Al Fay!« Die Stimme des Bankiers überschlug sich. »Es hat noch nie jemand von einer Bank vierzig Millionen Pfund in einem Tag abgehoben.«

»Soeben hat es jemand getan.« Baydar lächelte, dann winkte er Carriage, der ihm zur Tür folgte. Sie gingen quer durch die Bank und hatten fast den Ausgang erreicht, als Sterling-Jones sie einholte. »Mr. Al Fay!«

Baydar blieb stehen. »Ja, Mr. Sterling-Jones?«

Der Engländer stotterte beinahe in seiner Hast, die Worte herauszubringen. »Monsieur Brun und ich haben Ihre Position nochmals überprüft. Was wären wir für Bankiers, wenn wir einem alten und geschätzen Klienten einen Kredit abschlügen? Sie bekommen selbstverständlich den Kredit über fünf Millionen Pfund.«

»Zehn Millionen Pfund. Ich sehe nicht ein, weshalb ich mein eigenes Geld verwenden sollte.«

Der Engländer starrte ihn einen Augenblick an, dann nickte er. »Zehn Millionen Pfund.«

»Ausgezeichnet, Mr. Sterling-Jones.« Er wandte sich an Dick.

»Gehen Sie mit Mr. Sterling-Jones zurück, und holen Sie den Scheck, den ich ihnen gerade ausgeschrieben habe. Ich fahre schon zur Sitzung bei Aramco, und Sie kommen mir dorthin nach.«

»Ja, Sir.«

Baydar nickte dem Bankier freundlich zu und ging ohne ein Wort des Abschieds an den Straßenrand, wo sein Wagen wartete. Der Fahrer sprang aus dem Wagen und öffnete ihm die Tür.

Baydar sank mit einem erleichterten Seufzer auf den bequemen Sitz. Die Bankiers wußten zum Glück nicht, daß das alles Bluff gewesen war. Er hatte gar keine Möglichkeit, ohne Zustimmung der Auftraggeber die Treuhandkonten zu transferieren. Aber der Scheck über fünf Millionen Pfund hatte bewirkt, daß sie das vergaßen.

Er zündete sich eine Zigarette an. Morgen würde es keine Rolle mehr spielen. Die Chase Manhattan in New York würde ihm siebzig Prozent des Marktwerts auf das Aktienkapital als Deckung geben. Er würde das der Schweizer Bank zurückzahlen, weil die Bankzinsen der New Yorker Bank wesentlich niedriger waren. Damit würden seine hiesigen Verbindlichkeiten nur mehr drei Millionen Pfund ausmachen, die er nötigenfalls auch aus seinem eigenen Konto abdecken konnte.

Inzwischen war die Lage gar nicht so übel. Vielleicht war er Ali Jasfir und seinen Hintermännern sogar noch Dank schuldig. Durch den Entzug ihrer Unterstützung war er nun Hauptaktionär einer kleinen Bank in La Jolla, Kalifornien, einer Versandgeschäftsversicherungsfirma in Richmond, Virginia, und einer Gesellschaft für Inlandsanleihen und Finanzierungen mit vierzig Filialen in Florida. Die drei Gesellschaften allein besaßen Vermögenswerte von über sechzig Millionen Dollar, davon mindestens zwanzig Millionen in bar, mit einem Jahresnettoertrag von zehn Millionen Dollar nach Steuern.

Plötzlich entschloß er sich, nicht zu der Aramco-Sitzung zu fahren. Statt dessen befahl er dem Fahrer, ihn zum Hotel *Präsident Wilson* zu bringen, wo er eine Suite hatte.

Er hob den Telefonhörer ab, rief Aramco an und entschuldigte sich, daß er seine Teilnahme an der Sitzung im letzten Augenblick absagen müsse; man solle doch Carriage bitte sofort ins Hotel schikken. Dann rief er seinen Piloten auf dem Flugplatz an und befahl ihm, sich sofort zum Abflug in die Staaten bereitzumachen.

Er ging ins Schlafzimmer, zog die Jacke aus und legte sich aufs Bett. Sofort kam Dschabir aus seinem kleinen Zimmer neben dem Baydars.

»Wünscht der Herr ein Bad?«
»Nein, danke. Ich möchte nur hier liegen und nachdenken.«
»Ja, Herr.«
Dschabir wandte sich zum Gehen.
Baydar rief ihn zurück. »Wo ist das Mädchen?« Er hätte beinahe vergessen, daß er Suzanne mitgebracht hatte, die kleine Rothaarige, die Jussef ihm in Cannes vorgestellt hatte.
»Sie ist ausgegangen, um Einkäufe zu machen, Herr«, antwortete Dschabir. »Sie sagte, sie würde bald wieder hier sein.«
»Gut. Sieh zu, daß ich mindestens eine Stunde lang nicht gestört werde.«
»Ja, Herr. Soll ich die Vorhänge zuziehen?«
»Eine gute Idee.« Als der Diener gegangen war, schloß Baydar die Augen. Es gab so viel zu tun und so viel zu überlegen, und er hatte so wenig Zeit. Er konnte es kaum glauben, daß er erst gestern mit seinen Söhnen Wasserski gefahren war.
Er hatte den ganzen Tag mit den beiden Jungen verbracht. Sie waren an den Strand gegangen, hatten Muscheln gesucht, aber keine gefunden, in St. Tropez Pedalos gemietet, geschnorchelt und auf der Isle du Levant gepicknickt. Abends nach dem Essen sahen sie sich Disneyfilme an, die er für die Kinder in der Filmbibliothek auf dem Schiff aufbewahrte. Er hatte auch andere Filme, aber die waren nicht für Kinder.
Aber erst am Sonntag abend, auf der Rückfahrt nach Cannes, hatte er gemerkt, daß ihn etwas störte.
Sie saßen im Salon und sahen sich »Schneewittchen und die sieben Zwerge« an, als es ihm einfiel. Er blickte in ihre gespannten Gesichter, die gebannt auf die Leinwand starrten, und gab dem Steward, der als Filmvorführer fungierte, ein Zeichen. Der Film stoppte, und das Licht im Salon ging an.
Die Jungen schauten ihn an. »Es ist noch nicht Zeit zum Schlafengehen, Vater«, sagte Muhammed.
»Nein, das ist richtig«, antwortete er auf arabisch. »Mir fiel nur eben ein, daß wir gar keine Zeit gehabt haben, uns zu unterhalten.«
»Okay, Vater«, sagte der Junge bereitwillig. »Worüber wollen wir sprechen?«
Baydar sah ihn an. Muhammed hatte ihm auf englisch geantwortet. »Wollen wir nicht arabisch sprechen?« fragte er mit einem freundlichen Lächeln.
Ein verlegener Ausdruck huschte über das Knabengesicht, aber er nickte. »Ja, Baba«, antwortete er auf arabisch.

Baydar wandte sich an seinen jüngeren Sohn. »Bist du einverstanden, Samir?«

Der Kleine nickte wortlos.

»Habt ihr beide euren Koran studiert?« fragte Baydar.

Sie nickten.

»Seid ihr schon bei den Weissagungen angelangt?«

Wieder nickten sie, ohne zu sprechen.

»Was habt ihr gelernt?« fragte er.

»Ich habe gelernt, daß es nur einen Gott gibt«, sagte der ältere Knabe stockend. »Und daß Muhammed sein Prophet ist.«

Baydar erkannte aus der Antwort des Kindes, daß es seine Lektionen vergessen hatte.

Er wandte sich nachsichtig an Samir. »Und was hast du gelernt?«

»Das gleiche«, antwortete der Kleine schnell auf englisch.

»Ich dachte, wir wollten arabisch sprechen«, mahnte Baydar.

Der Kleine erwiderte seinen Blick. »Es ist so schwer zu sprechen, Vater.«

Baydar schwieg.

Samirs Miene wurde besorgt. »Du bist doch nicht böse auf mich, Vater?« fragte er. »Ich weiß die Worte auf französisch – *la même chose.«*

»Ich bin nicht böse auf dich, Samir«, sagte er liebevoll.

Der Kleine lächelte. »Dann können wir uns weiter den Film ansehen?«

Er nickte und winkte dem Steward. Die Lichter im Salon gingen wieder aus, und der Film lief weiter. Bald darauf waren sie wieder in Schneewittchens Abenteuer vertieft. Aber in Muhammeds Augen zeigten sich Tränenspuren.

Baydar zog den Knaben an sich. »Was hast du, mein Sohn?« fragte er auf arabisch.

Der Junge blickte ihm einen Augenblick ins Gesicht, dann rollten die Tränen über seine Wangen. Er bemühte sich, sein Schluchzen zu unterdrücken.

Baydar fühlte sich hilflos. »Sag es mir, mein Sohn.«

»Ich spreche so schlecht, Vater«, sagte der Junge auf arabisch, mit starkem englischem Akzent. »Ich glaube, du schämst dich meiner.«

»Ich schäme mich deiner nie, mein Sohn«, sagte Baydar und drückte das Kind eng an sich. »Ich bin sehr stolz auf dich.«

Durch die Tränen des Knaben schimmerte ein Lächeln. »Wirklich, Vater?«

»Wirklich, mein Sohn. Und jetzt sieh dir den Film an.«

Nachdem die Kinder zu Bett gegangen waren, saß er noch lange in dem dunklen Salon. Jussef kam mit den zwei Französinnen herein und machte das Licht an, bevor er merkte, daß Baydar im Raum war.

»Entschuldigen Sie, Boss«, sagte er. »Ich wußte nicht, daß Sie hier sind.«

»Schon gut«, entgegnete Baydar und erhob sich. »Ich wollte eben in meine Kabine gehen, um mich umzuziehen.« Da fiel ihm etwas ein. »Du warst hier, als Jordana und die Kinder aus Beirut kamen?« fragte er auf arabisch.

»Ich begleitete sie durch den Zoll.«

»War ihr arabischer Lehrer dabei?«

Jussef überlegte einen Augenblick. »Ich glaube nicht.«

»Ich wüßte gern, warum Jordana ihn nicht mitgebracht hat.«

»Ich weiß es nicht, Boss. Sie hat es mir nicht gesagt.«

Baydars Gesicht blieb unbewegt.

»Aber Ihre Frau und ich haben auch nicht viel Gelegenheit zu sprechen. Sie ist immer sehr beschäftigt. Es gibt hier so viele Partys.«

»Ja, wahrscheinlich. Erinnere mich morgen früh, daß ich nach Beirut telegrafiere. Mein Vater soll mit dem nächsten Flugzeug einen arabischen Lehrer schicken.«

»Ja, Boss.«

Baydar machte sich auf den Weg in seine Kabine.

»Ist *Mouscardins* in St. Tro um zehn Uhr zum Diner okay?« fragte Jussef.

»In Ordnung.« So etwas konnte man getrost Jussef überlassen. *Mouscardins* war das beste Restaurant in St. Tropez, und Jussef wählte immer nur das Beste.

Am nächsten Morgen rief Baydar vom Flugplatz aus Jordana an, bevor die Maschine nach Genf startete. »Was ist aus dem Arabischlehrer der Kinder geworden?« fragte er. »Ich dachte, er sollte euch begleiten?«

»Er war krank, und wir hatten keine Zeit mehr, einen anderen zu finden.«

»Keine Zeit?« fragte er sarkastisch. »Du hättest meinen Vater anrufen können. Der hätte einen gefunden und ihn dir sofort geschickt.«

»Ich hielt es nicht für wichtig. Schließlich sind es doch ihre Sommerferien. Da sollten sie nicht lernen müssen.«

Seine Stimme war kalt vor Zorn. »Nicht wichtig? Was gibt dir das Recht zu entscheiden, was wichtig ist und was nicht? Bist du dir klar, daß Muhammed der Herrscher über vier Millionen Araber sein wird und nicht einmal seine eigene Sprache sprechen kann?«

Sie schwieg.

»Ich habe dir zu viel überlassen«, sagte er. »Aber jetzt habe ich meinem Vater telegrafiert, er soll einen Lehrer senden, und wenn die Kinder im Herbst zurückfahren, werde ich sie zu meinen Eltern schicken, damit sie bei ihnen leben. Vielleicht werden sie dort ordentlich erzogen.«

Sie sagte eine Weile nichts. Als sie dann sprach, klang ihre Stimme verletzt. »Und ich?« fragte sie. »Welche Pläne hast du für mich gemacht?«

»Gar keine«, schnauzte er sie an. »Du kannst tun, was du willst, zum Teufel! Wenn ich dich brauche, werde ich es dir mitteilen.«

14

Jordana war betrunken, schlimmer betrunken als je in ihrem Leben. Es war die Art von Betrunkenheit, in die man nur nach einer tiefen Depression verfällt, bei der man quasi neben sich selbst steht und sich beobachtet. Dabei war sie aber durchaus fröhlich, charmant, witzig und brillant.

Nach Baydars Anruf am Morgen war sie den ganzen Tag niedergeschlagen. Die beiden Dinge in der Welt, die sie wirklich liebte, waren ihre Söhne. Früher hatte sie geglaubt, auch Baydar so zu lieben. Aber jetzt wußte sie nicht mehr, was sie wirklich für ihn fühlte. Vielleicht, weil sie nicht wußte, was er für sie fühlte. Es war das erste Mal, daß sie sich über ein Einladung von Jussef freute. Sie mochte Jussef nicht, aber sie hatte noch nie einen von Baydars hauptberuflichen Lakaien und nebenberuflichen Zuhältern gemocht. Sie hatte Baydars Bedürfnis, sich mit solchen Männern zu umgeben, nie begriffen. Er brauchte doch nur mit dem Finger zu schnippen, um jede Frau zu bekommen, die er haben wollte. Er war noch immer der aufregendste Mann, den sie je getroffen hatte.

Als Jussef ihr erklärte, er gebe eine kleine Abendeinladung für Michael Vincent, den Mann, der Baydars Film »Der Bote« drehen sollte, hatte sie ihm zugestimmt, daß es eine hübsche Geste wäre, wenn sie die Rolle der Gastgeberin übernehmen würde. Besonders, da Jussef andeutete, daß Baydar das sicher begrüßen würde.

Jussef hatte zwanzig Leute in die *Bonne Auberge,* ein Restaurant zwischen Cannes und Nizza, eingeladen. Als Gastgeberin saß Jordana am Kopf der Tafel, Vincent als der Ehrengast zu ihrer Rechten.

Jussef saß links von ihr. Da Baydar nicht anwesend war, wurde das andere Tischende vielsagend leer gelassen. Etwa in der Mitte des Tisches, zwischen zwei hübschen Frauen, saß der blonde Gigolo Jacques, den Prinzessin Mara ihr am Abend ihrer Geburtstagsparty vorgestellt hatte. Sie fragte sich flüchtig, welche der beiden zu ihm gehöre.

Das von Jussef zusammengestellte Essen war hervorragend. Und der Dom Pérignon floß in Strömen. Sie wußte vom ersten Schluck an, daß sie die Wirkung spüren würde. Aber heute war ihr das gleichgültig. Michael Vincent war ein intelligenter Gesprächspartner, auch wenn er nur Scotch trank, und außerdem war er Amerikaner, so daß sie mit ihm Anspielungen und Redewendungen austauschen konnte, die sonst am Tisch keiner wirklich verstand.

Etwa in der Mitte des Essens merkte sie, daß Jacques sie ständig beobachtete. Jedesmal, wenn sie über den Tisch blickte, versuchten seine Augen, ihren Blick festzuhalten. Aber sie saßen zu weit voneinander entfernt, um ein Gespräch zu beginnen.

Nach dem Essen schlug Jussef vor, noch in eine Diskothek zu fahren und dort die Party fortzusetzen. Sie war bereits so betrunken, daß ihr die Idee wunderbar vorkam. Sie tanzte gern.

Erst als sie schon seit einer Stunde beim Whisky waren, blickte sie hoch und sah Jacques vor sich stehen.

Er verneigte sich beinahe förmlich. »Darf ich Sie um diesen Tanz bitten?«

Sie lauschte der Musik und wiegte sich leicht zu dem harten rhythmischen Beat. Dann schaute sie Vincent, der wieder neben ihr saß, an. »Entschuldigen Sie«, sagte sie.

Er nickte und begann ein Gespräch mit Jussef, der an seiner anderen Seite saß. Sie tanzte schon, noch ehe sie die Tanzfläche erreicht hatten.

Sie betrachtete Jacques' Tanzkünste kritisch. Rock war wirklich nicht die Stärke der Franzosen. Er tanzte mit den ruckartigen knappen Bewegungen, die die Franzosen für *cool* hielten. Er sollte sich lieber an die klassischen Tänze halten. Aber sie vergaß ihn bald, verloren in ihr eigenes Tanzen.

Seine Stimme übertönte die Musik. »Sie versprachen, mich anzurufen.«

Sie blickte ihn an. »Wirklich?«

»Ja.«

»Kann mich gar nicht daran erinnern.« Und sie konnte es wirklich nicht.

»Du lügst«, sagte er vorwurfsvoll.

Ohne ein Wort zu sagen, drehte sie sich um und verließ die Tanzfläche. Seine Hand ergriff schnell ihren Arm und zog sie zurück.

»Ich entschuldige mich«, sagte er ernst. »Bitte tanzen Sie weiter mit mir.«

Sie starrte ihn einen Augenblick an, dann ließ sie sich zur Tanzfläche zurückführen. Die Platte wechselte von Rock zu einem Slow. Er nahm sie fest in die Arme.

»In den letzten drei Tagen konnte ich nicht essen und nicht schlafen«, sagte er.

Sie war noch immer kühl. »Ich brauche keinen Gigolo.«

»Das weiß ich besser als jeder andere. Eine so schöne Frau wie Sie. Ich will Sie für mich haben.«

Sie schaute skeptisch zu ihm hoch. Hart preßte er seinen Unterkörper gegen sie. »Spür doch, wie sehr ich dich haben will«, sagte er.

Sie schloß die Augen und legte den Kopf an seine Schulter. Sie erlaubte es sich, die Situation zu genießen. Die Hochstimmung in ihrem Kopf schien eine rosige Färbung anzunehmen. Vielleicht sagte er sogar die Wahrheit.

Was sie nicht sah, war das Lächeln, das zwischen ihm und Jussef ausgetauscht wurde.

Der grobe Baumwollstoff ihres formlosen Khakihemds und der Hose kratzte ihre Haut, als sie den fünf anderen neuen Frauen in die Baracke der Kommandeurin folgte. Die steifen Lederstiefel trampelten schwer auf dem Holzboden. Das gelbe Licht der Petroleumlampen warf einen flackernden Schein in den Raum.

Die Kommandeurin saß zwischen zwei uniformierten Soldaten an einem Tisch am anderen Ende des Raums. Sie las ein Papier auf dem Tisch und blickte nicht auf, bis sie vor ihr haltmachten. »Stillgestanden!« schrie ihr Unteroffizier.

»An-nasr! Sieg«, riefen sie, wie man es sie gleich am ersten Abend, als sie vor wenigen Tagen im Lager angekommen waren, gelehrt hatte.

Leila spürte, wie ihr Büstenhalter einschnitt, als sie die Schultern zurückwarf. Auch der war aus grobem Baumwollstoff. Sie blickte geradeaus.

Die Kommandeurin erhob sich langsam. Leila sah, daß sie auf den Schultern ihrer Bluse die Rangabzeichen eines Obersten trug. Sie starrte die Frauen einen Augenblick an, dann rief sie plötzlich mit erstaunlich starker Stimme: *»Idbah al-adu!«*

»Schlachtet unsere Feinde!« schrien sie zurück.

Sie nickte mit einem kleinen, anerkennenden Lächeln. »Rührt euch!« sagte sie mit normaler Stimme.

Der grobe Stoff raschelte, als die Frauen eine entspanntere Stellung einnahmen. Die Kommandeurin kam hinter dem Schreibtisch hervor.

»Im Namen der Brüderschaft der Palästinensischen Freiheitskämpfer heiße ich euch zu unserem Heiligen Kampf willkommen, dem Kampf für die Befreiung unseres Volkes vom israelischen Joch und von der imperialistischen Versklavung. Ich weiß, daß jede von euch viele Opfer gebracht hat, um hierherzukommen, Entfremdung von euren Lieben, vielleicht Ächtung durch die eigenen Nachbarn, aber ich kann euch eines versprechen: Am Ende unseres Kampfes liegt eine größere Freiheit, als wir sie jemals kannten.

Und deshalb steht euer Kampf erst am Beginn. Es werden noch viel mehr Opfer von euch gefordert werden. Eure Ehre, euer Körper, sogar euer Leben muß vielleicht hingegeben werden, um die von uns ersehnte Freiheit zu gewinnen. Denn wir werden siegen.

Hier werdet ihr vieles lernen. Waffenkunde. Revolver, Gewehre, Messer. Wie man Bomben herstellt, große und kleine. Wie man mit bloßen Händen tötet. Wie man kämpft. All das, damit wir zusammen mit unseren Männern die zionistischen Eindringlinge ins Meer zurücktreiben und das Land seinen rechtmäßigen Besitzern, das heißt unserem Volk, zurückgeben können.

Ihr alle habt bereits den heiligen Eid der Treue zu unserer Sache geleistet. Und von diesem Augenblick an werden eure wahren Namen vergessen sein und niemals in unserem Lager verwendet werden. Ihr werdet nur auf den euch zugeteilten Namen antworten und auf diese Weise, im Fall einer unerwarteten Gefangennahme, nie die Namen eurer Kameraden verraten können. Von diesem Augenblick an gilt eure Treue nur eurer Sache und euren Waffenbrüdern.«

Die Kommandeurin machte eine kurze Pause. Die Frauen standen schweigend in gespannter Aufmerksamkeit vor ihr. »Die nächsten drei Monate werden die schwersten sein, die ihr je erlebt habt. Danach jedoch werdet ihr imstande sein, euren Platz neben Fatmah Bernaoui, Miriam Schakhaschir, Aida Issa, Leila Khaled und anderen unseres Geschlechts einzunehmen, die sich im Kampf als ihren Brüdern ebenbürtig erwiesen haben.«

Sie ging wieder zurück hinter den Schreibtisch und nahm ihren

Platz zwischen den zwei Soldaten wieder ein. »Ich wünsche euch Glück.«

»Stillgestanden«, schrie der Unteroffizier.

»An-nasr«, brüllten sie und nahmen Stellung an.

»Idbah al-adu!« rief die Kommandeurin.

»Idbah al-adu!« schrien sie zurück.

Die Kommandeurin salutierte. »Wegtreten.«

Die Frauen zerstreuten sich und folgten dem Unteroffizier hinaus in die Nacht. »Geht in eure Unterkünfte, Mädchen«, sagte er kurz. »Euer Tag beginnt um fünf Uhr morgens.«

Er machte kehrt und ging zur Männerseite des Lagers, während sie ihrem kleinen Gebäude zustrebten. Leila verfiel in den gleichen Schritt wie die große junge Frau, die in dem Bett neben ihr schlief.

»War die Kommandeurin nicht großartig?« fragte Leila. »Zum erstenmal spüre ich, daß mein Leben einen Sinn hat.«

Die Frau starrte sie an wie ein Geschöpf von einem anderen Planeten. »Schön, daß du so denkst«, sagte sie mit ordinärer Stimme. »Ich bin nur hergekommen, weil ich in der Nähe von meinem Freund sein will. Es ist mir aber noch nicht gelungen, ihm auch nur in die Nähe zu kommen, und ich bin schon so geil, daß es mich gar nicht wundern würde, mich heute nacht bei dir im Bett wiederzufinden, um mich an dir schadlos zu halten.«

Der schwarze Cadillac mit dem CD-Nummernschild hielt vor dem Verwaltungsgebäude, und drei Männer stiegen aus - zwei in Zivil und ein Oberst in amerikanischer Uniform. Sie stiegen die Stufen zum Gebäude empor. Die israelischen Soldaten vor dem Eingang präsentierten das Gewehr. Der Oberst salutierte, und die drei Männer betraten das Gebäude.

Der Sergeant hinter dem Empfangsschalter salutierte und lächelte: »Sie kennen den Weg, Herr Oberst?« Es war mehr eine Feststellung als eine Frage.

Der Oberst erwiderte das Lächeln und nickte. »Ich bin schon einmal hier gewesen.« Er wandte sich an die beiden Männer. »Wollen Sie mir bitte folgen . . .«

Er führte sie einen Gang entlang bis zu einem Lift und drückte den Rufknopf. Die Türen öffneten sich lautlos, und die Männer stiegen ein. Sechs Stockwerke tiefer stoppte er, und die Türen öffneten sich auf eine Art Empfangsraum. Hinter einem Tisch saß wieder ein Sergeant, der die Besucher genau musterte und dann eine Liste auf seinem Tisch kontrollierte. »Bitte Ihre Namen, meine Herren.«

Der Oberst sprach als erster. »Alfred R. Weygrin, Oberst in der Armee der Vereinigten Staaten.«

Der Zivilist im dunklen Anzug: »Robert L. Harris vom Außenministerium der Vereinigten Staaten.«

Der Mann im zerknitterten Sportjackett: »Sam Smith, Amerikanische Gesellschaft für Installationszubehör.«

Der Sergeant verzog keine Miene über den absurden Decknamen für den CIA-Agenten. Er hakte die Namen auf der Liste ab und gab jedem der Männer eine gelbe Plastikplakette, die sie an ihren Rockaufschlägen befestigten. Auf einen Knopfdruck hin öffnete sich rechts eine Tür, und ein Korporal erschien und salutierte. »Bitte führen Sie diese Herren in Konferenzraum A, Korporal«, befahl der Sergeant.

Der Konferenzraum A lag am Ende eines langen, schmalen, grauen Ganges und war von zwei Soldaten und einem weiteren Sergeant hinter einem Tisch bewacht. Der Korporal blieb vor dem Tisch stehen, der Sergeant kontrollierte die Plastikplaketten und drückte dann auf einen Signalknopf, der die elektronisch gesteuerten Türen öffnete. Die Besucher betraten den Raum, und die Türen schlossen sich automatisch hinter ihnen.

Im Raum waren bereits etwa neun Männer versammelt, zwei davon in der Uniform der israelischen Armee: der eine war ein Brigadegeneral, der andere ein Oberst. Der Brigadier trat vor und streckte die Hand aus. »Alfred, ich freue mich, dich wiederzusehen.«

Der Amerikaner schüttelte ihm lächelnd die Hand. »Ich freue mich auch, Lev. Ich möchte dir Bob Harris vom Außenministerium und Sam Smith vorstellen. Meine Herren, General Eschnew.«

Der General stellte sie den anderen Anwesenden vor, dann wies er auf einen großen runden Tisch am andern Ende des Konferenzraums. »Ich denke, wir nehmen Platz, meine Herren.«

Die Plätze waren durch Namensschilder bezeichnet, und als sie alle saßen, blieb nur ein Stuhl am Tisch frei. Es war der Platz zur Linken des israelischen Generals, und da er hier den höchsten Rang bekleidete, bedeutete das wohl, daß der leere Platz seinem Vorgesetzten zugedacht war. Die Amerikaner musterten neugierig, aber ohne Kommentar das Namensschild.

General Eschnew bemerkte ihre Blicke. »Ich bitte um Entschuldigung wegen der Verspätung, meine Herren, aber man hat mir mitgeteilt, daß sich General Ben Esra auf dem Weg hierher befindet. Er wurde durch den Verkehr aufgehalten und sollte jeden Augenblick hier sein.«

»Ben Esra?« flüsterte Harris dem Oberst zu. »Von dem habe ich noch nie gehört.«

Der Oberst lächelte. »Ich fürchte, das war vor Ihrer Zeit, Bob. Der Löwe der Wüste ist eine fast legendäre Gestalt. Offen gestanden - ich glaubte, er sei nicht mehr am Leben.«

General Eschnew hörte das Ende der Bemerkung. »Hat nicht euer MacArthur gesagt: ›Alte Soldaten sterben nicht, sie verschwinden nur‹? Ben Esra beweist, wie falsch diese Behauptung ist. Er weigert sich zu sterben oder zu verschwinden.«

»Er muß jetzt über siebzig sein«, warf der CIA-Mann ein. »Als letztes haben wir gehört, daß er sich nach dem Sechstagekrieg in einen Kibbuz zurückgezogen hat.«

»Er ist vierundsiebzig«, sagte der Israeli. »Und was den Kibbuz anbetrifft, so ist es uns leider unmöglich zu erfahren, wieviel Zeit er tatsächlich dort verbringt. Der Kibbuz steht völlig unter seiner Fuchtel. Nicht einmal die Kinder wollen uns etwas über ihn erzählen. Wir wissen nie, wann er dort und wann er sonstwo ist.«

»Wenn ihr unbedingt wissen wollt, was er treibt, müßt ihr ihn ebe in Tel Aviv festhalten«, meinte Harris.

»Das könnte sehr peinlich werden«, sagte Eschnew lächelnd. »Der Löwe der Wüste war noch nie für seinen Takt bekannt. Man behauptet, euer Präsident erinnere sich noch immer an seinen Kommentar, als Eisenhower im Jahre sechsundfünfzig die Übernahme des Suezkanals durch die Engländer und Franzosen verhinderte. Sie wissen ja, daß er den Operationsplan für die Engländer ausgearbeitet hat.«

»Das wußte ich nicht«, sagte Harris. »Aber warum sollte sich der Präsident ärgern, er war ja damals nicht mal Präsident?«

»Er war Vizepräsident, und Ben Esra sagte sehr deutlich, was er über seine Unterstützung gewisser arabischer Elemente dachte, die er für Eisenhowers Handeln verantwortlich machte. Ben Esra ging sogar so weit, den Engländern zu raten, Eisenhower zu ersuchen, sich gefälligst um seine eigenen Angelegenheiten zu kümmern, und ich fürchte, seine Ausdrucksweise dabei war leider nicht sehr diplomatisch. Nach diesem peinlichen Vorfall blieb Ben Gurion nichts anderes übrig, als Ben Esras Rücktritt anzunehmen. Damals ging er ins Sinaigebiet, um in einem Kibbuz zu leben.«

»Erwähnten Sie nicht eben, daß er siebenundsechzig dabei war?« fragte Harris.

»Ja, aber nicht offiziell. Und das erwies sich wieder als peinlich. Er wollte, daß wir nicht haltmachten, bevor wir Kairo erreicht und die völlige Kapitulation errungen hätten. Er sagte, sein Nachrichtendienst könnte beweisen, daß wir andernfalls innerhalb von sieben Jahren wieder von neuem beginnen müßten.«

»Wieso glaubt er, daß seine Quellen besser sind als unsere?« fragte der CIA-Mann.

»Seine Mutter war Araberin, und es gibt Leute, die noch immer behaupten, er sei mehr Araber als Jude. Jedenfalls lebt er dort draußen unter Tausenden von ihnen, und merkwürdigerweise scheinen sie ihm zu vertrauen und wenden sich an ihn als Rechtsprecher. Die Araber nennen ihn › Imam ‹, heiliger Mann, ein Mann, der nach ehrenhaften Prinzipien lebt. Er überschreitet ungestraft und allein alle Grenzen.«

»War er verheiratet?« fragte Harris.

»Zweimal«, antwortete General Eschnew. »Einmal als junger Mann. Seine Frau starb in der Wüste bei der Geburt eines Kindes, das ebenfalls umkam. Sie wollten versuchen, durch die britischen Linien nach Palästina hineinzukommen. Das zweite Mal nach seiner Pensionierung. Er heiratete ein arabisches Mädchen, das meines Wissens noch lebt und mit ihm im Kibbuz wohnt. Sie haben keine Kinder.«

»Bedeutet sein Auftauchen hier, daß Sie Schwierigkeiten erwarten?« fragte Oberst Weygrin.

Der Israeli zuckte mit den Achseln. »Wir Juden erwarten immer

Schwierigkeiten. Besonders dann, wenn Dinge geschehen, die wir nicht verstehen.«

»Zum Beispiel?« fragte Harris.

»Deshalb treffen wir uns ja«, sagte Eschnew. »Wir wollen auf Ben Esra warten. Er ist nach zwei Monaten völligen Schweigens plötzlich aufgetaucht und verlangte eine Zusammenkunft.«

Harris' Stimme klang ein wenig geringschätzig. »Und die bekommt der Alte dann auch so ohne weiteres?«

»Ganz so ohne weiteres nicht. Zuerst mußte er Dayan überzeugen, daß er etwas endeckt hatte. Dann ging Dayan zur Frau Premierminister. Die gab dann ihre Zustimmung für das Zusammentreffen.«

»Man sollte annehmen, daß er wenigstens pünktlich wäre, wenn ihm schon so viel daran liegt«, nörgelte Harris.

»Er ist ein alter Mann«, sagte Eschnew entschuldigend. »Und er besteht darauf, seinen eigenen Wagen zu benutzen, einen uralten VW, dem dauernd was anderes fehlt. Er würde keinen unserer Wagen nehmen. Und wenn ich draußen nicht ausdrückliche Anordnungen hinterlassen hätte, ich glaube, die ließen ihn nicht mal auf den Parkplatz.« Das Telefon vor ihm summte. Er hob ab, nickte und legte wieder auf. »Meine Herren, der General ist auf dem Weg.«

Die elektronischen Türen öffneten sich lautlos, und alle Köpfe wandten sich um. Der Mann, der dort stand, war über einsachtzig groß und trug staubige, sandverkrustete Beduinenkleidung. Weißes Haar und ein Bart umgaben sein zerfurchtes, sonnenverbranntes Gesicht – mehr das Gesicht eines Arabers als eines Juden. Nur die auffallend dunkelblauen Augen verleugneten ein arabisches Erbe. Sein Schritt war fest und stolz, als er auf General Eschnew zuging. Seine rauhe Stimme klang wie von Zeit und Wüstensand abgenutzt. »Lev«, sagte er und streckte die Hand aus.

»General«, antwortete Lev Eschnew und erhob sich. Sie schüttelten einander die Hand. »Meine Herren, gestatten Sie, daß ich Sie mit General Ben Esra bekannt mache.« Er stellte jeden einzelnen Mann vor, wobei er im entgegengesetzten Uhrzeigersinn rechts von dem alten Mann begann.

Ben Esra blickte jedem in die Augen und wiederholte den Namen. Als die Vorstellungen beendet waren, nahm man Platz.

Eschnew wandte sich an den alten Herrn. »Sie haben die Beratung einberufen, General.«

»Ich danke Ihnen.« Der Alte sprach akzentfreies Englisch. »Ich nehme an, Sie alle werden über die Aufrüstung der Ägypter am Suezkanal und der Syrer auf den Golanhöhen informiert. Und ich nehme auch an, daß Sie alle über die neue militärische Ausrüstung, die in größeren Mengen als je zuvor aus Rußland und China eintrifft, Bescheid wissen. Ich nehme an, es ist Ihnen klar, daß das militärische Gleichgewicht bald erreicht, wenn nicht gar zu unseren Ungunsten überschritten sein wird, wenn der Nachschub in dieser Stärke anhält.«

»Das ist richtig«, meinte Eschnew. »Wir alle wissen das.«

»Sie wissen auch sicher von dem starken Zustrom nordkoreanischer Jagd- und Bomberpiloten.«

»Ja«, sagte Eschnew. »Wir wissen aber auch, daß Sadat von den Gemäßigten wegen des russischen Einflusses stark kritisiert wird.«

Ben Esra nickte. »Aber dadurch dürfen wir uns nicht in einem falschen Gefühl der Sicherheit wiegen. Es ist das erstemal, daß sie eine taugliche Kriegsmaschinerie aufbauen. Und so etwas tut man nicht, wenn man nicht die Absicht hat, sie auch zu verwenden.«

»Zugegeben«, meinte Eschnew, »aber es kann noch anderthalb Jahre dauern, bevor sie einsatzbereit ist.«

»Nein«, sagte Ben Esra, »sie sind schon jetzt bereit. Sie können jederzeit zuschlagen.«

»Worauf warten sie dann?« Eschnew sagte es höflich, aber mit einer Spur von Ungeduld. »Bis jetzt haben Sie uns nichts mitgeteilt, was wir nicht schon wissen.«

Ben Esra ließ sich nicht beirren. »Diesmal dürfen wir ihre Entschlüsse nicht einfach nach militärischen Grundsätzen werten. Es spielen noch andere Faktoren bei ihren Plänen mit. Sie sind durch finanzielle Investitionen allmählich in die westliche Welt eingedrungen. Außerdem versuchen sie, die ölproduzierenden Länder zu einigen, um so eine wirtschaftliche Macht zu schaffen, die dazu benutzt werden kann, die Unterstützung, die wir von den Industrieländern erhalten, zu reduzieren. Sie werden losschlagen, sobald diese Pläne ausgeführt sind, und nicht früher.«

»Haben Sie darüber genaue Informationen?« fragte Eschnew.

»Nein. Ich weiß nur, was ich im Laufe meiner Wanderungen aufgeschnappt habe. Es gehen Gerüchte im Sinai um, wonach die Fedajin auf die Gemäßigten einen Druck ausüben. Sie suchen sich unter den Arabern selbst Erpressungsziele, um die Mitarbeit der reichen Ölproduzenten zu erzwingen.«

»Irgend etwas Genaueres darüber?«

Der alte Mann schüttelte den Kopf. »Deshalb habe ich um dieses Zusammentreffen gebeten.« Er blickte über den Tisch auf die Amerikaner. »Ich dachte, vielleicht haben unsere geschäftigen Freunde

Kenntnis von diesem Druck?«

Harris blickte seine Gefährten an. »Ich wünschte, wir hätten«, seufzte er. »Aber wir wissen nur sehr wenig.«

Ben Esras Miene war undurchdringlich. »Sie sind vom Außenministerium?«

Harris nickte.

»Dann ist es verständlich«, sagte Ben Esra. Er blickte dem CIA-Mann voll ins Gesicht. »Wie steht es mit Ihnen?«

Smith war unbehaglich zumute. »Wir wissen von ihren wirtschaftlichen Plänen.«

»Ja?«

»Aber es ist uns bis jetzt nicht gelungen, die Zusammenhänge klar zu sehen«, gab Smith zu. »Der wirtschaftliche Druck scheint von einem Mann gesteuert zu werden, und zwar dem persönlichen Vertreter Fürst Feijads, Baydar Al Fay. Aber er scheint völlig unabhängig zu sein, bekannt als konservativ und als Befürworter einer Annäherung an die Israelis. Nicht weil er sie besonders schätzt, sondern weil er glaubt, das würde zu einer wirtschaftlichen Lösung führen, die dem gesamten Mittleren Osten zugute käme. Aber sicher wissen wir das alles nicht. Bisher war es uns nicht möglich, seine Organisation zu infiltrieren.«

Eschnew blickte ihn an. »Wirklich nicht?«

Der Amerikaner schüttelte den Kopf. »Nein.«

Eschnew lächelte in leisem Triumph. »Dann können wir vielleicht helfen. Wir haben einen Mann dort.«

Einen Augenblick herrschte Stille rund um den Tisch. Ben Esra brach das Schweigen. »Nämlich?« fragte er.

»Al Fays Hauptinteresse scheint im Augenblick sein Wunsch, einen Film über das Leben Mohammeds drehen zu lassen; er soll ›Der Bote‹ heißen. Wir wissen auch, daß er einen Vorschlag der Al-Iquah, gewisse Einkäufe für sie zu tätigen, abgelehnt hat«, erklärte Eschnew mit ruhiger Stimme.

Ben Esra blickte ihn an. »Hatte Ali Jasfir damit zu tun?«

Nun war Eschnew überrascht. »Woher wissen Sie das?«

»Ich wußte es nicht«, sagte der alte Mann. »Aber Jasfir erschien in einem Trainingslager der Al-Iquah im Libanon mit dem wichtigsten Rekruten, den sie je angeworben haben: der Tochter des reichsten Mannes in der arabischen Welt. Hat dieser Mann eine Tochter?«

»Zwei«, sagte Eschnew. »Eine ist verheiratet und lebt in Beirut in der Nähe ihrer Mutter, der ersten Frau Al Fays. Die jüngere ist in der Schweiz in einem Pensionat.«

»Sind Sie da ganz sicher?« fragte Ben Esra.

»Wir haben nichts Gegenteiliges gehört«, antwortete Eschnew. »Aber das können wir leicht überprüfen.«

»Hat er noch andere Kinder?«

»Ja. Zwei Söhne mit seiner jetzigen Frau, einer Amerikanerin. Der älteste, heute zehnjährige Sohn soll von Fürst Feijad zum Thronfolger ernannt werden.«

»Mit dem Mädchen könnten sie also einen Schlüssel zu Al Fay in der Hand halten«, sagte Ben Esra.

»Möglicherweise.«

»Ich will sehen, was ich im Sinai darüber erfahren kann«, sagte Ben Esra. »Ihr verfolgt eure Quellen weiter.«

»Das werden wir tun«, bestätigte Eschnew.

»Einverstanden«, fügte Smith hinzu.

»Dann bleibt uns noch eine wichtige Frage«, sagte Eschnew. »Wann glauben Sie, daß sie angreifen?«

Ben Esra sah ihn an. »Gleich nach dem Fest des Ramadan.«

Eschnews Stimme vermochte den Schock nicht zu verbergen. »Aber das wäre ja zur Zeit unserer Feiertage. Das würden sie nicht tun. Der Respekt für die Gesetze Moses ist noch immer ein wichtiger Teil ihrer Religion.«

Ben Esra erhob sich. »Nicht so sehr wie der unsere.«

Eschnew blickte zu ihm hoch. »Wenn sie kommen, werden wir darauf vorbereitet sein.«

»Das hoffe ich«, sagte der alte Mann. »Aber es gibt bessere Methoden.«

»Präventivangriff?« fragte Eschnew, wartete jedoch nicht auf Antwort. »Sie wissen, daß wir das nicht tun können. Unsere Verbündeten würden es nicht zulassen.«

Ben Esra schaute erst ihn an und dann die Amerikaner. »Vielleicht doch, wenn sie einsehen, daß sie ohne uns ihre Macht im Mittleren Osten verlieren. Die Sechste Flotte kann nicht die Wüste durchqueren und die Ölfelder besetzen.«

»Das Außenministerium ist der Meinung, daß es in voraussehbarer Zukunft keinen arabischen Angriff geben wird«, sagte Harris steif.

Ben Esra lächelte. Er wandte sich an den CIA-Mann. »Ist das auch Ihre Ansicht?«

Smith antwortete nicht. Es war nicht seine Rolle, offizielle Erklärungen abzugeben.

Ben Esra wandte sich an den amerikanischen Oberst. »Die modernsten russischen Raketenwerfer sind im Suezgebiet und auf den

Golanhöhen installiert. Ich habe sie mit eigenen Augen gesehen. Glauben Sie nicht auch, daß man angreift, sobald man seine Verteidigung voll aufgebaut hat?«

Weygrin nickte. »Das würde ich annehmen.«

»Dann sind sie bereit. Sie warten nur noch, bis sie ihr eigenes Haus in Ordnung gebracht haben.«

»Und wie sollen wir wissen, wann das der Fall ist?« fragte Eschnew.

»Das werden wir eben nicht wissen, bis sie angreifen«, zuckte der alte Mann mit den Achseln. »Es sei denn – «

»Es sei denn?«

Der Blick des alten Mannes wurde nachdenklich. Einen Augenblick lang schien er sich in Erinnerungen zu verlieren, dann wurden seine Augen wieder wach und klar. »Es mag für euch seltsam klingen, aber ein alter Mann spürt es in seinen Knochen, daß wir die Antwort vielleicht bei Al Fay finden könnten. Die Winde, die durch die Wüste wehen, kommen nicht mehr aus dem Osten – sie kommen aus dem Westen. Die arabischen Scheichs sind sich der Macht ihres Reichtums bewußt geworden. Das wird das Ende des russischen Einflusses bedeuten. Der Kommunismus ist für sie keine Antwort. Und die Kontrolle über den Mittleren Osten ist nur der Anfang. Wenn sie ihren Reichtum klug anlegen, könnten sie bald die Welt beherrschen, ohne auch nur einen Schuß abzufeuern.«

Rund um den Tisch herrschte Schweigen. »Ich möchte Ihnen nicht Ihre Illusionen rauben, meine Herren«, fuhr er fort, »aber Tatsache ist, daß wir für den Islam gar nicht mehr wichtig sind, außer für ihren Stolz. Sie müssen einen Sieg erringen, und wenn er auch noch so klein sein mag, nur um ihr Gesicht wiederzugewinnen. Der große Vorstoß wird erst kommen, wenn der Kampf vorbei ist.«

Er wandte sich an die Amerikaner. »Wir werden Ihre Hilfe brauchen. Für jetzt. Später werden Sie die unsere brauchen.«

»Was veranlaßt Sie zu dieser Annahme?« fragte Harris höflich, aber leicht herablassend.

»Weil wir sie besser verstehen als alle anderen«, entgegnete der alte Mann, dessen Gesicht einen grimmigen Ausdruck bekam. »Und weil Sie, nicht wir, die eigentliche Zielscheibe sind.«

Wieder herrschte Stille. Schließlich sagte Eschnew: »Werden Sie uns weiter auf dem laufenden halten?«

Der alte Mann nickte. »Natürlich. Auch würde ich Sie gern um einen Gefallen bitten.«

»Wenn ich kann, jederzeit«, antwortete Eschnew.

»Ich hätte gern eine vollständige Akte über Al Fay. Alles – Persönliches und Geschäftliches. Ich möchte alles über ihn wissen.«

Eschnew blickte sich in der Runde um. Es gab keine Einwände. Er nickte. »Das wird sofort erledigt.«

»Werden Sie der Frau Premierminister meine Ansichten mitteilen?« fragte Ben Esra.

»Ja, das werde ich.«

»Geben Sie ihr auch einen Kuß von mir«, lächelte Esra. »Ich glaube, sie kann's gebrauchen.«

Leises Gelächter ertönte rund um den Tisch. Das Telefon läutete, und Eschnew nahm den Hörer ab. Er hörte eine Weile zu, dann legte er auf. »Schon wieder eine Flugzeugentführung«, sagte er. »Ein Flugzeug der Lufthansa aus Düsseldorf ist auf dem Weg nach Beirut.«

Ben Esra schüttelte traurig den Kopf. »Wie betrüblich! Wie dumm!« Er blickte zu den Amerikanern hinüber. »Das bringt doch nichts als Schlagzeilen. Und während wir dadurch abgelenkt werden, bemächtigen sie sich der ganzen Welt.«

ZWEITES BUCH

Sommerende 1973

Jussef betrat das Strandrestaurant von der Straßenseite. Mit dunklem Anzug, weißem Hemd und Krawatte wirkte er deplaciert, als er sich seinen Weg durch halbnackte Männer und Frauen zum Strand bahnte. Er kniff die Augen zusammen, als er auf die Terrasse ins helle Sonnenlicht trat, und sah sich zwischen den Tischen um.

Jacques blickte auf, als Jussefs Schatten auf ihn fiel. »Jussef«, sagte er und erhob sich. »Was für eine hübsche Überraschung! Wir hatten dich nicht erwartet.«

Jussef erwiderte sein Lächeln nicht. »Das sehe ich«, sagte er kühl. »Sag deinem *petit ami,* er soll verduften.«

Jacques' Miene wurde aufsässig. »Mit welchem Recht . . .«

Jussef ließ ihn nicht ausreden. »Du gehörst mir, du Scheißgesicht!« zischte er. »Und jetzt sag ihm, er soll abhauen, oder ich schmeiße dich zurück in die Pariser Gosse, wo ich dich aufgelesen habe! Da kannst du dich wieder für zehn Francs von Touristen vögeln lassen!«

Der Schwarze erhob sich, und seine Armmuskeln strafften sich, als er die Fäuste ballte. »Soll ich ihn dir vom Hals schaffen, Jacques?«

Jussef starrte Jacques an. Der senkte nach einer Weile den Blick. »Ich glaube, es ist besser, du gehst jetzt«, sagte er, ohne den Schwarzen anzusehen.

Gérard verzog verächtlich die Lippen. »Du Hure!« fauchte er Jacques an, wandte sich um und ging; einige Meter weiter ließ er sich in den Sand fallen, bedeckte seine Augen mit dem Arm und schien sich nicht weiter um sie zu kümmern.

Jussef setzte sich auf den Stuhl, den der Schwarze gerade verlassen hatte, und der Kellner kam. »Monsieur?«

»Cola. Mit viel Eis.« Er wandte sich an Jacques, der wieder auf seinen Stuhl gesunken war. »Wo ist sie?«

Jacques schaute ihn nicht an. »Woher, zum Teufel, soll ich das wissen?« gab er mürrisch zurück. »Ich warte schon seit beinahe zwei Stunden auf sie.«

»Du hast es aber zu wissen!« knurrte Jussef. »Wofür glaubst du, zahl' ich dir all das Geld, in Teufels Namen? Damit du dich am Strand mit kleinen Negern rumtreibst?«

Der Kellner stellte die Coca-Cola auf den Tisch und entfernte sich. Jussef trank durstig. »Warst du gestern mit ihr zusammen?«

»Ja.«
»Und die Fotos? Hast du sie bekommen?«
»Wie sollte ich?« war Jacques' Gegenfrage. »Sie kam nicht in die Wohnung. Sie verließ mich um drei Uhr in der Disko und verabredete sich mit mir für mittags hier am Strand.«

Jussef griff in die Brusttasche seiner Jacke und zog sein neues goldenes Zigarettenetui hervor. Er öffnete es langsam, nahm sich vorsichtig eine Zigarette und klopfte sie auf dem Deckel ab. »Du bist nicht sehr klug«, sagte er, steckte die Zigarette zwischen seine Lippen und zündete sie an.

Jacques starrte ihn an. »Wie soll ich Fotos machen, wenn sie nicht in meine Wohnung kommt? Nie. Wir machen es immer dort, wo sie es sich aussucht.« Er schaute über Jussefs Schulter aufs Meer. »Ah, da kommt sie ja.«

Jussef drehte sich um und sah das große Motorboot vom offenen Meer auf den Strand zufahren. Er griff in seine Jackentasche und warf einen Schlüssel vor Jacques auf den Tisch. »Ich habe für dich ein Apartment im *Byblos* reserviert. Die ganze Ausrüstung ist dort. Das Zimmer ist mit Mikrophonen versehen, und im Nebenzimmer wartet ein Fotograf. Dort bringst du sie hin. Wie du das machst, ist mir egal, aber du bringst sie hin! Du hast nur noch diese Nacht Zeit.«

»Warum die plötzliche Hast?« fragte Jacques.

»Ich habe ein Telegramm von ihrem Mann in der Tasche. Morgen nachmittag wird sie in einem Flugzeug nach Kalifornien sitzen.«

»Und wenn sie nicht bleiben will? Was soll ich dann tun? Ihr eins über den Schädel ziehen? Wenn es so geht wie gestern nacht, bricht sie um drei Uhr morgens auf und fährt mit dem Boot zurück nach Cannes.«

Jussef erhob sich und blickte auf Jacques nieder. »Ich werde dafür sorgen, daß das Boot Motorschaden hat. Das übrige ist deine Sache.« Er warf einen Blick über die Schulter aufs Meer. Das Boot glitt langsam ins seichte Wasser. »Geh hinunter, Lustknabe«, sagte er sarkastisch, »und hilf der Dame an Land.«

Jacques erhob sich wortlos und lief auf den Strand zu. Jussef sah ihm einen Augenblick nach, dann wandte er sich um und schlängelte sich wieder durch das Restaurant auf die Straße, wo er seinen Wagen geparkt hatte.

Er stieg ein und blieb eine Weile still sitzen, bevor er den Zündschlüssel umdrehte. Wenn Jordana ihn nur nicht so verachten würde! Dann wäre all das nicht nötig. Aber er wußte, wie oft sie schon versucht hatte, Baydar gegen ihn aufzuhetzen, weil sie gegen diese

Beziehung war. Und schließlich war er nur ein Angestellter, während sie die Frau vom Boss war. Wenn es dazu kam, daß die Karten auf den Tisch gelegt wurden, gab es gar keinen Zweifel, wer Sieger bleiben würde. Sie würde gewinnen, ohne einen Finger zu rühren. Wenn Jacques jedoch heute nacht Erfolg hatte, würde es nie dazu kommen. Die Drohung, Baydar den Beweis ihrer Indiskretionen vorzulegen, würde genügen, um sie bei der Stange zu halten. Der beste Verbündete ist ein besiegter Feind, das wußte Jussef.

Als der dröhnende Motorenlärm in das Summen des Leerlaufs überging, schlug Jordana die Augen auf. Sie warf einen Blick auf ihre Uhr. Sie hatten Cannes vor vierzig Minuten verlassen. Auf der Straße hätte sie bei dem starken Verkehr eineinhalb Stunden gebraucht. So ging es nicht nur schneller, sondern das Meer war auch so ruhig gewesen, daß sie während der ganzen Fahrt hatte schlafen können.

Sie setzte sich auf und griff nach Bikinioberteil und Hemd. Während sie das Oberteil anzog, sah sie an sich hinunter. Ihre Brüste waren so braun wie der übrige Körper, ein goldenes Nußbraun, und ihre Brustwarzen hatten eine purpurne Pflaumenfarbe statt ihres normalen rosigen Rots. Sie war mit sich zufrieden. Ihre Brüste waren noch fest, sie hatten noch nicht begonnen, so schlaff zu werden wie bei anderen Frauen.

Instinktiv warf sie einen Blick über die Schulter, um zu sehen, ob die zwei Matrosen am anderen Ende des Bootes zu ihr hinschauten. Ihre Augen waren geflissentlich abgewendet, aber Jordana wußte, daß sie sie im Rückspiegel beobachtet hatten. Um sie zu provozieren, hob sie ihre Brüste mit den Händen vielsagend hoch, so daß die Warzen hart wurden. Dann schloß sie das Oberteil.

Ein Pedalo mit zwei halbnackten Mädchen kam vorbei. Sie betrachteten mit unverhohlener Hoffnung und Neugier das Siebzigtausend-Dollar-Boot. Jordana lächelte über den enttäuschten Blick der beiden, als sie sahen, daß sie der einzige Passagier war. Das Pedalo fuhr langsam davon.

»Hallo!« Der Ruf kam von der anderen Seite.

Sie wandte sich um. Jacques war in einem kleinen Schlauchboot mit Außenbordmotor herangekommen. Sein blondes Haar war von der Sommersonne fast weiß geworden, so daß der Kontrast seine Haut noch brauner erscheinen ließ. Sie winkte ihm wortlos.

»Ich bin gekommen, um dich an Land zu bringen«, rief er. »Ich weiß, wie ungern du dir die Füße naß machst.«

»Ich komme gleich«, rief sie und wandte sich an die Matrosen. »Erwartet mich hier draußen«, sagte sie auf französisch. »Ich werde euch rufen, sobald ich zur Abfahrt bereit bin.«

»Oui, Madame«, antwortete der Matrose am Steuer. Der andere kam nach achtern, um ihr hinunterzuhelfen. Sie gab ihm die große Strandtasche, die sie immer mitnahm. Darin waren ihre Schuhe, ein Kleid zum Wechseln für den Abend, das tragbare Sprechfunkgerät zur Verbindung mit dem Boot, ihre Schmucksachen, Zigaretten, Geld und Kreditkarten.

Der Matrose langte über die Bordwand und zog das Schlauchboot näher heran. Er ließ die Tasche in Jacques' Hand fallen und hielt dann Jordanas Arm, als sie hinüberstieg. Sobald sie sich gesetzt hatte, ließ er das Schlauchboot los.

»Verzeih, daß ich mich verspätet habe«, sagte sie.

»Macht nichts«, antwortete er lächelnd. »Hast du gut geschlafen?«

»Sehr gut. Und du?«

Er verzog den Mund. »Nicht besonders. Ich war zu – wie sagt man – frustriert.«

Sie betrachtete ihn. So ganz wurde sie nicht klug aus ihm. Mara hatte gesagt, er sei ein Gigolo, aber jedes Mal, wenn sie ihm Geld geben wollte, hatte er es zurückgewiesen. Das habe mit Geschäft nichts zu tun, behauptete er. Er sei einfach verliebt in sie. Aber trotzdem stimmte irgend etwas nicht. Er hatte ein kostspieliges Apartment im *Miramar* auf der Croisette in Cannes, fuhr einen nagelneuen Citroën und schien immer gut bei Kasse zu sein. Er ließ sie nie die Rechnung bezahlen, wie so viele andere, Gigolos oder nicht, es taten. Ein paarmal hatte sie gesehen, wie er jungen Männern nachschaute, hatte in ihrer Gegenwart aber keinerlei offene Annäherungsversuche gemacht. Sie war ziemlich sicher, daß er bisexuell war und daß ihn wahrscheinlich sein eigentlicher Liebhaber für den Sommer an die Côte d'Azur geschickt hatte. Aber das störte sie nicht; sie war längst zu der Erkenntnis gekommen, daß bisexuelle Männer die besten Liebhaber waren.

»Bei all den Talenten, die in den Diskotheken herumwimmeln?« meinte sie lachend. »Ich hätte nicht gedacht, daß du da irgendwelche Probleme hättest.«

»Ich hatte keine«, überlegte er und dachte an seine Nacht mit Gérard. »Schau mich doch an«, sagte er laut und wies auf seine winzige Badehose. »Siehst du, wie du auf mich wirkst?« Vorwurfsvoll sah er sie an. »Wann wirst du endlich eine ganze Nacht mit mir verbringen? Nur einmal, damit wir uns lieben können, ohne daß ich das Gefühl habe, du schaust dauernd mit einem Auge auf die Uhr; damit wir endlich einmal voll aufdrehen können.«

Wieder lachte sie. »Du bist zu gierig. Du vergißt, daß ich eine verheiratete Frau mit Verpflichtungen bin. Ich muß jede Nacht nach Hause, damit ich morgens beim Aufwachen meine Kinder sehe.«

»Wäre es so schrecklich, wenn du einmal nicht da wärst?«

»Dann würde ich die einzige Pflicht vernachlässigen, die mein Mann von mir verlangt. Und das will ich nicht.«

»Deinem Mann ist das doch egal. Sonst hätte er dich und die Kinder in den letzten drei Monaten wenigstens einmal besucht«, sagte er.

Ihre Stimme wurde eisig. »Was mein Mann tut oder nicht tut, geht dich nichts an.«

Er merkte sofort, daß er zu weit gegangen war. »Aber ich liebe dich. Ich werd' noch verrückt, so wild bin ich nach dir.«

Sie nickte einlenkend. »Dann betrachte die Dinge in der richtigen Perspektive. Und wenn du weiter dauernd mit deinem Schwanz spielst, solltest du lieber kehrtmachen und aufs Meer hinausfahren, bevor wir den Strand rammen.«

»Machst du's mir, wenn ich rausfahre?«

»Nein«, sagte sie scharf. »Ich habe eher Lust auf ein kaltes Glas Weißwein.«

Sie war high. Das *Papagayo* war überfüllt. Die Stroboskoplampen wirkten auf ihre Augen wie eine Zeitrafferkamera, der laute Beat der Rockgruppe marterte ihre Ohren. Sie trank noch einen Schluck Weißwein und sah sich die Leute an, die am Tisch saßen. Es waren vierzehn, alle schrien einander in die Ohren, um das Getöse in der Diskothek zu übertönen.

Jacques sprach mit der Engländerin zu seiner Rechten, einer Schauspielerin, die gerade einen Film mit Peter Sellers abgedreht hatte und jetzt mit einer ganzen Clique zum Wochenende aus Paris gekommen war. Jordana hatte am Nachmitag am Strand Leute zu sammeln begonnen, sie dann im *Escale* noch ergänzt, wo man Cocktails trank und zu Abend aß. Gegen Mitternacht war die ganze Gesellschaft dann in die Diskothek übergewechselt.

Jordana hatte sich über Jacques geärgert. Er nahm allzuviel mit Selbstverständlichkeit an. In gewissem Sinn war er wie eine Frau, nur daß er zu glauben schien, die ganze Welt drehe sich um seinen Schwanz. Er langweilte sie allmählich, aber es war sonst nicht gerade viel Auswahl vorhanden. Aus lauter Langeweile hatte sie eine Haschischzigarette geraucht. Gewöhnlich rauchte sie nicht in der

Öffentlichkeit, aber als die Engländerin ihr in der Damentoilette einen Zug angeboten hatte, war sie dort geblieben, bis sie den Joint gemeinsam zu Ende geraucht hatten.

Danach fand sie den Abend gar nicht mehr langweilig. Es kam ihr so vor, als hätte sie noch nie im Leben so viel gelacht. Alle waren furchtbar klug und witzig. Jetzt wollte sie tanzen, aber die anderen waren viel zu sehr mit ihren Gesprächen beschäftigt.

Sie stand auf und ging allein zur Tanzfläche, drängte sich unter die Menge und begann zu tanzen. Sie gab sich ganz der Musik hin, glücklich darüber, daß sie in Südfrankreich war, wo niemand es seltsam fand, wenn eine Frau oder ein Mann allein tanzen wollte. Sie schloß die Augen.

Als sie sie öffnete, tanzte ein großer, gutaussehender Schwarzer vor ihr. Er sah sie an, aber sie sprachen nicht. Sie hatte ihn schon am Nachmittag am Strand gesehen; später, zur Cocktailzeit, war er in der Bar des *Escale* gewesen, und jetzt war er hier. Sie hatte ihn an einem Tisch nicht weit von ihrem gesehen.

Er bewegte sich phantastisch, mit wilder Grazie, sein Hemd war bis zur Taille offen und knapp über den hautengen schwarzen Jeans mit einem Knoten zusammengebunden. Sie begann, ihre Bewegungen den seinen anzugleichen.

Nach einer Weile fragte sie: »Sie sind Amerikaner, nicht wahr?«

Seine Stimme hatte den Akzent des Südens. »Wieso wußten Sie das?«

»Sie tanzen nicht wie ein Franzose – die zucken auf und nieder – die Engländer hopsen und tauchen.«

Er lachte. »Daran habe ich nicht gedacht.«

»Woher stammen Sie?«

»Aus den Südstaaten. Georgia.«

»Dort war ich noch nie«, sagte sie.

»Da ist Ihnen nichts entgangen«, antwortete er. »Mir gefällt es hier besser. Dort drüben dürften wir nie so tanzen.«

»Immer noch nicht?« fragte sie.

»Immer noch nicht. Die ändern sich nie.«

Sie schwieg.

»Ich heiße Gérard«, sagte er.

Sie war überrascht. Er sprach französisch wie ein Pariser, ohne die Spur eines Akzents. »Ihr Französisch ist erstklassig«, sagte sie.

»Das muß es wohl«, sagte er. »Meine Leute schickten mich hier zur Schule. Da war ich acht. Ich ging zurück, als mein Vater getötet wurde. Damals war ich sechzehn, aber ich hielt es drüben nicht aus.

Ich fuhr sofort nach Paris zurück, sobald ich genug Geld beisammen hatte.«

Sie wußte, was französische Schulen kosteten, sie waren nicht billig. Seine Familie mußte Geld haben. »Welcher Beruf hatte Ihr Vater?«

Er antwortete ruhig: »Er war ein Zuhälter, aber er hatte seine Finger in allen möglichen Geschäften. Nur war er schwarz, und das gefiel den anderen nicht, deshalb erstachen sie ihn in einer Hintergasse und hängten es einem Nigger an, der gerade vorbeikam. Man knüpfte den Nigger auf, und alles war in Butter.«

»Tut mir leid.«

Er zuckte die Achseln. »Mein Vater hat immer gesagt, daß er eines Tages so enden würde. Er beklagte sich nicht. Er hatte ein gutes Leben.«

Die tobende Musik brach ab, die Tänzer zerstreuten sich, und der Diskjockei legte eine langsame Nummer auf. »Nett, mit Ihnen zu sprechen«, sagte sie und strebte ihrem Tisch zu.

Seine Hand auf ihrem Arm hielt sie zurück. »Sie brauchen doch nicht dorthin zurück?«

Sie sagte nichts.

»Sie sehen mir wie eine Klassedame aus, und dort drüben sitzen ja nur Spießer.«

»Was haben Sie vor?« fragte sie.

»Aktiv sein. Das hab' ich von meinem Vater. Ich bin ein Mann von raschen Entschlüssen. Warum treffen wir uns nicht draußen?«

Wieder sagte sie nichts.

»Ich hab doch gesehen, wie du mich ansahst«, sagte er. »Man muß dich von der Bande dort drüben weglotsen.« Plötzlich grinste er. »Hast du's schon einmal mit einem Schwarzen probiert?«

»Nein«, antwortete sie wahrheitsgemäß.

»Ich bin noch besser, als sie von uns behaupten.«

Sie warf einen Blick zu ihrem Tisch. Jacques sprach noch immer mit der Engländerin. Wahrscheinlich hatte er gar nicht bemerkt, daß sie vom Tisch aufgestanden war. Sie wandte sich wieder zu Gérard. »Okay«, sagte sie. »Aber wir haben nur etwa eine Stunde Zeit. Dann muß ich fort.«

»Eine Stunde genügt«, sagte er lachend. »In einer Stunde mach' ich mit dir einen Trip zum Mond und zurück.«

2

Er wartete auf dem Kai gegenüber der Diskothek und beobachtete die Hippies, die auf dem Trottoir ihre Kunstwerke ausgestellt hatten und jetzt zusammenpackten. Als er ihre hohen Absätze auf dem Trottoir klappern hörte, drehte er sich um. »War es schwer, wegzukommen?« fragte er.

»Nein«, antwortete sie. »Ich sagte, ich geh zur Toilette.«

Er grinste. »Wollen wir zu Fuß gehen? Meine Wohnung ist in der Straße nach dem *Gorille.*«

»Warum nicht?« gab sie zurück und paßte sich seinem Schritt an.

Trotz der späten Stunde waren noch sehr viele Leute auf der Straße. Sie frönten ihrem Hauptvergnügen: sehen und gesehen zu werden und die Jachten zu begutachten. Für viele war es das einzige, was sie sich noch leisten konnten, nachdem sie die maßlos hohen Saisonpreise für Quartier undVerpflegung bezahlt hatten. Die Franzosen hatten kein Mitleid mit Touristen, auch nicht mit ihren eigenen.

Nach dem *Gorille* mit seinem Geruch nach Spiegeleiern und Pommes frites bogen sie in eine enge Nebenstraße ein und hielten bald vor der Tür eines der alten Häuser. Unten befand sich eine Boutique. Er schloß mit einem altmodischen Schlüssel auf und drückte im Gang auf den Knopf für die Treppenbeleuchtung. »Ich hause im zweiten Stock.«

Sie nickte und folgte ihm auf der alten Holztreppe nach oben. Er bewohnte die vordere Wohnung im zweiten Stockwerk. Die Eingangstür hatte ein moderneres Schloß als die Haustür. Er schloß auf und hielt dieTür für sie offen.

Er drehte das Licht an, und der sanft rötliche Schein zweier Lampen, die neben dem Bett an der Rückwand des Zimmers hingen, erleuchtete den Raum. Jordana sah sich neugierig um.

Die Einrichtung war billig und abgenutzt, von der Art, wie die Franzosen sie für Sommergäste verwendeten. In der Zimmerecke befand sich ein Waschbecken und darunter ein aufklappbares Bidet. Das WC lag hinter einer schmalen Tür, die aussah wie ein Wandschrank. Keine Badewanne, Dusche oder Küche, nur eine Kochplatte auf einem Schreibtisch beim Schrank.

Er fing ihren Blick auf. »Nicht gerade üppig«, sagte er, »aber mein Zuhause.«

Sie lachte. »Ich habe schon Schlimmeres gesehen. Du hast Glück, daß deine Toilette nicht auf dem Gang ist.«

Er ging zum Schreibtisch und öffnete eine Schublade, nahm eine

Zigarette heraus und zündete sie an. Der süßlich scharfe Duft von Marihuana stieg ihr in die Nase, als er sie ihr hinhielt. »Zu trinken habe ich nichts.«

»Das macht nichts«, sagte sie und nahm einen Zug. »Das ist guter Stoff.«

Er lächelte. »Einer meiner Freunde ist gerade aus Istanbul zurückgekommen und hat es mitgebracht. Und auch noch richtig gutes Kokain. Schon mal versucht?«

»Gelegentlich«, gab sie zu und reichte ihm die Zigarette zurück. Sie betrachtete ihn, als er einen Zug nahm, stellte ihre Strandtasche hin und ging auf ihn zu. Sie spürte ein Dröhnen im Kopf und Feuchtigkeit zwischen den Beinen. Es war wirklich guter Stoff, wenn er so wirkte. Sie zerrte an dem Knoten in seinem Hemd. »Reden wir oder ficken wir?« fragte sie. »Ich habe nur eine Stunde Zeit.«

Er legte bedächtig die Zigarette in einen Aschenbecher, dann schob er die durchsichtige Bluse von ihren Schultern und entblößte ihre Brüste. Er nahm jede in eine Hand und drückte die Brustwarzen zwischen Daumen und Zeigefinger zusammen, bis der Schmerz sie durchzuckte. »Weiße Hure«, sagte er.

Ihr Lächeln war ebenso höhnisch wie seins. »Nigger!«

Seine Hände drückten sie auf die Knie. »Du mußt ein wenig betteln lernen, wenn du einen schwarzen Schwanz in deine heiße kleine Fotze kriegen willst.«

Sie hatte sein Hemd aufgeknöpft, nun zog sie an dem Reißverschluß seiner Jeans. Er trug nichts darunter, und sein Glied reckte sich ihr entgegen, als sie seine Hose zu den Knien hinunterzog. Sie wollte es in den Mund nehmen, aber er drückte ihr Gesicht zur Seite. »Bettle!« sagte er streng.

Sie blickte zu ihm hoch. »Bitte«, flüsterte sie. Er lächelte, ließ sie los und ihren Mund wieder an sich heran; dabei griff er in die offene Schublade und nahm eine Kapsel Kokain heraus. Ein kleiner Goldlöffel war mit einem Perlenkettchen daran befestigt. Fachmännisch nahm er einen Löffel voll und sog das Pulver durch jedes Nasenloch ein. Dann schaute er auf sie hinunter. »Du bist dran«, sagte er.

»Ich bin glücklich«, sagte sie und küßte ihn wild. »Ich brauche nichts.«

Er zog ihren Kopf an den Haaren zurück. »Weiße Hure!« Er riß sie hoch, füllte den Löffel und hielt ihn ihr unter die Nase. »Du tust, was ich sage. Schnupfe!«

Sie schnupfte, und das Pulver stieg ihr in die Nase. Sofort fühlte sie eine Art Taubheit in der Nase, dann explodierte das Pulver in ihrem

Gehirn, und sie spürte, wie ihr ein Kraftstrom unmittelbar in den Unterleib schoß. »O Gott!« schrie sie. »Das ist irrsinnig. Mir ist es schon beim Schnupfen gekommen.«

Er lachte. »Das war noch gar nichts, Baby. Ich werde dir mit dem Zeug ein paar Tricks zeigen, die mein lieber Vater mir beigebracht hat.«

Gleich darauf lagen sie nackt auf dem Bett, und sie lachte. Noch nie hatte sie sich so wohl gefühlt. Er nahm noch einen Löffel voll und rieb ihn sich und ihr ins Zahnfleisch. Dann küßte er ihre Brustwarzen, bis sie feucht waren, streute von dem weißen Pulver darauf und begann sie zu bearbeiten.

Noch nie hatte sie gespürt, daß sie so groß und hart wurden. Nach einer Weile glaubte sie, vor schmerzvoller Lust zu zerspringen. Sie stöhnte und wand sich. »Fick mich«, stöhnte sie. »Fick mich!«

»Noch nicht«, sagte er lachend, »wir fangen erst an.« Er spreizte ihre Beine und streute Kokain auf ihre Klitoris, dann legte er seinen Kopf zwischen ihre Beine.

Nach kurzer Zeit schrie sie, wie sie noch nie geschrien hatte. Jeder Orgasmus schien sie noch higher zu machen, als sie je gewesen war. Sie suchte seinen Schwanz und legte sich so, daß sie ihn in den Mund nehmen konnte. Gierig saugte sie daran. Am liebsten hätte sie ihn verschluckt, ihn ganz in sich aufgenommen, um daran zu ersticken.

Plötzlich schob er sie weg. Sie starrte ihn an, konnte kaum mehr atmen. Er kniete zwischen ihren Beinen, streute Kokain über sein hoch aufragendes Glied, bis es wie verzuckert aussah. Dann schob er ihr die Beine weit auseinander und drang langsam in sie ein.

Sie spürte, wie sich ihr die Lungen zusammenpreßten, so groß war er. Einen Moment lang fürchtete sie, es sei zu viel. Aber dann war er ganz in ihr und blieb eine Weile still. Sie spürte, wie das Kribbeln in ihrem Bauch hochstieg. Langsam begann er sich zu bewegen, zuerst sanft mit langen, gleichmäßigen Stößen, dann immer schneller, bis er sich richtiggehend in sie einhämmerte.

Irgendwo, wie von fern, hörte sie sich schreien, als ein Orgasmus nach dem anderen sie überflutete. Solche Höhepunkte hatte sie noch nie erlebt. Niemals. Sie, die immer geglaubt hatte, daß diese Art von sexueller Erregung nur etwas sei, wovon die Leute redeten oder in Büchern schrieben. Für sie war Sex bisher nur ihr Triumph über den Mann gewesen; jede eigene Befriedigung dabei war ein Zufall gewesen. Aber das hier war anders. Jetzt wurde sie benutzt, ihr wurde Lust bereitet, sie gab, sie nahm, sie wurde erfüllt.

Zuletzt konnte sie nicht mehr. »Hör auf!« schrie sie. »Bitte, hör auf!«

Er blieb still auf ihr liegen, immer noch hart und sie voll ausfüllend. Sie sah ihn an. Eine feine Patina von Schweiß überzog sein Gesicht und seine Brust und glänzte in dem schwachroten Licht wie Kupfer. Seine Zähne blitzten weiß, als er lächelte. »Zufrieden, weiße Dame?«

Sie nickte langsam. »Bist du gekommen?«

»Nein«, sagte er, »das ist das einzige,was mir der liebe Vater nicht beigebracht hat. Nimm genug, um eine Dame glücklich zu machen, und das reicht gerade, daß es dir nicht kommt.«

Sie starrte ihn lange an, und plötzlich begann sie unerklärlicherweise zu weinen.

Er betrachtete sie eine Weile, dann stieg er wortlos aus dem Bett und zog das Bidet unter dem Waschtisch hervor. Er ließ Wasser laufen, richtete sich auf und sah sie an. »Du mußt es einige Minuten laufen lassen, wenn du warmes Wasser willst«, erklärte er.

Aus dem Schränkchen über dem Waschbecken nahm er ein Handtuch und einen Waschlappen und hängte beides über die Rohrleitungen. Mit dem Finger prüfte er die Temperatur des Wassers. »Alles für dich bereit«, sagte er.

Sie blickte ihn wortlos an.

»Du sagtest, du hättest nur eine Stunde Zeit, nicht wahr?« fragte er.

Sie nickte und setzte sich auf. »Ich weiß nicht, ob ich gehen kann.«

Er lächelte. »Wenn du dich erst mal in Bewegung setzt, ist alles okay.«

Sie stieg aus dem Bett. Er hatte recht. Nach dem ersten Schritt kam wieder Kraft in ihre Beine. Sie hockte sich rittlings auf das Bidet und nahm Seife und Waschlappen aus seiner ausgestreckten Hand. Sie wusch sich schnell; das lauwarme Wasser war erfrischend. Sie nahm das Handtuch und trocknete sich ab, dann begann sie sich anzuziehen, während er sich wusch. »Es tut mir leid, daß du's nicht geschafft hast«, sagte sie.

»Das macht nichts«, sagte er. »Ich versprach dir einen Trip zum Mond, und ich wollte, daß du ihn bekommst.«

»Ich habe ihn bekommen«, versicherte sie. »Ich werde ihn nie vergessen.«

»Vielleicht könnten wir ihn irgendwann einmal wiederholen?« fragte er zögernd.

»Vielleicht«, sagte sie. Als sie angezogen war, griff sie nach ihrer Strandtasche, zog ein paar Geldscheine heraus und hielt sie ihm hin. »Ich hoffe, es macht dir nichts aus.«

Er nahm das Geld. »Ich kann es gebrauchen. Aber nötig war es nicht.«

»Ich hab dir sonst nicht viel geben können«, sagte sie.

»Du hast mir eine Menge gegeben«, sagte er. »Du hast alle deine Freunde sitzenlassen, um mit mir zu kommen. Das ist schon was.«

Etwas in seiner Stimme machte sie stutzig. »Weißt du, wer ich bin?«

Er schüttelte den Kopf. »Nein.«

»Warum hast du mich dann aufgefordert?«

»Ich habe dich am Strand gesehen«, sagte er. »Nachdem der Mann dir Jacques entgegenschickte.«

»Du kennst Jacques?« fragte sie.

»Ja«, sagte er. »Ich hab die letzte Nacht mit ihm verbracht.«

Sie schwieg einen Augenblick. »Ist Jacques –«

Er nickte. »Er wäre lieber ein Mädchen.«

»Und du?«

»Ich ficke gern«, sagte er. »Mir ist scheißegal, wen.«

»Kennst du den Mann, der mit Jacques sprach?«

»Habe ihn noch nie gesehen. Er hat dunkles Haar und sprach französisch mit arabischem Akzent. Ich hörte, wie er sagte, Jacques müsse noch heute nacht etwas bekommen, weil du morgen nach Kalifornien fliegst, und Jacques sollte sich keine Sorgen machen, denn er habe es so eingerichtet, daß das Boot dich nicht nach Cannes zurückbringen könne.«

Plötzlich wurde ihr alles klar. Jussef war der einzige, der wußte, daß sie morgen abreisen sollte. Er war aus Paris an die Côte gekommen, um auf Baydars Anweisungen hin ihren Flug zu arrangieren.

Vor langer Zeit hatte sie gehört, daß einmal eine Beziehung zwischen Jussef und Prinzessin Mara bestanden hatte. Und Mara hatte ihr Jacques aufgedrängt. Nur verstand sie nicht, was für einen Vorteil Jussef daraus ziehen konnte. Es sei denn – es sei denn, er beabsichtigte, es bei Baydar gegen sie zu verwenden. Ein ganz ungewohntes Angstgefühl stieg in ihr auf. Jussef hatte sie nie gemocht, aber das war keine ausreichende Erklärung für solche Manipulationen. Sie wußte es nicht, wußte nur, daß sie unbedingt noch diese Nacht zurück in die Villa kommen mußte.

Das aber war ein Problem. Nach Mitternacht gab es in St. Tropez keine Taxis. Und sie hatte Guy, ihrem Chauffeur, die Nacht freigegeben.

Sie schaute Gérard an. »Hast du einen Wagen?«

»Nein.«

»Verdammt!« Sie sah besorgt aus.

»Ich habe ein Motorrad«, sagte er. »Ich bringe dich zurück, wenn du dich hinter mich setzt.«

»Du bist lieb«, sagte sie, plötzlich lächelnd. Sie legte in jäher Erleichterung die Arme um ihn und küßte ihn auf die Wange. »Das wird ein Mordsspaß.«

Verlegen nahm er ihre Arme von seinem Hals. »Sei da nur nicht zu sicher, Lady. Warte mal ab, ob du das auch noch findest, wenn wir angekommen sind.«

3

Sie waren vor zwei Stunden von Paris aufgestiegen, und die Stewardessen bereiteten den Lunch vor. Jordana drehte sich zu Jussef um, der hinter ihr saß. »Ich würde jetzt gern ein wenig schlafen.«

Jussef löste seinen Sicherheitsgurt und erhob sich. »Ich lasse Ihnen sofort Ihre Sitze zurechtmachen.« Er warf einen Blick auf Diana, Jordanas Sekretärin. Sie döste auf dem Fensterplatz neben dem seinen vor sich hin, ihr Drink stand noch halb voll auf dem Tablett.

Er ging zum Chefsteward in die Bordküche. »Madame Al Fay möchte sich ausruhen.«

»Aber wir servieren gerade das Mittagessen«, widersprach der Steward.

»Sie hat keinen Hunger.«

»Bien, Monsieur«, sagte der Steward schnell, verließ die Bordküche und ging nach hinten durch die Vorhänge, die die erste Klasse von der Touristenklasse trennten.

Jussef wandte sich um und blickte Jordana an. Ihre Augen waren durch eine große Sonnenbrille völlig verborgen, aber keine Falte in ihrem Gesicht verriet, daß sie in der letzten Nacht nicht geschlafen hatte. Sie las das Air-France-Magazin und nippte an einem Glas Weißwein.

Er unterdrückte ein Gähnen. Er war erschöpft. Seit vier Uhr morgens war er wach; da hatte Jacques ihn aus St. Tropez angerufen, um ihm mitzuteilen, daß sie verschwunden war. Das Boot lag noch im Hafen, und es gab nirgends im Ort eine Spur von ihr. Jacques hatte sie in jedem Restaurant und jeder noch offenen Diskothek gesucht. Tobend vor Zorn, hatte Jussef das Telefon aufgelegt.

Es blieb ihm nichts anderes übrig, als sie am Morgen aus der Villa abzuholen und zum Flughafen zu bringen. Er konnte nicht wieder einschlafen. Das ganze Geld, das er Jacques gegeben hatte, alle Pläne, die er geschmiedet hatte, waren umsonst. Nicht einmal die telefonische Anweisung an die Citroën-Garage, als erstes in der Frühe Jacques den Wagen wegzunehmen, hatte ihm Befriedigung verschaffen können.

Als er gegen neun Uhr in der Villa eintraf, saß Jordana beim Frühstück. Sie sagte kein Wort über den Abend, erwähnte mit keiner Silbe, wie sie nach Hause gekommen war. Nur durch Zufall erfuhr er von einem der Sicherheitswächter in der Villa, daß sie gegen fünf Uhr morgens mit einem Taxi vorgefahren war.

Auf der Fahrt zum Flughafen erklärte er ihr die Abmachungen für den Flug. Sie hatten die letzten vier Plätze in der ersten Klasse, zwei davon für sie. Er und ihre Sekretärin würden unmittelbar hinter ihr sitzen. In der Touristenklasse hatte er weitere drei Plätze gebucht, so daß sie sich hinlegen konnte, wenn sie ruhen wollte. Die Gepäckfrage war ebenfalls arrangiert Alle Gepäckstücke konnten mit in die Kabine genommen werden, so daß sie in Los Angeles nicht warten mußte. Ein Sonderbeamter des amerikanischen Zolls würde sie erwarten, damit sie schnell in den Hubschrauber umsteigen konnte, der sie zur Rancho del Sol bringen würde. Die voraussichtliche Ankunftszeit für die AG 003 war vier Uhr nachmittags Los-Angeles-Zeit; das Abendessen auf der Rancho del Sol war für acht Uhr vorgesehen. Wenn alles planmäßig ablief, würde sie reichlich Zeit zum Umkleiden haben.

Der Steward kam zu ihm zurück. »Alles bereit für Madame.«

»Danke«, sagte Jussef und ging zu ihrem Platz. »Sie können sich jetzt hinlegen«, sagte er ihr.

Sie nickte, erhob sich, öffnete ihre Handtasche, nahm ein Fläschchen heraus und schüttete zwei Tabletten in ihre Hand. Sie spülte sie schnell mit ein wenig Wein hinunter. »Damit ich auch bestimmt schlafe.«

»Natürlich.«

»Bitte sehen Sie zu, daß ich mindenstens eineinhalb Stunden vor der Landung geweckt werde.«

»Ich werde dafür sorgen«, antwortete er. »Ich wünsche angenehme Ruhe.«

Sie starrte ihn einen Augenblick an. »Danke.«

Er blickte ihr nach, als sie durch die Vorhänge verschwand, und ließ sich wieder in seinen Sitz fallen. Diana neben ihm bewegte sich, öffnete aber nicht die Augen. Er schaute auf die Uhr und sah aus dem

Fenster. Noch elf Stunden. Diesmal unterdrückte er sein Gähnen nicht. Er schloß die Augen in der Hoffnung, sich ein wenig ausruhen zu können.

Die Air France hatte gut gearbeitet. Rund um Jordanas Plätze waren provisorische Vorhänge angebracht worden, wie sie für die zweite Flugbesatzung oder die extralangen Nonstopflüge verwendet werden. Die Jalousien waren heruntergezogen, und es war dunkel, als sie sich ausstreckte und die Decke über sich zog.

Sie lag still und wartete auf die Wirkung der Schlaftabletten. Allmählich spürte sie den schmerzhaften Protest ihres Körpers, als die Erschöpfung sie übermannte. Die Stöße des Motorrads klangen noch in ihr nach; sie hatte sich von Gérard an der Bahnstation in der Stadtmitte absetzen lassen; dort gab es immer Taxis.

Sie wollte ihm noch mehr Geld geben, aber er lehnte ab. »Du hast mir genug gegeben.«

»Danke«, sagte sie.

Er ließ das Motorrad wieder an. »Schau bei mir vorbei, wenn du wieder nach St. Tro kommst.«

»Das werde ich. Und nochmals danke.«

Er nahm den Sturzhelm, den er ihr geborgt hatte, und schnallte ihn an den Rücksicht. »Leb wohl.«

»Leb wohl.« Sie schaute ihm nach, wie er um die Kurve bog und in Richtung Meer fuhr, dann ging sie zum nächsten Taxis und stieg ein.

Es war heller Tag und einige Minuten nach fünf Uhr, als sie ihr Schlafzimmer in der Villa betrat. Ihre Koffer standen ordentlich gepackt an der Wand, noch unverschlossen für den Fall, daß sie in letzter Minute etwas hineintun wollte. An der Nachttischlampe lehnte eine Nachricht von ihrer Sekretärin, in Dianas üblichem kurzen Stil:

Abfahrt Villa - neun Uhr morgens.

Abflug Nice–Paris - zehn Uhr.

Abflug Paris–LA - zwölf Uhr mittags.

Voraussichtliche Ankunft Los Angeles - vier Uhr nachmittags, Pazifik-Normalzeit.

Sie sah wieder auf die Uhr. Wenn sie um sieben mit den Jungen frühstücken wollte, hatte es keinen Sinn, jetzt zu Bett zu gehen. Am besten, sie schlief später im Flugzeug.

Sie ging ins Badezimmer, öffnete den Medizinschrank und nahm ein Tablettenfläschchen heraus. Mit etwas Wasser schluckte sie ein Dexamyl. Damit würde sie zumindest durchhalten, bis das Flugzeug von Paris startete.

Langsam begann sie, sich auszuziehen. Als sie nackt war, betrachtete sie sich in dem mannshohen Spiegel an der Wand ihres Ankleidezimmers. Blaue Flecken an den Brüsten zeigten, wo Gérard sie gekniffen hatte, aber bei schwachem Licht würde man es nicht sehen, und bei Tageslicht ließen sie sich mit ein wenig Körper-Make-up verdecken. Ihr Bauch war gerade richtig flach, und sie hatte kein überflüssiges Fleisch an Hüften und Schenkeln. Vorsichtig teilte sie ihre Schamhaare und examinierte sich kritisch. Ihre Scheide war geschwollen und schien leicht gerötet und entzündet. Ein leiser Schauer durchlief sie bei dem Gedanken daran, wie der Schwarze sie genommen hatte. Sie hatte nie geahnt, wie groß ihre Empfindungsfähigkeit wirklich war. Sie ging nochmals zum Medizinschrank und nahm ein Päckchen Massengill heraus. Eine Spülung würde nicht schaden und zumindest beruhigend wirken. Als sie die Lösung mischte, schoß ihr ein neuer Gedanke durch den Kopf.

Wenn der Schwarze nun geschlechtskrank gewesen war? Die Möglichkeit bestand immer, besonders da er, wie sie wußte, bisexuell war. Irgendwo hatte sie gelesen, daß der Prozentsatz an Geschlechtskrankheiten bei Homosexuellen am höchsten war. Wieder öffnete sie den Medizinschrank. Diesmal schluckte sie zwei Penicillintabletten. Sie tat das Fläschchen in ihre Handtasche, damit sie in den nächsten Tagen nicht vergaß, die Tabletten weiter zu nehmen.

Das Dexamyl begann zu wirken, und als sie mit der Scheidenspülung fertig war, ging sie sofort in die Duschkabine. Heiß und kalt, heiß und kalt, heiß und kalt, dreimal, wie sie es von Baydar gelernt hatte. Als sie aus der Dusche trat, fühlte sie sich so erfrischt, als hätte sie die ganze Nacht geschlafen.

Sie setzte sich an ihren Toilettentisch und begann langsam, ihr Make-up aufzulegen. Dann zog sie sich an und ging nach unten ins Frühstückszimmer zu ihren Söhnen.

Sie waren überrascht, sie zu sehen. Gewöhnlich frühstückte sie nicht mit ihnen. Sie kamen zu ihr ins Zimmer, sobald sie wach war, und das war gewöhnlich erst kurz vor dem Mittagessen.

»Wohin fährst du, Mammy?« fragte Muhammed.

»Ich treffe euren Vater in Kalifornien.«

Sein Gesicht leuchtete auf. »Kommen wir auch mit?«

»Nein, Liebling. Es ist nur eine kurze Reise. Ich bin in ein paar Tagen schon wieder zurück.«

Er war sichtlich enttäuscht. »Kommt Baba mit dir zurück?«

»Das weiß ich nicht«, sagte sie. Sie wußte es tatsächlich nicht. Baydar hatte lediglich Anordnung gegeben, sie solle nach Kalifornien kommen. Über weitere Pläne hatte er nichts gesagt.

»Hoffentlich kommt er«, sagte Samir.

»Das hoffe ich auch«, erwiderte sie.

»Ich möchte, daß er hört, wie gut wir arabisch sprechen«, sagte der Kleine.

»Wirst du's ihm sagen, Mammy?« fragte Muhammed.

»Ich werde es ihm erzählen. Euer Vater wird sehr stolz auf euch sein.«

Beide Kinder lächelten. »Sag ihm auch, daß wir ihn sehr vermissen«, bat Muhammed.

»Das werde ich ihm auch sagen.«

Samir blickte zu ihr hoch. »Warum kommt unser Vater nicht nach Hause wie andere Väter? Die Väter meiner Freunde kommen jeden Abend nach Hause. Hat er uns nicht lieb?«

»Euer Vater hat euch beide sehr lieb, aber er hat sehr viel zu tun und muß schwer arbeiten. Er würde gern nach Hause kommen, um euch zu sehen, aber es geht nicht.«

»Ich wollte, er könnte heimkommen wie andere Väter«, sagte Samir.

»Was habt ihr heute vor?« fragte Jordana, um das Thema zu wechseln.

Muhammeds Gesicht strahlte. »Nanny nimmt uns mit zu einem Picknick.«

»Das wird euch Spaß machen.«

»Ja, es ist ganz nett, aber es ist lustiger, wenn Vater mit uns Wasserski fährt.«

Sie schaute ihre Söhne an. Es lag etwas in ihren ernsten Gesichtern und in den großen dunklen Augen, das ihr ans Herz griff. In vieler Hinsicht waren sie Miniaturausgaben ihres Vaters, und manchmal hatte sie das Gefühl, daß sie nur wenig für sie tun könne. Jungens brauchten ihren Vater als Vorbild. Ob Baydar überhaupt noch für irgend etwas anderes Interesse hatte als für seine Geschäfte?

Die Gouvernante kam herein. »Zeit für eure Reitstunde, Jungens«, sagte sie mit ihrer trockenen schottischen Stimme. »Der Reitlehrer ist da.«

Sie sprangen auf und liefen johlend zur Tür. »Einen Augenblick, Kinder«, sagte die Gouvernante. »Habt ihr nicht etwas vergessen?«

Die beiden Knaben wechselten einen Blick, dann trabten sie beschämt zurück zu ihrer Mutter und hielten ihr die Wangen zum Kuß hin.

»Ich habe eine Idee«, sagte Samir, zu ihr hochblickend.

Sie blickte den Kleinen lächelnd an; sie wußte, was kommen würde. »Ja?«

»Wenn du zurückkommst, überraschst du uns mit einem Geschenk«, sagte er ernst. »Findest du das nicht eine gute Idee?«

»Eine sehr gute Idee. An was für ein Geschenk hast du denn gedacht?«

Er beugte sich vor und flüsterte seinem Bruder ins Ohr. Muhammed nickte. »Kennst du die Schirmmützen, die Vater immer auf dem Boot trägt?« fragte er.

Sie nickte.

»Könntest du uns solche besorgen?«

»Ich werde es versuchen.«

»Danke, Mammy«, riefen sie im Chor. Sie küßte sie nochmals, und sie liefen davon, ohne noch einen Blick zurückzuwerfen. Sie blieb noch eine Weile am Tisch sitzen, dann stand sie auf und ging in ihr Zimmer. Als Jussef um neun Uhr mit dem Wagen kam, erwartete sie ihn.

Das Dröhnen der Düsenmotoren und die Schlaftabletten begannen zu wirken. Sie schloß die Augen und dachte über Jussef nach. Was hatte er beabsichtigt? Handelte er auf eigene Faust oder auf Baydars Anweisung? Merkwürdig, daß Baydar über drei Monate fortgeblieben war! Das war länger, als sie je zuvor getrennt gewesen waren. Und es handelte sich nicht einfach um eine andere Frau. Sie kannte ihn gut genug, um das zu beurteilen. Über Baydar und seine Frauen wußte sie schon lange, bevor sie geheiratet hatten, Bescheid. Genau wie er über ihre flüchtigen Liebesaffären.

Nein, das hier war etwas anderes. Einschneidender und wichtiger. Aber sie würde es nie erfahren, es sei denn, er sagte es ihr.

Obwohl er sich dem Westen angeglichen hatte und sie Mohammedanerin geworden war, trennten sie dennoch tausend Jahre unterschiedlicher Philosophien. Auch wenn der Prophet den Frauen mehr Rechte gegeben hatte, als sie bis dahin je gehabt hatten, hatte er ihnen doch keine völlige Gleichberechtigung zuerkannt. In Wirklichkeit unterstanden alle ihre Rechte dem Gutdünken des Mannes.

Das war eine Sache in ihrer Beziehung, über die Klarheit herrschte. Sie wußte es, und er wußte es. Es gab nichts, was sie besaß, das er ihr nicht wegnehmen konnte, wenn er es wollte, sogar die Kinder.

Ein Schauer durchlief sie. Dann verwarf sie den Gedanken. Nein, das würde er nie tun. Er brauchte sie immer noch in so mancher Hinsicht. Jetzt, zum Beispiel, sollte sie an seiner Seite in der westlichen

Welt erscheinen, damit man ihn dort weniger als Fremden betrachtete.

Das war Jordanas letzter Gedanke, bevor sie einschlief.

4

Die Mittagssonne fiel durch die Bäume in die Loggia vor der Polo Lounge im *Beverly Hills Hotel* und zeichnete zarte Linien auf die rosa Tischtücher. Baydar saß im Schatten in einer der Nischen, ihm gegenüber Carriage und zwei Japaner. Er betrachtete sie, während sie ihre Mahlzeit beendeten.

Sorgfältig legten sie Messer und Gabel auf europäische Art auf ihre Teller, um zu zeigen, daß sie fertig waren.

»Kaffee?« fragte er.

Sie nickten. Er winkte dem Kellner und bestellte. Dann bot er Zigaretten an, die sie aber ablehnten. Baydar zündete sich eine an und blickte erwartungsvoll auf seine beiden Gäste.

Der ältere der beiden sagte seinem Begleiter etwas auf japanisch. Der jüngere Mann beugte sich über den Tisch. »Mr. Hokkaido fragt, ob Sie Zeit hatten, über unseren Vorschlag nachzudenken.«

Baydar sprach zu dem jungen Mann, obwohl er wußte, daß Hakkaido jedes Wort verstand: »Ich habe darüber nachgedacht.«

»Und?« Der junge Mann konnte seine Ungeduld nicht bezähmen.

Baydar sah, wie ein Ausdruck leichter Mißbilligung über das Gesicht des älteren Mannes huschte und wieder verschwand. »Ich sehe da wenig Möglichkeiten«, sagte er. »Die Vorschläge sind zu einseitig.«

»Das verstehe ich nicht«, erwiderte der junge Mann. »Wir sind bereit, die zehn Tanker zu dem von Ihnen gebotenen Preis zu bauen. Wir verlangen lediglich, daß Sie diese Operation durch unsere Banken finanzieren lassen.«

»Ich glaube, Sie haben mich mißverstanden«, sagte ruhig. »Sie sprechen von einer reinen Verkaufsoperation, ich hingegen bin an der Formierung eines Gesamtkonsortiums interessiert. Ich sehe keinen Sinn darin, daß wir bei Verhandlungen um gewisse Projekte als Konkurrenten auftreten. Damit treiben wir nur die Preise in die Höhe. Nehmen Sie zum Beispiel den *Rancho del Sol.* Eines Ihrer Konsortien hat ihn gekauft.«

»Das war keine unserer Gruppen«, entgegnete der junge Mann schnell. »Übrigens wußten wir nicht, daß auch Sie daran interessiert waren.«

»Das war ich auch nicht«, sagte Baydar, »aber in dieser Gegend gibt es ein anderes großes Objekt, für das wir uns beide interessieren. Das Resultat davon? Der geforderte Preis hat sich fast verdoppelt, und wer von uns beiden auch gewinnt, hat schon verloren, bevor er nur begonnen hat.«

»Sie verhandeln durch Ihre Bank in La Jolla?« fragte der junge Mann.

Baydar nickte.

Der junge Mann wandte sich an Hokkaido und sprach schnell auf japanisch. Hokkaido hörte aufmerksam zu, nickte und antwortete. Der junge Japaner wandte sich wieder an Baydar. »Mr. Hokkaido drückt sein Bedauern darüber aus, daß wir Konkurrenten bei diesem Geschäft sind, meint jedoch, daß die Verhandlungen schon im Gange waren, bevor wir miteinander in Kontakt kamen.«

»Ich bedaure das ebenso. Deshalb kam ich zu Ihnen, um weitere solche Zwischenfälle zu vermeiden. Keiner von uns braucht das Geld des anderen, Geld haben wir beide mehr als genug. Wenn wir aber zusammenarbeiten, könnten wir uns bei anderen Projekten gegenseitig von Nutzen sein. Deshalb sprach ich mit Ihnen über den Bau von Tankern.«

»Aber sogar das machen Sie uns schwer«, sagte der junge Mann. »Wir werden die gewünschten zehn Tanker für Sie bauen, wo aber sollen wir die zehn Tanker finden, die Sie sofort haben wollen? Es gibt keine auf dem Markt.«

»Das weiß ich, aber Ihre Schiffahrtslinie besitzt über hundert. Es wäre für Sie ganz einfach, sie einer Gesellschaft zu übertragen, von der jeder von uns fünfzig Prozent besitzt. Auf diese Weise verlieren Sie nicht den Nutzen davon.«

»Wir verlieren fünfzig Prozent des Einkommens«, sagte der junge Mann. »Und wir sehen keine Möglichkeit, das zu ersetzen.«

»Das wird durch die fünfzig Prozent des Einkommens der zusätzlichen Tanker, die Sie bauen, mehr als ausgeglichen«, erwiderte Baydar. »Und die durch mich vermittelten fünfzig Prozent Auslandsinvestitionen wird Ihre Regierung bestimmt sehr wohlwollend vermerken.«

»Wir hatten noch nie Schwierigkeiten mit der Regierung wegen Auslandsinvestitionen«, sagte der junge Mann.

»Die Weltlage ändert sich«, meinte Baydar sanft. »Eine Rezession in der westlichen Welt könnte Ihre günstige Zahlungsbilanz schnell ändern.«

»Im Augenblick ist nichts davon zu bemerken«, gab der junge

Mann zurück.

»Das kann man nie wissen. Eine Änderung in der Weltenergieversorgung könnte die Industrie ganz unvermittelt zu einem Stop zwingen. Dann würden Sie mit zwei Problemen konfrontiert: erstens mit dem Schrumpfen der Absatzmärkte, und zweitens mit der Drosselung der Produktion.«

Wieder wandte sich der junge Mann an Hokkaido. Der ältere nickte beim Zuhören bedächtig, dann sagte er auf englisch direkt zu Baydar: »Wenn wir Ihre Vorschläge annähmen, würden Sie dann die Tanker zum Öltransport nach Japan verwenden?«

Baydar nickte.

»Ausschließlich?«

Wieder nickte Baydar.

»Wieviel Öl könnten Sie garantieren?« fragte Hokkaido.

»Das würde völlig davon abhängen, wieviel meine Regierung mir bewilligt. Aber ich glaube, daß unter geeigneten Umständen eine befriedigende Vereinbarung erreicht werden kann.«

»Wären Sie in der Lage, uns eine Meistbegünstigungsklausel zuzusichern?«

»Das könnte ich erreichen.«

Nach kurzem Schweigen sah Hokkaido Baydar an. »Ich möchte die Sache mit meinen Partnern in Japan besprechen«, sagte er.

»Selbstverständlich.«

»Könnten Sie nach Tokio kommen, falls wir zusagen?«

»Ja.«

Die Japaner erhoben sich, Baydar ebenfalls. Mr. Hokkaido verneigte sich und streckte seine Hand aus. »Ich danke Ihnen für diesen angenehmen und informativen Lunch, Mr. Fay.«

Baydar schüttelte ihm die Hand. »Ich danke Ihnen, daß Sie mir Ihre Zeit und Geduld geschenkt haben.«

Dann schüttelte er auch dem jüngeren Mann die Hand, und als sie außer Sichtweite waren, setzte er sich wieder hin. Er warf Carriage einen Blick zu und grinste breit. »Und mich nennt man den Piraten und behauptet, es sei schwer, uns zu verstehen.«

Carriage lachte. »Ich weiß gar nicht, worüber die sich beschweren. Wir bezahlen jeden Lunch!« Grinsend zeichnete er die Rechnung ab. »Michael Vincent erwartet uns im Bungalow.«

»Gut«, sagte Baydar. »Um wieviel Uhr kommt Jordanas Flugzeug an?«

»Fahrplanmäßig um vier. Ich habe kurz vor dem Essen noch einmal nachgefragt. Da waren fünfzehn Minuten Verspätung gemeldet.

Wir sollten spätestens um drei Uhr dreißig vom Hotel abfahren.«

Sie schritten durch die dunkle Polo Lounge und dann wieder hinaus in die grelle Sonne zu ihren Bungalows.

»Haben Sie im *Rancho del Sol* angerufen?« fragte Baydar.

Carriage nickte. »Es ist alles bereit. Für Sie und Ihre Frau ist ein Privathaus beim Hauptgebäude gemietet, mit Blick auf den Golfplatz. Die Leute von der Bank sind alle im Klub selbst untergebracht. Das Dinner findet in einem Privatraum statt. Vorher Cocktails.«

»Hat jemand abgesagt?«

»Nein. Sie werden alle kommen. Schließlich sind sie genauso gespannt auf Sie, wie es umgekehrt der Fall ist.«

Baydar lachte. »Ich möchte wissen, was die Leute sich denken würden, wenn ich im traditionellen Kostüm auftauchte?«

Carriage stimmte in sein Lachen ein. »Wahrscheinlich würden sie in die Hosen machen. Gerüchtweise habe ich schon gehört, daß man Sie für einen simplen Wilden hält. Hier ist man sehr versnobt. Ganz und gar WASP, weiße, angelsächsische Protestanten. Keine Juden, keine Katholiken, keine Ausländer.«

»Dann müßte Jordana ihnen ja großartig gefallen«, grinste Baydar.

»Das wird sie auch«, antwortete Carriage.

»Es wird aber trotzdem nicht ganz leicht sein. Sehr viel Enthusiasmus für neue Geschäfte legen sie nicht gerade an den Tag, und wir haben schon einige wichtige Kunden verloren, seitdem wir die Bank übernommen haben.«

»Dafür machen sie, laut Bericht, die von Juden kontrollierten Banken in Los Angeles verantwortlich.«

»Die Ausrede ist zu windig, um mich zu überzeugen. Ich werde immer mißtrauisch, wenn man mich so unbedingt von etwas überzeugen will. Sie haben das Angebot für die Star Ranch versaut und uns in eine Situation manövriert, daß wir die Japaner überbieten müssen.«

Sie waren bei dem Bungalow angelangt. Carriage öffnete die Tür, und sie traten ein. Nach der Gluthitze in der Sonne war es in dem vollklimatisierten Raum angenehm kühl.

Vincent erhob sich, vor ihm auf dem Cocktailtisch stand das unvermeidliche Glas Whisky. »Ich freue mich, Sie wiederzusehen, Baydar.«

»Es ist immer angenehm, Sie zu treffen, mein Freund.«

Sie schüttelten einander die Hände, und Baydar setzte sich auf ein Sofa. »Wie kommt das Manuskript voran?«

»Deshalb wollte ich mit Ihnen sprechen. Anfänglich dachte ich, es würde leicht sein. Sie wissen ja, wie meine Filme über Moses und Jesus; da gab es immer irgendwelche Wunder, um die Sache optisch aufzuputzen. Das geteilte Rote Meer für die Israeliten, die Auferstehung und so weiter. Aber hier geht das alles nicht. Ihr Prophet hat keine Wunder zu bieten. Er war nur ein Mensch.«

Baydar lachte. »Das ist richtig. Nur ein Mensch. Wie wir alle. Nicht mehr und nicht weniger. Enttäuscht Sie das?«

»Filmisch gesehen, ja«, antwortete Vincent.

»Meiner Ansicht nach müßte das die Botschaft des Propheten sogar noch überzeugender und dramatischer machen. Daß ein Mensch, ein Mann wie Sie und ich, seinen Mitmenschen Allahs Offenbarungen zu bringen vermochte. Wie steht es mit seiner Verfolgung durch die heidnischen Araber und die Schmähungen durch Juden und Christen, mit seiner Verbannung und Flucht aus Medina? Was ist mit seinem Kampf um die Rückkehr nach Mekka? Da sollte es doch genug Dramatik für mehrere Filme geben!«

»Vielleicht für die mohammedanische Welt, aber ich bezweifle sehr, daß die westliche Welt sich gern als Bösewicht in dem Stück sehen wird. Und Sie sagten doch, Sie wollten diesen Film überall in der Welt vertreiben, nicht wahr?«

»Ja.«

»Da liegt unser Problem.« Vincent trank sein Glas leer. »Das müssen wir lösen, bevor wir mit dem Drehbuch beginnen.«

Baydar schwieg. Die Wahrheit im Koran war so offensichtlich – warum gab es dann immer wieder dieses Problem? Die Ungläubigen wollten nicht einmal zuhören. Wenn sie nur ein einziges Mal ihre Köpfe und Herzen der Botschaft des Propheten öffneten, würde ihnen die Erleuchtung kommen. Er blickte den Regisseur nachdenklich an. »Wenn ich mich an Ihre Version des Christusfilmes entsinne, dann wurde Christus darin von den Römern gekreuzigt und nicht von den Juden, stimmt das?«

Vincent nickte.

»Steht das nicht im Widerspruch zu den Tatsachen?« fragte Baydar. »War es nicht in Wirklichkeit so, daß die Juden Christus zum Kreuzestod verurteilten?«

»Es gibt da verschiedene Ansichten«, antwortete Vincent. »Weil Christus selbst Jude war und von seinem Jünger Judas, gleichfalls Jude, verraten wurde, und weil Er von den Hohepriestern des orthodoxen Tempels wegen Bedrohung ihrer Macht und Autorität gehaßt wurde, glauben viele, daß die Juden die Römer drängten, ihn zu kreuzigen.«

»Aber in dem Film waren die heidnischen Römer die Bösewichter, oder?«

»Ja.«

»Dann haben wir die Lösung«, sagte Baydar. »Wir bauen unseren Film um den Konflikt des Propheten mit den Koreischiten auf, der zu seiner Flucht nach Medina führte. Die Kriege des Propheten wurden nicht gegen die Juden geführt, die ja schon an das Prinzip eines einzigen Gottes glaubten, sondern gegen die drei großen arabischen Stämme, die viele Götter verehrten. Sie waren es, die ihn aus Mekka vertrieben, nicht die Juden.«

Vincent starrte ihn an. »Ich erinnere mich, das gelesen zu haben, aber in diesem Licht habe ich es nie gesehen. Ich glaubte, daß immer alle Araber auf seiner Seite standen.«

»Nicht am Anfang«, belehrte Baydar ihn. »Der Koreischstamm bestand aus heidnischen Arabern, die viele Götter verehrten, und an sie richtete Mohammed seine Lehren vom wahren Allah in erster Linie und nicht an die Juden und Christen. Sie waren es auch, die er als erste ›Ungläubige‹ nannte.«

»Ich werde versuchen, von dieser Seite her an die Sache heranzugehen«, sagte Vincent. Er schenkte sich wieder ein und schaute Baydar über den Tisch weg an. »Würde es Sie wirklich nicht interessieren, mit mir zusammen das Drehbuch zu schreiben?«

Baydar lachte. »Ich bin Geschäftsmann, kein Schriftsteller. Das überlasse ich Ihnen.«

»Aber ich wüßte niemanden, der die Geschichte besser kennt als Sie.«

»Lesen Sie nochmals den Koran. Vielleicht erkennen Sie dann das, was ich darin sehe.« Er erhob sich. »Jussef wird am Spätnachmittag eintreffen, und nach dem Wochenende setzen wir uns wieder alle zusammen. Wollen Sie mich jetzt bitte entschuldigen? Ich fahre zum Flugplatz, um meine Frau abzuholen.«

Vincent erhob sich. »Dann will ich Sie nicht aufhalten. Aber ich bin froh, daß wir miteinander sprechen konnten. Ich glaube, Sie haben mich auf den richtigen Weg gebracht. Ich mache mich gleich unter dem neuen Gesichtspunkt an die Arbeit.«

Sie schüttelten sich die Hände, und Vincent verließ den Bungalow. Baydar fragte Carriage: »Was halten Sie davon?«

»Wenn Sie mir die Bemerkung gestatten, Boss, ich glaube, Sie sollten ihn auszahlen und die ganze Sache vergessen. Das einzige, wofür man bei einem solchen Film garantieren kann, sind Verluste.«

»Der Koran lehrt, daß der Mensch auf viele Arten Nutzen aus seinen Handlungen ziehen kann, indem er nicht nur nach Profit trachtet, sondern auch das Gute sucht.«

»Hoffentlich haben Sie recht. Aber ich wäre an Ihrer Stelle doch sehr vorsichtig, bevor ich mit dem Film weitermachte.«

»Sie sind ein merkwürdiger junger Mann. Denken Sie nie an etwas anderes als an Dollars?«

Carriage hielt seinem Blick stand. »Nicht, wenn ich arbeite. Ich kann mir nicht vorstellen, daß Sie mich meiner schönen Augen wegen angeheuert haben.«

»Das wohl nicht«, lachte Baydar, »aber es gibt wichtigere Dinge als Geld.«

»Das habe nicht ich zu entscheiden«, sagte Dick. »Nicht, wenn es um Ihr Geld geht.« Er schob einige Papier in seine Aktentasche. »Es ist mein Job, mich zu vergewissern, daß Sie sich über alle Risiken klar sind. Der Rest ist Ihre Sache.«

»Und Sie halten den Film für riskant?«

»Sehr.«

Baydar überlegte eine Weile. »Ich werde es im Auge behalten, bevor wir weitermachen. Wir werden wieder darüber sprechen, sobald das Drehbuch geschrieben und das Budget aufgestellt ist.«

»Gut, Sir.«

Baydar ging zu seiner Schlafzimmertür. »Danke, Dick«, sagte er ruhig. »Sie sollen niemals glauben, ich wüßte nicht zu schätzen, was Sie für mich zu tun bemüht sind.«

Dick errötete. Es geschah nicht oft, daß Baydar ihn lobte. »Sie brauchen mir nicht zu danken, Boss.«

Baydar lächelte. »Ich gehe nur schnell unter die Dusche und bin in wenigen Minuten fertig. Lassen Sie den Wagen zum Eingang des Bungalows bringen.«

»Mach ich, Boss.« Carriage hatte schon den Telefonhörer in der Hand, noch bevor Baydar die Schlafzimmertür geschlossen hatte.

5

Wie gewöhnlich hatte das Flugzeug aus Paris eine Stunde Verspätung. Baydar verfluchte im stillen die Fluglinien. Sie waren alle gleich: eine genaue Information über die Ankunftszeit war immer erst dann zu erhalten, wenn es zu spät war, noch irgend etwas anderes zu tun, als auf dem Flughafen herumzusitzen und zu warten, bis das Flugzeug landete.

Das Telefon klingelte in dem kleinen VIP-Raum, und die Hostess hob den Hörer ab. Sie hörte einen Augenblick zu, dann wandte sie sich an die Wartenden. »003 setzt soeben auf.«

Baydar erhob sich.

»Mr. Hansen wird Sie an der Sperre erwarten und die Formalitäten für Mrs. Al Fay erledigen.«

»Danke«, sagte Baydar.

Vor der Sperre standen eine Menge Menschen. Mr. Hansen, ein untersetzter Mann in Air-France-Uniform, kam ihnen entgegen und führte sie schnell durch den Zoll. Ein uniformierter Beamter der Einwanderungsbehörde schloß sich ihnen an, und sie betraten den Ankunftsraum, gerade als Jordana von der anderen Seite hereinkam.

Baydar nickte beifällig. Jordana hatte einen erstklassigen Instinkt. Von hautengen Bluejeans und durchsichtigen Blusen, wie sie sie in Südfrankreich trug, war hier nichts zu sehen; hier war sie die elegante junge Kalifornierin. Das Dior-Kostüm mit dem einfach geschnittenen Rock, der breitkrempige Hut und das leichte Make-up waren genau richtig für die Gesellschaft, mit der sie zusammenkommen würden. Er trat vor, um sie zu begrüßen.

Sie hielt ihm die Wange zum Kuß hin. »Du siehst bezaubernd aus«, sagte er.

»Danke.« Sie lächelte.

»Guter Flug?«

»Ich habe die ganze Zeit geschlafen. Man hat mir eine Spezialkoje eingerichtet.«

»Ausgezeichnet. Wir haben einen ziemlich befrachteten Stundenplan vor uns.«

Hinter ihr tauchten Jussef in seinem ein wenig zerknitterten dunklen Anzug und ihre Sekretärin auf. Baydar schüttelte beiden die Hände, inzwischen nahm der Air-France-Vertreter ihre Pässe in Empfang, um sie stempeln zu lassen. Baydar zog ungestört Jordana zur Seite, so daß sie reden konnten.

»Es tut mir leid, daß ich diesen Sommer nicht hinüberkommen konnte«, sagte er.

»Auch uns tat es leid, besonders den Kindern. Sie haben mir eine Botschaft für dich mitgegeben.«

»Ja?«

»Ich soll dir sagen, daß sie sehr gute Fortschritte in Arabisch machen. Daß du dich ihrer nicht würdest schämen müssen.«

»Stimmt das?« fragte er.

»Ich glaube, ja. Sie bestehen darauf, mit allen Dienstboten nur arabisch zu sprechen, ob sie verstanden werden oder nicht.«

Er lächelte. »Darüber bin ich sehr froh.« Ihre Augen trafen sich. »Und du? Womit hast du dir die Zeit vertrieben?«

»Mit dem üblichen.«

»Du siehst sehr gut aus.«

Sie antwortete nicht.

»Gab es dieses Jahr viele Partys?«

»Partys gibt es immer.«

»Etwas Interessantes?«

»Nichts Besonderes.« Sie schaute ihn an. »Du hast abgenommen. Du siehst mager aus.«

»Ich werde mehr essen müssen«, sagte er. »Wenn ich in den Mittleren Osten zurückkomme und so aussehe, macht das einen schlechten Eindruck; sie würden glauben, die Geschäfte gingen schlecht.«

Sie lächelte, denn sie wußte, was er meinte. Die Araber beurteilten den Erfolg eines Mannes immer noch nach seinem Leibesumfang. Ein wohlbeleibter Mann wurde stets höher eingeschätzt als ein magerer. »Du mußt Brot und Kartoffeln essen«, sagte sie. »Und mehr Lammfleisch.«

Er lachte laut. Sie wußte, wie westlich sein Geschmack war. Er mochte keine stärkehaltigen und fetten Speisen, sondern aß lieber Beefsteak. »Ich will's mir merken.«

Hansen trat zu ihnen. »Alles okay«, sagte er. »Draußen erwartet Sie ein Wagen, um Sie zum Hubschrauber zu bringen.«

»Dann können wir gehen«, sagte Baydar und winkte Jussef herbei. »Vincent ist im *Beverly Hills Hotel*«, erklärte er ihm. »Verbringen Sie das Wochenende mit ihm, und versuchen Sie herauszufinden, woran wir bei ihm sind. Ich setze mich Montag mit Ihnen in Verbindung.«

Jussef versuchte seine Enttäuschung zu verbergen. Er haßte es, von irgend etwas ausgeschlossen zu werden, das vielleicht wichtig war. »Glauben Sie, daß es mit ihm Probleme gibt?«

»Ich weiß es nicht, aber mir scheint, nach drei Monaten sollte er zumindest irgend etwas vorzuweisen haben.«

»Überlassen Sie es mir, Boss«, sagte Jussef zuversichtlich. »Ich werde ihm schon Feuer unter dem Hintern machen.«

»Wir brauchen ungefähr eine halbe Stunde«, sagte der Hubschrauberpilot, als sie aufstiegen.

»Was ziehe ich heute abend an?« fragte Jordana. »Wieviel Zeit werden wir haben?«

Baydar sah auf die Uhr. »Cocktails um acht, Dinner um neun.

Smoking.«

Jordana sah ihn an. Sie wußte, wie ungern er Abendanzüge trug. »Du gehst aufs Ganze.«

»Richtig«, sagte er. »Ich will einen guten Eindruck machen. Ich habe das Gefühl, sie verübeln es mir, daß ich die Bank übernommen habe.«

»Das wird sich bestimmt geben, sobald sie dich kennen-lernen.«

»Hoffentlich«, entgegnete Baydar ernst, »aber ich weiß nicht. Die halten zusammen wie Pech und Schwefel.«

»Es wird schon klappen. Ich kenne diese Leute sehr gut. Sie sind nicht anders als die anderen. Sie wissen genau, wo das Geld sitzt.«

Das Riesenbukett aus roten Rosen, das Jordana vom Präsidenten der Bank, Joseph E. Hutchinson III, und seiner Frau Dolly bei der Ankunft überreicht wurde, bewies, daß sie zumindest teilweise recht hatte.

Es klopfte leise an die Tür, und die gedämpfte Stimme Dschabirs meldete: »Es ist sieben Uhr fünfzehn, Herr.«

»Danke«, rief Baydar. Er erhob sich von dem Stuhl neben dem Tischchen, an dem er die letzten Bankberichte gelesen hatte. Es blieb ihm noch Zeit für eine Dusche, bevor er den Smoking anzog. Schnell legte er Hemd und Hose ab und ging nackt zum Badezimmer, das zwischen seinem und Jordanas Schlafzimmer lag.

Er öffnete in dem Augenblick die Tür, als sie aus dem duftenden Badewasser stieg. Einen Augenblick lang starrte er sie an. »Verzeih, ich wußte nicht, daß du noch drin bist«, entschuldigte er sich spontan.

Sie erwiderte seinen Blick. »Schon gut«, sagte sie mit einer Spur von Ironie, »du brauchst dich nicht zu entschuldigen.«

Er schwieg.

Sie langte nach einem Badetuch und wickelte sich hinein. Er streckte die Hand aus, um sie daran zu hindern. Sie schaute ihn fragend an.

»Ich hatte fast vergessen, wie schön du bist«, sagte er.

Langsam nahm er ihr das Tuch aus der Hand und ließ es zu Boden fallen. Seine Finger strichen von ihrer Wange über die gerötete, sich aufrichtende Brustwarze, an der leichten Einkerbung des Nabels vorbei zu der sanften Schwellung ihres Schamhügels. »Schön«, flüsterte er.

Sie regte sich nicht.

»Sieh mich an!« sagte er nachdrücklich.

Sie blickte ihm ins Gesicht. Seine Augen drückten leisen Kummer aus. »Jordana.«

»Ja?«

»Jordana, was ist mit uns geschehen, daß wir einander so fremd geworden sind?«

Unerwartet füllten sich ihre Augen mit Tränen. »Ich weiß nicht«, flüsterte sie.

Er nahm sie in die Arme und drückte ihren Kopf an seine Schulter. »So vieles ist falsch gelaufen«, sagte er. »Ich weiß gar nicht mehr, wo anfangen . . .«

Sie wollte mit ihm sprechen, konnte aber die Worte nicht finden. Sie kamen aus verschiedenen Welten. In seiner Welt galt die Frau nichts, der Mann alles. Wenn sie ihm sagte, daß sie die gleichen Bedürfnisse hatte wie er, die gleichen sexuellen und gesellschaftlichen Triebe, würde er das als eine Bedrohung seiner männlichen Überlegenheit auffassen. Und er würde glauben, daß sie keine anständige Ehefrau sei. Und doch waren es diese Bedürfnisse, die sie zuallererst zueinander geführt hatten.

Sie drückte ihr Gesicht an seine Brust und weinte still. Zärtlich streichelte er ihr Haar. »Du hast mir sehr gefehlt«, sagte er, legte eine Hand unter ihr Kinn und hob ihren Kopf hoch. »Es gibt für mich niemanden wie dich.«

Warum bleibst du dann fort? Warum die anderen Frauen? fragte sie sich im stillen.

Er antwortete, als lese er ihre Gedanken. »Sie bedeuten nichts«, sagte er. »Sie dienen nur zum Zeitvertreib.«

Sie schwieg immer noch.

»Ist es bei dir ebenso?« fragte er.

Sie starrte ihm in die Augen. Er wußte Bescheid. Er hatte es immer gewußt. Und hatte doch nie davon gesprochen.

Dann seufzte er. »Ein Mensch beginnt seinen Himmel oder seine Hölle hier auf Erden. Wie ich die meine begonnen habe.«

»Bist du mir böse?« flüsterte sie.

»Habe ich ein Recht dazu?« fragte er. »Das Urteil fällt, wenn wir vor Allah stehen und das Buch unseres Lebens verlesen wird. Ich habe genug an meinen eigenen Sünden zu tragen. Du bist keine von uns, deshalb können die Gesetze für dich auch nicht gelten. Nur um eines möchte ich dich bitten.«

»Um was?«

»Kein Jude. Für alle anderen werde ich so blind sein wie du.«

Sie senkte den Blick. »Muß es denn andere geben?«

»Das kann ich dir nicht beantworten«, sagte er. »Ich bin ein

Mann.«

Darauf konnte sie nichts erwidern.

Er hob ihren Kopf wieder hoch und küßte sie. »Ich liebe dich, Jordana.«

Sie fühlte, wie es sie heiß durchströmte, und als sie sich an ihn schmiegte, spürte sie seine männliche Kraft hart gegen ihren Bauch. Ihre Hand schloß sich um seinen Penis, der hart und feucht in ihren Fingern lag. »Baydar«, schluchzte sie. »Baydar!«

Er sah ihr lange in die Augen, dann faßte er sie unter den Armen und hob sie hoch. Automatisch öffnete sie die Schenkel und umklammerte damit seine Taille. Langsam senkte er sie und stöhnte auf, als er in sie eindrang. Es schien, als stieße er ihr eine glühende Rute ins Herz. Immer noch stehend, hielt er sie weiter fest und begann sich langsam in ihr zu bewegen.

Die Hitze durchlief sie, und sie konnte sich nicht zurückhalten. Auch sie begann sich rhythmisch zu bewegen und kostete alle Höhepunkte der Lust aus. Wild jagten Gedanken durch ihren Kopf. Es war nicht recht. Es war nicht das, was sie verdiente, es war nicht die Bestrafung, die sie suchte.

Sie öffnete die Augen und starrte ihm wild ins Gesicht. »Schlag mich«, sagte sie.

»Was?«

»Schlag mich! Bitte! Wie das letzte Mal. Ich verdiene es nicht besser.«

Eine Weile blieb er völlig regungslos, dann ließ er sie langsam zu Boden gleiten und löste ihre Arme von seinem Hals. Seine Stimme war plötzlich kalt. »Du solltest dich jetzt anziehen«, sagte er, »sonst kommen wir zu spät zu der Party.«

Er wandte sich abrupt um und ging in sein Zimmer. Fluchend hob Jordana das Badetuch auf. Nichts konnte sie richtig machen.

6

Die Hitze der weißen Sonne schien von den zerklüfteten Felsen und vom Sand der Wüste vor ihnen noch zu reflektieren. Da und dort neigte sich ein wenig braunes Gestrüpp im warmen Wind. Das Knattern des Maschinengewehrs verstummte.

Leila lag reglos in dem kleinen Erdloch. Sie spürte, wie der Schweiß sich in ihren Achselhöhlen, zwischen den Brüsten und zwischen den Beinen sammelte. Vorsichtig wälzte sie sich auf den Rükken und seufzte erleichtert, als in ihren Brüsten der Druck des harten Bodens nachließ. Sie blinzelte zum Himmel empor und fragte sich, wie lang sie noch hier liegen werde. Der syrische Söldner, der ihre Ausbildung leitete, hatte ihr befohlen, sich nicht zu regen, bevor der Rest ihres Zugs nachgekommen wäre. Sie blickte auf ihre schwere Männerarmbanduhr. Sie hätten schon seit mindestens zehn Minuten hier sein sollen.

Stoisch zwang sie sich zu warten. Möglich, daß es nur eine Schulungsübung war, aber die Kugeln, die sie verwendeten, waren echt; eine Frau war schon getötet und drei waren verwundet worden. Nach der letzten Übung hatte im Lager der grausame Witz kursiert, wem wohl der größere Verdienst zufiele, die Fedajin zu vernichten – ihnen selbst oder den Israelis?

Sie hätte gern eine Zigarette geraucht, aber sie rührte sich nicht. Auch nur die Spur von Rauch in der klaren Luft wäre eine glatte Einladung gewesen, auf sie zu feuern. Hinter dem Erdloch raschelte etwas.

Lautlos wälzte sie sich auf den Bauch und zog zugleich das Gewehr an sich. Sie kroch zum Rand des Lochs und hob vorsichtig den Kopf darüber.

Eine schwere Hand schlug sie nieder, so daß ihr der Stahlhelm über die Ohren rutschte. Durch den Schmerz hindurch hörte sie die barsche Stimme des Söldners: »Du blödes Stück! Man hat dir gesagt, du sollst den Kopf unten lassen. Ich hätte dich auf hundert Meter Entfernung abknallen können.«

Er stolperte schwer atmend neben sie in das Erdloch, ein vierschrötiger, untersetzter Mann mit kurzem Atem und wenig Geduld. »Was ist dort oben los?« fragte er.

»Wie soll denn ich das wissen, zum Teufel?« erwiderte sie ärgerlich. »Du sagtest doch, ich soll den Kopf unten halten.«

»Aber du gehörst zum Spähtrupp.«

»Dann sag mir gefälligst, wie ich beides zugleich tun soll«, sagte sie höhnisch. »Herausfinden, was vorgeht, und den Kopf nicht aus dem Loch heben.«

Er schwieg. Wortlos zog er ein Päckchen Zigaretten heraus und reichte ihr eine. Sie nahm sie, und er gab ihr und sich Feuer.

»Ich dachte, wir dürfen nicht rauchen«, sagte sie.

»Die können mich am Arsch lecken. Ich hab diese blöden Spielereien satt.«

»Wann kommt der Zug herüber?«

»Erst wenn es dunkel wird. Vorher wäre es zu gefährlich.«

»Warum bist du dann hier?«

Er sah sie mißgelaunt an. »Einer mußte dir die Änderung des Plans ja mitteilen.«

Sie erwiderte seinen Blick. Er hätte sehr gut jemand anderen schikken können, statt selbst zu kommen. Aber sie wußte genau, warum er da war: weil sie die einzige Frau des Zuges war, die er noch nicht gehabt hatte.

Aber das beunruhigte sie nur wenig. Sie konnte mit ihm fertig werden, wenn sie wollte. Die Veränderungen waren in vieler Hinsicht zu schnell gekommen, hatten es zu leicht gemacht. Alle traditionellen Tabus der Mohammedaner waren verschwunden. Man hatte den Frauen gesagt, im Kampf für die Freiheit sei es ihre Pflicht, den Männern Erleichterung und Trost zu geben. In der neuen, freien Gesellschaft würde niemand mit dem Finger auf sie zeigen; es sei für die Frauen lediglich eine weitere Art mitzuhelfen, den Kampf zu gewinnen.

Er zog die Feldflasche aus dem Gürtel, schraubte den Deckel ab, legte den Kopf zurück und ließ das Wasser langsam in seine Kehle rinnen; dann reichte er ihr die Flasche. Sie goß ein paar Tropfen auf die Finger und wischte sich behutsam das Gesicht ab. »Bei Allah, es ist heiß!« sagte er.

Sie nickte und gab ihm die Feldflasche zurück. »Du hast Glück«, sagte sie. »Ich dagegen bin seit zwei Stunden hier. Bis zur Dämmerung dauert es nicht mehr so lang.«

Sie wälzte sich wieder auf den Rücken und zog den Helm übers Gesicht, so daß ihre Augen vor der Sonne geschützt waren. Zumindest konnte sie versuchen, sich die Warterei weniger unangenehm zu machen. Nach einer Weile spürte sie, wie er sie anstarrte; sie konnte es durch die halbgeschlossenen Lider unter dem Helm hervor sehen. Die dunklen Schweißflecken unter ihren Armen, in der Taille und zwischen den Beinen wurden ihr plötzlich sehr bewußt. Es war fast so, als hätten sie alle weiblichen Stellen markiert.

»Ich will versuchen, mich auszuruhen«, sagte sie. »Die Hitze macht mich fertig.«

Er antwortete nicht. Sie sah zum Himmel hinauf, er hatte das ganz besondere Blau, das immer das Ende des Sommers anzeigte. Merkwürdig, daß es auch hier so war. Bisher hatte sich das für sie immer mit dem Ende der Sommerferien und der Rückkehr in die Schule verbunden. Eine Erinnerung tauchte plötzlich auf. An einem solchen Tag und unter einem ebenso blauen Himmel hatte ihr Vater sich von ihr verabschiedet, um sich von ihrer Mutter scheiden zu lassen. Wegen dieser amerikanischen Nutte. Und weil ihre Mutter nach einer Fehlgeburt steril geworden war und ihm keinen Sohn mehr schenken konnte.

Leila hatte an jenem Nachmittag mit ihrer älteren Schwester Amal am Strand gespielt, als plötzlich Farida, ihre Haushälterin, erschienen war. Sie wirkte merkwürdig erregt. »Kommt sofort nach Hause«, sagte sie. »Euer Vater muß abreisen und will sich von euch verabschieden.«

»Gut«, hatten sie geantwortet, »wir ziehen nur erst die nassen Badeanzüge aus.«

»Nein«, befahl Farida scharf, »dafür ist keine Zeit. Euer Vater ist in Eile.«

Sie drehte sich um und watschelte schnell zum Haus zurück. Leila und ihre Schwester rannten hinter ihr her.

»Ich dachte, Daddy wollte eine Weile hierbleiben«, maulte Amal. »Warum fährt er fort?«

»Ich weiß es nicht, ich bin nur eine Dienerin. Es steht mir nicht zu, ihn zu fragen.«

Die Mädchen wechselten einen Blick. Farida wußte sonst immer alles. Wenn sie behauptete, nichts zu wissen, dann wollte sie, daß sie es nicht erfuhren.

Sie blieb vor dem Seiteneingang des Hauses stehen. »Wischt euch den Sand von den Füßen«, befahl sie. »Euer Vater erwartet euch im vorderen Salon.«

Sie wischten schnell ihre Füße ab und liefen durchs Haus. Ihr Vater wartete beim Haupteingang.

Baydar drehte sich mit einem Lächeln zu seinen Töchtern um. Aber in seinen Augen lag eine merkwürdige, düstere Traurigkeit. Als sie auf ihn zurannten, ließ er sich auf ein Knie nieder, um sie zu umarmen. »Ich bin so froh, daß ihr noch zeitig gekommen seid«, sagte er. »Ich hatte schon Angst, weg zu müssen, ohne euch Adieu zu sagen.«

»Wo gehst du hin, Daddy?« fragte Leila.

»Ich muß wegen wichtiger Geschäfte zurück nach Amerika.«

»Ich dachte, du bleibst hier«, sagte Amal weinerlich.

»Das kann ich leider nicht.«

»Du hast doch versprochen, mit uns Wasserski zu fahren«, bettelte Leila.

»Es tut mir leid.« Seine Stimme schien zu versagen, und seine Augen wurden plötzlich feucht. Er preßte die Mädchen an sich. »Ihr beide seid jetzt recht brav und hört auf eure Mutter.«

Irgend etwas war los. Sie spürten es, wußten aber nicht, was es war.
»Wenn du wiederkommst, gehen wir dann Wasserskifahren?« fragte Leila.

Ihr Vater blieb ihr die Antwort schuldig. Statt dessen drückte er sie sehr innig an sich. Dann ließ er sie abrupt los und erhob sich. Leila blickte zu ihm hoch und dachte, wie schön er doch war. Keiner von den anderen Vätern sah so aus wie er.

Dschabir erschien in der Haustür. »Es wird spät, Herr. Wir müssen uns beeilen, wenn wir das Flugzeug erreichen wollen.«

Baydar beugte sich zu seinen Kinder hinunter und küßte sie, zuerst Amal, dann Leila. »Ich verlasse mich auf euch beide, daß ihr euch um eure Mutter kümmert und ihr schön gehorcht.«

Sie nickten stumm. Er ging zur Tür, und sie folgten ihm. Er war auf halbem Weg zum Wagen, als Leila ihm nachrief: »Bleibst du lang fort, Daddy?«

Einen Augenblick schien er zu zögern, dann aber stieg er in den Wagen, und die Tür schlug zu, ohne daß er geantwortet hatte. Sie sahen zu, wie der Wagen davonfuhr, und gingen zurück ins Haus.

Farida erwartete sie. »Ist Mutter in ihrem Zimmer?« fragte Amal.

»Ja«, antwortete Farida. »Aber sie fühlt sich nicht wohl und darf nicht gestört werden.«

»Kommt sie zum Essen herunter?« fragte Leila.

»Ich glaube nicht. Aber ihr zwei geht jetzt ins Bad und wascht den ganzen Sand ab. Ob eure Mutter zum Essen kommt oder nicht, ich will, daß ihr beide sauber und frisch am Tisch sitzt.«

Erst am späten Abend erfuhren sie, was vorging. Nach dem Essen kamen die Eltern ihrer Mutter, und als ihre Großmutter Leila und Amal sah, brach sie in Tränen aus.

Sie zog sie bekümmert an ihren schweren Busen. »Meine armen kleinen Waisen«, schluchzte sie. »Was wird jetzt aus euch?«

Großvater Riad wurde furchtbar wütend. »Schweig doch, Frau«, brüllte er. »Was tust du denn? Willst du die Kinder zu Tode ängstigen?«

Amal fing sofort an zu weinen. »Vaters Flugzeug ist abgestürzt!« heulte sie.

»Siehst du?« sagte der Großvater triumphierend. »Was habe ich dir gesagt?« Er schob seine Frau zur Seite und nahm Amal in die Arme. »Deinem Vater ist nichts zugestoßen. Es geht ihm gut.«

»Aber die Nana hat doch gesagt, wir sind Waisen.«

»Ihr seid keine Waisen. Ihr habt immer noch eure Mutter und euren Vater. Und uns.«

Leila starrte ihre Großmutter an. Das starke Augen-Make-up der alten Dame floß in Streifen über ihre Wange. »Warum weint Nana dann?«

Dem alten Mann wurde es unbehaglich. »Sie kränkt sich, weil euer Vater fortgefahren ist. Deshalb.«

Leila zuckte mit den Achseln. »Da ist doch nichts dabei. Daddy fährt immer fort. Aber das macht nichts, er kommt ja wieder zurück.«

Großvater Riad blickte sie wortlos an. Farida kam in den Salon. »Wo ist deine Herrin?« fragte er.

»In ihrem Zimmer«, sagte Farida. Und zu den Kindern: »Es ist Zeit, ins Bett zu gehen.«

»Richtig«, stimmte Großvater sofort zu. »Geht schlafen. Bis morgen.«

»Gehst du mit uns zum Strand?« fragte Leila.

»Ja«, antwortete der Großvater. »Und jetzt tut, was Farida sagt. Marsch ins Bett.«

Als sie nach oben gingen, hörte Leila, wie ihr Großvater befahl: »Sag deiner Herrin, daß wir sie im Salon erwarten.«

Faridas Stimme klang abweisend. »Die Herrin ist sehr aufgeregt. Sie wird nicht herunterkommen.«

Großvaters Stimme wurde scharf. »Sie *wird* herunterkommen. Ich lasse ihr sagen, es ist wichtig.«

Als sie dann im Bett lagen, hörten sie laute Stimmen, die von unten heraufdrangen. Sie krochen aus den Betten und öffneten die Tür; da hörten sie die schrille und zornige Stimme ihrer Mutter.

»Mein Leben habe ich ihm gegeben!« klagte sie. »Und das ist der Dank dafür. Daß ich wegen einer amerikanischen Hure mit blonden Haaren, die ihm einen Bastardsohn geschenkt hat, von ihm verlassen werde!«

Die Stimme ihres Großvaters war leiser und ruhiger, aber sie konnten ihn dennoch gut verstehen. »Er hatte keine Wahl. Es war der Befehl des Fürsten.«

»Du verteidigst ihn!« schrie ihre Mutter anklagend. »Gegen dein eigenes Fleisch und Blut verteidigst du die Ungerechtigkeit. Dich kümmert nur deine Bank und dein Geld. Wenn du nur ihre Einlagen hast, ist es dir egal, was mit mir geschieht!«

»Und was geschieht mit dir, Frau?« schrie Großvater. »Leidest du an etwas Mangel? Du bist Millionärin. Er hat dir deine Kinder nicht weggenommen, wie es ihm das Gesetz erlaubt. Er schenkte dir den Besik und die Häuser, hier und in Beirut, und zahlt dir einen großzügigen Unterhalt für die Mädchen. Was willst du noch mehr?«

»Ist es meine Schuld, daß ich ihm keinen Sohn schenken konnte?« heulte Maryam. »Warum gibt man immer der Frau die Schuld? Habe ich ihm keine Kinder geboren, war ich nicht eine treue Ehefrau, obwohl ich wußte, daß er es überall in der Welt mit ungläubigen Huren trieb? Wer hat vor Allah ein ehrbares Leben geführt? Sicherlich ich, nicht er.«

»Es ist Allahs Wille, daß ein Mann einen Sohn haben soll«, sagte ihr Vater. »Und da du keinen hast, war es nicht nur sein Recht, sondern seine Pflicht, für einen Erben zu sorgen.«

Maryams Stimme war jetzt ruhiger, aber tödlich entschieden. »Mag sein, daß es Allahs Wille ist, aber eines Tages wird Baydar dafür bezahlen. Seine Töchter werden von seinem Verrat erfahren, und er soll ein Nichts in ihren Augen werden. Er wird sie nicht wiedersehen.«

Dann wurden die Stimmen leiser, und sie konnten nichts mehr verstehen. Schweigend schlossen die Kinder die Tür und gingen zurück in ihre Betten. Es war alles sehr seltsam, und sie begriffen es eigentlich nicht.

Als sie am nächsten Tag am Strand waren, blickte Leila plötzlich zu ihrem Großvater empor, der mit seiner Zeitung unter einem Sonnenschirm saß. »Wenn Vater wirklich einen Sohn haben wollte, warum hat er dann nicht mich gefragt? Ich wäre gern ein Junge geworden.«

Großvater Riad legte die Zeitung hin. »So einfach geht das nicht, mein Kind.«

»Ist das wahr, was Mutter sagte?« fragte sie. »Werden wir ihn nie wiedersehen?«

Er schwieg lange, bevor er antwortete. »Deine Mutter war zornig. Mit der Zeit wird sie darüber hinwegkommen.«

Aber sie kam nie darüber hinweg. Und im Lauf der Jahre übernahmen die Mädchen allmählich die Einstellung ihrer Mutter dem Vater gegenüber. Und da ihr Vater keinen Versuch unternahm, die Kluft zwischen ihnen zu überbrücken, waren sie am Ende überzeugt, daß sie recht hatte.

Als die Sonne sich senkte und das Sommerblau in Dunkel überging, wurde die Luft kühl. Leila wälzte sich auf die Seite und blickte den Syrer an. »Wie lange noch?«

»Ungefähr eine halbe Stunde«, sagte er lächelnd. »Zeit genug für uns.« Er griff nach ihr.

Sie wich schnell von ihm zurück. »Nicht!«
Er starrte sie an. »Was ist los mit dir? Bist du Lesbierin?«
»Nein«, sagte sie ruhig.
»Dann sei nicht so altmodisch. Warum, glaubst du, gibt man euch die Pille?«
Sie starrte ihn an. Die Männer waren alle gleich. Voller Verachtung sagte sie: »Zu meinem Schutz, nicht zu deiner Bequemlichkeit.«
Er setzte ein gewinnendes Lächeln auf. »Also komm«, sagte er und griff wieder nach ihr. »Vielleicht kann ich dir beibringen, daß es Spaß macht.«
Sie machte eine schnelle Bewegung, und ihr Gewehr zielte plötzlich auf seinen Bauch. »Das bezweifle ich«, sagte sie ruhig. »Du hast mir vielleicht beigebracht, wie man ein Gewehr benutzt, aber ficken kann ich schon.«
Er blickte auf das Gewehr, dann in ihr Gesicht. »Daran hab ich keine Minute gezweifelt«, sagte er schnell. »Ich war nur besorgt, du könntest aus der Übung kommen.«

7

Leila robbte über die harte, sandige Felsoberfläche, bis sie den Stacheldrahtzaun erreichte. Sie hielt an und rang nach Luft. Nach einer kleinen Weile wandte sie sich um und spähte durch das fahle Morgenlicht. Soad, die große Ägypterin, und Ayida, die Libanesin, kamen hinter ihr herangekrochen. »Wo ist Hamid?« fragte sie.
»Wie, zum Teufel, soll ich das wissen?« fluchte die Ägypterin. »Ich dachte, er ist vor uns.«
»Dschamila hat sich an den Felsen das Knie verletzt«, sagte Ayida. »Ich hab gesehen, wie er es ihr versorgt hat.«
»Das war vor einer Stunde«, sagte Soad spöttisch. »Inzwischen hat er sie wahrscheinlich ganz woanders versorgt.«
»Was sollen wir tun?« fragte Leila. »Wir brauchen eine Drahtschere, um hier durchzukommen.«
»Ich glaube, Farida hat eine«, meinte Ayida.
»Sag es nach hinten durch«, befahl Leila.
Die Botschaft lief schnell durch die Reihe der hinter ihr liegenden Frauen. Gleich darauf wurde die Drahtschere von Hand zu Hand nach vorne gereicht, bis sie zu Leila gelangte.
Soad gab sie ihr. »Hast du so was schon mal gemacht?«
»Nein«, sagte Leila. »Du?«

Soad schüttelte den Kopf.

»Allzu schwer kann das doch nicht sein.«

Sie faßte die schwere Drahtschere und kroch zum Stacheldrahtzaun, dann wälzte sie sich auf den Rücken. Langsam hob sie die Schere über ihren Kopf. Das Mondlicht reflektierte von dem glänzenden Metall. Es konnte nur den Bruchteil einer Sekunde gedauert haben, doch schon begann vorn das Maschinengewehr zu knattern, und die Kugeln pfiffen über ihre Köpfe.

»Verdammt«, rief Leila ärgerlich, bemüht, ihren Körper an den Boden zu drücken. Sie wagte nicht, den Kopf zu bewegen, um zu den anderen zurückzublicken. »Wo seid ihr?« rief sie.

»Wir sind hier«, sagte Soad. »Wir rühren uns nicht.«

»Wir müssen uns aber rühren«, entgegnete Leila. »Sie haben uns entdeckt.«

»Rühr du dich. Ich gehe hier nicht weg, bevor das MG aufhört.«

»Wenn wir kriechen, sind wir sicher – die halten einen Meter über unsere Köpfe.«

»Es sind Araber«, sagte Soad sarkastisch. »Und ich kenne keinen Araber, der ordentlich schießen kann. Ich bleibe hier.«

»Ich krieche los. Du kannst von mir aus die ganze Nacht hier bleiben.«

Vorsichtig wälzte sie sich auf den Bauch und robbte den Drahtzaun entlang. Nach einer Weile hörte sie hinter sich Kratzgeräusche. Sie schaute zurück. Die anderen Frauen folgten ihr.

Etwa eine halbe Stunde später hielt sie an. Das Maschinengewehr feuerte noch, aber die Kugeln pfiffen nicht mehr über ihre Köpfe. Sie waren außerhalb seiner Reichweite.

Diesmal ging sie kein Risiko ein. Sie schmierte Erde auf die Scherenklingen, damit kein Licht reflektiert wurde. Dann legte sie sich auf den Rücken und griff nach dem Draht. Es war schwieriger, als sie geglaubt hatte, und das Geräusch hallte in der Stille der Nacht, niemand schien es aber zu hören. Wenige Minuten später hatte sie sich durch die erste Reihe einen Weg geschnitten. Sie kroch durch die Öffnung zur nächsten Reihe. Noch zwei, dann waren sie durch.

Trotz der nächtlichen Kühle begann sie zu schwitzen und arbeitete emsig an dem zweiten Zaun. Er bestand aus doppeltem Draht, und es dauerte fast zwanzig Minuten, bis er aufgeschnitten war. Die letzte Reihe war aus dreifachem Draht, und sie verlor vierzig Minuten, bis sie fertig war.

Schwer atmend, mit wild schmerzenden Armen und Schultern lag sie auf dem Rücken. Nach einer Weile blickte sie sich nach Soad um.

»Wir bleiben am Boden, bis wir zu den weißen Markierungszeichen kommen; das muß etwa zweihundert Meter von hier sein. Dann haben wir freie Bahn.«

»Okay«, antwortete Soad.

»Denkt dran, den Kopf unten zu lassen«, erinnerte Leila. Wieder wälzte sie sich auf den Bauch und kroch vorwärts. Zweihundert Meter kamen ihr vor wie tausend Kilometer.

Endlich sah sie die weißen Markierungsstangen wenige Meter vor sich. Zugleich hörte sie Stimmen – Männerstimmen.

Leila machte den Frauen ein Zeichen, sich ruhig zu verhalten. Es wäre doch zu schade gewesen, wenn sie jetzt entdeckt wurden. Alle legten sich flach auf den Boden.

Die Stimmen kamen von links. Im Mondlicht konnte sie drei Soldaten unterscheiden. Einer zündete sich eine Zigarette an, die beiden anderen saßen hinter dem Maschinengewehr. Das Streichholz flog in flammendem Bogen aus der Hand des Soldaten und landete neben Leilas Gesicht.

»Die Huren sind noch immer draußen«, sagte der Soldat mit der Zigarette.

Ein anderer erhob sich und schwenkte die Arme, um sich zu erwärmen. »Hamid wird mitten unter erfrorenen Fotzen liegen.«

Der Soldat mit der Zigarette lachte. »Er kann mir ein paar davon abgeben. Dann zeig ich ihm, wie man sie auftaut.«

»Hamid gibt nichts ab«, sagte der hinter dem MG. »Er benimmt sich wie ein Pascha im Harem.«

Ein leises Summen ertönte. Der Soldat mit der Zigarette nahm das Sprechfunkgerät zur Hand. Leila konnte nicht hören, was er ins Gerät sprach, wohl aber, was er zu seinen Gefährten sagte, nachdem er es fortgelegt hatte. »Das war Posten eins. Sie hatten sie entdeckt, aber wieder aus den Augen verloren. Sie glauben, daß sie vielleicht hierherkommen.«

»Lauter Quatsch«, sagte einer von den anderen. »Bei diesem Mondschein kann ich einen halben Kilometer weit sehen. Da draußen ist nichts.«

»Halt' trotzdem die Augen offen. Es würde nicht gut aussehen, wenn uns ein paar Mädchen zum Narren hielten.«

Leila lächelte grimmig. Genau das würden sie tun. Sie langte nach rückwärts und tippte Soad auf die Schulter. Lautlos formte sie ihre Worte. »Hast du das gehört?«

Soad nickte, ebenso die Frauen hinter ihr. Alle hatten es gehört.

Leilas Hand beschrieb einen weiten Bogen. Sie begriffen, daß sie in einem weiten Kreis von hinten her an die MG-Stellung herankriechen sollten. Langsam, mit angehaltenem Atem, begannen sie sich zu bewegen.

Es dauerte fast eine Stunde, und sie waren ein gutes Stück hinter den weißen Markierungen, unmittelbar hinter dem MG, als Leila das Signal gab.

Mit einem Schrei sprangen die Frauen auf und griffen an. Fluchend wandten sich die Soldaten um und starrten direkt in die Gewehrmündungen.

»Ihr seid unsere Gefangenen«, sagte Leila.

Plötzlich lächelte der Korporal. »Sieht so aus«, gab er zu.

Leila erkannte ihn als den Mann mit der Zigarette. Sie konnte den Triumph in ihrer Stimme nicht unterdrücken. »Vielleicht denkst du jetzt anders über weibliche Soldaten.«

Der Korporal nickte. »Möglich.«

»Was machen wir jetzt?« fragte Soad.

»Ich weiß nicht«, antwortete Leila. »Ich glaube, wir sollten anrufen und ihre Gefangennahme melden.« Sie wandte sich an den Korporal. »Gib mir das Sprechfunkgerät.«

Er reichte es ihr, noch immer lächelnd. »Darf ich einen Vorschlag machen?«

»Wenn du willst«, sagte Leila geschäftsmäßig.

»Wir sind doch eure Gefangenen, nicht wahr?«

Leila nickte.

»Warum vergewaltigt ihr uns nicht, bevor ihr Meldung erstattet? Wir versprechen, uns nicht zu beschweren.«

Die Frauen kicherten. Leila wurde wütend. Arabische Männer waren die schlimmsten männlichen chauvinistischen Schweine. Sie preßte wütend den Rufknopf des Sprechfunkgerätes, aber bevor sie noch eine Antwort erhalten konnte, kamen Hamid und Dschamila anspaziert, so unbefangen, als hätten sie einen Nachmittag im Park verbracht.

»Wo, zum Teufel, wart ihr?« schrie Leila Hamid an.

»Unmittelbar hinter euch.«

»Warum habt ihr uns nicht geholfen?«

Er zuckte die Achseln. »Wozu denn? Ihr kamt recht gut zurecht.«

Sie schaute Dschamila an. Die pummelige Palästinenserin hatte einen ganz entspannten Gesichtsausdruck, und Leila wußte, warum. Sie wandte sich wieder an Hamid. »Wie seid ihr durch den Stacheldraht gekommen?«

»Ganz leicht«, sagte er mit einem breiten Grinsen. »Wir haben einen kleinen Graben ausgehoben und uns durchgefickt.«

Leila blieb ernst, so lange sie konnte, dann mußte sie doch lachen. Der syrische Söldner hatte zwar einen seltsamen Humor, aber er war lustig. Sie gab ihm das Sprechfunkgerät. »Da, ruf drüben an«, sagte sie. »Vielleicht schicken sie uns einen Lastwagen. Ich glaube, wir alle könnten ein heißes Bad gebrauchen.«

Der Dampf stieg aus den Duschkabinen der Unterkunft. Durch das Plätschern des Wassers drang das Geplauder der Frauen.

Die Kabinen hatten je vier Duschen und waren für gemeinsamen Gebrauch bestimmt, vier Frauen je Dusche. Da es nur zwei Kabinen gab, wartete immer eine Schlange darauf, an die Reihe zu kommen. Leila wartete meistens, bis die anderen fertig waren; so mußte sie sich nicht beeilen, um für die nächsten Platz zu machen. Sie lehnte rauchend an einem Fenster und hörte dem Geschnatter zu.

Fast drei Monate waren vergangen, seit sie ins Lager gekommen war, und die ganze Zeit war sie von früh bis spät gedrillt worden. Das wenige Fett, das sie am Körper gehabt hatte, war längst verschwunden. Nun war sie mager, ihre Bauch- und Flankenmuskeln waren fest, ihre Brüste wie zwei Äpfel. Ihr glänzendes schwarzes Haar, das bei ihrer Ankunft aus praktischen Gründen kurzgeschnitten worden war, fiel ihr bis zu den Schultern.

Jeden Morgen vor dem Frühstück gab es zwei Stunden Gymnastik und Drill. Nach dem Frühstück kam das manuelle Training, bei dem die Frauen mit den Gewehren vertraut gemacht wurden - wie man sie verwendete und pflegte. Sie lernten alles über Granaten und die Verwendung von Sprengstoff, über die Herstellungstechnik und das Verstecken von Briefbomben und die Anwendung ferngesteuerter Zeitzünder. Am Nachmittag übten sie Nahkampftechnik mit und ohne Waffe; dann wurden politische Vorträge gehalten. Die ideologische Unterweisung war wichtig, da jede von ihnen als Missionarin für eine neue Ordnung in der arabischen Welt betrachtet wurde.

Später wurden die politischen Vorträge durch Unterricht in militärischer Taktik, paramilitärischer Infiltration und Sabotage, Guerillakriegführung und Subversivtätigkeit ersetzt.

Im letzten Monat waren sie alle im Felddienst ausgebildet worden. Alles, was sie gelernt hatten, kam zur Anwendung. Leila spürte, wie sie allmählich härter wurde. Sie fühlte sich immer weniger als Frau. Der Zweck, für den sie ausgebildet wurde, füllte sie ganz aus und wurde zur Lebensweise. Durch sie und ihresgleichen würde eine neue Welt erstehen. Eine Weile dachte sie an ihre Mutter und ihre

Schwester. Sie lebten in Beirut immer noch in jener alten Welt – ihre Schwester mit ihren kleinlichen Familien- und Gesellschaftsproblemen; ihre Mutter verbittert und grollend über die Art, wie sie von ihrem Mann verlassen worden war, aber unfähig, etwas Konstruktives mit ihrem Leben zu beginnen. Sie schloß einen Augenblick die Augen und dachte an jenen Tag in Südfrankreich, bevor sie hierher gekommen war. Sie dachte an ihren Vater und seine Söhne, wie sie in der Bucht vor dem *Carlton* Wasserski gefahren waren. Ihr Vater hatte sich nicht geändert, seit sie ihn vor fast neun Jahren zuletzt gesehen hatte. Er war noch immer groß und gutaussehend. Wenn er nur verstünde, wieviel er dazu beitragen konnte, die Araber vom Imperialismus Israels und Amerikas zu befreien. Wenn er nur Bescheid wüßte über die Not, die Leiden, die Unterdrückung seiner Brüder, dann würde er nicht müßig danebenstehen und es geschehen lassen. Aber das waren Wunschträume. Natürlich wußte er es. Er mußte es wissen.

Aber es war ihm egal. Er besaß Reichtum seit seiner Geburt, und sein einziges Bestreben war, ihn zu vermehren. Er liebte den Luxus und die Macht, bei der ein Wink seines Fingers genügte. Und es war die furchtbare Wahrheit, daß er nicht der einzige war. Die Scheichs, die Fürsten und Könige, die Bankiers und die Reichen, sie alle waren gleich, ob Araber oder nicht. Sie dachten nur an sich. Was immer ihre Bemühungen an Profit abwarfen, kam nur ihnen selbst zugute. In jedem arabischen Land gab es noch immer Millionen von Bauern, die beinahe verhungerten, während ihre Herrscher in Cadillacs mit Klimaanlagen fuhren, Privatdüsenflugzeuge besaßen, überall in der Welt Paläste und Häuser unterhielten und dabei großmäulig von Freiheit für ihr Volk redeten.

Es mußte schließlich kommen. Der Krieg ging nicht nur gegen die Fremden – das war lediglich der erste Schritt. Der zweite und wahrscheinlich schwierigere würde der Krieg gegen ihre eigenen Unterdrücker sein – gegen Männer wie ihren Vater, Männer, die alles nahmen und nichs teilten.

Eine Duschkabine war frei geworden. Leila warf ihr grobes Handtuch über die Zwischenwand und trat unter die laufende Dusche. Das heiße Wasser überströmte sie wie beruhigender Balsam. Sie spürte, wie sich die Spannung in ihren Muskeln lockerte. Langsam, träge, begann sie sich einzuseifen, die Berührung ihrer Finger auf der Haut bereitete ihr ein sinnliches Vergnügen.

Darin glich sie ihrem Vater. Wieder sah sie ihn vor sich beim Wasserskifahren, die Muskeln gestrafft, mit seinem ganzen Wesen die körperliche Anstrengung, die eigene Geschicklichkeit und Balance genießend.

Sie seifte ihr Schamhaar ein, bis die dunklen Locken mit weißem Schaum bedeckt waren. Dann schob sie die Hüften vor und ließ den Duschstrahl direkt darauf prallen. Ein Kribbeln und angenehme Wärme durchzogen sie. Sanft, fast automatisch, streichelte sie sich. Ihr Orgasmus und das Bild ihres Vaters auf Skiern gingen ineinander über. Bevor sie sich noch von ihrer Überraschung erholt hatte, überlief sie ein zweiter Orgasmus. Zuerst war es ein Schock, dann ärgerte sie sich, und schließlich fühlte sie sich angewidert von sich selbst. Sie mußte wohl krank sein, um sich solche Gedanken zu gestatten. Mit einer heftigen Bewegung drehte sie das heiße Wasser ab und blieb unter dem eisigen Strom stehen, bis ihr Körper blau vor Kälte war. Dann trat sie aus der Dusche und wickelte sich in ihr Badetuch.

Es war verrückt. Noch nie hatte sie solche Gedanken gehabt. Aber es lag ihr im Blut. Ihre Mutter hatte es oft gesagt: sie war wie ihr Vater. Er wurde von seinem Körper beherrscht; seine Gelüste und Triebe waren nie zu befriedigen. Ihre Mutter hatte ihr Geschichten über ihn und seine Weiber erzählt. Er war kein Mann, der sich je mit *einer* anständigen Ehefrau zufrieden geben würde. Schlechtes Blut, hatte ihre Mutter warnend gesagt.

Sie rieb sich ab, bis sie trocken war, dann schlug sie das Handtuch um sich und ging in die Unterkunft.

Soad, deren Bett neben dem ihren stand, war schon beinahe angezogen. »Was machst du heute abend?«

Leila griff nach einem Bademantel. »Nichts. Ich bleibe im Bett und lese.«

Soad bemalte sich die Lippen. »Ich bin mit Abdullah und einem seiner Freunde verabredet. Warum kommst du nicht mit?«

»Ich habe eigentlich keine Lust.«

Soad blickte sie an. »Ach, komm doch, es würde dir guttun.«

Leila schwieg. Sie erinnerte sich, was Soad an ihrem ersten Tag im Lager gesagt hatte. Sie sei gekommen, um in der Nähe ihres Freundes zu sein. Allen hatte sie erzählt, sie könne es kaum erwarten, mit ihm zusammenzusein. Als er aber dann nicht auftauchte, war sie gar nicht unglücklich. Sie nahm ihre weibliche Freiheit ernst. Frauen waren in dieser Armee gleichberechtigt, und sie hatte sich inzwischen durch das ganze Lager gevögelt und machte gar kein Geheimnis daraus. »In Kairo war es nie so«, lachte sie heiser.

»Ich sag dir was«, versprach ihr Soad ernst. »Wenn du mitkommst, überlasse ich dir Abdullah. Der kann's am besten. Ich geb mich mit senem Freund zufrieden.«

Leila sah sie an. »Ich komm nicht mit.«

»Wofür hebst du es auf?« fragte Soad. »Sogar wenn du's nicht für dich selbst willst, gehört es zu deinen Pflichten. Hat uns die Kommandeurin nicht gesagt, daß wir unseren Männern Entspannung und Trost geben sollen? Ich kann mir keine bessere Art vorstellen, Pflicht und Vergnügen zu verbinden.«

Leila lachte. Soad dachte immer nur in einer Richtung. »Du bist phantastisch«, sagte sie. »Aber mir gefällt keiner von diesen Männern.«

»Das kannst du nie wissen, bevor du sie ausprobiert hast«, sagte Soad. »Männer können einen überraschen. Die großartigsten Liebhaber sehen manchmal nach gar nichts aus.«

Leila schüttelte den Kopf.

Soads Miene wurde neugierig. »Bist du noch Jungfrau?«

»Nein«, lächelte Leila.

»Dann bist du verliebt.« Es war eine Feststellung.

»Nein.«

Soad gab auf. »Ich verstehe dich nicht.«

Noch nie hatte Soad wahrer gesprochen. Aber wie sollte Leila ihr verständlich machen, daß es Dinge gab, die ihr wichtiger waren als Sex?

8

Zehn Minuten nach dem Morgenappell riß Hamid unerwartet die Tür der Unterkunft auf und rief: »Stillgestanden!«

Aufgescheucht nahmen die Frauen, mehr oder minder bekleidet, vor ihren Betten Haltung an.

Hamid trat vom Eingang zurück und ließ die Kommandeurin eintreten. Ihre scharfen dunklen Augen glitten prüfend durch den ganzen Schlafsaal, dann ging sie, von Hamid gefolgt, bis zur Mitte des Raumes. Daß einige Frauen halbnackt waren, schien ihr nichts auszumachen.

Sie schwieg längere Zeit, ehe sie sprach. Ihre Stimme war unbewegt: »Heute ist euer letzter Tag hier. Eure Ausbildung ist beendet. Unsere Arbeit ist getan. Dieses Lager wird aufgelöst und jede von uns zum Einsatz woandershin geschickt.«

Sie machte eine kurze Pause. Die Frauen regten sich nicht und hingen mit den Blicken unverwandt an ihrem Gesicht. »Ich bin stolz auf euch«, sagte sie. »Auf euch alle. Es gab viele, die uns verächtlich und skeptisch betrachteten. Sie behaupteten, Frauen, insbesondere arabische Frauen könnten keine guten Soldaten abgeben, seien nur zum Kochen, Waschen und zur Aufzucht von Kindern geeignet. Wir haben bewiesen, daß sie unrecht haben. Ihr seid Mitglieder von Al Iquah. Ihr seid mit jedem Mann in unseren Reihen gleichwertig, ihr habt die gleiche Ausbildung hinter euch wie die Männer und habt euch ebenso tüchtig gezeigt wie sie.«

Die Frauen schwiegen noch immer. Die Kommandeurin fuhr fort: »Ihr habt genau eine Stunde Zeit, um eure Privatsachen zu packen und euch zur Abfahrt bereit zu machen. Ich werde mit jeder einzelnen von euch gesondert sprechen, um ihr die nächste Aufgabe mitzuteilen. Diese Aufgabe darf nicht, ich wiederhole, darf nicht untereinander besprochen werden. Sie ist für jede von euch individuell und streng geheim. Jedes Preisgeben dieser individuellen Aufgabe wird als Verrat betrachtet und mit dem Tode bestraft – denn eine einzige vertrauliche Mitteilung an falscher Stelle kann viele Kameraden das Leben kosten.«

Sie ging zur Tür zurück, drehte sich aber noch einmal um. *»An-nasr,* ich grüße euch. Möge Allah euch beschützen.« Sie salutierte mit erhobener Hand

»An-nasr!« schrien sie und erwiderten den Salut. *»Idbah al-adu.«*

Der Raum füllte sich mit Stimmen, als sich die Tür hinter der Kommandeurin schloß.

»Da muß eine größere Sache im Gang sein.«

»Das ist einen Monat früher, als man uns gesagt hat.«

»Irgendwas stimmt da nicht.«

Leila sagte gar nichts. Sie öffnete ihren Spind und nahm die Kleider heraus, die sie bei ihrer Ankunft getragen hatte. Wortlos legte sie ihre Uniformen und Arbeitskleidung in einem ordentlichen Stoß auf das Bett. Auch die Büstenhalter und Höschen, Schuhe, Stiefel und Strümpfe wurden ordentlich aufeinander gelegt.

Sie klappte das Köfferchen auf, das sie mitgebracht hatte, nahm die Bluejeans heraus, die sie kurz vor ihrer Abreise in Frankreich gekauft hatte, und zog sie an. Erst jetzt merkte sie, wie sehr sich ihre Figur verändert hatte. Die Jeans, die damals knapp gesessen hatten, waren nun um Taille und Hüften viel zu weit. Sogar das Hemd hing lose an ihr herunter, und sie rollte die Ärmel hoch, die länger geworden zu sein schienen. Sie knotete das Hemd in der Taille zusammen und schlüpfte in die weichen Sandalen. Dann packte sie Kamm, Bürste und Kosmetiksachen ein und musterte nochmals sorgfältig den

Spind. Er war leer; sie klappte ihr Köfferchen zu.

Sie setzte sich aufs Bett und zündete eine Zigarette an. Die anderen Frauen debattierten noch darüber, was sie mitnehmen und was sie dort lassen sollten. Soad schaute zu ihr herüber. »Du trägst deine eigenen Kleider?«

Leila nickte. »Die Kommandeurin sprach von Privatsachen. Diese Sachen sind die einzigen, die mir privat gehören.«

»Und die Uniformen?« fragte eine von den anderen.

»Wenn wir sie mitnehmen sollten, hätten sie uns das gesagt.«

»Ich glaube, Leila hat recht«, sagte Soad. Sie schaute in ihrem Spind nach. »Mir scheint, ich werde nicht ungern zur Abwechslung mal meine eigenen Kleider tragen.« Kurz darauf stöhnte sie verzweifelt. »Nichts paßt mehr. Alles ist zu weit!«

Leila lachte. »Halb so schlimm.« Sie drückte ihre Zigarette aus. »Denk nur, wieviel Spaß es dir machen wird, neue Kleider zu kaufen.«

Als sie aus dem Haus trat, stieg die Sonne über den Berg hoch. Die Morgenluft war frisch und rein. Leila atmete tief.

»Bereit?« ertönte Hamids Stimme hinter ihr.

Sie wandte sich um. Er lehnte mit der ewigen Zigarette zwischen den Lippen an der Hausmauer. »So bereit es nur geht«, sagte sie.

Er sah sie ruhig an. »Du bist nicht wie die anderen, das weißt du wohl.«

Sie antwortete nicht.

»Du hättest das hier nicht nötig. Du bist reich. Du könntest alles haben, was du willst.« Der Söldner sah sie prüfend an.

»Wirklich? Woher weißt du, was ich will?«

»Du glaubst doch all das leere Gerede nicht, oder?« Er lachte. »Ich habe drei Kriege mitgemacht. Es war jedesmal das Gleiche. Die Schlagworte, das Geschrei, die Drohungen, die Racheversprechungen. Wenn dann die Kugeln fliegen, ist alles vorbei. Sie drehen sich um und rennen. Nur die Politiker machen dauernd weiter.«

»Vielleicht wird das eines Tages anders sein.«

Er fischte eine neue Zigarette aus der Tasche und zündete sie an dem Stummel der anderen an. »Was meinst du, wird geschehen, wenn wir Palästina zurückerobern?«

»Das Volk wird frei sein«, sagte sie.

»Frei wofür? Frei zu verhungern wie wir? Bei all dem Geld, das jetzt in die arabischen Länder fließt, hungern die Menschen immer noch.«

»Auch das wird man ändern müssen.«

»Hussein, die Ölscheichs, sogar dein Vater und sein Fürst – glaubst du, die werden das, was sie haben, freiwillig mit den Massen teilen? Jetzt müssen sie wenigstens etwas tun. Aber wenn wir gewinnen und kein Druck mehr auf sie ausgeübt wird, was dann? Wer soll sie zum Teilen veranlassen? Nein, die werden nur noch reicher werden.«

»Es ist Sache des Volkes, dies zu ändern.«

Hamid lachte bitter. »Fast tut es mir leid, daß mein Job hier beendet ist. Es war ein guter Job. Jetzt muß ich mir einen anderen suchen.«

»Wie meinst du das?« fragte sie. »Hat man keinen anderen Auftrag für dich?«

»Auftrag?« Er lachte. »Ich bin ein Profi. Ich werde bezahlt. Tausend libanesische Pfund monatlich für diesen Job. Ich wüßte keinen Posten, wo ich so viel verdienen kann.«

»Aber es muß doch einen Platz in der Armee für dich geben?«

»Für hundertfünfzig im Monat darf ich mir den Arsch abrackern. Da ist mir die Bruderschaft lieber. Die zahlen besser. Anscheinend haben sie massenhaft Geld zur Verfügung.«

»Glaubst du nicht an das, was wir tun?« fragte sie.

»Doch, natürlich«, sagte er. »Nur an unsere Führer glaube ich nicht. Es gibt zu viele davon, jeder füllt sich eifrig die eigenen Taschen und bemüht sich, an die Spitze zu kommen.«

»Sie können nicht alle so sein!«

Er lächelte sie an. »Du bist noch jung. Du wirst schon noch lernen.«

»Was ist passiert?« fragte sie. »Warum sind die Pläne plötzlich geändert worden?«

Er zuckte mit den Achseln. »Ich weiß es nicht. Die Befehle kamen gestern abend, und die Kommandeurin schien ebenso überrascht wie wir alle. Sie war die ganze Nacht auf, um alles vorzubereiten.«

»Sie ist eine großartige Frau, nicht wahr?«

Hamid nickte. »Wenn sie ein Mann wäre, hätte ich vielleicht mehr Vertrauen zu unseren Führern.« Er blickte sie spöttisch an. »Du weißt ja, daß du mir noch etwas schuldig bist.«

»Ich?« fragte sie erstaunt. »Was?«

Er zeigte auf die Unterkunft hinter sich. »In dem Zug sind vierzehn Mädchen. Du bist die einzige, die ich nicht gehabt habe.«

Sie lachte. »Das tut mir leid.«

»Soll es auch«, sagte er halb ernst. »Dreizehn ist eine Unglückszahl. Irgendwas Blödes wird passieren.«

»Das glaube ich nicht.« Sie lächelte. »Betrachte es doch so: du hast etwas, worauf du dich freuen kannst.«

Er grinste. »Ich mache dir einen Vorschlag. Wenn wir uns je wieder treffen – gleichgültig, wo – holen wir es nach.«

Sie streckte die Hand aus. »Abgemacht.«

Sie schüttelten sich die Hände, er blickte ihr in die Augen. »Weißt du, für ein Mädchen bist du gar kein so übler Soldat.«

»Danke«, sagte sie.

Er schaute auf die Uhr. »Glaubst du, die anderen sind fertig?«

»Sollten sie eigentlich«, sagte sie. »Keine hat sehr viel mitzunehmen.«

Er warf die Zigarette fort, wandte sich um und öffnete die Tür zum Schlafsaal. »O.K., Mädchen«, rief er mit seiner Befehlsstimme. »Marsch, marsch!«

Es dauerte fast zwei Stunden, ehe sie ins Hauptquartier der Kommandeurin geführt wurden. Während sie warteten, wurde das Lager vor ihren Augen abgebrochen. Männer und Lastwagen schafften alles – Betten, Kleidung, Waffen – aus den Gebäuden. Das Lager bekam das Aussehen einer Geisterstadt. Durch die offenen Türen und Fenster wirbelte der Wüstensand, um sich zu holen, was ihm gehörte. Die Frauen standen vor dem Hauptquartier und sahen zu, wie Lastwagen auf Lastwagen davonrollte. Das Hauptquartier wurde als letztes geräumt. Als sie hineingeführt wurden, trug man gerade die Möbel hinaus.

Nach alphabetischer Reihenfolge wurde Leila als erste aufgerufen. Sie schloß die Tür hinter sich, trat vor den Schreibtisch der Kommandeurin und salutierte stramm. »Al Fay meldet sich zum Rapport.« In Bluejeans wirkte es irgendwie komisch.

Die Kommandeurin erwiderte müde den Gruß. »Rührt euch, *Annasr*«, sagte sie, wobei sie auf das vor ihr liegende Blatt Papier blickte. »Du heißt Al Fay?«

»Ja, Madame.« Zum erstenmal kam ihr zu Bewußtsein, daß die Kommandeurin eine Frau war, eine müde Frau.

»Du fährst zurück zu deiner Mutter nach Beirut«, sagte sie. »Man wird sich dort mit dir in Verbindung setzen und dir deinen neuen Auftrag bekanntgeben.«

»Ist das alles, Madame? Sonst nichts?«

»Das ist vorläufig alles. Aber keine Sorge, du wirst von uns hören.«

»Aber wie? Gibt es keinen Code-Namen oder eine Möglichkeit ...«

Die Kommandeurin unterbrach sie. »Du wirst es schon merken,

wenn man an dich herantritt«, sagte sie. »Im Augenblick lautet dein Auftrag, nach Hause zu fahren und zu warten. Du wirst dich keiner politischen Gruppe anschließen oder nähern, auch wenn sie unserer Sache noch so positiv gegenübersteht. Du behältst deine Meinung für dich und bleibst im normalen gesellschaftlichen Kreis deiner Familie. Hast du verstanden?«

»Ja, Madame.«

Die Kommandeurin blickte sie einen Augenblick an; sie schien noch etwas sagen zu wollen, ließ es dann aber sein. »Viel Glück«, sagte sie. »Wegtreten!« Leila salutierte, machte eine stramme Kehrtwendung und verließ das Zimmer. Die Frauen schauten sie neugierig an, aber sie sagten nichts. Ein Lastwagen wartete draußen. Hamid zeigte darauf. »Dein Wagen ist vorgefahren.«

Leila nickte, kletterte wortlos in den Laderaum und setzte sich auf eine der Bänke. Es dauerte kaum eine halbe Stunde, bis der Lastwagen voll besetzt war.

Sie waren seltsam still. Plötzlich waren sie einander alle fremd, durch Befehl an Schweigen gebunden und voller Angst, versehentlich etwas zu verraten.

Soad löste die Spannung. »Wißt ihr«, sagte sie mit ihrer heiseren ägyptischen Stimme, »mir wird das Lager richtig fehlen. Es war gar nicht so übel, und ich habe ein paar von den besten Ficks gekriegt, die ich je hatte.»

Da lachten sie alle und begannen gleichzeitig zu reden. Es gab so vieles, woran sie sich erinnern und worüber sie Witze machen konnten – die Unfälle, die Irrtümer, sogar die Mühsal. Es verging eine halbe Stunde, und noch immer hatte sich der Laster nicht in Bewegung gesetzt.

»Worauf warten wir?« rief eine der Frauen Hamid zu.

»Auf die Kommandeurin«, gab er zurück. »Sie wird gleich kommen.«

Er hatte recht. Kurz darauf erschien sie in der Tür des Hauptquartiers. Die Frauen verstummten und starrten sie an.

Es war das erstemal, daß sie sie in Zivilkleidung sahen. Sie trug ein schlecht sitzendes Kostüm. Die Jacke war zu kurz, der Rock zu lang. Die Nähte ihrer Strümpfe waren verdreht, und sie bewegte sich linkisch in den Schuhen mit hohen Absätzen. Das gebieterische Auftreten, das sie in Uniform gehabt hatte, war irgendwie verschwunden. Sogar ihr Gesicht wirkte plump und unsicher.

»Wenn sie etwas dicker wäre«, dachte Leila, »würde sie nicht anders aussehen als meine Mutter. Oder andere Frauen in meiner

Familie.«

Hamid öffnete die Wagentür, und die Kommandeurin stieg in den Lastwagen neben den Fahrer. Hamid lief nach hinten und schwang sich zu den Frauen hinauf. »O.K.«, rief er dem Fahrer zu.

Die letzten Möbel wurden herausgetragen, als sie zur Straße fuhren und sich den anderen Lastwagen anschlossen. Bald danach kam auch der letzte beladene Laster und hupte als Signal. Der vorderste Wagen setzte sich in Bewegung, und bald rollte der ganze Konvoi Richtung Küste.

Als sie am Südhang des Berges um die Kurve bogen, warfen sie einen letzten Blick auf das Lager. Leer und verlassen lag es da. Die Frauen schwiegen wieder. Keine Späße mehr. Alle waren in Gedanken vertieft.

Sie fuhren noch keine Stunde, da vernahmen sie aus der Gegend des Lagers hinter sich den Lärm von Explosionen. Kurz darauf hörten sie das Heulen von Flugzeugen, und plötzlich waren die Maschinen über ihnen. Vorn begann ein Laster zu brennen.

Hinten im Lastwagen sprang Hamid auf. »Israelische Jäger!« rief er dem Fahrer zu. »Runter von der Straße!«

Aber im Dröhnen und Lärm hörte ihn der Fahrer nicht; statt dessen gab er Gas und krachte in den Wagen vor ihm. Zugleich erschien ein zweiter Düsenjäger im Tiefflug über dem Konvoi.

Wieder pfiffen Kugeln durch die Luft. Ein zweiter Laster wurde getroffen und explodierte. Die Frauen schrien und versuchten, hinten vom Lastwagen zu springen.

»Über die Seitenwände!« schrie Hamid. »Sucht Deckung in den Straßengräben!«

Leila bewegte sich automatisch. Sie kam auf dem Boden auf, rollte vornüber, kroch zum Straßenrand und warf sich kopfüber in den Graben.

Wieder donnerte ein Düsenjäger heran. Weitere Lastwagen schienen in Wolken von Rauch zu expolodieren.

»Warum schießen wir nicht zurück?« hörte sie jemand schreien.

»Mit was denn?« schrie ein anderer. »Alle Gewehre sind auf den Lastwagen.«

Eine Frau sprang neben ihr in den Graben. Leila hörte sie schluchzen. Sie hob nicht den Kopf, um hinzuschauen. Wieder flog ein Jet über sie hinweg.

Diesmal traf ein Geschoß den Lastwagen, in dem sie gesessen hatte. Er explodierte in tausend Stücke, und man hörte gellende Schmerzensschreie. Auf Leila ging ein Regen von Sand, Steinen, Metallstücken und menschlichen Körperteilen nieder.

Sie versuchte, sich in die stinkende Erde einzugraben. Irgendwie mußte sie dem Tod durch die fliegenden Ungeheuer entgehen.

Wieder donnerten die Flugzeuge heran, und erneut prasselte ein Geschoßhagel auf den Konvoi nieder. Dann verschwanden sie ebenso plötzlich, wie sie gekommen waren, stiegen hoch in den Himmel empor, drehten nach Westen ab, und die blauen Sterne auf ihren Bordwänden glänzten im Sonnenlicht.

Eine Weile blieb es still, dann kamen die Schmerzensschreie, das Stöhnen, Kreischen, die Hilferufe. Langsam hob Leila den Kopf aus dem Graben.

Auf der Straße bewegten sich ein paar Menschen. Sie wandte sich zu der Frau, die neben ihr in den Graben gesprungen war. Es war Soad.

»Soad«, flüsterte sie. »Bist du unverletzt?«

Die Ägypterin wandte ihr langsam den Kopf zu. »Ich glaube, ich bin getroffen«, sagte sie mit seltsam leiser Stimme.

»Komm, ich helfe dir«, sagte Leila und rutschte näher zu ihr hin.

»Danke«, wisperte Soad. Sie versuchte den Kopf zu heben, der aber sofort wieder zu Boden glitt. Ein Blutstrom schoß ihr aus Mund und Nase, rötete den Boden unter ihr, dann wurden ihre Augen starr, und sie bewegte sich nicht mehr.

Leila sah sie an. Es war das erstemal, daß sie jemanden sterben sah, aber man brauchte ihr nicht zu sagen, daß Soad tot war. Leila durchfuhr ein kalter Schauer. Sie zwang sich, wegzuschauen und aufzustehen.

Sie kroch aus dem Graben. Der Boden war mit Trümmern übersät. Vor ihr lag eine abgerissene Hand; der Brillantring an einem Finger blitzte im Sonnenlicht. Sie stieß sie mit dem Fuß zur Seite und stolperte zum Lastwagen.

Nichts war davon übrig als zersplittertes Holz und verbogenes Eisen, und ringsum lagen verkrümmte und zerfetzte Leichen. Sie starrte stumpf darauf, ging weiter nach vorne. Die Leiche der Kommandeurin lag halb über dem Fahrer, halb hing sie aus der offenen Tür. Ihr Rock war obszön verdreht, über die plumpen Schenkel hochgezogen.

Aus dem Augenwinkel sah Leila eine Bewegung. Ein Soldat hatte die Hand gefunden und zog ihr den Brillantring vom Finger. Als er ihn hatte, warf er die Hand fort, betrachtete sorgfältig den Brillanten und steckte ihn ein. Er blickte hoch, als er merkte, wie Leila ihn anstarrte.

Sie sagte nichts.

Er lächelte hilflos. »Die Toten brauchen nichts«, sagte er und verschwand hinter dem Lastwagen.

Übelkeit stieg ihr in die Kehle, sie krümmte sich in schmerzhaftem Brechreiz und übergab sich auf der Straße. Sie spürte, daß sie schwach wurde, und wäre hingefallen, wenn nicht ein kräftiger Arm sie um die Schultern gefaßt hätte.

»Nur ruhig«, sagte Hamid. »Ruhig.«

Sie war jetzt ausgepumpt, aber sie zitterte. Sie vergrub ihr Gesicht an seiner Schulter. »Warum?« rief sie. »Warum mußten sie uns das antun? Wir haben ihnen nie etwas getan.«

»Es ist Krieg«, sagte Hamid.

Sie sah ihm ins Gesicht. An seiner Wange war Blut. »Sie haben gewußt, daß der Angriff kommen würde, deshalb wurden wir evakuiert.«

Hamid antwortete nicht.

»So was Blödsinniges«, sagte sie zornig, »all diese Lastwagen in einem Konvoi auf offener Straße. Ihnen eine solche Zielscheibe zu bieten!«

Hamid blickte sie ausdruckslos an.

»Sind wir dafür ausgebildet worden? Um wie Schafe abgeschlachtet zu werden?«

»Es wird nicht so klingen, wenn wir heute abend Radio hören«, sagte er. »Dann heißt es, daß wir heldenhaft mindestens sechs israelische Düsenjäger abgeschossen haben.«

»Was redest du da?« fragte sie verblüfft. »Bist du verrückt geworden? Wir haben doch keinen einzigen Schuß abgegeben!«

»Richtig«, sagte er ruhig. »Aber es gibt hundert Millionen Araber, die nicht dabei waren, um das zu sehen.«

»Die Juden sind Bestien. Wir waren wehrlos, und trotzdem kamen sie.«

»Gestern haben wir laut Rundfunkbericht einen großen Sieg erfochten«, sagte er. »In Tel Aviv wurde ein Schulbus in die Luft gesprengt, wobei dreißig Kinder getötet wurden. Heute wollten sie uns vermutlich zeigen, daß ihnen das gestern nicht gefallen hat.«

»Die Bruderschaft hat recht«, sagte sie. »Man kann die Juden nur stoppen, indem man sie ausrottet.«

Er blickte sie eine Weile schweigend an, dann zog er eine Zigarette aus der Tasche und zündete sie an. Er blies den Rauch durch die Nase. »Komm, Kleine, wir hauen ab. Hier gibt es nichts mehr für uns zu tun, und wir haben noch einen langen Marsch vor uns.«

»Wir könnten bleiben und mithelfen, sie zu begraben.«

Er zeigte hinter sich. Sie drehte sich um und sah Männer die Trümmer durchsuchen. »Im Augenblick suchen sie, was sie finden können. Später werden sie miteinander kämpfen, um es zu behalten. Und dann wird es nur mehr dich geben, worum man kämpfen wird. Du bist die einzige Frau, die noch am Leben ist.«

Sie starrte ihn sprachlos an.

»Ich glaube nicht, daß dein Wunsch, unseren Kameraden Mut und Trost zu spenden, sich auf zwanzig bis dreißig Männer gleichzeitig erstreckt.«

»Woher weißt du, daß sie uns nicht verfolgen werden?«

Er bückte sich rasch und hob etwas von der Erde auf. Erst jetzt sah sie, daß er eine Maschinenpistole bei sich hatte; sie steckte in seinem Gürtel.

»Hast du das denn erwartet?«

Er zuckte mit den Achseln. »Ich sagte dir doch, ich bin ein Profi. Ich hatte das unter meiner Bank und nahm es mit, bevor ich vom Laster sprang. Außerdem hatte ich ein blödes Gefühl. Hab ich dir nicht gesagt, daß Dreizehn eine Unglückszahl ist?«

9

Baydar beobachtete Jordana von der anderen Seite des Raums her. Er war zufrieden. Seine Prognose hatte sich als richtig erwiesen. Jordana war genau das, was hier ausschlaggebend sein konnte. Gerade verabschiedete sie sich von den Hutchinsons. Sie hatte die Damen beeindruckt, und das würde sich zweifellos vorteilhaft auf seine Beziehungen zu den Bankleuten auswirken.

Natürlich war auch sein neuer Vorschlag für die Gewinnbeteiligung außerordentlich hilfreich. Fünfzehn Prozent des Gewinns als Dividende unter die Angestellten verteilt, war eine angenehme Vorstellung für die Herren. Eines hatten ja alle Menschen gemeinsam – Geldgier.

Joe Hutchinson trat auf ihn zu. »Ich freue mich, daß wir zusammenkommen konnten«, sagte er in seiner herzlichen kalifornischen Art. »Es ist gut zu wissen, daß der Mann, mit dem man arbeitet, ebenso denkt wie man selbst.«

»Auch ich freue mich, mein Freund«, entgegnete Baydar.

»Die Damen verstehen sich prächtig«, sagte Hutchinson mit einem Blick auf seine Frau. »Ihre kleine Frau hat Dolly eingeladen, sie nächsten Sommer in Südfrankreich zu besuchen.«

»Ausgezeichnet«, lächelte Baydar. »Ich hoffe, Sie kommen auch mit. Wir werden uns sicher gut unterhalten.«

Der Kalifornier zwinkerte Baydar zu. »Ich habe so allerhand von den französischen Puppen gehört«, grinste er. »Stimmt es, daß sie dort alle oben ohne am Strand herumlaufen?«

»An manchen Stränden.«

»Ich werde kommen, darauf können Sie sich verlassen. Im Krieg hat es mich nie nach Europa verschlagen, nur nach Nordafrika, und die einzigen Mädchen, die ich dort zu sehen bekam, waren eingeborene Huren. Ein Mann mit Selbstachtung rührt so was nicht an. Entweder waren sie voller Tripper, oder sie hatten einen Nigger im Hintergrund, der einem ein Messer in den Leib rannte.«

Ganz offensichtlich war sich Hutchinson nicht darüber klar, daß er von arabischen Ländern sprach. Für ihn konnte es zwischen den Eingeborenen Nordafrikas und dem Mann, der vor ihm stand, keine Verbindung geben. »Der Krieg war eine schlimme Zeit«, sagte Baydar.

»Hat Ihre Familie was abbekommen?«

»Eigentlich nicht. Unser Land ist klein, und wahrscheinlich hielt es keiner für bedeutend genug, um darum zu kämpfen.« Er erwähnte nicht, daß Fürst Feijad ein Abkommen getroffen hatte, das ihnen die Kontrolle über die gesamte Ölförderung im Mittleren Osten sicherte, falls Deutschland den Krieg gewonnen hätte.

»Was meinen Sie?« fragte Hutchinson. »Wird es wieder Krieg im Mittleren Osten geben?«

Baydar sah ihm voll ins Gesicht. »Da kann ich nur genauso raten wie Sie.«

»Nun, wenn es wirklich kracht«, sagte Hutchinson, »hoffe ich, daß Sie ihnen tüchtig einheizen. Es ist allmählich an der Zeit, daß jemand diesen Juden zeigt, wo sie hingehören.«

»Wir haben nicht viele jüdische Kunden, nicht wahr?« fragte Baydar.

»Nein, Sir«, antwortete Hutchinson erfreut. »Wir ermutigen sie nicht, das ist der Grund.«

»Meinen Sie, daß deshalb der *Rancho-del-Sol*-Auftrag schiefgelaufen ist?« fragte Baydar. »Weil einige der Beteiligten Juden waren?«

»Das muß wohl die Ursache sein«, antwortete Hutchinson eilig. »Sie wollten wohl lieber mit den jüdischen Banken von Los Angeles arbeiten.«

»Ich wollte es nur wissen. Man hat mir erzählt, daß wir unterboten wurden. Wir lagen anderthalb Prozent höher.«

»Das haben die Juden doch absichtlich gemacht, um uns auszubooten«, meinte Hutchinson.

»Das nächstemal booten wir sie aus. Ich will, daß unsere Bank konkurrenzfähig ist. Nur so können wir große Abschlüsse anlocken.«

»Auch wenn sie Juden sind?«

Baydars Stimme wurde ausdruckslos. »Verwechseln Sie das nicht. Wir reden von amerikanischen Dollars. Das Geschäft hätte uns in drei Jahren zwei Millionen bringen können. Hätten wir mit einem halben Prozent unterboten, so wären das immer noch eineinhalb Millionen gewesen. Solche Summen lasse ich mir nicht gern entgehen.«

»Aber die Juden hätten uns auf jeden Fall unterboten.«

»Möglich«, sagte Baydar, »doch vielleicht sollten wir von jetzt an daran denken, daß wir zu den gleichen Bedingungen arbeiten.«

»In Ordnung«, sagte Hutchinson. »Sie sind der Boss.«

Endlich waren die Hutchinsons gegangen. Jordana kam ins Zimmer zurück. Sie sank erschöpft auf einen Stuhl. »Du lieber Gott«, sagte sie, »ich kann es gar nicht glauben!«

»Was glaubst du nicht?« fragte er lächelnd.

»Daß es noch solche Leute auf der Welt gibt. Ich dachte, die wären endgültig ausgestorben. An solche Leute kann ich mich aus meiner Kindheit erinnern.«

»Du wirst herausfinden, daß die Menschen sich nie wirklich ändern.«

»Doch, sie ändern sich. Du hast dich geändert. Ich habe mich geändert.«

Er begegnete ihrem Blick. »Und nicht unbedingt zum Guten, oder?«

»Das hängt davon ab, wie man es betrachtet. Ich glaube, ich könnte nie mehr so leben. Ebensowenig, wie du nach Hause zurückgehen und dort bleiben könntest.«

Er schwieg. In gewissem Sinn hatte sie recht. Es gab keinen Weg zurück, und er hätte nie so leben können wie sein Vater. Es passierte zu viel in der Welt.

»Ich möchte rauchen«, sagte sie und blickte zu ihm hoch. »Hat Dschabir eine von seinen privaten Haschischzigaretten dabei?«

»Sicher«, meinte Baydar und klatschte in die Hände.

Dschabir tauchte aus dem Nebenzimmer auf. »Ja, Herr?«

Baydar sagte schnell einige Worte auf arabisch. Gleich darauf kam

Dschabir mit einer silbernen Zigarettendose zurück. Er öffnete sie und hielt sie Jordana entgegen. Die Zigaretten waren perfekt gerollt und mit Korkmundstücken versehen. Vorsichtig nahm sie sich eine. Dschabir reichte die Dose Baydar, der sich ebenfalls bediente, Dschabir stellte die Dose auf den Kaffeetisch vor Jordana und zündete ein Streichholz an. Er hielt die Flamme in der richtigen Entfernung, so daß nur deren Spitze die Zigaretten berührte und nichts von der Hitze durchkam.

»Danke«, sagte Jordana.

Dschabir verneigte sich mit gekreuzten Armen. »Ich bin geehrt, Herrin.« Er verließ still den Raum.

Jordana saugte den Rauch tief in die Lungen. Sie spürte seine beruhigende Wirkung. »Herrlich!« sagte sie. »Das scheint keiner so gut fertigzubringen wie Dschabir.«

»Es wird von seiner Familie auf ihrem kleinen Bauernhof gezogen, nicht weit vom Geburtsort meines Vaters. Die Araber nennen es den Stoff, aus dem Träume sind.«

»Sie haben recht.« Plötzlich lachte sie. »Weißt du, was ich glaube, ich bin schon high. Und gar nicht mehr müde.«

»Ich auch nicht.« Baydar setzte sich auf den Stuhl ihr gegenüber, legte die Zigarette in einen Aschenbecher, neigte sich vor und nahm ihre Hand. »Was wünschst du dir?«

Sie sah ihn an, und plötzlich füllten sich ihre Augen mit Tränen. »Ich möchte zurück«, sagte sie, »zurück zu der Zeit, als wir uns kennenlernten, und noch mal von vorne beginnen.«

Er schwieg einen Moment, dann sagte er sanft: »Das möchte ich auch, aber wir können nicht.«

Sie schaute ihn immer noch an, und die Tränen liefen über ihre Wangen. Dann verbarg sie das Gesicht in ihren Händen. »Baydar, Baydar«, weinte sie. »Was ist mit uns geschehen? Was ist falsch gelaufen? Damals liebten wir uns so sehr!«

Er zog ihren Kopf an seine Brust und starrte finster ins Leere. Seine Stimme dröhnte dumpf in ihren Ohren. »Ich weiß es nicht«, sagte er gedämpft und dachte daran, wie schön sie gewesen war, als er sie zum erstenmal gesehen hatte.

Er erinnerte sich an die Kälte und an das blendende, vom Schnee reflektierte Licht und an die weißen Gebäude rund um die Tribünen bei der Zeremonie. Es war Januar 1961. Das größte Land der Welt feierte die Amtseinsetzung seines neuen Präsidenten John F. Kennedy.

Sechs Monate zuvor hatte im Mittleren Osten niemand auch nur den Namen des jungen Mannes gekannt. Dann plötzlich war er der Kandidat der Demokratischen Partei, und auf Baydars Schreibtisch lag ein Telegramm des Fürsten. »Wie ist Kennedys Politik für den Mittleren Osten?«

Seine Antwort lautete kurz und bündig: »Proisraelisch. Sonst nicht viel bekannt.«

Ebenso kurz und bündig war der Anruf, den er am nächsten Tag erhielt. Der Fürst selbst war am Apparat. »Finde eine Möglichkeit, Nixons Wahlkampagne mit einer Million Dollar zu unterstützen«, hatte der Fürst gesagt.

»Das wird nicht leicht«, erwiderte Baydar. »Die Vereinigten Staaten haben eigentümliche Vorschriften, was ihre Beiträge für Wahlkampagnen betrifft.«

Der Fürst kicherte schlau. »Politiker sind überall gleich. Ich bin sicher, daß du einen Weg finden wirst. Mr. Nixon und Mr. Eisenhower waren sehr gut zu uns, als die Engländer und Franzosen sechsundfünfzig den Suezkanal einheimsen wollten. Wir sollten zumindest zeigen, daß wir dankbar sind.«

»Ich werde mir etwas einfallen lassen«, antwortete Baydar. »Aber ich würde vorschlagen, daß wir für alle Fälle auch zu Kennedys Kampagne beitragen.«

»Warum?« fragte der Fürst. »Glaubst du, er hat Aussichten?«

»Laut Meinungsumfragen nicht, aber wir sind hier in Amerika. Da kann man nie wissen.«

»Das überlasse ich dir«, sagte der Fürst. »Ich glaube fast, du bist schon mehr Amerikaner als Araber.«

Baydar lachte. »Die Amerikaner sind nicht dieser Ansicht.«

»Wie geht es deiner Frau und den Kindern?« fragte der Fürst.

»Ausgezeichnet«, anwortete er. »Ich habe gestern abend mit ihnen gesprochen. Sie sind in Beirut.«

»Du solltest einen Besuch zu Hause machen«, sagte der Fürst. »Ich warte immer noch auf den Erben, den du mir versprochen hast. Ich möchte ihn gern bald sehen. Ich werde nicht jünger.«

»Allah wird dich erhalten«, erwiderte Baydar. »Du wirst ewig leben.«

»Im Paradies, hoffe ich.« Das leise Lachen des Fürsten hallte im Telefon. »Aber nicht hier auf Erden.«

Baydar hatte nachdenklich aufgelegt. Der Fürst sagte nie etwas ohne guten Grund. Ob er wohl davon gehört hatte, daß Maryam nach der Geburt des letzten Mädchens keine Kinder mehr bekommen konnte? Aber wenn er davon gehört hatte, hätte er nicht nach einem Erben gefragt.

Er hätte darauf bestanden, daß Baydar sich scheiden ließ und eine andere Frau heiratete. Unfruchtbarkeit war nach mohammedanischem Gesetz ein gültiger Scheidungsgrund. Aber Baydar wollte nicht. Nicht, daß er Maryam geliebt hätte. Das hatte es zwischen ihnen nie gegeben, und je länger sie verheiratet waren, desto weniger schienen sie miteinander gemein zu haben. Sie war zu provinziell, fand Europa und Amerika schrecklich. Sie war eigentlich nur in ihrer eigenen Umgebung glücklich, in einer Welt, die sie verstand. Das war das wirkliche Problem, dachte Baydar; sie war zu sehr Araberin. Und der Gedanke, eine andere Araberin heiraten zu müssen, reizte ihn nicht sehr.

Vielleicht hatte der Fürst recht. Vielleicht war er zu amerikanisch geworden, denn westliche Frauen waren ihm entschieden lieber als arabische. Sie waren lebendig, hatten Stil, eine Art des Aussehens und eine Freiheit, die die Araberinnen nicht besaßen.

Baydar fand einen Weg, um die Wahlbeiträge unterzubringen. Beide. Sie hatten viele Freunde unter den Geschäftsleuten beider Parteien. Der Beitrag hatte sich gelohnt, und der Fürst hatte vom Einsetzungskomitee eine persönliche Einladung erhalten. Er lehnte sie aus Gesundheitsrücksichten dankend ab, bestimmte aber Baydar als seinen Vertreter.

Baydar saß in dem für ausländische Vertretungen reservierten Teil der Tribünen, ziemlich nahe am Rednerpult. In der eisigen Kälte fühlte er sich unwohl, trotz der warmen Unterwäsche unter seinem Frack. Der Zylinder, den er tief heruntergezogen hatte, damit er nicht fortgeblasen wurde, genügte nicht, um seinen Kopf warm zu halten.

Er sah sich um. Einige der Diplomaten und ihre Damen waren besser ausgerüstet als er. Sie waren älter und hatten wahrscheinlich solche Zeremonien schon öfter mitgemacht. Er sah, wie sie ab und zu aus silbernen Taschenflacons tranken, und auch eine Anzahl Thermosflaschen trat in Erscheinung.

Ein Blick auf die Uhr sagte ihm, daß es schon nach zwölf war. Die Zeremonie sollte um zwölf Uhr beginnen. Endlich entstand Bewegung auf den Tribünen, und Applaus setzte ein. Kennedy betrat die Tribüne.

Er hatte etwas Junges und sehr Verwundbares an sich, wie er mit festem Schritt dahinging und der Wind sein Haar zerzauste. Die Kälte schien ihn nicht zu stören.

Ein Priester sprach das Bittgebet. Seine Stimme war ein monotoner Singsang wie alle Priesterstimmen aller Religionen, aber der junge Präsident stand still mit gefalteten Händen und ehrerbietig gesenktem Kopf. Bei so kaltem Wetter hätte Allah nicht auf einem so langen Gebet bestanden, dachte Baydar.

Als der Priester zu Ende war, wurde ein alter, weißhaariger Mann nach vorn geführt. Sein Gesicht schien aus dem gleichen Granit gemeißelt wie das Gebäude hinter ihm. Baydar hörte das Flüstern rund um sich. Der Mann war Robert Frost, einer von Amerikas großen Dichtern.

Der alte Mann begann zu sprechen, sein Atem sichtbar in der Winterluft. Baydar konnte die Worte nicht verstehen und hörte auch nicht mehr zu; denn auf der Tribüne, etwa drei Reihen hinter dem Präsidenten, war ihm eine Frau aufgefallen.

Sie schien groß zu sein, aber das konnte er nicht genau feststellen, da die Tribünenreihen übereinander angeordnet waren, so daß jeder sehen und gesehen werden konnte. Langes, glattes blondes Haar umrahmte ein Gesicht mit goldbraunem Teint, leuchtend blauen Augen, hohen Backenknochen und einem fast viereckigen Kinn. Sie hörte dem Dichter so aufmerksam zu, daß ihre Lippen geöffnet waren und weiße, ebenmäßige Zähne entblößten. Als der Poet verstummte, lächelte sie, lachte und klatschte begeistert Beifall. Sie muß Kalifornierin sein, dachte Baydar.

Dann wurde der Präsident vereidigt. Die Zeremonie selbst dauerte nicht lange. Dann wandte er sich zum Pult und begann seine Rede. Baydar hörte aufmerksam zu.

Bei einem Satz fragte er sich, ob der Präsident den Koran gelesen hatte. Er hätte dem Heiligen Buch entnommen sein können. »Höflichkeit ist kein Zeichen von Schwäche, und Aufrichtigkeit bedarf immer eines Beweises.«

Als der Präsident seine Rede beendet hatte, hielt Baydar nach der Frau Ausschau, aber sie war schon fort. Er versuchte vergeblich, sie in der Menge zu finden, die jetzt die Tribüne verließ.

Den ganzen Nachmitag, während er sich in seiner Hotelsuite ausruhte, sah er ihr Gesicht vor sich. Er schaute sich mehrere Wiederholungen der Zeremonie im Fernsehen an, in der Hoffnung, einen Blick auf sie zu erhaschen, aber die Kamera war immer anderswohin gerichtet.

Es gab nur noch eine Möglickeit. Auf Baydars Schreibtisch lagen die Einladungen zu vier Festbällen; bei allen wurde das Erscheinen des Präsidenten versprochen. Auf einem davon müßte sie doch sein, dachte er. Aber auf welchem?

Die Lösung war einfach: Er würde zu allen gehen. Wenn der Präsident das konnte, konnte er es auch.

10

Baydar erlaubte sich nur eine Stunde für jeden Ball. Einer glich weitgehend dem anderen, sie waren alle überfüllt und laut, die Tanzfläche voller Menschen, die betrunken oder nüchtern tanzten, plauderten oder nur ziellos umherschlenderten. Eines aber hatten sie gemeinsam: es waren alles Demokraten, die froh waren, nach acht Jahren im Dunkel wieder an die Sonne der Macht zu kommen. Nach einer Weile fragte sich Baydar, ob es im Land überhaupt noch Republikaner gab.

Zum ersten Ball kam er, kurz nachdem der Präsident ihn verlassen und zum zweiten gefahren war. Sorgfältig durchsuchten seine Augen den Saal. Noch nie war ihm aufgefallen, wie viele Blondinen es in Washington gab; aber keine davon war die Gesuchte. Er ging zur Bar und bestellte ein Glas Champagner.

Ein Mann kam auf ihn zu und faßte ihn am Arm. »Haben Sie ihn gesehen?« fragte er aufgeregt.

»Wen?« fragte Baydar.

»Den Präsidenten natürlich«, sagte der Mann gekränkt. »Nach wem sollte ich denn sonst fragen?«

Baydar lachte. »Ich habe ihn gesehen.«

»Fabelhaft, nicht wahr?« Der Mann lächelte selig und ging davon, ohne auf eine Antwort zu warten.

Baydar stellte sein Glas hin und beschloß, zum nächsten Ball zu gehen. Zum Glück war das nicht weit. Auch hier war der Präsident dagewesen und schon wieder gegangen, als Baydar eintraf. Baydar suchte den Saal ab, und als er sah, daß das Mädchen nicht da war, blieb er nicht einmal auf einen Drink.

Zum dritten Ball kam er mitten in einem Tanz. Die Leute drängten sich um die Tanzfläche, bemüht, einen Blick durch die Menschenmauer zu werfen.

Baydar schob sich vor. Er tippte einem Mann auf die Schulter. »Was ist los?«

»Der Präsident tanzt mit einem Mädchen«, antwortete der Mann, ohne sich umzudrehen.

Auf der anderen Seite der Tanzfläche flammten die Blitzlichter auf. Baydar ging hinüber. Auf dem Weg hörte er, wie eine Frau mißbilligend fragte: »Warum tanzt er nicht mit Jackie?«

Er hörte auch die verärgerte Antwort ihres Mannes: »So was muß er eben machen, Mary. Das gehört zur Politik.«

»Warum muß es dann immer ein hübsches Mädchen sein?« gab die Frau zurück. »Ich sehe ihn mit keiner von uns tanzen, die sich bei seiner Wahlkampagne so für ihn angestrengt haben.«

Baydar kämpfte sich zum Rand der Tanzfläche durch. Fotografen und Kameraleute stiegen übereinander weg, um Bilder des Präsidenten zu ergattern; Baydar wurde einen Augenblick an eine Säule gedrängt, dann gelang es ihm, an ihnen vorbeizukommen.

Um den Präsidenten und seine Partnerin hatte sich ein freier Raum gebildet. Die anderen Tänzer bewegten sich eigentlich kaum, sie schoben sich nur im Halbkreis herum und starrten auf den Präsidenten. Auch Baydar starrte: der Präsident tanzte mit *seinem* Mädchen.

Er empfand ein unangenehmes Gefühl der Enttäuschung.

Nach der Art, wie die beiden lachten und plauderten, schienen sie sich recht gut zu kennen. Seine Hoffnung, jemanden zu finden, der sie miteinander bekannt machen würde, schwand. Man konnte nicht gut vom Präsidenten der Vereinigten Staaten verlangen, sich von ihm einem Mädchen vorstellen zu lassen. Außerdem hatte auch er einige der Geschichten über den Präsidenten gehört; er schien bei den Damen ziemlich beliebt zu sein.

Die Musik ging zu Ende, und die beiden verließen die Tanzfläche. Sofort waren sie von zahllosen Menschen umringt. Die Fotografen schossen weitere Bilder. Dann wandte sich der Präsident an das Mädchen und sagte lächelnd etwas zu ihr. Es nickte, er verabschiedete sich, und die Menge folgte ihm, dem Ausgang zu. Gleich darauf stand das Mädchen fast allein.

Baydar holte tief Atem und ging auf sie zu. »Miss?«

In der Nähe war sie noch schöner als aus der Entfernung.

»Ja?« fragte sie höflich. Sie hatte eine leise Stimme mit leichtem Westküsten-Tonfall.

»Wie fühlt man sich, wenn man mit dem Präsidenten der Vereinigten Staaten tanzt?«

»Das ist eine seltsame Frage.«

»Wie heißen Sie?«

»Sind Sie Reporter?«

»Nein«, antwortete er. »Kennen Sie den Präsidenten gut?«

»Für einen Mann, der behauptet, kein Reporter zu sein, stellen Sie eine Menge Fragen.«

Er lächelte. »Richtig, aber es fällt mir nichts anderes ein, um Sie hier festzuhalten.«

Zum erstenmal schaute sie ihn voll an. »Mir schon«, sagte sie. »Warum fordern Sie mich nicht einfach zum Tanzen auf?«

11

Sie hieß Jordana Mason, war in San Francisco geboren und aufgewachsen. Er hatte also recht gehabt: sie war Kalifornierin. Ihre Eltern hatten sich scheiden lassen, als sie noch ein Kind gewesen war. Beide hatten wieder geheiratet, doch die Beziehungen zwischen ihnen waren gut, und Jordana blieb in enger Verbindung mit ihrem Vater, obwohl sie bei der Mutter lebte. Sie war neunzehn Jahre alt, Studentin an der Berkeley-Universität und eine der Organisatorinnen der »Studentenbewegung für Kennedy«; das war auch der Grund für ihre Einladung zur Amtseinsetzung.

Sie war dem Präsidentschaftskandidaten bei einer Wahlversammlung in San Francisco aufgefallen. Seine Presseleute legten größten Wert auf Fotos ihres Kandidaten mit Studenten, und er hatte ihr eine Einladung versprochen, falls er die Wahl gewann.

Sie war nicht so naiv zu glauben, daß er sich an dieses Versprechen erinnern würde. Deshalb war sie sehr überrascht, als sie eines Morgens die Einladung in ihrer Post vorfand.

Aufgeregt rief sie ihre Mutter an. »Ist das nicht großartig?«

Ihre Mutter reagierte kühl. Die ganze Familie war republikanisch.

»Hoffentlich haben sie dir auch eine Anstandsdame besorgt«, sagte sie nur.

»Aber Mutter«, rief Jordana aus, »wir sind im Jahre 1960, nicht 1900. Ich bin erwachsen und kann selbst auf mich achtgeben.«

»Davon bin ich überzeugt, meine Liebe«, antwortete ihre Mutter ruhig. »Aber haben sie dich ordentlich untergebracht? Und wer bezahlt deine Flugkarte?«

»Für all das muß ich selbst sorgen. Die Einladung ist nur für die Amtseinsetzung. Ich habe einen Platz direkt auf der Tribüne des Präsidenten.«

»Mir gefällt es trotzdem nicht«, meinte ihre Mutter naserümpfend. »Ich denke, du solltest das mit deinem Vater besprechen.«

Sie rief ihren Vater in seinem Büro an. Er war ebensowenig begeistert wie ihre Mutter, hatte aber Verständnis dafür, wieviel es für sie bedeutete. Er warnte sie vor Kennedys Ruf, obwohl er wußte, daß sie auf sich achtgeben konnte. Außerdem war der Mann ja nun Präsident und würde sicher seine Lebensweise ändern. Er erklärte sich bereit, ihre Flugkarte zu bezahlen, bat sie aber, nochmals mit ihrer Mutter zu besprechen, ob sie nicht Freunde hatte, bei denen sie wohnen konnte. Er traute den Hotels in Washington nicht. Schließlich stellten sie fest, daß all ihre Freunde Republikaner waren und daß Jordana besser im Hotel wohnen sollte, als bekannt werden zu lassen, daß jemand aus der Familie zur anderen Partei übergelaufen war.

All das erfuhr Baydar beim ersten Tanz. Später suchten sie sich einen freien Tisch, wo sie sich in Ruhe unterhalten konnten. Sie fanden einen in einem kleinen Nebenraum. Die Kellner rannten aufgeregt hin und her, um die Bestellungen zu erfüllen, die von allen Seiten auf sie einprasselten.

Baydar löste das Problem einfach. Er lenkte den Blick eines Obers mit einer Zehndollarnote in der Hand auf sich, und bald erschien eine Flasche Dom Pérignon auf ihrem Tisch.

»Kostspielig«, sagte Jordana. »Sind Sie auch sicher, daß Sie sich das leisten können?«

»Ich glaube schon«, lächelte Baydar unverbindlich und hob sein Glas. »Auf das schönste Mädchen in Washington.«

Sie lachte. »Woher wollen Sie das wissen? Sie haben nicht alle gesehen.«

»Ich habe genug gesehen.«

Sie trank von dem Champagner. »Schmeckt herrlich. Angeblich sind die kalifornischen Champagner ebensogut wie die französischen, aber an den hier kommen sie nicht heran.«

»Kalifornischer Champagner ist nicht übel.«

»Ich wette, Sie haben noch keinen getrunken«, sagte sie tadelnd.

Er lachte. »Ich habe in Harvard studiert und war dann einige Jahre in Stanford.«

»Was tun Sie beruflich?«

»Ich bin Geschäftsmann.«

Sie schaute ihn zweifelnd an. »Dafür sehen Sie ein wenig jung aus.«

»Heutzutage spielt das Alter keine große Rolle«, sagte er. »Kennedy ist erst dreiundvierzig und schon Präsident.«

»Sie sind aber nicht dreiundvierzig«, gab sie zurück. »Wie alt sind Sie?«

»Alt genug«, antwortete er und füllte die Gläser wieder. »Wann beabsichtigen Sie, zurückzufliegen?«

»Morgen früh.«

»Fliegen Sie nicht. Da ich mir so viel Mühe gemacht habe, um Sie zu finden, dürfen Sie nicht so schnell wieder verschwinden.«

Sie lachte. »Montag muß ich in der Schule sein.« Mit verdutzter Miene fragte sie dann: »Wie meinen Sie das, Sie hätten sich solche Mühe gemacht, mich zu finden?«

»Ich sah Sie heute mittag bei der Amtseinsetzung und mußte dann dauernd an Sie denken. Also beschloß ich, auf alle Bälle zu gehen, bis ich Sie fand.«

»Ehrlich?«

Er nickte wortlos.

Sie schaute in ihr Glas. »Ich muß trotzdem zurück.«

»Aber nicht morgen«, drängte er. »Sie haben doch noch das ganze Wochenende.«

»Es ist eiskalt hier. Ich habe noch nie im Leben so gefroren. Ich habe keine Kleider für solches Wetter.«

»Dem können wir abhelfen. Wir können heute abend nach Acapulco fliegen. Dort ist es warm.«

»Gibt es noch so spät einen Flug dorthin?« fragte sie.

»Flüge gibt es immer.«

»Verrückte Idee«, lachte sie. »Und wer garantiert mir, daß ich von dort eine Verbindung nach San Francisco bekomme? Sie kennen ja diese mexikanischen Fluglinien!«

»Ich garantiere dafür«, sagte er selbstsicher. »Also, was sagen Sie?«

Sie sah ihn skeptisch an. »Ich weiß nicht so recht. Ich bin unsicher.«

»Über was?«

»Warum Sie das tun. Sie kennen mich ja gar nicht.«

»Es ist eine Methode, Sie besser kennenzulernen.«

Sie sah ihm in die Augen. »Was haben Sie davon?«

Er erwiderte ihren Blick gelassen. »Das Vergnügen Ihrer Gesellschaft.«

»Ist das alles? Sonst nichts?«

»Genügt das nicht?« Er lachte. »Ich bin kein Lüstling, wenn Sie das meinen. Sie haben absolut nichts zu befürchten.«

»Aber ich kenne nicht einmal Ihren Namen.«

»Dem können wir abhelfen.« Er zog seine Karte aus der Brieftasche und reichte sie ihr.

Sie las laut: »Baydar Al Fay, MEDIA Inc., 70 Wall Street, New York. MEDIA – was bedeutet das?«

»Das ist der Name meiner Firma«, sagte er. *»Middle Eastern Deve-*

lopment and Investment Associates.«

»Sie sind kein Amerikaner?«

»Nein. Haben Sie das angenommen?«

»Ich hielt Sie für einen Juden.«

»Warum?«

»Ich weiß nicht. Ihr Aussehen wahrscheinlich.«

»Viele Leute glauben das«, sagte er leichthin. »Ich bin Araber.«

Sie schwieg und blickte wieder auf die Karte.

»Was ist los?« fragte er schnell.

»Nichts. Ich überlegte nur. Ich habe so etwas noch nie getan.«

»Für alles gibt es ein erstes Mal.«

»Darf ich es mir überlegen und Ihnen morgen die Antwort geben?«

»Natürlich dürfen Sie, aber es wäre doch zu schade, einen ganzen Tag in der Sonne zu verlieren.«

Wieder zögerte sie. »Ist es wirklich Ihr Ernst? Gibt es da nicht doch Bedingungen?«

»Keinerlei Bedingungen.«

Sie hob das Champagnerglas an ihre Lippen und leerte es. »Mein Zimmer ist oben in diesem Hotel. Ich gehe hinauf packen. In fünfzehn Minuten kann ich fertig sein.«

»Gut«, sagte er und verlangte mit einem Wink die Rechnung. »Das gibt mir Zeit für ein paar Anrufe und um den Flug zu arrangieren. Wir können mein Gepäck auf dem Weg zum Flugplatz holen.«

Es hatte wieder zu schneien begonnen, als der Wagen zum Flughafen fuhr. Dschabir saß schweigend neben dem Chauffeur und rauchte eine Zigarette.

»Hoffentlich verpassen wir die Maschine nicht«, sagte sie.

»Bestimmt nicht«, entgegnete Baydar zuversichtlich.

»Womöglich können wir bei dem Wetter gar nicht starten?«

»Ich bin schon bei viel schlechterem Wetter gestartet.«

Der Flughafen war praktisch verlassen, als sie durch die Sperre gingen. Dschabir und der Chauffeur folgten ihnen mit dem Gepäck. »Ich sehe keine Passagiere«, sagte sie, während sie die Halle durchquerten. »Sind Sie sicher, daß es einen Flug gibt?«

»Es gibt einen.« Er lächelte.

Erst an der Rampe, als sie die Stufen in den *Lear Jet* hochstiegen, merkte sie, daß es sich um ein Privatflugzeug handelte. Sie hielt auf der obersten Stufe inne und schaute unsicher zu Baydar hinab.

Er nickte beruhigend.

Der Steward empfing sie an der Kabinentür. »Guten Abend, Madame. Guten Abend, Mr. Al Fay.« Er wandte sich an Jordana. »Gestatten Sie, daß ich Sie zu Ihrem Platz führe.«

Er brachte sie zu einem bequemen Sitz mit verstellbarer Rückenlehne und nahm ihr den Mantel ab. Dann schnallte er sie an. »Sitzen Sie bequem, Madame?«

»Sehr bequem, danke.«

»Danke, Madame«, sagte er und entfernte sich.

Baydar setzte sich neben sie. Gleich darauf kam der Steward mit einer Flasche Dom Pérignon und zwei Gläsern wieder. Auf ein Nicken Baydars füllte er die Gläser und ging wieder nach vorn.

Baydar hob sein Glas. »Willkommen an Bord des *Star of the East.«*

»Sie haben mir nichts von einem eigenen Flugzeug gesagt«, bemerkte sie vorwurfsvoll.

»Sie haben mich nicht gefragt.«

Sie probierte den Champagner. »Der schmeckt gut. Dafür könnte man direkt eine Leidenschaft entwickeln.«

»Ich kann mir Schlimmeres vorstellen«, lächelte Baydar.

Das Flugzeug rollte langsam zur Startbahn. Automatisch griff sie nach seiner Hand. »Beim Abflug werde ich immer nervös.«

Er lächelte und hielt liebevoll ihre Hand fest. »Sie brauchen keine Angst zu haben. Ich habe zwei sehr gute Piloten an Bord.«

Sie warf einen Blick durchs Fenster in das Schneegestöber. »Aber sie können nichts sehen.«

»Das brauchen sie auch nicht. Es wird alles durch Radar und Automatik gesteuert.«

Die Düsenmotoren heulten auf; gleich darauf war die Maschine in der Luft. Als sie hoch über Schnee und Wolken durch den nächtlichen Sternenhimmel flogen, wandte sie sich ihm zu und merkte, daß ihre Hand noch immer in der seinen lag. Sie sah ihn an. »Sie sind ein merkwürdiger Mensch«, stellte sie fest. »Tun Sie solche Dinge oft?«

»Nein«, sagte er. »Auch für mich ist es das erstemal.«

Sie schwieg eine Weile und trank noch einen Schluck Champagner. »Warum gerade ich?« fragte sie.

Seine Augen waren so dunkelblau wie der Nachthimmel. »Ich glaube, ich habe mich, als ich Sie zum erstenmal sah, in Sie verliebt.«

Der Steward kam zurück, füllte ihre Gläser wieder und verschwand. Sie nippte an dem Champagner und lachte plötzlich. Als sie Baydars verdutzte Miene sah, erklärte sie: »Mir fiel eben nur etwas sehr Komisches ein.«

»Erzählen Sie es mir.«

»In allen Filmen, die ich gesehen habe, kommt der Scheich aus der Wüste geritten, reißt das Mädchen empor auf sein weißes Roß und galoppiert mit ihm davon, hinaus in die Nacht. Irgendwie machen Sie es genauso, nicht?«

»Ich hoffe es«, sagte er lächelnd. »Ich beabsichtige nämlich, Sie zu heiraten.«

12

Sie sollten jedoch noch drei Jahre zusammenleben, bevor sie heirateten. Und auch dann erst nach der Geburt ihres ersten Sohnes Muhammed.

In diesen drei Jahren waren sie unzertrennlich. Wohin in der Welt er fuhr, sie kam mit ihm. Außer wenn er in den Mittleren Osten zurückkehrte. Dorthin wollte sie nicht mitkommen.

»Erst wenn wir verheiratet sind. Ich will nicht als Konkubine behandelt werden.«

»Wir können heiraten«, sagte er. »Nach mohammedanischem Gesetz sind mir vier Frauen gestattet.«

»Ausgezeichnet«, antwortete sie spöttisch. »Dann heirate drei andere Araberinnen.«

»Darum geht es nicht, Jordana. Ich will nicht irgendeine heiraten, sondern dich.«

»Dann laß dich scheiden.«

»Nein.«

»Warum nicht?« fragte sie. »Du liebst sie nicht. Du siehst sie nie. Und für einen Moslem ist die Scheidung ja leicht, oder? Das hast du doch selbst gesagt.«

»Wir wurden auf Befehl des Fürsten verheiratet. Ich würde seine Erlaubnis für die Scheidung brauchen, und er würde sie mir nicht geben, damit ich eine Ungläubige heiraten kann.«

»Baydar, ich liebe dich«, sagte sie. »Und ich will deine Frau sein. Aber deine einzige Frau. Verstehst du das? Ich wurde so erzogen. Nur eine Frau auf einmal.«

Er lächelte. »In Wirklichkeit ist es gar nicht so wichtig, nur eine Frage der Einstellung.«

»Okay«, sagte sie entschieden. »Dann ist das eben meine Einstellung. Und ich werde mich nicht ändern.«

Er antwortete nicht. Er war eigentlich nicht so scharf darauf, wieder zu heiraten. Nicht wegen anderer Frauen. Seit er mit Jordana zusammenlebte, waren das nur sehr wenige. Und dann nur bei den seltenen Gelegenheiten, wenn sie getrennt waren. Wenn sie zusammen waren, hatte er kein Bedürfnis nach einer anderen Frau.

Ihre Eltern waren entsetzt über ihr Verhalten; erst nachdem Baydar beträchtliche geschäftliche Transaktionen über ihren Stiefvater getätigt hatte, lenkten sie allmählich ein. Danach aßen sie manchmal gemeinsam, wenn sie in San Francisco waren. Aber immer nur im allerengsten Familienkreis. Niemand wollte Erklärungen darüber abgeben, daß Jordana in wilder Ehe lebte, und das auch noch mit einem Araber.

Baydar kaufte eine Villa in Südfrankreich, und dort verbrachten sie im Sommer so viel Zeit wie möglich. Jordana lernte Französisch und sprach es bald recht gut. Sie liebte die Côte d'Azur. Die Atmosphäre war fröhlich und voller Leben, und die meisten hielten sich zu ihrem Vergnügen dort auf. Keiner kümmerte sich um das Privatleben anderer. Man mußte nur Geld haben, um es zu genießen.

Im Winter lebten sie in New York und machten Abstecher nach Acapulco, wo er das Haus kaufte, in dem sie ihr erstes gemeinsames Wochenende verbracht hatten. Gelegentlich gingen sie Skifahren, aber da er die Kälte nicht mochte, konnte sie ihn nicht oft dazu überreden. Alle drei Monate flog Baydar für zwei Wochen nach Hause. Während er fort war, besuchte Jordana ihre Familie in San Francisco. Doch immer, wenn die zwei Wochen um waren, erwartete sie ihn in New York, London, Paris oder Genf, wo er gerade zu tun hatte.

Aber einmal kam er in seine New Yorker Wohnung zurück, und niemand erwartete ihn. »Haben Sie Nachricht von Madame?« fragte er den Butler, der ihm am Eingang Hut und Mantel abnahm.

»Nein, Sir«, antwortete der Butler. »Soviel ich weiß, ist Madame noch in San Francisco.«

Er wartete den ganzen Tag, schließlich rief er nach dem Abendessen bei ihrer Mutter in San Francisco an. Jordana war am Apparat.

»Liebling, ich habe mir schon Sorgen gemacht«, sagte er. »Wann kommst du nach Hause?«

Ihre Stimme klang müde. »Gar nicht.«

»Wie meinst du das, gar nicht?« Seine Stimme verriet seinen Schreck.

»Genauso, wie ich es sagte. Ich bin einundzwanzig und muß aus meinem Leben etwas machen. Ich komme nicht zurück.«

»Aber ich liebe dich.«

»Das genügt nicht«, sagte sie. »Ich habe genug davon, in einem Vakuum zu leben. Zwei solche Jahre sind für jedes Mädchen genug. Es ist Zeit, daß ich erwachsen werde.«

»Gibt es jemand anderen?«

»Nein. Das weißt du doch genau. Seit dir hat es keinen anderen Mann gegeben.«

»Was ist dann der Grund?«

»Könntest du dir vorstellen, daß ich einfach genug habe von der Art, wie wir leben? Genug davon, Mrs. Al Fay zu spielen, ohne es zu sein?« Sie begann zu weinen.

»Jordana!«

»Versuch nicht, mich zu überreden, Baydar. Ich bin nicht wie die Araberinnen, die du kennst. Ich kann es einfach nicht hinnehmen. Ich habe eine eigene Meinung.«

»Ich will dich gar nicht überreden. Ich will nur, daß du es dir noch einmal überlegst.«

»Ich habe es mir überlegt, Baydar. Ich komme nicht zurück.«

Er fühlte, wie der Zorn in ihm hochstieg. »Dann erwarte nicht, daß ich dir nachlaufe«, sagte er. »Das habe ich schon einmal getan.«

»Leb wohl, Baydar.«

Die Verbindung war unterbrochen. Er blickte auf den Hörer, dann knallte er ihn zornig auf die Gabel. Einige Minuten lang starrte er ins Leere, dann nahm er das Telefon und rief wieder an.

Diesmal meldete sich ihre Mutter. »Kann ich bitte mit Jordana sprechen?« fragte er.

»Sie ist in ihr Zimmer gerannt«, erklärte ihre Mutter. »Ich werde sie rufen.«

Baydar wartete, bis ihre Mutter wiederkam. »Sie sagt, sie will nicht mit Ihnen sprechen.«

»Mrs. Mason, ich verstehe nicht, was vorgeht. Was ist mit ihr los?«

»Das ist ganz normal, Baydar«, antwortete Jordanas Mutter ruhig. »Schwangere Frauen sind gewöhnlich sehr reizbar.«

»Schwanger?« schrie er. »Ist sie schwanger?«

»Natürlich«, sagte Mrs. Mason. »Hat sie Ihnen das nicht gesagt?«

Sieben Monate später stand er im Krankenhaus neben ihrem Bett. In ihren Armen lag sein Sohn.

»Er sieht genauso aus wie du«, sagte sie scheu. »Die gleichen blauen Augen.«

Er erinnerte sich daran, was ihm sein Vater einmal erzählt hatte. »Alle neugeborenen Kinder haben blaue Augen. Wir werden ihn Muhammed nennen.«

»John«, erwiderte sie, »nach meinem Großvater.«

»Muhammed«, wiederholte er. »Nach dem Propheten.« Er schaute auf sie nieder. »Wirst du mich jetzt heiraten?«

Sie erwiderte seinen Blick. »Wirst du dich vorher scheiden lassen?«

»Ich kann keine Ungläubige als einzige Frau haben. Wirst du unseren Glauben annehmen?«

»Ja«, sagte sie.

Er hob das Kind hoch und hielt es dicht an sich gepreßt. Das Baby begann zu weinen. Mit dem Lächeln eines stolzen Vaters blickte er Jordana an. »Unser Sohn wird ein Prinz sein.«

Der alte Fürst sah auf, als Baydar ins Zimmer trat. Er machte eine Handbewegung, und der Knabe, der zu seinen Füßen saß, stand auf und verließ das Zimmer. »Wie geht es dir, mein Sohn?« fragte der alte Mann.

»Ich bringe Euch Nachricht von einem Thronerben, Hoheit«, sagte Baydar. »Ich habe einen Sohn. Wenn Ihr gestattet, werde ich ihn Muhammed nennen.«

Der alte Mann blickte ihn listig an. »Das Kind einer ungläubigen Konkubine kann nicht Anwärter auf einen Thron des Propheten sein.«

»Ich werde diese Frau heiraten.«

»Wird sie den Glauben annehmen?«

»Sie hat ihn bereits angenommen«, antwortete Baydar. »Und sie kennt den Heiligen Koran schon besser als ich.«

»Dann hast du meine Erlaubnis, diese Frau zu heiraten.«

»Ich bitte Eure Hoheit um eine weitere Gunst.«

»Und die wäre?«

»Es ziemt sich nicht, daß der Thronerbe der Sohn einer zweiten Frau im Hause ist. Ich bitte um die Erlaubnis, mich vorher scheiden zu lassen.«

»Dafür muß es Gründe geben«, erwiderte der Fürst. »Der Koran verbietet es, sich wegen Nichtigkeiten oder Launen scheiden zu lassen.«

»Es gibt Gründe«, antwortete Baydar. »Meine erste Frau ist seit der Geburt ihres letzten Kindes unfruchtbar.«

»Ich habe solche Gerüchte gehört. Sind sie wahr?«

»Ja, Hoheit.«

Der Fürst seufzte. »Die Erlaubnis wird erteilt. Aber das Scheidungsabkommen muß gerecht und den heiligen Schriften gemäß sein.«

»Es wird mehr als gerecht sein.«

»Wenn du diese Frau geheiratet hast, möchte ich, daß du sie und ihren Sohn zu mir bringst, um sie mir vorzustellen.«

»Es wird geschehen, wie Ihr wünscht, Eure Hoheit.«

»Alles ist Allahs Wille«, sagte der alte Mann. »Mit zehn Jahren wird dein Sohn zu meinem Erben ernannt werden.« Er neigte sich vor, und Baydar drückte ihm einen Kuß auf die Hand und auf die Nase. »Dann geh also in Frieden, mein Sohn.«

Bei ihrer Hochzeit erfreute und überraschte Jordana ihn und seine Eltern damit, daß sie sie arabisch ansprach. Sie hatte ohne sein Wissen Lehrer engagiert und einen Schnellkurs gemacht, so daß sie die Sprache ganz gut, aber mit einem reizvollen, weichen, amerikanischen Akzent sprach, der sie beinahe wie Musik klingen ließ. Baydar erinnerte sich, wie fasziniert seine Mutter und seine Schwestern von ihrem Haar waren, wie sie es fast liebkosend berührten und seine Weichheit und Goldfarbe bewunderten. Er erinnerte sich auch, wie stolz sein Vater gewesen war, als er seinen ersten Enkel in den Armen hielt. »Mein kleiner Prinz«, sagte Samir leise.

Nach der Hochzeitszeremonie machten sie eine Pilgerfahrt nach Mekka, nicht mit Kamelen durch die Wüste wie seine Eltern, sondern mit dem *Lear jet,* der die Strecke in Stunden, nicht in Tagen, bewältigte. Zusammen standen sie, wie alle anderen Pilger in weiße Gewänder gekleidet, in der beruhigenden Stille auf dem Platz, und als der Ruf zum Gebet ertönte, warfen sie sich vor der Kaaba, Allahs heiligem Schrein, auf den Boden.

Später, im Flugzeug, das sie zurück nach Beirut brachte, sagte er auf arabisch zu ihr: »Jetzt bist du eine echte Mohammeda-nerin.«

»Das war ich vom ersten Moment an, als wir uns trafen«, sagte sie, »nur wußte ich es nicht.«

Er hatte ihre Hand ergriffen. »Ich liebe dich, mein Weib.«

Sie hob nach arabischer Tradition seine Hand an ihre Lippen und küßte sie. »Und ich liebe dich, mein Herr.«

»Wenn dein Sohn mein Erbe sein soll«, hatte der alte Fürst gesagt, »mußt du dein Heim in meiner Nähe errichten, so daß ich ihn wachsen und gedeihen sehen kann.«

Baydar sah den erschrockenen Blick in Jordanas Augen über dem traditionellen Schleier, den sie bei öffentlichen Anlässen trug. Er schüttelte den Kopf, um sie vom Antworten abzuhalten.

»Du wirst in einem Haus innerhalb der Palastmauern wohnen«, fuhr der Fürst fort, »damit ihr vor Bösem geschützt seid.«

»Aber meine Arbeit, Hoheit«, protestierte Baydar. »Sie hält mich die meiste Zeit im Ausland fest.«

Der Fürst lächelte. »Dann wirst du es so einrichten, daß du öfter nach Hause kommst. Es ist nicht gut für einen Mann, allzu lange von seiner Familie getrennt zu sein.«

Als sie in jener Nacht allein in ihren Gemächern waren, sagte Jordana: »Das kann er doch nicht im Ernst gemeint haben. Es gibt hier nichts, was ich tun könnte. Ich würde verrückt werden.«

»Es wird nicht lange dauern. Wir müssen ihm ein Weilchen seinen Willen lassen, dann werde ich sagen, ich brauche dich bei meiner Arbeit, und das wird er verstehen.«

»Ich will nicht!« rief sie. »Ich bin keine Araberin, die Befehle hinnimmt wie eine Sklavin!«

Seine Stimme wurde kalt. Diese Seite Baydars hatte sie noch nie erlebt. »Du bist eine Moslemfrau«, erwiderte er, »und du wirst tun, was man dir sagt!«

Vielleicht war das der Zeitpunkt, an dem ihre Beziehung eine Wendung nahm. Baydar hielt Wort. Aber es dauerte sechs Monte, bis er den Fürsten überreden konnte, daß sie anderswo ihr Heim aufschlagen müßten. Und da war der Schaden bereits geschehen. Für beide.

Zwischen ihnen und ihrer Liebe war eine unsichtbare Schranke entstanden, die sie, so sehr sie sich auch bemühten, nicht mehr niederreißen konnten.

13

Jordana konnte nicht schlafen. Mit weit geöffneten Augen starrte sie ins Dunkel und lauschte dem leisen, tiefen Atmen auf der anderen Seite des Doppelbettes. Es hatte sich nichts geändert; nicht einmal Dschabirs Stoff für Träume konnte sie einander näherbringen.

Bevor sie geheiratet hatten, war ihre sexuelle Beziehung warm und voll zärtlicher Momente gewesen, obwohl es gewisse Dinge gab, die er nicht gestatten wollte. Er küßte ihre Brüste und ihren Bauch, weiter jedoch ging er nie. Sie versuchte wiederholt, ihn dazu zu bringen, aber umsonst. Auch daß er unten und sie oben lag, so daß sie ihrer beider Bewegungen steuern konnte, erlaubte er nicht. Ohne es in Worte zu kleiden, gab er ihr zu verstehen, daß gewisse Dinge, die sie von ihm haben wollte, unter seiner Manneswürde waren. Ein Mann durfte einer Frau in keiner Weise untertänig sein.

Das machte jedoch nichts aus. Er war ein guter Liebhaber gewesen. Aber bald nach ihrer Hochzeit bemerkte sie eine Änderung. Der Sex zwischen ihnen wurde beinahe mechanisch. Er nahm sie ohne weitere Vorbereitung und war schnell fertig. Zuerst schob sie das auf den Druck, unter dem er bei seiner Arbeit stand. Der Fürst stellte immer größere Anforderungen an ihn; seine Geschäfte weiteten sich in alle Länder der westlichen Welt aus, und sein Verwaltungsapparat wurde immer komplizierter. Allmählich sammelte er einen Stab junger Leute um sich, die wie er aus dem Mittleren Osten stammten und mit den Eigenheiten des Westens vertraut waren. Die Mitglieder dieses Stabs waren in den Ländern stationiert, die sie am besten kannten, und ihre Aufgabe war es, seine Investitionen ständig zu überwachen. Baydar reiste von einem zum anderen, um die endgültigen Entscheidungen zu treffen und die verschiedenen Aktionen zu einem gewinnbringenden Ganzen zu koordinieren.

Um dem Zeitdruck nachzukommen, war der *Lear Jet* durch eine *Mystère Zwanzig,* diese durch eine *Super Caravelle* und schließlich durch eine *Boeing 707* ersetzt worden. Nun konnte er Langstreckenflüge ohne Zwischenlandung machen, aber auch so gerieten sie durch seine Reisen immer mehr auseinander. Immer gab es eine andere Stadt, wo seine Anwesenheit erforderlich war, immer wieder einen dringenden Fall, den nur er lösen konnte. Ihre Sommer in Frankreich fielen aus, und die Riesenjacht, die sie für ihr gemeinsames Vergnügen gekauft hatten, lag meist ungenützt im Hafen.

Bald nach der Geburt des zweiten Sohnes, Samir, schien ihr Liebesleben völlig aufzuhören. Als sie eines nachts in ihrer Verzweiflung nach ihm griff, nahm er ihre Hand und legte sie zwischen sich und ihr auf die Decke. Seine Stimme war kalt. »Es ist ungehörig, daß eine Frau Annäherungsversuche macht.«

Durch die Ablehnung gekränkt, begann sie zu weinen, dann wurde sie wütend. Sie machte das Licht an, setzte sich im Bett auf und nahm eine Zigarette. Sie zündete sie bedächtig an und tat einen tiefen Zug, wobei sie ihre Haltung wiederzugewinnen suchte. »Was ist los, Baydar? Magst du mich nicht mehr?«

Er antwortete nicht.

»Gibt es eine andere?«

Er machte die Augen auf und schaute sie unbewegt an. »Nein.«

»Was denn?«

Er schwieg eine Weile, dann stieg er aus dem Bett. »Ich bin müde«, sagte er. »Ich möchte schlafen.«

Sie blickte ihm ins Gesicht. »Und ich möchte ficken«, entgegnete sie derb. »Ist daran etwas unrecht?«

»Es genügt, daß du dich wie eine Hure benimmst«, antwortete er. »Du brauchst nicht auch noch wie eine zu sprechen.«

»Du mußt es ja wissen«, sagte sie schneidend. »Du verbringst genug Zeit mit ihnen.«

Sein Gesicht wurde dunkel vor Zorn. »Was ich tue, geht dich nichts an.«

»Ich bin deine Frau, und du warst seit Monaten nicht mit mir zusammen. Was meinst du damit, daß es mich nichts angeht?«

»Eine Frau hat die Pflicht, sich dem Willen ihres Mannes zu unterwerfen.«

»Die Heirat mit dir hat mich nicht zu einem Bürger zweiter Klasse gemacht«, fauchte sie ihn an. »Ich habe auch Rechte und Gefühle.«

»Du hast vergessen, was geschrieben steht«, sagte er. »Du bist meine Frau, mein Eigentum, und dir stehen nur die Rechte und Gefühle zu, die ich dir gestatte.«

Sie starrte ihn an. »Dann verlange ich die Scheidung. So will ich nicht leben.«

»Ich lehne dein Verlangen ab. Du wirst so leben, wie ich es dir befehle.«

»Wir sind nicht im Mittelalter. Und wir sind auch nicht im Mittleren Osten, wo du mich in einen Harem sperren kannst. Morgen fahre ich nach Hause und reiche die Scheidung ein.«

Sein Blick war eisig. »Wenn du das tust«, sagte er ruhig, »wirst du deine Kinder nie wiedersehen. Du weißt, daß das in meiner Macht steht.«

Ihre Stimme verriet Schmerz und Schrecken. »So etwas kannst du nicht tun!«

»Ich kann und werde es tun«, entgegnete er kurz.

Tränen stiegen ihr in die Augen, und sie konnte nicht sprechen.

Er blickte eine Weile auf sie nieder, und als er sprach, war es ohne Mitgefühl. »Es wird keine Scheidung geben. Zu viel steht dabei auf dem Spiel. Ich lasse es nicht zu, daß die Thronansprüche meines Sohnes durch einen Skandal in Frage gestellt werden, nachdem ich ein so großes Opfer gebracht habe, um sie für ihn zu erreichen.«

Sie schaute ihn ungläubig an. »Was für Opfer hast du gebracht?«

»Ich habe meinen Stolz unterdrückt und trotz aller gegenteiligen Ratschläge um Erlaubnis gebeten, eine Ungläubige zu heiraten. Aber ich wollte den Thron für meinen Sohn; er war ihm versprochen worden.«

»Ich habe doch den Glauben angenommen, oder?« rief sie.

»Mit deinen Lippen, aber nicht mit deinem Herzen. Hättest du ihn wirklich angenommen, würdest du deine Stellung kennen und meine Handlungen nicht in Frage stellen.«

Verzweifelt bedeckte sie ihr Gesicht mit den Händen. »O Gott!« schluchzte sie.

»Welchen Gott rufst du an?« fragte er mit grausamer Stimme. »Deinen oder meinen?«

Sie senkte die Hände und sah ihn an. »Es gibt keinen anderen Gott als Allah.«

»Sag das übrige!«

Sie schwieg einen Augenblick und senkte den Blick. »Und Mohammed ist sein Prophet«, flüsterte sie.

Er atmete tief und wandte sich zur Tür. »Vergiß das nicht!«

»Baydar!« Ihre Stimme hielt ihn fest. »Was soll ich tun?«

Er blickte sie unbewegt an. »Ich stelle es dir frei, zu tun, was du willst, so lange wir verheiratet bleiben, aber es gibt zwei Einschränkungen. Die erste ist Diskretion. Du wirst nichts tun, was Schande über unser Haus bringen könnte. Für die Welt muß unsere Ehe weiter scheinen, wie sie immer war.«

»Und die zweite?«

»Du wirst dich von Juden fernhalten. Den Verkehr mit ihnen dulde ich nicht.«

Er ging ins Nebenzimmer und ließ die Tür hinter sich offen. Kurz darauf kam er mit einer gelben Metalldose in der Hand zurück. Er schloß die Tür hinter sich, trat zum Bettrand und blickte auf sie nieder. Er öffnete die Dose und stellte sie auf den Nachttisch neben dem Bett. Sie sah die Ampullen in ihrer Netzhülle. »Du weißt, daß ich Amylnitrit nicht mag«, sagte sie.

»Was du magst oder nicht, kümmert mich nicht«, erwiderte er grob. »Du handelst und redest wie eine Hure – also wirst du auch so behandelt.«

Er zog seinen Pyjama aus und ließ ihn zu Boden fallen. »Zieh dein Nachthemd aus!« befahl er.

Sie regte sich nicht.

Mit einem raschen Griff faßte er das Hemd und riß es ihr vom Leib. Ihre Brüste lagen frei, und er umfaßte eine mit der Hand. »Ist es das, was du willst?« fragte er.

Sie antwortete nicht.

Er verstärkte den Druck. Vor Schmerz zog sie unwillkürlich die Luft ein. Einen Augenblick lang blickte sie ihm in die Augen, dann sah sie seine Hand. Er hielt ihr seinen schnell steif gewordenen Phallus entgegen. »Ist es das, was du willst?«

»Baydar!« rief sie.

Er rammte ihn ihr in den Mund. Sie rang nach Luft und hustete. Höhnisch fragte er: »Das willst du nicht, ungläubige Hure?« Er schob ihr Gesicht von sich und sah ihr in die Augen. »Vielleicht ist dir das lieber!«

Dabei preßte er sie aufs Bett und stieß drei Finger tief in sie hinein. Das geschah so schnell und unerwartet, daß sie vor Schmerz laut aufstöhnte. Er bewegte seine Finger schnell in ihr hin und her, dabei nahm er mit der freien Hand eine Ampulle aus der Dose.

Sie spürte die Explosion in ihrem Gehirn, als er die Ampulle unter ihrer Nase zerbrach. Sie hatte das Gefühl, als würde ihr Herz in der Brust zerspringen, und sie spürte, wie ihr Körper willenlos von einer Welle Orgasmen geschüttelt wurde.

Jäh zog er seine Finger zurück und drehte Jordana grob auf den Bauch. »Auf Hände und Knie, wie es einer ungläubigen Hündin zukommt!« befahl er.

Sie konnte sich nicht rühren.

Er schlug sie mit der flachen Hand auf die Hinterbacken. Sie schrie. Wieder und wieder schlug er sie. Sie wand sich stöhnend. Er war verrückt. Ich bin verrückt, dachte sie. Das kann mir nicht gefallen. Aber sie spürte, wie Wärme in ihr hochstieg und sich der Schmerz langsam in Lust verwandelte.

»Wie eine Hündin, Weib!« befahl er.

»Ja, ja«, stöhnte sie und rutschte ihm auf Knien und Ellbogen rückwärts entgegen. Sie spürte, wie er hinter ihr seine Stellung einnahm, und wandte sich nach ihm um.

»Sieh mich nicht an, du ungläubige Hündin!« schrie er und drückte grob ihren Kopf nach unten.

Das Beben, das sie innerlich spürte, verbreitete sich schnell in ihrem ganzen Körper, sogar ihre Knie zitterten. So hatte sie einmal eine Stute zittern sehen, die erwartete, von einem Hengst besprungen zu werden. Jetzt wußte sie genau, was das Tier empfunden haben mußte, und sie erinnerte sich auch, wie es später unter dem ungestümen Angriff in die Knie gegangen war.

Er riß ihren Kopf an den Haaren hoch und zerbrach noch eine Ampulle unter ihrer Nase. Wieder begann die Welle sie zu überfluten.

Sie hörte, wie er eine weitere Ampulle zerbrach, diesmal jedoch für sich selbst. Dann spürte sie, wie er in sie eindrang und sein Körper in wilden Stößen gegen sie hämmerte.

Sie schrie einmal auf vor Schmerz. Dann ging sie wie die Stute unter den Stößen nieder.

Nachher lag sie sehr still auf ihrer Seite des Bettes, Schmerz und Zittern ließen langsam nach. Auch er schwieg und regte sich nicht. Es gab keine Verbindung zwischen ihnen. Nach einer Weile sprach er. Seine Stimme war so ruhig, als hätte sich nichts zwischen ihnen ereignet. »Verstehst du jetzt deine Stellung, Weib?«

Sie spürte, wie sich ihre Augen mit Tränen füllten. »Ja.«

Und so war es seither stets gewesen. Es war kein Liebesakt mehr, nicht einmal Grausamkeit. Es war nichts als ein Geltendmachen seiner Macht über sie.

Später in jenem Sommer nahm sie ihren ersten Liebhaber. Nachher ging es leicht. Aber nur mit sehr wenigen erreichte sie Befriedigung. Etwas jedoch erreichte sie. Ob es echt war oder nicht, ob sie es fühlten oder nicht, ob sie ihnen Geld gab oder nicht, sie alle gaben ihr Liebe.

Und das tat Baydar nie.

14

Das Summen des elektrischen Rasierapparates weckte Jordana. Sie wälzte sich im Bett herum. Durch die offene Tür zum Badezimmer sah sie ihn vor dem Spiegel stehen, um seine Taille ein Handtuch gewunden. Der Ausdruck von Konzentration in seinem Gesicht war ihr vertraut; das Rasieren schien ihn völlig in Anspruch zu nehmen.

Sie setzte sich im Bett auf und zündete eine Zigarette an. Es war ein merkwürdiges Wochenende gewesen. Merkwürdig, weil es Augenblicke gab, in denen sie einander wieder so nahe zu kommen schienen wie einst. Doch jedesmal hatte sich der eine oder die andere zurückgezogen oder etwas getan, um das Gefühl wieder zu zerstören.

Zweimal war die Annäherung auch körperlich gewesen. Das erstemal hatte sie es durch ihr Verlangen nach Schmerz verdorben. »Tu mir weh«, hatte sie gesagt und gemerkt, wie er sich abwandte.

Das zweitemal war vorige Nacht gewesen, nachdem sie Dschabirs Zigarette geraucht hatten. Diesmal war sie bereit. Das Haschisch hatte sie entspannt, sie fühlte sich träge und unbeschwert. Sie wollte sich nur romantisch und einfach lieben lassen, sie wünschte sich ihn so wie bei ihrer ersten Begegnung.

Es war jedoch ganz anders gekommen. Er hatte sie ungestüm genommen und sich schon nach wenigen Bewegungen in sie ergossen. Verblüfft über die Schnelligkeit hatte sie ihm ins Gesicht gestarrt. Es war unbewegt, als wäre nichts geschehen; sie sah weder Freude noch Lust darin.

Gleich darauf hatte er sich von ihr getrennt, auf seine Seite des Bettes gewälzt und war sofort eingeschlafen. Sie blieb noch lange schlaflos liegen und dachte an das erstemal, als er sie ohne Liebe genommen und sie hatte fühlen lassen, daß sie nur ein Gegenstand zu seinem Gebrauch und seiner Bequemlichkeit war. Damals hatte er klargestellt, daß es von nun an so sein werde, und so war es auch gewesen – bis zu diesem Wochenende.

Nach dem ersten Mißlingen hatte sie so sehr gehofft, sie würden ein zweites Mal und besser zusammensein. Aber es war nicht dazu gekommen. Wenn er am Beginn des Wochenendes etwas mit ihr im Sinn gehabt hatte, so war es nun jedenfalls vorbei. Und sie fragte sich, ob sie jemals wieder eine Chance bekommen würde.

Er kam, noch naß von der Dusche, aus dem Badezimmer und schaute auf sie herunter. »Wir fliegen heute morgen nach Los Angeles«, sagte er beiläufig. »Was hast du dann für Pläne?«

Er benahm sich, als wären sie Fremde. »Es war nett, Sie zu treffen«, sagte sie. »Ich würde Sie gern bald wiedersehen.«

Er blickte sie verdutzt an. »Was hast du gesagt?«

»Nichts. Ich habe keine Pläne gemacht.«

»Fliegst du zurück nach Frankreich?«

»Wie steht es mit dir?« fragte sie. »Es wäre keine schlechte Idee, wenn du die Kinder besuchtest. Du warst den ganzen Sommer fort und fehlst ihnen.«

»Ich kann nicht«, entgegnete er kurz. »Ich habe im Augenblick zu viel zu tun. Außerdem beabsichtige ich, in diesem Herbst einige Zeit mit ihnen in Beirut zu verbringen. Ich werde mindestens sechs Monate dort sein.«

»Einige Tage würden schon viel für sie bedeuten.«

Seine Stimme wurde scharf. »Ich sagte schon, ich kann die Zeit nicht erübrigen.« Er ging zum Schrank und nahm ein Hemd heraus. »Möglicherweise muß ich sofort nach Japan.«

»Ich war noch nie in Japan. Es soll faszinierend sein.«

Er knöpfte sein Hemd zu. »Tokio ist ein Irrenhaus«, meinte er unverbindlich. »Der Verkehr ist fürchterlich, und alles ist so überfüllt, daß man kaum atmen kann.«

Sie gab es auf. Er wollte sie nicht bei sich haben. Er hatte dort keine Verwendung für sie. »Vielleicht bleibe ich ein paar Tage in Los Angeles. Ich werde einige Freunde besuchen und dann zu meiner Familie nach San Francisco fliegen.«

Er schlüpfte in seine Hose. »Kein schlechter Gedanke. Aber richte es so ein, daß du nächste Woche wieder in Frankreich bist. Ich will nicht, daß die Kinder zu lange allein bleiben.«

»Ich werde es so arrangieren«, sagte sie. Mit vier Angestellten, zwei Leibwächtern und der Gouvernante waren die Kinder nicht gerade allein.

Das Telefon klingelte, er hob ab. Einen Augenblick hörte er zu, dann nickte er zufrieden. »Gut, Dick. Rufen Sie das Flugzeug an und sagen Sie, wir fliegen gleich nach meiner Ankunft im Flughafen von LA ab.«

Er legte auf. »Ich fliege sofort nach Tokio«, erklärte er. »Du kannst, wenn du willst, meinen Bungalow im Hotel benutzen.«

»Das wäre nett.«

»Jussef hat dort im Hotel eine Zusammenkunft mit Vincent. Wenn du etwas brauchst, wende dich an ihn.«

»Danke.«

Er zog seine Schuhe an und ging zur Tür. »Wie lange wirst du brauchen, um dich reisefertig zu machen?«

»Nicht lang.«

Er nickte und ging hinaus. Einen Moment lang blieb sie reglos sitzen. Dann drückte sie die Zigarette aus und stieg aus dem Bett. Sie trat vor den Spiegel, ließ ihren Morgenrock zu Boden gleiten und betrachtete ihren nackten Körper.

Physisch war sie immer noch die gleiche. Vielleicht waren ihre Brüste seit der Geburt der Kinder etwas voller geworden, aber sie waren fest, und ihr Körper hatte den gleichen Muskeltonus wie in ihrer Jugend. Die Fülle an Reichtum und Bequemlichkeit genügten einfach nicht. Es mußte noch mehr im Leben geben als Bereitschaft und Warten, bis man gebraucht wurde.

Das Telefon in Jussefs Schlafzimmer klingelte. Er rührte sich nicht und hoffte, es würde aufhören. Er war erschöpft. Der junge Amerikaner, den er am vorigen Abend im *After Dark* kennengelernt hatte, hatte ihn ausgepumpt; er war unersättlich gewesen. Als Jussef sich schließlich nicht mehr rühren konnte, gab er ihm fünfzig Dollar, schickte ihn fort und versank in einen bleiernen Schlaf. Und nun wollte das verdammte Telefon nicht aufhören zu läuten. Wenn Baydar noch dagewesen wäre, hätte Jussef sofort abgehoben, aber Baydar war am vorigen Abend nach Japan geflogen.

Das Telefon im Schlafzimmer hörte auf zu klingeln, dafür läutete es im Wohnzimmer. Jussef zog ein Kissen über seinen Kopf und versuchte wieder einzuschlafen; gleich darauf klingelte das Schlafzimmertelefon wieder.

Fluchend streckte Jussef die Hand danach aus. »Hallo«, knurrte er heiser.

Die Stimme sprach französisch, aber mit stark arabischem Akzent. »Monsieur Ziad?«

Jussef antwortete automatisch auf arabisch: »Ja.«

Die Stimme ging in die Muttersprache über. »Wir kennen uns noch nicht persönlich, haben aber telefonisch miteinander gesprochen. Und wir waren beide auf der Party zum Geburtstag von Madame Al Fay an Bord von Al Fays Jacht. Ich heiße Ali Jasfir.«

»Ahlan we Sahlan«, sagte der nun völlig wache Jussef. Er wußte von Ali Jasfir.

»Ahlan fik«, antwortete Jasfir gewohnheitsmäßig.

»Womit kann ich Ihnen dienen?« fragte Jussef höflich.

»Wenn Sie es einrichten können, würde ich Sie gerne zu einer Besprechung über Dinge von wichtigem gemeinsamem Interesse treffen.«

»Wo sind Sie?«

»Hier in Los Angeles. Vielleicht können wir gemeinsam zu Mittag essen?«

»Das läßt sich machen. Wo sollen wir uns treffen?«

»Wo es Ihnen paßt.«

»Um ein Uhr. Hier im Hotel, in der Polo Lounge.«

Er legte den Hörer auf. Er kannte die Folgen von Baydars letztem Zusammentreffen mit Jasfir. Er war auch sicher, daß Jasfir das wußte. Dennoch mußte etwas Wichtiges im Gange sein, wenn Jasfir an ihn herantrat.

Jussef nahm wieder den Hörer. »Guten Morgen, Mr. Ziad«, sagte die Telefonistin freundlich.

»Bitte, verbinden Sie mich mit Mr. Vincents Zimmer.« Auch beim besten Willen konnte er nicht mit zwei Leuten auf einmal zu Mittag essen; die Verabredung mit Vincent mußte verschoben werden.

Dem arabischen Brauch entsprechend, kam Ali Jasfir erst auf den Kernpunkt ihrer Begegnung zu sprechen, als der Kaffee serviert wurde. »Wie ich höre, beginnt Ihre Importfirma, verschiedene Dinge aus dem Ausland in die Vereinigten Staaten einzuführen.«

Jussef nickte. »Ja. Es ist erstaunlich, wie viele im Mittleren Osten produzierten Sachen von Amerikanern gekauft werden.«

»Wie ich ferner höre, ist es Ihre Sache, die kleinen Betriebe im

Mittleren Osten zu finden, deren Erzeugnisse Ihrer Ansicht nach in Amerika verkäuflich sind?«

Jussef nickte.

»Auch ich vertrete einige Fabrikanten, die ihre Erzeugnisse gern in die Vereinigten Staaten senden würden. Im Augenblick arbeiten wir mit den europäischen Exporteuren und haben dabei viele Probleme.«

Jussef schwieg. Er wußte von den Problemen. Zu viele Sendungen waren vom Bundesrauschgiftdezernat abgefangen worden. Es gab Gerüchte im Mittleren Osten, wonach gewisse wichtige Leute von Jasfirs Leistung sehr enttäuscht waren. »Ich habe gehört, daß Sie einen Großteil Ihrer Transaktionen nach Südamerika verlegt haben«, sagte Jussef.

»Das ist richtig«, Jasfir nickte, »gehört jedoch zu unserem Expansionsprogramm. Die Nachfrage nach unseren anderen Produkten ist so groß wie eh und je.«

»Ich wünschte, ich könnte Ihnen nützlich sein«, erklärte Jussef geschmeidig. »Aber Mr. Al Fay hat unsere Politik bereits festgelegt, und ich bezweifle, daß er auf meinen Rat hin bereit wäre, seine Ansichten zu ändern.«

»Ich bin sicher, daß Mr. Al Fay sich nicht um die Einzelheiten jedes Artikels kümmert, den Sie importieren. Das bleibt gewiß Ihren äußerst fähigen Händen überlassen.«

Das stimmte. Baydar brauchte nichts davon zu wissen. Kleine Sendungen im Wert von Tausenden von Dollars wurden abgewickelt, ohne daß er wußte, worum es sich handelte.

»Wenn wir eine Methode der Zusammenarbeit fänden, könnte eine für Sie höchst lohnende Vereinbarung getroffen werden.« Ali Jasfir lächelte. »Sie wissen, welche Preise unsere Ware erzielt. Manchmal eine Million Dollar für eine Sendung, die nicht mehr Platz beansprucht als eine Kiste Puppen aus Ägypten. Sie könnten für Ihre guten Dienste eine Provision von zehn Prozent erhalten. Es wäre keinerlei Risiko damit verbunden.«

Jussef blickte ihn an. Das war eine Menge Geld. Widerwillig schüttelte er den Kopf. Er verzichtete nur sehr ungern. Aber trotz Jasfirs Versicherung war das zu riskant. Früher oder später mußte etwas durchsickern. Und dann war alles zu Ende. »Tut mir leid«, sagte er, »im Augenblick fehlen uns die Möglickeiten dafür. Unser Geschäft beginnt erst. Vielleicht später, wenn wir größer und besser ausgerüstet sind.«

Ali Jasfir nickte. Er war zufrieden. Früher oder später würde Jussef einwilligen. Es war nur eine Frage der Erhöhung des Anteils, bis Jussef nicht mehr widerstehen konnte.

»Überlegen Sie es sich. Wir sprechen wieder darüber, wenn Sie nach Paris zurückkommen.«

»Ja«, stimmte Jussef zu. »Vielleicht ändert sich die Situation bis dahin.«

Ali Jasfir hob seine Kaffeetasse. »Mr. Al Fay ist nach Japan gereist?«

Jussef nickte. Er hatte nicht gewußt, daß sie Baydars Tätigkeit so genau überwachten.

»Seine Verhandlungen mit den Japanern sind sehr interessant«, bemerkte Ali Jasfir.

»Ich weiß nur wenig darüber«, bog Jussef schnell ab.

Jasfir lächelte. »Uns wäre eine Verbindung mit Mr. Al Fay sogar noch wichtiger als das kleine Geschäft, über das wir vorhin sprachen. Wir halten sehr viel von ihm.«

»Das tun alle«, versicherte Jussef.

»Wir sind nämlich der Ansicht, daß er in unserer Sache stärkeren Einfluß haben könnte«, sagte Jasfir. »Wenn er für sie einträte, würde das vielleicht einen größeren Druck auf jene ausüben, die wie er konservativere Ansichten hegen.«

Jussef schwieg. Jasfir hatte recht; das war beträchtlich wichtiger als der Transport von Rauschgift.

»Wenn Sie eine Möglichkeit finden, ihn so zu beeinflussen, daß er unsere Sache unterstützt«, fuhr Jasfir fort, »können Sie den Rest Ihrer Tage in Luxus verleben, und Allah würde Sie für die Hilfe, die Sie seinem unterdrückten Volk gewähren, mit seinem Segen überschütten.«

»Mr. Al Fay ist nicht der Mann, der sich leicht beeinflussen läßt.«

»Er ist ein Mensch«, sagte Jasfir. »Man wird einen Weg finden. Früher oder später.«

Jussef verlangte die Rechnung und zeichnete sie ab. Auf dem Weg zum Ausgang begegneten sie Jordana.

»Ich dachte, Sie seien mit Mr. Vincent beim Mittagessen«, sagte sie, »und ich wollte ihm gerade sagen, daß ich heute abend gern zu der Party komme.«

»Ich werde es ihm mitteilen«, entgegnete Jussef. »Vielleicht können wir zusammen hingehen.«

Sie bemerkte Ali Jasfir, der daneben stand. Er verneigte sich. »Madame Al Fay«, sagte er. »Wie nett, Sie zu sehen.«

Jussef sah ihren verlegenen Blick. »Sie erinnern sich doch an Mr. Jasfir«, half er schnell. »Er war auf Ihrer Geburtstagsparty.«

»Natürlich«, sagte sie. »Wie geht es Ihnen, Mr. Jasfir?«

Er verneigte sich wieder. »Danke, gut, und Sie sind sogar noch schöner, als ich es in Erinnerung hatte. Aber ich muß mich entschuldigen, ich komme bereits zu spät zu meiner nächsten Verabredung.«

Sie schaute ihm nach, als er durch die Halle davonging, dann wandte sie sich an Jussef. »Hoffentlich macht Baydar keine Geschäfte mit diesem Mann.«

Jussef war überrascht. Es war das erstemal, daß sie etwas über Baydars Geschäftspartner sagte. »Ich glaube nicht«, antwortete er. Dann überkam ihn die Neugierde. »Was veranlaßt Sie zu dieser Bemerkung?«

Ein Schleier schien über ihre Augen zu fallen. »Ich weiß nicht«, sagte sie. »Vielleicht ist es weibliche Intuition, aber ich spüre in ihm etwas Gefährliches.«

15

Jordana sah sich in dem großen, verdunkelten Salon um und griff nach ihrem Glas Wein. Die übrigen Gäste saßen auf Sofas und Stühlen und starrte gebannt auf die große Kinoleinwand im Hintergrund. Es war nicht die Art angeregte Hollywoodparty, die sie erwartet hatte. Alles war ziemlich steif.

Sie schaute zum anderen Ende des Raums, wo der Gastgeber allein, mit dem Rücken zur Leinwand, an der Bar saß. Seit Beginn der Filmvorführung schien er alles Interesse an seinen Gästen verloren zu haben. Vielleicht war es das, was man Vorrecht des Stars nannte.

Rick Sullivan war viele Jahre lang ein Filmstar in Monumentalfilmen gewesen, wie sie von C.B. de Mille und in letzter Zeit von Michael Vincent gemacht wurden, aber er war nicht mehr in Mode. Sullivan hatte die Titelrolle in Vincents Film über Moses gespielt, und das war der Grund für die Einladung. Es hatte sich in Hollywood herumgesprochen, daß Vincent im Begriff stand, wieder einen großen Film zu machen, und es erschien Sullivan keine schlechte Idee zu sein, den Regisseur daran zu erinnern, daß er noch im Geschäft war.

Nicht, daß er das Geld gebraucht hätte. Oder die Arbeit. Seit fünf Jahren spielte er in einer der erfolgreichsten Fernsehserien. Aber für sein Selbstbewußtsein war Fernsehen nicht das gleiche wie Film.

Er mochte keine großen Partys, deshalb hatte er die Zahl der Gäste auf sechzehn beschränkt. Natürlich waren sein Agent und sein Public-Relations-Mann und einer von Hollywoods führenden Kolumnisten da. Andere Gäste waren gemeinsame Freunde von ihm und

Vincent, ein paar Schauspieler und Schauspielerinnen, aber nicht bedeutend genug, um seinen Status als Star des Abends zu bedrohen.

Sullivan drehte sich um und sah den gelangweilten Blick Jordanas, die die Filmleinwand betrachtete. Sie war durchaus nicht so, wie er sie sich vorgestellt hatte.

Aus irgendeinem Grund hatte er eine ältere Frau erwartet. Vielleicht, weil er annahm, daß ein Mann mit so viel Geld, wie Al Fay angeblich besaß, älter sein mußte. Er warf einen Blick auf den Mann, der mit ihr gekommen war, diesen Ziad. Er saß neben Vincent auf der großen Couch. Zuerst dachte er, der Mann sei vielleicht ihr Liebhaber, dann aber gab er den Gedanken auf. Der Mann war ganz klar ein Homo. Er mußte der Aufpasser sein.

Das Abendessen war angenehm gewesen, die Unterhaltung entwickelte sich von selbst, strotzend von gegenseitigen Komplimenten. Jeder liebte jeden – ein typisches Hollywooder Tischgespräch. Nach dem Essen verkündete er, er habe eine Kopie von Michael Vincents großartigem Film bekommen und werde ihn nun vorführen. Michael war erfreut, und die Gäste schienen zufrieden, als sie in den Salon gingen und ihre Plätze vor der Leinwand einnahmen.

Rick nahm seinen Drink, schlenderte hinüber zu Jordana und setzte sich neben sie. Er warf einen Blick auf die Leinwand und wandte sich gleich wieder ab. Es war eine der ersten Szenen, das erste Zusamentreffen von Moses mit dem Pharao. Der Film war fast zwanzig Jahre alt, und er haßte es, Filme anzusehen, in denen er jung war; sie machten ihm zu sehr sein jetziges Alter bewußt.

Er sah, daß sie ihn beobachtete, und lächelte wehmütig. »Ich sehe mich nicht gern auf der Leinwand. Ich glaube, es ist der Gipfel der Eitelkeit oder so ähnlich.«

»Ich kann mir vorstellen, daß das ein Problem ist«, sagte sie höflich.

»Sie scheinen auch kein Interesse für den Film zu haben.«

»Ich habe ihn schon gesehen«, antwortete sie offen. »Und auch damals war er nicht mein Fall.«

Er lachte. »Was für Filme sehen Sie gern?«

Sie dachte einen Augenblick nach. »Moderne Filme. Wissen Sie, solche, wie man sie heute dreht.«

»Sie meinen nicht sogenannte X-Filme?«

»Ich habe noch nie einen X-Film gesehen.«

Er blickte sie eine Weile an. »Möchten Sie einen sehen?«

Sie erwiderte seinen Blick. »Ich glaube schon. Aber ich kann mir nicht vorstellen, daß ich in eines dieser Sexkinos gehen könnte.«

»Das brauchen Sie auch nicht. Ich könnte eine Vorführung für Sie arrangieren.«

»Das wäre vielleicht interessant. Wann könnten Sie das einrichten?«

»Wie wäre es mit gleich?« fragte er und bemerkte ihre verdutzte Miene, als sie sich schnell im Salon umsah. »Natürlich in einem anderen Zimmer.«

»Und die anderen?«

»Die werden uns nicht vermissen. Dieser Film läuft noch zweieinhalb Stunden. Bis dahin sind wir längst wieder hier.«

Keiner blickte auch nur auf, als sie den Raum verließen. Sie folgte ihm in den Gang und dann in sein Schlafzimmer. Er schloß die Tür hinter sich. »Hoffentlich macht es Ihnen nichts aus, ihn in meinem Schlafzimmer zu sehen?« fragte er mit einer beiläufigen Handbewegung.

»Keineswegs, aber ich sehe keine Leinwand.«

Er lachte und drückte auf einen Knopf an der Wand. Das Surren eines Motors ertönte, und von der Decke schwebte eine Plattform herunter, auf der ein nach vorn geneigter riesiger Fernsehapparat stand. »Ich habe die Filme auf Videokasetten übertragen lassen«, erklärte er. »Der einzige Nachteil ist, daß man sie vom Bett aus ansehen muß.«

»Gar so unbequem sieht das Bett ja nicht aus.«

»Ich muß eine Kassette einlegen«, sagte er.

Er wandte sich zur Tür, blieb aber stehen und zeigte auf den Nachttisch. »In der Dose sind Zigaretten aus feinstem kolumbianischem Marihuana; in dem rosa Glasfläschchen mit den goldenen Löffeln finden Sie das beste Kokain, das es in der Stadt gibt.«

»Herrlich«, lächelte sie. »Darf ich Sie dann bitten, eine Flasche kalten Weißwein mitzubringen? Drogen trocknen mich immer so aus.«

Als er zurückkam, lag sie nackt auf dem Bett und hielt eine Haschischzigarette vorsichtig zwischen den Fingern. Der Film lief bereits.

Schnell streifte er seine Sachen ab und setzte sich neben sie. Er griff nach der Kokainflasche und einem Löffel. »Wie wäre es mit einem Hit?« fragte er. »Das Zeug bringt einen enorm hoch.«

»Klingt gut.«

Er schnupfte eine kräftige Portion mit jedem Nasenloch, dann hielt er ihr den Löffel hin. Er konnte sehen, wie ihre Augen aufleuchteten, als die Droge wirkte. »Wie schmeckt es?« fragte er.

»Könnte nicht besser sein.« Sie griff nach ihm. »Du bist kräftig gebaut.«

»Das glaubte ich auch, bis ich das Männchen dort oben auf dem

Bildschirm sah. Der ist wirklich groß.«

Sie kicherte. »Ich kann es nicht glauben, der muß ein Monstrum sein.« Sie starrte gebannt auf den Bildschirm. »O nein!« rief sie aus. »Das Mädchen kriegt das nicht alles in den Mund. Da ist sicher ein Trick dabei!«

»Es ist kein Trick«, sagte er. »Seit dieser Film herauskam, hat sie ein Vermögen damit verdient, den Damen von Beverley Hills beizubringen, wie man das macht. Sie behauptet, es komme nur darauf an, wie man seine Kehle entspannt.«

Jordana beugte sich nieder, ihre Zunge berührte ihn zart. »Ich bin froh, wenn ich deinen zur Hälfte in den Mund kriege.«

Er lachte laut, und sie schaute ihn fragend an. »Weißt du«, sagte er, »als ich dich kennenlernte, dachte ich, du seist eine sehr konventionelle Dame.«

»Ich bin eine sehr konventionelle Dame.« Sie lächelte geziert. »Ich habe noch nie einen Fickfilm gesehen.« Dann neigte sie sich ganz auf ihn nieder.

»Schön«, sagte er und betrachtete sie, wobei er nach unten langte und auf den unsichtbaren Knopf unter der Bettkante drückte, der das Aufzeichnungsgerät in Gang setzte. Er sagte ihr nicht, daß er von sich nur gern Filme sah, die von einer versteckten Kamera auf diesem Bett aufgenommen wurden.

Nach einer Weile wurde es Jussef langweilig. Der Film schien kein Ende nehmen zu wollen. Er sah sich müßig im Salon um. Plötzlich war der Film vergessen. Jordana war fort. Und der Gastgeber gleichfalls. Jussef ärgerte sich über sich; er hatte sie nicht weggehen sehen.

Er erhob sich, Vincent sah ihn an. »Ich muß mal raus«, erklärte Jussef flüsternd, verließ auf Zehenspitzen den Raum und stand im Gang.

Es war ein großes Haus. Sie mochte in jedem von einem halben Dutzend Zimmern sein. Er suchte sie im Arbeitszimmer, Speisezimmer, Frühstücksraum, Patio, konnte sie aber nicht finden.

Ärgerlich ging er ins Badezimmer und wusch sich Gesicht und Hände mit kaltem Wasser. Wie dumm von ihm! Er hätte wissen müssen, daß sie mit dem Gastgeber verschwinden würde. Er war groß, gutaussehend und vor allem ein Filmstar; etwas ganz anderes als die Gigolos, die sie an der Côte d'Azur fand.

Er kam aus dem Badezimmer und ging durch die Halle zum Salon. Da hörte er das Surren einer Maschinerie hinter einer der geschlossenen Türen. Er blieb stehen. Es konnte die Klimaanlage sein; die Amerikaner hatten die Gewohnheit, solche Einrichtungen in Wandschränke einzubauen. Dann hörte er jedoch ein leises Geräusch, das wie Stimmen aus einem Lautsprecher klang. Er griff nach dem Türknopf. Die Tür ließ sich nicht öffnen. Sie war abgeschlossen.

Er sah sich schnell um, um sich zu vergewissern, daß der Korridor leer war. Jusef hatte allerhand Tricks gelernt, auch den, wie man Plastikkreditkarten als Dietrich verwendet.

Die Tür des Wandschranks war schnell geöffnet, und er starrte verwundert auf den kleinen Monitor eines Videobandaufnahmegeräts. Der Ton war gedämpft, aber das Bild farbig und sehr scharf. Jordana lag nackt auf dem Rücken und schien direkt in die Kamera zu starren, ihre Beine preßten sich eng um die Taille eines Mannes, der auf ihr saß wie ein Zureiter. Das leise Echo ihres Stöhnens ertönte im Lautsprecher, als der Höhepunkt erreicht war. Dann wälzte er sich langsam auf die Seite und wandte sich lächelnd Jordana zu, während seine Hand den Knopf unter dem Bettrand suchte. Jussef hatte gerade noch Zeit, das Gesicht des Gastgebers zu erkennen, dann wurde der Schirm schwarz.

Einen Moment lang stand er wie erstarrt, dann handelte er schnell. Er kannte den Apparat. Baydar hatte den gleichen auf seinem Boot eingebaut, aber nur das Vorführ-, nicht das Aufnahmegerät. Jussef drückte auf den Knopf, der die Kassette freigab, und nahm sie aus dem Apparat. Er schob sie unter seine Jacke und trat auf den Gang. Er schloß die Tür und hörte, wie das Schloß einschnappte.

Dann ging er durch die Halle zum Vorraum. Ein Diener erhob sich aus dem Stuhl beim Eingang und öffnete die Tür, als Jussef herankam.

»Geht der Herr schon?« fragte er.

»Nein, ich möchte nur ein wenig frische Luft schöpfen.«

»Sehr wohl, Sir«, sagte der Diener und schloß die Tür hinter ihm.

Jussef ging zu seinem Wagen. Der Chauffeur stieg aus. »Ist meine Aktenmappe noch im Kofferraum?« fragte Jussef.

»Ja, Sir.« Der Chauffeur öffnete den Kofferraum, nahm die Aktentasche heraus und reichte sie Jussef. Jussef legte schnell die Kassette hinein und schloß die Tasche ab. Er gab sie dem Chauffeur. »Erinnern Sie mich daran, daß ich sie mitnehme, wenn wir ins Hotel zurückfahren.«

»Bitte sehr, Sir.«

Jussef sah zu, wie der Mann die Tasche wieder in den Kofferraum legte, dann ging er zurück ins Haus. Er spürte, wie sein Herz klopfte. Das war sogar mehr, als er geplant, mehr, als er erhofft hatte. Jetzt war es nur noch eine Frage des Entschlusses, wann er den Film verwenden sollte.

Er ließ sich in den Stuhl neben Vincent sinken und blickte auf die

Leinwand. Vincent wandte sich ihm zu und flüsterte: »Rick war ein phantastischer Moses, finden Sie nicht?«

»Ja«, antwortete Jussef. »Wieso wußten Sie, daß er die Rolle so gut spielen würde?«

Vincent lächelte. »Da konnte ich nicht fehlgehen«, erklärte er. »Sullivan änderte seinen Namen, als er zum Film kam; vorher hieß er Solomon.«

Jussef starrte auf die Großaufnahme von Moses, die die ganze Leinwand ausfüllte. Natürlich. Wieso hatte er das nicht schon vorher erkannt? Der Mann hatte das Gesicht eines Juden.

Es gab ein Geräusch hinten im Salon. Jordana und Rick waren wieder da. Jussef beobachtete sie aus dem Augenwinkel, wie sie zur Bar gingen und sich dort setzten. Er sah, wie Rick einen Blick über die Schulter warf und etwas zu ihr sagte. Sie lachte und griff nach dem frischen Glas Wein, das der Barmann vor sie hingestellt hatte.

Jussef spürte eine Welle des Hasses. »Lach nur, du Luder!« dachte er grimmig. »So ist's recht, lach, du judenfickendes Dreckstück!«

Nun wußte er genau, was er mit den Bändern tun würde. Baydar würde ihm ewig dankbar dafür sein, daß er seinen Namen schützte und die Tatsache vor der Welt verheimlichte, daß seine Frau ihn mit einem Juden betrogen hatte.

16

Leila schaute durch den Raum zu ihrer Mutter hinüber. »Ich habe es dir schon oft gesagt, Mutter. Hamid ist nur ein Freund von mir, sonst nichts. Nichts Ernstes. Ich beabsichtigte nicht, ihn zu heiraten. Er ist nur ein Freund.«

Maryam seufzte schwer. »Ich weiß nicht, was mit dir los ist. Er ist nur ein gewöhnlicher Syrer, nicht einmal aus guter Familie. Ich kann mir nicht vorstellen, was du in ihm siehst.«

Leila zündete eine Zigarette an. »Ich brauche jemanden, mit dem ich reden kann.«

»Es gibt viele nette Jungen, mit denen du reden kannst. Mein Vater sagt, der Industrielle Fawaz habe sich an ihn gewandt. Sein Sohn ist im heiratsfähigen Alter, und sie interessieren sich für dich.«

»Wer?« fragte Leila sarkastisch. »Fawaz oder sein Sohn?«

»Sei nicht respektlos! Großvater will nur das Beste für dich.«

»Wie er es auch für dich wollte?« fragte Leila anzüglich.

»Das war nicht seine Schuld«, wehrte Maryam ab. »Damals wußte keiner von uns, wie dein Vater war. Wir handelten völlig korrekt. Niemand kann mit dem Finger auf uns zeigen.«

»Ich sehe aber auch keinen, der mit dem Finger auf meinen Vater zeigt«, höhnte Leila. »Offensichtlich kümmert sich niemand darum, was man tut, wenn man nur genug Geld hat.«

Maryam schüttelte erbittert den Kopf. »Es ist so, wie ich immer sagte, du schlägst mehr deinem Vater nach als mir. Du siehst die Dinge nur so, wie du sie sehen willst. Ich hätte dich nicht in die Schweiz zur Schule schicken sollen. Dort hat man dich nur gelehrt, wie du deiner Mutter widersprechen kannst. Deine Schwester benimmt sich nicht so.«

»Meine Schwester ist dumm!« brauste Leila auf. »Die kümmert sich nur um ihr Heim und ihre Kinder und um ihre Probleme mit den Dienstboten.«

»Das ist auch alles, worum sich eine Frau zu kümmern hat«, sagte Maryam. »Was gibt es sonst noch?«

Leila wies zum Fenster. »Dort draußen liegt eine ganze Welt, Mutter. Siehst du das denn nicht? Zu viele Jahre lang wurden wir unterdrückt, wurde unser Volk lächerlich gemacht und versklavt. Unsere Brüder jammern unter dem Joch der Juden in Palästina. Und du fragst, was es sonst gibt!«

»Das sind Probleme, welche Männer lösen müssen«, meinte Maryam. »Wir sollten uns um unsere eigenen Angelegenheiten kümmern.«

»Es hat keinen Sinn«, sagte Leila und ging zur Tür. »Ich gehe aus.«

»Wohin? Triffst du wieder mit diesem Hamid zusammen?«

»Nein. Nur aus. Sonst nichts.«

»Warum dann so eilig? Wir essen gleich zu Abend.«

»Ich hab keinen Hunger. Warte nicht auf mich.«

Maryam sah zu, wie sich die Tür hinter ihrer Tochter schloß. Wenige Minuten später hörte sie den Wagen vor dem Haus davonfahren. Sie erhob sich, ging zum Fenster und sah gerade noch, wie das Mercedeskabriolett in die Straße einbog.

Leila war wie ihr Vater. Es gab niemanden, der sie beeinflussen konnte. Sie dachte an den Tag im vorigen Monat, als sie mit ihrem syrischen Freund Hamid am Eingang aufgetaucht war. Sie wirkte so abgerissen und schmutzig, daß die Dienerin, die neu im Hause war, sie nicht einlassen wollte. Schließlich hatte sie wiederwillig ihre Herrin gerufen.

Maryam war entsetzt über das Aussehen ihrer Tochter. Ihre Haut war dunkel und ledern, als hätte sie ganze Tage in der Wüstensonne zugebracht, und ihr Körper hatte keine Rundungen mehr. Sie war so

mager und flach wie ein Junge.
»Was ist geschehen?« rief Maryam.
»Nichts, Mutter«, antwortete Leila ruhig.
»Aber sieh dich doch an, du bist ja ganz zerlumpt! Du siehst aus, als hättest du monatelang nicht gebadet.«
»Mit mir ist alles in Ordnung, Mutter«, antwortete Leila bockig.
»Woher kommst du? Ich dachte, du seist noch in der Schule.«
»Wir sind per Anhalter gekommen«, antwortete Leila.
»Weshalb? Du hättest doch nur telefonieren brauchen. Wir hätten dir eine Flugkarte geschickt.«
»Wenn ich eine gewollt hätte, hätte ich angerufen. Ich wollte es so.«
Jetzt erst bemerkte Maryam Hamid, der auf der Schwelle stand. Sie schaute ihn an und dann ihre Tochter.
»Das ist mein Freund Hamid«, stellte Leila vor.
Hamid machte einen Schritt vorwärts und berührte mit seinem Finger die Stirn. *»Tascharrafna.«*
»Hasalli scharaf«, antwortete Maryam automatisch; die übrigen Worte des Willkommensgrußes fügte sie nicht hinzu.
»Ich traf Hamid unterwegs«, erklärte Leila. »Er ist auf der Heimreise nach Damaskus.«
Maryam sagte nichts.
»Er war sehr nett zu mir«, fuhr Leila fort. »Ohne ihn hätte ich ziemliche Unannehmlichkeiten haben können.«
Maryam wandte sich an den Syrer.»Kommen Sie herein«, sagte sie. »Willkommen in unserem Hause!«
Er verneigte sich wieder. »Danke, Madame, aber ich habe Freunde, bei denen ich wohnen kann.«
Sie erhob keinen Einwand. Er schien ihr doch zu grob und gewöhnlich. Aber das waren fast alle Syrer.
»Ich bin froh, daß du zu Hause bist«, sagte er zu Leila. »Ich muß jetzt gehen.«
Leila gab ihm die Hand. »Du meldest dich bei mir, bevor du Beirut verläßt, ja?«
Er nickte, und sie schüttelten sich die Hände. Trotz ihres förmlichen Benehmens spürte Maryam die Vertrautheit, die zwischen den beiden bestand. »Ich werde dich anrufen«, sagte er.
Das war jedoch schon einen Monat her, und er hatte Beirut noch immer nicht verlassen. Was er tat, wußte Maryam nicht. Aber sie wußte, daß er und Leila sich fast täglich im *Hotel Phoenicia* trafen. Das hatten ihr Freunde erzählt, die die beiden dort bei einem Cola im Café gesehen hatten.

Leila parkte den Wagen auf der Straße und betrat das Café durch den äußeren Eingang. Sie ging nicht gern durch die überladene Halle, die mit amerikanischen und europäischen Touristen überfüllt war. Er saß allein an seinem gewohnten Tisch beim Fenster, vor sich das übliche Glas Coca-Cola mit der Zitronenscheibe. Er schaute hoch, als sie ihm gegenüber Platz nahm. Die Kellnerin brachte ihr wortlos eine Cola.

Er wartete, bis die Kellnerin weg war. »Ich fahre morgen.«

Sie sah ihn ausdruckslos an. »Nach Hause?« fragte sie.

»Warum nicht?« sagte er. »Hier ist nichts los. Mein Vetter hat mir geschrieben. Ich kann in der Armee einen Sergeantenjob mit Freizeit und Prämien bekommen. Sie suchen erfahrene Frontkämpfer.«

»Ich verstehe das nicht«, sagte sie. »Jetzt bin ich schon einen Monat hier und habe noch kein Wort gehört.«

Er zuckte die Achseln.

»Vielleicht glauben sie, ich sei zusammen mit all den anderen getötet worden.«

»Sie wissen, daß du hier bist. Ich habe es ihnen gesagt, als ich dort war, um meinen letzten Sold zu kassieren.«

»Warum rufen sie mich dann nicht? Ich werde noch verrückt bei dieser Warterei. Meine Mutter hackt dauernd auf mir herum.«

»Sie haben andere Sorgen. Man erzählt sich, Al-Iquah wollte von deinem Vater, daß er ihre Auslandsinvestitionen verwaltet.«

»Ich weiß. Er hat abgelehnt, als ich noch in Frankreich war.« Sie schlürfte ihr Getränk durch den Strohhalm. »Sie sind verrückt. Mein Vater rührt keinen Finger für einen anderen!«

»Sie werden sich wieder an ihn wenden. Anscheinend halten sie ihn für einflußreich.«

»Ich wünsche ihnen viel Glück. Es gibt nur eine Methode, ihn dazu zu bringen, ihnen zu helfen: ein vorgehaltenes Gewehr.«

»Wie kommst du denn darauf?«

»Ich kenne meinen Vater. Er glaubt immer, daß Geld alles heilt.«

»Jedenfalls fahre ich morgen. Der Posten beim Militär ist besser als gar nichts.«

»Vielleicht sollte ich hingehen und mit ihnen reden. Ich habe doch diese ganze Ausbildung nicht gemacht, um hier bei meiner Mutter herumzusitzen.«

»Tu das nicht«, sagte er schnell. »Du hast Befehl erhalten, zu warten, bis man sich an dich wendet.«

Sie schaute ihn an. »Mußt du wirklich gehen?«

»Ich muß was tun. Mein Geld ist schon fast alle.«

»Ich habe Geld.«

»Nein, danke.«

Sie schwieg eine Weile und starrte in ihr Glas, dann sah sie ihn an. »Ich hatte gehofft, sie würden uns zusammen zu einem Auftrag schicken.«

»Dafür bin ich nicht der Richtige«, sagte er. »Für Aufträge nehmen sie lieber Studenten. Die fallen bei den Leuten weniger auf.«

»Du bist doch nicht so alt. Man könnte dich immer noch für einen Studenten halten«, sagte sie schnell.

»Möglich«, lachte er, »im Dunkeln.«

»Wenn du wieder in die syrische Armee eintrittst, lassen die dich nie wieder raus.«

»Vielleicht will ich das gar nicht. Nach dem, wie bei uns gerüstet wird und wie Ägypten sich vorbereitet, besteht Aussicht, daß etwas geschehen wird. Und wenn es Krieg gibt, kann ich Offizier werden.«

»Willst du das denn?«

»Nein.«

»Was willst du denn?«

»Einfach viel Geld verdienen«, er lächelte, »wie dein Vater.«

»Sprich nicht dauernd von ihm!« fauchte sie, plötzlich wütend. »Ich kann hinkommen, wo ich will, überall heißt es, mein Vater dies, mein Vater jenes. Sogar meine Mutter redet dauernd von ihm.«

»Hast du die heutige Zeitung gelesen?«

»Nein.«

»Das solltest du aber tun. Vielleicht wüßtest du dann, warum man von deinem Vater spricht.«

»Was hat er getan?«

»Er hat gerade den größten Tankervertrag abgeschlossen, der je mit Japan zustandekam. Er hat zehn Schiffe gekauft, und man baut ihm noch weitere zwanzig dazu. Alles Supertanker. Die größte Schifffahrtslinie der Welt wird in arabischem Besitz sein.«

»Gelobt sei Allah«, sagte sie sarkastisch. »Um wieviel macht ihn das reicher?«

»Er tut wenigstens etwas. Es gibt keinen Grund, warum die Griechen und all die anderen das Monopol auf die Verschiffung aus unseren Häfen haben sollte.«

»Und wie hilft das den Palästinensern?« fragte sie.

Er schwieg.

»Entschuldige«, sagte sie sofort. «Ich wollte nicht mit dir streiten. Das Herumsitzen fällt mir nur auf die Nerven.«

»Ist schon recht.«

Sie blickte ihn an. »Möchtest du, daß ich mit dir in dein Zimmer komme?«

»Okay«, lächelte er. »Aber bist du einverstanden, daß wir vorher in ein Kino gehen? Die Filme, die in Damaskus laufen, sind mindestens zehn Jahre alt.«

Baydar spürte, wie ihm der warme Sake in den Kopf stieg, als er das Täßchen hinstellte. Kaum stand es auf dem Tisch, wurde es von der hinter ihm knienden Geisha schon wieder gefüllt. Baydar war Trinken nicht gewohnt; gelegentlich ein Glas Champagner, aber nicht mehr. Und obwohl er nur ein paar Täßchen getrunken hatte, spürte er sie.

»Genug«, sagte er und versuchte aufzustehen, wobei ihm leicht schwindlig wurde. Die Geisha kam ihm zu Hilfe als er die Hand ausstreckte. Er lächelte ihr zu. »Schlafen«, sagte er.

Sie sah ihn verständnislos an.

»Schlafen«, wiederholte er, legte seine Handflächen aneinander, hielt sie an seine Wange und schloß die Augen.

»Hai! Hai! Schlafen.«

Er nickte.

Mit dem einen Arm stützte sie ihn unter dem Ellbogen, mit dem anderen schob sie die Zwischenwand beiseite, welche die Zimmer trennte. Sie führte ihn ins Schlafzimmer und schloß die Wand hinter sich. Das Bett war sehr niedrig, und er wäre fast gefallen, als er sich darauf setzte. Das erschien ihm sehr komisch, und er lachte. Sie lachte mit ihm.

»Fast wäre ich umgefallen.«

»Hai, Hai«, sagte sie und zog die Schärpe auf, die sein Gewand zusammenhielt. Sie nahm es ihm sanft von den Schultern, und er ließ sich auf das Bett zurückfallen, während sie ihn weiter auszog.

»Müde«, murmelte er in das Kissen und rollte sich auf den Bauch. Er hörte wie aus großer Entfernung das Rascheln ihres Kimonos und roch das zarte Parfüm von Talkpuder, das sich wie eine sanfte Wolke auf seine Haut legte.

Ihre Hände fühlten sich an wie Federn, als sie sachte seinen Rücken streichelte und mit den Fingern die Wirbelsäule entlangstrich. Dann begann sie, ihn mit leicht gewärmtem Öl zu kneten. Er seufzte zufrieden.

Ihre Hände glitten über seinen Rücken nach unten, umfaßten seine Hinterbacken und streichelten sie. Dann schob sie sie auseinander und führte vorsichtig einen Finger ein. Sie fand seine Prostata und massierte sie mit einer kreisenden Bewegung.

Schon beinahe schlafend, spürte er, wie sein Penis steif wurde, und wälzte sich auf die Seite. Mit zarter, jedoch fester Hand hielt sie ihn so, daß er sich nicht bewegen konnte. Ihre andere, mit warmem Öl befeuchtete Hand begann seinen pulsenden Phallus zu streicheln.

Er versuchte sich ihrer Bewegung anzupassen, doch es gelang ihm nicht. Da merkte er, daß nicht eine, sondern zwei Geishas im Zimmer waren. Die zweite kam zur anderen Bettseite und kniete sich hin. Jetzt waren es nicht mehr zwei, sondern vier Hände.

Es gab keine Stelle an ihm, die nicht berührt und gestreichelt wurde.

Der Druck auf seine Prostata und seine Hoden, die zunehmende Geschwindigkeit der sich bewegenden Hand an seinem Penis übermannten ihn. Er krampfte sich zusammen. Die Erregung wurde fast unerträglich, er stöhnte und öffnete die Augen.

Die kleine Japanerin in ihrem Kimono lächelte ihn lieblich an. Dann öffnete sie den Mund und umschloß zart das Ende seines Glieds. Die Explosion kam, und einen Augenblick fühlte er sich dem Tode nah, als der Samen wie eine Springquelle aus ihm hervorbrach. Eine Explosion folgte der anderen, bis er völlig entleert war und nur noch eine milde, angenehme Leere übrigblieb.

Er beobachtete die kleine Geisha, die sich erhob und lautlos davonglitt. Andere Hände zogen die weichen Leintücher um ihn zurecht. Er schloß die Augen und verfiel in traumlosen Schaf.

Als er erwachte, schien es ihm, als habe er nur wenige Minuten geschlafen. Aber es war heller Tag, und Dschabir stand vor seinem Bett.

»Entschuldigt die Störung, Herr«, sagte er, »aber dieses Telegramm ist soeben angekommen, und Mr. Carriage sagte, es sei höchst wichtig.«

Er setzte sich langsam auf und griff nach dem gelben Blatt. Die Nachricht klang einfach, war aber in ihrer echten Bedeutung nur für ihn und den Fürsten verständlich:

DAS DATUM FÜR DIE INVESTITUR DEINES SOHNES ALS MEIN ERBE IST FESTGESETZT STOP BITTE KOMM SOFORT ZURÜCK ZWECKS FESTLEGUNG ALLER VORBEREITUNGEN FÜRST FEIJAD

Er war sofort hellwach. Er wußte, daß es mit seinem Sohn nichts zu tun hatte: sie hatten vor langer Zeit schon besprochen, was diese Nachricht bedeuten würde.

Krieg. Krieg mit Israel. Der Augenblick, sich für die Niederlage des Jahres 1967 zu rächen, stand kurz bevor. So dachten sie jedenfalls. Traurigkeit übermannte ihn.

Es war zu früh. Viel zu früh. Vielleicht würden sie anfänglich einen kleinen Sieg erringen, aber die Israelis waren ihnen an Erfahrung weit voraus. Wenn der Krieg länger als eine Woche dauerte, mußte er eine neue Niederlage für die Araber bringen.

Darüber war sogar der Fürst mit ihm einig. Aber es mußte eine Menge getan werden. Wenn die Welt glaubte, daß sie untereinander einig waren, konnte vielleicht mehr als ein kleiner Sieg errungen werden. Nicht auf dem Schlachtfeld, wo die Männer starben, sondern in den Banken und den Börsensälen, wo sie lebten.

Intermezzo: Oktober 1973

Der staubige Volkswagen, dessen gelblicher Lack durch Jahre im Wüstensand und -wind blatternarbig geworden war, hielt hustend und spuckend wenige Meter vor dem Eingang zum Parkplatz. Die Wachtposten betrachteten neugierig einen alten Mann in ebenso staubiger Beduinenkleidung, der ausstieg und zur Rückseite des Wagens ging. Er öffnete die Motorhaube und starrte verdrossen auf den Motor.

Einer der Posten kam heran. »Was ist los, Alter?«

»Wenn ich das wüßte! Auch ein Kamel braucht mitunter Wasser. Aber dieses Geschöpf – ich sage dir, es ist etwas Abscheuliches an einem Geschöpf, das nie Waser braucht. Wäre es ein Kamel, dann wüßte ich, was zu tun wäre.«

Der junge Soldat lachte. »Was würdest du tun, wenn es ein Kamel wäre?«

»Ich würde ihm Wasser geben. Und wenn das nicht nützte, einen Tritt in den Arsch.«

»Warum versuchst du das nicht?« schlug der Soldat vor.

»Hab ich schon, aber es nützt nichts. Nichts nützt.«

Der Soldat ließ den Alten weiter auf den Motor starren und warf einen Blick ins Wageninnere. Das war so altersschwach wie das Äußere. Die Polsterung war zerfetzt, das Armaturenbrett von einer Staubschicht verkrustet. Der Soldat langte ins Innere und wischte den Schmutz von der Benzinuhr, dann richtete er sich auf und wandte sich an den Alten. »Der Benzintank ist leer.«

»Das verstehe ich nicht. Das ist noch nie passiert.«

»Aber jetzt ist es passiert«, sagte der Soldat ein wenig von oben herab.

Der Alte zuckte die Achseln. »Na schön, ich bin froh, daß es nichts Ernstes ist. Ich hatte schon Angst, das arme Ding sei gestorben.« Er ging zum Eingang. »Schieb es auf die Seite«, rief er über die Schulter zurück. »Ich werde jemand schicken, der den Tank auffüllt.«

»Einen Augenblick, Alter!« Der Wachtposten pflanzt sich vor ihm auf. »Ohne Passierschein kannst du da nicht rein. Das ist Sperrgebiet.«

»Ich habe einen Passierschein«, entgegnete der alte Mann und streckte die Hand aus. Die Plastikkarte reflektierte den Sonnenschein wie ein Spiegel.

Der Soldat nahm die Karte, schaute sie an und stand sofort stramm. »Bitte um Entschuldigung, Herr General«, sagte er und salutierte.

Ben Esra erwiderte den Gruß. »Ist gut, Soldat. Rühren!«

Der junge Mann stand bequem. »Kennen Sie den Weg, Sir?« fragte er respektvoll.

»Ich kenne den Weg«, lächelte Ben Esra und streckte die Hand aus. »Kann ich die Karte wiederhaben?«

»Ja, Sir«, sagte der Wachtposten schnell. »Und machen Sie sich keine Sorge um Ihren Wagen, Sir. Wir kümmern uns darum.«

Der General lächelte. »Danke.« Er drehte sich um und entfernte sich, wobei seine Beduinenkleidung flatterte.

»Wer war das?« fragte der andere Soldat neugierig.

Der erste sagte leise und ehrfürchtig: »General Ben Esra.«

»Der Löwe der Wüste?« Die Stimme des zweiten Soldaten klang überrascht; er blickte dem alten Mann nach. »Ich dachte, der sei schon tot.«

»Das ist er nicht«, sagte der erste Soldat. »Komm, hilf mir mit dem Wagen des Generals.«

Im Sitzungszimmer saßen nur fünf Männer um den Tisch: die drei Amerikaner, die bei der ersten Besprechung dabeigewesen waren, Ben Esra und General Eschnew.

»Es tut mir leid, meine Herren, daß wir nur so wenige sind«, entschuldigte sich Eschnew, »aber alle anderen kämpfen an der Front.«

»Sie brauchen sich nicht zu entschuldigen«, sagte Weygrin, »wir verstehen das.« Er lächelte. »Übrigens, ich gratuliere Ihnen: Ihre Jungs haben mit der Abriegelung der ägyptischen Dritten Armee gute Arbeit geleistet.«

Eschnew nickte grimmig. »Sie nehmen da etwas vorweg. Wir sind noch gar nicht so sicher.«

»Sie haben sie in der Tasche«, meinte der amerikanische Oberst zuversichtlich.

»Wir brauchen aber trotzdem Hilfe«, sagte Eschnew. »Viel Hilfe. Wir mußten einen hohen Preis dafür bezahlen, daß wir uns überraschen ließen.«

»Keiner konnte damit rechnen, daß sie am Jom Kippur angreifen würden«, versuchte Harris zu trösten.

Ben Esra sagte sachlich: »Ich rechnete damit und sagte es bei unserer letzten Zusammenkunft sehr deutlich.«

»Das war nur eine Vermutung«, verteidigte sich Harris.

»Alles ist Vermutung«, erwiderte Ben Esra ruhig. »Aber auch wenn es das nicht gewesen wäre, hättet ihr nichts dagegen unternommen, oder?«

Harris antwortete nicht.

»Sagen Sie«, fragte der General in vertraulichem Ton, »haben Sie eigentlich Ihrem Chef davon berichtet?«

Harris nickte. »Natürlich.«

Ben Esra blickte ihn an und schüttelte traurig den Kopf. »Diese ganze Tragödie hätte vermieden werden können.«

»Ich sehe nicht recht, wie«, meinte Harris.

»Wir hätten das Gleiche tun sollen wie das letztemal. Dann wäre der Krieg jetzt schon vorbei.«

»Und die Weltmeinung wäre gegen euch«, sagte Harris.

»Was nützt uns die Weltmeinung?« gab Ben Esra zurück. »Ich sehe keine Armeen, die uns zu Hilfe kommen.«

»Das alles ist jetzt müßig«, warf Eschnew schnell ein, »und nicht der Zweck unserer Besprechung. Wir sind hier, um Ihre Einschätzung der jetzigen Lage zu hören.«

»Damit ihr sie ebenso ignorieren könnt wie das letztemal«, sagte Ben Esra sarkastisch. Er sah Eschnews gekränkten Blick und bereute sofort seine Bemerkung. »Entschuldigen Sie, mein Freund«, fuhr er in sanfterem Ton fort. »Ich vergaß, daß Sie noch frustrierter sein müssen als ich.«

Eschnew antwortet nicht.

Ben Esra warf den Amerikanern über den Tisch einen Blick zu. »Man ist einsam, wenn man alt wird«, erklärte er.

Allgemeines Schweigen herrschte um den Tisch.

»Würden die Herren mir freundlicherweise eine Frage beantworten?« fuhr er fort. »Sagen Sie mir, warum sind Sie zu dieser Besprechung gekommen? Es muß Ihnen doch ebenso klar sein wie mir, daß dabei nichts herauskommen, nichts geändert, nichts getan werden wird.«

»Das ist nicht wahr, General«, protestierte Oberst Weygrin sofort.

»Wir haben größte Hochachtung für Ihre Ansichten und Ideen.«

Ben Esra lächelte. »Und ich für die Ihren. Wenn ich sie nur verstünde. Mir ist immer noch nicht klar, ob Sie uns lieben oder hassen.«

Wieder versuchte Eschnew, die Besprechung zurück zum Thema zu bringen. »Haben Sie die Akte über Al Fay bekommen?«

»Ja.« Ben Esra nickte.

»Welche Schlüsse ziehen Sie daraus?«

»Wenn die Araber klug wären, würden sie ihre Armeen entlassen, noch drei Männer wie ihn suchen und die Welt ohne einen Schuß erobern.«

»Wie wäre das möglich?« fragte Harris.

Ben Esra gestattete sich ein Lächeln. »Ganz einfach. Sie würden die Welt kaufen.«

Keiner lachte.

»Der Krieg ist bereits verloren, das wissen Sie ja«, konstatierte der alte Mann.

»Wie meinen Sie das?« fragte Weygrin. »Er ist noch nicht vorbei. Die Israelis sind auf dem Vormarsch ins Innere Ägyptens und von Syrien. Sadat redet schon von Frieden. Er weiß, wann er verloren hat.«

»Er weiß, wann er gesiegt hat«, sagte Ben Esra trocken. »Er wollte den Stolz der Araber wiederherstellen. Das hat er geschafft. Die arabischen Soldaten haben tapfer gekämpft. Ihre Ehre ist wiederhergestellt. Das war sein Ziel.« Er griff in seinen Mantel und nahm ein Blatt Papier aus der Tasche. »Wir können diesen Krieg noch immer gewinnen, aber es hängt davon ab, wieviel Zeit Sie uns lassen.«

»Das verstehe ich nicht ganz«, sagte Harris.

»Wir brauchen noch zwei Wochen«, erklärte Ben Esra. »Ägypten ist nicht mehr wichtig. Wir müssen Kairo beiseite lassen, Libyen auf der einen Seite besetzen und Syrien erobern. Wenn wir das tun, brechen wir der angedrohten Ölblockade das Rückgrat; tun wir es nicht, dann ist es nur eine Frage der Zeit, bis wir isoliert sein werden.«

»Was haben wir mit der Zeit zu schaffen?« fragte Harris. »Rußland setzt uns bereits wegen eines Waffenstillstands unter Druck.«

Ben Esra sah ihn an. »So dumm könnt ihr doch nicht sein!« Er schüttelte traurig den Kopf. »Wo waren die Russen, als die Araber siegten? Haben sie etwa versucht, uns durch ein Verlangen nach Waffenstillstand zu schützen? Nein. Sie schwiegen, bis das Schlachtenglück sich gewendet hatte. Jetzt verlangen sie einen Waffenstillstand, um ihre Gewinne zu schützen.«

Harris antwortete nicht.

»Die Araber haben eine bessere Waffe eingesetzt, als sie je

erträumt hatten - ein Ölembargo. Das kann die westliche Welt schneller zum Stillstand bringen als eine Atombombe.

Wenn wir das Öl Libyens und die syrischen Pipelines haben, bricht das Embargo zusammen. Nötigenfalls könnten wir die ganze Welt beliefern. Der Iran steht bereits entschieden im westlichen Lager, Jordanien würde schnell herüberwechseln, und die Drohung existierte nicht mehr.

Tun wir es aber nicht, bricht wahrscheinlich die gesamte Weltwirtschaft rund um uns zusammen. Die Araber werden die Welt entzweien. Frankreich wird sofort versuchen, abzuspringen und die europäische Gemeinschaft zu sprengen. Japan wird gezwungen sein mitzuhalten, weil es achtzig Prozent seines Öls von den Arabern bezieht. Nach und nach werden die Araber die Länder der Welt gegen uns aufhetzen. Und man könnte es ihnen nicht einmal vorwerfen, denn für sie ist ihr Überleben ebenso wichtig wie das unsere für uns.«

»Ich glaube, diese Diskussion sprengt den Rahmen unseres Zusammentreffens«, unterbrach Harris, »und sollte auf höherer Ebene behandelt werden. Uns interessiert im Augenblick am meisten, was wir über Al Fay sagen können.«

Ben Esra blickte ihn an. »Da können wir gar nichts anderes tun als beten, daß er dem Druck von links weiter widersteht und sich möglichst an einen mittleren Kurs hält. Er ist ganz bestimmt nicht daran interessiert, seinen Reichtum und seine Macht mit den Massen zu teilen - ebensowenig wie jeder andere der reichen Scheichs. Aber sie wandern auf einem schmalen Grat. Wie lange sie das noch können, läßt sich nur vermuten.« Er wandte sich an Eschnew. »Haben Sie seit Kriegsbeginn noch andere Informationen über ihn erhalten?«

»Sehr wenig«, antwortete Eschnew. »Die Verbindungen waren schwierig. Al Fay wurde kurz vor Beginn des Konflikts nach Hause gerufen, wo er seither geblieben ist.«

»Glauben Sie, daß er irgendwelchen Einfluß auf die Ölpolitik haben wird?« fragte Harris.

»Anfangs sehr wenig«, meinte Eschnew. »Später vielleicht mehr, sobald ihnen aufgeht, daß eine Krise oder ein Zusammenbruch der Weltwirtschaft auch zum Verlust ihrer eigenen Investitionen führen wird. Ich glaube, Al Fay und sein Fürst Feijad haben das ziemlich klar erkannt, und da Al Fay eine unpolitische Stellung innehatte, ist seine Position für freie Verhandlungen mit beiden Seiten denkbar günstig.«

»Wo ist seine Familie?« fragte Ben Esra.

»Seine Frau und die Söhne sind noch in Beirut«, antwortete Eschnew. »Seine erste Frau und die Tochter ebenfalls.«

»Die Tochter, die in der Schweiz auf der Schule war?« fragte der Alte neugierig.

»Ja«, sagte Eschnew.

»Nicht mehr.« Der CIA-Agent sprach zum erstenmal. »Die jüngere Tochter, Leila, ist vor drei Tagen nach Rom geflogen. Zusammen mit einem zweiten Mädchen und einem jungen Mann.«

Eschnew wunderte sich. »Wie haben Sie das erfahren?«

»Durch den jungen Mann«, antwortete Smith. »Wir beobachteten ihn schon lange. Er war an Rauschgiftschmuggel in Vietnam beteiligt und kam vor einiger Zeit in den Mittleren Osten.« Er nahm sich eine Zigarette. »Er gehörte früher der Mafia an, begann aber in letzter Zeit, für Ali Jasfir zu arbeiten.«

»Welcher Zusammenhang besteht zwischen ihm und Al Fays Tochter?« fragte der Alte.

»Das überprüfen wir gerade«, erklärte Smith. »Einige Informationen habe ich bereits. Sie verließ im letzten Frühjahr plötzlich die Schule und machte ein Guerillatraining durch. Danach verbrachte sie aus irgendwelchen Gründen den Sommer zu Hause. Dort setzte sich dieser Mann mit ihr in Verbindung, und eine Woche später flog sie nach Rom.«

»Ist unser Geheimdienst darüber informiert?« fragte Eschnew.

»Ja. Ich gab die Informationen noch am selben Tag weiter.«

»Sind die drei noch in Rom?« fragte Eschnew.

»Das weiß ich nicht«, antwortete Smith. »Sie trennten sich auf dem Flughafen. Die Mädchen nahmen sich ein Taxi und der junge Mann auch. Unser Agent konnte nur einem der Wagen folgen. Er hielt sich an den jungen Mann.«

»Ist dieser Mann noch in Rom?« fragte Eschnew weiter.

»Ja. Im Leichenschauhaus. Er wurde zwei Stunden nach seiner Ankunft getötet. Die Polizei meint, es handelte sich um einen Bandenmord. Das war es wahrscheinlich auch. Die Mafia liebt es nicht, einen ihrer Soldaten an die Konkurrenz zu verlieren.«

»Wir sollten das Mädchen ausfindig machen«, warf der Alte ein.

»Ich werde meine Leute darauf ansetzen«, versprach Eschnew und erhob sich. »Ich glaube, das wär's, meine Herren. Es sei denn, Sie haben noch etwas zu besprechen.«

Die Amerikaner wechselten Blicke. Dann erhoben sie sich und schüttelten ringsum verabschiedend die Hände. Dabei benahmen sich Oberst Weygrin und Harris dem Alten gegenüber sehr förmlich, Smith jedoch verzog sein Gesicht zu einer Art Lächeln, als er zu Ben Esra aufsah. »Wissen Sie, General«, sagte er im näselnden Tonfall des amerikanischen mittleren Westens, »Sie haben völlig recht. Ich wünschte nur, mehr unserer Leute würden auf Sie hören.«

»Danke, Mr. Smith, das wünsche ich mir auch.«

»Sie haben meine Karte«, sagte der CIA-Mann. »Rufen Sie mich an, wenn ich etwas für Sie tun kann.«

»Nochmals besten Dank«, sagte Ben Esra.

Die Amerikaner verließen den Raum, und die beiden Israelis blickten einander an. »Was meinst du, Isajah?« fragte Eschnew.

Der Alte zuckte mit den Achseln. »Sprichst du jiddisch, Lev?«

»Nein«, antwortete Eschnew. »Ich bin ein Sabre, ich habe es nie gelernt.«

»Es gibt ein Sprichwort«, sagte der Alte. »Ich glaube, es stammt aus Polen oder Rußland, aus der Zeit eines Pogroms. ›Schwer ze sein a Jid‹ heißt es.« Der Alte lächelte, aber es war ein Lächeln ohne Humor.

DRITTES BUCH

Herbstende 1973

Dick Carriage klopfte leise an Baydars Schlafzimmertür. Baydars »Herein« klang gedämpft.

Dick öffnete die Tür und blinzelte kurz. Die Vorhänge waren weit geöffnet, und der Raum war von den Strahlen der Schweizer Morgensonne durchflutet. Baydar saß an einem kleinen Schreibtisch mit dem Rücken zum Fenster, das Gesicht im Schatten. Er blickte zu Carriage auf. »Ja?«

»Die Franzosen sind hier, Boss.«

Baydar schaute auf die Uhr. »Die sind früh aufgestanden.«

Carriage lächelte. »Sie wollen kein Risiko eingehen.«

Baydar lachte. »Das ist das Nette an den Franzosen. Man kann sich immer darauf verlassen, daß sie keinem die Treue halten außer sich selbst.«

»Was soll ich ihnen sagen?«

»Sie sollen warten.« Er reichte Carriage einen Aktendeckel. »Was wissen Sie darüber?«

Carriage nahm ihn und sah ihn sich an. In roten Blockbuchstaben stand darauf: ARABDOLLS LTD. Außer einem kurzen Bericht waren nur ein paar Versandscheine und Rechnungen darin, jede Rechnung mit »Bezahlt« gestempelt. Carriage sah sich das an und meinte dann: »Nicht mehr als Sie, außer daß sie ihre Rechnungen prompt bezahlen.«

Baydar nahm die Mappe wieder an sich. »Genau das ist ungewöhnlich. Kennen Sie einen Libanesen, der seine Rechnungen prompt bezahlt?«

»Ich verstehe nicht ganz. Es sind gute Kunden. Worüber sollten wir uns beklagen?«

»Noch etwas«, sagte Baydar. »Sie bezahlen Zuschlag für Eilbeförderung. Was, zum Teufel, ist so wichtig an Puppen, daß man sie Expreß transportieren müßte?«

»Weihnachten steht vor der Tür. Vielleicht brauchen die Kunden die Puppen rechtzeitig fürs Weihnachtsgeschäft.«

»Das wäre ein Grund, wenn sie jetzt abgeschickt worden wären. Aber sie haben bereits im September mit dem Versand begonnen.« Baydar gab Carriage den Aktendeckel mit den Papieren. »Besorgen Sie mir genaue Auskünfte über diese Gesellschaft.«

»Wird gemacht, Boss.« Er ging zur Tür. »Sonst noch etwas?«

Baydar schüttelte den Kopf. »Lassen Sie den Franzosen Kaffee bringen. Ich komme in ein paar Minuten.«

Nachdem sich die Tür hinter Carriage geschlossen hatte, stand Baydar auf, öffnete die Glastür hinter dem Schreibtisch und trat auf die Terrasse. Die klare Morgenluft enthielt das erste Versprechen des bevorstehenden Schweizer Winters. Baydar atmete tief ein.

Klar und blaugrün ragten die Berge in der Ferne empor, die Gipfel bereits von Schnee bedeckt. Baydar blickte hinunter auf die Stadt, die eben im Begriff stand zu erwachen.

Genf. Da lag es in seiner vollen Bedeutung: Geld, Macht, Diplomatie, Handel. Hier würde der Krieg gewonnen werden, nicht auf den Schlachtfeldern im Mittleren Osten. Die Banken und Handelshäuser dieser seltsamen alten Schweizer Stadt vermittelten die Illusion, über Hader und Streit zu stehen, aber sie waren bestrebt, von jedem Windumschwung zu profitieren, gleichgültig, aus welcher Richtung er kam.

Baydar ging zurück in sein Zimmer und sah sich um. Die Hotelsuite war auf Jahresbasis gemietet und hatte ihren Zweck bei seinen gelegentlichen Besuchen gut erfüllt. Doch im nächsten Jahr würde er viel mehr Zeit hier verbringen müssen, und dann war sie nicht groß genug, nicht repräsentativ genug für die Einladungen, die er geben mußte.

Je mehr er darüber nachdachte, desto klarer wurde ihm das. Ein ständiger Wohnsitz hier würde sich gewiß lohnen. Außerdem war die Schweizer Wintersaison immer gut. Zwischen Sankt Moritz und Gstaad tummelte sich die ganze Welt. Und Jordana würde das sicher ausgezeichnet gefallen, die Partys, das gesellschaftliche Leben, der Wintersport.

Er nahm sich vor, sie später anzurufen und ihr seinen Entschluß mitzuteilen. Und auch durch Carriage den Grundstücksmakler darüber zu informieren, daß er ein Heim in Genf und eine Villa in Gstaad kaufen wollte. Das würde sich schnell finden lassen. Geld hatte die Eigenschaft, allerhand durchzusetzen.

Er ging zum Spiegel und betrachtete sich. In seinem weißen Hemd und der dunklen Hose sah er eher europäisch als arabisch aus. Er ging ins Ankleidezimmer und kam gleich darauf mit seiner arabischen Kleidung über dem Arm wieder heraus. Schnell schlüpfte er in die dunkelbraune Mischlah und befestigte mit der schwarzen Schnur das weiße Kopftuch, das ihm bis auf die Schultern fiel. Wieder betrachtete er sich im Spiegel. Diesmal nickte er zufrieden, jetzt sah er aus wie ein Araber. Er lächelte sich zu und ging zur Tür. Es hatte seine Vorteile, als Eingeborener aufzutreten. Besonders bei Verhandlungen mit den Franzosen, die sich jedem auf dieser Erde überlegen fühlten.

»Wir sind ein kleines Land, Monsieur Duchamps«, sagte Baydar auf französisch, »ohne Zugang zum Meer, es sei denn dank der Freundlichkeit unserer Nachbarn; Sie können also unser Problem wohl verstehen: Wasser. Wir haben Öl, aber kein Wasser. Ich habe meinen Fürsten oft sagen hören, wir würden dieses Übermaß an Ölquellen mit Freuden gegen Wasserquellen eintauschen. Wasser könnte unser Land zum Blühen bringen.«

Duchamps warf seinem Gefährten einen Blick zu und nickte verständnisvoll. »Monsieur Al Fay, Frankreich gehörte zu den ersten Nationen der Welt, welche die Schwierigkeiten der Völker im Mittleren Osten und ihren Wunsch nach Selbstbestimmung und Freiheit verstanden haben. Wir haben die Ausbeutung Ihrer Bodenschätze öffentlich bedauert und, oft zum Schaden für unsere Beziehungen zu den Großmächten und im Gegensatz zur öffentlichen Meinung, unserer Unterstützung für Ihre Sache Ausdruck verliehen. Sie erinnern sich doch wohl, daß wir im letzten Konflikt, im Jahre siebenundsechzig, die Lieferung von fünfzig Mirageflugzeugen an Israel verweigerten?«

»Ich habe es nicht vergessen.« Er erinnerte sich auch daran, daß Frankreich Israel nicht nur die Lieferung, sondern auch die Rückzahlung der hundert Millionen Dollar verweigerte, die es als Vorauszahlung für die Flugzeuge erhalten hatte, erwähnte es aber nicht. Eine kleine beißende Bemerkung konnte er sich jedoch nicht versagen. »Seit Sie Algerien so großzügig die Freiheit gaben, standen Sie stets in der Reihe jener, welche das Grundprinzip der arabischen Selbstbestimmung anerkannten.«

Über das Gesicht der Franzosen huschte ein Ausdruck des Unbehagens, der aber gleich wieder verschwand. »Frankreich ist bereit, jegliche Bestellung von Kriegsmaterial für die arabischen Länder auszuführen. Unsere Fabriken arbeiten auf Hochtouren, stellen Flugzeuge, Autos, Panzer, beinahe alles her, was die arabische Welt braucht, um ihre Verteidigungsfähigkeit zu demonstrieren.«

Baydar lächelte höflich. »Das freut mich. Ich werde diese Botschaft dem dafür zuständigen Komitee zur Kenntnis bringen. Wie Sie wissen, hat jedoch meine Tätigkeit mit der Materialbeschaffung absolut nichts zu tun. Meine Kompetenz liegt auf dem Gebiet der industriellen Entwicklung. Wenn Sie eine Maschine haben, die Wasser erzeugt, so würde mich das sehr interessieren.«

»Es gibt Werke, die Wasser herstellen können, aber leider brauchen sie dafür Wasser als Ausgangsmaterial.«

Baydar stellte sich naiv. »Ja?«

»Es sind nukleare Entsalzungsanlagen. Sie sind kostspielig, aber sie funktionieren. Doch leider hat Ihr Land ja keinen Zugang zum Meer.«

»Allerdings. Aber wir haben Abmachungen mit unseren Nachbarn - Syrien, dem Irak, Jordanien, Saudi-Arabien - für die Entwicklung wassererzeugender Hilfsmittel zum gemeinsamen Vorteil.«

»Vertreten Sie auch diese Länder?« fragte der Franzose.

»Die arabische Welt ist auf diesem Gebiet zum erstenmal geeint. Wir werden unser industrielles und landwirtschaftliches Potential gemeinsam ausbauen. Wir haben zum Beispiel mit Fiat in Italien ein neues Abkommen über die Herstellung eines ihrer Autotypen getroffen. Die Fabriken werden auf unsere verschiedenen Länder verteilt, so daß die Arbeiter jedes Landes davon Nutzen haben.«

»Sehr löblich«, sagte der Franzose steif.

»Natürlich wird es uns etwas mehr kosten, diese Wagen selbst zu erzeugen, anstatt sie zu importieren. Da wir aber weniger am Nutzen interessiert sind als daran, unseren Bedarf selbst befriedigen zu können, glauben wir, daß sich dies durchaus lohnt. Wir verhandeln auch auf anderen Gebieten, wie Haushaltsmaschinen und Fernseher. Es ist erstaunlich, wie viel man erreichen kann, wenn man wirklich daran arbeitet.«

»Um wieviel wird es Ihrer Schätzung nach mehr kosten, diese Dinge im Land herzustellen, statt sie zu importieren?« fragte Duchamps.

Baydar zuckte die Achseln. »Fünfzig, hundert Prozent. Und wenn auch. Wir können es uns leisten.«

Der Franzose schwieg eine Weile. Als er wieder sprach, war er nicht mehr ganz so selbstsicher wie vorher. »Auch wir interessieren uns dafür, an Ihrem Industrialisierungsprogramm mitzuhelfen. Wir können sicher viele Projekte finden, die für beide Seiten von Nutzen sind. Unsere Industrie ist in der Welt unübertroffen.«

»Freut mich, das zu hören. Was mich besonders interessiert, sind Ihre Pläne für die nukleare Wasserentsalzung. Das ist sicher ein Gebiet, das intensives Studium verdient und auf dem wir bestimmt zusammenarbeiten können.«

»Es ist vielleicht das kostspieligste Projekt von allen«, wandte Duchamps sofort ein.

»Geld spielt, wie gesagt, keine Rolle. In meinem kleinen Land allein übersteigen die täglichen Einnahmen aus dem Öl eine Million Dollar. Wenn Sie das mit der ganzen übrigen arabischen Welt multiplizieren, kommen Sie auf astronomische Summen.«

»Frankreich ist nicht arm. Wir haben so viel Dollar, wie wir brauchen. Eigentlich sogar mehr als genug.«

»Das ist mir klar, aber es gibt andere Tauschmittel, und wenn ich auch die Politik nicht bestimme, so werden meine Vorschläge doch geschätzt, wenn Entscheidungen zu treffen sind.«

Der Franzose blickte ihn ruhig an. Sie wußten beide, was Baydar mit seinen Worten meinte. Die Verhandlungsbasis war das Öl, war Zusammenarbeit. »Monsieur Al Fay«, sagte er, »ich kann Ihnen gar nicht sagen, wie sehr es mich freut, daß wir ein Gebiet gefunden haben, auf dem wir zusammenarbeiten können. Sie können sich darauf verlassen, daß ich bald mit mehreren konkreten Vorschlägen wieder zu Ihnen kommen werde.«

Baydar erhob sich. »Ich sehe Ihrem nächsten Besuch mit großen Erwartungen entgegen.« Auch der Franzose und sein Kollege erhoben sich. Baydar verneigte sich förmlich und mit der konventionellen arabischen Abschiedsgeste. »Gehen Sie in Frieden.«

Kaum waren die Franzosen gegangen, trat Carriage ins Zimmer. »Da draußen stauen sie sich schon«, sagte er. »Es geht zu wie in einer kleinen UNO – Deutsche, Italiener, Rumänen, Norweger.«

»Es hat sich schnell herumgesprochen, nicht wahr?«

Carriage schüttelte den Kopf. Sie waren erst am Vortag angekommen. »Wie Hunde, die hinter einer läufigen Hündin her sind.«

Baydar lachte. »Sie sollten in der Bank anrufen, ob sie uns nicht zwei Sekretärinnen leihen können. Dann stellen Sie einen Terminkalender auf. Wir werden mit allen sprechen müssen.«

»Warum? Es sind doch nur sehr wenige, die uns etwas zu bieten haben.«

»Das weiß ich, aber darauf kommt es nicht an. Im Augenblick stehen sie alle unter dem Schock des Embargos. Sie können es noch gar nicht glauben. Wenn es in Kraft tritt, werden sie in Panik geraten und bösartig werden. Eine unserer Aufgaben besteht darin, möglichst viele Freunde zu behalten.«

»In Ordnung, Boss.« Carriage wandte sich zur Tür.

Baydar hielt ihn zurück. »Dick, verbinden Sie mich doch bitte mit Mrs. Al Fay; sie ist im Haus meines Vaters in Beirut.«

»Sofort.« Die Tür schloß sich hinter ihm, und kurz danach läutete das Telefon. Das Schweizer Telefonamt war stolz auf seine Tüchtigkeit. Jordana war am Apparat.

»Wie geht es den Kindern?« fragte er.

Jordanas Stimme klang unlustig. »Gut.«

»Gefällt es ihnen in der Schule?«

»Ob es ihnen gefällt oder nicht, das weiß ich nicht.«

»Hast du viel zu tun?«

Einen Augenblick herrschte Stille. »Du machst wohl Spaß«, sagte sie. »Ich bin in Beirut. Hier gibt es für mich absolut nichts zu tun.«

»Dann wird es dir vielleicht nichts ausmachen, nach hier zu kommen und mir auszuhelfen. Ich habe beschlossen, hier in Genf ein Haus und in Gstaad eine Villa zu kaufen, und ich bin viel zu beschäftigt, um mich darum zu kümmern.«

»Meinst du das im Ernst, Baydar?«

»Warum denn nicht? Vermutlich werden wir in der nächsten Zukunft eine Menge Zeit hier verbringen. Wirst du kommen?«

Sie lachte. »Mit dem nächsten Flugzeug.«

»Fein.« Er lächelte ins Telefon. »Gib uns die Flugnummer bekannt, dann lasse ich dich von Dschabir auf dem Flugplatz abholen.«

Gleich nachdem er aufgelegt hatte, kam Dick herein, einen merkwürdigen Ausdruck im Gesicht. »Draußen ist ein Mädchen, das Sie sprechen will.«

Baydar wurde ärgerlich. »Sie sollten wirklich klüger sein, Dick«, sagte er scharf. »Ich habe heute zu viel zu tun, um mich mit Mädchen zu befassen. Schicken Sie sie fort.«

»Das habe ich schon getan, Sir«, erwiderte Dick. »Aber sie kam wenige Minuten später mit Dschabir wieder. Er sagte, Sie würden sie sehen wollen.«

Baydar fand das merkwürdig. Gewöhnlich gab sich Dschabir nie mit Frauen ab. »Wer ist sie?«

»Ich weiß nicht, Sir. Sie wollte mir ihren Namen nicht nennen, Dschabir auch nicht. Sie sagten, sie wollten Sie überraschen.«

Baydar überlegte einen Augenblick. Es mußte wohl etwas Wichtiges sein. Dschabir hatte keinen Hang zu Späßen. »Also gut, ich werde mit ihr sprechen«, sagte er. »Aber nur kurz. Und sagen Sie Dschabir, ich tue es nur ihm zuliebe und wünsche nicht, daß so etwas noch mal vorkommt.«

»Ja, Sir.«

Baydar ging zu der Anrichte, goß sich eine Tasse Kaffee ein und kehrte damit zu seinem Schreibtisch zurück. Er hörte, wie die Tür geöffnet wurde, und wandte sich um.

In der Türöffnung stand, beinahe schüchtern, eine junge Frau. Baydar betrachtete sie. Irgendwie kam sie ihm bekannt vor. Sie war hübsch, das Gesicht fast herzförmig, mit dunkelblauen Augen und glänzend schwarzem Haar, das ihr über die Schultern fiel. Sie trug Hemd und Bluejeans wie die meisten jungen Leute heutzutage und hatte, soweit er sehen konnte, eine gute Figur. In ihren dunkelblauen Augen lag ein Anflug von Angst. Plötzlich wußte er es.

»Leila!« rief er.

Ein nervöses Lächeln löste die Angst in ihren Augen ab. »Guten Tag, Vater«, sagte sie leise.

Er ging quer durchs Zimmer und schloß sie in die Arme.

2

»Ich bin schon fast neunzehn, Vater, und die Schule sagt mir nichts mehr«, erklärte sie. »Zu viele wichtige Dinge passieren in der Welt, und ich will an ihnen teilhaben.«

Er lächelte. Sie hatte so vieles an sich, was ihn an sich selbst erinnerte. Die gleiche Ungeduld, die gleiche Neugier und der gleiche Wunsch, überall dabei zu sein. »Was würdest du denn gern machen?«

Sie antwortete ausweichend. »Ich weiß nicht. Ich weiß nur, was ich nicht machen will. Ich will nicht so sein wie meine Schwester. Ich will nicht, daß Heirat und Familie die einzigen Ziele in meinem Leben sind. Es muß doch auch für mich etwas zu tun geben.«

»Hast du mit deiner Mutter darüber gesprochen?«

»Du kennst ja Mutter. Sie versteht das nicht. Sie glaubt, ich sollte genauso leben, wie ich eben nicht leben will. Großvater hat mir sogar schon jemanden zum Heiraten ausgesucht.«

Baydar war belustigt. »Dein Großvater hat sich nicht geändert. Ich nehme an, einen reichen Mann aus sehr guter Familie?«

»Natürlich.« Sie lachte. »Darin war er ja schon immer groß.«

Baydar lachte auch. »Das weiß ich nur zu gut. Aber im Ernst, es gäbe eine ganze Menge zu tun. Zum Beispiel unterrichten. Wir brauchen so viele Lehrer wie möglich.«

»Du meinst die üblichen Berufe für junge Damen aus gutem Hause.« Es gelang ihr nicht, den leicht verächtlichen Ton zu unterdrücken. »Genau das will ich nicht. Ich will keinen von diesen Berufen, die man den Frauen schon seit Generationen erlaubt. Ich will bei etwas Wirklichem mitmachen, bei etwas, das uns vorwärts bringt. Ich möchte auf meine Art tun, was du tust, mithelfen, uns den Weg in die heutige Welt zu öffnen und die Welt dazu bringen, uns zu unseren eigenen Bedingungen zu akzeptieren.«

»Das ist gar nicht leicht. Weißt du, wie viele Leute in dieser Welt noch überzeugt sind, wir seien halbe Wilde?«

»Ich weiß«, warf sie schnell ein, »und gerade das will ich ändern. Jetzt, wo wir den Krieg gewonnen haben, hätten wir die Chance, die Welt zu der Einsicht zu zwingen, daß wir genauso gut sind wie sie.«

»Glaubst du, daß wir den Krieg gewonnen haben?« fragte Baydar interessiert.

»Ich weiß es. Hätte man uns nicht zur Waffenruhe gezwungen, dann hätten wir die israelischen Armeen ein für allemal vernichten können. Sie waren gerade dabei, direkt in die Fallen zu gehen, die wir ihnen in Syrien und in Ägypten aufgestellt hatten.«

Baydar sah seine Tochter an. Es gab so viel, das sie nicht wußte. Das war genau die Standardversion, die den Leuten von panarabischen Propagandisten eingetrichtert wurde. Es war für ihn immer wieder erstaunlich zu erfahren, daß die Mehrheit der Araber daran glaubte. Daß Israel die ägyptische Dritte Armee abgeschnitten hatte und in wenigen Tagen sowohl Kairo wie Damaskus hätte besetzen können, schien ihnen nicht in den Sinn zu kommen. »Ich weiß noch immer nicht, was du tun könntest«, sagte er.

»Ich habe eine Idee.«

»Was?«

»Ich könnte doch für dich arbeiten.« Sie schaute ihm direkt in die Augen und sprach so ernsthaft, daß er ein Lächeln unterdrückte.

»Auf welche Weise?« fragte er freundlich.

»Ich könnte deine Assistentin werden«, meinte sie ernst. »Mutter sagte immer, ich hätte ein Junge werden sollen, ich sei genauso wie du.«

»Das geht leider nicht«, sagte er milde. »Alle meine Mitarbeiter wurden für ihre Stellungen speziell ausgebildet. Ein Großteil der Arbeit ist höchst fachtechnisch und spezialisiert.«

»Ich meine ja nicht sofort«, entgegnete sie hastig. »Ich könnte zuerst als Bürokraft oder vielleicht als Sekretärin anfangen, bis ich genug gelernt habe.«

»Kannst du Stenographieren und Maschine schreiben?«

»Ein bißchen Maschine schreiben.«

Er schwieg, dann schüttelte er den Kopf. »Das reicht leider nicht. Sogar dafür brauchen wir ausgebildete Kräfte.«

»Ich könnte als Empfangsdame beginnen. Für den Anfang bin ich mit jeder Stellung zufrieden.«

»Du bist meine Tochter. Was glaubst du, wie das aussehen würde?«

»Es braucht ja keiner zu wissen. Wir könnten es geheimhalten.«

»Das geht nicht. In diesem harten Geschäft gibt es keine Geheimnisse.«

Sie war niedergeschlagen. »Ich gehe nicht zurück in die Schule«, beharrte sie hartnäckig. »Ich hasse sie.«

»Das brauchst du auch nicht. Ich habe eine andere Idee.«

Sie sah hoffnungsvoll zu ihm auf.

»Wenn es dir ernst ist mit dem, was du sagst, könnte ich es einrichten, daß du in den Staaten eine Universität besuchst und Betriebswirtschaft studierst. In ein paar Jahren wärst du dann so weit, daß du einen Posten in unserer Organisation einnehmen könntest.«

»Das würde Jahre dauern«, erwiderte sie ungeduldig. »Und was ist jetzt? Wenn ich mit dem Studium fertig bin, ist die Hauptarbeit schon getan.«

Er lachte. »Das glaube ich nicht. Es gibt mehr als genug zu tun, mehr als für mein und dein ganzes Leben.«

»Kann ich denn nicht hier studieren?« fragte sie. »Dann könnte ich nach der Schule bei dir arbeiten und gleichzeitig lernen.«

»Das ist nicht das gleiche. Hier könntest du nur auf eine Handelsschule gehen, wo man dir Steno, Tippen und vielleicht die Grundlagen der Buchhaltung beibringt.«

»Aber das wäre doch wenigstens ein Anfang, und wenn ich dann herausfinde, wofür ich besonders begabt bin, kann ich dann in den Staaten weiterstudieren.«

»Laß es mich überlegen.«

»Da gibt es nichts zu überlegen«, sagte sie entschieden. »Ich habe vorhin gehört, wie dein Mitarbeiter bei der Bank anrief und nach Sekretärinnen fragte. Bis die kommen, könnte ich Anrufe beantworten und als Empfangsdame arbeiten. Ich bin sehr geschickt am Telefon. Ehrlich.«

Er lachte. »Du bist eine sehr entschlossene junge Dame.«

Sie hielt seinem Blick stand. »Du weißt gar nicht, wie entschlossen!«

»Allmählich merke ich das.« Er grinste, dann war das Lächeln aus seinem Gesicht verschwunden. »Du bist dir darüber im klaren, daß ich mit deiner Mutter sprechen muß.«

»Warum? Du hast doch noch nie mit ihr über mich gesprochen.«

»Hat sie das gesagt?«

»Ja.« Einen Moment lang senkte sie den Blick, dann sah sie ihn wieder an. »Warum wolltest du uns nie mehr sehen, nachdem du uns verlassen hattest?«

Baydar sah sie an. »Hat dir das deine Mutter gesagt?«
Sie nickte.
Baydar schwieg. Es hatte keinen Sinn, ihr zu erzählen, wie oft er versucht hatte, sie zu besuchen oder zu erreichen, daß sie ihn besuchte. Maryam hatte das stets mit der Begründung abgelehnt, sie wolle nichts mehr mit ihm zu tun haben. Leila wußte nur, daß er sie verlassen hatte. Er atmete tief ein und dann langsam wieder aus. »Das ist eben nicht wahr«, sagte er ruhig.
Sie schwieg, und er spürte ihren Zweifel. »Es spielt aber jetzt keine Rolle mehr«, sagte er freundlich. »Du bist hier, und ich spreche mit dir.«
Sie nickte immer noch schweigend.
»Wie geht es deiner Schwester?« fragte er ein wenig unbeholfen.
»Gut. Sie ist verheiratet. Ich sehe sie und ihren Mann nur selten. Wir haben keine gemeinsamen Interessen. Sie gehen viel in Gesellschaft. Ach ja, und Amal glaubt, sie sei schwanger.«
Er lächelte. »Du meinst, ich werde bald Großvater?«
»Das wäre möglich.«
Er stieß einen leisen Pfiff aus.
»Das ist sehr amerikanisch«, sagte sie sofort.
»Was denn?«
»Dieser Pfiff. Was willst du damit ausdrücken?«
Er lachte. »Ich muß mich wohl an einiges gewöhnen; zuerst steht plötzlich eine neunzehnjährige Tochter vor mir, und jetzt soll ich auch noch Großvater werden.«
Leila lachte. »Verlaß dich nicht darauf. Amal glaubt jeden Monat, sie sei schwanger. Möglich, daß es diesmal genauso blinder Alarm ist wie sonst.«
»Du hast zwei kleine Brüder, weißt du das?«
»Ich weiß. Muhammed und Samir.«
»Du kennst ihre Namen?«
»Das ist nicht gerade ein Geheimnis. Die Zeitungen bringen dauernd Artikel über euch. Und Bilder.«
»Es sind brave Jungen. Sie würden dir gefallen.«
»Ich möchte sie gern kennenlernen.«
»Das wirst du. Bald.« Er erhob sich. »Wo wohnst du?«
»Bei einer Freundin«, antwortete sie. »Ihre Familie lebt in Genf.«
»Schweizer?«
»Ja.«
»Möchtest du dort bleiben oder hierher zu mir ziehen?«
»Wie du willst«, sagte sie und wandte den Blick ab.

»Dann hol deine Sachen«, sagte er. »Kannst du bis zum Abendessen wieder zurück sein?«

Sie hob den Kopf und lächelte. »Ich glaube ja.«

»Gut, dann gehst du jetzt am besten. Ich habe zu arbeiten.« Sie erhob sich und legte ihm die Arme um den Hals. »Danke, Vater.«

Er küßte sie leicht auf den Kopf. »Bedank' dich nicht. Ich bin schließlich dein Vater, nicht wahr?«

Sie stand auf der Schwelle des Cafés und ließ einen prüfenden Blick über die Tische gleiten. Das Restaurant war fast leer, nur ein paar Büroangestellte saßen hier und dort über einer Tasse Kaffee, bevor sie wieder zur Arbeit gingen. Sie schaute auf die Uhr. Elf Uhr. Sie mußten jeden Augenblick kommen. Sie setzte sich an einen Tisch.

Sofort erschien ein Kellner. »Bitte, Mademoiselle?«

»Ein Coca mit Zitrone.«

Er brachte das Gewünschte und verschwand. Sie zündete eine Zigarette an und probierte die Cola. Sie war süß; weniger süß als im Libanon, aber süßer als in Frankreich, obwohl sie auf französische Art serviert wurde, mit Zitrone und dürftigen Eisstückchen, die nicht ausreichten, um das Getränk wirklich zu kühlen.

Zwei junge Männer und eine junge Frau betraten das Café. Sie trugen Jeans, Hemd und Jacke; Leila winkte ihnen zu; sie kamen an ihren Tisch und setzten sich. Wieder erschien der Kellner, brachte Kaffee und entfernte sich.

Die drei sahen Leila erwartungsvoll an. Wortlos legte sie ihre Zigarette hin und hob zwei Finger im V-Zeichen.

Die anderen lächelten erleichtert. »Glatt gegangen?« fragte die Frau in holprigem Englisch.

»Tadellos.«

»Hat er keine Fragen gestellt?«

»Nur die üblichen väterlichen Fragen«, antwortete sie. Dann grinste sie. »Weißt du, ich werde darüber mit deiner Mutter sprechen müssen«, ahmte sie ihn nach.

Das Gesicht der Frau drückte Besorgnis aus. »Und wenn er es tut?«

»Das wird er nicht«, meinte sie zuversichtlich, »ich kenne meine Mutter. Sie hat seit zehn Jahren nicht mehr mit ihm gesprochen und wird es auch jetzt nicht tun.«

»Wirst du für ihn arbeiten?« fragte der eine der jungen Leute.

»Teilweise. Er findet, ich sollte zuerst auf eine Handelsschule, um was zu lernen. Erst dann kann ich richtig für ihn arbeiten.«

»Machst du das?« fragte die Frau.

»Natürlich, sonst könnte er mißtrauisch werden. Außerdem ist es ja nur für kurze Zeit.»

»Wie ist er denn?«

»Ich sehe ihn an«, sagte Leila bitter, »und sehe in ihm alles, wogegen wir kämpfen. Geld, Macht, Selbstsucht. Die Art Mensch, die nur an sich denkt. Das Ringen unseres Volkes ist ihm völlig gleichgültig; er denkt nur an den Profit, den er dabei machen kann.«

»Glaubst du das wirklich?«

»Wenn ich das nicht glaubte«, antwortete Leila mit harter, kalter Stimme, »wäre ich nicht hier und täte nicht das, wozu ich mich bereiterklärt habe.«

3

Als Jordana ins Zimmer kam, war Leilas erster Gedanke: wie schön sie ist! Groß gewachsen, honigfarbenes blondes Haar, die leuchtend braune Haut, die schlanke Figur und die reizvollen langen Beine. Sie war alles, was eine Araberin nie sein konnte. Einen Augenblick lang verstand sie, warum ihr Vater so gehandelt hatte.

Dann kam wieder die alte Bitterkeit und Feindseligkeit in ihr hoch, und sie hatte die größte Mühe, sich nichts davon anmerken zu lassen, als Jordana auf sie zu kam.

»Das ist Leila«, stellte Baydar stolz vor.

Jordana schaute sie klar und offen an, ihr Lächeln war echt und warm. Sie streckte ihr die Hand entgegen. »Ich freue mich so, dich endlich kennenzulernen. Dein Vater hat oft von dir gesprochen.«

Leila ergriff ihre Hand. Jordanas Händedruck war so herzlich wie ihre Begrüßung. »Auch ich freue mich, Sie kennenzulernen«, sagte Leila unsicher.

»Baydar, dein Vater, sagt mir, daß du vorhast hierzubleiben.«

»Wenn ich nicht störe.«

»Ganz sicher nicht«, versicherte Jordana. »Ich freue mich so. Vielleicht werde ich jetzt jemanden haben, mit dem ich sprechen kann, wenn Baydar fort ist. Er reist sehr viel.«

»Ich weiß«, sagte Leila. Sie sah ihren Vater an. »Entschuldige, ich bin ein wenig müde. Du hast doch nichts dagegen, wenn ich nicht zu Abend esse und gleich ins Bett gehe?«

Baydar warf Jordana einen raschen Blick zu, dann sagte er zu Leila: »Natürlich nicht.«

»Und Sie auch nicht, oder?« fragte sie Jordana. »Übrigens habt ihr beide gewiß allerhand zu besprechen.«

»Aber bitte«, antwortete Jordana.

»Dann also gute Nacht.«

»Gute Nacht.«

Als sich die Tür hinter ihr geschlossen hatte, wandte sich Baydar an Jordana. »Was meinst du?« fragte er.

»Ich glaube, sie mag mich nicht.«

»Wie kannst du das sagen?« fragte er verwundert. »Sie kennt dich doch gar nicht.«

»Deine Tochter ist eifersüchtig.«

»Sei doch nicht albern«, wies er sie ärgerlich zurecht. »Wieso sollte sie eifersüchtig sein? Ich bat sie doch hierzubleiben, oder?«

Jordana sah ihn an. Es gab Dinge, die konnten Männer einfach nicht begreifen. Aber sie erinnerte sich genau, wie besitzergreifend sie selbst mit ihrem Vater gewesen war und was sie empfunden hatte, als sie ihn zum erstenmal mit seiner neuen Frau gesehen hatte. »Das ist auch unwichtig«, lenkte sie ein, »und ich freue mich für dich.«

Er antwortete nicht.

»Sie ist ein sehr hübsches Mädchen«, sagte sie.

»Ja.«

»Wieso hat sie so plötzlich die Schule verlassen?«

»Sie sagte, sie hätte das Gefühl, das Leben gehe an ihr vorbei«, antwortete er. Dann lachte er leise. »Mit neunzehn!«

»Das ist gar nicht so komisch«, meinte Jordana. »Ich kann es verstehen.«

»Wirklich?« Er war überrascht. »Vielleicht kannst du mir dann auch erklären, warum sie mich nach so vielen Jahren plötzlich sehen wollte?«

»Warum nicht? Du bist ihr Vater. Töchter haben für ihre Väter eine ganz besondere Zuneigung.«

Er schwieg eine Weile. »Ich sollte ihre Mutter anrufen und mit ihr über die Sache sprechen.«

»Ich habe das Gefühl, das brauchst du nicht; ihre Mutter weiß es sicher schon.«

»Wie kommst du darauf?«

»Dein Vater erzählte mir, daß Leila fast den ganzen Sommer bei ihrer Mutter verbracht hat und Beirut erst vor wenigen Wochen verlassen hat. Ihre Mutter muß gewußt haben, wohin sie gefahren ist.«

Er starrte sie an. Merkwürdig. Leila hatte ihn im Glauben gelassen, sie sei direkt von der Schule gekommen. Sie hatte nichts davon gesagt, zu Hause gewesen zu sein. Er fragte sich, warum sie ihm das nicht erzählt hatte, beschloß jedoch, Jordana nichts zu sagen. »Ich werde meinen Vater anrufen«, sagte er, »er kann dann mit ihrer Mutter sprechen.«

Jordana lächelte. In mancher Hinsicht war er so leicht durchschaubar. Er wollte nicht mit seiner ersten Frau sprechen. »Die Jungen haben angefragt, ob sie zu Besuch kommen dürfen, wenn wir ein neues Haus haben. Sie hatten noch nie Gelegenheit, im Schnee zu spielen.«

Baydar lachte. »Sag ihnen, am ersten Tag, an dem es schneit, dürfen sie herkommen.«

Dick Carriage lehnte sich in einem Sessel zurück und nahm die Brille ab. Er zog ein Kleenex aus der Schachtel auf seinem Schreibtisch, drehte seinen Sessel weg von dem grellen Lampenlicht und begann langsam die Gläser zu putzen. Draußen vor dem Fenster schwebten träge, große, weiße Flocken vorbei.

Sie waren schon fast einen Monat in der Schweiz gewesen, bevor der erste Schnee fiel. Wie versprochen, hatte Baydar noch am selben Tag seine Söhne mit dem Flugzeug holen lassen. Nun war die ganze Familie zum Wochenende in Gstaad. Dick war in Genf geblieben, um einen Stoß von Geschäftspapieren aufzuarbeiten. Baydar hatte am Morgen in sehr guter Stimmung angerufen. Die Jungen unterhielten sich blendend.

Carriage lächelte. Väter waren doch alle gleich, egal, woher sie stammten. Seine und Baydars Gefühle für ihre Söhne waren ganz ähnlich. Er drehte den Sessel zum Schreibtisch zurück und betrachtete die Fotos von seiner Frau und seinen Söhnen. Sie waren in seinem Garten in Kalifornien aufgenommen und gaben ihm plötzlich ein Gefühl von Einsamkeit. Wie weit war das alles doch entfernt vom Schweizer Schnee!

Er hörte das Klicken des Schlosses an der Eingangstür und schaute automatisch auf die Uhr: es war kurz nach zwei Uhr morgens. Das Klappern von Schuhen mit harten Sohlen war auf dem Marmorboden des Vorraums zu hören, zweifellos in einem weiblichen Rhythmus. Es mußte Leila sein. Als einziges Familienmitglied war sie nicht nach Gstaad gefahren. Sie hatte etwas von Spezialkursen der Schule am Samstagnachmittag gemurmelt, war dann aber bis nach dem Essen in ihrem Zimmer geblieben, ausgegangen und kam erst jetzt zurück.

Irgend etwas ist merkwürdig an ihr, dachte er. Trotz äußerlicher Freundlichkeit und offensichtlicher Bereitwilligkeit zur Mitarbeit spürte er ein gewisses Widerstreben, eine Zurückhaltung in ihren berechnenden Augen. Gelegentlich erhaschte er sogar Regungen von Unmut, besonders Jordana gegenüber, obwohl sie sichtlich bemüht war, das zu verbergen.

Die Schritte näherten sich der Treppe, erklommen die Stufen und hielten gleich darauf an. Versuchsweise wurde der Türknopf des Arbeitszimmers bewegt. »Herein«, rief Dick.

Die Tür wurde geöffnet, und Leila in ihren unvermeidlichen Bluejeans erschien. Manchmal fragte er sich, ob sie überhaupt etwas anderes anzuziehen besaß.

»Ich möchte Sie nicht stören. Ich sah nur Licht unter der Tür.«

»Schon gut. Sie stören mich nicht. Ich wollte ohnehin eine Pause machen.«

Sie kam herein, und er sah die schmelzenden Schneeflocken in ihrem Haar und auf ihrer Kleidung. »Seit mein Vater gestern früh abgefahren ist, arbeiten Sie ununterbrochen.«

Er lächelte. »Das ist die einzige Möglichkeit, mit dem Papierkrieg nachzukommen. Wenn Ihr Vater hier ist, habe ich dafür keine Zeit.«

»Nehmen Sie denn nie Urlaub?«

»Doch, gewiß. Als wir vor einigen Monaten in Kalifornien waren, war ich eine ganze Woche bei meiner Familie.«

»Aber seither«, beharrte sie. »Sie nehmen sich nicht einmal an den Wochenenden frei.«

»Wozu auch?« fragte er. »Hier kann ich sowieso nichts damit anfangen.«

»Sie könnten zum Essen ausgehen. Oder ins Kino.«

»Ich arbeite lieber. Allein macht mir das alles keinen Spaß.«

»Aber Sie brauchten ja gar nicht allein zu sein. Es gibt genug Mädchen in Genf, die sich gern ausführen lassen.«

»Es gibt überall genug Mädchen. Aber Sie vergessen, daß ich verheiratet bin.«

»Mein Vater ist auch verheiratet, was ihn aber keineswegs hindert«, sagte sie.

Er schaute sie scharf an und fragte sich, wieviel sie wohl wußte. »Ihr Vater hat viele gesellschaftliche Verpflichtungen«, erklärte er schnell. »Das gehört zu seinem Geschäft.«

»Wirklich? Ich habe viele Geschichten über ihn gehört.«

Er schwieg.

»Auch über Jordana habe ich Geschichten gehört.« Ihr Blick war herausfordernd. »Gehört das auch zum Geschäft?«

Kühl erwiderte er ihren Blick. »Es gibt immer Leute, die mit

Klatsch schnell bei der Hand sind. Die meisten wissen nicht, wovon sie reden. Ich habe gelernt, daß der wichtigste Beitrag, den ich zum Geschäft Ihres Vaters leisten kann, darin besteht, mich um meine eigenen Angelegenheiten zu kümmern.«

Sie lachte. »Ich verstehe langsam, warum mein Vater Ihnen derartig vertraut. Sie sind sehr loyal.«

»Er ist mein Arbeitgeber«, sagte er steif. »Ich empfinde großen Respekt für ihn.«

»Aber mögen Sie ihn gern?« fragte sie anzüglich.

Seine Antwort kam prompt und direkt. »Ja.«

»Auch wenn er Ihnen keinen Tag frei gibt?«

»Das liegt an mir«, entgegnete er ruhig. »Wenn ich mir keinen freien Tag nehme, ist das meine Sache.«

Sie kam näher und schaute auf die vielen Papiere auf seinem Schreibtisch. »Mit Geld kann man eine Menge Dinge kaufen, nicht wahr?« Es war keine Frage, sondern eine Feststellung. »Sie sind genauso ein Sklave des Systems wie jeder andere.«

»Ich kenne nur *eine* bessere Art, seinen Lebensunterhalt zu verdienen«, sagte er auf arabisch, »und die besteht darin, einen reichen Vater zu haben.«

Er sah, wie ihre Augen zornig aufblitzten, und wußte, daß er eine empfindliche Stelle getroffen hatte. »Ich habe nicht . . .« Dann besann sie sich und brach jäh ab.

»Was haben Sie nicht?« fragte er sanft.

Sie hatte sich wieder ganz in der Hand und lächelte. »Nichts. Wo haben Sie so gut arabisch gelernt?«

»Zu Hause.«

Sie war überrascht. »Ich dachte, Sie seien Amerikaner.«

»Das bin ich auch. Aber meine Eltern kamen aus Jordanien. Sie hießen Khureidschi. Mein Vater änderte noch vor meiner Geburt, als er sein erstes Restaurant eröffnete, seinen Namen und nannte sich Carriage.«

»Leben Ihre Eltern noch?«

»Nein.«

»Wollten sie nicht in ihre Heimat zurückkehren?«

»Doch.«

»Vielleicht war es besser, daß sie nicht gegangen sind«, sagte sie schnell, »so lange die Juden an ihrer Schwelle standen.«

Er blickte sie wortlos an. Die wahre Tragödie war gewesen, daß sie zurückgegangen waren. Sonst wären sie vielleicht noch am Leben.

Sie hielt sein Schweigen für Zustimmung. »Es wird nicht immer so bleiben. Bald werden wir die Juden verjagen. Beinahe hätten wir es diesmal geschafft, aber wir wurden verraten.«

»Von wem?«

»Von einigen unserer eigenen Leute. Leute, die nur an ihre eigene Tasche, an ihre eigene Macht dachten. Wenn die uns nicht gestoppt hätten, wir hätten die Juden ins Meer getrieben.«

»Ich weiß noch immer nicht, wer diese Leute sind.«

»Sie werden es noch erfahren«, sagte sie, plötzlich verschlossen. »Und zwar bald genug.« Sie lächelte und wechselte das Thema. »Soll ich Ihnen Kaffee kochen?«

»Sehr liebenswürdig, aber ich möchte Ihnen keine Mühe bereiten.«

»Das ist keine Mühe. Außerdem möchte ich selbst eine Tasse. Amerikanisch oder türkisch?«

»Türkischen«, sagte er, obwohl er amerikanischen Kaffee bei weitem vorzog.

»Gut«, meinte sie und ging zur Tür. »Ich bin gleich wieder da.«

Er starrte ihr nach. Ein merkwürdiges Mädchen. Wenn er nur hätte herausfinden können, was sie wirklich dachte. Er griff zerstreut nach dem obersten Aktendeckel auf dem Papierstapel. Es war der Bericht über Arabdolls Ltd., um den Baydar gebeten hatte. Die Buchstaben verschwammen vor seinen Augen, und er legte die Papiere wieder auf den Tisch. Er hatte gar nicht gemerkt, wie müde er war. Das konnte bis nach dem Kaffee warten.

Es dauerte fast eine Viertelstunde, bis sie mit dem Kaffee zurückkam. Als er sie sah, blieb ihm vor Staunen der Mund offen. Sie besaß also doch noch andere Kleider. Statt der ewigen Bluejeans trug sie nun einen weißen Kaftan mit einer Goldborte, dessen freizügiger Schnitt verriet, daß sie nichts darunter anhatte. Ihre gebräunte Haut schimmerte golden durch die Öffnungen.

Sie stellte das silberne Tablett auf ein Tischchen vor der Couch. Weiße Dampfspiralen stiegen auf, als sie den Kaffee langsam in die Täßchen goß. Sie schaute zu ihm hoch. »Kommen Sie hinter diesem Schreibtisch hervor und trinken Sie Ihren Kaffee«, sagte sie. »Ich verspreche Ihnen, es meinem Vater nicht zu erzählen.«

Er erhob sich lächelnd. »Ich habe das Gefühl, das würden Sie sowieso nicht tun.«

»Richtig.«

Er setzte sich neben sie auf die Couch. Sie reichte ihm eine Tasse. »Probieren Sie.«

Er trank folgsam. Der Kaffee war ihm viel zu süß; er trank ihn sonst immer ungezuckert.

»Süß genug?«

»Tadellos«, sagte er, ohne mit der Wimper zu zucken.

Sie lächelte erfreut. »Ich mag Kaffee nur extrasüß.«

»Er ist ausgezeichnet.«

Sie nippte an ihrem Kaffee. »Rauchen Sie?« fragte sie.

»Ich habe Zigaretten auf dem Schreibtisch«, entgegnete er und wollte aufstehen.

Ihre Hand hielt ihn zurück. »Ich meine nicht diese Sorte.«

»Ach so«, meinte er. »Manchmal. Aber nicht, wenn ich arbeite.«

Sie öffnete die kleine Silberdose, die auf dem Tablett stand. »Glauben Sie nicht, daß Sie für heute genug gearbeitet haben?«

Er betrachtete angelegentlich die sorgfältig gerollten Zigaretten.

»Die hab ich von Dschabir«, erklärte sie. »Er hat den besten Hasch der Welt. Er rollt sie speziell für meinen Vater.«

»Ich weiß.«

Sie nahm eine Zigarette und zündete sie an. Nach ein paar Zügen hielt sie sie ihm hin.

Er rührte sich nicht.

»Los«, drängte sie, »entspannen Sie sich. Die Arbeit läuft Ihnen nicht davon.«

»Also gut.« Er nahm ihr die Zigarette aus der Hand und zog daran. Nach einigen Zügen gab er sie ihr zurück.

»Gut«, sagte er.

»Na also«, meinte sie und nahm einen kräftigen Zug. »Jetzt sehen Sie zum erstenmal menschlich aus.«

Wieder reichte sie ihm die Zigarette, und wieder zog er daran. In seinem Kopf begann es zu summen. »Wie sehe ich denn sonst aus?«

Sie lehnte sich auf der Couch zurück. »Meistens sehr seriös. Immer sehr geschäftsmäßig. Ausdruckslos. Sie lächeln sehr selten. Sie wissen schon, was ich meine.«

»Das war mir gar nicht bewußt.«

»Die meisten Leute sind sich nicht darüber klar, wie sie aussehen.« Sie betrachtete ihn genau. »Wissen Sie, ohne diese Brille würden Sie recht gut aussehen.« Sie nahm ihm dieBrille von der Nase. »Gehen Sie doch zum Spiegel und sehen Sie selbst.«

»Das ist unnötig. Ich rasiere mich ja jeden Morgen.«

Sie brach in Lachen aus. »Sehr komisch.«

Er lächelte. »Wirklich?«

Sie nickte. »Wissen Sie, für einen Amerikaner sind Sie gar nicht übel. Gewöhnlich mag ich Amerikaner nicht. Aber Sie scheinen anders zu sein. Vielleicht, weil Sie arabische Eltern haben.«

Er schwieg.

Eine Weile starrte sie ihn ebenfalls schweigend an, dann plötzlich beugte sie sich vor und küßte ihn auf den Mund. Er war völlig überrumpelt und regte sich nicht.

Sie richtete sich wieder auf und sah ihm in die Augen. »Was ist los? Magst du das nicht?«

»Das ist es nicht«, sagte er verlegen. »Aber ich bin schließlich verheiratet.«

»Das weiß ich. Aber deine Frau sitzt am anderen Ende der Welt.«

»Sollte das einen Unterschied machen?«

»Macht es einen?« fragte sie.

Er antwortete nicht, statt dessen nahm er noch einen Zug von der Zigarette. Plötzlich wich das Summen in seinem Kopf einem Gefühl außerordentlicher Klarheit, so als wären all seine Sinne geschärft. Er war nicht mehr müde. »Was willst du eigentlich von mir?«

Sie erwiderte seinen Blick. »Ich möchte alles über die Tätigkeit meines Vaters erfahren. Und du kannst es mir beibringen.«

»Das würde ich auch tun, ohne daß du mit mir schläfst.« Er sagte ihr nicht, daß Baydar ihm aufgetragen hatte, ihr Interesse für das Geschäft zu ermutigen.

Ihr Blick war ruhig. »Ich möchte aber mit dir schlafen.«

Er faßte nach ihr, aber sie wehrte ab. »Warte einen Augenblick.«

Er sah ihr zu, wie sie sich erhob, zum Schreibtisch ging und das Licht ausmachte. Fast schien es, als schwebte sie. Langsam löschte sie überall im Zimmer die Lichter, nur eine Lampe in der hinteren Ecke ließ sie brennen. Dann kam sie zurück zur Couch, blieb vor ihm stehen, öffnete die Knöpfe ihres Kaftans, ließ ihn zu Boden fallen und sank in die Arme, die er ihr entgegenstreckte. Er preßte fast brutal seinen Mund auf ihre Lippen.

»Langsam«, flüsterte sie, »du bist ja noch ganz angezogen.« Sie begann, die Knöpfe an seinem Hemd zu öffnen. »Entspann dich, laß dich von mir ausziehen.«

Später, als sie ihren gesunden jungen Körper fest an ihn preßte, als sie unter ihm stöhnte, begann sie fast unhörbar zu wimmern.

Er zwang sich zu klarem Denken, so daß er die Worte verstehen konnte. Es war immer wieder dasselbe Wort, das sie wie in einem gleichzeitig körperlichen und geistigen Orgasmus hervorstieß.

»Vater! Vater! Vater!«

4

Trotz Kälte und Regen, die das spätnovemberliche Paris einhüllten wie ein düsterer grauer Mantel, war Jussef gut gelaunt, als er die Avenue George V hinauf und an *Fouquet's* vorbei in sein Büro auf den Champs Elysées ging. Er betrat den engen französischen Fahrstuhl, schloß die Tür und drückte auf den Knopf für das oberste Stockwerk.

Er lächelte vor sich hin und dachte an seinen neuen Freund, einen schlanken, jungen Griechen mit kohlschwarzen Löckchen rund ums Gesicht und riesigen schwarzen Augen.

Der Junge war verliebt in ihn, da war er ganz sicher. Und es mußte wirklich Liebe sein. Denn als er ihm Geld angeboten hatte, war der Junge so gekränkt gewesen, daß ihm die Tränen kamen. Er hatte sich schleunigst entschuldigt und ihm die Tränen weggeküßt. Und wie er gestrahlt hatte, als er ihm versprach, ihn am nächsten Abend wiederzusehen!

Der Aufzug machte quietschend halt. Jussef stieg aus, schloß sorgfältig die Tür hinter sich und ging auf sein Büro am Ende des Ganges zu. Auf der Milchglasscheibe seiner Bürotür stand in schwarzen Lettern der Name der Gesellschaft: MEDIA (FRANCE) SA.

Seine Sekretärin, die auch als Empfangsdame fungierte, sah hoch, als er eintrat, und sagte lächelnd: »Bonjour, Monsieur Ziad.«

»Bonjour, Marguerite«, gab er zurück und ging an ihr vorbei in sein Zimmer. Er schloß die Tür hinter sich, zog den Regenmantel aus und trat ans Fenster. Die Champs Elysées waren trotz des Regens voller Menschen – Touristen kauften bereits Karten für die Abendvorstellung im Lido auf der gegenüberliegenden Seite, und in den Läden wimmelte es von Kunden.

Die Tür hinter ihm öffnete sich, und ohne sich umzudrehen, hielt er Marguerite seinen Regenmantel entgegen. »Gibt es etwas Neues?« fragte er, als sie ihm den Mantel abnahm.

»Ein Fernschreiben aus Genf«, antwortete sie.

»Wo ist es?«

»In dem Aktendeckel auf Ihrem Schreibtisch. Ich habe ihn zuoberst gelegt.«

Er schlug die Mappe auf, nahm schnell das gelbe Textblatt heraus und las es:

ZIADMED. ANNULLIERET FILMPROJEKT UND SCHLIESSET SOFORT VERGLEICH MIT VINCENT STOP ABLEHNET AUCH WEITERE SENDUNGEN FÜR RECHNUNG

ARABDOLLS BIS AUF WEITERES. WIR HOLEN AUSKUNFT ÜBER DIE FIRMA EIN STOP INFORMIERET MICH BALDIGST ÜBER BEDINGUNGEN ABKOMMEN VINCENT STOP
GRÜSSE ALFAYMED

Seine Eingeweide krampften sich schmerzhaft zusammen. Er sank in seinen Sessel, Schweiß bedeckte seine Stirn. Die Gedanken jagten sich in seinem Kopf. Irgend etwas war schiefgegangen. Irgendwie war er entdeckt worden. Übelkeit stieg ihm in die Kehle, und er konnte gerade noch rechtzeitig den Waschraum erreichen.

Nachdem er sich übergeben hatte, fühlte er sich wohler. Er füllte ein Glas mit Wasser aus der Karaffe, die auf seinem Schreibtisch stand, trank langsam aus und las noch einmal das Fernschreiben. Sein Magen beruhigte sich allmählich. Vielleicht war es gar nicht so, wie er zuerst angenommen hatte; sein eigenes Schuld- und Angstgefühl hatte ihn übermannt. Baydar konnte tausend andere stichhaltige geschäftliche Gründe haben.

Also hieß es ruhig bleiben, um zu überlegen und die wahren Ursachen für Baydars Handeln festzustellen. Dann würde er wissen, was zu tun war. Jussef zündete eine Zigarette an und legte das Fernschreiben mit der Vorderseite nach unten auf den Tisch. Als erstes mußte er die Anordnungen ausführen. Er nahm den Hörer ab. »Stellen Sie fest, wo ich Michael Vincent finden kann«, sagte er zu seiner Sekretärin.

»*Oui,* Monsieur Ziad«, antwortete Marguerite. »Wollen Sie mit ihm sprechen?«

»Nein, noch nicht«, erwiderte er. »Zuerst will ich mit Monsieur Jasfir sprechen. Den müssen Sie wohl auch suchen.«

Er legte den Hörer auf und bemühte sich, seine Gedanken zu ordnen. Er hatte bereits vierhunderttausend Dollar Honorar für Vincent erhalten, ihm aber erst die Hälfte davon ausgezahlt. Ob es ihm gelingen würde, den Vergleich auf dieser Basis abzuschließen? Dann würden sie nur so viel an der Sache verlieren, wie sie bereits bezahlt hatten. Das mußte auf Baydar einen guten Eindruck machen. Allmählich erholte er sich. Vielleicht stand es nicht so schlimm, wie es ihm erschienen war.

Das Telefon auf seinem Schreibtisch summte. »Ich habe Monsieur Jasfir für Sie am Apparat«, zirpte Marguerite.

»Wo ist er?«

»In Genf.«

Er drückte auf den Knopf und sprach arabisch, so daß man ihn nicht verstand, falls jemand zuhörte. »Ich habe Weisung erhalten, die Sendungen für Arabdolls einzustellen. Haben Sie eine Ahnung warum?«

Jasfir antwortete ruhig: »Nein. Hat man einen Grund angegeben?«

»Eigentlich nicht. Es heißt nur, daß man Auskünfte über die Firma einholt.«

Jasfir schwieg.

»Ich werde unserem Beiruter Büro telegrafieren müssen«, sagte Jussef.

»Nein.« Jasfirs Stimme war kalt. »Wir haben zwei Sendungen wöchentlich bis Weihnachten eingeplant. Das ist die wichtigste Jahreszeit für uns.«

»Ich kann nichts machen«, erklärte Jussef. »Wenn ich mich nicht füge, kostet es mich meinen Posten.«

»Das ist Ihr Problem, mein Freund. Wenn diese Sendungen nicht geliefert werden, könnten meine Partner über zwanzig Millionen Dollar verlieren. Und das würden sie ungern tun.«

»Ich kann nichts machen«, wiederholte Jussef. »Ich verliere meine Provision auch nicht gern. Aber ich muß meinen Posten behalten.«

»Sie haben immer noch nicht richtig verstanden«, sagte Jasfir. »Keinen Posten und am Leben, oder den Posten – und tot!«

Die Verbindung wurde plötzlich unterbrochen, und sofort meldete sich die französische Telefonistin. »Ist das Gespräch zu Ende, Monsieur?«

Jussef starrte einen Augenblick auf das Telefon. »*Oui*«, antwortete er dann schnell. Und wieder spürte er den Krampf in seinen Eingeweiden, und der Angstschweiß trat ihm auf die Stirn. Er ließ den Kopf auf seine Hände sinken. Er mußte nachdenken, mußte eine Möglichkeit finden, um Baydar umzustimmen.

Wieder summte das Telefon. Er hob ab. Die Stimme seiner Sekretärin klang so heiter, daß es ihn ärgerte. Erstaunlich, wie Franzosen jedes erfolgreich vermittelte Ferngespräch als einen persönlichen Sieg betrachteten. »Monsieur Vincent ist gerade von London nach Paris abgeflogen«, verkündete sie. »Er wird um ein Uhr im *George V.* erwartet.«

»Lassen Sie ihn wissen, daß ich ihn zum Lunch treffen muß.«

Er legte den Hörer auf und nahm ihn gleich wieder ab. »Bringen Sie mir zwei Aspirin«, befahl er. »Und dann verbinden Sie mich mit Monsieur Carriage in Genf.«

Das Aspirin half ihm nicht viel, und die Leitungen nach Genf waren besetzt. Jussef schaute auf die Uhr. Es war elf vorbei. Er trank gewöhnlich nicht viel, aber diesmal durfte er wohl eine Ausnahme machen.

Er erhob sich und verließ sein Büro. »Ich bin bald wieder hier«, sagte er zu seiner Sekretärin.

Marguerite wunderte sich. »Fühlen Sie sich nicht wohl?« fragte sie besorgt.

»Mir fehlt nichts«, schnappte er, ging auf den Gang hinaus und bestieg den Fahrstuhl, der ihn langsam ins Erdgeschoß brachte. Er verließ das Gebäude und wandte sich nach links zu *Fouquet's.*

Er ging an die Bar. Der Barmann kam sofort zu ihm. »Bonjour, Monsieur Ziad, was darf ich Ihnen bringen?«

»Was haben Sie, um einen nervösen Magen zu beruhigen?«

Der Barmann sah ihn an. »Alka Seltzer. Ich finde es sehr wirkungsvoll.«

»Nein«, wies Jussef ihn schroff ab. »Etwas Stärkeres.«

»Fernet-Branca, Monsieur«, schlug der Barmann vor. »Ein altes Mittel, aber immer noch das beste.«

»Dann geben Sie es mir. Eine doppelte Portion.«

»Einen Doppelten, Monsieur?« Der Barmann warf ihm einen merkwürdigen Blick zu.

»Ja. Und machen Sie schnell!« Jussef war verärgert. Warum mußte alles so schwierig sein?

»Gewiß, Monsieur.« Der Barmann wandte sich um und nahm eine Flasche vom Regal. Gleich darauf stand die dunkelbraune Flüssigkeit in einem altmodischen Glas vor Jussef. »Ich glaube, das ist zu viel«, sagte der Barmann. »Trinken Sie es langsam.«

Jussef sah ihn verachtungsvoll an. Die Franzosen bestanden immer darauf, daß man alles nach ihrer Nase machte. Er nahm das Glas und kippte den Inhalt in einem Zug hinunter. Einen Moment lang stand er wie gelähmt da, während das schauderhaft schmeckende Zeug ihm brennend durch die Kehle floß. Dann hielt er sich die Hand vor den Mund, drehte sich um und rannte die Treppe nach oben zur Toilette.

Michael Vincent war entspannt, als er Jussef die Tür seines Hotelzimmers öffnete; er hielt ihm lächelnd die Hand entgegen. »Eine gute Nachricht für Sie«, sagte er herzlich. »Ich bin mit der ersten Fassung des Drehbuchs fertig.«

Jussef schaute ihn ohne Begeisterung an. »Wir haben Probleme zu besprechen, mein Freund.«

Vincent war sofort auf der Hut. »Probleme« war im Lexikon des Filmgeschäftes ein verhängnisvolles Wort. Er war aber nicht so dumm, direkt darauf einzugehen. »Es gibt keine unlösbaren Probleme.«

Jussef betrachtete den Amerikaner. Der Mann schien zum erstenmal, seit er ihn kannte, völlig nüchtern. Warum ausgerechnet dieses Mal? Mit einem angetrunkenen Vincent hätte er viel besser verhandeln können. »Ich habe mir gestattet, unten einen Tisch für den Lunch reservieren zu lassen«, sagte er.

»Sehr gut. Ich bin halb verhungert. Ich habe nicht mal gefrühstückt. Gehen wir gleich hinunter.«

»Was würden Sie gern trinken?« fragte Jussef, nachdem beide an ihrem Tisch Platz genommen hatten.

Vincent schüttelte den Kopf. »Nicht auf leeren Magen.«

Jussef wandte sich an den Ober. »Dann wollen wir erst einmal die Speisekarte sehen.«

»Wir haben ausgezeichneten Lachs, Monsieur Ziad«, schlug der Ober vor.

Jussef war es gleichgültig, was er aß. »Klingt recht gut.« Er wandte sich an den Amerikaner. »Und Sie?«

»Für mich auch.«

Jussef fluchte lautlos. Der Mann war viel zu freundlich. Er hatte gehofft, er würde etwas trinken. »Eine Flasche Montrachet«, bestellte er. Vielleicht würde ein guter Weißwein helfen.

Der Ober entfernte sich. Die beiden schwiegen eine Weile. Dann sprach Vincent als erster. »Sie haben Probleme erwähnt?«

»Ja«, antwortete Jussef ernst. Er sah Vincent an und beschloß, so fremd es seiner Natur auch war, es mit der direkten Methode zu versuchen. »Ich habe heute früh Weisung erhalten, das Filmprojekt rückgängig zu machen.«

Vincents Miene blieb ausdruckslos. Dann seufzte er leise. »Ich dachte mir schon, daß so was kommen würde. Es war zu schön, um wahr zu sein.«

»Es überrascht Sie nicht?«

Der Regisseur schüttelte den Kopf. »Nein, es überrascht mich nicht, da ich vor ein paar Wochen in den Hollywooder Fachblättern las, daß eine andere Gesellschaft im nächsten Frühjahr in Marokko eine Geschichte des Propheten zu drehen beabsichtigt.«

Jussef atmete auf. Das also war die Ursache des Fernschreibens. Und nicht, weil sie seinen Dispositionen mißtrauten. »Ja«, sagte er mit möglichst teilnahmsloser Miene.

»Machen Sie kein so finsteres Gesicht«, lachte Vincent. »Wenn Sie schon so lange im Filmgeschäft wären wie ich, hätten Sie schon Schlimmeres erlebt.«

»Es gibt da aber noch eine unangenehme Sache, die wir bereinigen müssen. Ihr Vertrag. Ich wurde beauftragt, einen Vergleich mit Ihnen auszuarbeiten.«

»Da gibt es nichts zu vergleichen.« Vincent wurde sehr hellhörig. »Ich habe einen festen Vertrag. Ich bekomme eine Million Dollar, ob der Film gedreht wird oder nicht.«

»Das glaube ich nicht. Wie ich es verstehe, ist die Hälfte Ihres Honorars während der Dreharbeiten fällig. Wenn wir mit der Produktion nicht beginnen, fallen diese Zahlungen weg. Außerdem sind in der Gesamtsumme zweihunderttausend für Spesen enthalten. Auch diese Summe brauchen wir nicht zu bezahlen.«

»Ich fasse den Vertrag anders auf. Meiner Ansicht nach kann ich die Bezahlung des vollen Betrags erzwingen.«

»Wie denn?« fragte Jussef kurz. »Wenn Sie den Vertrag durchlesen, werden Sie finden, daß die Abmachungen den libanesischen Gesetzen unterstehen und der Gerichtsstand Beirut ist. Glauben Sie, daß Sie, ein Ausländer, eine Chance gegen Al Fay hätten? Sie würden keinen Cent erhalten. Wahrscheinlich würden Sie nicht einmal einen Rechtsanwalt finden, der Ihren Fall gegen uns übernähme.«

Vincent schwieg. Das war die einzige Vertragsklausel, die ihm mißfallen hatte. Es war auch die einzige, auf der sie bestanden hatten. Nun wußte er, warum.

Jussef wurde nun sicherer. »Freunde haben in einem Gerichtssaal nichts zu suchen«, sagte er. »Es wäre viel angenehmer, wenn wir einen Vergleich schließen könnten. Die Welt ist klein. Man kann nie wissen, wann wir einander noch behilflich sein können.«

»Was schlagen Sie vor?«

»Sie haben bereits zweihunderttausend erhalten. Die Zahlung von weiteren hundertausend erfüllt unsere Verpflichtung für das Drehbuch. Ich schlage vor, wir lassen es dabei bewenden.«

Vincent schwieg.

»Und ich verzichte auf meine Provision«, fuhr Jussef schnell fort. »Das scheint mir angemessen, da das Projekt nicht zur Ausführung gelangt. Auf diese Weise würden Sie die ganze Summe bekommen.«

»Wie steht es mit meinen Spesen?« fragte Vincent. »Hunderttausend davon sollten während der Arbeiten am Drehbuch bezahlt werden.«

Jussef überlegte einen Augenblick. Was der Amerikaner sagte, war richtig. Außerdem hatte Jussef dieses Geld bereits, so daß es da kein Problem gab. Soviel Baydar wußte, war die Summe schon ausbezahlt worden. Aber trotzdem konnte er seine natürliche Habgier nicht unterdrücken. »Wenn wir die Spesen bezahlen, bestehe ich auf meiner Provision.«

Vincent rechnete schnell im Kopf. Dreihunderttausend Dollar oder vierhunderttausend minus zwanzig Prozent. Der Unterschied betrug nur zwanzigtausend Dollar, aber es war besser als nichts. Plötzlich lachte er. »Abgemacht«, sagte er, »unter einer Bedingung.«

»Nämlich?« fragte Jussef vorsichtig.

»Daß Sie Ihren Einfluß benützen, mich in dem anderen Film unterzubringen.«

Jussef lächelte erleichtert. »Das würden wir ohnehin tun«, erklärte er.

Der Weinkellner entkorkte mit großartiger Geste die Flasche und goß eine Probe für Jussef ein. *»Très bon«,* sagte Jussef und bedeutete dem Kellner mit einem Wink, Vincents Glas zu füllen.

Vincent hob abwehrend die Hand. »Ich habe es mir andes überlegt«, sagte er. »Bringen Sie mir einen doppelten Scotch!«

5

Ali Jasfir betrat das Café gegenüber dem *Hotel Wilson* in Genf. Er schaute auf die Uhr. Es war fast sechs, und im Café wimmelte es von Büroangestellten, die sich einen Drink genehmigten, bevor sie aus der City nach Hause in die Vororte fuhren. Er fand einen ruhigen Tisch im hinteren Teil des Restaurants, bestellte Kaffee und machte sich darauf gefaßt, zu warten. Sie hatte ihm gesagt, daß sie wahrscheinlich vor sechs nicht weg könne. Er schlug die Pariser Ausgabe der *Herald Tribune* auf.

Die Zeitung war voll von Geschichten über die Panik in den Vereinigten Staaten wegen des Ölembargos. Zuerst hatte das Land einen Schock erlitten. Die Leute konnten nicht glauben, daß ihnen das wirklich passierte. Dann rafften sie sich jedoch auf und begannen herumzumanövrieren, um ihre Vorräte zu vergrößern. Er lächelte; viel konnten sie da nicht tun. Im Winter würden sie den Engpaß erst richtig zu spüren bekommen. Wenn es ihnen dann im Frühjahr klar wurde, daß sie fünf Jahre brauchen würden, um ihre eigenen Ölquellen, die sie wegen der billigen Importe vernachlässigt hatten, wieder auszubauen, würden sie auf den Knien um Gnade bitten.

Vorausgesetzt allerdings, daß die Araber imstande waren, ihre Einigkeit beizubehalten. Es zeigten sich bereits Risse in der Rüstung. Es gab Gerüchte, wonach immer noch Öltanker mit Bestimmung

Amerika nicht nur vom Iran, sondern auch von den Vereinigten Arabischen Emiraten, Kuweit und sogar aus Saudi-Arabien durch den Golf von Oman schlüpften. Er zweifelte keinen Augenblick an der Wahrheit dieser Gerüchte. Alle diese Länder waren nicht nur durch Gefühle, sondern auch durch hartes Geld mit Amerika verbunden. Ihre Investitionen in der amerikanischen Wirtschaft waren so groß, daß sie schon aus Angst, es könnte zum Chaos kommen und sie ihre sämtlichen Investitionen verlieren, nicht wagten, sich allzu viel in diese Dinge einzumischen. Die Tatsache, daß ihr Selbstinteresse der völligen Freiheit für die arabische Welt im Wege stand, war den wenigen Auserwählten, die diese Länder regierten, völlig egal. Sie benutzten die Krise nur, um ihre Macht, den eigenen Reichtum, zu vermehren. Es waren Männer wie Al Fay - vielleicht der Schlimmste von allen-, Männer, die beseitigt werden mußten, bevor die Araber ihren rechtmäßigen Platz an der Sonne einnehmen konnten. Was sie der Bewegung an Hilfe gaben, war ein reines Almosen, gemessen an ihrem Profit.

Der Prophet hatte gesagt: »Denk an den Tag des Gerichtes!« Aber die Bruderschaft war nicht gewillt, so lange zu warten. Die Pläne, die Macht dieser Männer gegen sie selbst zu richten, warteten nur auf ihre Ausführung, und mit der Zeit würden sie den Zorn des verratenen Volkes zu fühlen bekommen.

Ali Jasfir war bei seiner zwei ten Tasse Kaffe, als die junge Frau eintrat und vor ihm stehenblieb. Er wies wortlos auf den Stuhl gegenüber.

Sie nahm Platz, und der Kellner erschien. »Coca-Cola mit Zitrone«, bestellte sie. Als der Kellner verschwunden war, sagte sie: »Entschuldige, daß ich so spät komme, aber ich konnte mich nur schwer so kurzfristig freimachen.«

»Ich hätte dich nicht gestört, wenn es nicht wichtig wäre.«

»Das verstehe ich.« Der Kellner kam mit ihrem Getränk und entfernte sich wieder. »Was ist denn los?« fragte sie.

»Eine ganze Menge«, antwortete er ernst. »Das Schlimmste ist vielleicht die Gefahr einer Umgehung des Embargos.«

Die Augen unverwandt auf ihn gerichtet, trank sie ihre Cola.

»Die Vereinigten Staaten üben auf Leute wie deinen Vater einen starken Druck aus. Sie drohen mit der Konfiszierung ihrer Investitionen in den Staaten.«

»Davon habe ich nichts gemerkt. Und ich bin jeden Tag im Büro. Ich lese fast jedes Papier, das ins Büro kommt.«

»So dumm sind die nicht! Es gibt Dinge, die man niemals zu Papier bringen würde. Aber die Drohungen sind da. Und dein Vater reagiert darauf.«

»Wie? Mein Vater hat mit den Ölzuteilungen nichts zu tun.«

»Aber er hat großen Einfluß. Früher oder später wird man auf ihn und andere seiner Art hören.«

Sie zündete eine Zigarette an und inhalierte tief. »Die Dinge sind ja nie wirklich so, wie sie scheinen, nicht wahr?«

Ali Jasfir nickte. »Möglich, daß wir früher losschlagen müssen, als wir dachten.»

Sie stieß langsam den Rauch aus.

»Du hast es dir nicht anders überlegt?« fragte er plötzlich. »Du glaubst noch immer an die gleichen Dinge?«

»Ich habe es mir nicht anders überlegt. Wie könnte ich das! Ich erinnere mich noch immer an die von den israelischen Flugzeugen gegen uns begangenen Greuel. Ich sehe noch die Leichen und die Gesichter meiner Freundinnen vor mir. Ich habe die ohne Veranlassung begangenen Gewalttaten der Israelis erlebt. Ich werde meine Meinung nicht ändern, ehe sie alle tot sind.«

Er entspannte sich ein wenig. »Ich hatte befürchtet, dein amerikanischer Liebhaber hätte dich vielleicht umgestimmt.«

Sie begegnete ruhig seinem Blick. »Er ist nicht mein Liebhaber«, sagte sie kalt. »Ich benutze ihn, um Einblick in die Geschäfte meines Vaters zu gewinnen.«

»Dann weißt du wohl auch von der Anweisung, die Sendungen von Arabdolls zu stoppen?«

»Ja.«

»Kennst du den Grund?«

»Ich bin nicht sicher, aber ich glaube, sie haben den Verdacht, daß Ziad bestochen wurde. Sie stellen jetzt Nachforschungen an, um herauszufinden, ob das stimmt.«

»Für uns ist es sehr wichtig, daß diese Sendungen weiterlaufen. Sie sind unsere Hauptquelle für amerikanische Dollars. Glaubst du, du hast genug Einfluß auf deinen amerikanischen Freund, um zu erreichen, daß diese Anordnungen rückgängig gemacht werden?«

»Ich weiß nicht«, antwortete sie zweifelnd. »Er hat von meinem Vater den Auftrag erhalten, diese Sendungen zu stoppen.« Sie sah ihn an. »Wie wäre es, wenn ich direkt mit meinem Vater spräche?«

»Nein. Dein Vater weiß nichts über diese Sendungen. Sonst hätte er sie längst gestoppt. Er hat uns schon immer abgelehnt.«

»Dann weiß ich nicht, was ich tun kann.«

»Vielleicht kannst du den Amerikaner überreden, deinem Vater zu berichten, daß mit den Sendungen alles in Ordnung sei und Ziad von Arabdolls kein Geld bekommt.«

»Stimmt das?«

»Natürlich nicht«, sagte er irritiert. »Sei nicht so naiv. Wie glaubst du denn, kriegt man ein Schwein wie ihn dazu, mit uns zu arbeiten, wenn nicht durch Bestechung? Du könntest deinem Freund sagen, du hättest gerade erfahren, daß Arabdolls Freunden von dir gehört und daß es dir unangenehm wäre, wenn sie Schwierigkeiten bekämen.«

»Meinst du, er würde das glauben?«

»Wer weiß? Das solltest du eigentlich am besten wissen.«

Ein leises Lächeln spielte um ihre Lippen. »Vielleicht tut er es. Als mein Vater in Gstaad war, waren wir mindestens viermal am Tag zusammen. Er ist wie ein Verrückter. Er läßt mich nie in Ruhe.«

»Wenn das wahr ist, solltest du doch keine Schwierigkeiten mit ihm haben.«

»Wenn er sich aber weigert?«

»Du kannst drohen, daß du zu deinem Vater gehst und ihm von eurer Affäre erzählst.« Er bemerkte ihre erschrockene Miene und fügte schnell hinzu: »Aber nur als letzter Ausweg. Vorläufig fragst du ihn nur. Morgen abend treffen wir uns um die gleiche Zeit, und du berichtest mir, was er geantwortet hat.«

»Sonst noch etwas?«

»Im Augenblick nicht.«

»Wie lange muß ich noch bleiben?« fragte sie. »Ich habe doch nicht die ganze Zeit im Trainingslager verbracht, um Sekretärin zu spielen! Wann kriege ich die Gelegenheit, wirklich was zu tun?«

»Du tust gerade jetzt etwas für uns sehr Wichtiges; und vielleicht wird das andere schneller kommen, als du glaubst.«

Als der Kurier des Konsularbüros gegangen war, schaute Carriage auf die Uhr. Sieben Uhr. Er öffnete eine Schreibtischschublade und entnam ihr den passenden Schlüssel für die Posttasche. Es mußte etwas sehr Wichtiges sein, wenn es mit der Diplomatentasche mit dem letzten Flugzeug des Tages von Beirut geschickt worden war.

Es war nur ein einziger Aktendeckel mit nur einem Blatt Papier darin. Auf dem Deckel standen in auffallenden roten Buchstaben die Worte VERTRAULICHER BERICHT – ARABDOLLS.

Er schlug die Mappe auf und las den Inhalt schnell durch. Er war kurz und sachlich. Arabdolls war ein Aushängeschild für das Rauschgiftsyndikat. Unter den registrierten Besitzern befanden sich ein amerikanischer Mafioso, ein Korse, der im Zusammenhang mit Heroinraffinerien bekannt war, und zwei Libanesen, von denen der eine weitverzweigte Verbindungen zu den Mohnpflanzern im Libanon und in der Türkei besaß und der andere verschiedene Fedajingruppen als Bankier in ihren Finanztransaktionen vertrat.

Jetzt wurden die Eilfrachtgebühren verständlich. Sie hatten für Arabdolls eine einwandfreie Schiffahrtsgesellschaft gefunden, um das Rauschgift in die Vereinigten Staaten zu bringen, denn MEDIA besorgte nicht nur den Transport, sondern verzollte als konzessionierter Zollagent die Sendungen auch selbst und lieferte die Ware direkt an den New Yorker Empfänger. Der war zwar eine bekannte amerikanische Großhandels-Importfirma für Spielzeug, aber Dick war überzeugt, daß ein entsprechendes Abkommen zur Beförderung der Sendungen in den Staaten vorlag.

Carriage hob den Telefonhörer ab und ließ sich mit dem Direktor des Schiffsmaklerbüros MEDIA in Beirut verbinden.

Der Direktor meldete sich stotternd vor Aufregung über die Ehre, von Mr. Al Fays persönlichem Assistenten angerufen zu werden. Es war das erstemal, daß er mit jemandem sprach, der in der Hierarchie höher stand als Jussef, und war entsprechend entgegenkommend.

Nein, er persönlich wußte nichts über Arabdolls, nur daß sie sehr höflich waren und daß ihre Rechnungen prompt bezahlt wurden. Wären nur all seine Kunden so pünktlich - aber Sie wissen ja, wie die leider sind.

Dick zeigte sich verständnisvoll und sagte, Mr. Al Fay sei sich der Probleme bewußt und habe dafür Verständnis. Dann fragte er, durch wen sie Arabdolls als Kunden bekommen hätten - welcher ihrer Agenten die Firma gebracht habe.

Der Direktor entschuldigte sich. Leider sei es keinem seiner Leute gelungen, die Firma als Kunden anzuwerben. Dieses Verdienst müsse er allein Mr. Ziad zuschreiben, der alle Vereinbarungen in Paris getroffen habe. Hier in Beirut hätten sie nur den Kundendienst zu versehen. Und sie bemühten sich besonders, diesen Kunden stets zufriedenzustellen. So gute Kunden fand man nicht oft.

Dick dankte und legte den Hörer auf. Er fragte sich, wieviel Jussef über den Inhalt dieser Sendungen wußte. Er konnte nur schwer glauben, daß Jussef es wagte, gegen Baydars Politik zu verstoßen. Besonders nach dem Zwischenfall mit Ali Jasfir im vorigen Sommer in Cannes. Er wußte doch genau, daß Baydar es abgelehnt hatte, als Strohmann für die illegale Tätigkeit der Fedajin zu fungieren, gleichgültig, wie wichtig deren Motive angeblich waren.

Doch das Geschäft konnte nur auf *eine* Weise zustande gekommen sein. Jemand mußte sich an Jussef gewandt haben. Er hätte gern gewußt, wie gut Jussef Ali Jasfir kannte. Er versuchte sich zu erinnern, ob er die beiden in Cannes zusammen gesehen hatte. Aber es fiel ihm nur ein, daß er selbst Jussef beauftragt hatte, Ali Jasfir zu der Party einzuladen.

Er hatte gerade den Aktendeckel ins Safe geschlossen, da kam Leila zurück. Er sah sie an und beschloß, Baydar gleich am Morgen anzurufen.

»Was ist los?« fragte Leila sofort. »Du siehst so ernst aus.«

»Wahrscheinlich, weil ich an zu viele Dinge denken muß.« Er zwang sich zu einem Lächeln. »Wie waren deine Freundinnen?«

Sie erwiderte sein Lächeln. »Blöde Gänse. In der Schule waren sie nett, aber jetzt bin ich ihnen anscheinend entwachsen. Ihr einziger Gesprächsstoff sind Jungen.«

Er lachte. »Das scheint mir normal.«

»Sie denken auch an nichts anderes.«

»Und woran denkst du?«

Sie kam zu seinem Schreibtisch und beugte sich über ihn, so daß ihr Gesicht beinahe das seine berührte. »Mit dir zu ficken«, sagte sie.

6

Baydar rief an und sagte fröhlich: »Guten Morgen, Dick.«

»Morgen, Boss. Wie geht's bei Ihnen?«

»Prächtig. Und die Jungens sind begeistert. Sie sollten sie auf den Skiern sehen. Richtige Naturtalente.«

»Hier gibt es einiges, das zu besprechen wäre. Ist Ihr Telefon abhörsicher?«

»Nein«, antwortete Baydar. »Rufen Sie in zehn Minuten noch mal an.«

Dick legte den Hörer auf. Er dachte an die vergangene Nacht zurück. Die Affäre Arabdolls wurde immer merkwürdiger. Jetzt gab es eine neue Perspektive: Plötzlich hatte Leila ein ganz unerwartetes Interesse dafür gezeigt.

Sie war auf echt arabische Art auf Umwegen darauf zu sprechen gekommen. Sie lagen nackt auf seinem Bett und rauchten; er fühlte sich leicht benebelt. »Ob wir wohl weiter so zusammenkommen können, wenn mein Vater zurück ist?« eröffnete sie das Gespräch.

»Ich werde schon einen Weg finden.«

»Du wirst gar keine Zeit haben. Wenn er hier ist, hast du doch keinen freien Augenblick.«

Er antwortete nicht.

»Manchmal glaube ich, du bist noch mehr Sklave als Dschabir.«

»So schlimm ist es nun auch wieder nicht.«

»Schlimm genug«, erwiderte sie und hatte plötzlich Tränen in den Augen.

»Aber laß das doch!« sagte er und griff nach ihr.

Sie legte den Kopf an seine Brust. »Entschuldige«, flüsterte sie. »Ich bin gerade dabei, mich an dich zu gewöhnen und festzustellen, wie wunderbar du bist.«

»Du bist auch nicht so übel!«

»Ich muß dir etwas gestehen.«

»Keine Geständnisse!«

Aber sie fuhr fort: »Du bist der erste wirkliche Mann, mit dem ich je zusammen war. Alle anderen waren nur Jungen. Mit ihnen hab ich nie etwas Ähnliches gefühlt wie mit dir.«

Er antwortete nicht.

»Geht es dir auch so? Fühlst du mit deiner Frau das gleiche wie mit mir?«

Er dachte an Frau und Söhne, die zehntausend Kilometer entfernt waren, und empfand Gewissensbisse. »Das ist unfair«, sagte er vorwurfsvoll.

»Verzeih, es war dumm von mir. Ich werde dich nie wieder fragen.« Sie nahm ihm die Zigarette aus der Hand. »Laß mich einen Zug machen.«

Er betrachtete sie, während sie den süßen Duft einatmete. Nach ein paar Zügen gab sie ihm die Zigarette zurück, und er legte sie in einen Aschenbecher. Dann drehte er Leila auf den Rücken, glitt nach unten und begann sie zu küssen.

Sie stöhnte leise, mit den Händen preßte sie sein Gesicht an sich. »Beim Leben Allahs, wie ich das liebe!« Sie hob sein Gesicht, um ihn anzusehen. »Weißt du, daß du der erste Mann bist, der mich da geküßt hat?«

Er schüttelte den Kopf.

»Von den Jungen, mit denen ich gegangen bin, hat das keiner gemacht. Aber das waren alles Araber. Arabische Jungen sind miese Liebhaber. Die denken nur an ihr eigenes Vergnügen. Sag mir, machen das alle Amerikaner?«

»Das weiß ich wirklich nicht.«

»Machst du es gern?«

Er nickte.

»Dann laß mich auch«, sagte sie und beugte sich herunter. Nach einer Weile hob sie den Kopf. »Du bist fabelhaft gebaut.«

Er lachte laut.

»Hast du nur Araber gekannt?« fragte er.

»Nein, einmal war es ein Franzose. Aber es war dunkel, und er kam so schnell, daß ich gar keine Möglichkeit hatte, ihn mir anzuschauen.« Sie schaute an ihm herunter. »Er wird mir fehlen, weißt du.«

Dann lachte sie unerwartet. »Mir ist etwas Verrücktes eingefallen. In einem Inserat in einer Illustrierten haben sie aufblasbare Puppen in Lebensgröße angepriesen. Soll ich mir so eine nach deinen Maßen machen lassen? Dann könnte ich dich in meinem Zimmer aufbewahren, und wenn du selbst nicht da bist, blase ich einfach die Puppe auf und habe dich bei mir!«

»Tatsächlich eine verrückte Idee.« Er lachte.

»Ich wette, ich könnte mir so etwas von meinem Freund bei Arabdolls machen lassen«, kam sie endlich zum Thema.

Die Warnglocke in seinem Kopf klingelte laut und deutlich. »Ich hätte nicht gedacht, daß die so was herstellen«, sagte er.

»Für mich würden sie es vielleicht tun. Essam Mafrads Vater ist der Inhaber der Firma, und der ist ein guter Freund vom Vater meiner Mutter.«

Mafrad war der libanesische Bankier, der Al Iquah vertrat, und es war höchst wahrscheinlich, daß ihr Großvater ihn kannte. Nach ihrer nächsten Frage jedoch schaltete er die Möglichkeit eines bloßen Zufalls aus.

Sie setzte sich im Bett auf, und als wäre ihr plötzlich etwas eingefallen, fragte sie: »Ist das nicht die Firma, deren Sendungen mein Vater nicht mehr befördern will?«

Er nickte.

»Das kann er doch nicht machen! Es sind so gute Freunde von uns. Das würden sie nie verzeihen.«

»Dann sag das deinem Vater. Wenn er das erfährt, wird er sicher seinen Entschluß ändern.«

»Das kann ich nicht tun. Du kennst ja meinen Vater. Der läßt sich doch von niemandem etwas vorschreiben.«

Er schwieg.

»Aber du könntest etwas tun. Du könntest doch die Sendungen durchlassen.«

»Und dein Vater? Wenn er es merkt, wirft er mich raus.«

»Er braucht es ja nicht zu erfahren. Du zeigst ihm einfach die Protokolle nicht. Er hat so viel im Kopf, er würde das gar nicht merken.«

»Das ist unmöglich.«

»Warum denn? Du würdest ihm doch nur einen Gefallen tun. Unsere Familien sind seit Jahren befreundet, und du könntest ihm eine Menge Ärger ersparen.«

»Das ist nicht meine Sache. Ich habe gar keine Kompetenz dafür.«

»Dann tu es mir zuliebe. Und wenn Vater es erfährt, kannst du ihm sagen, daß ich dich darum gebeten habe. Ich will ja nur Schwierigkeiten zwischen den beiden Familien vermeiden.«

»Tut mir leid«, sagte er entschieden.

Plötzlich wurde sie böse. Sie sprang aus dem Bett und stellte sich vor ihn hin. »Du benimmst dich, als wäre ich nichts anderes als ein blödes Ding!« schrie sie. »Fürs Bett bin ich gut, aber für was anderes langt's nicht mehr!«

»Moment mal«, sagte er versöhnlich, »davon kann gar keine Rede sein. Ich respektiere durchaus deine Meinung. Ich bezweifle gar nicht, daß du recht hast, aber du verlangst von mir, etwas zu tun, wozu ich nicht befugt bin. Aber ich kann etwas anderes machen. Ich berichte morgen deinem Vater, was du mir erzählt hast, und ich bin sicher, daß er dann die Sendung genehmigen wird.«

»Ich brauche keinen Gefallen von dir!« fauchte sie ihn an. »Ich will nicht, daß du ihm etwas sagst, verstehst du? Nichts!«

»Dann eben nicht, wenn du es so willst.«

»Genau das will ich. Wenn ich ihm etwas zu sagen habe, werde ich es ihm selbst sagen.«

»Schon gut, schon gut«, besänftigte er.

Sie angelte ihr Kleid vom Stuhl und ging zur Tür, dann drehte sie sich noch einmal um. »Ihr habt alle Angst vor meinem Vater, ich aber nicht. Das werdet ihr schon noch merken!«

Er blieb noch lange im Bett sitzen und rauchte eine Zigarette nach der anderen. Es mußte mehr sein als Zufall. Selbst wenn die Familien Riad und Mafrad gut befreundet waren, war es doch ein wenig zu auffällig, daß sie das Ganze gerade in diesem Augenblick aufs Tapet brachte.

Er überlegte, ob er Baydar davon erzählen solle, beschloß jedoch, es nicht zu tun. Es würde nur ihre Beziehung bloßstellen, und damit wäre er seinen Posten los. So liberal Baydar auch über vieles dachte, er war doch ihr Vater.

Vielleicht hatte sie sich bis zum Morgen beruhigt. Inzwischen beschloß er, eines zu tun.

Er nahm trotz der späten Stunde den Hörer des Privattelefons auf seinem Nachttisch ab und drückte auf einen Knopf, so daß niemand im Haus von einem Nebenanschluß aus mithören konnte. Er wählte die Nummer eines Privatdetektivs, der schon einige Male für die Firma gearbeitet hatte.

Nachdem er mit dem Mann gesprochen und das Telefon aufgelegt hatte, fühlte er sich besser. Sobald Leila von jetzt an das Haus verließ, wurde sie überwacht. Ende der Woche würde er ziemlich genau wissen, mit wem sie zusammentraf und mit wem sie in Genf befreundet war. Wenn er das alles beisammen hatte, konnte er vielleicht einen Sinn in ihrem Vorgehen entdecken.

Er war vor acht Uhr ins Büro gekommen, da er wußte, daß er zu dieser Zeit dort allein war und Baydar beim Frühstück erwischen konnte. Dick wählte die Nummer.

Baydar meldete sich sofort. »Dick?«

»Ja.«

»Was gibt es?«

»Arabdolls«, sagte er kurz. »Die Firma ist ein Aushängeschild. Ich fürchte, wir haben für sie Rauschgift transportiert.« Er berichtete rasch, was er erfahren hatte.

Baydar schwieg eine Weile. »Wie sind wir da hineingeraten?« fragte er. »Wurde das Geschäft in Beirut abgeschlossen?«

»Nein, in Paris. Man hat mir berichtet, daß der Vertrag von Jussef selbst kam.«

»Das habe ich befürchtet. Ich habe schon gehört, daß er mit Ali Jasfir zusammengetroffen ist. Ich glaubte aber nicht, Jussef hätte die Frechheit, so etwas auf eigene Verantwortung zu machen. Er muß sehr viel Geld bekommen haben, wenn er sich dazu hat verleiten lassen.«

Carriage wunderte sich. »Sie wußten von der Verbindung zwischen den beiden?«

»Ja, aber ich dachte, es sei nur Jasfirs Art, in Kontakt zu bleiben. Das war offenbar ein Irrtum. Ich habe all die Nebengeschäftchen Jussefs hingenommen; die waren mehr oder minder üblich. Aber das hier ist etwas anderes.«

»Was wollen wir unternehmen?«

»Viel können wir nicht tun. Wir dürfen die Sache nicht publik machen, sonst könnte sie für uns zu einer Büchse der Pandora werden. Ein Wort zuviel, und wir verlieren unsere Lizenz als US-Zollagenten und unsere Speditionskonzession dazu. Wir müssen die Sache intern regeln. Als erstes werde ich Jussef hierherzitieren, um herauszufinden, wie tief wir tatsächlich drinstecken.«

»Wollen Sie hier mit ihm zusammentreffen?« fragte Dick.

»Nein. In Genf wimmelt es von Neugierigen. Sagen Sie ihm lieber, er soll zu mir nach Gstaad kommen.«

»Gut. Wollen Sie mich dabei haben?«

»Ich glaube, Sie bleiben lieber in Genf. Je weniger Leute er hier sieht, desto besser.«

»Übrigens, noch etwas. Ich habe gehört, die Familien Mafrad und Riad seien eng befreundet. Glauben Sie, daß Ihr ehemaliger Schwiegervater möglicherweise in die Sache verwickelt ist?«

»Ausgeschlossen!« Baydars Reaktion war überzeugend. »Riad ist ein altmodischer Konservativer. Er würde sich mit einem Gauner wie Mafrad nicht einlassen, und wenn der in Gold gewickelt wäre.«

»Ich dachte nur, Sie sollten darüber Bescheid wissen«, sagte Dick. Er dachte wieder an Leila. Fast hätte er davon angefangen, aber er überlegte es sich doch anders. Das hatte bis Ende der Woche Zeit, und dann würde er mehr wissen. Nachdem er den Hörer aufgelegt hatte, blieb er eine Weile in Gedanken verloren sitzen. Warum hatte sie so ausdrücklich diese Freundschaft betont, wenn es zwischen den beiden Familien gar keine Verbindung gab? Nichts von alledem ergab einen plausiblen Zusammenhang, zumindest bis jetzt noch nicht.

Die Tür ging auf, und seine Sekretärin kam herein. Sie blieb überrascht stehen. »Mr. Carriage«, sagte sie, »Sie sind so früh schon hier?«

»Ich hatte einige wichtige Anrufe zu erledigen.«

»Möchten Sie eine Tasse Kaffee?«

»Gerne. Und bringen Sie bitte Ihren Block mit. Ich muß ein Fernschreiben an Ziad in Paris schicken.«

Als sie mit ihrem Stenoblock wiederkam, überlegte er es sich anders und beschloß, Jussef lieber anzurufen. Baydars Aufforderung ließ sich am Telefon zwangloser weitergeben als in einem kalten Fernschreiben. Er trank seinen Kaffee, als Jussef sich meldete.

»Der Boss hat mich ersucht, Sie anzurufen und zu bitten, wenn Sie frei sind, zu ihm nach Gstaad zu kommen«, sagte er.

Jussefs Stimme klang ein wenig beunruhigt. »Ist etwas Besonderes los?«

Dick lachte. »Ich glaube nicht. Unter uns, ich glaube, es langweilt ihn schon ein wenig, den Familienvater zu spielen. Vielleicht sucht er einen Vorwand, um sich zu verdrücken.«

Dick spürte geradezu Jussefs Erleichterung. »Ich habe gerade einen solchen Vorwand bei der Hand. Vincent hat eingewilligt, vom Vertrag zurückzutreten, ohne daß wir ihm mehr zahlen müssen, als er schon bekommen hat. Ich kann sagen, daß der Boss herkommen muß, um die Papiere zu unterzeichnen.«

»Das wird ihm passen«, sagte Carriage.

Im Gefühl, daß nun eine gewisse Vertraulichkeit hergestellt war, gestattete sich Jussef einen kameradschaftlichen Ton. »Wie kommt es eigentlich, daß sich der Boss plötzlich so für Arabdolls interessiert?«

»Das weiß ich wirklich nicht«, antwortete Dick im gleichen Ton. »Aber Sie kennen ihn ja ebensogut wie ich. Er interessiert sich für jedes Geschäft, das irgendwie nach Gewinn riecht. Vielleicht will er sich daran beteiligen.«

»Soviel ich gehört habe, ist es nur ein kleines Unternehmen. Ich glaube nicht, daß es für ihn wichtig genug ist.«

»Das könnten Sie ihm ja direkt sagen, falls die Rede darauf kommen sollte.«

»Das tue ich auch.« Dick konnte beinahe hören, wie die Räder in Jussefs Kopf rotierten. »Ich habe hier noch einiges zu erledigen. Sagen Sie bitte dem Boss, daß ich irgendwann heute abend rüberkomme.«

»Ich werde es ihm ausrichten«, sagte Dick und legte auf.

Seine Sekretärin brachte ihm noch Kaffee. »Miss Al Fay ist draußen«, sagte sie und stellte das Tablett auf seinen Tisch. »Sie fragt, ob Sie im Lauf des Morgens einen Augenblick Zeit für sie hätten?«

»Bitten Sie sie herein«, ordnete Dick an. Leila mußte eine bestimmte Absicht haben, dachte er und goß sich Kaffee ein. Gewöhnlich kam sie morgens nie ins Büro.

Heute wirkte sie mehr denn je wie ein junges Mädchen, als sie zögernd vor seinem Schreibtisch stand. »Hoffentlich störe ich nicht«, sagte sie kleinlaut. »Ich werde dir nicht viel Zeit stehlen.«

»Schon gut. Möchtest du Kaffee?«

»Nein, danke. Ich bin nur gekommen, um mich wegen gestern abend zu entschuldigen.«

»Schwamm drüber. Ich habe es schon vergessen.«

»Nein, ich meine es ernst«, beharrte sie. »Ich habe mich wie ein verwöhntes Kind benommen. Ich hatte kein Recht, so etwas von dir zu verlangen. Hoffentlich ändert das nichts zwischen uns.«

»Es wird sich nichts ändern.«

»Ehrlich?«

»Ehrlich«, antwortete er.

Er sah die Erleichterung und ein merkwürdig triumphierendes Aufflackern in ihren Augen. »Kann ich heute abend zu dir kommen?« fragte sie, immer noch schüchtern.

»Ich wäre sehr unglücklich, wenn du nicht kämst.«

»Ich habe mich mit einigen Freundinnen zum Abendessen verabredet. Ich mache so schnell ich kann, und dann komme ich möglichst bald nach Hause.«

»Ich warte auf dich.«

Sie ging um den Schreibtisch herum, nahm seine Hand und hielt sie an ihre Brust. »Ich weiß nicht, ob ich bis heute abend warten kann«, sagte sie.

Das Telefon läutete. Er nahm seine Hand von ihrer Brust, um abzuheben. »Ich fürchte, das werden wir beide müssen«, sagte er mit gespieltem Ernst. Er nahm den Hörer ab. »Einen Augenblick«, bat er, bedeckte die Sprechmuschel mit der Hand und warf ihr einen ungeduldigen Blick zu. »Du siehst, ich habe zu arbeiten.«

Sie küßte ihn flüchtig auf den Mund und ging zur Tür. Auf halbem Weg blieb sie stehen, als wäre ihr plötzlich noch etwas eingefallen. »Übrigens, du wirst doch meinem Vater gegenüber nichts davon erwähnen, nicht wahr?«

»Nein«, antwortete er, die Hand noch immer über der Sprechmuschel.

»Gut.« Sie warf ihm eine Kußhand zu. »Wiedersehen - heute abend.«

Er lächelte, bis sich die Tür hinter ihr geschlossen hatte, doch als er die Hand dann von der Muschel nahm, war seine Miene betroffen.

In tiefster Seele wußte er, daß da etwas nicht in Ordnung war. Ganz und gar nicht in Ordnung.

7

Baydar hob den Hörer ab. Jussefs Stimme klang heiter. »Ich bin im Hotel in der Stadt und habe Ihnen etwas ganz Besonderes aus Paris mitgebracht«, sagte er. »Wollen Sie herüberkommen und mit uns zu Abend essen?«

»Ich fürchte, das geht leider nicht.«

»Sie kennen mich doch, Boss. Wenn ich sage, es ist etwas Besonderes, dann ist es das auch. Sie hat einen unglaublichen Körper und ist einfach verrückt. Es gibt überhaupt nichts, wozu sie nicht liebend gern bereit ist.«

»Legen Sie sie auf Eis für ein andermal. Wir haben Gäste.«
»Dann vielleicht morgen.«
»Das geht auch nicht. Da habe ich hier im Hause einige Besprechungen.«
»Wann wollen Sie mich also sehen?« fragte Jussef. »Morgen zu Mittag?«
»Ich bin den ganzen Tag über besetzt. Sie müssen noch heute nacht kommen.«
»Heute nacht?« Jussefs Stimme klang beunruhigt.
»Ja. Meine Gäste werden vermutlich gegen Mitternacht gehen. Kommen Sie um halb eins.«
»Wollen Sie wirklich nicht ins Hotel herüberkommen?« schlug Jussef vor. »Das Mädchen wird sehr enttäuscht sein. Ich habe ihr erzählt, was für ein großartiger Mann Sie sind.«
»Kaufen Sie ihr eine Kleinigkeit beim Juwelier im Hotel, und geben Sie es ihr mit Grüßen von mir; sagen Sie ihr, ich sei ebenso enttäuscht wie sie.«
»Also gut, Boss, dann komme ich heute nacht. Um zwölf Uhr dreißig, ja?«
»Gut«, sagte Baydar und legte auf. Er saß noch im Halbdunkel der Bibliothek, als Jordana eintrat.
»Die Jungen gehen zu Bett«, sagte sie. »Sie fragen, ob du ihnen noch gute Nacht sagen kommst.«
»Natürlich«, sagte er und erhob sich. Als er an ihr vorbeiging, hielt sie ihn mit der Hand zurück.
»Ist etwas los?« fragte sie und schaute ihm in die Augen.
»Warum fragst du?«
»Du kommst mir besorgt vor. Wer war da eben am Telefon?«
»Jussef. Er kommt her, sobald unsere Gäste gegangen sind.«
»Ach so.«
»Er komm allein. Wir haben wichtige Geschäfte zu besprechen.«
Sie schwieg.
»Du magst ihn nicht, nicht wahr?«
»Ich mochte ihn nie«, antwortete sie, »das weißt du. Er ist wie viele von den Männern, die ich in deiner Umgebung sehe. Sie umschwärmen dich wie Beutegeier in der Hoffnung, sich auf die Überbleibsel zu stürzen. Inzwischen kriechen sie vor dir wie vor einer Art Gott. Es gibt da noch einen, den ich zweimal getroffen habe, einmal auf dem Schiff und einmal in Kalifornien, nachdem du fort warst. Ali Jasfir. Das ist auch so einer.«
»Ich wußte nicht, daß er in Kalifornien war«, sagte Baydar.

»Er war dort. Ich sah ihn in die Polo Lounge kommen, als ich gerade ging. Er war mit Jussef verabredet. Ich würde nicht wagen, einem von den beiden den Rücken zuzukehren.«

Er starrte sie an. Seltsam, daß sie die beiden in dieselbe Gruppe einordnete. Sie war wachsamer, als er gedacht hatte.

»Geh nach oben«, bat sie, »die Jungen warten, und es bleibt dir nicht mehr viel Zeit zum Umziehen, bevor die Gäste kommen.«

»Gut.«

»Baydar!«

Er wandte sich wieder um.

»Danke.«

»Wofür?«

»Ich habe die Jungen noch nie so glücklich gesehen. Ist dir bewußt, daß du ihnen in den letzten zwei Wochen mehr Zeit gewidmet hast als in den letzten drei Jahren? Sie haben es gern, wenn ihr Vater da ist. Ich auch.«

»Mir hat es auch gefallen.«

»Hoffentlich läßt es sich öfter einrichten.« Sie legte ihre Hand auf seinen Arm. »Es war schon lange nicht mehr so.«

Er regte sich nicht.

»Glaubst du, das wird möglich sein?« fragte sie.

»Wir wollen sehen. Es gibt immer so viel zu tun.«

Sie zog ihre Hand zurück und bemühte sich um eine ausdruckslose Miene. »Beeile dich«, sagte sie und wandte sich ab. »Es sind noch ein paar letzte Anordnungen für das Diner zu treffen.«

Er sah ihr nach, wie sie auf die Tür zum großen Salon zuging. Erst als sie verschwunden war, ging er in die Halle und stieg die Treppe zum Zimmer der Jungen empor.

Sie saßen in ihren Betten und erwarteten ihn. Er fragte auf arabisch: »Habt ihr euch gut unterhalten?«

Sie antworteten fast im Chor in derselben Sprache: »Ja, Vater.«

»Eure Mutter sagte, ihr wolltet mich sprechen.«

Die Kinder wechselten einen Blick. »Frag du ihn«, sagte Muhammed.

»Nein«, widersprach Samir. »Du fragst, du bist der ältere.«

Baydar lachte. »Einer von euch beiden fragt jetzt besser, denn ich muß mich umziehen gehen.«

»Frag ihn doch«, drängte Samir seinen Bruder.

Muhammed schaute seinen Vater mit großen Augen ernst an. »Es gefällt uns hier, Vater.«

»Das freut mich.«

Muhammed warf seinem Bruder einen hilfeheischenden Blick zu.
»Mir gefällt es auch«, sagte Samir mit seinem dünnen Stimmchen und wandte sich wieder an seinen Bruder im anderen Bett. »Jetzt kannst du ihn fragen.«

Muhammed holte tief Atem. »Wir möchten gern hier leben, Vater. Bei dir.«

»Und was ist mit Beirut?«

»Dort gefällt es uns nicht, Vater«, antwortete Muhammed sofort. »Was soll man dort auch anfangen? Es gibt keinen Schnee und nichts.«

»Und die Schule?«

»Unser Arabisch ist jetzt viel besser«, kam es eilig von Samir. »Könntest du nicht – wir dachten...« Er verstummte und schaute hilfesuchend Muhammed an.

»Wir dachten«, fuhr dieser fort, »könntest du nicht die Schule hierher zu uns bringen? Auf diese Art könnten wir den Schnee haben und trotzdem zur Schule gehen.«

Baydar lachte. »So einfach geht das nicht.«

»Warum nicht?« fragte Samir.

»Man kann doch nicht einfach eine ganze Schule nehmen und woandershin bringen. Was sollen denn die anderen Schüler tun? Die hätten dann ja keine Schule mehr!«

»Sie könnten mitkommen«, sagte Muhammed. »Sicher würde es ihnen hier auch besser gefallen.«

»Unser Fräulein sagt, du kannst alles, was du willst«, erklärte Samir.

Baydar lächelte. »Da täuscht sie sich aber; es gibt einiges, was sogar ich nicht kann. Zum Beispiel ganze Schulen verpflanzen!«

Er sah ihre enttäuschten Mienen. »Aber ich will euch sagen, was wir machen«, fügte er hinzu.

»Was?« fragte Muhammed.

»In ungefähr zwei Monaten habt ihr wieder Schulferien. Dann dürft ihr wieder herkommen.«

»Aber dann ist der ganze Schnee vielleicht schon fort«, jammerte Samir.

»Er ist noch da, ich verspreche es euch.« Er beugte sich vor und küßte die Knaben auf die Stirn. »Und jetzt wird geschlafen. Ich werde mit dem Skilehrer sprechen. Vielleicht läßt er uns morgen den Nordhang versuchen.«

»Wo die großen Jungen fahren?« fragte Muhammed aufgeregt.

»Ja, aber ihr müßt versprechen, ganz vorsichtig zu sein.«

»Wir versprechen es«, riefen beide zugleich.

»Dann also gute Nacht.«

»Gute Nacht, Vater.«

Er ging zur Tür. »Vater«, rief Muhammed ihm nach.

»Ja.«

»Wir haben vergessen, dir zu danken. Danke, Vater.«

Er stand einen Augenblick ganz still. »Möge Allah euch beschützen, meine Söhne. Schlaft gut.«

Als er aus dem Kinderzimmer kam, erwartete Jordana ihn in der Halle. »Schlafen sie?«

Er lächelte. »Ich habe ihnen gerade den Gutenachtkuß gegeben. Wußtest du, was sie von mir wollten?«

»Nein. Sie wollten es mir nicht sagen, nur daß es wichtig ist.«

Er ging an Jordanas Seite durch den Gang zur Schlafzimmersuite. »Sie erklärten, sie würden gern hier leben. Sie wollen nicht zurück nach Beirut.«

Jordana schwieg.

»Sie wollten sogar, ich sollte die Schule mit allen Schülern hierher bringen.« Er lachte. »Man kann nie wissen, auf was für ausgefallene Gedanken Kinder kommen.«

»So ausgefallen ist das gar nicht«, meinte sie, »wenn man weiß, um was sie wirklich bitten.«

»Und das wäre?«

Sie sah ihm in die Augen. »Sie lieben dich«, sagte sie. »Du bist ihr Vater, und nichts kann dich ersetzen. Sie wollen bei dir leben.«

»Hast du ihnen nie erklärt, daß ich sehr viel zu arbeiten habe? Das kann man ihnen doch sicher begreiflich machen.«

»So leicht, wie du glaubst, ist das nicht«, antwortete sie. »Wie soll man einem Kind erklären, daß es die Sonne, von der alles Leben kommt, nicht jeden Tag am Himmel haben kann?«

8

Trotz der Kälte war Jussefs Gesicht von einer dünnen Schweißschicht bedeckt, als er seine schwere Reisetasche die Stufen zur Villa hinauftrug. Dschabir öffnete die Tür. *»Ah-lan«,* sagte er.

»Ahlan fik«, erwiderte Jussef, trat über die Schwelle und stellte die Tasche hin. »Kann ich das bei dir lassen, bis ich wegfahre?« fragte er.

»Mit Vergnügen, Sir«, antwortete Dschabir. »Der Herr erwartet Sie in der Bibliothek. Wollen Sie mir bitte folgen.«

Jussef legte seinen Mantel ab und reichte ihn Dschabir, dann folgte er ihm durch die große Vorhalle zu einer schweren hölzernen Flügeltür. Dschabir klopfte leise.

»Herein«, rief Baydar.

Dschabir öffnete für Jussef die Tür und schloß sie dann geräuschlos hinter ihm. Jussef sah sich in der Bibliothek um. Es war ein großer, altmodischer Raum mit Bücherregalen vom Fußboden bis zur Decke. Baydar saß hinter einem Schreibtisch, mit dem Rücken zu den hohen Glastüren, die in den Garten führten. Das einzige Licht kam von einer Lampe mit einem wunderschönen Schirm, die auf seinem Schreibtisch stand und sein Gesicht im Schatten ließ. Er blieb sitzen, als Jussef auf ihn zuging.

»Die Villa ist schön«, sagte Jussef.

»Sie ist sehr bequem.«

»Sie hätten mich vor der Fahrt herauf warnen sollen« bemerkte Jussef lächelnd. »Die Straße war teilweise vereist, besonders in den Kurven nahe der Paßhöhe.«

»Daran habe ich nicht gedacht«, sagte Baydar höflich. »Ich vergaß, daß es auf der Straße nachts manchmal Glatteis gibt. Ich hätte Sie von einem der Chauffeure abholen lassen sollen.«

»Macht nichts, ich habe es ja geschafft.« Er ließ sich in den Sessel vor dem Schreibtisch sinken. »Zu schade, daß Sie nicht ins Hotel kommen konnten. Das Mädchen war sehr enttäuscht.«

»Hat das kleine Geschenk ihren Schmerz nicht gelindert?«

»Ich habe ihr eine goldene Piaget gekauft. Als Trostpflaster.«

Baydar betrachtete Jussef. Viel Phantasie hatte er nicht. Aber was sollte man auch einem Mädchen in der Schweiz anderes kaufen als eine Uhr? Er sah, daß Jussefs Gesicht vor Schweiß glänzte. »Möchten Sie eine Tasse Kaffee? Oder etwas Kaltes, vielleicht Champagner?«

»Gibt es sonst noch etwas?« fragte Jussef lachend, etwas zu beflissen.

Baydar zog an der Klingelschnur hinter sich. Sofort erschien Dschabir. »Eine Flasche Champagner für Monsieur Ziad.«

»Hat Dick Ihnen berichtet, wie ich mich mit Vincent verglichen habe?« fragte Jussef, als Dschabir hinausgegangen war, um den Champagner zu holen.

»Ja. Wieso konnten Sie ihn so leicht loswerden?«

»Es war nicht so leicht, aber schließlich machte ich ihm klar, daß er bei Gericht keinerlei Chancen gegen uns hätte. Daß wir den Prozeß jahrelang hinausziehen würden und daß ihn das alles kosten würde, was er bereits an Honoraren erhalten hat. Dann versprach ich ihm, wir würden uns bemühen, ihn in dem anderen Film unterzubringen, und bestimmt wieder auf ihn zurückkommen, wenn wir in Zukunft etwas planen sollten.«

»Das war sehr gute Arbeit«, lobte Baydar.

Dschabir kam mit einer Flasche Dom Pérignon in einem Eiskübel und zwei Gläsern auf einem Silbertablett zurück.

»Ich freue mich, daß Sie zufrieden sind«, sagte Jussef und betrachtete Dschabir, der fachgerecht die Flasche öffnete und die beiden Gläser füllte. Der Diener verließ das Zimmer wieder, und Jussef ergriff ein Glas. »Trinken Sie nicht?« fragte er mit einem Blick auf Baydar.

Baydar schüttelte den Kopf. »Ich muß früh aufstehen. Ich habe den Jungen versprochen, mit ihnen Ski zu laufen.«

»Dann also Prost.« Jussef leerte sein Glas in einem durstigen Zug und füllte es wieder. »Ich hatte gar nicht gemerkt, daß ich so durstig war.«

Das zweite Glas trank Jussef langsamer. Er lehnte sich zurück, fühlte sich entspannter. Dem machten Baydars nächste Worte jedoch schnell ein Ende.

»Berichten Sie mir über Arabdolls«, sagte er.

Jussef spürte, wie ihm erneut der Schweiß ausbrach. »Was gibt es da zu berichten? Gute Kunden. Mehr weiß ich auch nicht.«

Baydar sah ihn ruhig an. »Das sieht Ihnen aber gar nicht ähnlich. Gewöhnlich wissen Sie alles über die Leute, mit denen wir Geschäfte machen. Das war immer einer unserer Hauptgrundsätze.«

»Es sind keine sehr großen Kunden. Ich hatte keine Ursache, sie mir genauer anzusehen. Es handelte sich ja immer nur um kleine Sendungen, aber sie zahlten sehr gut.«

»Mit Zusatzgebühren«, unterbrach Baydar. »Hat Sie das nicht neugierig gemacht?«

»Nein. Ich hatte andere, wichtigere Geschäfte im Kopf.«

»Fanden Sie es nicht ungewöhnlich, daß man sich direkt an Sie in Paris statt an unser Beiruter Büro gewandt hat? Das wäre doch sicher für ein Geschäft dieser Größe der normalere Weg gewesen.«

»Ich hielt es einfach für Zufall«, erwiderte Jussef schnell. »Ich lernte einen Amerikaner in der Bar des *George V.* kennen, und er erzählte mir von seinen Problemen beim Import von Puppen in die Vereinigten Staaten; ich sagte ihm, er solle sich an unser Beiruter Büro wenden. Vielleicht könnten wir ihm helfen.«

»Laut Mitteilung des Beiruter Büros hielt man sich dort aber an einen Frachtvertrag, den Sie geschickt haben. Amerikaner haben sich nie an jemanden in der Beiruter Firma gewandt.«

Jussef spürte den Schweiß in seinen Achselhöhlen. »Das kann möglich sein. Vielleicht habe ich meiner Sekretärin entsprechende Anweisungen gegeben. Ich hielt es, wie gesagt, nicht für wichtig genug, um mich selbst damit zu befassen.«

»Sie lügen«, sagte Baydar ruhig.

Jussef war bestürzt. »Was? Was?« stammelte er, als habe er nicht verstanden.

»Ich sagte, ›Sie lügen‹ «, wiederholte Baydar. »Wir wissen inzwischen alles über diese Gesellschaft. Durch Ihre Schuld haben wir Rauschgift in die Vereinigten Staaten geschmuggelt. Und können dadurch alles verlieren, wofür wir all die Jahre gearbeitet haben. Ich verlange jetzt, daß Sie mir die Wahrheit sagen.«

Baydar beobachtete Jussef, wie er mit zitternden Fingern nach einer Zigarette griff und sie anzündete. »Sagen Sie mir«, fragte er ruhig, »wieviel hat Ali Jasfir Ihnen gezahlt, damit Sie diese Sendungen ausführen?«

Jussef verlor völlig die Fassung. Seine Stimme zitterte ebenso wie seine Finger. »Ich mußte es tun, Herr. Er hat mich dazu gezwungen«, heulte er. »Ich tat es nur, um Sie zu schützen!«

»Mich schützen?« Baydars Stimme war eisig.

»Er hatte Fotos, Herr. Er drohte, sie publik zu machen.«

»Für wen sollten Fotos von mir eine Drohung darstellen? Und schon gar aus einer solchen Quelle? Warum bist du nicht gleich zu mir gekommen?«

»Ich wollte Sie nicht kränken, Herr. Es waren Filme von Ihrer Frau.« Jussefs Augen füllten sich mit echten Tränen.

»Hast du sie dabei?«

»Ja, Herr«, sagte Jussef mit gedämpfter Stimme. »Sie sind in der Reisetasche, die ich in der Vorhalle gelassen habe. Ich hoffte, es würde nicht so weit kommen.«

»Hol sie«, befahl Baydar ruhig.

Jussef rannte beinahe aus dem Zimmer und kam bald darauf mit seiner Reisetasche zurück. Baydar sah ihm wortlos zu, wie er die Tasche öffnete und ein tragbares Fernsehkassettengerät und einen kleinen amerikanischen Fernsehapparat herausnahm. Mit schnellen Griffen stellte er die Verbindung zwischen den beiden Apparaten her, dann sah er sich im Zimmer nach einer Steckdose um. Neben dem Schreibtisch fand er eine, schloß die Apparate an und legte die Kassette ein.

Zögernd schaute er zu Baydar hinüber. »Ich glaube noch immer,

Sie sollten sich dem nicht aussetzen, Herr.«

»Einschalten!« Baydars Stimme klang beinahe wild.

Jussef drückte auf den Startknopf, und der Bildschirm wurde hell. Das leise Summen vom Abspulen des Magnetbandes war zu hören. Gleich darauf erschienen die ersten unscharfen Farbbilder. Jussef stelle den Apparat richtig ein, und die Bilder wurden deutlich erkennbar.

Jordana und ein Mann lagen auf dem Rücken im Bett, offensichtlich von einer Kamera über dem Bett aufgenommen. Beide waren nackt, rauchten abwechselnd an einer Zigarette und betrachteten etwas, das außerhalb des Blickfeldes der Kamera lag. Plötzlich verschwand das Bild für einen Augenblick, kam dann aber mit Ton zurück. Jordana beugte sich gerade zu dem Mann hinab. »Einfach bildschön«, seufzte er.

Baydar sagte kein Wort, bis das Band zu Ende war. Dann langte er über den Tisch und schaltete den Apparat aus. Sein Gesicht war undurchdringlich; »Ich habe den Mann schon gesehen. Wer ist es?«

»Ein amerikanischer Schauspieler«, antwortete Jussef. »Rick Sullivan. In Wirklichkeit heißt er Israel Solomon.«

»Ein Jude?«

Jussef nickte. »Auch deswegen wollte ich nicht, daß diese Bilder an die Öffentlichkeit gelangen.«

Baydars Gesicht war noch immer ausdruckslos. »Wann war das?«

»Bei einer Party im Haus des Schauspielers in Kalifornien. Nach Ihrem Abflug nach Tokio.«

»War Jasfir bei der Party?«

»Nein.«

»Warst du dort?«

»Ja. Ich begleitete Michael Vincent und Ihre Frau, ging aber mit Kopfschmerzen vorzeitig weg.«

»Wie kam Jasfir in den Besitz dieses Bandes?«

»Ich weiß nicht. Er hat es mir nicht gesagt.«

»Gibt es noch andere Kopien davon?«

Jussef holte tief Atem. Wenn Baydar seine nächste Behauptung glaubte, konnte er sich vielleicht noch retten. »Er sagte, er habe noch andere, die er verteilen würde, falls die Sendungen von Arabdolls durch irgend etwas gestoppt wurden.«

»Warum hat er dir diese überlassen?«

Jussef zögerte. »Das weiß ich nicht.«

»Hat er dir nicht vielleicht vorgeschlagen, mir dieses Band zu zeigen, falls es Probleme geben sollte?«

»Nein, Herr, Sie müssen mir glauben«, erklärte Jussef aufrichtig. »Nur der Gedanken, daß Sie dachten, ich könnte Sie betrügen, zwang mich dazu, Ihnen das zu enthüllen.« Er sank auf die Knie vor Baydar, erfaßte seine Hand und küßte sie. »Beim Leben meines Vaters, ich würde lieber sterben, als Sie verraten.« Er begann zu weinen.

Baydar blickte schweigend eine Weile auf ihn nieder. Dann sagte er heiser: »Nimm dich zusammen, Mann. Weine nicht wie ein Weib.«

Jussef erhob sich, Tränen rollte über seine Wangen. »Ich muß die Worte der Vergebung von Euren Lippen hören, o Herr«, schluchzte er.

»Ich verzeihe dir«, sagte Baydar ernst. Er erhob sich und wies auf eine Tür. »Wasch dir dort im Waschraum das Gesicht. Du kannst nicht so vor den Bedienten erscheinen.«

»Ich danke Euch, Herr!« sagte Jussef inbrünstig, ergriff erneut Baydars Hand und küßte sie. »Das Licht kommt wieder zurück in mein Leben, da nun die Last von meiner Seele genommen ist.«

Baydar sah ihm nach, als er in den Waschraum ging und die Tür schloß. Er glaubte Jussef kein Wort. Jussef hatte sich mit seinen Worten selbst verurteilt; nur er konnte sich dieses Band verschafft haben. Jasfir hatte keine Möglichkeit dazu gehabt, wenn er nicht bei der Party gewesen war. Schweigend ging Baydar durch den Raum und öffnete die Flügeltür.

Dschabir saß auf einer Bank im Gang. Als er Baydar sah, erhob er sich sofort.

»Ja, Herr?«

Baydars Stimme war ganz ruhig: »Dieses Stück Kameldreck hat schweren Schaden über unseren Namen gebracht.«

Dschabirs Blick wurde kalt, die Haut spannte sich über seinen Backenknochen. Er sagte nichts.

»Eine Meile von hier macht die Straße eine Kurve, und die Felswand fällt fast zweihundert Meter tief ab. Bedauerlich, daß sein Wagen auf der vereisten Straße ins Schleudern geraten und abstürzen muß.«

Dschabir nickte. Seine Stimme war nur ein tiefes Knurren. »Es wird ein tragischer Unfall sein, Herr.«

Baydar kehrte zurück in die Bibliothek. Kurz darauf hörte er durch das geschlossene Fenster das Anlassen eines Motors. Er schaute durch den Vorhangspalt und sah gerade noch, wie Dschabirs Landrover durch die Einfahrt verschwand. Er ging zum Schreibtisch und ließ sich in seinen Sessel fallen.

Wenig später kam Jussef aus dem Waschraum zurück. Er hatte sich anscheinend gefaßt. Sogar seine Stimme ließ das wiedergewonnene Selbstvertrauen erkennen. »Was wollen wir nun unternehmen, Boss?«

»Ich brauche Zeit zum Überlegen, bevor ich einen Entschluß fassen kann. Heute nacht können wir sowieso nichts mehr ausrichten.«

»Wahrscheinlich nicht«, stimmte Jussef zögernd bei.

»Es ist gescheiter, wir gehen schlafen. Fahren Sie ins Hotel zurück.«

Jussef schaute auf die Apparaturen. »Soll ich das für Sie aufbewahren?«

»Nein, lassen Sie es hier.« Baydar erhob sich. »Ich lasse Sie hinaus. Die Dienstboten schlafen alle schon.«

Erst als der starke Landrover ohne Licht aus dem Dunkel auf ihn zuraste und seinen gemieteten kleinen Opel unerbittlich auf den Abgrund zutrieb, sah Jussef Dschabir, der sich grimmig über sein Lenkrad beugte, und erinnerte sich an etwas, das er nie hätte vergessen dürfen. Der Gedanke schoß ihm genau in dem Augenblick durch den Kopf, als sein Wagen das schwache Geländer durchbrach und in die Luft geschleudert wurde. Er hörte seinen eigenen Angstschrei nicht mehr, den er ausstieß, als er ins Nichts stürzte. Nur dieser letzte Gedanke brannte noch in seinem Gehirn.

Dschabir ging nie schlafen, wenn Baydar wach war.

9

Baydar saß allein beim Frühstück, las die Pariser Ausgabe der *Herald Tribune* und trank Kaffee, als der versnobte englische Butler eintrat. Der Mann räusperte sich, und Baydar blickte hoch.

Die korrekte Stimme des Butlers klang leicht mißbilligend: »Zwei Herren von der Polizei wünschen Eure Exzellenz zu sprechen.«

Baydar sah sich seinen Butler an. Wie oft er ihm auch erklärt hatte, daß er keinen Rang innehatte, der ihn zu der Anrede »Exzellenz« berechtigte, der Mann weigerte sich konstant, ihn anders anzureden. Sein letzter Arbeitgeber war der spanische Thronprätendent gewesen, und er war nicht bereit, von »Hoheit« weiter herunter als bis zu »Exzellenz« zu steigen.

»Führen Sie sie in die Bibliothek«, sagte Baydar.

»Sehr wohl, Euer Exzellenz.« Der Butler verließ den Raum, wobei er durch besonders steife Haltung sein Mißfallen ausdrückte.

Baydar faltete gemächlich die Zeitung zusammen und legte sie ordentlich auf den Tisch. Er trank einen letzten Schluck Kaffee, erhob sich und ging in die Bibliothek.

Die beiden Polizeibeamten erhoben sich. Der eine war in Uniform, der andere in Zivil. Der Mann in Zivil machte eine knappe Verbeugung. Er sprach englisch. »Mr. Al Fay?«

Baydar nickte.

Der Beamte verbeugte sich wieder. »Ich bin Inspektor Fröhlich, und das ist mein Mitarbeiter, Sergeant Werner.«

»Was wünschen die Herren?«

»Zuerst muß ich mich entschuldigen, daß wir Sie beim Frühstück stören, aber leider bringe ich Ihnen recht unangenehme Nachrichten. Kennen Sie einen Herrn Jussef Ziad?«

»Ja. Er ist der leitende Direktor meines Pariser Büros. Wir hatten letzte Nacht eine Besprechung. Warum fragen Sie? Ist er in irgendwelchen Schwierigkeiten?«

»Nein, Mr. Al Fay, er ist in keinerlei Schwierigkeiten mehr. Er ist tot«, antwortete der Inspektor.

»Tot!« Baydar heuchelte Schock. »Was ist geschehen?«

»Er scheint die Kontrolle über seinen Wagen verloren zu haben, kam von der Straße ab und stürzte fast zweihundert Meter tief in einen Abgrund.«

Baydar starrte den Inspektor eine Weile an, dann ging er zu seinem Schreibtisch und setzte sich hin. »Entschuldigen Sie, meine Herren, aber das ist ein schwerer Schlag für mich. Mr. Ziad war ein alter und geschätzter Mitarbeiter.«

»Wir verstehen das, Sir«, sagte der Mann in Zivil höflich. »Wir müssen Ihnen einige Routinefragen stellen, werden uns dabei aber möglichst kurz fassen.« Er zog ein kleines Notizbuch aus der Tasche und schlug es auf. »Sie erwähnten, daß Sie in der letzten Nacht mit Mr. Ziad zusammenkamen. Um welche Zeit kam er hier an?«

»Etwa um zwölf Uhr dreißig.«

»Gab es einen besonderen Grund für diesen späten Besuch?«

»Wir hatten wichtige Geschäfte zu besprechen. Und leider hatten meine Frau und ich Gäste zum Abendessen, so daß wir uns nicht früher treffen konnten.«

»Wann ungefähr ist er weggefahren?«

»Ich denke, gegen zwei Uhr.«

»Hat Mr. Ziad während seines Besuchs etwas getrunken?«

»Nicht viel.«

»Könnte Sie das genauer präzisieren?«

»Ungefähr eine Flasche Dom Pérignon. Aber das kann ihm kaum etwas ausgemacht haben, er trank dauernd Champagner. Es war Mr. Ziads Lieblingsgetränk.«

»Er hatte einen guten Geschmack«, bemerkte der Inspektor. Er wechselte einen Blick geheimen Einverständnisses mit dem Sergeant. Dann schloß er sein Notizbuch und wandte sich wieder an Baydar. »Ich denke, das genügt, Mr. Al Fay«, erklärte er mit befriedigter Stimme. »Besten Dank für Ihr Entgegenkommen.«

Baydar erhob sich. »Ich werde Anordnungen für das Begräbnis treffen müssen. Seine Leiche muß in die Heimat geflogen werden. Wo ist er jetzt?«

»Im Leichenschauhaus der Polizei.« Es war das erste Mal, daß der Sergeant sprach. »Was von ihm noch übrig ist.«

»So schlimm?«

Der Inspektor schüttelte traurig den Kopf. »Wir haben die Überreste eingesammelt, die wir finden konnten. Die Identifizierung wurde durch seine Brieftasche und seinen Paß ermöglicht. Der Wagen ist vollkommen zertrümmert. Es ist ein Jammer, daß die Menschen sich nicht darüber klar sind, was auch nur die geringste Menge Alkohol nachts auf einer vereisten Straße ausmachen kann.«

Nachdem die Polizeibeamten gegangen waren, blieb Baydar noch eine Weile sitzen, dann hob er den Telefonhörer ab und rief Dick in Genf an.

Als Dick sich meldete, sagte Baydar ausdruckslos: »Soeben hat die Polizei das Haus verlassen. Jussef ist gestern nacht mit dem Wagen von der Straße abgekommen, in einen Abgrund gestürzt und getötet worden.«

»Mein Gott! Was ist passiert?«

»Die Straße war vereist, und die Polizei glaubt, daß er etwas zuviel getrunken hatte. Als er von hier abfuhr, war er ziemlich aufgeregt und hatte fast eine ganze Flasche Champagner geleert.«

Dick schwieg eine Weile. »Haben Sie von ihm etwas über Arabdolls erfahren?«

»Er behauptet, er sei von Ali Jasfir gezwungen worden.«

»Dann hatten wir also recht. Gab er zu, daß er dafür bezahlt wurde?«

»Nein. Er schwor, er hätte kein Geld bekommen.«

»Das glaube ich nicht.«

»Es spielt jetzt auch keine Rolle mehr, oder? Er ist tot, und es ist vorbei.«

»Meinen Sie?« erwiderte Dick. »Wir wissen nicht, was Jasfir jetzt tun wird.«

»Er kann wenig tun. Er weiß, daß er uns nicht zwingen kann.«

»Hoffentlich. Aber bei so einem Schweinehund kann man nie wissen. Wer weiß, was der als nächstes aushecken wird.«

»Damit werden wir uns befassen, wenn es dazu kommt«, sagte Baydar ruhig. »Im Augenblick haben wir anderes zu erledigen. Vielleicht schicke ich Sie nächste Woche nach Paris, damit Sie das Büro übernehmen, bis wir einen Ersatz für ihn finden.«

»Gut.«

»Inzwischen sorgen Sie bitte dafür, daß seine Familie und das Pariser Büro von dem Unfall informiert werden. Treffen Sie auch Anordnungen mit einem Beerdigungsinstitut, damit die Überreste aus dem Polizei-Leichenschauhaus in Gstaad abgeholt und nach Hause überführt werden.«

»Ich werde dafür sorgen.«

»Benachrichtigen Sie die Besatzung, sie soll das Flugzeug für Freitag zum Flug nach Beirut startklar machen. Jordana und die Jungen werden nach Hause fliegen.«

»Ist das nicht eine Woche früher als geplant, Boss?«

Baydars Stimme wurde schneidend. »Tun Sie, was ich sage! Ich halte es für besser, wenn sie zu Hause sind.« Er knallte den Hörer auf die Gabel und starrte auf den kleinen Fernsehapparat.

Dann stand er abrupt auf, durchquerte das Zimmer und schloß die Türen ab. Er zog einen Schlüssel aus der Tasche, schloß die mittlere Schreibtischschublade auf und nahm die Kassette heraus. Er legte sie in den Apparat ein und drückte auf den Startknopf.

Der Schirm wurde für eine Weile weiß, dann kamen Bild und Ton. Er blieb fast reglos sitzen, als die Bandaufzeichnung vor ihm abrollte. Alles war da, genau wie es mit ihm gewesen war. Die Schönheit ihres Körpers, die sinnlichen Bewegungen, die Worte, die leisen tierähnlichen Schreie, die sich zum orgiastischen Crescendo steigerten. Alles war da, aber diesmal nicht für ihn, sondern für einen anderen Mann. Für einen Juden.

Der Bildschirm wurde in dem Augenblick dunkel, als sich der Krampf in seinem Magen in brennenden Schmerz verwandelte. Wütend schlug er mit der Faust auf den Abstellknopf, wobei er fast den Apparat zertrümmert hätte. Dann hielt er seine Hände vor sich hin und starrte auf seine zitternden Finger.

Plötzlich ballte er die Fäuste und schlug damit auf die Schreibtischplatte. Wieder und wieder schlug er zu, im Rhythmus mit den hervorgestoßenen Worten - »Sei verdammt! Sei verdammt! Sei verdammt!« -, bis seine Hände schmerzten.

Wieder starrte er seine Hände an und dann auf den Apparat. »Jordana!« schrie er. »Bin ich dafür zum Mörder geworden?

Der Bildschirm antwortete ihm nicht. Er war leer. Mit dem Gesicht auf der Schreibtischplatte weinte Baydar, wie er seit seiner Knabenzeit nicht mehr geweint hatte. Ein Gebet aus seiner Kindheit kam ihm auf die Lippen:

»Im Namen Allahs, des Wohltätigen, des Barmherzigen,
Ich suche Zuflucht bei dem Herrn der Menschen,
Dem König der Menschen,
Dem Gott der Menschen,
Vor den sündigen Einflüsterungen des verworfenen Teufels,
Der sie den Menschen heimlich ins Herz wispert.«

Der Trost des Gebetes durchdrang ihn. Die Tränen versiegten, und er fühlte, wie Schmerz und Qual wichen. Allzu leicht vergaß man Allahs Weisheit, die vom Propheten offenbarte Weisheit. Und viel zu leicht vergaß man, daß die vom Propheten offenbarten Gebote Allahs den Menschen gegeben wurden, damit sie danach lebten.

Zu lange hatte er versucht, nach den Gesetzen der Ungläubigen zu leben, aber sie waren nicht für ihn. Jetzt würde er so leben, wie es für ihn bestimmt war. Nach den Gesetzen Allahs.

Jordana betrat die Bibliothek. Aus ihrer Stimme hörte man noch den Schock. »Ich habe gerade von Jussef gehört«, sagte sie. »Ich kann es gar nicht glauben.«

»Er war Dreck«, sagte Baydar kalt. »Doch jetzt steht er vor dem Thron des göttlichen Gerichtes und muß selbst für seine Sünden einstehen. Und sogar Allah, der Allbarmherzige, wird keine Vergebung für ihn finden. Jussef wird sicher in alle Ewigkeit die Feuer der Hölle erdulden.«

»Aber er war doch dein Freund.« Sie konnte seine Veränderung nicht begreifen. »Er hat dir viele Jahre lang gedient.«

»Er hat nur sich selbst gedient. Er war keines Menschen Freund, nur sein eigener.«

Sie war bestürzt. »Was ist zwischen euch beiden vorgefallen? Was hat er getan?«

Sein Gesicht war eine undurchdringliche Maske, seine Augen von den Lidern verdeckt. »Er hat mich verraten, genauso wie du.«

Sie starrte ihn an. »Jetzt weiß ich wirklich nicht, wovon du sprichst.«

Er blickte durch sie hindurch, als sähe er sie nicht. »Nein?«

Sie schüttelte wortlos den Kopf.

»Dann werde ich es dir zeigen.« Er ging zum Schreibtisch und schaltete den Fernsehapparat ein. »Komm her!«

Sie trat neben ihn hinter den Schreibtisch und schaute auf den kleinen Bildschirm. Einen Augenblick lang flimmerte er weiß und glänzend, dann kam das Bild. Sie stieß einen leisen Schrei aus, der Atem blieb ihr vor ungläubigem Entsetzen in der Kehle stecken. »Nein!« schrie sie laut.

»Doch«, sagte er ruhig.

»Ich will das nicht sehen!« sagte sie und wollte gehen. Aber er packte sie am Arm, so fest, daß sie den Schmerz bis in die Schulter hinauf spürte. »Du bleibst!«

Sie schloß die Augen und wandte den Kopf ab. Seine Finger legten sich wie Stahlklammern um ihr Kinn und drehten ihr Gesicht dem Bildschirm zu. »Du wirst es dir ansehen«, sagte er kalt. »Das Ganze. Deine ganze Schande. Wie ich es tun mußte.«

Schweigend stand sie dort, während das Band lief, eine Ewigkeit lang. Sie fühlte Übelkeit in sich aufsteigen. Es war verrückt, das Ganze. Die ganze Zeit hatte eine Kamera sie gefilmt. Das konnte nur einer gewesen sein: Sullivan selbst.

Dann erinnerte sie sich. Wie er kurz vorher aus dem Zimmer gegangen war. Da hatte er wohl den Apparat eingeschaltet. Und wie er dauernd auf dem oberen Teil des riesigen Bettes geblieben war. Sicher war die Kamera auf diese Stelle gerichtet gewesen.

Endlich war es vorbei. Der Bildschirm wurde dunkel, und Baydar schaltete den Apparat aus. Sie sah ihn an.

Sein Gesicht war ausdruckslos. »Ich hatte von dir Diskretion verlangt. Du warst nicht diskret. Ich hatte dir ausdrücklich befohlen, Juden zu meiden. Der Mann ist Jude.«

»Nein!« rief sie. »Er ist ein Schauspieler namens Rick Sullivan.«

»Ich kenne seinen Namen. In Wirklichkeit heißt er Israel Solomon.«

»Das wußte ich nicht.«

Er schwieg. Offensichtlich glaubte er ihr nicht.

Plötzlich erinnerte sie sich. Jussef war bei dieser Party gewesen. »Hat Jussef dir das Band gebracht?«

»Ja.«

»Es ist mehr als drei Monate her. Warum hat er so lange gewartet, bis er es dir gab?«

Keine Antwort.

»Er muß etwas auf dem Kerbholz gehabt haben«, kombinierte sie scharfsinnig. »Und er dachte, er könne sich damit entlasten.«

»Er behauptete, von jemand, der ihm dieses Band gebracht habe, unter Druck gesetzt worden zu sein. Und daß man dich bloßstellen würde, wenn er nicht täte, was sie verlangten.«

»Das glaube ich nicht! Er war der einzige, der ein Interesse daran hatte, es sich zu verschaffen. Er muß gelogen haben!«

Wieder gab er keine Antwort. Alles, was sie sagte, bestätigte nur seine eigene Auffassung.

»Gibt es noch andere Kopien?«

»Hoffentlich nicht, um meiner Söhne und um deinetwillen. Sie brauchen nicht zu erfahren, daß ihre Mutter mit einem Juden Ehebruch begangen hat.«

Zum ersten Mal verriet seine Stimme den Schmerz, den er empfand. »Weißt du, was du getan hast, Weib? Wenn das an die Öffentlichkeit gelangte, könnte Muhammed niemals Thronerbe werden. Wie kann ein Araber jemand als seinen Herrscher und geistigen Führer anerkennen, dessen Mutter mit einem Juden Ehebruch begangen hat? Sogar seine eigene Legitimität würde in Frage gestellt. Durch dein Verhalten hättest du nicht nur das Erbe deines Sohnes, zu dem er geboren wurde, vereiteln, sondern auch den Verlust von all dem verursachen können, wofür mein Vater und ich unser Leben lang gekämpft haben.«

»Es tut mir leid, Baydar«, sagte sie, »aber wir haben uns so weit auseinandergelebt, daß ich glaubte, es würde dir nichts mehr ausmachen, was ich tue. Ich wußte ja auch von deinen Frauen, nahm sie sogar hin. Jetzt sehe ich, daß ich nicht das Recht hatte, die Möglichkeiten zu benutzen, die du mir zuerkanntest, als du mir deine Bedingungen stelltest. Vielleicht hätte ich das gewußt, wenn ich eine Araberin wäre. Aber ich bin keine. Und ich könnte nie ein Leben der Verstellung führen, wie sie es tun; sehen, aber nicht sehen, und Worte glauben, welche die Handlungen Lügen strafen.«

»Dafür ist es jetzt zu spät. Ich habe angeordnet, daß du übermorgen mit den Kindern nach Beirut zurückfliegst. Dort bleibst du eingeschlossen in deinem Heim. Du wirst das Haus nicht verlassen, niemanden treffen, mit niemandem korrespondieren oder telefonieren, außer mit unseren engsten Familienangehörigen und Dienern; bis Januar, wenn Muhammed offiziell als Prinz und Thronerbe eingesetzt wird.«

»Und danach?«

»Am Tag nach der Einsetzung kannst du zurück nach Amerika reisen und deine Eltern besuchen. Dort wirst du bleiben, bis du die Scheidungspapiere erhältst.«

»Was geschieht mit den Kindern?«

Seine Augen hatten die Farbe von blauem Eis. »Du wirst sie nie wiedersehen.«

Der Schmerz in ihrem Herzen schnitt ihr den Atem ab. »Und wenn ich mich weigere?« gelang es ihr zu sagen.

Noch nie hatte sie ihn so unerbittlich gesehen. »Es bleibt dir keine Wahl. Nach den Geboten des Islam wird die Ehebrecherin mit dem Tod durch Steinigen bestraft. Willst du, daß deine Söhne das mitansehen?«

»Das könntest du nicht tun!« rief sie entsetzt.

Seine Augen blieben ungerührt. »Ich würde es tun.«

Plötzlich erkannte sie die Wahrheit. »Jussef! Du hast ihn getötet!«

»Jussef hat sich selbst getötet«, sagte er verächtlich und wies auf das Kassettengerät. »Damit!«

Sie war geschlagen. Nicht länger imstande, ihre Tränen zurückzuhalten, nicht länger fähig, ihn anzusehen, sank sie auf die Knie und bedeckte ihr Gesicht mit den Händen. Ihr Körper wurde von Schluchzen geschüttelt.

Ungerührt stand er da und schaute auf sie hinunter; nur das Pulsieren an seiner Schläfe verriet seine Anstrengung, sich zu beherrschen.

Nach einer Weile hörte sie auf zu weinen und blickte zu ihm hoch. Ihre Augen waren geschwollen, ihr Gesicht vor Schmerzen verzerrt. »Was soll ich tun?« flüsterte sie mit heiserer, hohler Stimme fast zu sich selbst. »Wie soll ich ohne sie leben?«

Er antwortete nicht.

Langsam erhob sie sich und ging zur Tür. Auf halbem Weg wandte sie sich um. »Baydar«, sagte sie flehentlich.

Die gleiche kalte Unversöhnlichkeit lag noch immer in seiner Stimme. »Vergeude nicht deine Zeit, Weib, indem du mich um Verzeihung bittest. Geh lieber und danke Allah für Seine Barmherzigkeit.«

Ihr Blicke trafen sich für einen kurzen Moment, dann senkte sie die Augen. Ihr Kampfgeist war erloschen. Langsam verließ sie den Raum.

Er schloß die Tür hinter ihr ab und ging wieder zum Schreibtisch. Lange blickte er auf das Kassettengerät, dann drückte er noch einmal auf den Startknopf, fast zugleich jedoch auf den anderen Knopf, bei dem »LÖSCHEN« stand.

Das Magnetband raste mit zehnfacher Geschwindigkeit durch den Apparat. Vierzig Minuten liefen in vier Minuten durch. Es klickte, und er drückte auf den Haltknopf. Gleich darauf drückte er wieder auf den Startknopf. Diesmal lief das Band im Normaltempo, aber der Bildschirm blieb dunkel und leer.

Die Aufzeichnung war gelöscht.

Könnte man doch nur auf einen Knopfdruck hin auch sein Lebensband löschen und so wieder neu beginnen!

10

Als Jordana ins Flugzeug stieg, war sie sehr überrascht, Leila mit zwei jungen Männern vorzufinden. Die jungen Männer trugen schlecht sitzende schwarze Anzüge mit ausgebeulten Taschen, wie sie meist von Angestellten aus dem Mittleren Osten getragen wurden, die im Ausland arbeiten; die beiden erhoben sich höflich.

»Ich wußte nicht, daß du mit uns kommst«, sagte Jordana.

Leila erwiderte in merkwürdig herausforderndem Ton auf arabisch: »Hast du etwas dagegen?«

Jordana war verwirrt. Leila hatte mit ihr immer englisch oder französisch gesprochen. Aber vielleicht konnten ihre Freunde diese Sprache nicht so gut wie sie. So ging Jordana darüber hinweg und anwortete auf arabisch: »Keineswegs, ich freue mich, daß du mitkommst. Ich war nur überrascht. Dein Vater hat nichts davon erwähnt.«

»Vielleicht hat er es vergessen«, sagte Leila leichthin.

Er hat es nicht vergessen, dachte Jordana. Sie hatte ihn seit dem Morgen, an dem er ihr befohlen hatte, abzureisen, nicht mehr gesehen. Er fuhr am gleichen Tag noch nach Genf und war noch einmal kurz nach Gstaad gekommen, um sich von den Kindern zu verabschieden. »Er hat viel im Kopf«, sagte sie immer noch auf arabisch.

Leila verstand den Wink und stellte sie vor. »Madame Al Fay, die zweite Frau meines Vaters; Fuad Aziz und Ramadan Sidki; sie besuchen mich für ein Wochenende zu Hause.«

»Ahlan«, sagte Jordana.

»Ahlan fik«, anworteten sie linkisch und verneigten sich so ruckartig, als wären sie es nicht gewohnt.

Die beiden Kinder, ihre schottische Erzieherin und Jordanas Zofe bestiegen das Flugzeug. Die Jungen brachen in Freudenrufe aus, als sie ihre Schwester sahen. »Leila! Leila!« schrien sie und rannten auf sie zu.

Sie war fast kühl zu ihnen, während sie bei ihrer ersten Begegnung großes Aufhebens von ihnen gemacht und an den zwei Tagen vor ihrer Abreise nach Gstaad die meiste Zeit mit ihnen gespielt hatte.

Jordana dachte, Leila wolle sich wegen ihrer Freunde nicht mit den Kindern abgeben. »Geht auf eure Plätze, Kinder«, sagte sie deshalb, »und schnallt euch ordentlich an. Wir werden in wenigen Minuten starten.«

»Dürfen wir bei Leila sitzen?« fragte Samir. »Dürfen wir?«

Sie sah Leila an. »Wenn eure Schwester nichts dagegen hat?«

»Mir macht es nichts aus«, antwortete Leila. Wieder bemerkte Jordana ihren mürrischen Ton.

»Also gut, aber ihr müßt brav sein.«

»Warum sprichst du arabisch, Mutter?« fragte Muhammed.

Jordana lächelte. »Weil die Freunde deiner Schwester vielleicht nicht so gut englisch sprechen wie wir. Da verlangt es die Höflichkeit, daß wir in einer Sprache sprechen, die alle verstehen.«

»Wir sprechen englisch, Madame«, sagte der junge Mann, der Ramadan hieß, mit deutlich britischem Akzent.

»Ach ja«, erwiderte Jordana und sah zu Leila hinüber, deren Gesicht ausdruckslos blieb. »Dann verzeihen Sie meinen Irrtum.«

Der Steward Raoul kam in die Kabine zurück. »Captain Hyatt läßt fragen, Madame, ob Sie zum Start bereit sind?«

»Sobald alle ihre Plätze eingenommen haben, sind wir soweit«, sagte sie und setzte sich in den Lehnsessel vor dem runden Tisch, den Baydar gewöhnlich einnahm.

Es gab den üblichen Wirbel, bis die Kinder angeschnallt waren und die anderen alle auf ihren Plätzen saßen. Raoul und die Stewardess, eine hübsche Amerikanerin namens Margaret, machten noch einmal die Runde in der Kabine und kontrollierten die Sicherheitsgurte. Roaul nickte Jordana zu und ging nach vorne. Wenig später rollte das große Flugzeug über die Startbahn.

Als sie in der Luft waren und das Signal »Anschnallen« erlosch, erhob sich Jordana von ihrem Platz. Sie winkte Raoul heran. »Bitte machen Sie mir das Bett in Mr. Al Fays Kabine. Ich möchte mich hinlegen und ausruhen.«

»Bitte sehr, Madame.« Er winkte der Stewardess und gab ihr den Auftrag weiter.

Die Kinder kletterten auf Leilas Schoß, die nervös war und es lästig zu finden schien. »Quält eure Schwester nicht!« sagte Jordana scharf. »Sie ist vielleicht müde.«

Folgsam kehrten die Knaben zu ihren Plätzen zurück.

»Ich fühle mich nicht ganz wohl«, erklärte Jordana. »Ich glaube, ich lege mich ein wenig hin.«

Leila nickte wortlos. Sie beobachtete Jordana, wie sie nach hinten ging und das Privatabteil betrat. Sie konnte wirklich nicht verstehen, was ihr Vater in ihr sah. Im hellen Tageslicht war Jordana nicht so hübsch, wie sie anfangs geglaubt hatte. Ohne Make-up wirkte ihr Gesicht abgespannt, sie hatte dunkle Ringe unter den Augen, und ihr Haar war strähnig und nicht ganz so blond, wie es zuerst geschienen hatte. Gut, daß sie schlafen ging. Das konnte die Dinge vereinfachen.

Sie sah zu Fuad und Ramadan hinüber. Fuad schaute auf die Uhr und sagte: »Noch eine halbe Stunde.«

Sie nickte, lehnte sich zurück an die Kopfstütze und schloß die Augen. Nach all der Zeit, die sie mit Vorbereitungen verbracht hatte, war eine weitere halbe Stunde keine lange Wartezeit mehr.

Es schien Jordana, als habe sie eben erst die Augen geschlossen, da hörte sie in ihrem Schlaf ein Kind weinen. Sie bewegte sich unruhig und hoffte, das Geräusch würde aufhören. Es hörte aber nicht auf, und langsam drang ihr ins Bewußtsein, daß da eines ihrer Kinder weinte. Sie setzte sich jäh auf und lauschte.

Es war Samir. Aber es war nicht sein übliches Weinen oder Wimmern. Es klang anders. Nach Angst.

Sie erhob sich schnell und strich ihr Kleid glatt. Dann öffnete sie die Tür, ging durch den schmalen Gang in den vorderen Salon. Im Eingang blieb sie wie gebannt stehen. Sie begriff nicht gleich, was sie sah. Es muß ein Alptraum sein, dachte sie entsetzt. Bestimmt.

In dem kleinen Raum, den Carriage, wenn er an Bord war, als Büro benutzte, standen eng aneinandergedrängt die Kinder, die Erzieherin, die Zofe und das Kabinenpersonal, Raoul und Margaret. Raouls Gesicht war von einer Schramme an seinem Backenknochen blutüberströmt. Vor ihnen standen Leila und ihre beiden Freunde.

Aber es war eine Leila, die sie noch nie gesehen hatte. Sie hielt eine Pistole in der Hand, am Gürtel ihrer Bluejeans hingen zwei Handgranaten. Die zwei Männer waren noch schwerer bewaffnet. Außer den Handgranaten trug jeder noch ein Schnellfeuergewehr.

Samir erblickte sie zuerst. »Mammi! Mammi!« schrie er, riß sich von der Erzieherin los und rannte auf Jordana zu.

Leila wollte ihn packen, aber er war zu schnell.

Jordana beugte sich vor, und das Kind stürzte sich in ihre Arme. Tränen liefen ihm über die Wangen. »Sie haben Raoul geschlagen, und er blutet!« schluchzte er.

»Schon gut, schon gut«, sagte sie beruhigend und drückte ihn fest an sich.

Leila winkte mit der Waffe. »Rüber zu den anderen!« befahl sie.

Jordana starrte sie an. »Bist du verrückt geworden?« fragte sie zornig.

»Hast du gehört?« entgegnete Leila. »Rüber zu den anderen!«

Jordana machte kehrt und wollte durch den Gang zur Kabine. Leila bewegte sich so schnell, daß Jordana sie erst bemerkte, als ein plötzlicher Stoß in den Rücken sie in dem schmalen Gang zu Boden schleuderte und das Kind aus ihren Armen glitt.

Der Kleine begann sofort wieder zu weinen. Mit erhobenen Fäustchen ging er auf seine Schwester los. »Hör auf, meine Mammi zu hauen, du böses Mädchen!«

Ungerührt versetzte Leila ihm eine Ohrfeige, so daß er neben seiner Mutter zu Boden stürzte. Sie legte tröstend ihren Arm um ihn.

Am anderen Ende der Kabine begann nun auch Muhammed zu weinen. Er riß sich von der Erzieherin los, lief zu seiner Mutter und kniete neben ihr nieder. Jordana legte ihren anderen Arm um ihn.

»Diese Kinder sind deine Brüder«, sagte sie und ignorierte den stechenden Schmerz im Kreuz, als sie versuchte, sich aufzusetzen. Sie blickte zu Leila hoch. »Du wirst deine Sünden vor Gott zu verantworten haben.«

»Du Schlampe!« fuhr Leila sie an. »Sie sind nicht meine Brüder. Es sind die Kinder einer amerikanischen Hure!«

»Im Koran steht geschrieben, daß Geschwister durch den gemeinsamen Vater verbunden sind«, erwiderte Jordana.

»Zitiere mir nicht das heilige Buch, du Dreckstück!« fauchte Leila. »Echte Brüder und Schwestern sind durch den Vater verbunden, aber nicht solche, die du meinem Vater als seine Söhne untergeschoben hast. Meine Mutter hat mir das alles erzählt.«

»Du begehst trotzdem ein Verbrechen gegen deinen Vater«, sagte Jordana.

Leila lachte. »Mein Vater hat jegliches Gefühl verscherzt, das ich je für ihn haben mochte. Er hat sein eigenes Volk verraten und ist ein Komplice und Werkzeug der Juden und der Imperialisten geworden.«

Merkwürdig, dachte Jordana, um sich selbst empfand sie keine Angst, nur um die Kinder. »Es wird alles wieder gut werden«, flüsterte sie ihnen zu. »Hört auf zu weinen.«

»Aufstehen!« schrie Leila.

Jordana rappelte sich qualvoll hoch. Leila trieb sie mit der Pistole vorwärts. Unter Schmerzen ging Jordana, mit Samir auf einem Arm und Muhammed an der anderen Hand, durch die Kabine.

»Gib die Kinder der Erzieherin!« befahl Leila.

Jordana zögerte.

»Tu, was ich sage! Sofort! Oder es geht ihnen schlecht!«

Wortlos schob Jordana die Kinder der Erzieherin zu. Mit verängstigten Augen schauten sie ihre Mutter an. Jordana tätschelte sie beruhigend: »Habt keine Angst, es geschieht euch nichts.«

Sie hätte beinahe aufgeschrien vor Schmerz, als sie den Pistolenlauf in ihrem Rücken spürte. Sie wandte sich um, sah das eigenartige Aufleuchten in Leilas Augen und preßte die Lippen zusammen: sie würde ihr nicht die Freude machen, sie stöhnen zu hören.

»Geh mit Ramadan nach vorn«, befahl Leila.

Der junge Mann schob Jordana vor sich her. Als sie die Tür zum Cockpit öffnete, stieß er sie heftig vorwärts. Sie stolperte, fiel auf die Knie, und er sprang hinter ihr in den engen Raum.

Captain Hyatt, der Copilot Bob und der Bordmechaniker George wandten sich überrascht um. George langte über sich nach einem Schraubenschlüssel.

Ramadan reagierte blitzschnell und schlug ihm den Gewehrkolben seitlich ins Gesicht, so daß er auf den Sitz zurückfiel. Aus seiner gebrochenen Nase strömte Blut. »Macht keinen Unsinn«, sagte Ramadan mit seinem trockenen britischen Akzent, »sonst werden alle in diesem Flugzeug sterben.«

Andy Hyatt schaute zu ihm hoch, dann fragte er den Bordmechaniker. »Geht's wieder, George?«

George hielt sich das Taschentuch an die Nase. Er nickte. Jordana kam auf die Füße. »Wo ist das Verbandzeug?« fragte sie.

»In dem Schränkchen über Georges Platz«, antwortete Bob. Sie holte den Metallkasten herunter, öffnete ihn schnell, riß den Umschlag mehrerer Gazebandagen auf und reichte sie George. »Raoul hat eine böse Wunde an der Wange«, erklärte sie und wollte zurück in die Kabine.

»Augenblick!« Ramadan vertrat ihr den Weg. »Sie sind hier noch nicht fertig.« Er wandte sich an den Captain. »Wir sind drei hier an Bord und alle mit automatischen Waffen und Handgranaten bewaffnet. Wir haben somit das Kommando über dieses Flugzeug übernommen. Verstanden?«

»Drei?« fragte Hyatt überrascht.

»Leila gehört zu ihnen«, sagte Jordana.

»Leila?« Hyatt stieß einen langen Pfiff aus. »Also, da hol mich der Teufel! Das ist ja die Höhe! Von der Tochter seines Chefs entführt zu werden!«

»Da Sie nun begriffen haben, werden Sie meine Befehle genau befolgen«, schnarrte Ramadan.

Hyatt sah fragend auf Jordana. Sie nickte. »Ja«, antwortete er.

»Erstens teilen Sie Beirut mit, daß es eine Änderung im Flugplan gegeben hat; Sie verlangen vom Libanon Freigabe zur Landung in Damaskus.«

Hyatt machte sich Notizen auf dem Schreibblock neben sich. »Verstanden.«

»Sobald wir in Syrien sind, geben Sie eine weitere Änderung im Flugplan bekannt und verlangen Freigabe über Irak und Teheran.«

»Wir haben nicht genug Treibstoff bis Teheran.«

»Keine Sorge«, sagte Ramadan selbstsicher, »da fliegen wir auch nicht hin.«

»Wohin denn?« fragte der Captain. Ramadan zog aus seiner Jackentasche einen Zettel, den er dem Piloten reichte. »Da fliegen wir hin.«

Der Captain warf einen Blick darauf. »Sie sind wahnsinnig«, sagte er. »Dort kann man ein Flugzeug dieser Größe nirgends landen; dort gibt es nichts als Berge.«

»Es gibt eine Stelle«, erklärte Ramadan. »Ich zeige sie Ihnen, wenn es soweit ist.«

»Gibt es dort Anlagen für eine Instrumentenlandung?« fragte Hyatt.

»Nein«, entgegnete Ramadan mit einem leicht nervösen Lachen. »Aber Sie genießen den Ruf, einer der besten Piloten zu sein. Für Al Fay ist immer nur das Beste gut genug. Sie werden keine Schwierigkeiten mit einer Sichtlandung haben.«

»Hoffentlich haben Sie recht«, brummte Hyatt. »Ich werde jetzt Beirut rufen.«

»Augenblick!« Ramadan nahm den Reservekopfhörer vom Pult des Bordmechanikers und hielt sich eine Hörmuschel ans Ohr, ohne den Finger vom Abzug der Maschinenpistole zu nehmen. »Jetzt können Sie rufen. Und denken Sie dran – kein Wort von einer Entführung, sonst erschieße ich Sie auf der Stelle.«

Hyatt nickte mit grimmigem Blick

»Kann ich jetzt nach hinten gehen und Raoul helfen?« fragte Jordana.

»Natürlich.« Ramadan wirkte entspannter. »Und bei der Gelegenheit können Sie den anderen sagen, daß ich hier alles unter Kontrolle habe.«

11

Gegen vier Uhr nachmittags kam Baydar in Dicks Büro und schaute sich um. »Wo ist Leila?« fragte er.

Dick sah ihn erstaunt an. »Sie ist heute früh nach Beirut geflogen.«

»Beirut?«

Dick sah Baydars bestürzten Gesichtsausdruck. »Ich dachte, Sie wüßten davon. Sie hat Jordana und die Kinder begleitet. Sie sagte mir, Sie seien damit einverstanden, daß sie und zwei Freunde mitflögen. Sie wollte übers Wochenende nach Hause.«

»Ich muß wohl alt werden. Ich kann mich überhaupt nicht an so etwas erinnern. Merkwürdig.«

Er ging in sein Büro und schloß die Tür hinter sich. Dick starrte ihm nach, eine vage Vorahnung stieg in ihm auf. Es sah Baydar gar nicht ähnlich, etwas zu vergessen. Das Telefon klingelte. Er hob den Hörer ab, hörte eine Weile zu, dann stellte er durch und ging in Baydars Büro.

Baydar blickte von seinem Schreibtisch auf. »Ja?«

»Ich habe unseren Mann vom Beiruter Flughafen am Apparat«, sagte Dick sehr ruhig. »Er ist seit ein Uhr dort, und das Flugzeug ist noch nicht gelandet.«

Baydar hob den Hörer ab und bedeckte die Muschel mit einer Hand. »Um wieviel Uhr war es fällig?«

»Ungefähr ein Uhr dreißig.«

Baydar wurde ein wenig blaß. Er nahm die Hand von der Sprechmuschel. »Hier spricht Al Fay«, sagte er. »Rufen Sie die Luftraumüberwachung an und erkundigen Sie sich, ob man dort etwas von dem Flugzeug gehört hat. Ich bleibe am Apparat.«

Er sah Dick an und bedeckte den Hörer wieder mit der Hand. »Hoffentlich ist nichts passiert.«

»Keine Sorge«, sagte Dick beruhigend. »Andy ist ein zu guter Pilot, als daß ihm etwas passieren könnte.«

Die Stimme meldete sich wieder im Hörer. Baydar hörte zu, dann schien seine Spannung ein wenig nachzulassen. »In Ordnung, besten Dank.«

Er legte auf. Sein Gesicht hatte einen merkwürdigen Ausdruck. »Ich verstehe das nicht. Die Beiruter Luftüberwachung sagt, der Pilot habe Freigabe für Damaskus verlangt.«

Dick sagte nichts.

»Rufen Sie Damaskus an und erkundigen Sie sich, ob sie dort gelandet sind.«

»Sofort, Boss.« Dick ging in sein Büro und nahm den Hörer ab. Es dauerte zwanzig Minuten, bis er mit der Luftüberwachung in Damaskus Verbindung bekam. Er hörte eine Weile zu, dann nickte er, verlangte ein weiteres Gespräch und ging zurück in Baydars Büro.

»Sind sie dort gelandet?« fragte Baydar.

Dick schüttelte den Kopf. »Nein. Man sagte mir, sie hätten Freigabe über Bagdad nach Teheran verlangt.«

»Hyatt ist verrückt geworden!« explodierte Baydar. »Den werde ich mir vorknöpfen!« Dann beruhigte er sich. »Rufen Sie die Flughäfen an und sehen Sie, was Sie erfahren können.«

»Das habe ich bereits getan«, sagte Dick.

»Gut. Berichten Sie mir, sobald Sie etwas Neues erfahren.« Er lehnte sich in seinem Sessel zurück und sah Dick nach, bis sich die Tür hinter ihm schloß. Es gab nur einen möglichen Grund für diese Änderung im Flugplan: Jordana; sie versuchte, ihm die Kinder zu entführen. Er ärgerte sich über seine Torheit. Er hätte sich nicht darauf verlassen dürfen, daß sie seinen Anordnungen folgen würde.

Eine halbe Stunde später kam Carriage wieder. Sein Gesicht war düster. »In Teheran sind sie nicht gelandet, und Bagdad meldet, daß sie beim Überfliegen irakischen Gebiets nicht gesichtet wurden. Ich habe in Damaskus rückgefragt, und sie berichten keine Anzeichen von Schwierigkeiten und keinen Funkspruch von der Maschine, seit sie Syrien um etwa zwei Uhr nachmittags überflog.«

»Das Flugzeug kann nicht einfach spurlos verschwunden sein!« Baydar schwieg eine Weile. »Ich glaube, wir müssen eine Suchaktion starten.«

»Bevor wir das tun, sollten Sie meiner Ansicht nach mit dem Mann sprechen, der draußen wartet«, sagte Dick.

»Jetzt ist wirklich nicht der Moment«, schnauzte Baydar ihn an. »Ich habe Wichtigeres im Kopf als Geschäfte!«

»Ich glaube, was er zu sagen hat, könnte einen Hinweis darauf geben, wo sich das Flugzeug befindet.«

Baydar starrte ihn an. »Lassen Sie ihn herein.«

Dick öffnete die Tür. »Treten Sie bitte näher, Mr. Dupré.« Ein mittelgroßer Mann in einem unauffälligen grauen Anzug kam herein. Dick führte ihn zum Schreibtisch. »Mr. Dupré, Mr. Al Fay.«

Dupré verbeugte sich. »Es ist mir eine Ehre, Monsieur.«

Baydar nickte wortlos und sah Dick fragend an. »Was hat er mit dem Flugzeug zu tun?«

»Möglicherweise nichts«, sagte Dick schnell. »Aber vielleicht sollte ich erst noch etwas erklären.«

Dick räusperte sich; offensichtlich war ihm unbehaglich zumute. »Mr. Dupré ist Privatdetektiv. Wir haben ihn schon früher für vertrauliche Angelegenheiten zu Rate gezogen, und er erwies sich als völlig vertrauenswürdig. Anfang dieser Woche beschloß ich, Leila auf Grund einiger Bemerkungen, die sie machte, von ihm beobachten zu lassen.«

»Warum?« Baydars Stimme klang kalt.

Dick erwiderte seinen Blick. »Weil sie mich zwei Tage, nachdem wir die Sendungen von Arabdolls gestoppt hatten, bat, das rückgängig zu machen. Als ich ablehnte, weil das gegen Ihre Anweisungen gewesen wäre, sagte sie, die Familien Riad und Mafrad seien alte Freunde, und ihr Großvater würde darüber sehr verärgert sein. Dann bat sie mich, ich sollte doch die Sendungen weiterlaufen lassen, ohne daß Sie etwas davon wüßten.« Er holte tief Atem. »Als ich aber von Ihnen erfuhr, daß die Familien gar nicht befreundet sind, beschloß ich, mich näher über Leila zu informieren.«

Baydar wandte sich an den Privatdetektiv. »Was haben Sie herausgefunden?«

Mr. Dupré zog einige Papiere aus seiner inneren Jackentasche und entfaltete sie. Er legte einen Durchschlag auf den Schreibtisch vor Baydar, gab Dick einen anderen und behielt das Original in der Hand. »Auf diesem Blatt stehen die Namen aller Personen, die diese Woche mit Ihrer Tochter zusammentrafen, ebenso Zeit und Ort der Begegnungen.«

Baydar schaute auf das Blatt. Ein Name fiel ihm sofort ins Auge: Ali Jasfir. Leila hatte ihn in dieser Woche fünfmal getroffen, gestern zweimal. Mehrere andere Namen kamen wiederholt vor, aber sie waren ihm unbekannt.

»Leider hatte Ihre Tocher gefährlichen Umgang, Monsieur«, sagte Dupré. »Fast alle Namen auf dieser Liste sind die von bekannten arabischen Terroristen oder Partisanen, die von der Schweizer Polizei genau überwacht werden. Es sind junge Leute, und ein Mann namens Jasfir scheint ihr größter finanzieller Helfer zu sein.

Deshalb atmete die Schweizer Polizei auf, als Fuad Aziz und Ramadan Sidki, die als die gefährlichsten galten, mit Ihrer Tochter an Bord des Flugzeugs stiegen und das Land verließen. Sie können sich darauf verlassen, daß sie kein Einreisevisum mehr erhalten werden.«

Baydar betrachtete das Papier eine Zeitlang. »Sonst etwas?«

»Nur noch eines, Monsieur«, antwortete Dupré. »Ich habe mir erlaubt, in der Schule anzurufen, die Ihre Tochter in Montreux besuchte. Ich hoffte, Informationen über einige Mädchen zu erhalten, mit denen sie verkehrte. Aber dort konnte man mir nichts sagen, nur, daß man Ihre Tochter seit Anfang Mai nicht mehr gesehen hat; damals hat sie die Schule in Gesellschaft eines gewissen Mr. Jasfir verlassen, der sich als einer Ihrer Geschäftspartner vorgestellt hatte. Der Schule wurde mitgeteilt, daß sie zum Filmfestival nach Cannes fahren würden, um Sie dort zu treffen.«

Baydar blickte Dick an, dann wandte er sich nochmals an den Detektiv. »Ich danke Ihnen sehr, Mr. Dupré, Sie haben uns sehr geholfen.«

Der Detektiv seufzte. »Die Kinder heutzutage.« Er breitete mit typisch gallischer Gebärde die Hände aus. »Ich habe selbst eine siebzehnjährige Tochter. Man kann nie wissen, was ihnen einfällt.« Er verbeugte sich. »Wenn ich noch etwas für Sie tun kann, Monsieur Al Fay, bitte, ich stehe zur Verfügung.« Er nickte Dick grüßend zu und verließ das Büro.

Dick wandte sich an Baydar. »Was ich denke, gefällt mir gar nicht. Was meinen Sie?«

»Das gleiche.« Baydar atmete tief. »Aber nun wissen wir wenigstens, daß dem Flugzeug nichts passiert ist, wenn auch nicht, wo es ist.«

»Es ist ein großes Flugzeug. Das kann man nicht lange verstecken.«

»Möglich.« Baydars Stimme verriet nichts.

»Was sollen wir jetzt tun?«

»Warten.«

»Warten?« fragte Dick erstaunt.

»Ja«, gab Baydar zurück. »Wir wollten wissen, was Ali Jasfirs nächster Schritt sein würde. Jetzt wissen wir es. Er wird sich bald mit uns in Verbindung setzen und sagen, was er will.«

Sie standen am Rande des Wäldchens und blickten zurück auf die silberne 707. Neun Mann kletterten auf dem Flugzeug herum und zogen die Tarnnetze zurecht, so daß es aus der Luft nicht mehr sichtbar war. Ein Flugzeug hätte schon sehr tief heruntergehen müssen, um es noch auszumachen.

Jordana wandte sich an Hyatt, der neben ihr stand und die Augen nicht von dem Flugzeug losreißen konnte. »Sie haben sie prachtvoll aufgesetzt, Captain. Vielen Dank.«

»Einen Moment lang sah es ziemlich haarig aus. Ich dachte, wir würden dort in den Bäumen am Ende der Rollbahn landen. Was meinen Sie, warum hat man hier oben wohl eine so große Rollbahn gebaut? Es sieht aus, als wäre sie seit mindestens drei Jahren nicht mehr benützt worden.«

»Ich habe keine Ahnung, Captain«, sagte sie.

Der Mann namens Fuad kam zu ihnen. »Okay, vorwärts!« Sein Englisch hatte einen amerikanischen Akzent. Er wies mit seinem Gewehr in Richtung des Waldes.

Jordana ging zu den Kindern, die zwischen ihrer Erzieherin und der Zofe Magda standen. Die Knaben beobachteten mit großem Interesse das Tarnmanöver am Flugzeug. Jordana nahm sie an der Hand und wartete.

Vor ihnen standen zwei Soldaten in schlecht sitzenden Kampfanzügen; sie trugen keine Abzeichen, aus welchen man hätte ersehen können, welcher Armee sie angehörten. Auf ein Zeichen Fuads hin setzten sie sich in Marsch. Weitere Soldaten tauchten auf und begleiteten die Gefangenen, andere schlossen sich dem Zug an. Alle hielten ihre Gewehre auf die Gefangenen gerichtet.

Jordana ging schweigend mit den Kindern. Leila und Ramadan waren nirgends zu sehen. Sie waren als erste aus dem Flugzeug gestiegen und wenige Minuten nach der Landung verschwunden.

Der Wald wurde dichter, und sie blieben an den Zweigen der Bäume und im Gebüsch hängen und zerrissen sich die Kleider. Jordana versuchte, die Kinder zu schützen, aber nach kaum zehn Minuten hatten sie zerkratzte Arme und Gesichter. Sie rief die Erzieherin: »Anne, wenn Sie, Magda, Margaret und ich vorangehen und die Kinder dicht hinter uns, werden sie nicht so viele Kratzer abbekommen.«

Die Erzieherin nickte. Die anderen Frauen und sie bildeten einen Halbkreis und nahmen die Kinder in die Mitte.

Nach wenigen Minuten erreichten sie eine schmale, schmutzige Straße. Zwei Jeeps mit ihren Fahrern warteten dort. »Einsteigen!« befahl Fuad. »Die Frauen mit den Kindern in den ersten Wagen, die Männer in den zweiten.«

Kurz darauf fuhren die Wagen die Straße hinauf; sie war holperig und voller Schlaglöcher, schien sich in und aus dem Wald zu schlängeln und stieg dabei ständig an. Nach etwa zehn Minuten wurde die Luft kühler.

Jordana sah zum Himmel auf. Es wurde dunkler, der Abend war gekommen. Hätte sie doch nur die Mäntel der Kinder mitgenommen. Aber die waren mit allem anderen an Bord des Flugzeugs zurückgeblieben.

Nach fünf Minuten erreichten sie eine Lichtung, an deren Rand eine Gruppe verfallener Holzhäuser stand. Sie waren von einer niedrigen Mauer umgeben, auf der in Abständen von etwa zehn Schritten schwere Maschinengewehre aufgestellt waren. Jedes wurde von zwei Soldaten bedient. Und an jeder Ecke standen Scheinwerfer.

Jordana betrachtete die Soldaten, als sie in das Lager einfuhren, und die starrten mit unverhülltem Interesse zurück. Einige riefen ihnen zotige Bemerkungen nach, die man jedoch bei dem Lärm der ratternden Jeepmotoren nicht verstehen konnte.

Vor dem größten Gebäude machten die Jeeps halt. Der Fahrer bedeutete ihnen, auszusteigen.

Aus dem Gebäude kamen zwei Soldaten und beobachteten sie. Der eine war Ramadan, jetzt in Uniform. Jordana mußte jedoch zweimal hinschauen, bevor sie den anderen erkannte. Sie hatte sich durch die Uniform täuschen lassen. Der zweite Soldat war Leila.

Leila kam auf sie zu. In ihrer Uniform wirkte sie irgendwie breiter und gröber. Die ganze hübsche Erscheinung, die Jordana in ihr gesehen hatte, wurde durch ihr rauhes Benehmen ausgelöscht. »Eine Hütte ist für dich und die Kinder und Frauen bestimmt«, sagte sie, »die anderen sind für die Männer. In einer Stunde wird euch das Essen gebracht. Nach dem Essen wird das Licht für die Nacht gelöscht. Nach Einbruch der Dunkelheit ist jegliches Rauchen verboten. Jeder Verstoß gegen unsere Vorschriften wird streng bestraft. Habt ihr das verstanden?«

»Du wirst nicht ungestraft davonkommen«, sagte Jordana. »Wenn dein Vater davon erfährt, wird es auf Erden und im Himmel keinen Platz geben, wo du dich verstecken kannst.«

Leila starrte sie verächtlich an. »Mein Vater wird tun, was man ihm befiehlt, wenn er auch nur einen von euch lebendig wiedersehen will.«

12

Erst am nächsten Morgen hörten sie von Jasfir. Seine Stimme krächzte durch die Leitung. »Wir haben wichtige Dinge zu besprechen, viel zu wichtig für das Telefon. Ich glaube, ein Zusammentreffen zwischen uns wäre für uns beide von Nutzen.«

»Möglich«, antwortete Baydar kühl.

»Wo würde es Ihnen passen?« fragte Jasfir.
»Ich bin in meinem Büro.«
»Das halte ich für keine gute Idee. Bei allem Ihnen gebührenden Respekt – es gibt dort zu viele Möglichkeiten, belauscht zu werden.«
»Wir wären allein.«
»Allah allein weiß, wie viele Abhörwanzen in den Wänden der Häuser verborgen sind«, sagte Jasfir.
»Was schlagen Sie vor?«
»Eine uns beiden zusagende Stelle, vielleicht eine Bank in dem Park gegenüber Ihrem Hotel?«
»Wann wollen Sie hinkommen?«
»Ich kann in fünfzehn Minuten dort sein.«
»Gut, ich komme.« Baydar legte den Hörer auf. Er drückte den Klingelknopf auf seinem Tisch, und Dick kam herein. »Ich soll ihn in dem Park gegenüber vom Hotel treffen. Glauben Sie, daß unser Techniker von hier aus unser Gespräch mit einem Teleskopmikrofon abhören kann?«
»Ich weiß nicht. Versuchen können wir es.«
»Lassen Sie ihn heraufkommen. Wir haben nur fünfzehn Minuten Zeit.«
Nach zehn Minuten war der Mann da. Baydar führte ihn ans Fenster und zeigte ihm den Park auf der anderen Straßenseite. »Können Sie uns von hier aus abhören?«
»Vielleicht«, meinte der Mann. »Es hängt von vielen Dingen ab. Straßenlärm, Bewegung. Es wäre gut, wenn Sie an ein und derselben Stelle bleiben könnten.«
»Das weiß ich nicht«, sagte Baydar. »Das kommt auf den anderen Mann an, den ich dort treffe.«
»Ich werde es versuchen. Wir sehen dann ja, was passiert.«
Der Mann arbeitete schnell. Er prüfte gerade seinen Verstärker, als Dick den Kopf durch die Tür hereinstreckte. »Es ist beinahe Zeit.«
Baydar machte sich widerwillig zum Weggehen bereit; er hätte lieber noch ein paar Minuten gewartet, um festzustellen, ob das elektronische Abhörgerät funktionierte, fürchtete aber, sich zu verspäten. Als er durch das äußere Büro zur Tür ging, erhob Dschabir sich automatisch.
Baydar winkte ab. »Warte hier«, sagte er.
Dschabir setzte sich wieder auf seinen Platz. Kaum hatte sich die Tür hinter Baydar geschlossen, winkte Dick ihn zu sich. »Dein Herr geht in den Park auf der anderen Straßenseite«, sagte er. »Geh ihm nach, aber halte dich auf Distanz.«

Dschabir nickte und verließ wortlos das Büro. Als er aus dem Hoteleingang trat, überquerte Baydar bereits die Straße. Dschabir stellte sich an die Straßenecke, von wo aus er ihn im Auge behalten konnte.

Baydar erreichte die andere Straßenseite und betrat den kleinen Park. Auf der ersten Bank saß eine alte Frau, eingemummt gegen den Herbstwind, und fütterte die Tauben. Baydar setzte sich ans andere Bankende. Er sah sich nach allen Seiten um. Es war niemand da – nicht einmal Büroangestellte, die den Park als Abkürzung auf dem Weg zur Arbeit benutzten. Baydar zog eine Zigarette heraus.

Fünfzehn Minuten später war er bei seiner vierten Zigarette und fragte sich, ob Jasfir ihn etwa an der Nase herumgeführt habe, als die alte Frau sich plötzlich erhob und ging. Er sah ihr neugierig nach, als sie den Park verließ und auf der Straße in ein Taxi stieg. Seltsam, daß eine so schäbig gekleidete Frau sich ein Taxi leisten konnte. Dann dämmerte es ihm. Er warf einen Blick auf die Ecke der Bank, wo die Frau gesessen hatte. Dort lag unter der Erdnußtüte, die sie zurückgelassen hatte, ein Blatt einfaches weißes Papier. Er nahm es auf und las die maschinengeschriebene Nachricht:

> Ich muß mich entschuldigen, daß ich nicht kommen kann, aber dringende Geschäfte rufen mich aus dem Land. Übrigens hätte unser Zusammentreffen auch keinen großen Sinn gehabt, denn unsere Wünsche sind einfach und können mit diesem Blatt Papier übermittelt werden. Ich freue mich, Ihnen mitzuteilen, daß Ihre Frau und Ihre Kinder wohlbehalten an ihrem Bestimmungsort eingetroffen sind und daß es allen gut geht. Morgen früh werden Sie ein Tonband mit der Stimme Ihrer Frau erhalten, die Sie darüber beruhigen wird. Um unser unvermindertes Interesse am Wohlergehen Ihrer Familie zu sichern, werden Sie den folgenden Aufforderungen nachkommen:
> 1. Sie zahlen jeden Morgen vor 12 Uhr mittags 100 000 US-Dollar auf das Konto Nr. AX 1015 bei der Banque d'Assurance in Genf ein. Dies zur Entschädigung für die Ihrer Familie von uns gewährte Gastfreundschaft.
> 2. Sie lassen die von Ihnen rückgängig gemachten Sendungen planmäßig ausliefern. Die nächste Sendung erfolgt in vier Tagen, dann weitere Sendungen an jedem zweiten Tag bis zum Jahresende.
> 3. Sie lassen eine rechtsgültige Übertragungsurkunde in der Höhe von 50 Prozent des Grundkapitals Ihrer Gesellschaften auf-

setzen, die Sie blanko unterzeichnen. Diese Urkunde muß bis spätestens 5. Januar 1974 zusammen mit einer Zahlung von 10 000 000 US-Dollar auf dem obengenannten Bankkonto deponiert werden.

Vorausgesetzt, daß all diese Bedingungen prompt erfüllt werden, werden Ihre Frau und Ihre Söhne vor dem 10. Januar, rechtzeitig für die Ernennung Ihres ältesten Sohnes zum Kronprinzen, zurückgebracht werden. Jeglicher Bruch der Geheimhaltung dieses Abkommens oder die Nichterfüllung einer der angegebenen Bedingungen könnte zum Tod eines oder aller Mitglieder Ihrer Familie führen. Als weiteren Beweis unseres guten Willens und um Sie vom Wohlergehen Ihrer Familie zu überzeugen, werden Sie täglich in Ihrem Genfer Büro eine Bandaufnahme der Stimme Ihrer Frau erhalten, in der sie Ihnen eine Schlagzeile der Pariser Ausgabe der *Herald Tribune* vom Vortag vorlesen und einige persönliche Worte über das Allgemeinbefinden Ihrer Familie sagen wird. Selbstverständlich wird Ihre Hilfe im Krieg gegen unsere gemeinsamen Feinde erwartet.

IDBAH AL-ADU!

Die Unterschrift lautete: BRUDERSCHAFT PALÄSTINENSISCHER FREIHEITSKÄMPFER.

Baydar erhob sich langsam und machte sich auf den Rückweg in sein Büro im Hotel. Dick erwartete ihn, als er eintrat.

»Was ist passiert? Wir haben niemanden gesehen und konnten nichts hören.«

»Es kam niemand«, sagte Baydar, »nur dies hier.« Er reichte Dick das Papier.

Baydar ließ sich schwer in seinen Schreibtischsessel sinken. Dick las die Mitteilung Jasfirs, der Techniker sammelte seine Geräte zusammen und entfernte sich.

»Die sind verrückt«, rief Dick, als er zu Ende gelesen hatte. »Diese Forderungen können wir unmöglich erfüllen.«

Baydar nickte müde. Der dritten und letzten Forderung konnte er beim besten Willen nicht nachkommen. Er besaß keine fünfzig Prozent von den Gesellschaften, die auf seinen Namen lauteten. Bestenfalls waren es durchschnittlich zwanzig Prozent. »Das weiß ich, und das wissen Sie«, sagte er erschöpft, »aber die wissen es nicht. Und wie soll man mit jemandem verhandeln, der nicht mit einem spricht? Mit jemandem, den man nicht finden kann?«

»Wir müssen ihn finden. Es muß ein Möglichkeit geben.«

»Wir werden ihn schon finden, aber ich mache mir Sorgen, was mit Jordana und den Kindern geschehen wird, wenn wir ihn finden.«

»Was sollen wir also tun?« fragte Dick.

»Vorerst sorgen wir dafür, daß die täglichen Zahlungen erfolgen, und lassen die Sendungen wie verlangt ausliefern. Damit gewinnen wir Zeit.«

»Diese Sendungen können den Tod von Hunderten von Menschen in den Staaten zur Folge haben. Ich hätte das nicht gern auf dem Gewissen.«

»Ich auch nicht. Wir müssen einen Weg finden, um die Sendungen auf der anderen Seite zu stoppen.«

»Wie stellen Sie sich das vor?«

»Ich habe einen Freund in New York, Paul Gitlin. Er ist Rechtsanwalt, ein Mann von großer moralischer Kraft und mit einem ausgeprägten Gerechtigkeitssinn. Ich bin sicher, daß er für meine Lage Verständnis haben und unser Vertrauen respektieren wird. Er wird einen Weg finden, um die Sendungen drüben zu stoppen und uns gleichzeitig zu schützen.«

»Und dann?«

»Wir müssen die Zeit nutzen, um herauszufinden, wo sie meine Familie festhalten, und sie befreien.« Er erhob sich und ging ans Fenster. »Geben Sie Anweisungen für die Zahlungen, und verbinden Sie mich mit New York«, sagte er, ohne sich umzudrehen.

»Ja, Sir«, antwortete Dick und ging zur Tür.

»Und, Dick . . .«

Dick wandte sich um.

Baydar sah ihn an; in seinem Gesicht waren plötzlich Falten, die Dick noch nie gesehen hatte. »Rufen Sie Uni-Jet an und chartern Sie ein Flugzeug für mich. Ich werde meinen Vater in Beirut abholen und mit ihm zusammen zum Fürsten fliegen. Vielleicht kann er uns helfen.«

Der alte Fürst las die Botschaft zu Ende, dann nahm er mit zitternden Fingern die Brille ab. Sein zerfurchtes Falkengesicht unter der Ghutra schaute Baydar und seinen Vater mitfühlend an. »Ich kenne diese Organisation«, sagte er. »Es ist eine Splittergruppe, die wegen ihrer nihilistischen Ziele aus der Al Fatah ausgeschlossen worden ist.«

»Das hatte ich gehört, Hoheit«, sagte Baydar. »Ich dachte, wir könnten mit Eurer Gönnerschaft genug Beistand zusammenbringen, um sie herauszulocken.«

»Und was wollt ihr dann tun?« fragte der Fürst.

»Sie vernichten!« entgegnete Baydar wild. »Sie sind Diebe, Erpresser und Mörder. Sie entwürdigen die Sache, der sie zu dienen vorgeben, und bringen Schande über sie.«

»Alles,was du sagst, ist wahr, mein Sohn. Aber wir können nichts tun.«

»Warum nicht?« fragte Baydar. Er konnte nur mit Mühe seinen Zorn bezähmen. »Es ist Euer Erbe, der Erbe Eures Thrones, dessen Leben in Gefahr ist.«

Die Augen des alten Mannes waren schwach und tränten, aber seine Worte waren klar und deutlich. »Er ist noch nicht mein Erbe. Und er wird es erst ein, wenn ich ihn ernenne.«

»Dann bietet Ihr mir keine Hilfe an?« fragte Baydar.

»Ich kann nicht - offiziell«, erwiderte der Fürst. »Und auch die Oberhäupter anderer Staaten, an die du dich vielleicht wenden willst, können es nicht. Diese Organisation, die sich die Bruderschaft nennt, hat bei manchen Elementen große Unterstützung gefunden. Sogar Al Fatah kann nicht gegen sie einschreiten.« Er reichte Baydar das Blatt Papier.

Der nahm es wortlos entgegen.

»Wenn du herausfindest, wo diese Teufel deine Familie gefangen halten, kannst du von mir - inoffiziell - für ihre Befreiung so viele Männer und so viel Geld bekommen, wie du brauchst.«

Baydar erhob sich mit schwerem Herzen. »Ich danke für Eure Güte, Eure Hoheit«, sagte er korrekt. Aber er wußte, es war zwecklos; ohne offizielle Hilfe würde man sie nicht finden.

Der alte Fürst reichte ihm die Hand. »Wenn ich jünger wäre«, sag te er, »würde ich bei deiner Suche an deiner Seite stehen. So kann ich nur zu Allah um Rettung für deine Lieben beten.«

In der grellen Sonne vor dem großen Palast wartete Dick im Wagen. »Was hat er gesagt?« fragte er.

»Er kann nichts tun«, antwortete Baydars Vater.

Baydar starrte aus dem Fenster. »Es ist hoffnungslos«, sagte er mit dumpfer Stimme. »Man kann nichts tun. Niemand ist bereit, mir zu helfen.«

Dick schwieg längere Zeit. Es stand so viel auf dem Spiel: all die Jahre, alle Arbeit, alle Mühe, die er aufgewandt hatte, um auf diesen Posten zu gelangen, würden umsonst sein. Aber es gab Dinge, die wichtiger waren als Karriere. Zum Beispiel das Leben unschuldiger Kinder. Er dachte an seine eigenen beiden Söhne, und was er empfinden würde, wenn er in der gleichen Lage wäre, das gab schließlich den Ausschlag.

Er wandte sich um, so daß er Baydar ins Gesicht sehen konnte. »Ich kenne Leute, die Ihnen helfen würden«, begann er.

»Wer?«

»Die Israelis«, entgegnete Dick ruhig.

Baydars Lachen klang bitter. »Warum sollten sie mir helfen wollen? Ich wurde als ihr Feind geboren.«

Samir sah seinen Sohn an. »Menschen werden nicht als Feinde geboren. Das ist etwas, das sie lernen.«

»Was macht das für einen Unterschied?« erwiderte Baydar sarkastisch. Er wandte sich wieder an Dick. »Warum sollten sie mir helfen?« fragte er nochmals.

Dick schaute ihm in die Augen. »Weil ich sie darum bitten werde«, sagte er ruhig.

Baydar schwieg einen Augenblick, dann seufzte er müde. »Sie arbeiten für sie?«

Dick nickte. »Ja.«

»Sie sind kein Israeli«, sagte Baydar. »Warum also?«

»Meine Eltern kehrten aus Amerika zurück nach Jordanien«, erklärte Dick. »Eines Tages kam ein Mann namens Ali Jasfir zu ihnen und verlangte, man solle seiner Organisation gestatten, das Dörfchen, in dem sie lebten, als Stützpunkt zu verwenden. Nach einigen Monaten, in denen drei Mädchen vergewaltigt und viele verführt wurden, verlangten die Dorfbewohner, die Männer sollten das Dorf verlassen. Die Antwort der Fedajin war Mord. Ali Jasfir selbst führte seine Leute von einem Haus zum anderen und ließ systematisch alle Einwohner abschlachten. Nur einem Knaben und zwei Mädchen gelang es zu entkommen. Sie erzählten uns die wahre Geschichte, während die Fedajin laut die neueste Greueltat der Juden verkündeten. Die beiden Mädchen sahen mit eigenen Augen, wie meine Eltern von Ali Jasfir ermordet wurden.«

»Und nun, da Sie mich verraten haben«, sagte Baydar bitter, »glauben Sie, Sie müßten mir helfen?«

Dick erwiderte seinen Blick offen und ehrlich. »Nicht aus diesem Grund, sondern weil wir beide glauben, daß die Israelis und die Araber in Frieden leben und zusammenarbeiten können. Männer wie Ali Jasfir sind es, die diese Möglichkeit zerstören. Sie sind unsere Feinde, sie sind es, die vernichtet werden müssen.«

Baydar betrachtete die beiden Männer im Eingang. Sie sahen womöglich arabischer aus als sein Vater oder er selbst. Der alte Mann war groß gewachsen. Sein Kopftuch verbarg sein Gesicht fast völlig. Seine staubige, verschossene Dschellaba schleppte am Boden. Der junge Mann war schwarzhaarig, dunkelhäutig und trug einen buschigen syrischen Schnurrbart; seine Kleidung bestand aus verschossenem Khakizeug.

Baydar und sein Vater erhoben sich, als General Eschnew die beiden zu ihnen führen. »Dr. Al Fay, Mr. Al Fay - General Ben Esra.«

Der General starrte Samir eine Weile an, dann lächelte er. »Es ist lange her, mein Freund«, sagte er.

Samir wurde plötzlich blaß; er spürte, wie er innerlich zitterte. Er warf Baydar einen verstohlenen Blick zu und hoffte, man würde seine Nervosität nicht bemerken. Baydars Blick lag auf dem General.

»Und dies ist Ihr Sohn«, sagte der General. »Allah war gut zu Ihnen. Er ist ein prächtiger Mann.«

Samirs Nervosität schwand. »Ich freue mich, Sie wiederzusehen, General.«

Baydar sah seinen Vater erstaunt an. »Ihr kennt euch?«

Sein Vater nickte. »Unsere Wege kreuzten sich einmal in der Wüste. Vor vielen Jahren.«

General Eschnew sprach schnell. »Ich muß unsere offizielle Position noch einmal wiederholen, meine Herren, damit wir sie alle klar verstehen. Im Augenblick besteht ein sehr heikler Waffenstillstand, deshalb dürfen wir keine offizielle Aktion dulden, bei der es zum Betreten feindlichen Gebiets kommen könnte. Eine solche Aktion könnte die ehrlichen Bemühungen, den Frieden, den Israel so sehnlichst wünscht, zerstören.«

Er machte eine Atempause. »Wir können aber nichts gegen Aktionen von Privatleuten unternehmen, so lange wir nicht wissen, was sie vorhaben. Habe ich mich klar ausgedrückt?«

Die anderen nickten.

»Gut«, sagte er. »General Ben Esra ist natürlich ein Privatmann; er gehört der israelischen Armee schon seit vielen Jahren nicht mehr an. Das gleiche gilt für den jungen Mann in seiner Begleitung. Er war früher Sergeant in der syrischen Armee, wurde auf den Golanhöhen gefangengenommen, auf Ersuchen des Generals freigelassen und in seine Obhut gegeben. Sein Name ist Hamid.«

Der Syrer verneigte sich respektvoll. »Es ist mir eine Ehre.«

»Ganz unsererseits«, antworteten Baydar und sein Vater.

»Und nun muß ich Sie verlassen, meine Herren«, sagte General Eschnew. »Ich habe leider Pflichten, die mich anderswohin rufen.«

Als die Tür sich hinter ihm schloß, nahmen sie an dem runden Tischchen Platz. Ben Esra zog mehrere zusammengerollte Landkarten unter seiner Dschellaba hervor und legte sie offen auf den Tisch. »Nach Ihrer Ankunft in Tel Aviv vor einer Woche wurde mir von Ihrem Problem berichtet. Ich unternahm es auf eigene Faust, die Möglichkeiten für einen Befreiungsplan zu prüfen. Ich wußte, daß wir vor allem den Standort des Lagers finden mußten, wo die Gefangenen festgehalten werden. Zu diesem Zweck erbat ich die Freilassung Hamids. Vor vielen Jahren, als Hamids Großvater und ich jung waren, dienten wir zusammen in der britischen Armee; Hamid wurde der Familientradition getreu Berufssoldat. Ich wußte, daß er zuletzt vor dem Krieg Ausbilder in einem bestimmten Lager war, in dem die Bruderschaft eine ähnliche Frauentruppe ausbildete wie jene der Al Fatah. Das mißlang.«

Nach einem Blick auf Baydar fuhr er im gleichen Ton fort: »In diesem Lager verbrachte Ihre Tochter Leila drei Monate. Hamid berichtet mir, sie sei ein guter Soldat, viel ernster als die meisten anderen in ihrer Pflichterfüllung und viel idealistischer in ihren politischen Ansichten. Nach dem Trainingskurs begleitete Hamid sie nach Beirut, wo er blieb, bis er sich entschloß, nach Syrien zurückzukehren und in die Armee einzutreten, da es für Söldner keine Möglichkeiten mehr bei den Fedajin gab.«

Baydar sah Hamid an. »Sie kannten also meine Tochter?«

»Ja, Sir.«

»Hat sie je von mir gesprochen?«

»Nein, Sir.«

»Worüber sprach sie denn?«

»Hauptsächlich davon, Palästina zu befreien«, antwortete Hamid. »Ihrer Ansicht nach waren es nicht nur die Juden, welche die Befreiung verzögerten, sondern auch die reiche arabische Elite, die ihre Herrschaft über Land und Leute nicht aufgeben wollte.«

»Glauen Sie, daß sie mich auch zu dieser Gruppe zählte?«

Hamid zögerte, dann nickte er. »Ja, Sir, ich glaube, das tat sie.«

Baydar wandte sich wieder an Ben Esra. »Verzeihen Sie, General, ich versuche noch immer zu verstehen, was geschehen ist.«

Der General nickte. Er betrachtete die Karten und wies auf eine Stelle. »Wir glauben, das einzige Lager gefunden zu haben, wo sie sein können. Sie sagen, Ihr Flugzeug ist eine 707?«

»Ja.«

»Dann bin ich sicher, daß wir es gefunden haben«, sagte Ben Esra triumphierend. »Es gibt ein altes, von den Syrern gebautes und vor mehr als zehn Jahren aufgegebenes Lager. Es liegt nördlich von der jordanischen Grenze, westlich von Ihrer Heimat. Es wurde als Stützpunkt für Riesenbomber gebaut, da sie diese Flugzeuge aber nicht kaufen konnten, wurde das ganze Projekt aufgegeben. Aber die Rollbahn ist noch dort, und es gab Gerüchte, wonach das Lager von der Bruderschaft besetzt worden sei. Es gibt aber eine große Schwierigkeit: Die Rollbahn liegt siebenhundert Meter hoch auf einem Gebirgsplateau und das Lager noch hundertfünfzig Meter höher. Es gibt nur zwei Zugänge. Der eine durch die Luft, aber der Motorenlärm würde sie warnen, und sie würden die Gefangen töten, bevor wir sie befreien könnten. Die andere Möglichkeit ist, zu Fuß hinzugelangen. Um eine Entdeckung zu vermeiden, müßten wir mindestens achtzig Kilometer vom Lager entfernt landen, uns tagsüber verstecken und nachts durch sehr schwieriges Gelände marschieren. Wir müßten die Entfernung in zwei Nächten bewältigen und in der dritten Nacht angreifen. Nach der Größe des Lagers schätze ich die Belegschaft auf hundert Mann. Sogar wenn es uns also gelingt, die Gefangenen zu befreien, bleibt noch immer das Problem, wie wir sie in Sicherheit bringen, bevor wir verfolgt werden. Das wär's. Irgendwelche Fragen?«

»Woher wissen wir, daß wir das richtige Lager angreifen? Oder daß sie noch dort sind, wenn wir hinkommen?« fragte Baydar.

»Wir wissen es nicht«, antwortete der General kühl, »aber wir müssen das Risiko eingehen. Im Augenblick haben wir keine andere Möglichkeit. Es sei denn, Sie kennen eine andere Stelle, wo eine 707 landen kann.«

»Ich kenne keine andere.«

»Dann ist es an Ihnen, zu entscheiden, ob wir so vorgehen sollen oder nicht.«

Nach einem kurzen Blick auf seinen Vater wandte sich Baydar wieder dem General zu. »Ich sage ja.«

Der General lächelte. »Gut. Da dies keine offizielle Aktion ist, werden wir Freiwillige brauchen. Ich würde sagen fünfzehn, höchstens zwanzig Mann. Mehr als das würde uns unbeweglich und auffällig machen. Für ein so gefährliches Unternehmen müssen sie natürlich sehr gut bezahlt werden.«

»Ich zahle jeden Preis, den sie verlangen.«

»Gut. Ich kenne zehn Mann, auf die ich mich verlassen kann.«
»Ich melde mich freiwillig«, warf Hamid ein. »Ich war einmal in diesem Lager. Ich kenne die Anlage.«
»Einverstanden«, sagte der General grimmig.
»Mein Fürst versprach mir so viele Leute, wie ich brauche«, erklärte Baydar.
»Gute Leute?«
»Seine Leibgarde besteht ausschließlich aus Bergkriegern aus dem Jemen.«
»Die genügen«, sagte der General. Die jemenitischen Bergbewohner galten als die wildesten Krieger des ganzen Islam. »Wir werden Ausrüstung brauchen, Waffen, Munition, Proviant, Wasser und Flugzeuge, die uns zu unserem Ausgangspunkt bringen. Das wird kostspielig.«
»Sie werden alles bekommen.«
»Und noch etwas. Wir brauchen einen Hubschrauber, der uns herausbringt. Seine Ankunft muß zeitlich genau mit unserem Angriff abgestimmt werden.«
»Dafür sorge ich auch«, sagte Baydar.
Der General nickte.
»Wie lange dauert es, bis Sie bereit sind?« fragte Baydar.
»Drei Tage, wenn Sie bis dahin Ihre Leute hier haben können.«
»Sie werden hier sein«, antwortete Baydar. Er wandte sich an seinen Vater. »Würdest du die Güte haben, zum Fürsten zu gehen und ihn um die versprochene Hilfe zu bitten? Ich möchte mit dem General hierbleiben und dafür sorgen, daß alles bereit ist.«
Samir nickte. »Das werde ich erledigen.«
»Ich danke dir, Vater.«
Samir sah seinen Sohn an. »Es sind auch meine Enkel.« Er wandte sich an Ben Esra. »Ich bin dir von Herzen dankbar, mein Freund«, sagte er. »Es scheint, daß dich Allah noch einmal in meiner höchsten Not zu mir gesandt hat.«
»Danke mir nicht, mein Freund«, antwortete Ben Esra auf arabisch. »Mir scheint, daß wir uns beide glücklich schätzen sollten.«

14

»Mammi, wann kommt Vater uns holen?«
Jordana schaute auf Samirs Gesichtchen hinunter, das sie über den Rand der Decke ansah. Sie warf auch einen Blick auf

Muhammed auf der anderen Pritsche; er schlief schon, seine Augen waren fest geschlossen, sein Gesicht an das harte Kissen gepreßt. »Bald, mein Liebling, bald«, flüsterte sie tröstend.

»Wenn er nur schon morgen käme«, sagte Samir. »Hier gefällt es mir nicht. Die Leute sind nicht lieb.«

»Dein Vater wird bald kommen. Schlaf jetzt.«

»Gute Nacht, Mammi.«

Sie beugte sich nieder und küßte ihn auf die Stirn. »Gute Nacht, Liebling.« Sie richtete sich auf und ging in das andere Zimmer der kleinen, zweiräumigen Hütte, die sie bewohnten. In der Mitte des Tischchens, an dem sie ihre Mahlzeiten einnahmen, brannte ein Petroleumlämpchen. Die drei anderen Frauen saßen um den Tisch und starrten in die Lampe. Sie hatten nichts zu tun, nichts zu lesen. Sogar die Gespräche waren versiegt. Nach zwei Wochen gab es keinen Gesprächsstoff mehr, und sie hatten von Anfang an nicht viel miteinander gemein gehabt.

»Die Kinder schlafen«, sagte Jordana, nur um den Klang einer Stimme zu hören.

»Gott schütze die Kleinen«, sagte Anne, die Erzieherin. Die anderen hoben nicht einmal den Kopf.

»Mein Gott!« rief Jordana. »Seht euch doch an! Wir sind ja geradezu unvorstellbar schäbig!«

Das ließ die anderen doch aufblicken. »Wir müssen etwas unternehmen«, sagte sie energisch. »Morgen müssen wir etwas für unser Aussehen tun. Irgendwo in diesem verdammten Lager muß es doch Nadel und Faden geben.«

»Wenn ja«, entgegnete Margaret, die Stewardess, »dann werden sie es uns wahrscheinlich nicht erlauben. Wir alle haben Kleider genug im Flugzeug, aber sie schicken keinen hin, um sie zu holen.«

»Wir müssen darauf bestehen.«

»Das wird uns nichts nützen«, sagte Margaret und mit einem Blick auf Jordana: »Ich verstehe nicht, warum Mr. Al Fay das Lösegeld nicht bezahlt und uns hier rausholt.«

Jordana erwiderte ihren Blick. »Woher wollen wir wissen, ob er es nicht getan hat? Und ob sie nicht noch mehr verlangen?«

»Mir ist das unbegreiflich«, meinte Margaret. Sie bedeckte ihr Gesicht mit den Händen und begann zu weinen. »Es ist entsetzlich hier. Sie lassen uns nicht hinaus, nur auf die Toilette, und dann steht die Wache noch vor der offenen Tür und sieht zu. Sie lassen uns nicht mit den Männern sprechen. Wir wissen nicht einmal, wie es ihnen geht. Vielleicht sind sie sogar schon tot, und wir erfahren es nicht.«

»Es geht ihnen gut«, sagte Jordana. »Ich sah erst kürzlich, wie ein Mann ihnen die Mahlzeit brachte.«

Die Stewardess hörte plötzlich auf zu weinen. »Verzeihen Sie, Mrs. Al Fay, es war nicht meine Absicht, es an Ihnen auszulassen. Wahrscheinlich geht es einfach über meine Kräfte.«

Jordana nickte verständnisvoll. »Ich glaube, das gilt für uns alle. Wirklich schrecklich daran ist, daß wir nicht erfahren, was vorgeht. Das wissen sie, und deshalb behandeln sie uns so.«

Sie trat zu dem mit Brettern zugenagelten Fenster und spähte durch einen schmalen Spalt hinaus, konnte aber nichts sehen als das nächtliche Dunkel. Sie kam zurück an den Tisch und setzte sich auf den leeren Stuhl.

Sie verlor jegliches Zeitgefühl. Sie wußte nicht, ob eine halbe, eine ganze oder zwei Stunden vergangen waren, als die Tür der Hütte plötzlich aufgerissen wurde. Die Frauen starrten überrascht auf die zwei Soldaten, die auf der Schwelle standen.

Der eine zeigte auf Jordana. »Du«, sagte er heiser auf arabisch. »Du kommst mit uns!«

»Ich?« fragte sie bestürzt. Es war das erste Mal, daß man sie herausholte. Sogar die täglichen Bandaufnahmen wurden sonst in der Hütte gemacht. Man gab ihr dafür einen kleinen Ausschnitt aus der *Herald Tribune* mit dem Datum des Vortags und der Schlagzeile, sonst nichts. Sie las den Text ins Mikrofon und sagte dann noch ein paar Worte über sich und die Kinder. Sie konnte sich denken, daß die Tonbänder dazu verwendet wurden, Baydar die Gewißheit zu geben, daß sie am Leben und gesund waren.

»Ja, du!« wiederholte er.

Die anderen sahen sie ängstlich an. »Keine Sorge«, sagte Jordana schnell, »vielleicht ist die Nachricht gekommen, auf die wir warten. Wenn ich zurückkomme, erzähle ich euch alles.«

Sie erhob sich und ging zur Tür. Die Soldaten führten sie schweigend bis zur Hütte des Lagerkommandanten. Sie öffneten ihr die Tür, blieben selbst aber draußen.

Sie stand blinzelnd in der ungewohnten Helle. Hier gab es keine Petroleumlampen. Irgendwo hinter dem Haus summte ein Generator: Elektrizität. Im Hintergrund spielte ein Radioapparat arabische Musik.

Leila und Ramadan saßen am Tisch mit einem Mann, den

Jordana erst erkannte, als er sich erhob und sie begrüßte.

»Madame Al Fay.« Er verbeugte sich.

Sie starrte ihn an. »Mr. Jasfir!«

Er lächelte. »Ich sehe, Sie erinnern sich an meinen Namen. Ich bin geehrt.«

Sie antwortete nicht.

»Ich hoffe, Sie sind gut untergebracht«, sagte er aalglatt. »Leider können wir Ihre verschwenderische Gastfreundschaft nicht erwidern, aber wir tun unser Möglichstes.«

»Mr. Jasfir«, sagte sie kalt, »vielleicht lassen Sie den Quatsch beiseite und kommen zur Sache!«

Jasfirs Blick verhärtete sich. »Beinahe hätte ich vergessen, daß Sie Amerikanerin sind.« Er nahm ein Blatt Papier vom Schreibtisch hinter sich. »Sie werden diese Erklärung in ein Bandgerät sprechen.«

»Und wenn ich mich weigere?«

»Das wäre höchst bedauerlich. Die Nachricht, die Sie vorlesen sollen, ist unsere letzte Bemühung, Ihr Leben und das Leben Ihrer Kinder zu retten.«

Ihr Blick wanderte von ihm zu Leila, deren Gesicht völlig ausdruckslos war. Vor ihr auf dem Tisch stand eine halbgeleerte Coca-Cola-Flasche. Jordana wandte sich wieder an Jasfir. »Ich werde sie lesen.«

»Hier bitte.« Er führte sie in die andere Zimmerecke, wo auf einem Tisch das Bandgerät stand. Er reichte ihr das Mikrofon. »Sprechen Sie langsam und deutlich«, sagte er. »Es ist sehr wichtig, daß jedes Wort klar verständlich ist.« Er drückte auf den Startknopf. »Los!«

Sie begann laut zu lesen:

»Baydar, diese Nachricht wird von mir verlesen, weil es eine letzte Warnung ist. Man hat soeben erfahren, daß alle gemäß dem Abkommen mit dir beförderten Sendungen in den Vereinigten Staaten beschlagnahmt worden sind. Man glaubt, daß du für diese Verluste verantwortlich bist, und es wird dir hiermit eine Zahlung von weiteren zehn Millionen Dollar auf das vereinbarte Konto bis spätestens Montag nach Empfang dieses Tonbands auferlegt. Wenn du diese Summe nicht zahlst und weitere Sendungen beschlagnahmt werden, stellt das einen Bruch des Abkommens dar und wird die sofortige Vollstreckung der Todesstrafe zur Folge haben. Nur du kannst jetzt die Hinrichtung deiner Familie verhindern.« Sie hielt inne und starrte Jasfir entsetzt an.

Er bedeutete ihr, weiterzulesen.

»Es wurde auch bekannt, daß du dich an deinen Fürsten und verschiedene andere arabische Stellen um Hilfe gewandt hast. Wir nehmen an, du bist jetzt überzeugt, daß die arabische Welt auf unserer Seite ist. Und wir raten dir, deine Zeit nicht weiter mit der Suche nach einer Hilfe zu vergeuden, die du nicht finden wirst.«

Jasfir riß ihr das Mikrofon aus der Hand und sprach hinein: »Dies ist unsere letzte Nachricht. Es wird keine Warnungen mehr geben. Nur Taten.« Er drückte auf den Stopknopf.

»Das können Sie nicht im Ernst meinen«, sagte Jordana.

»Natürlich nicht«, erwiderte er schmierig lächelnd. »Aber wie Sie wissen, ist Ihr Mann ein recht schwieriger Mensch. Er muß vom Ernst unserer Drohung überzeugt werden.« Er erhob sich. »Sie sind gewiß erschöpft«, sagte er. »Darf ich Ihnen etwas zu trinken anbieten?«

Sie blieb wortlos wie betäubt sitzen. Plötzlich war das alles zuviel für sie geworden, sie konnte es nicht mehr verstehen. Das war mehr als eine bloße Entführung; es gab da politische Hintergründe, die ihr vorher nicht in den Sinn gekommen waren. Es schien ihr, daß es in Gottes ganzer Welt keinen Weg gab, wie Baydar alle an ihn gestellten Forderungen erfüllen konnte.

Sie würde sterben müssen, das wußte sie nun. Und – merkwürdig – es machte ihr nichts mehr aus. Sogar wenn sie am Leben blieb, würde das Leben keinen Inhalt mehr für sie haben. Sie hatte selbst jede Möglichkeit zerstört, um Baydars Liebe je wiedergewinnen zu können.

Dann schrak sie zusammen. Die Kinder! Sie hatten nichts getan, um ein solches Schicksal zu verdienen. Man durfte sie nicht für die Sünden ihrer Eltern büßen lassen.

Sie erhob sich. »Ich glaube, jetzt möchte ich etwas trinken«, sagte sie. »Hätten Sie vielleicht ein Glas Wein?«

»Selbstverständlich.« Jasfir wandte sich um. »Leila, bring die Weinflasche.«

Leila starrte ihn an und erhob sich langsam. Widerwillig ging sie ins Nebenzimmer und kam mit dem Wein zurück. Sie stellte ihn auf den Tisch und wollte wieder zu ihrem Platz gehen.

»Zwei Gläser, Leila«, befahl Jasfir.

Sie ging zu einem Schrank und kam mit zwei gewöhnlichen Wassergläsern zurück. Sie stellte sie neben die Weinflasche. »Wir haben keinen Korkenzieher«, sagte sie.

»Das macht nichts«, erwiderte Jasfir und ging mit der Flasche zum Waschbecken in der Zimmerecke. Er schlug den Flaschenhals scharf gegen den Rand des Beckens, der Hals brach glatt ab. Der Schlag war so fachmännisch erfolgt, daß nur wenige Tropfen verlorengingen. Jasfir kam lächelnd zurück, füllte die zwei Gläser und reichte eines davon Jordana.

Sie starrte fasziniert auf den roten Wein in dem Glas. Die Farbe erinnerte sie an Blut. Ihr Blut. Ihrer Kinder Blut.

»Trinken Sie!« sagte Jasfir rauh.

Seine Stimme durchbrach die Starre, die sie ergriffen hatte. »Nein!« schrie sie plötzlich und schlug ihm das Glas aus der Hand. »Nein!«

Das Glas flog gegen seine Brust und befleckte Anzug und Hemd mit Rotwein. Er blickte an sich herunter und dann mit wütenden Augen auf Jordana. »Du Dreckstück!« schrie er und schlug sie ins Gesicht.

Sie stürzte zu Boden. Merkwürdigerweise fühlte sie keinen Schmerz, nur einen dumpfen Schock. Der Raum schien sich um sie zu drehen. Dann sah sie, wie er sich über sie beugte, und sah seine Hand. Sie schloß die Augen, als der Schmerz in ihrem Gesicht brannte, zuerst auf der einen, dann auf der anderen Wange; wie aus weiter Ferne hörte sie Leilas Lachen.

Dann hörten die Schläge auf, und sie spürte, wie Hände an ihrer Kleidung zerrten, wie der Stoff zerriß, als man ihr das Kleid vom Leib riß. Sie schlug die Augen auf. Plötzlich war der Raum voller Soldaten.

Jasfir stand über sie gebeugt, das Gesicht rot vor Anstrengung; neben ihm stand Leila, in ihren Augen glühte eine seltsame Lust. Langsam wandte Jordana den Kopf. Die zwei Soldaten, die sie hergebracht hatten, schauten auf sie herunter, daneben standen die zwei Wachen, die vor der Hütte gestanden hatten, dahinter noch andere Soldaten, die sie nie gesehen hatte. Alle Gesichter wirkten gleich, sie zeigten denselben gierig sinnlichen Ausdruck. Nur Ramadan war unbeweglich sitzen geblieben, deutliche Verachtung im Gesicht.

Plötzlich wurde sich Jordana ihrer Nacktheit bewußt. Sie versuchte sie mit den Händen vor den gierigen Blicken der Männer zu verbergen.

Wieder lachte Leila. »Die Hure versteckt, was sie früher so stolz gezeigt hat.« Sie ließ sich auf ein Knie fallen, packte Jordanas Handge-
zeigt hat.« SiE ließ sich auf ein Knie fallen, packte Jodanas Handgelenke und riß ihr die Hände vom Körper weg, so daß sie mit ausgebreiteten Armen auf dem Boden lag. Leila sah zu den Soldaten hoch. »Wer will sich als erster an meines Vaters Hure gütlich tun?«

»Ich bin deines Vaters Weib!« schrie Jordana, sich unter Leilas Griff aufbäumend. »Wir wurden vor Allahs Augen nach dem Koran getraut!«

Plötzlich wurde es still im Raum, die Stimmung der Soldaten war umgeschlagen. Sie blickten einander verlegen, unangenehm berührt an, dann begannen sie langsam zur Tür zu schlurfen.

»Seid ihr Feiglinge?« kreischte Leila hinter ihnen her. »Habt ihr Angst, eure Männlichkeit an dieser Hure zu erproben?«

Die Soldaten drehten sich nicht um. Einer nach dem anderen schlichen sie aus der Hütte. Nur Jasfir blieb zurück und schaute auf die Frauen herunter. Dann wandte auch er sich ab, ging zum Tisch und setzte sich hin. Mit zitternden Fingern hob er das Weinglas an die Lippen und trank es in einem Zug aus.

Plötzlich ließ Leila Jordanas Handgelenke los und erhob sich. Sie warf den zwei am Tisch sitzenden Männern einen verachtungsvollen Blick zu, ging in die hintere Zimmerecke, ließ sich neben dem Bandgerät auf den Stuhl sinken und blieb schweigend sitzen, ohne die anderen anzusehen.

Zum erstenmal bewegte sich Ramadan. Er kniete neben Jordana nieder und schob einen Arm als Stütze unter ihre Schultern. Dann half er ihr sanft auf die Beine.

Sie versuchte vergeblich, sich mit dem zerrissenen Kleid zu bedecken. Er führte sie zur Tür, nahm einen Soldatenmantel, der an der Wand hing, und legte ihn ihr um. Dann öffnete er die Tür und rief den Soldaten draußen zu: »Führt Madame Al Fay zurück in ihre Hütte.«

»Danke«, flüsterte sie.

Er antwortete nicht.

»Gibt es keine Hoffnung für uns?« fragte sie.

Obwohl er nicht sprach, gab ihr die leise Veränderung im Ausdruck seiner Augen die Antwort.

Sie blickte ihm voll ins Gesicht. »Was ihr mit mir tut, ist mir gleichgültig. Aber meine Kinder . . . Bitte lassen Sie sie nicht sterben.«

15

Hamid senkte das Nachtfernglas. Aus seiner Position in einem Baum knapp hinter dem Lager hatte er feststellen können, in welcher Hütte die Frauen untergebracht waren. Die Männer mußten wohl die Hütte nebenan bewohnen. Vorsichtig und lautlos glitt er vom Baum zur Erde.

Ben Esra erwartete ihn. »Nun?«

»Ich habe festgestellt, in welchen Hütten sich die Gefangenen befinden. Die Hütten liegen in der Mitte des Lagers, und wir müssen an allen anderen Gebäuden vorbei, um sie zu erreichen. In der ersten Hütte wohnen die Männer, in der zweiten die Frauen. Vor und hinter jeder Hütte sind je zwei Wachen postiert. Die große Hütte gleich hinter dem Eingang ist die des Kommandanten. Im Augenblick stehen drei Jeeps davor.«

»Wieviel Mann sind deiner Schätzung nach im Lager?«

Hamid überlegte. Auf den Mauern waren zwölf Maschinengewehre postiert; bei jedem hatten zwei Mann ständig Dienst. Wenn jeder Mann zwölf Stunden Dienst machte, so erforderte schon das allein achtundvierzig Mann. Acht Wachtposten für die Hütten der Gefangenen, dazu die anderen, die er gesehen hatte. »Neunzig, vielleicht hundert Mann.«

Ben Esra nickte nachdenklich. Er hatte höchstens achtzehn Mann für den Überfall. Zwei Mann mußte er zur Sicherung der Landebahn zurücklassen, die sie vor weniger als einer Stunde erobert hatten. Sieben Soldaten der Bruderschaft hatten sie bewacht. Sie waren alle tot. Die Jemeniten machten niemals Gefangene. Ben Esra hatte daran leider zu spät gedacht.

Er wollte Baydar und Carriage als Wache bei der Rollbahn lassen, aber Baydar bestand darauf, mitzukommen, so daß er zwei seiner Freiwilligen dort lassen mußte, die ihm bei dem Überfall sehr fehlen würden. Er schaute auf die Uhr. Es war zehn Uhr abends. Um vier Uhr morgens würde der große Hubschrauber, den Baydar gechartert hatte, auf der Rollbahn auf sie warten. Dr. Al Fay mit einem vollständigen Sanitätsteam würde an Bord sein. Es würde auf jede Sekunde ankommen, denn sie mußten mit den befreiten Gefangenen die Rollbahn erreichen, bevor die Gegner die Verfolgung aufnehmen konnten.

Der Angriff war auf zwei Uhr festgesetzt. Spätestens um drei mußten sie auf dem Weg nach unten zu der Rollbahn sein. Eine Stunde war knapp genug für den Fußmarsch, vor allem da sie nicht wußten, in welcher Verfassung sie die acht Gefangenen vorfinden würden. Er hoffte, sie würden kräftig genug sein, um den Weg ohne Hilfe zurückzulegen. Wenn einer von ihnen getragen werden mußte, fehlten ihm dafür wahrscheinlich die erforderlichen Leute.

Wieder sah er auf die Uhr. Noch vier Stunden bis zum Angriff. »Glaubst du«, fragte er Hamid, »du könntest dich einschleichen und die Plastikbomben anbringen?«

»Ich kann es versuchen.«

»Als erstes müssen die vier Scheinwerfer zerstört werden. Dann die Jeeps.«

Hamid nicke.

»Alle Zeitzünder müssen auf zwei Uhr eingestellt sein.«

»Wird erledigt«, antwortete Hamid.

»Brauchst du Hilfe?«

»Ich könnte einen Mann gebrauchen«, sagte Hamid bescheiden.

Ben Esra wandte sich um und sah sich seine Solaten an. Es waren alles Profis, erstklassig ausgebildete Leute. Er konnte wirklich keinen entbehren, jeder von ihnen hatte seine feste Aufgabe. Sein Blick fiel auf Dschabir. Der Mann war zwar nicht mehr jung, machte aber einen besonnenen, fähigen Eindruck: Er winkte ihn zu sich.

»Hamid braucht einen Mann als Hilfe beim Anbringen der Plastikbomben«, sagte Ben Esra. »Bist du dazu bereit?«

Dschabir warf einen Blick auf Baydar, der hinter ihm stand. »Es wird mir eine Ehre sein, wenn du meinen Herrn beschützt.«

»Ich werde ihn beschützen wie meinen eigenen Sohn.« Erst später fiel ihm auf, was er da gesagt hatte. Baydar war ja wirklich sein Sohn.

Er rief den israelischen Unteroffizier zu sich, der diese Gruppe führte. »Stellt die Raketenwerfer auf und richtet sie auf die Mauern unterhalb der Maschinengewehre. Das nächste Ziel wird dann die Kommandohütte sein.«

Der Israeli salutierte und entfernte sich.

Dann winkte er den Jemenitenhauptmann herbei. »Ich habe deine Soldaten gewählt, um den Angriff auszuführen. Bei der ersten Detonation der Plastikbomben zielt ihr auf die Männer an den Maschinengewehren. Dann folgt ihr mir durch die Einfahrt, und du umstellst mit deinen Leuten die Hütten der Soldaten, während wir die Gefangenen herausholen.«

Der Hauptmann salutierte. »Wir danken für die ehrenvolle Aufgabe, die du uns zugedacht hast. Wir werden unter Einsatz unseres Lebens unsere Pflicht tun.«

Ben Esra erwiderte den Gruß. »Ich danke dir, Hauptmann.«

Er wandte sich um und betrachtete die Lagermauern, die geisterhaft weiß in dem schwachen Mondlicht aufragten. Die Männer schwärmten schon aus, nahmen ihre Stellungen ein und bereiteten sich für den Angriff vor. Er ging langsam zu Baydar und Carriage zurück und hockte sich neben sie.

»Wie läuft es?« fragte Baydar.

Ben Esra betrachtete seinen Sohn. Seltsam, dachte er, wir hätten einander so viel bedeuten können. Aber die Wege des Herrn entzogen sich menschlichem Verstehen. Nach so vielen Jahren trafen sie nun in einem fremden Land zusammen, reichten einander die Hände über die Grenzen des Hasses hinweg, um gemeinsam einer Notlage zu begegnen.

Der alte Mann schien in Gedanken verloren. »Wie läuft es?« fragte Baydar wieder.

Ben Esras Blick wurde klar. Er nickte bedächtig. »Es geht«, sagte er. »Von jetzt an sind wir in Gottes Hand.«

»Wann greifen wir an?«

»Punkt zwei Uhr.« Seine Stimme wurde streng. »Und ich wünsche nicht, daß Sie uns im Weg sind. Sie sind kein Soldat, und ich will nicht, daß Sie getötet werden.«

»Dort drinnen ist meine Familie«, widersprach Baydar.

»Sie werden ihr nicht dadurch helfen, daß Sie sich in Gefahr begeben.«

Ben Esra wandte sich an den israelischen Unteroffizier. »Fünfzehn Minuten bis zur Stunde Null. Weitersagen.«

Der Soldat entfernte sich. Die Miene des Generals drückte Besorgnis aus. »Hamid und Dschabir sind noch nicht zurück.«

Baydar erhob sich und spähte ins Lager hinüber. Es war alles still.

Da raschelte es rechts unter den Bäumen. Gleich darauf tauchten Hamid und Dschabir auf.

»Wo wart ihr so lange?« fragte der General ägerlich.

»Wir mußten die Wachtposten umgehen«, antwortete Hamid. »Sie kriechen überall herum wie die Fliegen. Ich glaube, meine Schätzung war zu niedrig. Es sind eher hundertfünfzig Mann.«

»Dadurch ändert sich nichts«, erklärte Ben Esra. »Du bleibst an meiner Seite, wenn wir eindringen. Sobald die Raketen losgehen, kommen uns die Israelis zu Hilfe.«

»Ja, Sir.« Hamid sah sich um. Baydar war außer Hörweite. »Ich habe seine Tochter gesehen; sie ist mit zwei Männern in der Kommandohütte. Einen habe ich erkannt. Es ist Ali Jasfir. Den anderen kenne ich nicht.«

Ben Esra verzog das Gesicht. Ob es ihm gefiel oder nicht, sie war seine Enkelin. »Gib durch, daß man sie wenn möglich schont«, befahl er.

»Ja, Sir.« Hamid verschwand zwischen den Bäumen.

Zehn Minuten bis zum Angriff. Ben Esra schnallte seinen alten ledernen Schwertgurt um seine wallende Kleidung. Er zog den

Krummsäbel aus der Scheide; der schön geschwungene Stahl glänzte im Mondlicht. Ben Esra fühlte sich wieder jung. Das Schwert, ohne das er nie in den Kampf gezogen war, lag in seiner Hand. Es war alles in Ordnung in der Welt.

Leila holte sich eine frische Coca-Cola-Flasche und stellte sie auf den Tisch. »Wann fährst du zurück?« fragte sie Ali Jasfir.

»Morgen früh.«

»Ich wünschte, ich könnte mit dir fahren. Hier werde ich noch verrückt. Es gibt nichts zu tun.«

»Du bist das einzige Mädchen unter einhundertvierzig Männern, und du langweilst dich?«

»Du weißt schon, was ich meine«, erwiderte Leila ärgerlich.

»Bald ist es vorbei. Dann kannst du nach Beirut zurückkommen.«

»Was geschieht mit ihnen, wenn es vorbei ist?«

Er zuckte mit den Achseln.

»Muß das sein? Auch wenn mein Vater alles tut, was wir verlangen?«

»Es sind zu viele. Sie können uns jederzeit identifizieren.«

»Aber die Kinder, müssen die auch sterben?«

»Was hast du denn? Ich dachte, du haßt sie. Sie haben dich um dein Erbe betrogen.«

»Nicht die Kinder. Jordana und mein Vater ja, aber nicht die Kinder.«

»Die Kinder können uns auch identifizieren.«

Sie blieb einen Moment still sitzen, dann erhob sie sich plötzlich. »Ich glaube, ich gehe hinaus«, sagte sie.

Nachdem sich die Tür hinter ihr geschlossen hatte, wandte sich Jasfir an Ramadan. »Wenn ich nicht rechtzeitig zurück bin, habt ihr eure Befehle.«

»Ja«, antwortete Ramadan.

»Sie muß als erste erledigt werden«, befahl Jasfir. »Sie kann uns mehr als irgend jemand anderer an den Galgen bringen. Sie weiß zu viel über uns.«

Die Nachtluft war kühl und angenehm. Leila schlenderte langsam in Richtung ihrer Hütte. So viel war geschehen, was sie nicht vorausgesehen hatte. Nichts von dem Zauber und der Erregung war eingetreten, die sie sich vorgestellt hatte. Eigentlich nur Langeweile. Langeweile und leere Tage und Nächte.

Und auch nicht das Gefühl, an der Sache der Freiheit teilzuhaben. Längst hatte sie den Versuch aufgegeben, was hier vorging, mit dem

Befreiungskampf der Palästinenser in Verbindung zu bringen. Alle Soldaten waren Söldner. Und noch dazu sehr gut bezahlte. Nicht einer von ihnen schien sich um die Sache zu kümmern, sondern nur um den monatlichen Sold. Es war gar nicht das, wovon die Jungen und Mädchen in der Schule geredet hatten. Hier war Freiheit ein Wort wie jedes andere.

Sie blieb auf der Schwelle ihrer Hütte stehen und schaute auf das Lager. Es herrschte vollständige Stille. Aber etwas störte sie, sie wußte nur nicht, was es war. Ihre Augen blieben an einer Bewegung auf der Mauer hängen. Einer der MG-Schützen hatte sich aufgerichtet. Sie sah im fahlen Mondlicht, wie er die Hände erhob. Dann plötzlich stürzte er kopfüber ins Lager. Gleich darauf krachte ein Gewehrschuß. Sie sah starr vor Staunen, wie der Himmel barst und die Feuer der Hölle auf sie niederzuprasseln schienen.

Sie begann zu laufen, und dabei zuckte ihr ein Gedanke durch den Kopf. Nun wußte sie, was sie gestört hatte: die Stille. Es war viel zu still gewesen.

16

Die Kinder erwachten schreiend. Die kleine Hütte bebte von Explosionen ringsherum. Jordana sprang von ihrer Pritsche hoch, lief zu ihren Söhnen und preßte sie an sich.

Sie hörte eine der Frauen im Nebenraum schreien, wußte aber nicht, welche es war. Durch die Ritzen in den mit Brettern zugenagelten Fenstern sah sie rotes und orangefarbenes Licht aufblitzen. Die ganze Hütte schien zu erzittern, als eine neue Explosion die Nachtluft zerriß.

Jordana spürte keine Angst. Zum erstenmal seit der Entführung fühlte sie sich sicher.

»Was ist das, Mammi?« schluchzte Muhammed unter Tränen.

»Dein Vater kommt uns holen, Liebling. Hab keine Angst.«

»Wo ist Vater?« fragte Samir. »Ich will ihn sehen.«

»Bald«, sagte sie. »Nur noch ein paar Minuten.«

Die Erzieherin erschien in der Türöffnung. »Sind Sie alle unverletzt, Madame?« fragte sie.

»Nichts geschehen!« rief Jordana duch den Lärm. »Und ihr?«

»Magda hat einen Holzsplitter in den Arm bekommen, sonst sind wir alle unverletzt.« Sie brach ab, als eine weitere heftige Detonation die Hütte erschütterte. »Brauchen Sie Hilfe mit den Kindern?«

»Nein, es ist alles in Ordnung«, erwiderte Jordana. Jetzt erinnerte sie sich an einen Kriegsfilm, den sie einmal gesehen hatte. »Sagen Sie den Mädchen, sie sollen sich mit den Armen über dem Kopf auf den Boden legen. Dann sind sie sicherer.«

»Ja, Madame«, antwortete Anne, deren schottische Unerschütterlichkeit intakt geblieben war. Sie verschwand wieder im anderen Raum.

»Auf den Boden, Kinder!« befahl Jordana und zog die beiden Knaben mit sich herunter. Sie legten sich flach neben die Mutter, und sie breitete die Arme über sie, wobei sie die Köpfe mit ihren Schultern schützte.

Die Detonationen ließen nach. Jetzt war immer mehr Gewehrfeuer zu hören, vermischt mit dem Lärm umherlaufender, schreiender Männer. Sie hielt die Kinder fest und wartete.

Leila lief durch das Lager, das erfüllt war von wirr durcheinanderlaufenden Männern. Der Angriff schien von allen Seiten zu kommen. Nur ein Mann schien ein bestimmtes Ziel zu verfolgen. Sie sah Ramadan mit dem Gewehr in der Hand zu der Frauenhütte laufen.

Plötzlich erinnerte sie sich an die automatische Pistole in ihrem Gürtel und zog sie heraus. Der schwere, kalte Stahl in ihrer Hand beruhigte sie. Nun fühlte sie sich nicht mehr so allein und schutzlos. »Ramadan!« schrie sie ihm nach.

Er hörte sie nicht, lief weiter und verschwand um die Ecke der Frauenhütte. Ohne zu wissen, warum, lief sie ihm nach.

Als sie die Hütte erreichte, stand die Tür weit offen. Sie rannte hinein und blieb plötzlich erstarrt stehen. An der Rückwand des hinteren Zimmers drängten sich die Frauen und die Kinder eng um Jordana. Ramadan stand in der schmalen Türöffnung zwischen den beiden Zimmern; er kehrte Leila den Rücken zu und hielt sein Gewehr in Schußbereitschaft.

»Leila!« schrie Jordana, »es sind deine Brüder!«

Ramadan drehte sich um, sein Gewehr zielte auf Leila.

Erst als sie Ramadans kaltes, ausdrucksloses Gesicht sah, erkannte sie die Wahrheit. Für Al Iquah bedeutete sie selbst nicht mehr als ihre Brüder. Al Iquah blieb sich der Bande des Blutes bewußt, auch wenn sie von Leila geleugnet wurden. Sie war für Al Iquah nur ein Werkzeug, das man benutzte und wegwarf, wenn man es nicht länger brauchte.

Sie faßte die schwere Automatik mit beiden Händen. Reflexartig krümmte sich ihr Finger um den Abzug. Erst als das Magazin leergeschossen war und Ramadan krachend zu Boden stürzte, wurde Leila klar, daß sie gefeuert hatte.

Sie sah über die Leiche hinweg zu Jordana, die schnell die Gesichter der Knaben an sich preßte.

Plötzlich spürte sie, wie ein Paar starke Arme sie von hinten umfaßten und ihr die Arme an den Körper preßte. Sie wehrte sich heftig.

»Hamid!« schrie sie überrascht. »Wo kommst du her?«

»Dafür ist später Zeit.« Er zog sie durch die Tür nach draußen. Dann lockerte er seinen Griff, hielt sie jedoch am Arm fest und zerrte sie hinter sich her durch eine Bresche, die in die Lagermauer gesprengt worden war.

Als sie zum Waldrand kamen, drückte er sie flach auf die Erde. Sie hob den Kopf, um ihn anzuschauen. »Was tust du hier?«

Er drückte ihren Kopf nieder. »Hast du vergessen, was ich dir als erstes beigebracht habe?« sagte er rauh. »Halt den Kopf unten!«

»Du hast mir nicht geantwortet«, beharrte sie.

»Ich bin gekommen, um dich zu holen.«

»Warum, Hamid, warum?«

»Weil ich nicht wollte, daß du dich umbringen läßt, deshalb«, sagte er mit heiserer Stimme. »Du warst immer ein lausiger Soldat.«

»Hamid, du liebst mich.« Ihre Stimme klang verwundert.

Ben Esra sah sich grimmig um. Der Widerstand schien nachzulassen. Er suchte nach Hamid, konnte ihn aber nirgends entdecken und stieß einen lauten Fluch aus. Er haßte Soldaten, die sich so vom Kampf mitreißen ließen, daß sie die ihnen erteilten Befehle vergaßen. Er hatte Hamid befohlen, in seiner Nähe zu bleiben.

Er winkte dem israelischen Unteroffizier. »Sammle deine Leute«, rief er, »wir bringen die Gefangenen hinaus!«

Am anderen Lagerende ertönte Gewehrfeuer, ein paar Jemeniten rannten hin. Ben Esra nickte grimmig. Seine Wahl war richtig gewesen. Es waren großartige Kämpfer.

Als erster betrat Baydar die Hütte. Sein Herz machte einen Sprung, als er seine Söhne erblickte. Er ließ sich auf ein Knie nieder, um sie in die Arme zu schließen, als sie zu ihm kamen.

Er küßte den einen, dann den anderen, und spürte die eigenen salzigen Tränen auf seinen Lippen.

»Wir hatten keine Angst, Vater, wirklich nicht«, beteuerte Muhammed. »Wir wußten, du würdest uns holen kommen.«

»Ja«, quiekte Samir. »Mammi hat es uns jeden Tag gesagt.« Baydar sah zu Jordana hoch, Tränen trübten seinen Blick. Er erhob sich langsam.

Jordana regte sich nicht; ihr Blick war fest auf ihn gerichtet.

Wortlos streckte er ihr die Hand entgegen.

Sie ergriff sie langsam, fast zögernd.

Lange sah er ihr in die Augen. Seine Stimme war heiser. »Beinahe hättenwir es nicht geschafft.«

Sie lächelte zurückhaltend. »Ich habe keinen Augenblick daran gezweifelt.«

»Kannst du mir verzeihen?« fragte er.

»Mit Leichtigkeit. Ich liebe dich«, sagte sie. »Kannst aber du mir verzeihen?«

Er grinste. Plötzlich war er wieder der Baydar, den sie kennen und lieben gelernt hatte. »Mit Leichtigkeit«, sagte er. »Ich liebe dich auch.«

»Abmarsch!« schrie der israelische Unteroffizier von der Tür her. »Wir haben nicht die ganze Nacht Zeit!«

Ben Esra stand am Lagereingang. »Fehlt jemand?« fragte der General.

»Wir sind vollzählig«, antwortete der Unteroffizier. Er wandte sich an den jemenitischen Hauptmann. »Nachhut abkommandiert?«

»Ja, Sir«, antwortete der Hauptmann. »Vier Mann mit automatischen Gewehren sollten sie für einige Zeit aufhalten. Wir warten nicht auf die vier. Sie werden sich durchschlagen, und wir holen sie dann in einigen Tagen an unserem ursprünglichen Landungspunkt ab.«

Ben Esra nickte. Das war gute Soldatenarbeit. »Wieviel Verluste?«

»Ein Toter, ein paar Leichtverletzte – sonst nichts.«

Ben Esra wandte sich an den Israeli.

»Zwei Tote.«

»Wir hatten Glück«, sagte der General düster. »Wir haben sie überrumpelt!« Er schaute auf die Straße hinaus. Die Gefangenen waren alle in guter Verfassung. Sie standen in einer dichten Gruppe zusammen und sprachen alle zugleich. »Sie sollen sich auf den Weg machen«, befahl Ben Esra. »Es wird nicht lange dauern, bis unsere Freunde merken, wie wenig wir sind, und dann werden sie uns verfolgen.«

Der Israeli marschierte mit seinen Leuten und den befreiten Gefangenen ab. Ben Esra rief ihn noch mal zurück. »Hast du den Syrer gesehen?«

Der Soldat schüttelte den Kopf. »Seit dem Angriff nicht mehr. Da ging er vor mir, war dann aber plötzlich verschwunden.«

Ben Esra wunderte sich. Er sah auf die Uhr; es war drei, der Abmarsch erfolgte genau plangemäß.

Wenn nun noch der Hubschrauber pünktlich eintraf, würden sie am Morgen im Palast des Fürsten frühstücken.

17

Dick Carriage wanderte langsam durch das Lager. Durch das offene Tor sah er, wie die anderen über die Straße abmarschierten. Er war noch nicht abmarschbereit. Für ihn gab es noch etwas zu erledigen.

Aus den verschiedenen Ecken des Lagers ertönten nur noch sporadisch Schüsse. Die Jemeniten erfüllten ihre Aufgabe.

Langsam, vorsichtig öffnete er eine Hüttentür nach der anderen, aber alle Hütten waren leer.

Der Mann mußte aber hier sein, er konnte nicht vor dem Angriff verschwunden sein. Niemand konnte das Lager unbemerkt verlassen haben. Außerdem hatte er gehört, wie Hamid dem General berichtete, er habe ihn fünfzehn Minuten vor Beginn des Angriffs noch gesehen.

Er wandte sich zur Kommandohütte. Drei ausgebrannte Jeeps standen davor. Nachdenklich betrachtete er sie. Er hatte die Hütte zwar schon einmal durchsucht, aber vielleicht doch etwas übersehen.

Vorsichtig näherte er sich nochmals der Tür. Die Automatik schußbereit, trat er zur Seite und stieß die Tür weit auf. Aus dem Inneren war kein Laut zu hören.

Nach einer Weile trat er ein. Der erste Raum war ein Trümmerhaufen. Die Raketen hatten in die Hüttenwände gähnende Löcher gerissen. Papier und Möbel lagen im Raum umher, als hätte ein Tornado hier gewütet.

Er ging in den zweiten Raum und sah sich bedächtig um. Es war unmöglich, es gab einfach keinen Platz, wo sich der Mann hätte verstecken können! Er wollte schon wieder hinausgehen, als er plötzlich stehenblieb.

Die Haare in seinem Nacken sträubten sich. Der Mann war hier, das sagte ihm sein Instinkt. Wenn er ihn auch nicht finden konnte: der Mann war hier!

Er machte kehrt und blickte sich noch einmal in dem Raum um. Nichts. Eine Weile blieb er ganz still, dann näherte er sich der Bank neben dem Waschbecken, auf der mehrere Petroleumlampen standen.

Er nahm die Lampen und vergoß das Petroleum ringsum im Raum. Dann nahm er einen Stuhl, stellte ihn auf die Schwelle und setzte sich, das Gesicht dem Raum zugewandt, darauf. Er zog ein Streichholzbriefchen aus der Tasche, zündete eines der Streichhölzer an, hielt es fest, bis das ganze Streichholzheft aufflammte, dann warf er es ins Zimmer.

Das Feuer breitete sich rasch auf dem Boden aus, erreichte die Wände und züngelte daran hoch. Der Raum füllte sich mit Rauch; Dick Carriage blieb sitzen. Es wurde sehr heiß, aber er regte sich nicht.

Plötzlich hörte er ein leises Geräusch. Er spähte in den Rauch, konnte aber nichts entdecken. Wieder war das Geräusch zu hören, ein Knarren, als würde eine Tür mit rostigen Angeln geöffnet. Aber es gab keine Tür.

Dann bewegte sich etwas auf dem Fußboden. Dick erhob sich. Ein Teil des Holzbodens schien sich zu bewegen. Dick schlich lautlos wie eine Katze näher.

Er blieb neben der Falltür stehen, nahm ein Taschentuch heraus und hielt es sich zum Schutz gegen den Rauch über Mund und Nase. Plötzlich wurde die Falltür auf einer Seite aufgeklappt, und ein Mann setzte sich hustend auf.

Der israelische Agent nickte befriedigt. Das war der Mann, den er gesucht hatte. Es waren nie die Idealisten, die man fürchten mußte, sondern immer die Männer, die das Ideal korrumpierten. Dieser Mann hier war der Verbrecher, der das alles auf dem Gewissen hatte. Langsam, bedächtig, bevor der Mann auch nur merkte, daß jemand im Raum war, leerte Dick das Magazin seiner Automatik in ihn.

Dann wandte er sich um und ging, ohne einen einzigen Blick zurückzuwerfen, zur Hütte hinaus und auf die Straße: zurück blieb der tote Ali Jasfir in seinem feurigen Sarg.

Kaum einen halben Kilometer weiter unten auf der Straße stieß er auf die beiden. Er bog gerade um die Kurve, als sie aus dem Wald auftauchten. Alle drei blieben stehen und starrten einander an.

»Leila!« rief Dick.

Hamid sah ihren merkwürdigen Blick und schwieg.
»Dick«, sagte sie mit gepreßter Stimme, »ich...«
Ein Gewehrschuß unterbrach die Stille. Auf Dicks Gesicht zeigte sich plötzlich ein verblüffter Ausdruck. Dann erschien an seinem Mundwinkel eine Blutblase, und er sank langsam zu Boden.
Hamid reagierte sofort. Er schleuderte Leila zu Boden, warf sich selbst auf den Bauch und spähte in die Richtung, aus welcher der Schuß gekommen war. Zwischen den Bäumen war ein Mann zu sehen. Hamid zielte sorgfältig auf die Stelle zwischen zwei Bäumen, wartete, bis der Mann genau in der Mitte war, und drückte dann auf den Abzug. Die Gewehrsalve schnitt den Mann fast mitten durch.
Hamid wandte sich zu Leila. »Komm, verschwinden wir!« Dick stöhnte.
»Wir können ihn nicht hierlassen«, sagte Leila. »Er wird sterben!«
»Er wird auf jeden Fall sterben«, erwiderte Hamid gefühllos. »Gehen wir!«
»Nein. Du mußt mir helfen, ihn zur Rollbahn zu bringen.«
»Bist du verrückt? Weißt du, was mit dir geschieht, wenn du zu denen zurückgehst? Wenn sie dich nicht hängen, verbringst du den Rest deines Lebens im Kerker!«
»Das ist mir egal«, sagte sie starrköpfig. »Hilfst du mir oder nicht?«
Hamid schaute sie an und schüttelte den Kopf. Er gab ihr das Gewehr. »Da, nimm das.« Dann hob er Dick hoch und legte ihn sich über die Schultern. »Vorwärts! In ein paar Minuten werden andere nachkommen!«

Ben Esra schaute auf die Uhr. Fast vier. »Wo ist der verdammte Hubschrauber?«
Kaum hatte er die Worte gesagt, hörte er aus der Ferne das typische Geräusch der Rotoren. Er blickte zum Himmel empor, sah aber nichts als die dunkle Nacht.
Zehn Minuten später ertönte das Geräusch unmittelbar über ihren Köpfen. Gleich darauf überflog die Maschine den Bergkamm und verschwand.
Von der Straße her drang Geknatter von Gewehrfeuer durch den Wald. Der israelische Unteroffizier kam angerannt. »Sie kommen hinter uns die Straße herunter!«
»Haltet sie auf! Der Hubschrauber muß jeden Augenblick landen!«

Aber das Gewehrfeuer wurde heftiger, und noch immer landete der Hubschrauber nicht. Gelegentlich war sein Motorenlärm zu hören, dann verschwand er wieder.

Der Unteroffizier kam zurück. »Wir müssen uns beeilen, General«, rief er. »Sie kommen jetzt mit wirklich schweren Brocken über uns.«

»Geh sofort zurück!« herrschte Ben Esra ihn an. Er sah zum Himmel empor. »Wissen Sie, was ich glaube? Daß der verdammte Narr dort oben sich verirrt hat und uns im Dunkel nicht findet.«

»Vielleicht sollten wir ein Feuer anzünden«, schlug Baydar vor.

»Gute Idee!« stimmte der General zu. »Aber womit? Es würde viel zu lang dauern, Zweige zu sammeln, und dann würden sie nicht richtig brennen. Es ist viel zu naß hier.«

»Ich habe etwas, das brennen wird.«

»Was?«

Baydar wies auf die getarnte 707. »Die würde ein Riesenfeuer geben.«

»Das können Sie doch nicht tun!« wandte Ben Esra zweifelnd ein.

Der Kampflärm näherte sich. »Ich bin gekommen, um meine Familie hier herauszuholen, und das werde ich tun.«

Er wandte sich an Captain Hyatt. »Andy, was würden Sie tun, um die Maschine möglichst schnell in Brand zu setzen?«

Der Pilot sah ihn unsicher an.

»Es ist mein Ernst, Andy«, schrie Baydar, »Unser Leben hängt davon ab!«

»Die Flügeltanks öffnen und ein paar Brandbomben hineinschießen«, sagte Hyatt.

»Dann tun Sie das!« befahl Baydar.

Andy und sein Copilot rannten zum Flugplatz, einer kletterte in die Kanzel, der andere lief auf die andere Seite der Maschine. Nach kaum zwei Minuten waren sie wieder zurück.

»Befehl ausgeführt«, meldete Andy, »aber Sie müssen alle in Deckung ans andere Ende der Rollbahn, falls die Maschine explodiert.«

Ben Esra schrie seine Befehle. Es dauerte fast fünf Minuten, bis alle das andere Ende der Rollbahn erreiht hatten. »Alle niederlegen!« schrie er und gab dann den Schützen das Zeichen.

Schüsse krachten, ein eigenartiges Zischen ertönte, und die Maschine explodierte unter Donnergetöse. Eine Stichflamme schoß dreißig Meter hoch in die Luft.

»Wenn sie das nicht sehen, sind sie blind«, bemerkte Hyatt traurig.

Baydar sah seinen Kummer. »Kränken Sie sich nicht. Das ist nur Geld«, sagte er. »Wenn wir hier rauskommen, kriegen Sie ein neues Flugzeug.«

Hyatt lächelte freudlos. »Ich werde uns die Daumen drücken, Boss.«

Baydar betrachtete den Himmel mit düsterem Blick. Das Knattern des Gewehrfeuers kam immer näher. Er trat zu Jordana. »Bei euch alles in Ordnung?«

Sie nickte, die Knaben klammerten sich an ihr fest. Alle beobachteten den Himmel.

»Ich glaube, ich höre was«, schrie Muhammed.

Sie horchten. Ein leises Geräusch von Propellern wurde hörbar und verstärkte sich ständig. Zwei Minuten später beleuchtete der Feuerschein des brennenden Flugzeugs den Hubschrauber, der langsam niederging.

Das Mündungsfeuer der Gewehre blitzte jetzt schon fast am Rand der Rollbahn auf, als die Soldaten sich planmäßig zurückzogen.

Der Hubschrauber setzte auf. Der erste, der heraussprang, war Baydars Vater. Die zwei Knaben liefen auf ihn zu. »Großvater!«

Er hob sie in seinen Armen hoch, während Baydar und Jordana ihn umarmten. Dann beeilten sich alle einzusteigen. Nur ein paar Mann blieben noch auf dem Feld, um die Guerillas abzuwehren.

Baydar stand am Fuß der Rampe neben Ben Esra. »Sind alle an Bord?« fragte der General.

»Ja«, antwortete Baydar.

Ben Esra bildete mit den Händen ein Sprachrohr. »Alle Mann zurück, Korporal!« brüllte er mit einer Stentorstimme, die über das ganze Feld hallte.

Ein Treibstofftank der 707 explodierte und tauchte den ganzen Platz in taghelles Licht. Baydar sah, wie sich die restlichen Soldaten unter ständigem Feuern vom Rand des Flugfeldes auf den Hubschrauber zu bewegten.

Kurz darauf waren sie am Fuß der Rampe. Der erste stieg die Treppe hoch. Ben Esra schlug ihm anerkennend mit dem Schwert auf den Hintern.

Das gelbe Licht des brennenden Flugzeugs verbreitete Helligkeit bis zum Waldrand. Baydar glaubte zu hören, wie ihn jemand rief. Dann plötzlich sah er sie. Sie lief aus dem Wald auf die Rollbahn zu. Hinter ihr kam ein Mann, der einen Menschen auf den Schultern trug.

Einer der Soldaten richtete automatisch sein Gewehr auf das Mädchen. Baydar schlug den Lauf nach oben, so daß er zum Himmel zielte. »Nicht schießen!« schrie er.

»Vater! Vater!« schrie Leila.

Baydar rannte auf sie zu. »Leila! Hierher!« rief er.

Sie schlug einen Haken, lief geradewegs auf ihn zu und in seine Arme. Ein Soldat kam herbeigestürzt. »Wir müssen weg, Sir!«

Baydar zeigte auf Hamid. »Hilf ihm!« befahl er dem Soldaten. Einen Arm um seine Tochter gelegt, bestieg er den Hubschrauber. Hamid und der Soldat trugen Dick mit vereinten Kräften hinter Baydar an Bord. Ben Esra kam als letzter und blieb in der Türöffnung stehen.

Hamid und der Soldat hatten Dick bereits auf eine Bahre gelegt, und Dr. Al Fay beugte sich über ihn. »Starten!« schrie Ben Esra.

Als die großen Drehflügel langsam über ihnen zu rotieren begannen, stellte Hamid sich neben den General. Er sah, wie die Guerillakämpfer das Rollfeld erreichten. »An Ihrer Stelle, General, würde ich nicht hier stehenbleiben«, sagte er respektvoll.

»Wo, zum Teufel, warst du die ganze Nacht?« schrie Ben Esra zornig, während der Hubschrauber schwerfällig vom Boden abhob.

»Ich gehorchte Ihrem Befehl, Sir«, antwortete der Syrer mit unbewegtem Gesicht und wies auf Leila, die neben Dick kniete. »Ich sorgte dafür, daß ihr nichts geschah.«

»Du hattest Befehl, an meiner Sei...« Der Zorn wich aus der Stimme des alten Mannes, an seine Stelle trat etwas wie Verwunderung. »O mein Gott!« rief er. Der Krummsäbel entfiel seiner plötzlich kraftlosen Hand. Er versuchte, einen Schritt auf den Syrer zu zu machen, dann sank er um.

Hamid fing ihn mit seinen Armen auf. Er spürte, wie das Blut des alten Mannes durch die weiche Beduinenkleidung drang, und wäre fast gestürzt, als der Hubschrauber einen Satz nach oben machte. »Der General ist getroffen!« schrie er.

Er hatte kaum ausgesprochen, als Baydar und sein Vater schon neben dem General standen. Vorsichtig trugen sie Ben Esra zu einer Bahre. Dr. Al Fay legte ihn auf die Seite und schnitt rasch sein Gewand auf.

»Mach dir keine Mühe mein Freund«, flüsterte der General. »Spare deine Zeit für den jungen Mann dort drüben.«

»Der junge Mann wird wieder gesund«, sagte Samir fast ärgerlich.

»Ich auch«, flüsterte Ben Esra. »Nun habe ich meinen Sohn gesehen und fürchte den Tod nicht mehr. Du hast deine Sache gut gemacht, mein Freund. Du hast einen Mann aus ihm gemacht.«

Samir spürte, wie Tränen in seine Augen stiegen. Er kniete nieder und sagte dicht am Ohr des Alten: »Allzu lange habe ich zugelassen, daß er mit einer Lüge lebt. Es ist an der Zeit, daß er die Wahrheit erfährt.«

Um die Lippen des sterbenden alten Soldaten spielte ein leises Lächeln. »Was ist die Wahrheit? Du bist sein Vater. Mehr braucht er nicht zu wissen.«

»Du bist sein Vater, nicht ich!« flüsterte Samir zutiefst erregt. »Er soll erfahren, daß es dein Gott war, der ihn in diese Welt brachte!«

Ben Esra blickte mit rasch erstarrenden Augen zu ihm hoch. Sein Blick heftete sich auf Baydar, dann wieder auf den Arzt. Seine Stimme wurde schwach, er bot seine ganze Kraft für den letzten Atemzug auf. Und er starb in dem Augenblick, als er sagte:

»Es gibt nur einen Gott . . .«

Harold Robbins

Die Bosse

Roman

Dieses Buch ist in herzlicher Freundschaft
Paul Gitlin gewidmet.

H. R.

AN JENEM TAG IM VORIGEN FRÜHJAHR
DER MORGEN

Ich war bei meiner dritten Tasse Kaffee, als das Telefon klingelte. Ich ließ es läuten. Wenn man drei Jahre auf einen Anruf gewartet hat, dann kann man ruhig noch weitere dreißig Sekunden warten.

Ich füllte die Kaffeetasse noch einmal. Mein Blick erfaßte den Stand der Sonne, das Fenster der Blondine, die in dem Haus unterhalb des meinen auf dem Hügel wohnte, den Verkehr auf der Autobahn.

Die Sonne hatte den Kamm des Hügels noch nicht erreicht, die Blondine schlief, ihre Jalousien waren geschlossen, und auf der Autobahn kroch einsam ein Streifenwagen dahin. Ich nahm den Hörer ab.

»Guten Morgen, Sam«, sagte ich.

Einen Augenblick war es still. Ich hörte seinen rauhen Atem durch die Leitung. »Wieso weißt du, daß ich es bin?«

»In dieser Stadt wird spät aufgestanden; keiner erhebt sich vor zehn Uhr.«

»Ich konnte nicht schlafen«, brummte er. »Ich kam gestern abend an, aber ich hab mich noch nicht umgestellt, bin zeitlich immer noch in New York.«

»Kenn ich.«

»Was treibst du?« fragte er.

»Ich sitze hier und trinke Kaffee.«

»Wie wär's? Willst du rüberkommen und mit mir frühstücken?«

»Ich frühstücke nicht, Sam, das weißt du doch.«

»Ich auch nicht«, gab er zurück, »und das weißt wieder du. Aber ich kann nicht schlafen. Und ich will mit dir reden.«

»Du hast mich ja am Apparat.«

»Mein halbes Leben verbringe ich am Telefon! Ich will dich sehen, wenn ich mit dir spreche.« Er schwieg. Wieder hörte ich seinen heiseren Atem. Dann: »Ich sag dir was: Komm rüber, und wir fahren irgendwohin. Ich werde sogar mein Leben riskieren und mich in deinen neuen Wagen setzen. Dreihundertzwanzig Kilometer, hab ich irgendwo gelesen.«

»Warum fährst du nicht einfach allein spazieren?«

»Zwei Gründe: erstens fahren alle in Kalifornien wie die Verrückten, und ich hab Angst vor ihnen, und zweitens – wie gesagt –, ich will dich sprechen.«

Ich zögerte kurz. »Okay. Ich hol dich vor dem Hotel ab.«

»In einer Viertelstunde«, sagte er. »Ich muß noch mal mit New York sprechen.«

Ich legte auf und ging nach oben ins Schlafzimmer. Ich öffnete leise die Tür und trat ein. Die Vorhänge waren fest zugezogen, und ich sah im Dämmerschein, daß Chinamädchen noch schlief. Sie lag nackt auf den Laken, die Hände über dem Kopf ausgestreckt, als wolle sie gerade vom Turm ins Wasser springen; ihr langes Haar flutete über ihren Rücken und umhüllte sie wie eine Decke.

Ich trat ans Bett und blickte auf sie hinab. Sie lag völlig bewegungslos, ich sah sie kaum atmen. Im Zimmer hing noch der Duft der nächtlichen Liebesspiele wie das Bukett eines alten Weins. Ich legte meine Hand sanft auf ihre kleinen, elfenbeinfarbenen, marmorharten Hinterbacken. Sie drückte sich tiefer in die Matratze, und ich spürte, wie die Wärme ihres Körpers in meine Finger strömte.

Ohne den Kopf zu wenden, sagte sie mit schlaftrunkener, undeutlicher Stimme: »Was tust du nur mit mir, Steve? Sobald du mich berührst, werde ich ganz verrückt.«

Ich zog die Hand zurück und ging ins Badezimmer. Als ich fünfzehn Minuten später herauskam, saß sie aufrecht im Bett und streichelte sich.

»Du bist angezogen«, sagte sie. »Das ist gemein. Ich hab's für dich warm gehalten.«

»Tut mir leid, Chinamädchen«, antwortete ich. »Eine Verabredung.«

»Du kannst dich ja auch einmal verspäten«, sagte sie. »Komm rein ins Bett und mach's mir.«

Ich antwortete nicht, ging quer durch das Zimmer, nahm einen Pullover aus dem Wandschrank und zog ihn an.

»Es gibt ein altes chinesisches Sprichwort«, sagte sie. »Kein Tag, der mit einer Nummer beginnt, kann ganz schlecht sein.«

Ich lachte.

»Ich mach keinen Witz. Das ist das erstemal, daß du nein zu mir sagst.«

»Einmal mußte es kommen, Chinamädchen.«

»Und nenn mich nicht immer ›Chinamädchen‹. Ich hab einen Namen, und du kennst ihn.«

Ich blickte sie an. In ihrer Miene war ein Anflug von Ärger, der kurz zuvor nicht dagewesen war. »Reg dich ab, Chinamädchen«, sagte ich. »Nicht mal ich glaube an einen Namen wie Mary Applegate.«

»Ich heiße aber so.«

»Mag sein. Aber für mich bist du das Chinamädchen.«

Sie zog das Laken über sich. »Ich glaube, es ist Zeit, daß ich gehe.«

Ich antwortete nicht.

»Wie lange bleibst du fort?« fragte sie.

»Ich weiß nicht. Zwei Stunden vielleicht.«

»Dann bin ich nicht mehr hier.«

»Hast du genug Moneten?«

»Ich schaff es schon.«

Ich nickte. »Dann also, leb wohl. Du wirst mir fehlen.« Ich schloß die Tür hinter mir und ging nach unten.

Draußen war die Sonne bereits über den Hügel gewandert, und ich blinzelte in ihren grellen Schein. Ich zog die Markise herunter und ging hinter das Haus zum Parkplatz.

Der Iso warf das Licht zurück wie eine schwarze Perle in Cartiers Schaufenster. Ihr Volkswagen stand daneben, er sah wirklich wie ein kleiner Käfer aus; er hatte etwas beinahe Hilfloses, Verlorenes an sich.

Aber vielleicht empfand ich das nur so; wie immer, wenn ich einen solchen Wagen sah. Alle kleinen Leute besaßen einen; er hatte Räder, war billig und brachte sie zu ihren kleinen Geschäften und wieder nach Hause. Und manchmal stand er in irgendeiner Garage, während seine Besitzerin im Lincoln Continental rumkutschierte. Früher oder später jedoch hatte die Zeit in der Luxuslimousine ein Ende, und der Käfer trat wieder in Aktion. Wie zum Beispiel heute.

Ich ging ins Haus zurück und holte eine Rolle Klebestreifen aus der Küche. Damit befestigte ich zwei Hundertdollarnoten am Armaturenbrett des Volkswagens, wo sie sie nicht übersehen konnte. Ich landete mit dreißig Minuten Verspätung vor dem Hoteleingang – und er war noch gar nicht heruntergekommen.

Ich blieb im Wagen sitzen und verfluchte meine Albernheit.

Chinamädchen hatte recht. Ich hatte mir einen erstklassigen Fick vermasselt.

Eine Viertelstunde später kam er heraus. Der Portier öffnete den Wagenschlag, und Sam stieg schnaufend ein. Die Tür schlug zu, und wir sahen uns in die Augen.

Ziemlich lange. Dann beugte er sich vor und küßte mich auf die Wange. »Du hast mir gefehlt.«

Ich setzte den Wagen in Gang, fuhr durch die Einfahrt und sprach erst, als wir bei der Ampel am Sunset Boulevard anhielten. »Ich dachte nicht, daß du dir etwas aus mir machst.«

Er nahm es ernster, als ich es meinte. »Du weißt es ganz genau. Was ich getan habe, mußte ich tun.«

Die Ampel wurde grün, und ich fuhr in Richtung Santa Monica. »Es spielt jetzt keine Rolle mehr; ist ja schon drei Jahre her.« Ich warf ihm einen Blick zu. »Wohin wollen wir fahren?«

Er zog die Schultern hoch. »Wohin du willst. Du bist hier zu Hause.«

Ich fuhr weiter.

»Du fragst dich wohl, warum ich angerufen habe?« fuhr er fort.

Ich antwortete nicht.

»Ich hatte das Gefühl, dir etwas schuldig zu sein.«

»Du bist mir nichts schuldig«, erwiderte ich schnell. »Ich hab die Aktien. Deine. Sinclairs.«

»Du brauchst mir nicht zu versichern, daß du reich bist«, sagte er, »das weiß jeder. Aber Geld ist nicht alles.«

Ich sah ihn an. »Und das sagst du mir jetzt!« Ich lächelte. »Warum hast du es dann getan?«

Seine dunklen Augen glänzten hinter den blankpolierten schwarzgeränderten Gläsern. »Ich stand unter Druck, hatte Angst, daß alles zum Teufel geht.«

Ich lachte bitter. »Und da war ich. Mit offenem Visier und voller Vertrauen. Ein gefundenes Fressen.«

»Erinnerst du dich, was ich dir damals sagte? Daß du mir eines Tages noch dafür danken würdest?«

Ich schwieg und hielt meine Augen auf die Straße gerichtet. Es gab so manches, wofür ich ihm danken konnte. Dumm war nur, daß ich eigentlich gar nichts gewollt hatte.

»Du kennst das alte Lied?« fragte er. »Denen, die man liebt, tut man weh.«

»Sing es mir nicht vor. Es ist zu früh am Morgen.«

»Es ist aber wahr«, sagte er ernst. »Ich dachte, gerade du wüßtest das.«

»Na schön. Du hast es mir gesagt. Nun weiß ich's.«

Plötzlich wurde er böse. »Nein, nichts weißt du. Ich hab dir dazu verholfen, reich zu werden, vergiß das nie!«

»Nun schalt aber die Düsen ab, Sam«, sagte ich trocken. »Gerade hast du mir erzählt, daß Geld nicht alles ist.«

Er schwieg eine Weile. »Gib mir eine Zigarette.«

»Wozu? Du rauchst doch nicht.« Ich grinste. »Außerdem kenn ich den Trick längst.«

Er wußte, was ich meinte. »Ich will eine Zigarette.«

Ich öffnete das Handschuhfach. »Bedien dich!«

Seine Finger zitterten, während er unbeholfen seine Zigarette anzündete.

Als ich nordwärts in die Küstenstraße einbog, stand die Sonne bereits hoch. Er wollte die Zigarette aus dem Fenster werfen; ich verhinderte es und wies auf den Aschenbecher.

»Es muß schon ein verrücktes Land sein, in dem es hundert Tage nicht regnet und alles verbrennt; und wenn's dann endlich regnet, gibt es eine Überschwemmung, und alles wird fortgewaschen.«

Ich lächelte. »Man kann eben nicht alles haben. Wie weit willst du fahren?«

»Bleib stehen. Ich möchte meine Beine ausstrecken.«

Ich fuhr quer über die Straße zu einem Parkplatz. Wir stiegen aus, stellten uns an den Straßenrand und schauten auf den Strand hinunter.

Der Sand war weiß, das Wasser schimmerte blau, und die Wogen wälzten sich mit weißen Schaumkronen heran. Die Wellenreiter waren schon draußen, sie saßen zusammengekauert bei einem kleinen Feuer am Strand, einige in ihren nassen Anzügen. Auch ihre Mädchen waren da, doch die Wellenreiter kümmerten sich nicht um sie. Sie beobachteten das Wasser, prüften Dünung und Wirbel.

»Toll«, sagte Sam, »diese Jungs gehen mitten im Winter schwimmen!«

Ich wollte mir eine Zigarette anzünden und schirmte die Flamme in den hohlen Händen vor dem Wind. Er klopfte mir auf die Schulter. Ich wandte mich um, und die Flamme erlosch.

»Weißt du, wie alt ich bin?«

»Natürlich. Zweiundsechzig.«

»Ich bin siebenundsechzig«, sagte er und starrte mich an.

»Gut, dann bist du eben siebenundsechzig.«

»Ich lüge schon seit langem über mein Alter. Weil ich mir bereits damals zu alt vorkam, habe ich fünf Jahre unterschlagen.«

Ich zuckte mit den Schultern. »Na und?«

»Ich werde müde.«

»Wenn du nichts sagst, wird es niemand merken.«

»Mein Herz merkt es. Ich kann nicht mehr so laufen wie früher.«

Ich schwieg eine Weile. »Schränk das Vögeln ein.«

Er grinste. »Das hab ich schon längst aufgegeben. Ich hab sogar aufgehört, dann und wann Neunundsechzig zu spielen. Mir wird schwindelig.«

»Wenn du mir erzählen willst, daß du bald sterben wirst, dann spar dir deine Worte. Ich hielt dich nie für unsterblich.«

Er sah mich an. In seiner Stimme klang Panik. »Aber *ich* hab es immer geglaubt.«

Ich zündete meine Zigarette an und wandte mich ab. Die Wellenreiter wagten sich ins Wasser. Ich hörte ihre im Wind zurückschallenden Stimmen.

»Ich verkaufe meine Aktien, Steve. Ich wollte, daß du der erste bist, der es erfährt.«

»Warum gerade ich?«

»Irgendwie ist es so wie vor drei Jahren. Und wenn ich mich umsehe, bist du ja der einzige hier. Nur wird es diesmal umgekehrt sein. Ich kann dich nicht verletzen, sondern du mich.«

»Versteh ich nicht.«

»Ich will, daß du zurückkommst.«

»Nein«, sagte ich. »Niemals.«

Er legte seine Hand auf meinen Arm. »Du mußt mir zuhören. Du mußt hören, was ich zu sagen habe.«

Ich antwortete nicht.

»Ich kann von Palomar Plate für meinen Anteil an der Gesellschaft zweiunddreißig Millionen Dollar bekommen.«

»Dann nimm sie und hau ab«, sagte ich.

»Wenn ich könnte, würde ich's tun. Aber das ist nicht alles. Sie wollen eine Garantie für ununterbrochenen Fortbestand. Und die kann ich ihnen nicht geben. Sie sagten aber, sie wären mit dir an meine Stelle einverstanden.«

Schweigend starrte ich ihn eine Weile an. »Interessiert mich nicht«, erwiderte ich schließlich.

»Du mußt zurückkommen«, sagte er nachdrücklich. »Weißt du denn, was ich durchgemacht habe in den letzten Jahren, während du auf deinem Hügel sitzt, dein Geld zählst und dir die Seele aus dem Leib vögelst?

Auf die Katastrophe hab ich gewartet; drei Jahre lang. Es wollte mir nichts gelingen; alles, was ich versuchte, ging zum Teufel. Direkt vor meinen Augen, ich konnte zusehen, wie es im Dreck landete. Dann hatte ich Glück; ich erwischte einen Schlager. Und plötzlich sagt jeder, Sam Benjamin hat seinen Riecher wieder.

Aber ich weiß Bescheid, und du auch. Die Sache damals hast du für mich arrangiert, und durchgekommen bin ich damit nur, weil es der einzige Abschluß war, bei dem ich noch Kredit hatte. Es war nicht mein Riecher, sondern deiner. Und ich weiß noch etwas: Wie ich nicht auf dem Kopf stehen und senkrecht zum Himmel pissen kann, so kann ich auch diese Sache nicht selbst weitermachen.«

Er nahm ein Päckchen Kaugummi aus der Tasche, riß es auf und steckte ein Stück in den Mund. Er bot mir die Packung an. »Diätkaugummi. Ohne Zucker.«

Ich schüttelte den Kopf.

Er kaute. »Nichts klappt mehr, wie es soll. Früher einmal glaubte ich, vielleicht seien die Kinder die Lösung. Jetzt weiß ich's besser. Wir bürden ihnen eine zu große Last auf. Wir erwarten, daß sie uns eine Rechtfertigung liefern, und sie haben nicht mal eine für sich selbst. Weißt du, wo Junior ist?«

Er wartete meine Antwort nicht ab. »In Haight-Ashbury. Gestern, ehe wir hierherkamen, beschlossen wir, hinzufahren und ihn zu suchen.

›Denise‹, sag ich, ›du bleibst hier im Hotel. Ich werde ihn schon finden und herbringen. Es regnet ja auch.‹

Ich nehm also die Limousine, und der Chauffeur fährt mich durch die Straßen. Schließlich steig ich aus und gehe auf und ab. Noch nie hab ich so viele Kinder auf einem Haufen gesehen. Nach einer Weile kommt es mir vor, als gehörten sie alle mir. Verwirrend . . . Also geh ich auf einen großen schwarzen Polypen zu und geb ihm einen Hunderter; zwanzig Minuten später bin ich vier Stock hoch und stehe atemlos in der eiskalten Wohnung.

Junior ist dort mit einem Dutzend anderer Jungs. Er trägt einen Jesusbart, die Löcher in seinen Schuhen hat er mit Papier zugestopft. Er sitzt an die Mauer gelehnt auf dem Fußboden. Als ich reinkomme, sagt er gar nichts und sieht nur zu mir herüber.

›Ist dir nicht kalt?‹ frag ich ihn.

›Nein‹, sagt er.

›Du bist ja ganz blaugefroren! Deine Mutter sitzt drüben im Hotel. Geh rüber und sprich mit ihr.‹

›Nein‹, sagt er.

›Warum nicht?‹

Er antwortet nicht.

›Ich könnte die Bullen rufen und dich hier rausholen lassen. Du bist neunzehn und hast zu tun, was ich sage.‹

›Möglich‹, meint er. ›Aber du kannst mich nicht die ganze Zeit bewachen. Ich bleibe nicht bei euch!‹

›Was hast du denn hier? Frierst dir den Arsch ab in diesem Eiskasten, und zu Hause hast du ein warmes sauberes Zimmer!‹

Er starrt mir eine Minute lang ins Gesicht, dann ruft er: ›Jenny!‹

Die Kleine kommt aus dem Nebenzimmer. So eine, weißt du, mit langem strähnigem Haar, weißem Gesicht und großen Augen. Wenn die mehr als fünfzehn ist, freß ich einen Besen! Und so einen Bauch!

›Ja, Samuel?‹ sagt sie.

›Hat sich heute was gerührt?‹ fragt er.

›Ganz wild.‹ Sie lächelt glücklich. ›Baby schießt Elfmeter.‹

›Das ist der älteste Trick der Welt‹, sag ich. ›Ich hätte dich für klüger gehalten. Es ist nicht von dir, dazu bist du noch nicht lange genug hier.‹

Er betrachtet mich, dann schüttelt er traurig den Kopf. ›Du hast es immer noch nicht begriffen.‹

›Was begriffen?‹

›Was macht es aus, von wem das Baby ist? Es ist ein Baby, nicht? Wenn es geboren wird, ist es wie jedes andere Baby auf der Welt, es gehört dem, der es liebt. Und das hier ist unser Baby. Von uns allen. Weil wir alle es schon jetzt lieben.‹

Ich seh ihn mir an, ich weiß, das ist eine andere Welt, und ich kann sie nicht verstehen. Ich nehme zwei Hunderter aus der Tasche und lege die Scheine vor ihn auf den Fußboden.

Zwei Jungs treten näher, und bald stehen sie alle im Kreise

herum und starren auf das Geld. Keiner sagt ein Wort.

Schließlich erhebt sich Junior und klaubt die Scheine auf. Er hält sie mir entgegen. ›Kannst du mir statt dessen zwei Fünfer geben?‹

Ich schüttle den Kopf. ›Du weißt doch, ich trage nie kleinere Scheine bei mir als Hunderter.‹

›Dann behalt sie‹, sagt er. ›So was brauchen wir nicht.‹

Plötzlich schienen sie alle ihre Stimme wiedergefunden zu haben. So einen Radau hast du noch nicht gehört. Einige verlangten, daß er das Geld behielt, andere, daß er es zurückgab.

›Ruhe!‹ brüllte Junior schließlich. Sie schwiegen alle, sahen ihn an, und dann ging einer nach dem anderen auf seinen Platz zurück.

Er trat auf mich zu und drückte mir die Scheine in die Hand. Ich spürte, wie verkrampft er war, wie er zitterte. ›Laß mich in Ruhe, komm nie wieder hierher. Sieh dir an, was schon der kleinste Spritzer deines Giftes anrichtet. Wir haben es schon schwer genug, wir wollen unsere Kräfte nicht noch damit vergeuden.‹

Einen Augenblick lang hatte ich Lust, ihn zu verbläuen. Dann sah ich Tränen in seinen Augen. Ich nahm das Geld. ›Okay. Ich schick dir den Chauffeur mit zwei Fünfern rauf.‹

Ich ging, ohne mich umzudrehen, und blieb draußen im Wagen sitzen, während der Chauffeur mit dem Geld hinaufging. Auf dem ganzen Weg zum Hotel überlegte ich, was ich Denise sagen sollte.«

Ich fragte ihn: »Und was hast du ihr schließlich gesagt?«

»Das einzig Mögliche: daß ich ihn nicht gefunden hätte.«

Er steckte noch ein Stück Kaugummi in den Mund. »Denise will, daß ich aussteige. Sie sagt, wir haben noch genügend Zeit, um die Dinge wieder einzurenken. Sie sagt, daß es ihr keinen Spaß mehr macht, das ›Große Tier‹ zu spielen. Jetzt zwing mich nicht, ihr zu sagen, ich hätte auch dich nicht finden können.«

Ich wandte mich von ihm ab und sah lange auf das blaue Wasser hinaus. Ich wüßte gern, was ich dachte oder was mir durch den Kopf ging; aber es war alles öde und leer, nichts als das blaue Wasser vor mir.

»Nein«, hörte ich mich sagen. »Es ist zu groß.«

»Was ist zu groß?«

Ich zeigte auf den Ozean. »Zu groß, um es zu filtern, zu teuer, um es zu erwärmen, und ich könnte es nie in mein Bassin bringen. Und selbst wenn es möglich wäre, irgendwie würde das Wasser nicht so schmecken, als ob es aus einer Quelle käme. Nein, Sam. Diesmal passe ich.«

Wir gingen zum Wagen zurück. Zweimal wollte ich zu ihm sprechen, als ich jedoch hinsah, weinte er.

Wir kamen zum Hotel. Er hatte sich wieder gefaßt und stieg aus. »Danke für die frische Luft. Wir werden noch miteinander reden.«

»Natürlich«

Er betrat die Halle, ich beobachtete, wie er die kurzen Arme und Beine schwang, er hatte den eigenartig aggressiven Gang der kleinen korpulenten Männer. Dann fuhr ich nach Hause.

Der Volkswagen war fort, und kaum war ich in die Küche getreten, klingelte das Telefon. An der Wand neben dem Apparat klebte eine Botschaft. Ich ließ es klingeln und las den Text.

Lieber Steve Gaunt,
Geh und fick dich allein.
Deine aufrichtig ergebene
Mary Applegate.

Das war in kleiner, ordentlicher, artiger Schrift geschrieben. Ich las es noch einmal, dann lachte ich und griff nach dem Hörer. Ich blickte aus dem Fenster.

Die Vorhänge im Zimmer der Blondine waren zurückgezogen. »Hallo«, sagte ich.

Es war ein Mädchen. »Steve?«

»Ja.« Die Stimme kannte ich nicht.

Die Blondine kam ans Fenster. Sie trug ein Telefon, aber sonst kaum etwas. »Ich sah beim Aufstehen zufällig aus dem Fenster, als der Volkswagen abfuhr«, sagte sie.

»Und, was weiter?«

»Wie wäre es, wenn Sie auf ein Täßchen Kaffee zu Ihrer freundlichen Nachbarin rüberkämen und sich trösten ließen?«

»Bin sofort da«, sagte ich und legte den Hörer auf.

Das war der Morgen.

Stephen Gaunt

Vom Central Park West bis zur Madison Avenue waren es nur fünfundsechzig Cents auf dem Taxameter, aber das eine Ende der Stadt schien vom anderen Lichtjahre entfernt zu sein. Dieses Gefühl hatte ich sofort, als ich das Gebäude betrat.

Die kühle, hohe, weiße Marmorhalle, der halbkreisförmige Empfangstisch mit den zwei Mädchen und den uniformierten Wächtern und dahinter an der Wand in goldenen Blockbuchstaben die Worte:

SINCLAIR BROADCASTING COMPANY

Ich trat auf das erste Mädchen zu. »Mr. Spencer Sinclair, bitte.«

Das Mädchen musterte mich. »Ihr Name, bitte?«

»Stephen Gaunt.«

Ihr Auge durchlief eine Namensliste. »Mr. Gaunt, richtig. Sie sind für zehn Uhr dreißig eingetragen.«

Die Wanduhr hinter ihr zeigte zehn Uhr fünfundzwanzig.

Sie wandte sich an einen der Wächter. »Mr. Johnson, führen Sie Mr. Gaunt bitte zu Mr. Sinclairs Büro.«

Der Wächter nickte, lächelte freundlich, betrachtete mich aber mit kühlem abschätzendem Blick. Ich wartete nicht, sondern schritt auf die Fahrstühle zu.

»Mr. Gaunt.«

Ich blieb stehen und drehte mich nach ihm um.

Er lächelte noch immer. »Hier herüber, bitte.«

Ich folgte ihm quer über den Korridor zu einer kleinen, beinahe verborgenen Reihe von Fahrstühlen an der Hinterwand der Halle. Er nahm einen Schlüssel aus der Tasche, steckte ihn ins Schloß und drehte ihn um. Die Lifttüren öffneten sich.

Er ließ mich vor sich einsteigen, zog den Schlüssel ab und folgte mir. Als die Türen sich schlossen, erklang ein Glockenzeichen.

Seine Stimme war weiterhin freundlich. »Haben Sie etwas Metallisches in den Taschen?«

»Nur etwas Kleingeld.«

Er machte keine Anstalten, den Fahrstuhl in Bewegung zu setzen. »Sonst nichts?« Er bemerkte meine erstaunte Miene. »Die Glocke, die Sie hören, ist ein elektronisches Warnsystem. Er reagiert auf Metall. Kleingeld genügt nicht, um einen Alarm auszulösen. Sie müssen noch etwas anderes haben. Vielleicht ist es Ihnen nicht gleich eingefallen.«

Jetzt wußte ich es. »Nur dies hier. Ein silbernes Zigarettenetui, das mir eine Freundin geschenkt hat.« Ich zeigte es ihm.

Er warf einen kurzen Blick darauf; dann nahm er es mir ab, öffnete ein Türchen in der Holzfüllung neben sich und legte es hinein. Die Glocke verstummte sofort.

Er nahm das Etui heraus, gab es mir zurück und entschuldigte sich mit einem Lächeln. »Tut mir leid, Mr. Gaunt, Sie enttäuschen zu müssen, aber das ist nur versilbertes Metall mit Nickelgrundlage.«

Ich steckte es grinsend wieder ein. »Das überrascht mich nicht.«

Jetzt drückte er auf einen Knopf. Während der raschen Fahrt sah ich auf die blinkenden Lichter über der Tür. Es gab keine Ziffern, nur Kreuze.

»Wie weiß Mr. Sinclair, in welchem Stockwerk er sich befindet?«

Der Gesichtsausdruck des Mannes wurde ernst. »Er hat einen Schlüssel.«

Der Lift fuhr langsamer, hielt an, und die Türen gingen auf. Ich trat in einen ganz in Weiß gehaltenen Empfangsraum. Die Türen schlossen sich, und eine junge Dame kam auf mich zu.

Es war eine kühle Blondine in einem schwarzen Kleid. »Hier herein, bitte, Mr. Gaunt.«

Ich folgte ihr in ein kleines Wartezimmer. »Mr. Sinclair wird Sie in ein paar Minuten empfangen. Hier, bitte – Zeitungen und Magazine. Darf ich Ihnen eine Tasse Kaffee bringen?«

»Besten Dank«, sagte ich. »Schwarz, mit einem Stück Zucker.«

Sie ging hinaus. Ich setzte mich, nahm das *Wall Street Journal* und suchte die gestrigen Schlußkurse. Greater World Broadcasting war mit 18 um einen Achtelpunkt gefallen, Sinclair Broadcasting, SBC, mit 142 einen Viertelpunkt gestiegen. Nicht nur um tausend Lichtjahre war man hier von Central Park West entfernt, sondern auch um zweiundsiebzig Fernsehstationen, hundert Märkte und fünfhundert Millionen Dollar.

Sie brachte den Kaffee. Er war heiß und schwarz, duftete herrlich und wurde in Coalport-Porzellan serviert, auf das meine Tante Prue stolz gewesen wäre, wenn sie es in ihrer Vitrine gehabt hätte. »Nur noch ein paar Minuten«, sagte sie lächelnd.

»Macht gar nichts. Ich habe Zeit.«

Sie ging hinaus; ihre Bewegungen waren geschmeidig, es war alles vorhanden, doch, wie das übrige in diesem Büro, sehr zurückhaltend. Ich hätte gern gewußt, was sie getan hätte, wenn ich sie an den Hintern gefaßt hätte.

Als ich mit meinem Kaffee fertig war, kam sie wieder. »Mr. Sinclair läßt bitten.«

Ich folgte ihr durch die Empfangshalle zu einer Tür. Es stand nichts drauf, nicht einmal PRIVAT. Sie öffnete, und ich trat ein.

Spencer Sinclair sah genauso aus wie auf den Fotos, die ich von ihm gesehen hatte. Groß, schlank, sehr elegant gekleidet, schmale Nase, schmaler Mund, vorspringendes Kinn, kalte, intelligente graue Augen. Alles in allem sah man ihm seine Jahre nicht an.

»Mr. Gaunt.« Er stand auf, und wir reichten uns die Hand. Sein Griff war fest und höflich. Nicht mehr, nicht weniger. »Nehmen Sie doch bitte Platz.«

Ich setzte mich auf einen Stuhl gegenüber seinem Schreibtisch. Er drückte auf einen Knopf an seinem Sprechgerät. »Bitte jetzt keine Telefongespräche, Miss Cassidy.«

Wir betrachteten uns einige Augenblicke, dann sagte er: »Nun treffen wir endlich persönlich zusammen. Ich habe viel von Ihnen gehört. Sie haben anscheinend das Talent, die Aufmerksamkeit der Leute auf sich zu ziehen.«

Ich wartete.

»Möchten Sie gern wissen, was man über Sie sagt?«

»Eigentlich nicht«, antwortete ich. »Es genügt, daß man redet.«

»Sie sollen ein kommender Mann sein«, sagte er.

Ich lächelte. Er wußte nicht, wie recht er hatte! Am Nachmittag war ich mit seiner Tochter verabredet; ich sollte sie zu einem Abtreibungsarzt bringen.

Er nahm ein Blatt Papier von seinem Schreibtisch und warf einen Blick darauf. »Hoffentlich verübeln Sie es mir nicht«, sagte er. »Ich habe mir von der Personalabteilung einen kleinen Bericht über Sie zusammenstellen lassen.«

Ich zog die Schultern hoch. »Natürlich; auch ich habe Informationen über Sie eingeholt. Allerdings im Archiv der *New York Times*.«

»Stephen Gaunt, achtundzwanzig, geboren New Bedford, Massachusetts. Vater John Gaunt, Bankpräsident; Mutter geborene Anne Raleigh, beide verstorben. Besuchte gute Schulen in New

England. Anstellung bei Kenyon und Eckhardt, Werbefirma, ein Jahr; Metro-Goldwyn-Mayer, Filme, Verwaltung und Werbeabteilung, zwei Jahre; Greater World Broadcasting, Rundfunk und Fernsehen; während der letzten drei Jahre Assistent des Präsidenten Harry Moscovitz. Ledig. Führt ein geselliges Leben.«

Er legte das Blatt nieder und sah mich an. »Nur eines verstehe ich nicht.«

»Und das wäre? Vielleicht kann ich Ihnen helfen.«

»Was treibt ein netter christlicher Junge wie Sie bei einer solchen Firma?«

Ich wußte genau, was er meinte. »Ist eigentlich ganz einfach«, sagte ich. »Ich bin ihr *Schabbes-Goi.*«

Ich sah, daß er nicht verstand, und erklärte es ihm einfach und genau: »Sonnabend ist der jüdische Sabbath. Da arbeiten sie nicht. Also überließen sie mir den Sonnabend. Und nach den Meinungsforschungsergebnissen von Nielsen taten Sie, CBS, NBC und ABC das gleiche.«

»Sie sind ziemlich eingebildet, nicht wahr?«

»Ja«, sagte ich entschieden.

»Warum glauben Sie eigentlich, wir könnten Sie nicht stoppen, wenn wir es wollten?«

Ich grinste. »Mr. Spencer, Sie alle haben das nun schon seit fast eineinhalb Jahren versucht und nichts erreicht. Ihr Glück, daß wir nur in elf von den hundert Märkten sind, sonst wärt ihr völlig ausgeschaltet worden.«

Er ließ mich nicht aus den Augen. »Ich weiß nicht recht, ob Sie mir gefallen oder nicht.«

Ich stand auf. »Sie sind ein vielbeschäftiger Mann, Mr. Spencer, also will ich Ihre Zeit nicht unnötig in Anspruch nehmen. Bekomme ich den Posten oder nicht?«

»Welchen Posten?« fragte er. »Ich war mir nicht bewußt ...«

»Mr. Sinclair, wenn Sie mich nur herkommen ließen, um zu sehen, wer Ihrer Tochter den Gutenachtkuß gibt, dann vergeuden Sie Ihre und meine Zeit. Ich habe ein Sendernetz zu betreuen und war lange genug von meinem Schreibtisch fort.«

»Setzen Sie sich, Mr. Gaunt«, sagte er scharf.

Ich blieb stehen.

»Ich hatte daran gedacht, Sie bei uns als Vizepräsident anzustellen, mit der Aufgabe der Programmgestaltung; nun aber bin ich nicht mehr so sicher, daß ich es tun will.«

Ich lächelte. »Sparen Sie sich die Mühe, das interessiert mich nicht. So etwas mache ich nun schon seit drei Jahren.«

»Für welchen Posten interessieren Sie sich dann eigentlich? Für meinen?«

»Nicht ganz«, gab ich sanft zurück. »Präsident bei Sinclair Television.«

»Sie machen wohl Witze!« Er war schockiert.

»Beim Geschäft mache ich nie Witze.«

»Dan Ritchie ist jetzt seit zehn Jahren Präsident der STV und war davor fünfzehn Jahre lang Präsident von Sinclair Radio. Er ist einer der besten Männer unserer Industrie. Glauben Sie, Sie können in die Fußstapfen eines solchen Mannes treten?«

»Will ich gar nicht«, gab ich zurück. »Das sind alte Fußstapfen, die taugen nichts mehr. Das ist Rundfunk, nicht Fernsehen. Sie, Mr. Sinclair, haben keinen einzigen leitenden Mann unter zweiundfünfzig Jahren, aber der Großteil Ihres Publikums ist unter dreißig und wird jedes Jahr jünger. Wie wollen Sie bei denen ankommen, die nicht einmal mehr auf ihre Eltern hören? Ich habe gar nicht die Absicht, mir den Kopf zu zerbrechen, wie ich die alten Knaben überzeugen soll, daß das, was ich tun will, richtig ist. Ich will das entscheidende Wort zu sagen haben, die Autorität sein. Sonst interessiert mich die Sache nicht.«

Er schwieg eine Weile. »Wie soll ich wissen, ob Sie auf mich hören werden?«

»Das können Sie nicht.« Ich lächelte. »Aber es gibt jemanden, auf den ich hören werde, dessen können Sie sicher sein.«

»Auf wen?«

»Nielsen«, sagte ich. »Im Augenblick ist STV Nummer Vier hinter den anderen Fernsehanstalten. In zwei Jahren werden wir Nummer Eins sein oder verdammt knapp daran.«

»Und wenn wir's nicht sind?«

»Dann können Sie mich rausschmeißen. Schlimmer werden Sie keinesfalls dastehen als jetzt. Weniger als Vierter können Sie nicht sein.«

Er vertiefte sich in seine Papiere. Als er wieder sprach, war seine Stimme verändert. Nun war er Barbaras Vater. »Werden Sie meine Tochter heiraten?«

»Ist das eine der Bedingungen für den Posten?«

Er zögerte. »Nein.«

Ich zögerte nicht. »Dann werde ich sie nicht heiraten.«

Seine nächsten Worte klangen gezwungen und traurig. »Was geschieht aber mit dem Baby?«

Ich blickte ihn an. Er stieg um zehn Punkte in meiner Achtung. »Das erledigen wir heute nachmittag.«

»Ist es ein guter Arzt?«

»Der beste«, sagte ich. »Es wird in einer Privatklinik in Scarsdale gemacht.«

»Werden Sie mich anrufen, sobald es vorbei ist?«

»Ja, Sir, das werde ich tun.«

»Arme Barbara«, sagte er. »Sie ist eigentlich ein anständiges Mädchen.«

Wie soll man einem Vater sagen, daß seine Tochter ein Flittchen ist und sich ständig bis zur Besinnungslosigkeit mit Marihuana berauscht?

»Ist das Kind – von Ihnen?«

Ich sah ihm in die Augen. »Das wissen wir nicht.«

Er senkte den Blick. »Wenn der Arzt meint, daß es irgendwelche Komplikationen geben könnte, werden Sie es nicht machen lassen, nicht wahr?«

»Nein«, sagte ich. »Es mag Ihnen seltsam scheinen, Sir, aber auf meine Weise liegt mir an Barbara, und ich möchte nicht, daß sie Schaden erleidet.«

Er holte tief Atem und erhob sich; dann streckte er die Hand aus. »Sie bekommen den Posten. Wann können Sie anfangen?«

»Morgen, wenn es Ihnen paßt. Ich habe vorige Woche drüben meine Anstellung aufgegeben und heute morgen meinen Schreibtisch geräumt.«

Er lächelte zum erstenmal. »Einverstanden! Morgen.«

Wir trennten uns mit einem Händedruck. Vor der Tür blieb ich stehen. »Apropos, in welchem Stockwerk sind wir hier?«

»Einundfünfzig.«

»Wo liegt Ritchies Büro?«

»Im neunundvierzigsten.«

»Ich möchte meines im fünfzigsten haben«, sagte ich und schloß die Tür hinter mir.

2

Ich drückte noch einmal auf die Klingel. Drinnen grölte der Plattenspieler. Sie antwortete noch immer nicht.

Die Tür ließ sich öffnen. Schon beim Eintreten spürte ich den schweren, süßlich-scharfen Rauch. Es genügte, durch den Raum zu gehen, und man war berauscht. Ich riß die Terrassenfenster auf und stellte die Stereoanlage ab. Meine Ohren summten in der plötzlichen Stille.

»Barbara!« rief ich.

Keine Antwort. Dann hörte ich sie kichern. Ich ging zum Schlafzimmer und blieb in der offenen Tür stehen.

Sie saß nackt mitten auf dem Fußboden, die Marihuanazigarette zwischen den Lippen. Über sie gebeugt stand ein großer Negerjunge, an dessen aufgerichtetem Penis ein Spielzeugeimer mit Wasser hing.

Er sah mich früher als sie und griff entsetzt nach dem Eimer, da er seine Erektion verlor. Er erwischte ihn gerade noch, allerdings nicht, ohne etwas Wasser über sie zu verschütten. Sein Gesicht wurde grau.

Sie fuhr herum. »Steve!« In ihrem Ton lag ein Vorwurf. »Du hast ihn erschreckt!«

»Tut mir leid.« Ich trat ins Zimmer.

Der Junge schreckte zurück. Seine Stimme zitterte: »Sind Sie ihr Mann?«

Ich schüttelte den Kopf.

»Ihr Liebhaber?«

»Sei nicht albern, Raoul«, sagte sie scharf. »Er ist nur ein Freund.« Sie wandte sich wieder kichernd mir zu. »Du hast mir fünfzig Dollar erspart. Raoul sagte, wenn er in weniger als einer Stunde seinen Steifen verliert, brauche ich ihm nichts zu zahlen.«

Ich nahm zwei Geldscheine aus der Tasche und gab sie dem Jungen. »Hau ab.« Er brauchte keine zwei Minuten, um sich anzuziehen und zu verschwinden. Ich schloß die Tür hinter ihm und ging ins Schlafzimmer zurück.

Sie lag ausgestreckt auf dem Bett. »Fick mich, Steve«, sagte sie mit heiserer Stimme. »Er hat mich aufgeregt mit seinem wunderschönen großen Schwanz.«

»Zieh dich an«, sagte ich barsch. »Wir haben eine Verabredung.«

Plötzlich weinte sie. Sie vergrub ihr Gesicht ins Kissen, um ihr Schluchzen zu ersticken.

Ich setzte mich auf das Bett und drückte ihren Kopf an meine Schulter. Sie zitterte.

»Ich fürchte mich, Steve«, flüsterte sie. »Ich bin verrückt vor Angst. Wenn man mir weh tut, werde ich sterben, das weiß ich.«

»Niemand wird dir weh tun, Baby«, beruhigte ich sie sanft.

»Den ganzen Morgen hab ich hier gesessen, und wenn Raoul nicht gekommen wäre, wäre ich aus dem Fenster gesprungen.« Sie hielt den Atem an. »Ich glaube, mir wird übel.«

Ich zog sie aus dem Bett ins Badezimmer und hielt ihr den Kopf, während sie sich im Toilettenbecken übergab. Sie zitterte, ich hüllte sie in einen Morgenrock und hielt sie fest, bis es aufhörte.

»Jetzt ist mir besser«, sagte sie.

Sie war blaß, aber ihre Augen waren klar.

»Geh unter die Dusche und zieh dich dann an. Ich koch dir einen Kaffee, er wird fertig sein, wenn du herauskommst.«

Sie hielt mich an der Badezimmertür fest. »Hast du den Posten bekommen, Steve?«

Ich nickte.

»Fein«, sagte sie.

Ich blieb vor der Tür stehen, bis ich das Wasser rauschen hörte. Dann ging ich in die Küche, suchte den Wassertopf und schloß ihn an die Steckdose an.

Wartesäle in Krankenhäusern sind auf der ganzen Welt gleich. Bevor der Arzt herunterkam, kannte ich die Tafel an der Wand auswendig.

DIESES HOSPITAL UNTERSTEHT DEM BLAUEN KREUZ

Er war noch in seinem grünen Chirugenmantel, sah sich um, stellte fest, daß noch andere Leute warteten, und nickte mir zu. »Komm hinunter in mein Büro, Steve.«

Ich folgte ihm in das kleine eichengetäfelte Zimmer. Er schloß sorgfältig die Tür. »Du kannst den besorgten Blick aufgeben, Steve«, sagte er, »es geht ihr ausgezeichnet.«

Eine Last fiel von meinen Schultern. »Keine Schwierigkeiten?«

»Gar keine«, sagte er und zündete sich eine Zigarette an. »Wir haben den Eingriff sogar eingetragen: einfache Entfernung eines Fibroms. Wir behalten sie die Nacht über hier. Morgen früh kann sie nach Hause fahren.«

»Darf ich telefonieren?« Er nickte, und ich erledigte den versprochenen Anruf.

Er sah mich an. »Ihr Vater?«

Ich nickte.

»Sie hatte Angst vor ihm«, sagte er. »Aber sie ist überhaupt ein sehr ängstliches Mädchen. Du scheinst der einzige zu sein, zu dem sie Vertrauen hat.«

»Ja«, sagte ich.

»Wir bekommen hier allerhand zu hören«, sagte er. »Das Pentothal nimmt den Frauen ihre Hemmungen. Sie hatte danach keine Angst mehr. Sie sagte, sonst hätte sie immer Angst, außer im Marihuanarausch oder wenn sie mit dir zusammen sei.«

Ich schwieg.

»Ich kenne einen guten Psychiater in der Stadt. Wenn du sie dazu bringst, ihn aufzusuchen, könnte er ihr vielleicht helfen.«

Ich kannte Bill seit unserer Kindheit, sah ihn aber nun zum erstenmal als Arzt. Warum glauben alle Ärzte immer, sie könnten den lieben Gott spielen?

»Daß sie mir vertraut«, sagte ich, »liegt wahrscheinlich daran, daß ich mich nicht in fremde Angelegenheiten einmische. Ich versuche nie, ihr vorzuschreiben, was sie zu tun hat.«

Er zuckte mit den Schultern. »Entschuldige. Ich glaubte, du seist ihr Freund.«

»Bin ich auch. Und meine Auffassung von Freundschaft ist eben, daß man zur Stelle ist. Was immer geschieht. Nicht nörgeln, nicht kritisieren, keine Vorschriften machen. Einfach da sein.«

»Aber sie ist doch noch ein Kind.«

»Sie ist zweiundzwanzig. Und sie hatte sich lange, bevor ich sie kennenlernte, entschlossen. Sie hat wie jeder andere Mensch das Recht, ihren Weg selbst zu wählen.«

»Auch wenn es der Weg zur Selbstvernichtung ist?«

»Auch dann.« Ich zögerte einen Augenblick. »Verstehst du denn nicht, Bill, daß ich ihr nur dann helfen kann, wenn sie mich darum bittet? Sonst wäre ich nur wie alle anderen.«

Er schwieg, überlegte. Dann nickte er. »Vielleicht hast du recht.«

»Kann ich sie sehen?«

»Natürlich. Sie ist in Zimmer 20 im zweiten Stock. Bleib aber nicht zu lange; sie hat Ruhe nötig.«

»Nein, nein, nur ein kurzer Besuch.«

»Übrigens«, fügte er hinzu, »da wir die Sache offiziell behandelt haben: Ist sie beim Blauen Kreuz versichert?«

Ich lachte. »Ich weiß nicht, aber ich bezweifle es. Schick mir die Rechnung; ich werde dafür sorgen, daß sie bezahlt wird.«

Er lachte ebenfalls.

»Danke, Bill«, sagte ich und ging nach oben.

Sie schien zu schlafen, als ich in das halbverdunkelte Zimmer trat. Ihr kohlschwarzes Haar umrahmte ihr schmales, blasses Gesicht. Unter den geschlossenen Augen lagen kindliche Schatten. Ich blieb stehen und blickte auf sie nieder.

Sie schlug die Augen auf, deren Blau in scharfem Gegensatz zu ihrem blassen Gesicht stand. Sie bewegte die Hand leise in meine Richtung. »Hallo, Steve, du hast gewartet. Das freut mich.«

Ich nahm ihre Hand. Sie war kühl und zart. »Ich hab's dir doch versprochen.« Ich setzte mich auf den Stuhl neben dem Bett. »Wie geht es dir?«

»Es schmerzt ein wenig«, sagte sie, »aber nicht zu schlimm. Man hat mir etwas eingegeben, und ich bin noch nicht lange bei Bewußtsein.« Sie berührte mit ihren Lippen meine Hand. »Glaubst du, ich werde je wieder ficken können – nach dieser Sache?«

Ich lachte. »Willst du eine Verabredung? Ich glaube, ich könnte dich nächste Woche einschieben.«

»Es war kein Scherz, Steve«, sagte sie ernst.

»Auch von mir nicht«, erwiderte ich.

Plötzlich spürte ich ihre heißen Tränen auf meiner Hand. »Das nächstemal will ich ein Kind, Steve. Das ist eine so schreckliche Vergeudung. Ich will das nicht noch einmal durchmachen, nie wieder!«

Ich schwieg.

Ihre Stimme war durch das Kissen unverständlich. »Willst du mich heiraten, Steve? Ich werde dir eine gute Frau sein, ich verspreche es dir.«

Ich legte meine beiden Hände auf ihr Gesicht und drehte es zu mir. Ihre Augen waren weit geöffnet und ein wenig ängstlich. »Es ist jetzt nicht der richtige Augenblick, um darüber zu sprechen«, sagte ich freundlich. »Du hast eben erst ein unangenehmes Erlebnis hinter dir. Wir wollen darüber reden, wenn es dir besser geht.«

Ihre Augen suchten die meinen. »Ich werde es mir nicht anders überlegen.«

Ich lächelte ihr zu. »Das hoffe ich auch«, sagte ich, beugte mich nieder und küßte sie auf die Lippen. »Nun ruh dich aus.«

3

Ich stieg die Stufen hinunter und ging in den Klub Einundzwanzig. Chuck erwartete mich am Eingang; er legte mir den Arm um die Schulter. »Ich habe Ihnen den Tisch in der hinteren Ecke der Bar reserviert«, sagte er. »Jack Savitt ist schon dort; er ist Ihnen bereits um zwei Martinis voraus.«

»Danke, Chuck«, sagte ich.

»Immer zu Diensten, Kumpel.« Er lächelte, seine Augen wanderten zu den neuen Gästen, die hinter mir kamen.

Ich ging durch die Bar; vor der Theke standen drei Reihen Gäste. Der Kellner eilte heran und schob mir den Stuhl zurecht.

Jack blickte auf; seine graue Bürstenfrisur paßte irgendwie zu seiner Tweedjacke. Seine Stimme klang scharf. »Nun?«

Ich setzte mich. »Beruhige dich«, sagte ich, »wir haben's geschafft.«

»Die ganze Chose?« fragte er leise und ein wenig verwundert. »Wie wir sie besprochen hatten?«

Ich nickte. »Präsident von Sinclair TV.«

»Mein Gott!« sagte er. »So einfach war das?«

Der Kellner stellte zwei Martinis vor uns auf den Tisch. Jack hob die Hand. »Noch zwei«, sagte er. Er lächelte mir zu. »Hatte ich dir richtig geraten, wie man mit ihm umgehen soll?«

Ich hob ihm meinen Martini entgegen. »Du hattest recht.« Sollte er sich nur freuen. Er brauchte ja nicht zu wissen, daß ich noch eine zusätzliche Trumpfkarte im Ärmel hatte. Aber ich machte mir keine Illusionen. Nicht zuletzt war es Barbara zu danken, daß ich den Posten erhalten hatte. Ich stürzte den Drink hinunter.

»Hast du über Gehalt, Vertrag, Bedingungen geredet?«

Ich schüttelte den Kopf. »Wozu? Das ist deine Sache.«

»Brav.« Er lächelte. »Keine Sorge, wir werden ein gutes Geschäft für dich herausschlagen.«

»Ich zweifle nicht daran.« Ich erwiderte sein Lächeln. Er war in erster Linie Agent. Und es war wie bei jedem Agenten: Hatte man den Posten erobert, dann wollte er ihn verschafft haben.

»Wo, zum Teufel, warst du den ganzen Nachmittag?« fragte er. »Du läßt mir sagen, ich soll dich hier treffen, und dann bist du von der Bildfläche verschwunden. Das war wohl nicht der richtige Augenblick, einem Weibsstück nachzulaufen!«

Ich lachte. »Kein Weibsstück. Ich hatte eine private Angelegenheit zu erledigen, die sich nicht aufschieben ließ.« Ich griff nach dem zweiten Martini, der wie durch Zauberhand vor mir erschienen war. »Ich möchte, daß du deine Leute ausschickst, um Informationen für mich zu sammeln. Ich brauche einen vollständigen Bericht über das Personal der Sendergruppe, Programmabteilung, Verkauf, Forschung, Werbung und Technik, hier und an der Westküste. Dann das gleiche für jede einzelne Sendestation im ganzen Land. Ferner brauche ich eine Aufgliederung der Programme, Produktionen und Testnoten, für jedes einzelne Programm im Land und nach Märkten geordnet. Außerdem eine Liste aller Pilotfilme, die geplant oder in Arbeit sind, und zwar lückenlos, bei Sinclair und allen anderen Sendergruppen.«

Nun war er obenauf. Er griff nach einem fast acht Zentimeter dicken, in schwarzes Leder gebundenen Ordner mit losen Blättern, der neben ihm auf einem Stuhl lag. Ich warf einen Blick auf die Goldbuchstaben auf dem Umschlag. Zum erstenmal sah ich es gedruckt, und es war wirklich nicht übel:

Mr. STEPHEN GAUNT, Präsident der Sinclair Television. *Vertraulich.*

»Ich bin dir weit zuvorgekommen, mein Junge«, sagte er. »Alles ist hier, alles, was du verlangst. So arbeitet eben World Artists Management. Seit du mir vorige Woche von deiner Verabredung mit Sinclair erzähltest, hab ich unsere gesamte Nachforschungsabteilung darauf angesetzt. Nun warten alle meine Jungs darauf, die Nacht mit dir zu verbringen und das Ganze Punkt für Punkt mit dir durchzugehen.«

Ich lächelte ihm zu. »Das hätte ich wissen sollen.«

»Nicht nur das«, sagte er. »Ich habe die Shows rot angestrichen, von denen ich glaube, daß sie große Erfolge werden und wir sie für die nächste Saison bekommen können.«

»Gut«, sagte ich. »Aber für diese Saison?«

»Na hör mal«, erwiderte er belehrend, »wir sind im Oktober. Die Zeit reicht nicht mehr, um noch irgendwas vor der kommenden Saison fertigzubekommen. Da kann man nichts machen.«

»Warum nicht?«

»Jetzt verlangst du zuviel«, sagte er. »Du weißt so gut wie ich, daß die nächste Saison nun schon seit Monaten ausgebucht ist.«

»Ich weiß gar nichts«, sagte ich. »Nur das eine, daß ich jetzt ins Geschäft komme und in der Feuerlinie stehen werde; eine Zielscheibe für jeden, der sich über meinen Eintritt ärgert. Und du kennst ja Sinclair: Er erwartet von mir, daß ich etwas tue.«

»Wunder erwartet er aber nicht.«

»Wollen wir wetten?«

Er schwieg.

»Was meinst du, warum ich den Posten bekommen habe?« fragte ich ihn. »Um eben Wunder zu vollbringen. Du weißt ja, was ich für Greater World erreicht habe!«

Er goß den Martini hinunter und sagte noch immer nichts.

»Welche Filmgesellschaft ist im Augenblick in Schwierigkeiten?« fragte ich.

Er starrte verdrießlich in sein Glas. »Alle. Keine einzige hat dieses Jahr auch nur den geringsten Gewinn gehabt. Alle zerbrechen sich den Kopf darüber, wie sie ihre Buchhaltung frisieren können, damit man ihnen ihr Siechtum nicht anmerkt.«

»Na schön«, sagte ich. »Du gehst also morgen früh hin und kaufst für mich so viele Spitzenfilme, wie du nur kriegen kannst. Die einzige Bedingung: Sie müssen später als 1948 produziert worden sein.«

»Mach keine Witze«, sagte er kurz.

Ich wußte, was er meinte. Die Filmgesellschaften hatten dem Fernsehen noch nie Filme zur Aufführung freigegeben, die nach 1948 hergestellt waren. Ich ließ meine Antwort besonders kühl klingen – es war Zeit, daß er lernte, wer hier der Boß war. »Das einzige, bei dem ich keinen Spaß kenne, ist mein Geschäft.«

Es wirkte bei ihm so gut wie bei Sinclair. Er sagte mit leicht verändertem Tonfall: »Das wird ein Vermögen kosten.«

»Unwichtig. Hast du Sinclairs letzten Geschäftsbericht gesehen? Mehr als hundert Millionen bares Geld.«

»Was wirst du denn mit den Filmen tun, sobald du sie bekommst?«

»Ich schmeiß das Samstagabendprogramm von neun bis elf raus und setze sie dafür ein.« Ich hatte bemerkt, daß er »sobald« gesagt hatte, nicht »wenn«.

»Aber das steht doch im Gegensatz zu allem, was das Fernsehen bisher getan hat«, sagte er erschrocken. »Es hat nur zu seinem eigenen Vorteil den Rahm vom Filmgeschäft abgeschöpft.«

»Du meinst, das haben die anderen Fernsehnetze getan«, bemerkte ich. »Sinclair ist erledigt. Das einzige, was er hat, ist Geld, und ich beabsichtige, einiges davon dafür zu verwenden, ihm einen Anteil am Markt zu ergattern.«

»Das ist doch aber ganz falsch«, protestierte er. »Wir können unsere eigenen Shows herstellen.«

Ich wußte, was ihn vergrämte. Filme brachten keine Provision von zehn Prozent, und er hatte keine Lust, diese saftige wöchentliche Einnahme zu verlieren. »Stimmt«, sagte ich, »aber erst im nächsten Jahre. Gerade sagtest du selbst, daß dieses Jahr keine Zeit mehr dafür bleibt.«

»Die ganze Industrie wird dich auslachen.«

»Laß sie lachen — ist mir egal. Worauf es bei dem Spiel ankommt, sind die Zahlen. Wenn die Nielsens reinkommen, wird niemand mehr lachen.«

»Wann soll's losgehen?« fragte er.

Ich konnte sehen, wie er im Geist umschaltete. Je größer der Druck, desto höher der Preis, und er bekam seinen Anteil davon. Das war sein Geschäft, und ich hatte nichts dagegen, vorausgesetzt, daß er mir lieferte, was ich wollte. »Januar«, sagte ich.

»Da bleibt nicht viel Zeit. Es wird teuer sein.«

»Das hast du schon einmal gesagt.« Ich griff nach meinem Martini. »Du kennst doch den Werbespruch der Filmgesellschaften? ›Filme sind eure beste Unterhaltung.‹ Nun, ich glaube ihnen.«

»Hoffentlich hast du recht«, sagte er mürrisch und trank sein Glas aus.

»Ich weiß, daß ich recht habe. Bestellen wir jetzt unser Abendessen, und du rufst deine Jungs an und sagst ihnen, wir treffen uns in meiner Wohnung um elf Uhr.«

Er nahm den Telefonhörer vom Tisch. »Wie war noch die Adresse? Central Park West fünfundzwanzig?«

»Nein«, sagte ich. »Penthouse B, Waldorf Towers.«

Fast mußte ich lachen über seine verdutzte Miene. »Ich wußte nicht, daß du umgezogen bist«, sagte er.

»Das ist eines der Dinge, die ich gestern nachmittag erledigt habe. Ich wohne gern in der Nähe meines Büros, um zu Fuß hingehen zu können.«

4

Als ich diesmal in die Vorhalle kam, kannte man mich schon. Die beiden Mädchen beim Empfang blickten lächelnd auf. »Guten Morgen, Mr. Gaunt«, sagten sie beinahe im Chor.

»Guten Morgen.«

Der Wächter, der mich gestern nach oben geführt hatte, kam hinter seinem Tisch hervor. »Guten Morgen, Mr. Gaunt«, sagte er. »Ich habe den Schlüssel zu Ihrem Fahrstuhl. Ich werde Ihnen zeigen, wie er funktioniert.«

»Danke, Mr. Johnson«, sagte ich.

Er lächelte, erfreut, daß ich mich an seinen Namen erinnerte. Ich folgte ihm zum Ende des Korridors. Dort gab es neben dem Fahrstuhl, den wir benutzt hatten, einen zweiten. Johnson nahm den Schlüssel aus der Tasche und drehte ihn im Schlüsselloch um. Die Türen öffneten sich. Ich betrat den Lift hinter ihm.

»Sie brauchen nur diesen Knopf zu drücken«, sagte er. »Der Aufzug fährt ohne anzuhalten von der Halle bis zu Ihrem Stockwerk. Wenn Sie hinunterfahren, drücken Sie auf den zweiten Knopf.«

Ich nickte, dann lächelte ich. »Gibt's keine Glocke?«

»Nein, Sir«, sagte er, ohne die Miene zu verziehen. »Nur in Mr. Sinclairs Lift. Er ließ sie im vorigen Jahr einbauen, nachdem sich einmal ein Narr mit einem Revolver eingeschlichen hatte.«

Ich wartete einen Augenblick, aber er sprach nicht weiter. Ich hätte gern gewußt, was Sinclair damals getan hatte, daß man immerhin seine Ermordung für notwendig hielt. Der Mann übergab mir den Schlüssel.

»Ihre Besucher werden zum Empfangsraum der Direktoren im siebenundvierzigsten Stockwerk geführt«, sagte er. »Von dort nehmen sie einen anderen Fahrstuhl, der nur zwischen dem siebenundvierzigsten und dem einundfünfzigsten Stockwerk verkehrt. Dieser Fahrstuhl wird ständig von einem Boy betreut; bei den anderen bedient man sich selbst. Zu diesem Fahrstuhl gibt es nur drei Schlüssel: einen für Sie, einen für Miss Fogarty, Ihre erste Sekretärin, und einen dritten, der immer in der Haupthalle beim Empfangspult bleibt.« Er drückte auf einen Knopf, und die Türen öffneten sich wieder. »Gibt es sonst noch etwas, das ich Ihnen sagen kann?«

»Eines«, sagte ich. »In welchem Stockwerk liegt mein Büro?«

»Im fünfzigsten natürlich, Sir«, antwortete er ein wenig überrascht.

»Besten Dank, Mr. Johnson«, sagte ich und drückte auf den Aufwärtsknopf.

Oben erwartete mich Miss Fogarty. Sie war Ende Zwanzig, hochgewachsen, schlank, hatte braune Augen und kastanienbraunes Haar, das mit einer schwarzen Schleife im Nacken zusammengehalten war; sie trug ein einfaches schwarzes Kleid mit einer schlichten Goldnadel an der Schulter. »Guten Morgen, Mr. Gaunt«, sagte sie. »Ich bin Sheila Fogarty, Ihre Nummer Eins.«

Ich streckte die Hand aus. »Guten Morgen, Miss Fogarty«, sagte ich.

Ihre Hand war kühl und ein wenig feucht. Plötzlich wurde mir klar, daß sie vermutlich ebenso nervös war wie ich. Das machte es leichter. Ich lächelte, und sie erwiderte mein Lächeln. »Ich werde Ihnen die Räume zeigen«, sagte sie.

Sie drehte sich um, und ich stellte fest, daß sie einen hübschen Hintern hatte, gute Beine und schlanke Fesseln. »Dieses Stockwerk ist ebenso angelegt wie das Mr. Sinclairs unmittelbar über uns. Dies alles sind Ihre Büros.«

Ich folgte ihr durch den Korridor. Alles war weiß und nur durch einige Gemälde belebt. Die hatte offenbar jemand mit Geschmack und ohne Rücksicht auf die Kosten ausgewählt. Wenn ich mich nicht täuschte, waren einige echte Mirós und Picassos darunter.

Sie fing meinen Blick auf. »Die Bilder stammen alle aus Mr. Sinclairs Privatsammlung.« Sie öffnete die erste Tür. »Das ist der Projektionsraum.«

Ich warf einen Blick hinein. Er war hübsch und luxuriös ausgestattet und bot etwa zweiundzwanzig Personen in bequemen Armstühlen Platz. Ich nickte, sie schloß die Tür und führte mich zum nächsten Raum.

»Das ist der große Konferenzsaal«, sagte sie. »Zwischen diesem und dem kleinen Konferenzzimmer liegt eine private Küche, und ein Koch steht zur Mittagszeit zur Verfügung, falls Sie hier zu speisen wünschen.«

Im kleinen Konferenzzimmer gab es Platz für zehn Personen; es war eine Miniaturausgabe des anderen. Wir gingen zum Fahrstuhl zurück.

»Neben dem Empfangsraum liegen drei private Wartezimmer«,

sagte sie, »so daß Ihre Besucher einander nie zu begegnen brauchen.« Sie öffnete eine Tür. »Sie sehen alle so ziemlich gleich aus.« Auch das Zimmer, in dem ich eine Treppe höher gewartet hatte, war nicht viel anders. Am Schreibtisch im Vorraum saß eine kühle Blondine. Sie erhob sich, als wir näher kamen.

»Das ist Miss Swensen, Ihre Empfangsdame«, sagte Miss Fogarty. »Miß Swensen, Mr. Gaunt.«

Die Blonde lächelte. »Sehr erfreut, Mr. Gaunt.«

Ich erwiderte ihr Lächeln. Sie war fast eine Nachbildung des Mädchens in Sinclairs Büro. »Ganz meinerseits, Miss Swensen.«

Wir gingen quer durch den Empfangsraum, und sie öffnete eine andere Tür. »Das ist mein Büro«, sagte sie.

Hier saß noch ein Mädchen. Sie blickte bei unserem Eintritt auf und erhob sich, als wir uns näherten. »Das ist Ginny Daniels, meine Assistentin, Ihre Nummer Zwei. Miss Daniels, Mr. Gaunt.«

»Ich freue mich, Sie kennenzulernen, Mr. Gaunt«, sagte sie lächelnd. Sie war aus dem gleichen Holz geschnitzt wie die andere, nur hatte sie dunkles Haar. Ich fragte mich, ob Sinclair die Mädchen speziell für sich fabrizieren ließ.

»Miss Daniels«, sagte ich. Wir gaben uns die Hand. Sie hatte keine feuchten Hände wie Miss Fogarty. Nun ja, sie hatte nicht so viel zu verlieren, sie war nur Nummer Zwei.

»Ihr Büro hat zwei Eingänge«, sagte Miss Fogarty. Sie zeigte auf eine Tür neben ihrem Schreibtisch. »Dieser hier aus unserem Büro und einer unmittelbar aus dem Empfangsraum. Ihre Besucher werden von dort aus zu Ihnen geführt, es sei denn, daß Sie ausdrücklich anders verfügen.«

Ich sagte nichts.

Sie öffnete die Tür zu meinem Büro und ließ mich vorangehen. Ich blieb einen Augenblick stehen. Es war fast haargenau eine Nachbildung von Sinclairs Büro. Die gleichen zehn Fenster zu beiden Seiten, die gleiche Aussicht. Nur eines war anders: Das Büro sah neu aus, unberührt und unbenutzt.

»Wer hatte dieses Büro vor mir?« fragte ich. Wer immer es gewesen war, er war verschwunden, ohne irgendwelche Spuren zu hinterlassen.

»Niemand«, sagte sie. »Warum, weiß ich nicht, aber es steht leer, seit wir vor vier Jahren hier eingezogen sind.«

Ich warf einen kurzen Blick auf sie, ging zu meinem Schreibtisch und setzte mich. Sinclair mußte ein seltsamer Mann sein: Kein anderer Mensch richtet solche Büros ein und läßt sie dann unbenutzt.

»Möchten Sie eine Tasse Kaffee trinken?« fragte sie.

»Danke, gern. Schwarz mit einem Stück Zucker.«

Sie ging hinaus, kam nach kurzer Zeit wieder und stellte ein Tablett auf meinen Schreibtisch. Ich sah zu, wie sie den Kaffee eingoß. Der Mann machte die Dinge jedenfalls mit Stil. Es war Wedgwood-Prozellan, und Miss Fogarty benutzte eine silberne Zange, um ein Stück Zucker in meine Tasse fallen zu lassen. »Recht so?« fragte sie.

Ich hob die Tasse an meine Lippen. »Ausgezeichnet.«

Sie lächelte wieder. »In der mittleren Schreibtischschublade werden Sie zwei Ordner finden«, sagte sie. »Der eine enthält Miss Swensens, Miss Daniels' und meine Personalakten. Sie verstehen natürlich, daß wir nur vorläufig Ihrem Büro zugeteilt sind. Wenn Sie anderes Personal oder diesbezüglich bestimmte Wünsche haben, werden wir dafür volles Verständnis aufbringen.«

»Kein Problem«, sagte ich. »Was ich bisher gesehen habe, gefällt mir, und ich habe keine Bindungen.«

Sie lächelte. »Im anderen Ordner befindet sich eine Liste der Namen und Stellungen einiger unserer Direktoren. Mr. Sinclair läßt Sie ausdrücklich bitten, diese Liste durchzusehen, da um zehn Uhr dreißig in seinem Konferenzzimmer eine Sitzung stattfindet, bei der er Ihnen die Herren vorstellen möchte.«

»Danke«, sagte ich. Fogarty gefiel mir; sie hatte Takt und Stil. Sie hatte nicht gesagt »Sie den Herren vorstellen möchte«.

»Wenn Sie gestatten, werde ich Ihnen jetzt einiges über die mechanischen Einrichtungen des Büros erklären.« Sie kam zum Schreibtisch und stellte sich neben mich. Ihr zartes Parfum wirkte angenehm.

»Das Telefon ist eine normale Rufanlage mit zehn Linien. Die Außenverbindung erhalten Sie, indem Sie acht oder neun vorwählen. Natürlich stehen wir Ihnen zur Verfügung, um die Verbindung herzustellen. Es gibt auch zwei direkte Linien für Ihren privaten Gebrauch, die nicht über den Klappenschrank laufen, sowie direkte Gegensprechanlagen mit jedem von unseren Schreibtischen.

Hier gegenüber, an der Wand, sehen Sie drei Fernsehschirme. Der erste ist mit unserem eigenen Sendernetz verbunden und wird stets das laufende Programm zeigen. Die beiden anderen sind normale Fernsehapparate, die alle Kanäle empfangen können. Sie werden durch diese Knopfreihe neben Ihrem Telefon betätigt.

Hier ist eine Bar eingebaut, die mit diesem Knopf geöffnet wird.« Sie drückte darauf, und die Bar öffnete sich.

Sie war gut versorgt und gebrauchsbereit. Ich nickte beifällig.

»Rechts von der Bar sehen Sie eine Tür; das ist die Tür zum Empfangsraum. Sie ist elektrisch gesteuert und kann von unseren Schreibtischen oder von Ihrem aus verschlossen werden. Links von der Bar liegt Ihr privates Badezimmer. Es ist mit Ankleideecke, Dusche und Sauna oder Heißdampf ausgestattet; auch ein kleines Schlafzimmer gibt es, falls Sie sich ausruhen wollen.«

Ich stand auf, ging zum Badezimmer und trat ein. Alles war so, wie sie gesagt hatte und noch besser. Bei einer derartigen Ausstattung hatte man es nicht nötig, nach Hause zu gehen. Ich kehrte ins Büro zurück.

Das Telefon summte. Sie hob den Hörer ab. »Büro Mr. Gaunt.« Sie sah mich an. »Mr. Sinclair möchte Sie sprechen.«

Ich nahm ihr den Apparat ab und setzte mich auf meinen Stuhl vor dem Schreibtisch. Sie verschwand. »Mr. Sinclair . . .«

»Einen Augenblick, ich verbinde Sie«, sagte die Stimme seiner Sekretärin. Es klickte.

»Gefällt Ihnen Ihr Reich, Mr. Gaunt?«

»Jawohl, besten Dank.«

Er lachte. »Vergessen Sie das nicht, falls Sie sich später einmal beschweren wollen, daß die Leute über Ihnen zuviel Lärm machen. Denken Sie daran, daß Sie selbst dieses Büro verlangt haben.«

Ich lachte. »Ich werde es mir merken, Mr. Sinclair.«

»Es wäre mir lieb, wenn Sie ein paar Minuten vor der Sitzung um halb elf in mein Büro kommen könnten«, sagte er. »Ich möchte, daß sie Dan Ritchie kennenlernen, bevor wir hinübergehen.«

»Ich werde um zehn Uhr zwanzig bei Ihnen sein.«

Dan Ritchie war ein Profi. Er trug sein Mißgeschick ohne Groll. Sein Händedruck war fest. »Freut mich, Sie kennenzulernen, Steve«, sagte er dröhnend. Eine Minute lang betrachtete er mich mit etwas erstaunter Miene, dann wandte er sich zu Sinclair. »Ich hatte ihn für jünger gehalten.«

Auch Sinclairs Gesicht zeigte einen überraschten Ausdruck. Ich lächelte. »Man altert schnell bei diesem Geschäft.«

Plötzlich hatte Sinclair begriffen; seine Augen blitzten erheitert und zugleich anerkennend auf. »Ja«, sagte er. »Manchmal passiert es über Nacht.«

Er wußte es nicht, aber es war tatsächlich passiert, und zwar ungefähr um acht Uhr am selben Morgen. Ich hatte geduscht und knöpfte mein Hemd zu, während ich ins Wohnzimmer zurückging.

»Okay, Jungs«, sagte ich fröhlich. »Hat einer von euch daran gedacht, das Frühstück zu bestellen?«

»Himmel! Seht ihn euch an«, stöhnte Jack von der Couch, auf der er ausgestreckt lag. »Die ganze Nacht bleibt er auf und löchert uns mit seinen Fragen, dann duscht er und kommt frisch und munter wie ein gewaschenes Kind heraus. Wie hast du das geschafft? Mit Benzedrin?«

Ich grinste. »Nur eine vernünftige Lebensweise, würde ich sagen.«

»Das ist die Jugend«, meinte Joe Griffin, der Leiter des Informationsdienstes. »Fast sieht er zu jung aus, um zu wählen, und nun wird er Präsident einer führenden TV-Sendergruppe!«

Ich drehte mich zu ihm um, er hatte ins Schwarze getroffen! Mein Hauptproblem würde nicht die Arbeit sein, sondern die Grauköpfe, die mich ansehen und für einen großmauligen Jungen halten würden. Ich hob den Telefonhörer ab. Um hier zu siegen, mußte man sich anpassen.

Beim Friseur konnte mir niemand helfen, wohl aber im Schönheitssalon. Ich versprach eine Bezahlung von fünfzig Dollar, worauf sich sofort eines der Mädchen meiner annahm.

Sie war eine hübsche kleine Brünette in einem rosa Arbeitskittel. Sie trug eine kleine Kosmetiktasche und kaute Gummi, als sie mit erstaunter Miene zu mir hereinkam. »Unten hat jemand behauptet, eine Dame wolle sich ihr Haar grau färben lassen.«

»Stimmt«, sagte ich, »nur ist es keine Dame. Ich bin es.«

Fast hätte sie ihren Kaugummi verschluckt. »Hat man Töne?« sagte sie. »Sind Sie übergeschnappt? Ich gehe, Sie sind ja verrückt!«

Ich schwenkte eine Fünfzigdollarnote vor ihren Augen. »Ich meine es ernst. Bleiben Sie hier!«

Sie sah mir ins Gesicht. »Warum wollen Sie so etwas tun? Sie sehen so nett aus mit Ihrem gewellten braunen Haar!«

»Ich soll einen sehr hohen Posten antreten«, sagte ich ernst. »Und man könnte glauben, ich sei dafür zu jung. Sie wollen doch sicher nicht, daß ich mir meine große Chance verpatze, nicht wahr?«

»Nein«, sagte sie zögernd, ihre Augen schweiften durch den Raum. »Nein, das möchte ich wirklich nicht.«

»Sie brauchen mir nur ein paar graue Streifen einzutönen. Nicht zu stark, gerade so viel, daß ich ein wenig älter aussehe.«

»Ich verstehe«, sagte sie. »Das kann ich schon machen.«

»Also los«, sagte ich und ging voran ins Badezimmer. Als ich vierzig Minuten später herauskam, war ich angekleidet und bereit, ins Büro zu fahren.

Jack schnellte von der Couch hoch. »Ich kann's nicht glauben!«

Sie umringten mich. »Wie findet ihr das?« fragte ich.

Jack schüttelte den Kopf. »Phantastisch«, sagte er. »Es macht dich nicht wirklich älter, gibt dir aber eine Art solider Autorität. Verstehst du, was ich meine?«

Ich verstand. Die grauen Haarstreifen paßten gut zu meinen Augen. Ich sah immer noch jung aus, aber nicht mehr ganz so jung.

»Na schön«, sagte ich und ging zur Tür. »Es ist Zeit, in die Grube einzufahren.«

»Einen Augenblick«, sagte Jack. Er hielt mir den Ordner mit den losen Blättern entgegen. »Willst du das nicht mitnehmen?«

Ich lachte. »Aber, aber, Herr Lehrer! Seit wann erlaubt man einem, die Bücher in den Prüfungssaal mitzunehmen?«

In einem hatte ich mich geirrt: Die Büros glichen einander nicht völlig. Sinclairs Konferenzzimmer war größer als meines. Jetzt saßen achtundzwanzig Herren am Tisch. Ich ging langsam herum, schüttelte jedem die Hand und versuchte die Namen mit den Informationen in Zusammenhang zu bringen, die ich in der vergangenen Nacht gelesen hatte. Es klappte recht gut; mein Gedächtnis war besser als ich dachte.

Sie wirkten alle ganz sachlich. Ich sah, daß sie mich prüfend betrachteten, doch keiner von ihnen exponierte sich. Sie gedachten nicht, mir etwas zu schenken. Sie warteten ab.

Nach zehn Minuten zog sich Sinclair mit der zwanglosen Bemerkung zurück, er wolle dem Team Gelegenheit geben, Bekanntschaft zu schließen. Ritchie folgte ihm.

Die eintretende Stille hätte man schneiden können. Ich saß allein am Kopfende des Tisches. Allein im wahrsten Sinne des Wortes.

Ich ließ meine Blicke flüchtig um den Tisch schweifen. Seltsam, wie so eine Kleinigkeit – angegrautes Haar – dazu verhalf, die Dinge auszugleichen. Ich sprach absichtlich leise, so daß die anderen sich anstrengen mußten, mich zu verstehen.

»Sie sind auf mich gespannt, so wie ich auf Sie. Wir kennen einander nicht, werden jedoch in den nächsten Wochen alles Nötige herausfinden. Manche unter Ihnen werden mich gern mögen, andere nicht. Das ist nebensächlich.

Wichtig ist nur, daß Sinclair Television nun aus dem letzten Rang in der Hörerbewertung nach vorn kommt. Wichtig sind die Testziffern. Das ist der Maßstab, nach dem ich Sie und Sie mich beurteilen werden.«

Hier machte ich eine Pause. Sie betrachteten mich immer noch prüfend. »Wenn in Washington ein neuer Präsident sein Amt antritt, darf er ein Kabinett seiner Wahl aufstellen. Das gefällt mir. Das ist wahre Demokratie.«

Ich spürte, wie sie sich strafften; das waren abschließende Worte gewesen. »Ich erwarte von jedem von Ihnen, daß er mir seinen Rücktritt per 31. Januar anheimstellt; ich möchte das morgen früh auf meinem Schreibtisch vorfinden.«

Allgemeines schweres Aufseufzen. Ich wartete einen Augenblick, bis sie meine Mitteilung geschluckt hatten; dann warf ich die Rettungsleine aus.

Ich stand auf. »Meine Sekretärin bereitet einen Stundenplan für unsere Unterredungen vor. Ich werde im Laufe der nächsten Tage mit jeden von Ihnen eine gesonderte Besprechung abhalten und die Probleme ihrer Abteilungen mit Ihnen erörtern. Ich danke Ihnen, meine Herren.«

Ich ging hinuter in mein Büro. Zehn Minuten später war der Teufel los. Sinclair raste wütend in meinem Büro auf und ab.

»Sie haben alle entlassen! Wie, in Teufels Namen, wollen Sie die Sendergruppe in Gang halten? Vielleicht allein? Das schaffen nicht einmal Sie!«

Ich lächelte ihm zu. »Die Götter steigen vom Olymp herab.«

Das brachte ihn zum Stehen; er starrte mich an. »Was meinen Sie damit?«

»Man hat mir gesagt, Sie kämen nie aus Ihrem Stockwerk nach unten.«

Er lächelte, und ich fuhr fort: »Ich möchte etwas klarstellen. Ich habe die Leute nicht entlassen. Ich ersuchte um ihren Rücktritt mit Wirkung Ende Januar. Ich habe nicht gesagt, daß ich diese Rücktritte annehmen werde.«

Er lachte in sich hinein. »Sie haben sie richtig durchgerüttelt.«

»Das war meine Absicht.«

»Sie spielen eine harte Partie.«

»Hier kann's keine Glacéhandschuhe geben. Ich meinte es im Ernst, als ich sagte, ich würde diese Sendergruppe in Bewegung bringen.«

»Okay«, sagte er nach kurzer Überlegung, »es ist Ihr Match.« Er blickte auf die Uhr. »Ich habe ein Privatzimmer im Klub Einundzwanzig zum Mittagessen reservieren lassen; Sie sollen den Aufsichtsrat kennenlernen. Und ich habe die Presseabteilung angewiesen, für Freitag eine Konferenz für Sie einzuberufen.«

»Das Mittagessen paßt mir«, sagte ich, »aber Freitag ist unmöglich; ich werde nicht hier sein.« Ich ließ ihm Zeit, das zu verdauen. »Die Pressekonferenz halten wir ab, sobald ich etwas zu sagen habe; das ist im Augenblick noch nicht der Fall.«

»Wo werden Sie sein?«

»In Los Angeles.«

»Was haben Sie da drüben so Wichtiges zu tun?«

Ich begegnete seinem Blick. »Ich will versuchen, die Samstagabende wieder für uns zu ergattern.«

5

»Ist mein Vater mitgekommen?« fragte sie, als ich ins Zimmer trat.

Ich schüttelte den Kopf.

»Das war doch sein Wagen, mit dem du hergefahren bist«, sagte sie vorwurfsvoll.

Sie war angezogen und zum Fortgehen bereit, ihr kleiner Koffer stand mitten im Zimmer.

»Er hat mir die Limousine geliehen«, sagte ich. »Er dachte, es würde bequemer sein als ein Taxi.«

»Er weiß es?«

»Ja.«

Sie schien sich zu entspannen, ging quer durch das Zimmer und nahm ein Päckchen Zigaretten aus ihrer Handtasche. »Wie hat er es herausgefunden? Hast du's ihm gesagt?«

»Sei doch nicht so dumm, Barbara«, sagte ich, »er wußte es bereits. Er wußte sogar, daß ich dich zum Arzt brachte.«

»Verdammt!« sagte sie. »Er läßt nie locker. Dieses verfluchte Mädchen schmeiß ich raus, sicher hat sie es ihm gesagt, sie war die einzige außer uns, die davon wußte. Immer horcht sie am Schlüsselloch.«

»Er ist dein Vater«, sagte ich. »Es ist normal, daß er sich darum kümmert ...«

»Was verstehst du denn davon?« schnauzte sie mich an. Ihre Stimme wurde wild. »Ihm liegt nichts an mir oder an irgendwem. Er will nur alles beherrschen. Deshalb ist ihm meine Mutter davongelaufen. Aber sogar das hat ihn nicht geändert; er hat sie verfolgt, bis sie sich umbrachte. Und das gleiche macht er jetzt mit mir.«

»Immer mit der Ruhe, mein Kind«, sagte ich.

Sie lachte bitter. »Du hast ja keine Ahnung. Aber warte nur, bis er dich in den Händen hat. Dann gehörst du ihm, und dann wirst du es verstehen. Ich weiß noch, was er meiner Mutter gesagt hat. ›Keiner verläßt Spencer Sinclair, außer wenn ich es will.‹«

Sie drückte ihre Zigarette aus. »Ich will nicht zurück in meine Wohnung.«

»Das hast du zu entscheiden. Du bist ein erwachsenes Mädchen. Ich bin nur hergekommen, um dich von hier abzuholen.«

Sie kam mit weit aufgerissenen Augen auf mich zu. »Laß mich bei dir wohnen, Steve.«

»Das schlag dir aus dem Kopf.«

»Bitte, Steve«, sie griff nach meiner Hand. »Nur für ein paar Tage, bis ich wieder einen klaren Kopf habe. Ich will nicht allein in der Wohnung bleiben.«

»Du bist wahnsinnig«, sagte ich. »Bei mir zu Hause wird es in den nächsten Tagen zugehen wie auf dem Hauptbahnhof.«

»Ich werde brav sein, dich überhaupt nicht stören.«

»Warum denn ich? Du hast doch noch andere Freunde.«

Sie blickte zu mir hoch, in ihre Augen trat ein verletzter Ausdruck. Sie ließ meine Hand los und holte ihren Koffer. »Also gut,

Steve«, sagte sie ruhig. »Ich bin bereit!«

Ich nahm den Koffer, und wir gingen zum Wagen hinunter. Ich glaube, wir sprachen keine zwei Worte auf der Fahrt in die Stadt. Der Chauffeur beobachtete uns im Rückspiegel; sie ignorierte ihn, obwohl sie ihn offenbar kannte.

Der Wagen hielt vor ihrer Wohnung in der Park Avenue. Der Portier eilte herbei, um ihren Koffer zu tragen. Ich stieg mit ihr aus.

»Fühlst du dich jetzt wohler?« fragte ich.

Sie nickte.

»Ruh dich aus und gib acht auf dich«, sagte ich. »Ich rufe dich nachher an, möchte hören, wie es dir geht.«

»Ja, ja«, sagte sie.

Ich küßte sie auf die Wange, und sie betrat das Haus. Als ich ins Büro zurückkam, war es fast fünf Uhr geworden, und die Memoranden und notierten Anrufe stapelten sich bis zur Decke. Ich machte mich an die Arbeit, und ehe ich mich versah, war es acht Uhr, und Jack Savitt rief an.

»Immer noch am Schreibtisch?« fragte er lachend. »Du gibst ein schlechtes Beispiel.«

Ich warf einen Blick auf die Papiere, die noch zu erledigen waren. »Ja.«

»Ich hab mich umgetan«, sagte er. »Ich glaube, ich kann dir dein Programm zusammenstellen.«

»Sehr gut.«

»Soll ich rüberkommen, damit wir es besprechen?«

Ich blickte auf die Uhr. »Nein. Treffen wir uns in einer Viertelstunde im Steak House von MacCarthy in der Zweiten Avenue.«

»Einverstanden.«

Ich legte auf und drückte auf den Summer. Fogarty kam herein. »Packen Sie mir den Rest von dem Zeug ein«, sagte ich zu ihr, »ich werde es zu Hause durchsehen.«

Sie nickte, ich ging ins Badezimmer und wusch mich. Ein Blick in den Spiegel zeigte mir, daß ich müde war; ich sah Falten, die am Morgen noch nicht dagewesen waren. Ich grinste; es paßte zu meinem grauen Haar. Ich fragte mich, wie lange es dauern würde, bis ich die Tönung nicht mehr brauchte.

Ich legte mir eine heiße Serviette aufs Gesicht, das tat wohl. Als ich sie abnahm, waren einige Falten verschwunden. Meine Augen waren noch ein wenig blutunterlaufen. Vielleicht brauchte ich eine Brille.

Fogarty hatte mir eine Aktentasche vorbereitet. Ich sah sie mir an; sie war nagelneu, mein Name war diskret eingraviert. Fogarty schloß sie ab und gab mir den Schlüssel. »Es ist alles in Ordnung«, sagte sie. »Und ich habe die Dinge, die dringend sind, rot angestrichen.«

Joe Berger stand an der Tür, als ich bei ihm eintrat. »Ich gratuliere, Steve«, sagte er.

»Danke, Joe.« Wir schüttelten uns die Hand, und ich folgte ihm zu einer Seitenloge.

Von der Kasse her rief mir seine hübsche Frau Claire lächelnd ihren Glückwunsch zu. Ich lächelte ebenfalls und winkte ihr zum Dank.

»Womit kann ich dienen?« fragte Joe.

»Ich erwarte Jack Savitt.«

»Ich weiß; er hat angerufen, er wird fünf Minuten Verspätung haben.«

Das war für Jack ziemlich normal; es würde mindestens noch zwei solche Anrufe geben, bis er auftauchte.

»Ich möchte . . . sagen wir, vier Martinis. Ferner einen Salat mit Roquefortsauce, ein Roastbeef halbroh vom Knochen, Bratkartoffeln mit saurer Sahne, das ist alles.«

»Darf ich Ihnen als Fachmann etwas raten, Steve?«

Ich nickte.

»Sie sollten sich lieber an Scotch halten, das ist besser für Ihren Magen. Alle meine Bekannten mit Magengeschwüren trinken Martinis.«

Ich lachte. »Und wie steht's mit Coca-Cola?«

»Noch besser. Meinem Sohn wurde als Baby Coca-Sirup gegen Magenbeschwerden verordnet.«

»Gut, Joe«, sagte ich lachend. »Und jetzt lassen Sie mir die Martinis bringen.«

Er entfernte sich kopfschüttelnd. Jack kam ganz fahrplanmäßig: Zwei Anrufe und drei Martinis später stürzte er herein.

Er ließ sich mir gegenüber auf einen Stuhl fallen und blickte auf den Tisch. »Der wievielte ist das?«

»Der dritte«, sagte ich, an das Glas klopfend.

Er winkte den Kellner. »Schnell, zwei doppelte!« Dann, zu mir: »Nicht, daß ich sie nötig hätte. Aber ich will dir gegenüber nicht im Vorteil sein.«

»Nett – zur Abwechslung«, sagte ich grinsend.

Der Kellner kam mit den zwei Doppelten. Ich wollte sprechen, aber Jack hob die Hand. Rasch goß er ein Glas hinunter und war mit der Hälfte des anderen fertig, ehe er es hinstellte. »Okay, nun kannst du reden.«

»Wie steht's mit meinem Programm?«

»War keine leichte Sache.«

Ich schwieg. Das hieß noch gar nichts. Agentengerede wegen der Kosten.

»Ich hab dir sechsunddreißig Streifen besorgt. Fünf von jeder der Spitzengesellschaften, die übrigen von Unabhängigen.«

»Wie viele gute?«

»Im Durchschnitt vier von sechs, und die beiden anderen sind auch nicht übel. Zumindest keine ausgesprochenen Versager.« Er trank sein Glas aus. »Anders ließ es sich nicht machen.«

Ich nickte. Er hatte gut gearbeitet. Gewöhnlich hängten einem die Filmgesellschaften für jeden wirklich guten Film vier Nieten an.

»Nun halt dich aber fest«, sagte er. »Sie werden dich vierhundertausend Dollar das Stück kosten, und du hast genau vierundzwanzig Stunden Zeit, dich zu entschließen – oder das Geschäft ist geplatzt. Und sie verlangen sofortige Bezahlung, weil sie das Geld noch in die diesjährige Abrechnung nehmen wollen.«

Es war genau das Doppelte des bisher üblichen Preises, aber ich wußte, daß das der einzige Grund war, weshalb sie sie überhaupt vergaben. Sie waren ja auch in einer Zwangslage. Sie mußten dafür sorgen, daß die Jahresziffern gut aussahen, sonst würde es Geschrei bei den Aktionären geben. Und vor denen fürchteten sie sich im Augenblick mehr als vor den Kinobesitzern, die sie zu einer Abmachung gezwungen hatten, wonach alle später als 1948 hergestellten Filme nicht im Fernsehen gezeigt werden durften. Ihre Aktionäre konnten sie rausschmeißen, während die Kinobesitzer immer wieder zu ihnen kommen mußten, um Filme zur Vorführung zu erhalten.

»In Ordnung«, sagte ich. »Kauf sie.«

Er starrte mich an. »Weißt du, was du tust? Das sind mehr als vierzehn Millionen Dollar.«

»Ich hab gesagt: kauf sie.«

»Willst du nicht einmal wissen, was für Filme es sind, welche Stars darin spielen?«

»Der Fachmann bist du, Jack«, erwiderte ich kurz angebunden. »Ich verlasse mich auf dein Urteil. Du sagtest ja, du willst mich nicht übervorteilen.«

»Es ist aber doch dein Job. Wenn die Filme nichts taugen ...«

Ich unterbrach ihn. »Hier irrst du eben, Jack«, sagte ich kalt. »Es ist mein Job. Wenn die Filme Versager sind, trifft das deine Agentur. Bei meinem Job werden Irrtümer geduldet, aber wenn du mich nicht zufriedenstellst, verkauft WAM nie wieder eine Show an Sinclair. Und dann ist es aus mit deiner Agentur, denn die Geschäfte mit den anderen Sendergruppen reichten nicht mal für die Miete eines Stockwerks deiner Büros.«

Er war blaß geworden und hatte kleine Schweißtropfen auf der Stirn. Er trank sein zweites Glas langsam und ohne die Augen von mir zu wenden. Dann sagte er: »Es sind gute Filme.«

Ich bedrängte ihn nicht weiter. »Na also, warum machst du dir dann Sorgen?« Ich lächelte. »Laß es gut sein, gehen wir essen – ich hab einen Wolfshunger.«

Er schien aber merkwürdigerweise wenig Appetit zu haben.

Es war nach elf Uhr, als ich die Tür zu meinem Apartment aufschloß. Ich war überhaupt nicht müde, öffnete die Aktenmappe und breitete die Papiere auf dem Eßtisch aus.

Als ich fertig war und ins Bett fiel, war ein Uhr vorbei. Meine Augen brannten und stachen, ich schlief aber doch sofort ein. Ich konnte nicht mehr als eine halbe Stunde geschlummert haben, als es draußen klingelte.

Zuerst hielt ich es für ein Echo in meinem Kopf und versuchte es abzustellen; schließlich schlug ich aber doch die Augen auf. Einen Moment brauchte ich noch, um mich an die Dunkelheit zu gewöhnen. Die Klingel ertönte noch einmal, lauter. Ich fuhr aus dem Bett, ging zur Tür und öffnete.

Sie trug einen enganliegenden Pelzmantel und hielt eine kleine Geldbörse in der Hand. Ihre blauen Augen sahen mich ängstlich an.

Ich stand eine Weile da, dann trat ich zurück, und sie warf sich mir zitternd und weinend in die Arme. Ich schloß die Tür.

»Du hast mir nicht gesagt, daß du umziehst«, schluchzte sie.

Ich hielt sie fest.

»Zuerst war ich in der alten Wohnung; der Portier gab mir deine neue Adresse.« Sie blickte zu mir auf, ihre Augen waren voller Tränen. »Bist du mir sehr böse, Steve?«

Ich schüttelte den Kopf.

Die Worte sprudelten aus ihr hervor. »Ich konnte es dort nicht mehr aushalten. Ich war allein. So allein. Immer mußte ich an deine Worte denken. Du sprachst von anderen Freunden. Da wurde mir zum erstenmal etwas klar. Nämlich, daß ich keine anderen Freunde habe. Wirklich nicht. Nur Freunde für Spaß und Spielerei, sonst nichts. Ich trank eine halbe Flasche Whisky aus. Er schmeckte schauderhaft. Ich versuchte es mit Hasch, rauchte drei Stück. Es half nichts. Dann wollte ich schlafen und nahm ein Nembutal. Als ich aufstand, um mir die vierte Tablette zu holen, wußte ich schon, daß ich nicht einschlafen könnte.

Ich starrte im Badezimmer in den Spiegel, und da sah mir nur das Bild meiner Mutter entgegen. Ich dachte, ich würde so enden wie sie. Am Morgen kommt man zu mir herein, und ich liege auf dem Boden. Ich hatte Angst.

Ich versuchte dich anzurufen, aber ich erhielt immer wieder die Antwort, die Nummer sei abgeschaltet. Da war ich schon in Panikstimmung. Ich konnte sonst nirgendwo hingehen, also kam ich zu dir.«

Sie fuhr sich mit der Hand über die Augen. Ihr Mantel öffnete sich, und ich sah, daß sie nichts darunter trug als ihr Nachthemd. »Laß mich nur heute nacht hier bleiben. Morgen früh gehe ich wieder fort. Bitte!«

»Nun bist du hier«, sagte ich, »also gehen wir zu Bett.«

Ich führte sie ins Schlafzimmer. »Du mußt dir das Gesicht waschen, es ist voller Wimperntusche.«

Sie ging gefügig ins Badezimmer; ich drehte das Licht ab und stieg ins Bett. Ich hörte das Wasser plätschern. Bald darauf öffnete sich die Badezimmertür, und das Licht drang durch die Öffnung herein.

»Bin ich jetzt sauber?« fragte sie.

Ich konnte ihr Gesicht nicht sehen – es lag im Schatten –, wohl aber ihre Gestalt durch das Nachthemd. Ich lachte still vor mich hin. Das, was ich sehen konnte, war nicht übel. »Prima«, sagte ich.

Sie kam ins Bett. Ich machte ihr Platz. »Nein, Steve«, sagte sie, »ich will, daß du mich hältst.«

Ich streckte einen Arm aus und zog ihren Kopf an meine Schulter. Eine Weile blieb sie still, dann setzte sie sich plötzlich auf. Mit einer schnellen Bewegung zog sie das Nachthemd über ihren Kopf, dann schmiegte sie sich an mich.

»So ist es gut«, murmelte sie, »ich will deinen Körper neben mir spüren.« Sie wälzte sich herum und zog meine Hand auf ihre Brüste.

Ich fühlte, wie fest sie waren und wie sich die harten Warzen unter meinen Fingern leicht zusammenzogen. Die Hitze stieg in mir hoch. Nun war ich es, der nicht schlafen konnte.

Sie nahm meinen Penis in die Hand und streichelte ihn sanft. »Tut mir leid, Steve«, flüsterte sie, »wir können eine Woche lang nicht ficken.«

»Ich weiß«, sagte ich verdrießlich. »Versuchen wir zu schlafen.«

Ihre Hand wurde still. Ich schloß die Augen. Nach einigen Minuten sprach sie wieder. »Gib mir einen Gutenachtkuß, Steve.«

Ich küßte sie leise, ihre Lippen antworteten mit leichtem Gegendruck. Sie schloß die Augen, und ihre Stimme war nur noch ein Hauch. »Steve.«

»Ja?«

»Versprich mir etwas.«

»Was denn?«

»Zuerst versprich es.« Sie war wie ein Kind.

Ich legte mich wieder auf das Kissen. »Also gut, ich verspreche.«

»Du wirst morgen früh meine Punze nicht ansehen. Man hat sie rasiert, und sie sieht komisch aus.«

Ich lachte leise. »Um Himmels willen, schlaf jetzt.«

Ich hätte mir die Worte sparen können. Sie schlief bereits. Ihre Hand wurde schlaff und fiel von mir ab. Sie schien so jung und wehrlos im Dunkeln. Ich schloß die Augen.

Aber die Wärme und der Duft kamen von einer Frau, und es gab keine Ruhe für mich. Schließlich stieg ich aus dem Bett. Sie rührte sich nicht einmal. Ich ging ins Wohnzimmer.

Erst nach der Spätschau im Fernsehen schlief ich endlich ein.

6

Ich war sechzehn Jahre alt und stand vor dem Hochschulstudium, als meine Eltern starben. Es war einer jener verrückten Unfälle, wie sie während des Krieges oft passierten. Alle Autoscheinwerfer mußten wegen der an der Ostküste herrschenden Verdunklungsvorschriften in ihrer oberen Hälfte schwarz gestrichen sein, damit die Strahlen vom Himmel nicht gesehen werden konnten. Als der andere Wagen an den Scheitelpunkt der Steigung kam und die Scheinwerfer meinen Vater direkt in die Augen trafen, bog er, um einen Zusammenstoß zu vermeiden, ein wenig nach rechts aus. Und damit war es geschehen.

Der große Packard kam von der Straße ab und stürzte über einen Abhang hundert Meter tief, stieß zweimal gegen die Felsen, überschlug sich und blieb zehn Meter unter dem Meeresspiegel liegen.

»Du mußt tapfer sein«, sagte Mr. Blake, der Rechtsanwalt, zu mir, als ich nach dem Begräbnis tränenlos vor ihm in seiner Kanzlei saß. »Es war glücklicherweise schnell vorbei. Sie haben gar nichts mehr gemerkt.«

Ich blickte hinüber zu Tante Prudence, die ihm gegenüber vor dem Schreibtisch saß. Ihr Name paßte nicht zur ihr. Sie war vor langer Zeit aus New Bedford nach Kap Ann gezogen. Mein Vater hatte nur selten von seiner jüngeren Schwester gesprochen, ich hatte aber doch alle Geschichten über sie gehört.

Daß sie sich in einen Künstler verliebt hatte, daß sie ihm nach Paris gefolgt war und daß sie dort von ihm verlassen wurde, da er zu seiner Frau zurückging. Dann hatte sie noch andere Affären, über die geflüstert wurde, aber eines Tages kehrte sie nach New Bedford zurück.

Mein Vater wußte nicht, daß sie da war, bis sie ihn in seinem Bankbüro aufsuchte. Sie hatte einen etwa fünfjährigen Jungen bei sich, der sich ängstlich an ihrem Rock festhielt.

»Hallo, John«, sagte sie.

»Prudence«, sagte mein Vater steif.

Sie wandte sich an den kleinen Jungen. »Sag dem Herrn guten Tag, Pierre.«

»*Bonjour*«, sagte der Kleine schüchtern.

»Er spricht nur französisch«, sagte Tante Prudence.

»Wer ist das?« fragte mein Vater und starrte ihn an.

»Mein Sohn«, sagte sie, »ich habe ihn adoptiert.«

»Und das soll ich dir glauben?«

»Ist mir völlig schnuppe, was du glaubst«, sagte sie. »Ich bin nur wegen meines Geldes gekommen.«

Mein Vater wußte, was sie meinte. Aber in ihm lebten noch

die Prinzipien von Neu-England: Frauen durfte man nichts anvertrauen, nicht einmal ihre eigene Erbschaft. »Vater hat in seinem Testament verfügt, daß das Geld in der Bank bleibt, bis du dreißig bist.«

»Ich wurde vorigen Monat dreißig«, sagte sie.

Endlich lenkte er den Blick von dem Jungen ab und sah ihr ins Gesicht. »Richtig«, sagte er mit einem leichten Staunen in der Stimme. »Du bist tatsächlich schon dreißig.«

Er griff nach dem Telefonhörer und verlangte das Archiv der Treuhandkonten. »Es waren schwere Zeiten«, sagte er. »Aber es ist mir doch gelungen, dein Vermögen unversehrt zu erhalten, es sogar ein wenig zu vermehren, obwohl du immer alle Erträge so schnell herausnahmst, wie sie anwuchsen.«

»Ich habe nie daran gezweifelt, John, daß du das für mich tun würdest.«

Sein Vertrauen zu ihr nahm ein wenig zu. »Vernünftiger wäre es, wenn du dein Kapital hier ließest. Die Zinsen machen etwa dreitausendfünfhundert jährlich aus. Davon kannst du ganz hübsch leben.«

»Wahrscheinlich«, sagte sie, »aber das ist nicht meine Absicht.«

»Was willst du mit dem Geld machen?«

»Ich hab es schon gemacht«, sagte sie. »Ich habe mir einen kleinen Gasthof auf Kap Ann gekauft. Ich hab mir alles gut überlegt. Der Gasthof läuft von selbst, und ich kann weiter malen. Pierre und ich können dort sehr nett leben.«

Mein Vater wollte es ihr ausreden; sie schnitt ihm das Wort ab.

»Ich will Pierre ein Heim geben«, sagte sie. »Glaubst du, das wäre hier möglich?«

Tante Prudence reiste nach Kap Ann. Einige Jahre später erfuhren wir von einem gemeinsamen Freund, der sie besucht hatte, daß der kleine Junge gestorben war.

»Eigentlich besser so«, meinte mein Vater. »Er sah nicht sehr kräftig aus. Außerdem sprach er nur französisch.«

»War er mein Vetter?« fragte ich. Damals war ich etwa sechs Jahre alt.

»Nein«, sagte mein Vater scharf.

»Wenn er aber Tante Prues kleiner Junge war . . .«

»Er war nicht ihr kleiner Junge«, fuhr mich mein Vater an. »Sie hat ihn nur adoptiert, weil er kein Heim und keine Eltern hatte. Deine Tante Prudence hatte Mitleid mit ihm.«

Das Gespräch muß auf mich einen größeren Eindruck gemacht haben, als ich damals ahnte. Ich erinnerte mich daran, als ich vor Mr. Blakes Schreibtisch saß und zu meiner Tante hinübersah. Nun war ich an der Reihe; ich hätte gern gewußt, ob sie mit mir auch Mitleid hatte.

»Stephen.« Ich richtete meinen Blick auf Mr. Blake.

»Ja, Sir.«

»Du bist kein Kind mehr, aber auch noch kein Mann«, sagte er, »ich meine dem Gesetz nach. Ich glaube aber, du solltest ein Mitspracherecht haben. Dein Vater war kein reicher Mann, hat dich aber immerhin gut versorgt zurückgelassen. Es ist genug Geld vorhanden, damit du die Schule beenden und studieren kannst, und es wird sogar ausreichen, um dir den Start in einen von dir erwählten Beruf zu ermöglichen. Bleibt nur noch die Frage, wo du leben wirst.

Deine Eltern haben mich zum Verwalter ihres Nachlasses bestimmt, jedoch keinen gesetzlichen Vormund für dich vorgesehen. Das Gericht muß für die Zeit, bis du volljährig bist, einen ernennen.«

In diesem Moment wechselten meine Tante und ich einen Blick. Ich fühlte mich zu ihr hingezogen und fragte mich nicht mehr, wie sie über mich dachte. Ich wußte es.

»Mr. Blake«, sagte ich, ohne meinen Blick von ihr zu wenden, »könnte nicht meine Tante Prue – ich meine, ginge es nicht, daß Tante Prue . . .«

Einen Augenblick herrschte Stille, dann sahen wir ihn an. Er lächelte. »Ich hoffte, daß du das sagen würdest, Stephen. Da gibt es gar kein Problem; deine Tante ist ja deine nächste Verwandte.«

Tante Prue erhob sich und kam auf mich zu. Sie faßte mich an der Hand, und ich sah Tränen in ihren Augen. »Auch ich hoffte, du würdest das sagen, Stephen.«

Plötzlich lag ich in ihren Armen; ich weinte, und ihre Hand strich sanft über mein Haar. »Nur ruhig, Stephen, nur ruhig, nun wird alles wieder gut.«

Einen Monat später kam ich zu den Sommerferien aus der Schule und fuhr geradewegs zu Tante Prue. Es war spät am Nachmittag, und die Hitze des Tages lag noch über dem Bahnhof. Es stiegen noch einige andere Fahrgäste aus, doch sie verließen bald den Bahnsteig, und ich blieb allein zurück. Ich griff meinen Koffer und trottete zu der kleinen hölzernen Stationshütte. Hoffentlich hatte meine Tante das Telegramm rechtzeitig erhalten.

Gerade als ich zum Ausgang kam, fuhr ein arg mitgenommenes Plymouthcoupé vor, und ein junges Mädchen sprang heraus. Sie sah mich einen Augenblick verwundert an, dann fragte sie: »Stephen Gaunt?«

Sie hatte Farbkleckse im Gesicht, und ihr langes, von der Sonne gebleichtes Haar fiel über das blaue Baumwollhemd hinab, das unordentlich in einer verschossenen Männerhose steckte. »Ja«, sagte ich.

Sie lächelte erleichtert. »Ich heiße Nancy Vickers. Ihre Tante hat mich hergeschickt, um Sie abzuholen. Sie konnte nicht kommen, weil sie gerade unterrichtet. Werfen Sie Ihr Gepäck auf den Rücksitz.«

Sie stieg ein, und ich folgte ihr. Sie legte gewandt den Gang ein, blickte mich an und lächelte wieder. »Sie haben mich überrascht.«

»Wieso?«

»›Fahr zum Bahnhof und hol meinen Neffen ab‹, hat Ihre Tante gesagt. Ich glaubte, es handle sich um ein Kind.«

Ich lachte, ein wenig geschmeichelt.

»Wie war die Fahrt?« fragte sie.

»Es war ein Bummelzug, langweilig. Blieb alle zwanzig Minuten stehen, um einen Schnellzug vorbeizulassen.« Ich nahm ein Päckchen Zigaretten aus der Tasche und bot ihr eine an. Sie bediente sich. Ich zündete zuerst ihre Zigarette an, dann meine. »Sind Sie bei meiner Tante angestellt?«

Sie schüttelte den Kopf, der Rauch kräuselte sich an ihren Augen vorbei. »Nein, ich bin eine ihrer Schülerinnen. Ich stehe auch Modell.«

»Oh«, sagte ich. Ich hatte nicht gewußt, daß Tante Prue Kunstunterricht gab.

Sie verstand es anders. »So übel ist das gar nicht«, erklärte sie. »Durch das Modellstehen verdiene ich mir Geld für die Stunden.«

»Was studieren Sie?«

»Hauptsächlich Malerei. Aber auch zweimal in der Woche Bildhauerei. Ihre Tante sagt, das nützt der Form.«

Ich sah sie an und grinste. »Für die Form, meine ich, brauchen

Sie keine Hilfe.«

Sie sah meinen Blick und lachte. »Wie alt, sagten Sie, daß Sie sind?«

»Ich hab's nicht gesagt; siebzehn, wenn Sie's wissen wollen.« Ein Jahr war dabei gemogelt.

»Sie sehen älter aus. Sie sind groß für Ihr Alter. Ich bin gar nicht soviel älter als Sie. Ich bin neunzehn.«

Wir hatten eben die kleine Stadt hinter uns gelassen und schwenkten nach links in eine Straße ab, die zum Strand zu führen schien. Knapp davor bogen wir scharf nach rechts in eine unauffällige Einfahrt ein.

Das Haus lag auf einem kleinen Hügel mit Blick auf die See; es war durch eine Reihe von Kiefern gegen die Straße abgeschirmt. Sie brachte den Wagen zum Stehen. »Da wären wir«, sagte sie.

Ich blickte hinaus. Es war ein typisches Kap-Cod-Landhaus, nur natürlich viel größer. Zu beiden Seiten des Lattentors hingen zwei Holzschilder.

Auf dem linken stand CAPE VIEW. GASTHOF UND BUNGALOWS. FÜR EXKLUSIVE GÄSTE. Später sollte ich erfahren, daß das lokaler Snobismus war.

Auf dem rechten Schild stand PRUDENCE GAUNT. UNTERRICHT IN MALEREI UND BILDHAUEREI FÜR BEGABTE STUDENTEN. »Exklusiv« und »begabt« bedeuteten, wie ich gelegentlich feststellte, für meine Tante Prue genau das gleiche. Sie hatte noch genug Neu-England-Geist in sich, um die Exklusivität ihrer Gäste und die Begabung ihrer Schüler nach deren Zahlungsfähigkeit zu beurteilen.

Nancy beugte sich vor und stieß die Tür auf meiner Seite auf Ich fühlte den festen Druck ihrer Brust an meinem Arm. Im selben Augenblick sah sie mir lächelnd ins Gesicht. Sie machte keine Anstalten, sich wieder aufzurichten. Ich spürte, wie mir die Röte vom Hals ins Gesicht hochstieg.

»Sie wohnen im Hauptgebäude«, sagte sie und saß endlich wieder gerade. »Ihre Tante sagte, Sie sollen Ihr Gepäck gleich hinübertragen.«

Ich stieg aus dem Wagen und nahm meinen Koffer. »Besten Dank«, sagte ich.

»Nichts zu danken.« Sie legte wieder den Gang ein, hielt jedoch den Schalthebel fest, ehe sie abfuhr. »Die Studenten wohnen in den Bungalows hinter dem Hauptgebäude. Ich bin in

Nummer Fünf, falls Sie etwas brauchen sollten.« Sie ließ den Schalthebel los und fuhr hinter das Haus.

Ich wartete, bis der Wagen verschwunden war, dann stieg ich die Treppe hoch und ging in das Haus. Der Vorraum war leer. Ich stellte den Koffer ab und fragte mich, wo ich nun hingehen sollte. Ich hörte Stimmen hinter einer verschlossenen Tür. Ich öffnete sie und trat ein.

Die Stimmen verstummten jäh, und ich blieb stehen. Vier oder fünf Mädchen, die in Arbeitskitteln hinter ihren Staffeleien standen, drehten sich zu mir um. Ich nahm sie kaum wahr.

Das einzige, was ich richtig sah, war ein nacktes Modell, das auf einer kleinen Plattform stand. Ich starrte mit offenem Mund. Es war das erstemal, daß ich ein nacktes Mädchen sah. Ich wußte nicht, ob ich gehen oder bleiben sollte, und wenn ich es gewußt hätte, bezweifle ich, daß ich imstande gewesen wäre, das eine oder das andere zu tun. Ich war buchstäblich auf der Stelle festgefroren.

»Schließ die Tür und setz dich hin, Stephen, es zieht«, kam die Stimme meiner Tante Prue sarkastisch von vorn, neben dem Modell. »In einigen Minuten ist die Stunde zu Ende.«

7

Die Nacht war warm und voller guter Dinge. Ich wälzte mich auf den Rücken und blickte zu Nancy auf. Sie saß, die Knie bis zur Brust hochgezogen, am Kopfende des Betts. In der schwachen Beleuchtung sah ich die hellen Stellen auf ihrem gebräunten Körper, wo der Bikini sie vor den Sonnenstrahlen geschützt hatte. Einen Augenblick glühte die Haschischzigarette auf, und ich konnte den düster-nachdenklichen Ausdruck auf ihrem Gesicht erkennen.

»Sei nicht geizig«, sagte ich, »teil deinen Reichtum.« Ich nahm ihr die Zigarette aus der Hand und machte einen Zug. Jetzt wurde das Gute noch besser.

Sie nahm sich die Zigarette wieder. Ich hielt den Rauch, so lang ich konnte, in der Lunge, dann ließ ich ihn langsam hinausströmen, wälzte mich herum, vergrub mein Gesicht in ihrem weichen Pelz und atmete ihren weiblichen Duft ein.

»Das ist das richtige für mich«, sagte ich, »besser als das ganze

Marihuana.«

Sie wickelte mein Haar um ihre Finger und drehte mein Gesicht zu sich. Sie schaute es lange an. Ich weiß nicht, was sie sehen wollte, aber als sie mich losließ, war ihre Miene immer noch düster.

»Du bist ja ganz woanders, Nancy«, sagte ich. »Was ist los mit dir?«

Sie blieb einen Augenblick still, dann stieg sie aus dem Bett. Ich sah, wie sich ihre kleinen, braunen Brustwarzen bei der Berührung der kühlen Luft vom offenen Fenster her zusammenzogen. »Ich hab dir nie gesagt, daß ich verheiratet bin, nicht wahr?« fragte sie zögernd.

»Nein«, sagte ich und setzte mich im Bett auf.

»Ich hätte es tun sollen.«

»Warum?«

»Dann wäre alles anders gewesen.«

»Wieso?«

»Dann wäre es vielleicht nicht passiert.«

Ich überlegte eine Weile. Ich verstand sie nicht. Das Gute war immer noch da. »Dann bin ich froh, daß du mir's nicht gesagt hast.«

»Er kommt morgen zurück.«

»Wer?«

»Mein Mann. Sein Schiff läuft in New London ein, und ich fahre hin, um ihn abzuholen.«

»Oh«, sagte ich. »Wann kommst du zurück?«

»Du hast nicht begriffen«, sagte sie. »Ich komme nicht zurück. Er wird zum Küstendienst versetzt. Wir gehen nach Pensacola.«

Ich schwieg.

Mein Schweigen wurde von ihr mißverstanden. »Ich wollte es dir eigentlich nicht so sagen«, erklärte sie. »Ich wollte dir nicht weh tun. Ich hatte die Absicht, dich zu verlassen, ohne etwas zu sagen, aber ich brachte es nicht fertig. Es tut mir leid, Steve.«

Ich nahm ihr die Zigarette aus der Hand und sog daran. Sie war bis knapp an meine Lippen heruntergebrannt, ich spürte die Glut. Sie nahm mir den Stummel aus dem Mund und drückte ihn in einem Aschenbecher aus. Sie zog meinen Kopf auf ihren Busen. Ich hob die Hände und drückte ihre Brust an meine Wangen. Langsam bewegte ich meinen Kopf von einer Seite zur anderen und fuhr mit meiner Zunge über ihre Brustwarzen.

»Es tut mir leid, Steve«, sagte sie noch einmal, indem sie sich an mich drückte.

»Aber nein«, sagte ich, »es ist alles gut.«

»Ist es wirklich gut?« fragte sie. Ihre Stimme hatte einen seltsamen Klang. Sie schob mich zurück aufs Bett, und ich drang in sie ein.

Ich fühlte ihre feuchte Wärme über mir, als sie wild wurde. Sie stieß wie rasend auf und nieder und gab Töne von sich wie die Tiere in der Nacht. Ich konnte nur mit größter Mühe in ihr bleiben. Plötzlich kam sie zum Höhepunkt. »Don!« schrie sie.

Sie erstarrte.

»Macht mir nichts aus, wie du mich nennst«, sagte ich unter heftigen Stößen. »Nur hör nicht auf zu vögeln!«

»Du gemeiner Hund!« sagte sie, während sie mich in sich einsog. »Nur daran liegt dir etwas!«

Ich wälzte mich über sie und stemmte sie diesmal, bis ihr Höhepunkt mich mitriß und das Mark aus meinen Knochen in sie verströmte wie draußen die tosende Brandung des Ozeans. »Steve! Steve!« Ihre Fingernägel bohrten sich in meinen Rücken.

Ich faßte ihre Hände und hielt sie nieder. Da lagen wir nun, nach Atem ringend. »Diesmal hast du den richtigen Namen erwischt.«

Sie starrte mich böse an. Dann brüllten wir beide vor Lachen.

Als ich das Hauptgebäude betrat, drang ein Lichtschein aus Tante Prues Büro. Ich blickte auf meine Armbanduhr, es war nach Mitternacht. Leise stieg ich die Treppe hinauf.

»Stephen!«

Ich wandte mich um und sah sie unten stehen. »Ja, Tante Prue?«

»Alles in Ordnung bei dir?« Ich nickte. »Jawohl, Tante Prue.« Sie zögerte einen Augenblick, dann ging sie zurück in ihr Zimmer. »Gute Nacht, Steve.«

Einige Minuten später klopfte es an meiner Tür. »Ja?« sagte ich.

»Ich bin's. Tante Prue. Darf ich hineinkommen?«

»Bitte, es ist offen.«

»Ich weiß nicht, wie ich mit dir darüber sprechen soll . . .« Sie kam nicht weiter und sah mich nur an.

Ich wußte zuerst nicht, worauf sie starrte, dann sah ich es

selbst. An meinen Schultern und an der Brust zeigten sich Kratzspuren. Ich nahm mein Hemd vom Stuhl und zog es an.

»Hat sie das getan?« Ihre Stimme klang zornig.

»Bevor ich antworte, Tante Prue, sag mir, auf wen du böse bist.«

Sie sah mich noch eine Weile an, dann lächelte sie kläglich. »Auf mich selbst, nehme ich an. Ich sah dich noch als kleinen Jungen an. Es war mir nicht klar, daß du beinahe erwachsen bist.« Sie setzte sich auf den Bettrand. »Ich hoffe, es war nicht falsch von mir, dich hierherkommen zu lassen.«

»Ich kannte schon Mädchen, bevor ich herkam, Tante Prue.«

»Es gibt verschiedene Arten des Kennens«, sagte sie. »Nicht alle Mädchen sind wie Nancy.«

Ich antwortete nicht.

»Ich hatte die Absicht, mit dir zu sprechen«, sagte sie unbeholfen, »aber ich weiß nicht recht, wie ich es anfangen soll.«

Ich setzte mich ihr gegenüber auf den Stuhl. »Ja, Tante Prue.«

»Es gibt Dinge, weißt du, auf die man achtgeben muß«, fuhr sie fort, indem sie meinen Blick mied. »Die Mädchen können Babys bekommen, und es gibt Krankheiten, die ...« Sie brach ab, als sie ein leichtes Lachen in meinen Augen aufblitzen sah. »Was erzähle ich dir denn da?« sagte sie verwirrt. »Du weißt das wohl alles selbst.«

»Ja, Tante Prue«, sagte ich feierlich.

»Warum hast du mich dann nicht unterbrochen?«

»Ich wußte nicht recht, wie«, gestand ich. Ich lächelte. »Es hat noch niemand mit mir über diese Dinge gesprochen.«

Sie blickte mir fest in die Augen. »Ich glaube, du solltest einen Job für den Sommer annehmen. Es ist nicht gut für dich, wenn du die ganze Zeit hier herumlungerst, ohne etwas zu tun.«

»Das ist eine gute Idee«, sagte ich.

»Ich habe mit Mr. Lefferts gesprochen. Er sagt, er könnte dich nachmittags drüben in der Rundfunkstation brauchen. Viel wirst du dabei nicht verdienen, aber du hast etwas zu tun.«

Und so hatte alles begonnen. Ehe der Sommer vorüber war, machte ich die Programmgestaltung und den Verkauf für Lefferts. Und als ich in die Schule zurückkehrte, wußte ich, was ich werden wollte.

8

Der Fernsehapparat meldete sich lärmend und weckte mich. Ich starrte ihn verständnislos an. Kanal 7. Ich stand auf und schaltete auf Sinclair um. Dann rief ich unten an, bestellte Orangensaft und Kaffee und stellte mich unter die heiße Dusche, bis die Schmerzen aus meinen Knochen wichen. Als ich herauskam, standen Orangensaft und Kaffee auf dem Frühstückstisch, und die Morgenzeitung lag daneben. Barbara schlief noch fest, als ich zur Arbeit ging. Die drei Schlaftabletten hatten schließlich doch ihre Wirkung getan.

Ich war früh im Büro, aber Fogarty war noch vor mir da. Ich warf die Papiere, die ich mit nach Hause genommen hatte, auf ihren Schreibtisch. Sie gab mir die Liste mit den Terminen für den Tag. Ich änderte nur einen Punkt: Ich setzte Winant von der technischen Abteilung auf neun Uhr und machte ihn zum ersten Gesprächspartner des Vormittags.

Er war hochgewachsen, rauchte Pfeife und trug eine stahlgerahmte Brille. »Guten Morgen, Mr. Gaunt«, sagte er und legte ein Blatt Papier auf meinen Schreibtisch.

Ich nahm es zur Hand. Es war sein Rücktritt, wie ich es am Tag zuvor verlangt hatte. Ich sah ihn an.

»Ich dachte, da ich ohnehin heraufkomme, gebe ich es Ihnen gleich selbst«, sagte er unbefangen.

Ich lächelte ihm zu. »Danke.«

Fogarty kam mit einem Kaffee herein. Auf dem Tablett stand auch eine Tasse für Winant.

»Keine Anrufe«, sagte ich, als sie hinausging. Ich trank meinen Kaffee. »Mr. Winant, wie sieht es mit dem Farbfernsehen aus?«

»Wir haben sämtliche Überprüfungen gemacht«, sagte er.

»Und?«

»Wir warten.«

»Worauf?« fragte ich.

»Wie es ankommt«, sagte er verlegen. »NBC . . .«

»NBC interessiert mich nicht«, fauchte ich. »Mich interessiert Sinclair. Warum warten wir?«

»Ich bin Techniker«, sagte er schließlich. »Ich mache keine Politik.«

Ich lächelte. »Jetzt beginnen wir, uns zu verstehen.«

Er war erstaunt.

Ich machte es ihm leicht. »Wenn ich Ihnen sage, jetzt heißt die Politik Farbe: Wie schnell können Sie dann mit den Sendungen beginnen?«

Sein Interesse erwachte. »Ich kann das ganze Sendernetz bis zum kommenden September auf Farbe umstellen.«

»Können Sie mir bis zum neuen Jahr New York, Chikago und Los Angeles soweit bringen?«

»Das ist nicht viel Zeit.«

»Ich weiß.«

Er überlegte einen Augenblick, indem er mit dem Finger auf seine Pfeife klopfte. Dann: »Wenn ich sofort anfange, kann ich es schaffen.«

»Tun Sie es«, sagte ich. »Sie haben freie Bahn.«

Er stand erleichtert auf. »Sie bekommen Ihre Farbe. Wollen Sie wissen, was das kosten wird?«

»Wenn ich es wollte, hätte ich danach gefragt«, sagte ich. »Schicken Sie nur den Kostenvoranschlag herauf. Ich werde ihn genehmigen.«

Er wandte sich zur Tür. Ich rief ihn zurück und nahm sein Rücktrittsgesuch zur Hand. »Nur noch eines, Mr. Winant.«

»Ja, Mr. Gaunt?«

»Sagten Sie, ich würde es bis zum Neujahrstag bekommen?«

»New York, Chikago, Los Angeles, richtig.«

»Okay. Sie halten Ihr Versprechen, und ich zerreiße den Wisch.«

Er blieb einen Augenblick unbewegt stehen, dann lächelte er. »Er ist schon jetzt so gut wie zerrissen, Mr. Gaunt.«

Die Tür schloß sich hinter ihm. Ich hatte das Gefühl, er würde Wort halten. Langsam riß ich das Papier mitten durch, dann steckte ich die beiden Teile in einen Umschlag und schrieb seinen Namen darauf. Ich rief Fogarty herein und ließ sie den Umschlag zu ihm hinunterschicken.

Die Zeit war gekommen, mein Team aufzubauen, und ich hätte kaum mit einem besseren Mann anfangen können.

Es war fast ein Uhr, als Jack anrief. »Ich habe gerade mit meinem Büro an der Westküste gesprochen. Sie haben den Vertrag bereit. Wann kannst du zur Unterschrift drüben sein?«

»Morgen.«

»Ausgezeichnet.« Er lachte. »Was hältst du von unserem Kundendienst? WAM!«

»Ja, WAM«, sagte ich.

»World Artists Management«, stellte er befriedigt fest.

»Hör mit dem Prahlen auf«, sagte ich. »Jetzt sehe ich mich nach einer Versicherung um.«

»Aber, Steve, mit diesen Filmen brauchst du nichts als . . .«

Ich schnitt ihm das Wort ab. »Eine Einführungs-Show. Etwas, das die Leute einfängt, bevor sie in den Maschen der anderen Sendernetze hängenbleiben.« Ich dachte eine Weile nach. »Gibt es irgendeinen großen Star, der bereit wäre, uns eine Stunde in der Woche zu machen?«

»Du bist wohl nicht bei Trost«, sagte er. »Wenn einer gut ist, hat er längst seinen Vertrag.«

»WAM! Geh hin und find mir einen.« Ich legte auf.

Unmittelbar darauf meldete sich das Telefon wieder. »Miss Sinclair am Apparat«, sagte Fogarty.

Ich drückte auf den Knopf. »Barbara.«

»Ich liebe dich«, sagte sie.

»Du bist verrückt.« Ich lachte.

»Nein, im Ernst, ich liebe dich. Du bist da, immer da.«

»Wie fühlst du dich?«

»Prima!« antwortete sie. »Mir geht's glänzend.«

»Was treibst du?«

»Eben jetzt frühstücke ich in deinem Bett; hoffentlich stören dich die Krümel nicht. Und ich hab mir den Fernsehapparat hereinrollen lassen.«

Ich war neugierig. »Was siehst du dir denn an?«

»Einen alten Film mit Jana Reynolds. Mein Gott, *die* konnte singen!«

»Ja«, sagte ich. Geistesabwesend drückte ich die Fernsteuerung auf meinem Schreibtisch. Sinclair TV leuchtete auf, eine Quiz-Show. Ich drückte auf den anderen Knopf. Der nächste Apparat wurde lebendig. *Der einsame Ranger,* normales Mittagsprogramm. »Auf welchem Kanal?«

»Sag's Daddy nicht«, lachte sie. »ABC.«

Ich drückte zweimal auf den Knopf, und Jana Reynolds erschien gerade rechtzeitig, um durch eine Werbeansage unterbrochen zu werden. Ich schaltete den Ton ab.

»Mir gefällt es hier«, sagte Barbara. »Einer der Kellner hat mich sogar Mrs. Gaunt genannt. Vielleicht gehe ich gar nicht mehr nach Hause.«

»Ist mir recht«, sagte ich mit dem Blick auf dem Fernsehschirm.

»Wann kommst du heim?«

»Warum fragst du?«

»Ich habe ein Spezialdiner für uns bestellt«, sagte sie. »Kaviar, Chateaubriand, Pommes soufflées, Dom Perignon, Kerzenbeleuchtung, kurzum den ganzen Zauber.« Sie kicherte. »Ich hab mir sogar in einem der Geschäfte im Hotel ein phantastisches Negligé bestellt.«

»Das richtige brave Hausmütterchen ...« Meine Augen waren immer noch auf den Bildschirm geheftet. Die Werbeansage wollte kein Ende nehmen. »Hoffentlich hat es nicht allzuviel Mühe gekostet.«

»Überhaupt nicht. Und ich glaube, ich habe dein Prestige hier um hundert Prozent aufgewertet.«

»Bei den Preisen für Zimmerservice hätte ich lieber darauf verzichtet.«

»Setz es doch auf das Spesenkonto. Sag Daddy, du mußt jemanden bewirten, der für die Gesellschaft furchtbar wichtig ist. Einen großen Aktionär. Schließlich hat Mutter mir ja fünfzehn Prozent von Sinclair Broadcasting hinterlassen.«

»Gut, mein Kind, du sollst recht haben. Jetzt leg aber auf, ich muß wieder weiterarbeiten.«

»Ich liebe dich«, sagte sie, und die Verbindung brach ab.

Ich legte den Hörer auf, da kam Jana Reynolds wieder ins Bild. Der Streifen war an die fünfzehn Jahre alt, und sie war damals auf ihrem Höhepunkt, etwa fünfundzwanzig, aber sie spielte noch Neunzehnjährige, und man glaubte sie ihr. Schade, daß man das nicht ewig so weitermachen kann.

Aber die Zeit hatte das ihre getan. Die Zeit und drei schlechte Ehen, Alkohol, Rauschgift, Selbstmordversuche. Als hätte jemand an einem bestimmten Punkt den Strom abgeschaltet. Du hast zu viel Talent, Baby, jetzt kriegst du auch etwas Pech zu spüren. Und sie hatte das ganze Pech bekommen.

Mit dem Filmen war es aus. Es gab jetzt andere Neunzehnjährige. Irgendwie blieb ihr trotz allem die Stimme erhalten. Gelegentlich trat sie in Konzerten oder in Nachtlokalen auf. Das Publikum liebte sie immer noch und kam in Scharen zu ihren Auftritten. Dann jedoch passierte etwas, und es gab Schlagzeilen auf den Titelseiten. Sie war betrunken und erschien nicht, oder wenn sie kam, fiel sie zu Boden und war nicht in der Verfassung zu singen. Aber die Schlagzeilen waren da und blieben da. Sie war immer noch ein Star. Sogar die Aufhebung des Konkursverfahrens gegen sie ergab einen Artikel.

Ich starrte auf den Bildschirm. Ja, sie war immer noch ein Star. Ich griff nach dem Hörer, bevor sich noch der Gedanke in meinem Kopf konkretisiert hatte. Ein Star! War das nicht gerade, was Jack für mich finden sollte?

»Jetzt weiß ich es!« schrie er. »Du spinnst!«

»Wer ist ihr Agent?«

»Sie hat keinen«, erwiderte er. »Es kommt ihr keiner mehr in die Nähe. Sie führt Prozesse mit allen Agenten, die jemals mit ihr zu tun hatten.«

»Wie hoch ist die Provision für eine Hunderttausend-Dollar-Show jede Woche?«

»Zehntausend«, antwortete er prompt.

»Würdest du sie für zehntausend Dollar die Woche nicht managen wollen?«

Pause. Dann: »Ich bin dein Mann. Für zehntausend die Woche manage ich dir auch Adolf Hitler.«

So spricht ein guter Agent. Zuverlässig war er jedenfalls. Das Abendessen, das Barbara für uns geplant hatte, bekam ich nicht zu sehen. Statt dessen saß ich noch am selben Abend in einem Flugzeug zur Westküste.

9

Drei Monate waren seither vergangen, als ich in dem Gäßchen hinter der Vine Street in das Theater schlich, in dem die Show ausgestrahlt werden sollte. Es war fünf Minuten vor fünf, Pazifik-Standard-Zeit. In fünf Minuten würde es in New York acht Uhr sein, und unsere Sendung müßte beginnen.

Drinnen ging es zu wie im Irrenhaus. Es knisterte vor Spannung. Ich drückte mich an einigen Männern vorbei, die Ausstattungsstücke zurechtschoben, und begab mich hinter die Kulissen. Es wimmelte von Menschen, Drähten und Kameras. Der Bühnenmeister flüsterte durch das an seiner Brust hängende Mikrofon dem Regisseur etwas zu, der oben in der Loge saß.

Ich schaute ins Theater hinunter; es war brechend voll. Der Vorhang war noch nicht hochgezogen, aber alles starrte bereits gespannt auf die Bühne.

Das Signal kam, während ich noch das Publikum beobachtete. »Drei Minuten bis zur Sendung. Alles auf die Plätze.« Ich wandte mich um.

Die Bühnenarbeiter, die eben noch letzte Hand an den Szenenaufbau gelegt hatten, kamen herunter. Die Kameras wurden auf ihre Plätze gerollt und eingestellt.

Der Regisseur trat zu einer letzten Kontrolle aus der Loge. Er nickte, aber ich glaube, daß er mich nicht einmal sah.

Plötzlich blieb er stehen. »Wo ist Jana?«

Der Bühnenmeister starrte ihn an. Er drehte sich halb um, dann wandte er sich wieder zu ihm. »Vor einer Minute war sie noch da.«

»Sie Idiot!« schrie der Regisseur mit schriller Stimme. »Jetzt ist sie nicht da. Holen Sie sie!«

Ein Bühnenarbeiter blieb stehen. »Eben hab ich gesehen, wie sie in ihre Garderobe ging.«

»Holt sie! Holt sie doch!« Der Regisseur wurde hysterisch.

»Zwei Minuten bis zur Sendung«, plärrten die Lautsprecher oben.

Der Bühnenmeister riß sich den Kopfhörer ab, warf ihn auf den Boden und rannte zur Garderobe. Mehrere Bühnenarbeiter folgten ihm. Ich lief hinterher.

Der Bühnenmeister klopfte an die Tür. »Zwei Minuten bis zur Sendung, Miss Reynolds.«

Keine Antwort.

Er klopfte noch einmal. »Zwei Minuten . . .«

Ich dränge mich durch die Menge. »Aufmachen!« befahl ich.

Er versuchte die Tür aufzustoßen und blickte mich hilflos an. »Ich – ich kann nicht. Sie ist abgeschlossen.«

Ich schob ihn zur Seite, stemmte meinen Fuß gegen die Tür und brach sie aus dem Schloß. Ich flog hinter der Tür ins Zimmer.

Sie stand dort, starrte mich an, eine Flasche in der einen Hand, ein volles Schnapsglas in der anderen. »Hinaus!« schrie sie. »Ich mach nicht mehr weiter!«

Ich schlug ihr das Glas, das sie an die Lippen führte, aus der rechten Hand und die Flasche, die sie hinter ihrem Rücken verstecken wollte, aus der linken. Wütend erhob sie die Hand wie eine ausgestreckte Klaue gegen mich, ich faßte sie und zog die Frau an mich.

»Laß mich los, du gemeiner Hund!« schrie sie, während sie sich wand und mit dem Fuß nach mir stieß. »Ich will trinken!«

Ich hielt sie fest. »Keinen Schnaps, so war es zwischen uns ausgemacht! Du machst jetzt weiter!«

»Das tu ich nicht, du Schwanzschlecker!« Sie spie mir ins Gesicht. »Ich komm nicht raus. Du hast mich beschwindelt! Die sind ja nicht da, um mich singen zu hören, die sind gekommen, um mich lebendig aufzufressen! Sie sind gekommen, um sich ein Monstrum anzusehen!«

Ich langte ihr eine, mit offener Hand, quer übers Gesicht. Es hallte wie ein Donnerschlag in dem kleinen Raum, sie flog gegen die Wand und landete halb auf der Couch.

»Eine Minute bis zur Sendung!« tönte es aus den Lautsprechern.

Ich lief durch das Zimmer und zog sie von der Couch hoch. Sie starrte mich an, nackte Angst in den Augen. »Du machst jetzt weiter, du Dreckstück! Ich habe dich nicht aus dem Rinnstein gezogen, damit du mir die Sendung vermasselst. Wenn du jetzt nicht parierst, brauchst du mit keinem Anwalt mehr zu reden, dann redest du mit deinem Leichenbestatter!«

Ich schlug noch mal zu, sie sollte merken, daß es mir ernst war. Dann drehte ich mich um und schleppte sie hinter mir her zur Bühne. Die Menge am Eingang teilte sich schweigend, um uns durchzulassen.

Das Bild war schon auf den Monitors, als wir in die Kulisse kamen, aus den Lautsprechern ertönte die Stimme des Ansagers: »STV beehrt sich vorzustellen . . . JANA REYNOLDS . . . LIVE!«

Sie sah mich an, ihre Stimme bebte: »Ich kann nicht . . . ich kann nicht . . . ich hab Angst!«

»Ich auch, dann sind wir eben zwei«, sagte ich und drehte sie mit dem Gesicht zur Bühne. Ich stieß ihr meinen Fuß in den Hintern, daß sie über Drähte und Kabel zur Mitte der Bühne flog.

Es war ein Wunder, daß sie nicht hinfiel. Sie hatte gerade noch Zeit, sich aufzurichten und mir einen Blick zuzuwerfen. Ich grinste und machte das Zeichen »Daumen hoch«. Sie wandte sich zum Publikum, während der Vorhang aufging.

Das Orchester intonierte ihre Kennmelodie, und fast eine Minute lang konnte man ihre Stimme wegen des donnernden Beifalls nicht hören. Alle kannten das Lied *Sing from the Heart;* es war ihre Kennmelodie seit ihrem fünfzehnten Lebensjahr.

Ich beobachtete sie genau. Es war nicht zu glauben. Was immer sonst an ihr falsch und verdreht war, ihre Stimme war es nicht. Sie klang vielleicht nicht mehr so jung, vielleicht nicht mehr so kräftig wie früher. Aber es lag ein Zauber darin; Schönheit, Schwermut, Schmerz und auch etwas wie Freude. Vierzehn Minuten lang, bis zum ersten Werbespot, stand sie einfach da und sang.

Als sie von der Bühne abtrat, war sie pitschnaß und fiel mir fast in die Arme. Ich spürte, wie sie zitterte. Das Publikum tobte. »Ich hab ihnen gefallen«, flüsterte sie, als könne sie es nicht glauben.

»Sie waren entzückt von dir.« Ich drehte sie wieder der Bühne zu. »Geh zurück und verbeuge dich.«

Sie sah zu mir auf. »Wird das nicht den Zeitplan für die Show umwerfen?«

»Zum Teufel damit«, sagte ich und schob sie auf die Bühne. »Die Show heißt ›Jana Reynolds . . . Live‹.«

Sie ging hinaus, verbeugte sich und kam strahlend zurück.

»Vorwärts jetzt, in deine Garderobe! Du mußt dich umziehen«, sagte ich.

Sie küßte mich rasch auf die Wange und lief fort. Ich schaute ihr nach. Ich sagte ihr nicht, daß ihre Verbeugung gar nicht mehr übertragen worden war. Das einzige, was im Fernsehen nie unterbrochen wird, ist ein Werbespot.

Dann machte ich mich auf die Suche nach dem Paar, das wir angestellt hatten, um auf die Reynolds aufzupassen. Ich fand die beiden schließlich in einem kleinen Vorführraum hinter der Bühne. Sie hüpfte auf seinem Schoß auf und ab. Sie waren zu sehr in Anspruch genommen, um mich eintreten zu hören.

Ich war mit ein paar Schritten bei ihr, faßte die Frau unter die Arme und hob sie empor.

»Was, zum Teufel . . .«, sagte der Mann.

Sie fiel mit gespreizten Beinen zu Boden.

Ich sah dem Mann zu, wie er versuchte, den Reißverschluß an seiner Hose zu schließen. »Wo wart ihr, als die Lichter ausgingen?«

»Wir haben sie ins Theater gebracht«, erklärte er mürrisch.

Die Frau war jetzt aufgestanden. »Ihr hattet Befehl, sie nicht allein zu lassen. Keine einzige Minute lang«, sagte ich.

»Sie war ganz normal, als wir sie in ihre Garderobe brachten«, sagte sie.

»Eben, und dort solltet ihr sie nicht allein lassen. Ihr seid beide fristlos entlassen.«

Zwanzig Minuten später hatte ich ein anderes Paar Wachhunde. Ich erklärte ihnen sorgfältig ihre Aufgabe. Sie nickten, sie wußten, worum es ging. Es war nicht das erstemal, daß sie einen solchen Job übernahmen, denn wir waren in Hollywood.

»Nach der zweiten Show bringt ihr sie sofort zurück ins Sanatorium«, sagte ich. Die erste Show wurde für die Zonen mit *Eastern-* und *Central-Standard-*Zeit ausgestrahlt, dann mußte noch eine zweite für die Westküste gesendet werden. »Dienstag bringt ihr sie zu den Proben wieder hierher und bleibt bei ihr. Sie darf nichts allein tun, weder essen noch schlafen noch Sex, ohne daß einer von euch dabei ist, verstanden?«

Ich warf einen Blick auf meine Uhr. Es war Viertel vor sechs. Ich mußte mich beeilen, wenn ich den Sieben-Uhr-Flug nach New York erreichen wollte.

Plötzlich wurde ich müde. Ich hätte eine Woche lang schlafen können. Aber dazu war keine Zeit.

Ich wollte morgen früh bei Eintreffen der ersten Nielsenergebnisse in New York sein.

10

Ich nahm eine Tablette, um im Flugzeug zu schlafen, aber es war vergeblich, ich konnte meinen Kopf nicht abschalten. Es gab noch so viel zu tun. Mit *einer* Show, *einem* Abend, auch wenn es ein Riesenerfolg wurde, hatte man es noch nicht geschafft. Und irgendwo im Unterbewußtsein spürte ich, daß es Schwierigkeiten geben würde.

Ich hätte nicht sagen können, welche, aber alles ging einfach zu glatt, und vielleicht war es das. Die Stewardeß beugte sich über mich. »Haben Sie noch einen Wunsch, Mr. Gaunt?«

Ich lächelte. »Sie könnten mir einen doppelten Martini mixen.«

»Sie haben schon einen gehabt, Mr. Gaunt«, sagte sie. »Die Vorschriften gestatten nur zwei Drinks per Fluggast.«

»Das weiß ich«, sagte ich. »Aber so wie ich es ansehe, übertreten wir keine Vorschriften. Für mich war das nur ein Drink.«

Sie zögerte einen Augenblick, nickte und entfernte sich. Ich sah ihr nach. Dann öffnete ich, da ich den Gedanken an Schlaf aufgegeben hatte, meine Aktenmappe und legte die Papiere vor mich auf den Tisch.

Der Drink war kalt und herb. Ich zündete mir eine Zigarette an und sog den Rauch ein. Wenn ich nur dieses Gefühl, daß etwas nicht in Ordnung war, loswerden könnte! Ich starrte auf die Unterlagen.

Dem Anschein nach war alles okay. Das Herbstprogramm nahm Gestalt an. Es würde das beste sein, das Sinclair jemals ausgestrahlt hatte. Oder vielleicht nicht das beste, aber das erfolgreichste. Ich hatte alle soliden Shows, die gute Testergebnisse gehabt hatten, behalten, doch das Problem bestand darin, daß es nicht genug davon gab. Zu ungefähr siebzig Prozent würde das Herbstprogramm neu sein müssen.

Das hatte Änderungen in der Leitung der Sendergruppe erfordert. Auch ein völliges Umdenken für die meisten höheren Angestellten. Aber mehr als die Hälfte von ihnen konnten sich nicht umstellen. Das bedeutete, daß ich Ersatz für sie finden mußte, falls ich die in meinem Schreibtisch eingeschlossenen Rücktritte annehmen sollte.

Bisher war man bei Sinclair stolz darauf gewesen, daß die Programmgestaltung die meisten Preise und beifälligen Kritiken erhalten hatte. Sie hatten mehr Peabody-Preise aufzuweisen als irgendeine andere Sendergruppe. Womit sie nicht prahlten, war die Tatsache, daß sie auch die niedrigsten Testergebnisse und Einschaltziffern hatten. Mit dem neuen Herbstprogramm sollte sich das alles ändern. Noch kein Peabody-Preis hat dazu verholfen, auch nur ein Stück Seife mehr zu verkaufen.

Die Kritiker dürften von nun an bittere Tränen weinen, weil es keine Shows mehr geben würde wie *Große Abenteuer in der Geschichte Amerikas.* Wen kümmerte es, wie oft Washington den Delaware überquerte? Wenn Bach, Beethoven und Brahms gleichzeitig vom Himmel herabstiegen oder wo immer sie waren und die allwöchentliche *Philharmonische Stunde bei Sinclair* dirigierten, konnten sie keinen einzigen Zuschauer von *Pulverrauch* oder *77 Sunset Strip* weglocken. *Das klassische Repertoiretheater* hatte keine Chance gegen Red Skelton, Sid Caesar oder Imogene Coca.

Die Kritiker würden sich mit Programmen zufriedengeben müssen wie *Park-Avenue-Siedler* (die Geschichte einer Schwarzbrennerfamilie aus Kentucky, die ein Vermögen erbte), *Die Fliegerjungs* (eine neuartige Detektivgeschichte mit Düsenpiloten auf abenteuerlichen Flügen) und *Der Sandmann,* den Erlebnissen eines Prämienjägers aus dem Westen.

Auch noch andere Knüller lagen für sie bereit. Ein einstündiges Programm mit ländlicher und Westernmusik, das unmittelbar aus Nashville ausgestrahlt wurde, *Weißzahn,* eine Hundegeschichte, die Lassie und Rin Tin Tin überflügeln sollte, und, nicht zuletzt, *Sally Starrs Familie,* Amerikas beliebteste Schnulzenserie, die nun ins Hauptprogramm versetzt wurde, drei Abende in der Woche, in Farbe.

Das war wirklich kommerzielles Fernsehen, dessen war ich sicher. Da man jedes Programm sorgfältig bei den Werbeagenturen in der Madison Avenue durchsickern ließ, stieg das Interesse. Schon jetzt hatten wir mehr inoffizielle Abnehmer für die Programme als je zuvor. Um endgültig abschließen zu können, mußten wir nur noch die Pilotfilme rechtzeitig für die Einkaufssaison fertigstellen. Und die begann im nächsten Monat, im Februar.

Irgendwann im Laufe dieser Woche würde jede Sendergruppe ihr Programm für den kommenden Herbst öffentlich bekanntgeben, und die wilde Jagd nach Käufern würde beginnen. Von da bis zum April würden die Pilotfilme gezeigt werden, und das Jonglieren würde losgehen: Die Sender würden mit ihren Programmen Schach spielen, sie von einem Tag auf den andern verlegen, dann wieder auf einen anderen, um die Züge der Konkurrenz zu parieren. Gewöhnlich war Sinclair der letzte, der seine Programme bekanntgab.

Diesmal würde es anders sein, diesmal würden wir die ersten sein. Ich wollte unser Programm Ende Januar ankündigen. Wenn die anderen soweit wären, müßten sie uns bereits nachjagen; wir würden ausverkauft sein. Hoffentlich.

Sollte es sich erweisen, daß ich unrecht hatte, dann waren dreißig Millionen Dollar zum Teufel. Und ich ebenfalls. Danach würde ich keinen anderen Posten mehr kriegen, höchstens wieder bei Mr. Lefferts' Rundfunkstation drüben in Rockport, und ob selbst der mich zurücknehmen würde, war noch zweifelhaft.

Auch der zweite doppelte Martini vermochte mein Mißbehagen nicht zu vertreiben. Als wir in New York landeten, graute der Morgen, und ich hatte noch immer nicht geschlafen.

Als ich aus dem Flugzeug stieg, stand Jack Savitt am Ausgang.

»Wir haben Verdruß«, sagte er, noch bevor wir einander begrüßt hatten.

Ich sah ihn an; er brauchte es mir nicht zu sagen. Es konnte nicht Gutes sein, das ihn an einem Sonntagmorgen um sechs Uhr aus dem Bett auf den Flugplatz trieb. Unerklärlicherweise löste sich die Spannung in meinem Magen. Was immer es war, jetzt würde es ans Licht kommen.

Es waren zwei Worte: Dan Ritchie. Ich hatte einen schweren Fehler begangen, nämlich sein Team ungeschoren zu lassen. Am ersten Tag hätte ich sie alle miteinander hinausschmeißen sollen. Im stillen schwor ich, daß mir so etwas nie wieder passieren sollte.

»Wann hat es begonnen?« fragte ich.

»Mittwoch morgen, nachdem du zur Westküste abgeflogen warst. Joe Doyle rief an und sagte, man solle alles stoppen. Alle Abschlüsse müßten erst von Dan Ritchies Büro endgültig bestätigt werden.«

Joe Doyle war der kaufmännische Vizepräsident der Sendergruppe. Ich hatte ihn als überaus tüchtig beurteilt, und er gehörte zu den Leuten, die ich behalten wollte. »Warum hast du mich nicht angerufen?« fragte ich.

»Zuerst glaubte ich, du wüßtest davon«, antwortete er. »Mir war klar, daß du bis über die Ohren in Arbeit stecktest, und ich meinte, du hättest Ritchie hereingenommen, um dir auszuhelfen. Schließlich hatte er ja die nötige Erfahrung. Ich konnte ihn erst Freitag telefonisch erreichen und aus ihm herauskriegen, was eigentlich los war.«

»Was hat er dir gesagt?«

»Er schlug seinen salbungsvollen Ton an. Der Aufsichtsrat, sagte er, sei überaus beunruhigt über die finanziellen Verbindlichkeiten, die du eingehst, und die Herren wollten alles in der Schwebe lassen, bis sie Zeit gefunden hätten, die Dinge zu überprüfen.«

»Das ist ja nichts als Lüge!« platzte ich heraus. »Der Aufsichtsrat tut, was Sinclair ihm befiehlt!«

»Das weiß ich, und das weißt du«, sagte Jack. »Aber was nützt uns das, wenn ich alle Verträge für die Shows bestätigen lassen muß oder sie samt den Kunden verliere. Er muß Sinclair einen Floh ins Ohr gesetzt haben.«

Ich schwieg. Das Ganze war mir unverständlich. Sinclair hätte mich doch nicht so weit gehen lassen, wenn er die Absicht hatte, mir den Boden unter den Füßen wegzuziehen. Er mußte wissen, daß es ihn ein Vermögen kosten würde, sich aus einigen dieser Verbindlichkeiten freizukaufen.

Es war acht Uhr, als ich in mein Apartment kam. Das Telefon klingelte. Es war Winant; seine Stimme zitterte vor Wut.

»Ich dachte, ich hätte einen Job bei Ihnen«, fauchte er.

»Haben Sie auch«, sagte ich. New York, Chikago und Los Angeles hatten am Abend zuvor in Farbe gesendet.

»Wie kommt es dann, daß ich Freitag abend entlassen wurde?«

Meine Überraschung war nicht gespielt. »Was?«

»Ich bin gefeuert worden«, wiederholte er. »Dan Ritchie rief mich an und sagte mir, ich müsse gehen. Er behauptete, ich hätte mich ungehörig verhalten, ich hätte keine Bewilligung für das Farbfernsehprogramm eingeholt. Als ich ihm sagte, daß Sie es genehmigt hätten, erklärte er, das genüge nicht. Ich sei doch lange genug bei der Firma, um zu wissen, daß für jede Kapitalauslage die Genehmigung des Aufsichtsrats erforderlich ist.«

»Okay«, sagte ich.

»Was soll ich denn jetzt tun?«

»Nichts. Sie kommen morgen früh in Ihr Büro und machen Ihre Arbeit wie gewöhnlich. Ich erledige das.«

Während ich den Hörer auflegte, sah ich Jack an. »Hast du gehört?«

Er nickte mit sorgenvoller Miene. »Was wirst du tun?«

Ich antwortete ihm nicht, sondern hob den Hörer wieder ab und rief Fogarty an. »Könnten Sie Ihre Mädchen mobilisieren und mich in einer Stunde im Büro treffen?«

»Selbstverständlich«, sagte sie in einem Ton, als wäre es ganz natürlich, am Sonntag zur Arbeit zu kommen.

»Prima.«

»Mr. Gaunt . . .« Ihre Stimme klang erregt.

»Ja?«

»Gestern abend habe ich die Jana-Reynolds-Show gesehen. Sie war großartig. Ich gratuliere! Und hinterher der Film mit Clark Gable war phantastisch.«

»Besten Dank«, sagte ich. »Dann also in einer Stunde.«

Ich duschte heiß und zog mich um. Als ich herauskam, saß Jack bei einem reichlich mit Kognak verdünnten Kaffee.

»Trink auch so was«, riet er mir. »Es gibt nichts Besseres, um am Morgen in Schwung zu kommen.« Er reichte mir eine Tasse.

Ich nahm einen Schluck. Das Zeug drang mir durch die Adern bis in die Zehen. Ich fühlte, wie es mich aufpeitschte; er hatte recht. »Komm«, sagte ich.

»Wie lautet das Drehbuch?« fragte er, während er mir zum Fahrstuhl folgte.

Ich lächelte. »Wie – heißt es immer – bekämpft man am besten ein Feuer?«

11

Ich nahm eine Tablette, schlief bis spät in den Montagmorgen und kam absichtlich erst kurz vor elf ins Büro. Da war schon die Hölle los.

Fogarty hatte mehr Humor, als ich dachte. »Die Explosion muß Grad acht auf der Richterskala erreicht haben«, sagte sie, als sie mir meinen Kaffee und die eingelaufenen Nachrichten brachte. »Mr. Sinclair wünscht, daß Sie ihn anrufen.«

Ich blickte aus dem Fenster. »Sieht mir nach Schnee aus.«

Sie wußte, was ich meinte. »Wenn er wieder anruft, sag ich ihm, Sie konnten keinen Hundeschlitten kriegen.«

»Sind die Nielsens schon da?«

»Wir erwarten sie jeden Moment. Die ersten ARI-Ergebnisse habe ich schon. Sie sehen gut aus.«

Sie lagen oben auf dem Stoß von Papieren. Ich sah sie mir an; sie waren mehr als gut. Wenn sie nur annähernd richtig waren, dann hatten wir mit der Jana-Reynolds-Show vierundvierzig Prozent, für die erste Stunde des Films einundvierzig und für die zweite achtunddreißig Prozent des Publikums ergattert. Das mußte so ziemlich ein Rekorderfolg sein. Sinclair hatte noch nie bei irgendeiner Samstagabendstunde mehr als siebzehn Prozent geschafft.

Ich atmete erleichtert auf. Die Sache war zwar noch nicht beigelegt, stand aber schon bedeutend besser. Jetzt war ich froh, daß ich die Präsidenten der vier größten Werbefirmen persönlich angerufen hatte. Sanfte Überredung, aber harte Wahrheiten. Das hatte ich am Sonntag nachmittag erledigt.

»Ich schicke Ihnen ein Vorausexemplar unseres Herbstprogramms«, sagte ich. »Sie erhalten es zwölf Stunden früher als die

Zeitungen und die anderen Agenturen. Den gleichen Anruf erhalten die drei anderen großen Werbefirmen, ebenso wie die gleiche Offerte. Ich reserviere Ihnen zwölfeinhalb Prozent von der Hauptzeit pro Woche mit einem Rabatt von zehn Prozent. Dieses Angebot gilt bis morgen nachmittag vier Uhr, danach gelten die vollen Preise. Studieren Sie bitte das Programm, und ich glaube, Sie werden mir beipflichten, daß Sinclair für nächsten Herbst *die* Sendergruppe ist, bei der man Geld verdient.«

Alle vier antworteten mit der gleichen Frage: »Wieso sind Sie Ihrer Sache so sicher?«

Jedem gab ich die gleiche Antwort: »Kontrollieren Sie Montag Ihre Nielsens. Wenn wir den Samstag abend nicht überlegen gewonnen haben, können Sie mein Angebot wieder vergessen. Wenn Sie für nächstes Jahr bei Sinclair nicht groß einsteigen, dürfte es Ihnen schwerfallen, Ihren Kunden Ihr Verhalten zu erklären.«

Der erste Anruf kam, bevor ich noch mit dem Durchschauen der ARI-Berichte fertig war. Es war John Bartlett, Präsident von Standard-Cassell. »Steve«, sagte er aufgeräumt, »ich habe beschlossen, gar nicht erst auf die Nielsens zu warten. Ich habe Vertrauen.«

Allerdings – das hatte er. Und wahrscheinlich schöpfte er es aus den gleichen Berichten, die auch mir vorlagen. »Danke, John.«

»Nur noch eines«, sagte er. »Ich bekomme die erste Wahl aus dem Programm.«

»Einverstanden«, erwiderte ich, »aus jedem Programm, bei dem Sie fünfzig Prozent oder mehr übernehmen.«

»Reinste Erpressung«, sagte er. »Aber ich nehme an, wenn Sie mich ab sofort für Jana Reynolds und den Film hineinnehmen.«

»Ich kann Sie vom nächsten Monat an in der Reynolds-Show und in die erste Stunde des Films nehmen. Für die zweite Stunde des Films ab sofort.«

»Gemacht«, sagte er.

»Danke, John. Ich lasse Gilligan bei Ihrem Anwalt anrufen, um den Vertrag aufzusetzen.« Ich legte den Hörer auf, meine Hände zitterten. Ich hatte noch nie in einem einzigen Abschluß dreißig Millionen Dollar Fernsehzeit verkauft.

Wieder summte das Telefon. »Mr. Sinclair wünscht Sie zu sprechen«, sagte Fogarty trocken.

»Sagen Sie ihm, ich sei bei einer Konferenz. Und rufen Sie mir Gilligan vom Verkauf; er soll sofort zu mir kommen.«

Das Telefon summte zum drittenmal, kaum daß ich aufgelegt hatte. »Mr. Sinclair hofft, daß Sie nicht zu sehr beschäftigt sein werden, um heute nachmittag um zwei Uhr dreißig an einer Sondersitzung des Aufsichtsrats teilzunehmen.«

»Sagen Sie ihm, ich werde kommen.« Ich langte über den Schreibtisch und goß mir noch eine Tasse Kaffee ein. Er schmeckte schal und fad. Ich drückte auf den Knopf, und Fogarty trat ein.

»Sehen Sie doch bitte nach, ob die Flasche Hennessy noch in der Bar steht.«

Der Kognak half mir; ich spürte, wie die Schwere aus mir wich. Es schneite. Ich sah aus dem Fenster; die dicken weichen Flocken schwebten langsam zu Boden. Gilligan kam herein. »Sie wollten mich sprechen, Steve?«

»Ja, kommen Sie her und sehen Sie hinaus.«

Er trat zum Fenster und blieb neben mir stehen.

»Irgendwo dort unten fällt der Schnee auf die Menschen«, sagte ich. »Und von hier oben können wir sie nicht einmal sehen.«

Er schien verwundert.

»Haben Sie je daran gedacht, Bob, daß Sie eines Tages über dem Schnee stehen würden? Irgendwo, wo Sie ihn fallen sehen, aber er Sie nicht treffen kann?«

Er wußte nicht, was ich meinte. Aber der Mann eine Treppe höher, der wußte es. Sinclair wußte, daß der Schnee nie auf ihn fallen könnte. Deshalb hatten wir anderen unseren Platz in den unteren Stockwerken. Nichts konnte ihm etwas anhaben. Wir schlugen und kratzten und balgten uns, und wenn alles vorbei war, ging er seines Weges, Arm in Arm mit dem jeweiligen Sieger.

Fogarty brachte mir lächelnd den Schnellbericht. Ich warf einen Blick darauf: der Samstag abend war unser! Wir waren der nächstbesten Sendergruppe auf dem Nielsen um acht Punkte voraus. Wortlos reichte ich Gilligan das Blatt und ging zu meinem Schreibtisch zurück.

Kaum hatte ich mich hingesetzt, wurden die Telefone wild. Wir konnten mittags nicht fortgehen. Als ich mich dann zur Sitzung begab, hatten schon alle Werbefirmen ihre Anteile gekauft.

Ich kam einige Minuten zu spät, und Dan Ritchie saß bereits neben Sinclair, wo gewöhnlich mein Platz war. Der einzige freie Stuhl stand am unteren Ende des Tisches; ich ging hin und setzte mich.

»Entschuldigen Sie bitte, meine Herren, daß ich zu spät komme, ich bin aufgehalten worden.«

»Das haben wir angenommen«, sagte Sinclair mit ausdruckslosem Gesicht.

Dan Ritchie konnte nicht mehr warten. »Ist Ihnen die Pressenotiz, die vor Ihnen liegt, bekannt?«

Ich blickte auf den Tisch, dann wieder auf ihn. »Muß wohl so sein«, antwortete ich. »Ich habe sie selbst ausgegeben.«

»Sie sind sich natürlich daüber klar, daß Sie dazu nicht autorisiert waren, da Sie sie dem Aufsichtsrat nicht vorgelegt hatten?« Seine Stimme klang trocken und kalt.

Ich sah Sinclair an. »Meine Vereinbarung mit Mr. Sinclair besagt, daß ich als Präsident von Sinclair Television völlig freie Hand habe und berechtigt bin, die Sendergruppe so zu verwalten, wie ich es für richtig halte.«

»Sie wußten aber wohl, daß bis heute alles, was Sie unternahmen, von uns genehmigt worden war?«

Ich nickte. »Ja, das wußte ich. Und es wurde mir in keiner Weise angedeutet, daß an diesem Vorgehen etwas geändert worden ist. Da meine früheren Entscheidungen post facto gebilligt wurden, nahm ich an, das gleiche gelte auch für alles, was ich weiterhin täte.«

Ritchie hatte einige Papiere zur Hand genommen, die er nun schweigend durchsah. Ich versuchte, aus Sinclairs Gesicht etwas herauszulesen, es blieb aber undurchdringlich wie ein Granitblock.

»Ich habe hier einen Kostenvoranschlag für das Programm, das Sie so voreilig bekanntgegeben haben«, sagte Ritchie. »Sind Sie sich dessen bewußt, daß es eine Ausgabe von mehr als vierzig Millionen Dollar erfordert?«

Ich nickte.

»Und dazu kommen elf Millionen Dollar Umbaukosten für das Farbfernsehen?«

»Ganz richtig«, bestätigte ich.

»Sind Sie der Ansicht, daß der Einsatz solcher Summen für unsere Gesellschaft wirtschaftlich gesund ist?«

»Ja«, antwortete ich. »Andernfalls hätte ich sie der Gesellschaft nicht aufgebürdet.«

»Halten Sie es auch für richtig, den Rücktritt mehrerer leitender Angestellter der Gesellschaft anzukündigen, ohne vorher mit ihnen gesprochen zu haben?«

»Ja. Ihre schriftlichen Rücktrittserklärungen befanden sich vom Augenblick meines Eintritts an in meinem Schreibtisch.«

»Meine hatten Sie nicht«, erwiderte er, »haben aber dennoch meinen Rücktritt bekanntgegeben.«

»Ein Versehen«, sagte ich.

»Was heißt da ›Versehen‹?« Jetzt wurde er zornig.

»Ich bin sicher«, sagte ich ruhig, »daß ich, ehe diese Sitzung zu Ende ist, Ihre Rücktrittserklärung in Händen haben werde.«

Die Röte stieg ihm ins Gesicht, aber ich ließ mich nicht weiter mit ihm ein, sondern wandte mich an die übrigen Anwesenden.

»Ich weiß, meine Herren, daß Sie sehr beschäftigt sind, und will mich daher so kurz wie möglich fassen. Die veranschlagten Einnahmen für das Hauptprogramm in der laufenden Saison betragen einhundertsechzig Millionen, davon sind dreißig Prozent, also achtundvierzig Millionen, Vorverkauf. Ich habe im Augenblick Verkaufsabschlüsse für die Hälfte des Hauptprogramms der kommenden Saison im Werte von hundertzwanzig Millionen; vorgesehen ist ein Gesamtverkauf von zweihundertvierzig Millionen. Ich könnte Ihnen auch noch den prozentualen Profit vom letzten Jahr vorlegen, will Sie aber damit nicht langweilen. Die mit dem Film und der Jana-Reynolds-Show in der vergangenen Woche eingeführten Programmänderungen werden für das laufende Jahr einen Zuwachs von schätzungsweise fünfundzwanzig Millionen ergeben.

Was die Farbe betrifft, meine Herren, so ist sie nun einmal ins Fernsehen eingezogen, und wir müssen uns damit abfinden. Wenn wir fünf Jahre warten, bis wir uns anpassen, wird es uns mindestens fünfzig Prozent mehr kosten als heute. Inzwischen haben wir den Vorteil eines zwanzigprozentigen Preiszuwachses.

Die erhöhten Kosten werden größere Einnahmen und mehr Gewinn bringen. Was das Personal betrifft, so glaube ich nur überzählige Leute ausgeschaltet zu haben, die schon längst eine Belastung für die Gesellschaft bedeuteten.«

Das allgemeine Schweigen wurde durch Sinclairs ruhige Stimme unterbrochen: »Der Vorsitzende stellt den Antrag auf ein

Vertrauensvotum für Mr. Gaunt und volle Ratifizierung seiner Geschäftstaktik und seines Arbeitsplans.«

Der Antrag wurde einstimmig angenommen; es gab zwei Stimmenthaltungen, Ritchies und meine.

Sinclair sagte kühl und sachlich: »Der Vorsitzende beantragt die Vertagung der Sitzung.«

Zwei Minuten später hatte sich die Versammlung aufgelöst, und nur wir beide, Ritchie und ich, blieben noch im Konferenzraum.

Ich sammelte meine Papiere ein und schaute hinüber zur anderen Seite des langen Tisches. Dort saß Ritchie, vornübergebeugt wie unter körperlichem Schmerz, seine Hände lagen verkrampft auf dem Tisch.

Auf meinem Weg zur Tür blieb ich bei ihm stehen. »Tut mir leid, Dan«, sagte ich.

Er blickte zu mir hoch; sein Gesicht sah grau und zerquält aus. »Der gemeine Hund!« sagte er düster. »Er ist nicht mal stehengeblieben, um mir adieu zu sagen.«

Ich schwieg.

»Er hatte mich dazu aufgehetzt«, sagte er.

»Er hat uns beide gegeneinander aufgehetzt.«

Er nickte, seine Augenlider zuckten. »Er hätte mich ja einfach entlassen können. Es hätte nicht so sein müssen.«

Er ging zum Fenster und starrte auf den Schnee hinaus. »Jetzt weiß ich, warum sich die Fenster in den neuen Häusern nicht öffnen lassen. Man wußte, daß es solche Tage geben würde wie den heutigen.« Er wandte sich zu mir um. »Ich hab ihn schon einige Male so erlebt wie heute; manchmal hab ich ihn dafür sogar bewundert. Daß er so etwas einmal mit mir tun könnte, hätte ich nie gedacht.«

Sein dünnes Lächeln reichte nicht bis zu den Augen. »Falsch gedacht.« Er kam mit ausgestreckter Hand auf mich zu. »Viel Glück, Steve.«

Sein Händedruck war aufrichtig. »Danke, Dan.«

»Immer hübsch in Deckung bleiben, heißt es. Und den Schiedsrichter nie aus den Augen lassen!«

12

Den ganzen Nachmittag lang trank ich Kaffee mit Kognak. Das hielt mich in Gang. Und es lenkte meine Gedanken ab. Gedanken über mich, über Dan Ritchie, über Sinclair, über alles außer der Sendergruppe. Schließlich war es neun Uhr, und wir waren fertig.

»Das wäre alles«, sagte ich mit einem Blick auf Fogarty.

»Ja, Sir«, sagte sie in ihrer ruhigen Art. Sie begann ihre Papiere zu ordnen.

»Fogarty, mixen Sie mir einen Drink.«

»Bitte sehr.« Sie ging zur Bar. »Was hätten Sie gern?«

»Sehr trockenen Martini. Doppelt.«

Kurz darauf stand der Drink vor mir. Er war sehr gut. »Gehörte Barmixen mit zu Ihrer Ausbildung?« fragte ich.

Sie lachte. »Nein, das war ›praktisches Training für den Beruf‹.«

Ich lachte ebenfalls. »Mixen Sie sich auch einen Drink, Fogarty. Sie verdienen ihn.«

Sie schüttelte den Kopf. »Nein, danke, ich pack meine Sachen zusammen und gehe. Die Züge werden bei diesem Schnee ohnehin Verspätung haben.«

Ich hatte vergessen, daß sie in Darien wohnte. So, wie die Züge verkehrten, würde sie Glück haben, wenn sie überhaupt nach Hause kam. »Sollte es Schwierigkeiten geben, Fogarty, dann gehen Sie in ein Hotel und verrechnen die Spesen mit der Gesellschaft.«

»Danke, Mr. Gaunt«, sagte sie. »Haben Sie noch einen Wunsch?«

»Ja. Machen Sie mir noch so einen ausgezeichneten Martini, bevor Sie gehen.« Ich trank mein Glas aus.

Sie reichte mir den zweiten Drink. »Miss Fogarty«, sagte ich, »ein solcher Martini verdient eine Gehaltserhöhung.« Ich schlürfte genießerisch. »Morgen früh sagen Sie im Gehaltsbüro, daß Sie wöchentlich fünfundzwanzig Dollar mehr bekommen.«

»Besten Dank, Mr. Gaunt.«

»Sie werden es nicht tun, Miss Fogarty, nicht wahr? Sie glauben, ich meine es nicht ernst. Sie glauben, ich bin blau.«

»Aber durchaus nicht, Mr. Gaunt«, wehrte sie ab.

»Eine ergebene Sekretärin! Miss Fogarty, ich habe einen Entschluß gefaßt.«

»Ja, Mr. Gaunt?«

»Wir wollen aufhören, so formell miteinander zu verkehren. Sie nennen mich Steve, und ich nenne Sie Sheila.«

»Ja, Mr. Gaunt.«

»Steve.«

»Ja, Steve.«

»So ist's recht, Sheila. Nun kann ich zu den wirklich wichtigen Dingen übergehen. Bin ich Präsident dieser Sendergruppe, ja oder nein?«

»Ja, natürlich sind Sie das, Mr. – äh Steve.«

»Das macht ja dann alles ganz einfach. Gehen wir vögeln.« Ich trank noch einen Schluck Martini.

Ihre Stimme bekam einen seltsamen Klang. »Ich glaube, ich muß Sie nach Hause bringen.«

Ich richtete mich stolz auf. »Sie weisen mich ab?«

Sie antwortete nicht.

»Sie sind entlassen«, sagte ich. »Als Präsident dieser Fernsehanstalt entlasse ich Sie wegen Weigerung, Ihren Pflichten nachzukommen.«

Sie betrachtete mich wortlos.

Ich setzte mich hin. Plötzlich war die Wirkung des Alkohols verflogen. »Sie sind nicht entlassen. Entschuldigen Sie, Fogarty.«

»Ist schon gut, Mr. Gaunt. Ich habe Verständnis.« Sie lächelte. »Gute Nacht.«

»Gute Nacht, Fogarty.«

Der erste Schnee in New York gehört zum Schönsten, was ich kenne. Weiß, rein, frisch und haftend bildet er Formen, wie sie die Natur nie ausgedacht hatte. Ich ging durch eine weiße kubistische Welt, die malen zu können Braque sein linkes Ei gegeben hätte. Dann und wann blieb ich bei einer Verkehrsampel stehen. Der Schnee setzte ihnen eine weiße Mütze auf, so daß sie aussahen wie Zyklopen, die stillzufrieden ihrer Arbeit nachgingen.

Zu Hause angelangt, war ich über und über mit Schnee bedeckt.

»Schlechtes Wetter«, sagte der Hoteldiener und stützte sich auf seine Schaufel.

»Ja.« Mir schien es gar nicht so übel; aber ich mußte ja auch nicht den Gehsteig freischaufeln.

Das erste, was ich sah, als ich die Tür zu meinem Apartment

aufschloß, waren die brennenden Kerzen auf dem Tisch. Ich blieb stehen. Ich hatte das seltsame Gefühl, in ein falsches Apartment geraten zu sein. Doch dann sah ich die Riesendose Kaviar und den Champagner im Eiskübel. Es war alles da.

»Barbara!« rief ich.

Sie kam aus dem Schlafzimmer, in der Hand eine Kristallvase mit einer einzelnen Rose. Sie blickte mich an, dann stellte sie die Vase mitten auf den Tisch. »Die hat noch gefehlt, nicht wahr?«

Ich stand noch immer an der Tür. »Was gibt's denn zu feiern?«

»Es schneit.«

»Das weiß ich.«

»Der erste Schnee im neuen Jahr«, sagte sie. »Ich dachte, das sollten wir feiern.«

»Natürlich!« Ich drehte mich um und hängte Mantel und Hut an die Garderobe. Sie stand neben mir.

»Was ist los?« fragte sie. »Deine Stimme klingt so merkwürdig.«

»Nichts, ich bin müde. Ich brauch was zu trinken.«

»Ich hab eine fast steifgefrorene Flasche Wodka.«

»Die wird das richtige sein.« Ich folgte ihr zur Bar. Die Flasche hatte eine Eiskruste. Sie füllte ein Glas für mich. Ich wartete auf sie.

Sie schüttelte den Kopf. »Trink nur.«

Es floß mir durch die Kehle wie herrliches, flüssiges Feuer. Ich hielt ihr das leere Glas hin, und sie füllte es noch einmal. Diesmal trank ich in langsamen Schlucken.

Sie schaute mir zu. »Jetzt ist es drei Monate her.«

Ich nickte.

»Wolltest du nicht wissen, wie es mir ging?«

Ich schüttelte den Kopf. »Ich dachte mir, du würdest dich schon zurechtfinden.«

»Aber du wußtest doch, daß ich mich verirrt hatte.«

»Tun wir das nicht alle?«

Sie füllte ihr Glas und hob es mir entgegen. »Du nicht. Du weißt immer genau, wo du stehst. Jederzeit.« Sie goß den Drink hinunter und schenkte sich noch einen ein. »Vielleicht war das doch keine gar so gute Idee von mir!«

»Es war eine glänzende Idee!«

»Ich wußte, wie schwer du arbeitest, deshalb hielt ich mich

fern. Heute wollte ich dich überraschen.«

»Ich bin auch überrascht.«

Plötzlich verschleierte ein Tränenvorhang das Blau ihrer Augen. »Ich sollte wohl lieber gehen.«

»Geh nicht. Ich kann das alles nicht allein essen.«

Sie blieb stehen. »Nur deshalb willst du, daß ich bleibe?«

»Der Schnee draußen reicht einem bis über die Knie. Und man bekommt kein Taxi.«

Sie schwieg eine Weile und sah mich prüfend an. »Ich liebe dich. Gibst du mir keinen Kuß?«

Ich nahm sie in die Arme. Ihr Mund war warm und feucht von den salzigen Tränen. »Es tut mir leid, Steve«, flüsterte sie. »Es tut mir leid.«

Ich drückte ihren Kopf an meine Brust. »Da ist nichts, was dir leid tun sollte.«

Sie lag schwer in meinen Armen, ihre Stimme klang gequält. »Ich habe versucht, dich zu warnen«, klagte sie, »dir zu sagen, wie er ist. Aber du wolltest nicht auf mich hören, wolltest mir nicht glauben.«

Ich war verblüfft. »Was . . . wer?«

»Daddy.« Sie spie den Namen hervor. »Gestern abend war ich bei ihm zum Abendessen, und da habe ich gehört, wie er mit jemandem telefonierte.

›Wir werden's dem Kerl schon zeigen‹, sagte er. ›Es wird ihm schon noch klarwerden, wer Sinclair Television leitet.‹«

Sie preßte sich an mich. »Nimm's nicht zu schwer, Steve«, flüsterte sie an meiner Brust. »Du wirst einen anderen Posten finden und es ihm zeigen.«

»Bist du deshalb heute abend hergekommen?« fragte ich.

Sie nickte. »Ja, du solltest nicht allein sein.«

»Wie lieb von dir.« Ich lächelte ihr zu. »Ich bin nicht gefeuert worden. Aber ich hab tatsächlich begriffen, wer Sinclair TV leitet. Und dein Vater auch: Ich.«

Sie schlang erregt ihre Arme um mich. »Du hast es geschafft, Steve? Wirklich geschafft?«

Ich nickte und griff nach der Champagnerflasche. »Komm, wir haben wirklich etwas zu feiern!«

Sie gab mir einen raschen Kuß. »Mach die Flasche auf!«

Ich sah ihr lächelnd zu, wie sie die Lampen rings im Raum löschte. Endlich kam sie, nur von dem goldenen Licht der Kerzen beleuchtet, auf mich zu. Ich reichte ihr ein Glas.

»Ist es so nicht hübscher?« fragte sie. »Was meinst du?«

»Viel hübscher.« Wir stießen mit unseren Gläsern an. Die Bläschen kitzelten mir die Nase.

Aber es half nichts. Irgendwann zwischen dem Chateaubriand und dem Dessert schlief ich am Tisch ein.

13

Irgendwo klingelte das Telefon. Ich bahnte mir den Weg durch die Dunkelheit, aber es hörte auf zu klingeln, ehe ich hinkam. Ich hörte eine flüsternde Stimme und öffnete die Augen.

Sie legte den Hörer auf und sah mich an. »Schlaf nur weiter«, sagte sie zärtlich.

»Wer war das?« fragte ich.

»Dein Büro. Ich sagte, du schläfst noch.«

»Mein Büro?« Plötzlich war ich hellwach. »Wie spät ist es, zum Teufel?«

»Mittag.«

»Warum hast du mich nicht geweckt?«

»Du warst müde.« Sie lächelte. »Du schläfst wie ein Baby, weißt du. Sanft und lieb.«

Ich sprang aus dem Bett. »Was hast du in die Salatsauce getan? Seconal?«

Sie setzte sich auf. »Das hattest du nicht nötig. Du hast eine Flasche Wodka und zwei Flaschen Champagner ganz allein ausgetrunken.«

»Ich erinnere mich nicht.«

»Du bist am Tisch eingeschlafen. Ich mußte den Zimmerkellner kommen lassen, um dich mit seiner Hilfe ins Bett zu bringen.«

»Gibt's irgendwo Kaffee?« fragte ich.

»Auf dem Eßtisch. Ich hole ihn dir.«

Als ich aus dem Badezimmer kam, stand eine dampfende Tasse auf dem Tablett. Ich nahm sie aus ihrer Hand und trank sie langsam aus. »Das hilft«, sagte ich, »aber es genügt noch nicht, um mich in Schwung zu bringen. In der Bar findest du eine Flasche Kognak.«

Sie betrachtete mich, wie ich einen kräftigen Schuß in den Kaffee tat. »Du trinkst mehr als früher.«

Ich musterte sie schweigend.

»Na schön«, sagte sie, »ich hab kein Recht, darüber zu reden!«

»Richtig. Laß die Finger davon.«

»Ein guter Rat. Warum befolgst du ihn nicht selbst?« Sie kam näher. »Du bist so zugeknöpft.«

»Ich hab eine Menge Dinge im Kopf.«

»Du hast es falsch gesagt: Nicht du hast ihn drangekriegt, sonder er dich!«

»Was meinst du damit?«

»Du trinkst mehr und fickst weniger. Typisch für einen Mann in leitender Stellung!«

Ich schwieg.

»Ich hätte mir die Mühe sparen können. Ich hab das neue Nachthemd an, dasselbe wie neulich. Damals hat es auch nicht gewirkt.«

Sie ging ins Badezimmer und schloß die Tür. Ich schaute ihr nach. Sie hatte recht, es war nun drei Monate her, seit ich den Posten bekommen hatte. Ich stellte meine Tasse auf den Toilettentisch. Als sie aus dem Badezimmer kam, lag ich wieder im Bett.

»Was ist los?« fragte sie besorgt. »Fühlst du dich nicht wohl?«

»Wie ein Fisch im Wasser.«

Plötzlich lag sie auf den Knien neben meinem Bett, nahm mein Gesicht in beide Hände und bedeckte es mit schnellen kleinen Küssen. »Ich liebe dich, ich liebe dich, ich liebe dich«, sagte sie dazwischen.

»Keine persönlichen Bemerkungen, bitte!« sagte ich und zog sie neben mich aufs Bett. »Du wirst noch deine Ruhe verlieren.«

Es war zwei Uhr dreißig morgens, als ich den Wagen vor Tante Prues Haus zum Halten brachte. Der helle Wintervollmond, der sich im Schnee spiegelte, machte die Nacht zum Tag.

»Alles dunkel«, sagte Barbara, während wir durch den knirschenden Schnee zur Tür gingen. »Du wirst sie fürchterlich erschrecken, wenn du sie zu dieser Stunde aufweckst.«

Ich griff nach oben und nahm den Schlüssel aus seinem Versteck über dem Türrahmen. »Wahrscheinlich wird sie erst morgen früh merken, daß wir gekommen sind.«

Aus ihrem kleinen Büro strömte plötzlich Licht in den Vorraum. »Wahrscheinlich hast du, wie gewöhnlich, unrecht«, sagte

Tante Prue von der Schwelle her.

Sie ließ sich von mir umarmen, und einen Augenblick lang überraschte es mich wieder einmal, daß sie nicht so groß war, wie ich dachte. Irgendwie glaubt man von älteren Verwandten immer, sie seien größer als man selbst. Ich gab ihr einen Kuß.

»Wie seid ihr hergekommen?«

»Mit dem Wagen von New York.«

»Bei diesem Schneesturm?«

»Es schneit schon lange nicht mehr, und die Autobahn ist bereits frei.«

Sie reichte Barbara die Hand. »Ich bin Prudence Gaunt. Und mein Neffe hat sich seit seiner Kindheit nicht geändert; er weiß immer noch nicht, was sich gehört.«

Barbara drückte ihr die Hand. »Barbara Sinclair. Ich freue mich sehr, Sie kennenzulernen. Steve hat während der ganzen Fahrt hierher von Ihnen erzählt.«

»Wahrscheinlich Lügen.« Aber ich sah, daß sie sich freute. »Ihr müßt ja ganz erfroren sein. Ich mache euch Tee.«

»Mit Rum, Tante Prue«, sagte ich, »wenn du dein Rezept nicht vergessen hast.«

Am Morgen gingen wir im Schnee am Strand spazieren. Die Sonne schien hell, ihre Strahlen tanzten wie Diamanten auf dem Schnee. wir kamen mit geröteten und leuchtenden Gesichtern zum Mittagessen zurück.

Tante Prue stand an der Tür. »Fünf Anrufe aus New York für dich.«

»Was hast du ihnen gesagt?«

»Daß du nicht hier bist.«

»Sehr gut. Wenn man noch mal anruft, dann sag, du hast mich nicht gesehen und auch nichts von mir gehört.«

»Ist etwas schiefgegangen, Stephen?« fragte sie.

»Keineswegs«, sagte ich. »Ich wollte nur für eine Weile fort. Ich habe Ferien nötig.«

»Und die Arbeit? «

»Die kann warten.«

Nach drei Tagen hatten wir den Schnee satt, fuhren nach Boston und setzten uns in ein Flugzeug nach den Bermudas. Wir verbrachten ein langes Wochenende an der Sonne und im Wasser. Zum erstenmal seit drei Monaten konnte ich einschlafen, ohne daß die Räder in meinem Kopf surrten. An einem Montag morgen erschien ich wieder im Büro.

Fogarty folgte mir, fast erdrückt von der Last der Papiere, die sie mir brachte, in mein Büro. Sie legte sie auf den Schreibtisch. »Schön braun sind Sie, Mr. Gaunt.«

»Danke, ich war an der Sonne. Wie geht's mit allem?«

Sie verzog das Gesicht. »Barometer auf Panik. Niemand wußte, wo Sie waren, und alle glaubten, ich wüßte es und wollte es nicht sagen.«

»Tut mir leid, wenn Sie Unannehmlichkeiten hatten.«

»Das gehört zu meinem Job. Ich sagte den Leuten, ich sei Ihre Sekretärin und nicht Ihre Hüterin.«

»Gescheites Mädchen!«

Sie wies auf die Papiere. »Womit wollen Sie anfangen?«

Ein Blick auf den Haufen, und ich packte das Ganze und warf es in den Papierkorb. »Wie wäre das als Ausgangspunkt?«

»Prima«, sagte sie, ohne mit der Wimper zu zucken. Sie schaute in ihr Notizbuch. »Nun die Telefonanrufe: Sie möchten sofort Mr. Savitt anrufen. Mr. Gilligan . . .«

»Lassen Sie die Anrufe.« Ich stand auf und marschierte zur Tür.

Unwillkürlich entfuhr ihr die Frage: »Wohin gehen Sie?«

»Eine Treppe höher.«

Als ich sein Büro betrat, blickte er überrascht auf. Ich war einfach an seinen Sekretärinnen vorbeigegangen. »Ich wollte Sie eben anrufen«, sagte er und hielt mir ein Blatt Papier entgegen. »Ich gratuliere!«

Ich sah mir das Papier gar nicht erst an.

»Der Samstagabend hat sich behauptet«, fuhr er fort. »Wir hatten in der zweiten Woche im Durchschnitt mehr als achtunddreißig Prozent Seherbeteiligung. Ich finde, Sie haben sich bewährt.«

Ich legte das Blatt Papier auf seinen Schreibtisch. »Nein, Mr. Sinclair, bewährt haben Sie sich.«

»Ich verstehe nicht«, sagte er.

»So ging es mir zuerst auch. Aber jetzt verstehe ich alles«, sagte ich. »Und es gefällt mir nicht. Ich kündige.«

Er sah mich eine Weile wortlos an. Dann nickte er. »Einfach so?«

»Einfach so.«

»Darf ich fragen, warum?«

»Sie dürfen, aber ich glaube, Sie werden mich doch nicht verstehen.«

»Stellen Sie mich auf die Probe«, sagte er.

»Es paßt mir nicht, benutzt zu werden. Ich kam hierher, um eine Arbeit zu leisten. Nicht um in einen Ring gestoßen und auf jemanden gehetzt zu werden, damit Sie ihm leichter den Hals umdrehen können.«

Er schwieg.

»Diese Sache mit Dan Ritchie war ganz unnötig«, fuhr ich fort. »Sie hätten ihn entlassen können, ohne ihn seiner Würde zu berauben. Es bestand kein Grund, ihn zu vernichten.«

Er fragte ruhig: »Ist das Ihre Meinung?«

Ich nickte.

»Dan Ritchie mußte vernichtet werden«, sagte er im gleichen Ton. »Ich dachte, gerade Sie hätten das ganz klar erkannt. Als Sie herkamen, fanden Sie ihn zu alt.«

»Ich trat aber nicht für Euthanasie ein«, erwiderte ich.

»Gegen Krebs«, sagte er kalt, »gibt es nur eine einzige Methode: wegschneiden. Tut man es nicht, dann stirbt man. So einfach ist das. Dan Ritchie war eine Krebsgeschwulst. Seit fünfundzwanzig Jahren war er bei dieser Gesellschaft, und nun ist er versauert. Das wußten Sie, das wußte ich. Aber der Aufsichtsrat wußte es nicht. Die Herren hielten ihn immer noch für den Mann, der er einmal gewesen war, und einige glaubten ihm ohne weiteres, als er behauptete, daß Sie Geld und Gut der Gesellschaft vergeuden.

Sicher hätte ich ihn einfach gehen lassen können. Das hätte den Leuten aber nicht klargemacht, daß er im Unrecht war. Es gab nur eine Methode und einen Menschen, der sie anwenden konnte: Sie.«

»Und wenn ich das Spiel verloren hätte? Was wäre dann geschehen?«

»Sie konnten es nicht verlieren. Ich mischte die Karten, als ich Ihnen das Geld zur Verfügung stellte.«

Er drückte auf die Knöpfe an seinem Schreibtisch, und an der Wand hinter mir wurden alle Fernsehschirme lebendig. »Sehen Sie sich das an!« sagte er.

Ich wandte mich um, er drückte nochmals auf die Knöpfe, und die Kanäle änderten sich wie die Facetten eines Kaleidoskops. »Hier ist es, das größte Beeinflussungsmedium, das die Welt kennt. Und wir stehen erst am Anfang.

In fünf Jahren wird es entscheiden, wer der nächste Präsident der Vereinigten Staaten werden soll, in zehn Jahren wird es die Welt in unser Wohnzimmer bringen, in fünfzehn Jahren bringt es uns vielleicht schon auf den Mond.« Zornig schlug er auf alle Knöpfe, und die Schirme wurden schwarz.

»Und das alles wollen Sie aufgeben«, sagte er, »nur weil das Spiel Ihnen zur rücksichtslos ist. Weil Sie zu feinfühlig sind und niemanden verletzen wollen.

Das Spiel mit den Zuschauerziffern ist ein Kinderspiel. Wenn Sie eine Sendergruppe leiten, beeinflussen Sie das Leben von Menschen überall in der Welt. Es kann zum Guten wie zum Schlechten entscheiden, Sie allein stehen an der Spitze. Und je mehr Zuschauer Sie haben, desto mehr Wirkung können Sie erzielen. Ich glaubte, das hätten Sie erkannt; vielleicht habe ich mich geirrt.«

Er schwieg einen Augenblick. »Ich hatte eigentlich nicht die Absicht, eine Rede zu halten«, fuhr er fort. »In Phrygien gab es in alten Zeiten den berühmten Gordischen Knoten, von dem die Sage behauptet, wer ihn lösen könnte, würde König sein. Alexander kam und hieb ihn einfach mit seinem Schwert entzwei.

Ich machte aus dem fünfzigsten Stock unseren Gordischen Knoten. Er blieb vier Jahre lang leer. Ich hatte ihn dem Mann zugedacht, der mein Nachfolger sein sollte. Und der brauchte nichts anderes zu tun, als danach zu verlangen. Warum? Aus einem einzigen Grund: weil niemand je zuvor daran gedacht hatte, ihn zu verlangen. Ich glaubte, Sie wären Alexander. Auch er war sehr jung.«

Er ging, ohne mich anzusehen, von seinem Schreibtisch zum Fenster. »Ich nehme Ihr Abschiedsgesuch an«, sagte er über die Schulter. »Vorher aber möchte ich, daß Sie das Memorandum lesen, das ich Ihnen gab.«

Schweigend nahm ich das Blatt Papier vom Schreibtisch. Es war der Entwurf einer Presseerklärung.

SPENCER SINCLAIR III. GAB HEUTE BEKANNT, DASS ER DIE STELLUNG DES GENERALDIREKTORS DER SINCLAIR BROADCASTING COMPANY ÜBERNIMMT. GLEICHZEITIG GAB ER DIE ERNENNUNG VON STEPHEN GAUNT ALS PRÄSIDENT DER SINCLAIR BROADCASTING COMPANY BEKANNT. MR. GAUNT ÜBERNIMMT AUCH DEN POSTEN DES PRÄSIDENTEN VON SINCLAIR TELEVISION.

MR. SINCLAIR ERKLÄRTE, DASS ...

Ich las nicht weiter. »Das hätten Sie mir sagen können.«

Er drehte sich um, sah mich an, und seine Lippen verzogen sich zu einem müden Lächeln. »Sie haben mir doch gar keine Gelegenheit dazu gelassen.«

»Bleibt nach meinen Worten Ihr Vorschlag weiter bestehen?«

»Ich hab Ihnen doch das Memorandum gegeben – oder?«

Ich las es noch einmal durch. Präsident der Sinclair Broadcasting Company. Als ob man an der Spitze der Welt säße. Ich legte das Memo wieder auf den Schreibtisch. »Nein«, sagte ich. »Besten Dank, aber ich sage nein.«

Seine Stimme klang überrascht. »Warum?«

»Ich bin noch zu jung zum Sterben«, sagte ich und ging hinunter in mein Büro.

Es war acht Uhr, und wir waren noch immer nicht zum Abendbrot ausgegangen. Wir lagen im Bett. Ich ließ meine Finger über ihr Rückgrat gleiten und wölbte meine Hand um ihre Hinterbacke. Ich drückte sie. Fest.

»Machst du das gern?« fragte sie.

»Ja. Ich hab eine Vorliebe für Popos. Ich dachte, du weißt das.«

»Du hast allerlei Vorlieben«, sagte sie und zog an ihrer Zigarette.

Ich nahm sie ihr aus dem Mund, wälzte mich auf den Rücken und ließ den Marihuanarauch tief in die Lunge dringen. »Ist noch Champagner in der Flasche?« fragte ich.

»Ich sehe nach.« Sie setzte sich auf und griff nach der Flasche im Kübel. Sie füllte mein Glas, reichte es mir und goß sich selbst etwas ein. »Klar zur Abfahrt«, sagte sie.

Ich spürte das Prickeln bis zu den Zehen hinunter. Alles funktionierte bestens. Champagner und Marihuana. Unübertroffen.

Ich stellte das Glas auf den Tisch, legte den Stummel daneben und griff nach ihr. Sie lag in meinen Armen, als ob sie darin zur Welt gekommen wäre. Ich nahm ihre Lippen. »Du bist warm«, sagte ich, »innen und außen.«

»Ich liebe dich«, sagte sie.

Ich saugte an ihren Brüsten. Das Telefon begann zu klingeln, und ich wanderte weiter hinunter zu ihrem Bauch.

»Das Telefon klingelt«, sagte sie.

»Zum Teufel damit!« Ich war bei ihrem Muff angelangt. Aber sie hatte den Hörer bereits abgehoben. »Sag, ich bin zum Abendessen gegangen.«

Ihr Gesicht nahm einen merkwürdigen Ausdruck an. »Mein Vater ist unten. Er will heraufkommen.«

Ich riß ihr den Apparat aus der Hand. »Ja.«

»Ein Mr. Sinclair für Sie, Sir«, sagte der Portier. »Soll ich ihn hinaufschicken?«

Ich sah sie an. »Ja.« Ich legte auf und sprang aus dem Bett. Im Badezimmer spülte ich mir den Mund, spritzte mir etwas Wasser ins Gesicht und kämmte mein Haar. Ich schlüpfte in einen Morgenrock und ging zurück ins Schlafzimmer.

Sie hatte ein Negligé umgenommen und saß im Bett. Ich beugte mich zu ihr nieder und gab ihr einen Kuß. »Geh nicht fort«, sagte ich. »Ich werde ihn schnell los und komm dann gleich wieder.«

Er hatte Stil und einen guten Instinkt, beides half ihm. »Ich hoffe, ich störe Sie nicht.«

»Keineswegs.« Ich ging voran zur Bar. »Darf ich Ihnen etwas zu trinken anbieten?«

»Whisky und Wasser, ohne Eis.«

»Scotch Whisky?«

»Natürlich.«

Ich mischte seinen Drink und goß mir einen Kognak ein. Wir tranken. Er kam sofort zur Sache.

»Warum haben wir uns heute morgen falsch verstanden? Ich glaubte, Ihnen alles klargemacht zu haben.«

»Haben Sie auch«, erwiderte ich. »Wir haben uns auch nicht falsch verstanden. Ich begriff nur, daß es zu viel und zu früh wäre. Besonders nachdem ich Ihnen zugehört hatte. Es gibt noch eine Menge für mich zu lernen.«

»Sie werden es schon schaffen. Sie lernen rasch.«

»Vielleicht. Aber wenn ich auch noch so schnell lerne, zwei Jahre dauert es mindestens, bis ich die Dinge übernehmen kann, die Sie mir in den Schoß werfen wollen.«

»Möchten Sie noch immer fort?«

»Nein«, sagte ich, »jetzt nicht mehr.«

Plötzlich lächelte er. »Danke. Um nichts in der Welt hätte ich Sie verjagen wollen.«

»Das weiß ich.«

»Was machen wir also?« fragte er. »Ritchie hat eine Lücke in der Gesellschaft hinterlassen.«

»Diese Lücke werde ich ausfüllen. Unter einer Bedingung.«

»Und die wäre?«

»Sie bleiben Präsident und Geschäftsführer von Sinclair Broadcasting. Ich brauche Sie, um nicht den Kopf zu verlieren. Und wenn dann in zwei Jahren Ihr Angebot noch gilt und Sie es sich nicht anders überlegt haben, nehme ich Sie beim Wort.«

Er sah mich an. »Okay. Sie sind Vizepräsident der Rundfunkgesellschaft und Präsident des Fernsehens – zufrieden?«

Ich nickte. »Ja.«

»Also ...« Er streckte mir die Hand entgegen. »Sagen Sie mir eines, ich bin neugierig.«

»Was?«

»Was hätten Sie getan, wenn wir uns nicht geeinigt hätten?«

»Darüber hab ich mir noch keine Gedanken gemacht«, sagte ich leichthin. »Eigentlich habe ich es nicht nötig zu arbeiten, um zu leben.« Hinter ihm war Barbara ins Zimmer getreten – jetzt konnte ich es mir nicht mehr verkneifen. »Ich vergaß zu erwähnen, daß ich vorige Woche geheiratet habe. Ein sehr vermögendendes Mädchen, dessen Vater mich in den Familienbetrieb nehmen will.«

Er starrte mich an, als sei ich plötzlich übergeschnappt.

»Tag, Vater«, sagte Barbara.

Er hatte nicht nur einfach Stil, sondern ganz großen Stil. Der Schock war im Bruchteil einer Sekunde überwunden, und sie flog in seine ausgebreiteten Arme. Mit einem warmen Lächeln wandte er sich mir zu. »Herzlichen Glückwunsch, mein Sohn. Du bist ein richtiger Glückspilz!«

»Das weiß ich, Sir.«

Sein Lächeln vertiefte sich. »Jetzt brauchst du nicht mehr so förmlich zu sein, da du zur Familie gehörst. Nenn mich einfach Dad.«

»Verdammt!« brach es aus ihr aus. »Jetzt kann ich nicht mal mehr den Büstenhalter zuhaken!« Sie schleuderte ihn wütend durchs Zimmer und drehte sich wieder zum Spiegel. »Sieh mich doch an!«

Ich trat hinter sie, umfing ihre Taille und legte meine gewölbten Hände um ihre Brüste. »Laß mich dein Büstenhalter sein.«

Unsere Augen begegneten sich im Spiegel. »Dir gefällt das«, sagte sie vorwurfsvoll. »Du wärst noch stolz, wenn man mich für Werbespots engagierte – als Elsie die Kuh!«

»Was hast du gegen große Titten? Die sind Amerikas populärster Komplex.«

Sie entwand sich meinen Armen und riß wütend eine Schublade auf. Die Lade fiel ihr entgegen, und der Inhalt verstreute sich auf dem Fußboden. Sie setzte sich mitten in den Wäschehaufen und begann zu weinen. Ich kniete neben ihr und zog ihren Kopf an meine Brust. »Ich bin so ungeschickt«, schluchzte sie, »nichts kann ich richtig machen.«

»Beruhige dich doch«, sagte ich. »Das Schlimmste ist vorbei. Jetzt dauert es nur noch wenige Monate.«

»Mir kommt es endlos vor. Warum hast du es mir nicht ausgeredet?«

Das hatte ich versucht. Im ersten Jahr unserer Ehe. Aber im zweiten war sie entschlossen und ließ sich durch nichts mehr abbringen. »Jede Frau hat ein Recht auf ein Kind«, hatte sie gesagt. »Und nun ist's bei uns soweit.«

Ich war nicht so dumm, sie gerade jetzt daran zu erinnern. Statt dessen richtete ich sie wieder auf und setzte sie in einen Stuhl. »Ich mix dir einen Drink.«

Ich machte ihr einen guten zurecht. Sie kostete, zog ein Gesicht und stellte das Glas hin. »Schmeckt scheußlich«, sagte sie. »Gib mir eine Zigarette.«

Ich zündete eine an und gab sie ihr. »Ich bin fertig«, sagte sie. »Noch nie im Leben war ich so fertig wie jetzt.«

»Trink dein Glas aus, das wird dir guttun.«

»Hast du vielleicht zufällig einen Haschstengel da?«

»Du weißt, Bill hat gesagt, das könnte dem Baby schaden. Du willst doch nicht, daß unser Kind mit Drogen vergiftet zur Welt kommt?«

»Der glaubt, weil er Arzt ist, weiß er alles!« schnauzte sie mich an. »Ist es besser, wenn das Baby betrunken zur Welt kommt? Whisky – macht ihm das nichts?«

Ich antwortete nicht.

Sie griff nach dem Glas. »Zieh dich an und geh hin. Ich bleibe zu Hause.«

»Aber sie erwarten uns doch beide.«

»Dann entschuldige mich eben, mein Gott! Sag ihnen, daß mir übel ist oder sonst was. Dir fallen doch genug Ausreden ein, wenn du zum Abendessen nicht nach Hause kommen willst. Jetzt denk dir mal eine für mich aus.« Sie trank einen Schluck. »Außerdem kann ich den dicken Juden nicht leiden; er erinnert mich an ein Schwein.«

»Sei nicht so boshaft!«

»Ich hätte ihn auch nicht lieber, wenn er jeden Sonntag auf der Kanzel der St.-Thomas-Kathedrale stünde. Er will dich nur benutzen.«

»Will das nicht jeder?« Ich stand vor dem Spiegel und band meinen Schlips. »Aber das ist eben mein Beruf. Von Leuten benutzt zu werden.«

»Ach, bist du edel!« höhnte sie. »Jetzt glaubst du also auch schon an den Blödsinn, den mein Vater verzapft, daß der Präsident einer Sendergruppe ein Diener des Volks ist.«

»Es gibt Schlimmeres«, sagte ich und streifte meine Jacke über. »Ziehst du dich nun endlich an oder willst du die ganze Nacht mit nackten Titten sitzen bleiben?«

Wir waren acht am runden Tisch im Klub Einundzwanzig. Sam Benjamin mit Denise, seiner Frau; Jack Savitt und eine Schauspielerin, Jennifer Brace, mit der er sich wichtig machte; Sams Schwager, Roger Cohen, und seine Frau, deren Namen ich erst drei Wochen später erfuhr; Barbara und ich.

Ich sah mich um. Sam vergnügte sich; er zeigte eines seiner Kunststücke. Wie er einen Hunderdollarschein verschwinden lassen, ihn dann im Dekolleté der Schauspielerin und schließlich in Barbaras Zigarettenetui finden konnte. Barbara unterhielt sich anscheinend ausgezeichnet, jedenfalls war sie es, die am meisten lachte. Vielleicht hatte sie seine Kunststücke noch nie gesehen.

Ich lächelte in mich hinein. Sam liebte Zauberkunststücke in Gesellschaft. Manchmal fragte ich mich, was er eigentlich war: ein frustrierter Artist, ein Schauspieler, ein Werbeleiter oder vielleicht ein Gemisch aus allen dreien? In gewissem Sinn hatte ich ihn auf diese Weise kennengelernt.

Jack und ich hatten gerade unser Mittagessen im Waldorf beendet und waren auf dem Weg zum Ausgang in die Park Avenue, als uns die Menschenansammlung vor dem Empire Room auffiel. Dann bemerkte ich die vier Polizisten mit gezogenen Revolvern. Hinter ihnen kamen zwei Wächter, die einen großen Aluminiumkoffer mit zwei riesigen Goldschlössern trugen. Vier weitere Wächter bildeten die Nachhut.

»Was geht da vor?« fragte ich.

»Ich werde mich erkundigen«, sagte Jack sofort. Er eilte die Stufen zum Empire Room hinauf und sprach mit einem Mann, der in der Tür stand.

Er kam zurück und sagte: »Ein Werbeschlager. Ein neuer Produzent hat die Presse und alle größeren Kinobesitzer im Land eingeladen, um ihnen zu zeigen, wie man einen Film verkauft.«

Ich sah mir die Menge an und erkannte einige Leute. Sie gehörten zu den gerissensten, zynischsten Männern der Branche. »Um die herzulocken, muß das schon ein wirklicher Schlager sein.«

»Ist es auch«, sagte Jack. »Mein Freund sagte mir, in dem Koffer befinde sich eine Million Dollar.«

»Das muß ich mir ansehen.« An der Tür hielt uns niemand auf. Alle Augen waren auf den Koffer gerichtet, der nun auf dem Tisch stand.

Ich sah mich im Saal um. Er war mit Schildern und Transparenten übersät. Auf allen stand der gleiche Text:

SAMUEL BENJAMIN ZEIGT SEINEN

ICARUS

DEN EINE-MILLION-DOLLAR-FILM FÜR DEN KINOBESITZER

Ich grinste vor mich hin. Hier war einmal ein Filmverleiher, der sich nicht vor dem Fernsehen auf den Bauch legte. Er schlug mit den gleichen Waffen zurück. Und noch mit anderen dazu. Es gab riesige Großaufnahmen in Farbe: Ein prachtvoller, halb entblößter Mann, dessen Muskeln unter der Haut schimmerten, hielt ein fast nacktes Mädchen in einem Arm, während er mit dem anderen ganze Heere abwehrte. In anderen Vergrößerungen schwebte dieselbe Gestalt über den Häuptern der zusammengedrängten Krieger — in einem seltsamen Geschirr mit gefiederten Schwingen, aber nie ohne das nackte Mädchen.

»Meine Damen und Herren«, brüllten die Lautsprecher. Alle Augen wandten sich der Bühne zu. Ich sah ihn damals zum erstenmal. Er war klein und schien so breit wie hoch. Er trug einen schwarzen Anzug mit weißem Hemd. Er hatte schwarzes Haar und ein rotbackiges, im Augenblick ziemlich verschwitztes Gesicht.

»Die meisten von Ihnen kennen mich nicht«, sagte er. »Ich heiße Sam Benjamin. Und die meisten von Ihnen kennen auch meinen Film nicht. Er heißt *Icarus*. Aber eines verspreche ich Ihnen.« Er machte eine Pause, um sich die Stirn mit einem weißen Taschentuch abzuwischen. »Nach dem heutigen Tag werden Sie weder mich noch meinen Film vergessen.«

Er winkte, die Wächter nahmen den Koffer hoch und stellten ihn vor ihm ab. Er nahm einen riesigen goldenen Schlüssel aus der Tasche, öffnete die Schlösser und trat zurück.

Die Wächter wußten, was sie zu tun hatten. Sie hielten den Koffer hoch und kehrten ihn um. Bündel und Haufen von Geldscheinen fielen auf den Tisch, glitten über den Rand und verstreuten sich auf dem Boden. Es schien überhaupt nicht aufzuhören. Aus der Menge stieg ein allgemeines Seufzen empor.

Ich betrachtete die Leute; ein Ausdruck verzückter Spannung lag auf ihren Gesichtern. Sie vermochten ihre Augen nicht von dem Geldhaufen abzuwenden.

Dann blickte ich wieder auf den kleinen Mann auf dem Podium. Plötzlich war er gar nicht mehr klein. Er hatte recht: Sie würden ihn nie vergessen.

»Gehen wir«, flüsterte ich.

Als wir in die Vorhalle kamen, wandte sich Jack zu mir. »Der Kerl hat einen Vogel. Mit einer Million Dollar so was zu riskieren. Und wenn nun . . .«

Ich unterbrach ihn: »Besorg mir genaue Informationen über ihn.«

»Meinst du das im Ernst?«

Ich nickte. »So ernst wie noch nie im Leben.« Einen solchen Trick konnte nur ein Mann aufziehen, der entweder sehr viel besaß oder überhaupt nichts — und alles auf eine Karte setzte. Es war ihm gleichgültig, wie es ausging. Der Mann hatte Mumm.

Was ich dann erfuhr, machte mich noch neugieriger, und ich ging am nächsten Morgen in sein Büro, um zu sehen, was wirklich an ihm dran war. In dem kleinen, aus vier Räumen bestehenden Büro im Gebäude des Rockefeller Center liefen Menschen hin und her; überall, sogar in den Korridoren, standen Schreibtische; Papiere lagen auf dem Fußboden.

Ich stand in der Mitte des Raumes, der vermutlich als Empfangszimmer diente, und sah mir das Durcheinander an. Nach einer Weile kam ein Mann mit bekümmertem Gesichtsausdruck auf mich zu. Das war – was ich damals noch nicht wußte – Roger Cohen, Sams Schwager und Hauptgeldgeber.

»Sind Sie Kinobesitzer oder Händler?« fragte er.

»Ich bin gewissermaßen beides.«

»Was ich wissen will«, sagte er heiser, »ist: Kaufen Sie, verkaufen Sie oder kassieren Sie?«

»Ich kaufe.«

Ein Lächeln erschien auf seinem Gesicht. »Wenn das so ist, treten Sie bitte gleich ein. Mr. Benjamin wird Sie sofort empfangen.«

Sam telefonierte. Er blickte auf und wies mir einen Stuhl an. Es lagen Papiere darauf, die Roger hastig forträumte.

»Richtig«, sagte Sam ins Telefon. »Fünfzig Prozent Leihgebühr, ich bezahle die ganze Reklame bis zu einem Tausender wöchentlich.«

Er legte auf und streckte mir die Hand über den Schreibtisch entgegen. »Sam Benjamin.«

Ich nahm seine Hand. Sie täuschte: In diesem Händedruck war nichts Weiches oder Fettes. »Stephen Gaunt.«

Er betrachtete mich. *»Der* Stephen Gaunt?«

Ich nickte.

»Warum kommen Sie zu mir?« fragte er.

»Sie brauchen Geld. Ich habe es.«

»Ich weiß nicht, wo Sie sich Ihre Information geholt haben«, erwiderte er prompt, »aber sie ist falsch. Unsere Geschäfte gehen glänzend.«

Ich erhob mich. »Dann vergeude ich Ihre Zeit.«

»Einen Augenblick«, sagte er. »Nicht so rasch. Was hatten Sie sich vorgestellt?«

»Zweihunderttausend für Ihren Film im Fernsehen.«

»Nicht zu machen. Wenn das bekannt wird, werden mich die Kinobesitzer boykottieren.«

»Bargeld auf die Hand«, sagte ich. »Und wir geben das Abkommen erst in zwei Jahren bekannt. Bis dahin ist Ihr Film abgesetzt.«

»Haben Sie den Scheck bei sich?« fragte er. »Ich muß heute die Miete bezahlen, sonst werfen sie mich hier raus.«

Wir lehnten die freundlichen Angebote, uns im Wagen nach Hause zu bringen, ab und gingen zu Fuß durch die warme Sommernacht. In der Fünften Avenue sahen wir uns die Schaufenster bei Saks an. Hell erleuchtet und in vielen bunten Farben zeigten sie Mode für Sport und Kreuzfahrten. »Es war nicht gar so schlimm, nicht wahr?« fragte ich.

»Nein«, antwortete sie kurz. Sie schien in Gedanken versunken. Wir gingen weiter, und sie sprach erst wieder, als wir an der Neunundvierzigsten Straße um die Ecke bogen. »Weshalb liegt dir soviel an ihm?«

»Film. Möglich, daß wir durch ihn Filme fürs Hauptprogramm bekommen.«

»Ist denn das so schwierig?« fragte sie. »Davon gibt es doch genug.«

»Sicher. Aber wie lange, glaubst du, wird der Vorrat reichen? Das Fernsehen verbraucht mehr Hauptfilme in einer Woche als Hollywood durchschnittlich in einem Jahr produziert.«

»Weshalb stellt ihr sie nicht selbst her?«

»Das werden wir tun, zur gegebenen Zeit. Aber es wäre jetzt wirtschaftlich noch nicht zu rechtfertigen. Inzwischen haben wir einen offenen Markt, und ich möchte mich vor höheren Preisen schützen.«

»Wieso glaubst du, bei ihm vorteilhaft kaufen zu können? Er ist doch nicht der Typ dafür.«

Ich sah sie anerkennend an, sie war unverkennbar die Tochter ihres Vaters. »Stimmt«, sagte ich, »aber er braucht uns. Er ist ehrgeizig, er will seine eigene Filmgesellschaft haben. Und dazu können wir ihm verhelfen. So finden beide Seiten ihren Vorteil.«

Wir waren inzwischen beim Waldorf Towers angelangt. Wir betraten das Gebäude und stiegen in den Fahrstuhl. Sie wollte etwas sagen, behielt es jedoch nach einem Blick auf den Liftboy für sich, bis wir in unser Apartment kamen.

Sie ließ sich erschöpft in einen Stuhl fallen. »Gott sei Dank gibt es die Klimaanlage! Du kannst dir nicht vorstellen, wie mich bei dem Gewicht, das ich zu tragen habe, die Hitze fertigmacht.«

»Wolltest du nicht eben noch etwas sagen?«

»Ach ja.« Sie zündete sich eine Zigarette an. »Daß ich ihm an deiner Stelle doch nicht trauen würde.«

»Hast du dafür Gründe?«

»Kleinigkeiten. Die Art, wie er sich benimmt.« Sie drückte die Zigarette wieder aus. »Irgend etwas ist da nicht in Ordnung.«

»Laß hören – da du doch schon damit begonnen hast.«

»Er ist kein loyaler Mensch, das ist das erste«, sagte sie fast herausfordernd. »Sieh doch nur, wie er sich heute abend gegenüber seinem Schwager Roger benommen hat. Als wir das erstemal mit ihm ausgingen, behandelte er Roger wie einen Kompagnon. Da hieß es Roger hier, Roger da, was meinst du dazu, Roger? Ich hab es erst begriffen, als du mir sagtest, daß Roger ihn durch Jahre finanziert hat.«

»Na, und?«

»Du hast gesehen, wie er sich heute benommen hat. Als ob Roger sein Lakai wäre oder überhaupt nicht existierte. Ein ganz klein wenig Erfolg, und schon behandelte er Roger verächtlich. Jedesmal, wenn Roger ein Wort sagte, fuhr er ihm über den Mund, bis er dasaß wie ein armer Trottel.«

»Sam war einfach guter Laune«, sagte ich. »Er darf ruhig ein wenig jubeln. Nicht jeder Streifen erzielt in zwölf Wochen eine Bruttoeinnahme von drei Millionen Dollar.«

»Schon«, sagte sie, »aber das sollte er nicht auf Kosten des Mannes tun, der ihn sein halbes Leben lang ausgehalten hat.«

»Er hat es sicher nicht so gemeint. Hast du das neue Lincoln-Kabriolett gesehen, das er ihm gekauft hat?«

»Ja. Aber ich wüßte gern, ob er Roger das Geld zurückgezahlt hat, das er ihm schuldet.« Sie erhob sich schwerfällig. »Ich bin ganz verschwitzt. Ich werde duschen und dann ins Bett gehen.«

Ich glaubte, damit sei die Sache zu Ende, aber sie war immer noch wach und sah fern, als ich mich zwei Stunden später neben sie ins Bett legte.

»Ich mag ihn nun einmal nicht«, sagte sie.

Ich hatte ihn längst vergessen, während ich im Wohnzimmer abwechselnd die Programme verschiedener Kanäle verfolgte. Der Dienstagabend war für uns immer noch ein Problem. »Wen?« fragte ich.

»Sam.« Sie wälzte sich auf die Seite und schaute weiter auf den Fernsehschirm. »Bitte, massier mir den Rücken.«

Ich ließ meine Hand über die Mitte ihres Rückens kreisen. »Gut so?«

»Ein bißchen tiefer.« Ich tat, was sie verlangte. »So ist's recht.« Sie schwieg eine Weile. Dann: »Hast du gesehen, wie er die Hundertdollarnote von der Schauspielerin nahm? Er steckte seine Hand so tief in ihr Kleid, daß ich glaubte, er würde ihr mit dem Geld auch die Titten rausziehen. Sie hatte sie ja hoch genug gelagert, daß jeder sie sehen konnte!«

Ich lachte. »Wenn ihn Titten interessierten, hat er sich nicht das richtige Mädchen ausgesucht.«

»Du hast sie ja auch angestarrt, ich sah den Ausdruck auf deinem Gesicht! Und auf dem der anderen! Ihr alle wolltet sie ficken, ich hab's bemerkt.«

»Du bist eifersüchtig.«

»Ja, verdammt, da hast du ganz recht! Wenn du glaubst, mir ist es recht, so greulich auszusehen, während Fötzchen wie die dir ihre Titten unter die Nase halten, dich praktisch anflehen, sie zu vögeln, dann bist du eben ein Idiot!«

»Ich war nicht interessiert. Außerdem war sie gar nicht auf mich aus, sondern auf Sam.«

»Ja.« Plötzlich kicherte sie. »Es war wirklich komisch. Er ist so grob und gewöhnlich. Als er einen Augenblick glaubte, daß ihn niemand sehen konnte, nahm er ihre Hand und legte sie unter dem Tischtuch an seinen Schwanz. Sein Gesicht sah aus, als würde es ihm gleich kommen.«

Ich lachte und massierte weiter ihren Rücken. »Pluspunkt für ihn.«

Sie schwieg einen Augenblick. Ich wollte meine Hand wegziehen. »Nicht aufhören, du machst mich so angenehm lüstern.«

»Aber an mich denkst du gar nicht?«

Sie langte mit der Hand nach hinten und fand mich. »He du!« rief sie. Sie wollte sich zu mir umdrehen.

»Rühr dich nicht«, sagte ich, legte meine Hände um ihre Hüften und zog sie näher an mich heran. Sie war weit offen für mich, und ich drang ganz in sie ein.

Ich hörte sie keuchen. »Ich kann nicht mehr atmen!« rief sie. »Ich spür dich bis in meine Kehle hinauf!«

Ich lachte und ließ meine Hände nach oben gleiten, um ihre Brüste zu umfassen. Ich beugte mich über ihre Schulter und ließ meine Zunge seitlich über ihre Wange zum Hals gleiten. Ihre

Hinterbacken waren fest und rieben sich an meinem Bauch. Plötzlich drang aus dem Fernsehapparat lauter Lärm – unwillkürlich blickte ich hin.

Gerade in diesem Augenblick wandte sie mir ihr Gesicht zu. »Verdammt! Das mußte ja eines Tages passieren!« Aber ihre Stimme war warm und freundlich, und sie tat ihr Bestes, mich noch tiefer in sich aufzunehmen.

»Ich wußte, du würdest es schaffen, gleichzeitig zu ficken und zu arbeiten.«

Ich stieg aus dem Bett und schaltete den Fernsehapparat aus. Als ich zurückkam, lehnte sie ihren Kopf an meine Schulter.

»Gut war's, nicht wahr?«

»Ja.«

»Es macht nichts aus, daß ich jetzt schwerer bin, oder?«

»Nein.«

Sie hob den Kopf und sah mich an. »Mein Ding ist noch dasselbe? Ich meine, ist es nicht ausgedehnt oder . . .«

»Es ist besser«, sagte ich. »Enger, feuchter, wärmer.«

»Dann bin ich froh.« Sie legte den Kopf wieder an meine Schulter. »Tut mir leid, daß ich so mißmutig war, aber in den letzten Wochen hat mich alles nervös gemacht. Daß du abends so lange arbeitest, daß ich nirgends hingehen kann, die Hitze in der Stadt und der Lärm. Sogar die Klimaanlage geht mir auf die Nerven. Wenn ich nur ein bißchen frische Luft haben könnte . . .«

»Das ist einfach«, unterbrach ich sie.

»Hier in der Stadt? Wo denn? Im Central Park?«

»Wie wäre es mit dem Kap? Tante Prue würde sich freuen, wenn du zu ihr kämst. Und du würdest dich nicht langweilen; da ist immer was los.«

»Und du?«

»Ich könnte an den Wochenenden hinkommen.« Plötzlich wollte ich, daß sie hinfuhr, es würde alles hier erleichtern. »Während der Woche muß ich arbeiten, und du hast nicht viel von mir. So werden wir beide ein wenig in die Sonne kommen.«

Aber darin irrte ich. Das erste Wochenende, an dem sie fort war, verbrachte ich in Kalifornien, das zweite im Büro, wo ich den Jahresbericht für die Aktionäre durchging, der Montag in der Druckerei sein mußte.

Und am dritten Wochenende war es zu spät.

Ich hatte eben eine Besprechung mit den Verkaufsdirektoren begonnen, als Fogarty in mein Büro kam. »Ich weiß, Sie sagten, ich sollte keine Telefongespräche durchgeben, Mr. Gaunt«, entschuldigte sie sich. »Aber Ihre Tante ruft aus Rockport an. Und sie sagt, es sei sehr dringend.«

Ich nahm den Hörer ab. Tante Prue sprach, bevor ich ein Wort sagen konnte. »Barbara ist krank, Stephen. Ich meine, du solltest sofort herkommen.«

Mein Magen zog sich zusammen. »Was ist passiert?«

»Wir wissen es noch nicht. Ich brachte ihr das Frühstück wie gewöhnlich und fand sie in einer Blutlache auf dem Fußboden.«

»Wie geht es ihr jetzt?«

»Sie ist in einem Rettungswagen auf dem Weg ins Krankenhaus.« Ihre Stimme brach. »Komm so schnell du kannst!«

Ich warf Fogarty einen Blick zu. Unnötig, ein Wort zu sagen. Sie konnte die Nachricht auf meinem Gesicht lesen. Sie griff nach dem Hörer – in weniger als zwei Stunden kam ich mit einem gecharterten Flugzeug dort an.

Tante Prue saß im Warteraum des Krankenhauses. »Wie geht es ihr?« fragte ich.

»Sie hat das Baby verloren«, sagte Tante Prue tonlos.

»Das Baby ist mir verdammt egal!« schrie ich. »Wie geht es ihr?«

»Ich weiß nicht. Seit sie hier ist, liegt sie im Operationssaal.«

Ich lief durch den Korridor zum Schwesternzimmer. »Ich bin Stephen Gaunt«, sagte ich. »Kann ich Auskunft über meine Frau bekommen? Sie wurde vor wenigen Stunden hier eingeliefert.«

»Einen Augenblick, Mr. Gaunt, ich werde mich erkundigen.« Sie ging zum Telefon und wählte eine Nummer. »Information über eine Neuankunft. Mrs. Gaunt.« Sie lauschte einen Augenblick, dann nickte sie. Sie drückte auf den Anschlag und wählte nochmals. Sie blickte zu mir herüber. »Ich frage im Operationssaal an.«

Es wurde geantwortet. »Wie geht es Mrs. Gaunt?« fragte sie. »Ihr Mann ist hier.« Nach ein paar Minuten legte sie auf und kam auf mich zu.

»Sie ist auf dem Weg in ihr Zimmer«, sagte sie in jenem berufsmäßig beruhigenden Ton, der einem nicht hilft. »Würden Sie bitte in den Warteraum zurückgehen, Mr. Gaunt. Dr. Ryan kommt dann gleich zu Ihnen.«

»Danke«, sagte ich und kehrte zu Tante Prue zurück.

Es dauerte fünfzehn Minuten, bis er kam. Er kannte Tante Prue. Er war jung, aber sein Gesicht wirkte grau und müde, seine Augen waren von der Anstrengung rot gerändert. Er vergeudete keine Worte. »Wenn Sie mit mir kommen wollen, Mr. Gaunt, werde ich Ihnen unterwegs alles erklären.«

Wir gingen in die Halle und stiegen in den Fahrstuhl. Er drückte auf einen Knopf, und die Kabine stieg so langsam hoch, wie das nur Hospitalaufzüge tun.

»Ihre Frau ist sehr schwach«, sagte er mit seiner ruhigen Stimme. »Sie hatte, bevor man sie fand, schon sehr viel Blut verloren. Offenbar begann die Blutung in der Nacht, während sie schlief; sie erwachte jedoch erst, als der tatsächliche Abortus einsetzte. Dann versuchte sie aufzustehen, um Hilfe zu holen, sie war aber schon zu schwach und erlitt einen Kollaps. Ich würde sagen, es muß fast drei Stunden, bevor jemand kam, geschehen sein. Ein Wunder, daß sie noch am Leben war, als man sie fand.«

Die Fahrstuhltür öffnete sich, und wir gingen durch die Halle. Vor der Tür ihres Zimmers blieben wir stehen. »Wie sind ihre Aussichten?« fragte ich; meine Worte klangen seltsam unpersönlich in meinen Ohren.

»Wir tun, was wir können. Wir mußten fast ihr ganzes Blut erneuern.« Er sah mir direkt in die Augen. »Ich habe mir die Freiheit genommen, einen Priester kommen zu lassen, falls sie Katholikin ist.«

»Das ist sie aber nicht«, sagte ich. »Sie gehört der Episkopalkirche an.« Ich trat ins Zimmer.

Eine Schwester blickte über die Schulter, sah uns und verließ ihren Platz neben dem Bett. Ich schaute auf Barbara nieder. Ein Röhrchen tief in ihren Arm, ein anderes in ihr Nasenloch. Sie war weiß, so weiß, wie ich noch nie einen Menschen gesehen hatte. Ich trat ans Bett und griff nach ihrer Hand.

Nach einer Weile schien sie mich wahrzunehmen. Ihre Lider zuckten und öffneten sich. Ihre Lippen bewegten sich, aber ich konnte nichts hören.

Ich brachte mein Gesicht ganz nahe an ihres. »Sprich nicht, Barbara«, sagte ich. »Es wird alles wieder gut werden.«

Ihre Augen blickten in die meinen; wieder einmal empfand ich, wie wunderbar blau sie waren. »Steve –«, ein kaum wahrnehmbares Flüstern. »Es tut mir leid um das Kind.«

»Das macht nichts«, sagte ich. »Wir werden andere haben.«

»Meinst du das wirklich?«

»Das wirst du merken. Sobald du hier herauskommst.«

Ein schwaches Lächeln erschien in ihren Augen. »Ich liebe dich«, sagte sie.

»Ich liebe dich auch«, erwiderte ich. Ein leises, glückliches Aufseufzen, und ihre Lippen öffneten sich. »Ich hab dich immer geliebt. Das weißt du«, sagte ich.

Aber sie erfuhr es nicht mehr und würde es nie wissen. Ich merkte gar nicht, daß sie tot war, bis der Arzt kam und meine Hand sanft aus der ihren löste.

Nach dem Begräbnis fuhr ich zurück in meine Wohnung, schloß die Tür ab und vergrub mich. Ich wollte niemanden sehen oder sprechen.

In den ersten Tagen versuchten viele Leute mich anzurufen, aber ich antwortete nicht, und wenn jemand zu mir kam, wurde er unten wieder fortgeschickt. Nach drei Tagen rief niemand mehr an, nicht einmal das Büro. Man hatte begriffen.

Ich wanderte wie ein Gespenst durch die Wohnung. Sie war immer noch dort. Überall. Ihr Parfüm war im Bett, ihre Kleider hingen im Schrank, ihr Make-up war im Badezimmer.

Der Fernsehapparat war eingeschaltet, ich sah nicht einmal hin. Er war unter Strom, und nach drei Tagen ununterbrochener Tätigkeit brannte die Bildröhre aus; ich ließ sie gar nicht erneuern. Jetzt war es wirklich still. Totenstill, wie im Grab. Wie dort, wo Barbara jetzt war.

Irgendwann am vierten Tag klingelte es draußen an der Tür. Ich richtete mich nur auf der Couch auf. Der würde schon wieder fortgehen, wer immer es war. Wieder klingelte es. Hartnäckig.

Ich stand auf. »Wer ist dort?« fragte ich durch die verschlossene Tür.

»Sam Benjamin.«

»Gehen Sie fort, ich will Sie nicht sehen.«

»Aber ich will *Sie* sehen«, schrie er. »Öffnen Sie diese Tür, oder muß ich sie einschlagen?«

Ich öffnete die Tür. »Jetzt haben Sie mich gesehen«, sagte ich und wollte sie wieder schließen.

Doch schon war sein Fuß dazwischen, und sein Gewicht stemmte sich dagegen, seine ganzen hundertachtzig Pfund. Ich resignierte.

Er richtete sich keuchend auf. »So ist's recht«, sagte er und schloß die Tür hinter sich.

»Was wollen Sie?« fragte ich.

Er musterte mich. »Es ist Zeit, daß Sie hier rauskommen.«

Ich ging zurück zur Couch. Er folgte mir. »Warum lassen Sie mich nicht in Ruhe?«

»Ich sollte es. Eigentlich hab ich andere Sorgen als Sie.«

»Stimmt«, sagte ich.

»Aber ich brauche Sie.«

»Das hat mir auch Barbara von Ihnen gesagt.«

»Wirklich?« Er sah mich verschlagen an. »Sie war klüger als ich dachte.« Er bemerkte die Speisereste auf dem Tisch. »Wann haben Sie zum letztenmal gegessen?«

Ich zuckte mit den Schultern. »Kann mich nicht erinnern. Wenn ich Hunger bekomme, rufe ich unten an.«

»Haben Sie Schnaps im Haus?«

»Hinter der Bar. Bedienen Sie sich.«

Er nahm eine Flasche Scotch heraus, füllte zwei Gläser randvoll und kam wieder zu mir. »Hier, Sie brauchen einen Drink.«

»Ich will keinen.«

Er stellte mein Glas hin, schlürfte nachdenklich den Scotch und verließ den Raum. Nach ein paar Minuten hörte ich ihn im Schlafzimmer, dann wurde es still. Ich starrte auf das Whiskyglas und vergaß ihn.

Oder versuchte es. Als er aber nach einer Viertelstunde immer noch nicht herausgekommen war, ging ich ihm nach.

Auf dem Fußboden lag ein Haufen Kleider. Er kam aus dem Ankleidezimmer mit einer weiteren Ladung und warf sie dazu. Bei meinem Anblick blieb er stehen.

»Was treiben Sie da, zum Teufel?« schrie ich. »Das sind Barbaras Kleider!«

»Ich weiß«, sagte er, leicht keuchend. »Aber was sollen sie Ihnen? Oder wollen Sie sie vielleicht tragen?«

Ich fing an, sie wieder in den Wandschrank zu schleppen. Er schlug sie mir aus den Armen und schob mich mit überraschender Kraft zurück. Ich holte zum Schlag aus, aber er packte meine Handgelenke und hielt sie fest.

»Sie ist tot!« sagte er scharf. »Tot, und das müssen Sie endlich begreifen. Sie ist tot, und Sie werden sie nicht ins Leben zurückrufen. Also geben Sie es auf, zu ihr ins Grab steigen zu wollen.«

»Ich hab sie umgebracht!« schrie ich wütend. »Wenn ich sie nicht fortgeschickt hätte, würde sie noch leben. Sie wäre nicht allein gewesen, als es passierte.«

»Es wäre dennoch passiert«, sagte er ruhig. »Jeder stirbt, wenn seine Zeit gekommen ist.«

»Sie wissen es«, sagte ich schmerzlich. »Ihr Juden wißt alles. Sogar über den Tod.«

»Ja. Sogar über den Tod«, sagte er sanft und ließ meine Handgelenke los. »Wir Juden haben eine sechstausendjährige Erfahrung mit dem Tod. Wir haben gelernt, mit ihm zu leben. Wir mußten es.«

»Wie lebt ihr damit?«

»Wir weinen«, sagte er.

»Ich habe vergessen, wie man weint. Als ich das letztemal weinte, war ich ein kleiner Junge. Jetzt bin ich erwachsen.«

»Versuchen Sie es«, riet er. »Es wird Ihnen helfen.«

»Sie werden mich unterrichten müssen«, sagte ich gehässig.

»Das will ich.« Er blickte sich im Zimmer um, nahm einen Hut aus meinem Schrank und setzte ihn auf. Nun wandte er mir sein Gesicht zu.

Ich starrte ihn an: der Hut, der ihm zu klein war, sein glänzendes rotbackiges Gesicht, die schimmernde schwarzgerahmte Brille. Alles war lächerlich. Und ich hätte auch beinahe gelacht, aber dann kam etwas, das mich davon abhielt.

»Bei jedem Begräbnis und einmal im Jahr, am Jom Kippur, dem Versöhnungstag, sagen wir ein bestimmtes Gebet für die Toten. Es heißt Kaddisch.«

»Und dabei weint ihr?« fragte ich.

»Immer. Denn es ist nicht nur für die eigenen Toten, sondern für alle Toten seit Anbeginn der Zeiten.« Er nahm meine Hand. »Sprich mir nach . . .«

Er wankte, und ich sprach ihm die seltsamen Worte nach.

Ich sah die Tränen in seinen Augen hinter seinen klaren Brillengläsern. Er öffnete den Mund, doch seine Stimme versagte ihm den Dienst.

Ich fühlte brennende Tränen aufsteigen. Ich hob die Hände und bedeckte mein Gesicht. »Barbara!« schluchzte ich. Ich weinte.

Sam Benjamin

Er erwachte mit schwerem Kopf, fühlte sich wie betäubt. Eine Weile blieb er ruhig liegen, dann setzte er sich im Bett auf. Die Tür öffnete sich, und Denise stand da.

»Na, bist du endlich soweit?« fragte sie.

»Mir ist scheußlich schlecht – als ob ich den Mund voller Sand hätte.«

»Kein Wunder«, sagte sie ungerührt. »Mußtest du denn versuchen, an einem einzigen Abend den Whisky der ganzen Stadt auszutrinken?«

»Schimpf nicht mit mir«, sagte er versöhnlich. »Ich habe Kopfweh.«

Sie schwieg einen Augenblick. »Ich bring dir ein Aspirin.«

Sie ging ins Badezimmer, während er mühselig aufstand und neben dem Bett auf die Waage stieg. Ein Blick auf die Skala, dann ein Fluch. Zweihundert Pfund.

Denise hörte ihn, als sie zurückkam. »Das kommt vom Trinken«, sagte sie und gab ihm das Aspirin und ein Glas Wasser.

Er schluckte die Tablette und verzog das Gesicht. »Ich lasse mir ja auch das Essen ganz schön schmecken.«

»Du ißt zuviel, du trinkst zuviel. Irgendwo muß das ja bleiben. Dr. Farber sagt, du sollst aufhören zu trinken. Dein Gewicht ist zu hoch für dein Herz. Du wirst schließlich nicht jünger.«

»Erzähl mir nichts«, erwiderte er müde, »das weiß ich alles selbst. Sag lieber Mamie, sie soll mir mein Frühstück bringen.«

»Kaffee und Toast?«

Er blieb auf dem Weg zum Badezimmer stehen und warf ihr einen Blick zu. »Sei nicht so dumm! Wie gewöhnlich: vier Eier, Schinken, Brötchen, alles, was dazugehört. Ich brauche Energie.«

»Du bringst dich ins Grab.«

»Dann bist du eine reiche Witwe.«

Sie lächelte. »Leere Versprechungen! Seit wir uns kennen, hab ich noch nichts anderes von dir bekommen.«

Er küßte sie auf die Wange. »Bestell mir das Frühstück, du redest zu viel.«

Sie strich ihm über die Wange und ging hinaus. Er blieb noch einen Augenblick stehen und horchte auf ihre Stimme, die der

Köchin Anweisungen erteilte, dann ging er ins Badezimmer.

Wie gewöhnlich klingelte das Telefon, während er auf dem Lokus saß. Denise rief durch die geschlossene Tür: »Für dich, Roger.«

»Verdammt! Sag ihm, ich komm gleich.« Er zog die Wasserspülung und schrie über den Lärm hinweg: »Und ruf die Telefongesellschaft an. Ich will hier drinnen einen Nebenanschluß!«

Im Schlafzimmer nahm er den Hörer ab. »Ja, Roger.«

»Unsere Plätze für den Flug nach Rom sind gebucht. Alitalia, neun Uhr, heute abend.« Und, ein wenig zögernd: »Bist du ganz entschlossen, hinüberzufliegen?«

»Natürlich!« fauchte er.

»Wir haben jetzt vierhunderttausend Guthaben«, sagte Roger. »Du machst das Geschäft, und weg sind sie.«

»Wenn wir das Geschäft nicht machen, sind sie erst recht weg; ein bißchen da, ein bißchen dort, und wir wissen gar nicht, was damit passiert ist. Wir müssen weitermachen, sonst verlieren wir alles.«

»Warum bist du so erpicht darauf, immer weiterzutreiben?« fragte Roger.

»Mein ganzes Leben warte ich schon auf diese Chance«, antwortete er. »Jetzt werde ich sie nicht verschleudern.«

»Aber die Hälfte von dem Geld gehört mir!«

»Deine Hälfte garantier ich dir«, sagte er, wobei er genau wußte, daß das leere Worte waren. Wenn es schiefging, würde er kein Geld haben, um Roger irgend etwas zu garantieren.

Roger wußte das auch. »Dieser Gaunt hat dir den Kopf verdreht. Was geschieht, wenn er sich nicht durchsetzt?«

»Er wird sich durchsetzen«, sagte Sam zuversichtlich. »Er ist der einzige hier, der weiter als seine Nase sieht. Außerdem bringt er mir Glück.«

Roger wußte, wann er nachgeben mußte. »Wann kommst du heute ins Büro?«

»In ungefähr einer Stunde. Ich packe meinen Koffer, und wir fahren von dort aus.«

Als er den Hörer auflegte, stand Denise neben ihm. »Du machst also weiter?«

Er nickte.

»Ist doch unnötig«, sagte sie. »Wir haben genug. Die Kinder brauchen es nicht mehr.«

»Aber ich brauch es. Jetzt arbeite ich lange genug, und wenn ich's diesmal nicht schaffe, dann schaff ich's nie. Einmal sollen alle sehen, daß ich nicht weniger tauge als sie!«

Sie streichelte seine Hand. »Du taugst mehr.«

Er lächelte. »Du bist voreingenommen«, sagte er und ging zurück ins Badezimmer.

Er hörte das leise »Ping« und war sofort hellwach. Die Kabine war dunkel, das Lichtsignal für die Sitzgurte war eben ausgegangen. Er warf einen Blick auf Roger.

Roger schlief mit leicht geöffnetem Mund in der bequemsten Stellung, die im Flugzeug möglich war. Er rühmte sich immer, überall schlafen zu können. Als Junge habe er öfter in der U-Bahn geschlafen, und danach sei alles leicht gewesen. Offenbar hatte er recht.

Bei Sam verhielt es sich anders. Zehntausend Meter hoch in einem Metallbehälter in der Luft zu hängen, setzte seinen Eingeweiden zu. Wieviel er auch trank und welche Tabletten er auch schluckte, seine Augen blieben hartnäckig offen.

Er stieg behutsam über Rogers ausgestreckte Beine in den Mittelgang und tappte durch die dunkle Kabine nach vorn. Alles schien zu schlafen.

Er schlüpfte durch den Vorhang in den Gesellschaftsraum, seine Augen zwinkerten im Licht. Die Stewardeß, die dort einsam saß, sprang auf.

»Kann ich etwas für Sie tun, Signor Benjamin?«

»Sie kennen meinen Namen?«

»Si, signore.« Sie lächelte. »Kennt nicht jeder den Namen des berühmten Filmproduzenten?«

Das war echt italienische Schmeichelei. Besonders, da sein Name auf der Passagierliste stand. »Whisky und Wasser, bitte.«

Während sie in die Kombüse ging, setzte er sich, nahm die Brille ab und reinigte sie mit seinem Taschentuch. Sie stellte den Drink vor ihn hin. Er setzte seine Brille wieder auf und trank beinahe das ganze Glas in einem Zug aus. Er sah sie an. »Wo ist die übrige Besatzung?«

»Die schlafen. Es sind noch viereinhalb Stunden bis Rom, und es gibt nicht viel zu tun.«

Er nickte. »Bringen Sie die Flasche und setzen Sie sich zu mir.«

»Das ist gegen die Vorschriften, *signore.*«

»Es ist auch gegen die Vorschriften, daß die Besatzung während der Dienststunden schläft. Aber wir haben dafür Verständnis, nicht wahr?«

Sie warf ihm einen Blick zu, dann nickte sie. *»Si, signore.«*

Sie holte die Flasche aus der Kombüse, stellte sie auf den Tisch und setzte sich ihm gegenüber.

Er goß etwas Whisky in sein Glas und trank davon, diesmal langsam. Jetzt wurde ihm allmählich besser.

»Beginnen Sie die Produktion eines neuen Films, *signore?«*

Er nickte.

»Mit Marilu Barzini?«

Es war doch keine bloße Schmeichelei gewesen. Sie kannte sich aus.

»Ja.«

»Sie ist sehr schön«, sagte die Stewardeß. »Und sehr begabt.«

»Kennen Sie sie denn?«

»Wir klapperten einst gemeinsam die Studios ab. Aber sie war zielstrebiger als ich. Und viel schöner.«

Er betrachtete sie. Ihre Stimme hatte etwas sehnsüchtig geklungen.

»Warum haben Sie es aufgegeben?« fragte er. »Sie sind doch auch sehr reizvoll.«

»Danke, *signore«,* sagte sie. »Aber ich konnte es nicht so machen wie sie. Ich konnte nicht von Versprechungen leben. Dieser Job gibt mir eine sichere Existenz.«

»Ich werde einige Tage im Excelsior wohnen. Kommen Sie einmal zu mir. Vielleicht ist es noch nicht zu spät.«

»Sie sind sehr freundlich, Signor Benjamin; vielleicht werde ich Sie aufsuchen. Aber für die Karriere ist es zu spät. Ich bin jetzt ganz zufrieden.«

»Wirklich?« Er bewegte die Hand, und zwischen seinen Fingern erschien eine Hundertdollarnote.

Sie starrte auf den Geldschein, dann in sein Gesicht. »Wofür ist das?«

»Befriedigung«, sagte er und legte ihn vor sie hin. Er nahm ihre Hand und führte sie unter dem Tisch an seinen Hosenschlitz. »Ich sagte Ihnen doch, daß ich Sie reizend finde.«

Sie machte eine Bewegung, als ob sie ihre Hand fortziehen wollte, aber er hielt sie fest, während er den Reißverschluß öffnete und sich freilegte. Sie starrte in seine Augen hinter den blankgeputzten Gläsern, dann schlossen sich ihre Finger um seine heiße Erektion.

»Nimm lieber zuerst ein Handtuch«, sagte er leise. »Bei mir kommt's schnell.«

Zehn Minuten später saß er fest eingeschlafen auf seinem Platz und öffnete die Augen erst wieder, als die Maschine auf dem Flughafen von Rom aufsetzte.

2

Sam schlug das Drehbuch zu und legte es nieder. »Ich muß etwas trinken.«

Charley Luongo, sein italienischer Vertreter, hatte, kaum daß der Satz zu Ende gesprochen war, den Drink für ihn bereit. »Boß, was meinen Sie?« fragte er mit deutlichem Brooklyn-Akzent, obgleich er seit seinem sechzehnten Lebensjahr nicht mehr in Amerika gewesen war.

»Gepfeffert«, sagte Sam. »Ich weiß nicht recht.«

»Ihr üblicher Stil ist es jedenfalls nicht«, sagte Roger.

»Richtig.« Sam nahm einen Schluck von seinem Drink.

Marilu Barzini hatte sich einen Namen gemacht, indem sie in italienischen Heldenfilmen wie *Icarus* und *Vesuvius* nackt herumlief. Dann trat sie in einigen amerikanischen Filmen als Sexbombe auf. Jetzt aber wollte sie mehr: Sie wollte eine Schauspielerin sein. Und sie war bereit, dafür Opfer zu bringen. Sie senkte ihren Preis von hundertfünfzigtausend Dollar pro Film auf fünfzehntausend für diesen einen, nur um jemanden dazu zu bringen, ihn zu produzieren. Und dennoch hatte sie, bis Sam kam, keinen Abnehmer gefunden. Nun wußte er, warum.

Das Drehbuch war tiefste Tragik, es war entsetzlich. Vielleicht würde es großartig werden. Aber man konnte unmöglich voraussagen, ob es ein finanzieller Erfolg sein würde oder nur wieder so etwas wie *Rom, offene Stadt* oder *Fahrraddiebe* – dafür geeignet, in Artkinos gespielt zu werden und ein paar Blumensträuße von der Kritik einzuheimsen.

»Wenn es irgendeine Möglichkeit gäbe, es ein wenig aufzuheitern«, sagte er mit einem Blick auf Charley. »Wenn man nur ein bißchen Humor hineinbringen könnte.«

»Ausgeschlossen«, sagte Charley. »Sie ist darauf versessen.

›Ganz genauso, keine Änderungen‹, sagte sie. Und Pierangeli, der Regisseur, ist damit einverstanden.«

»Kein Wunder«, sagte Sam. »Der hat noch nie in seinem Leben einen einträglichen Film gemacht.«

»Aber er hat sämtliche Filmpreise, die es in Italien und Europa gibt, gewonnen.«

»Großartig«, sagte Sam ohne Begeisterung. »Soll er doch versuchen, sie den Banken als Garantie zu geben.«

»Was willst du also tun?« fragte Roger.

»Ich werde mithalten, mir bleibt ja keine andere Wahl. So oder so, es wird ein bedeutender Film. Wie sie es geschafft haben, weiß ich nicht, aber sie haben die besten Schauspieler Europas dafür gewonnen. Es liegt an uns, ihn so herauszubringen, daß wir nicht daran verlieren.«

»Hast du einen Plan?« fragte Roger.

»Ich hab eine Idee«, sagte Sam. »Aber es hängt alles davon ab, ob sie bereit ist, mitzumachen.«

Das Telefon klingelte, und Charley hob ab. »*Pronto*«, sagte er, dann deckte er die Sprechmuschel ab. »Sie sind jetzt unten.«

»Sag ihnen, sie sollen raufkommen.« Sam ging ins Schlafzimmer und schloß die Tür. Dann verschwand er im Badezimmer und wusch sich das Gesicht. Er trocknete sich ab und blickte in den Spiegel. Die Falten in den Augenwinkeln verrieten seine Müdigkeit; vielleicht könnte er nachher ein wenig schlafen.

Wie gewöhnlich war er starr beim bloßen Anblick ihrer Schönheit. Einen Moment hielt er den Atem an. Es war fast zu viel, so schön konnte keine Frau sein! Aber sie war es.

»Sam«, sagte sie, reichte ihm die Hand und beugte sich in Erwartung seines Kusses vor.

Er küßte sie auf die Wange. »Ich kann's nicht glauben«, sagte er wahrheitsgemäß. »Du bist zu schön.«

Sie lächelte. Sie hatte gelernt, Komplimente als selbstverständlich hinzunehmen. »Danke, Sam.«

»Hallo, Nicki«, sagte er. Niccoli war ihr Mann, überall, nur nicht in Italien. Sie schüttelten einander die Hand. Sam wandte sich an den dritten. »Signor Pierangeli«, sagte er, »es ist mir eine Ehre, Sie kennenzulernen.«

Der Regisseur nickte zurückhaltend. Er sprach nur sehr wenig Englisch. »Signor Benjamin . . .«

Marilu konnte nicht warten. »Hast du das Drehbuch gelesen,

Sam? Was hältst du davon?«

Sam sah sie an. »Es gefällt mir. Aber ich glaube nicht, daß es so geht. Ich habe einige Ideen, die ich dir vorschlagen möchte, und wenn wir uns einig werden, können wir starten.«

»Keine Änderungen, Sam!« sagte sie herrisch.

Er zuckte mit den Schultern. »Wenn wir nicht mal über meine Auffassung sprechen können, Marilu, dann besteht nicht die leiseste Aussicht, daß wir zu einer Einigung gelangen.« Er öffnete die Schlafzimmertür. »Und das bedeutet, daß du den Film nie machen wirst, denn ich bin der einzige, der daran glaubt, daß du als Schauspielerin gut genug dazu bist. Und zwar so gut, daß du als erste Ausländerin den Oscar bekommen kannst.«

Er schloß die Tür hinter sich. Er spürte die Schweißtropfen auf seiner Stirn, ging ins Badezimmer und wusch sich erneut das Gesicht. Wenn er nur etwas zu trinken hätte!

Er klopfte leise an die Schlafzimmertür. »Ja?« rief er.

Es war Nicki. »Darf ich hineinkommen, Sam?«

Mit einem raschen Griff zog er die Jacke aus und warf sie auf einen Stuhl. Er lockerte Kragen und Schlips und lehnte sich auf dem Bett zurück. »Herein.«

Nicki war schlank, sah gut aus und war seltsamerweise auch ein tüchtiger Produzent. Er hatte es nicht nötig, seine Projekte von Marilu abhängig zu machen; eher war es umgekehrt. Er hatte als erster ihre Möglichkeiten erkannt und aus dem drallen italienischen Mädchen, das sich von ihren Konkurrentinnen in nichts unterschied, den Star gemacht, der sie heute war.

»Du mußt Verständnis haben für Marilu«, sagte er leise. »Sie regt sich leicht auf.«

»Das weiß ich«, erwiderte Sam, »aber du darfst nicht vergessen, daß ich erschöpft bin. Ich bin über sechstausend Kilometer geflogen und habe die ganze Nacht wach gesessen, um sie zu treffen; wenn wir nicht diskutieren können, dann hat das Ganze keinen Sinn.«

In jahrelangem Verkehr mit Cholerikern hatte sich Nicki eine wahre Engelsgeduld angeeignet. »Ich glaube, jetzt würde sie gern mit dir reden«, sagte er. »Sie bereut schon ihre scharfe Bemerkung.«

»Ich meine, wir sollten uns erst wieder treffen, wenn ich ein bißchen geschlafen habe. Vielleicht bin auch ich dann geduldiger.«

»Wenn ich etwas vorschlagen darf, Sam«, sagte Nicki gewandt, »triff sie ohne Pierangeli. Sie wird weniger streitsüchtig und viel zugänglicher sein, wenn er nicht dabei ist.«

»Richte es so ein, Nicki. Ich stehe ihr heute abend jederzeit von den Cocktails an zur Verfügung.«

»Zum Cocktail und beim Abendessen«, sagte Nicki. »Sie wird hier sein.«

»Und du?«

Nicki begegnete seinem Blick. »Du triffst sie allein. Glaub mir, es ist besser so. Es ist dein Film, nicht meiner.«

»Ich dachte doch, du wolltest der Produzent sein?«

»Richtig, aber als dein Angestellter. Und das soll Marilu gleich kapieren. Auf diese Weise wird sie verstehen, daß es nur *eine* Autorität gibt.«

»Danke, Nicki«, sagte Sam. »Das weiß ich zu schätzen.«

Zum erstenmal lächelte Nicki ihm zu. »Keine Sorge, Sam, der Film wird ein Schlager; wir wollen gemeinsam dafür sorgen.«

Sie schüttelten sich die Hände, und Nicki verließ das Zimmer. Sam streckte sich wieder aus und war kurz darauf eingeschlafen.

Es war nicht immer so gewesen. Im Einschlummern erinnerte er sich an das erste Mal, da er nach Rom gekommen war. Vor fast vier Jahren.

Es war ein schlechter Flug gewesen. Er hatte im Touristenabteil zwischen zwei Italienerinnen eingezwängt gesessen, die pausenlos schnatterten und sich über seinen Kopf hinweg Obst und Schokolade zureichten. Er verfluchte den Geiz Rogers, der das Ticket für ihn bestellt hatte. Roger konnte die Notwendigkeit, im Flugzeug erster Klasse zu reisen, nicht einsehen; die Flüge dauerten doch nicht solange.

Er landete in der Gluthitze eines Augustvormittags, und der Wagen, der ihn vom Flughafen abholen sollte, war nicht da. Erhitzt, schwitzend stieg er in ein Taxi, das ihn zum Hotel Excelsior brachte.

Der Empfangschef führte ihn in das Zimmer. Sam sah sich empört um; es war klein und dunkel, mit Aussicht auf einen Hinterhof. »Das ist ein Irrtum«, sagte er, »ich hab ein Apartment bestellt.«

»Nein, *signore*«, sagte der Angestellte höflich und zeigte ihm die Reservierungskarte. »Bestellt wurde dieses Zimmer.«

Wieder einer von Rogers Streichen! Sam hätte wetten mögen,

daß er nicht einmal einen Wagen für ihn bestellt hatte. Er gab dem Mann die Karte zurück. »Ich möchte ein Apartment.«

Sie gingen zum Empfangstisch. Der stellvertretende Direktor war seiner Sache sicher: »Es ist kein Apartment frei, *signore.*«

Eine Handbewegung – die Ecke eines Hundertdollarscheins lugte hervor. »Vielleicht könne man doch etwas finden, *eccellenza*«, sagte der Mann und studierte noch einmal seine Tafel.

Sam beobachtete ihn. »Ich möchte das beste, das Sie haben. Ich muß einige sehr wichtige Besprechungen abhalten.«

»Das Gesandtschaftsapartment wäre frei«, sagte der Mann. »Aber es ist sehr kostspielig.«

»Ich nehme es.«

»Sehr wohl, *signore.* Für wie lange werden Sie es brauchen?«

»Eine Woche, vielleicht zehn Tage.«

»Es ist im voraus zu bezahlen, *signore.*«

Sam nahm die Karte des *Diner's Club* aus der Brieftasche.

Der Direktor schüttelte den Kopf. »Tut mir leid, *signore.* Wir nehmen keine Kreditkarten in Zahlung.«

Sam zog sein Scheckbuch aus der Brusttasche.

»Keine privaten Schecks, *signore.* Nur wenn der Kredit im voraus überwiesen wurde.«

»Aber Reiseschecks nehmen Sie doch wohl an?« fragte Sam ironisch.

Den Spott bemerkte der Mann nicht. »*Si, signore*«, antwortete er. Sam legte die Aktentasche nieder, öffnete sie und ließ den anderen einen Blick auf das darin enthaltene säuberlich gebündelte Reisescheckpäckchen werfen. Er nahm einen heraus, schloß die Tasche wieder, setzte mit flinker Feder seine Unterschrift auf den Scheck und reichte ihn dem Mann.

»Aber *eccellenza,* der lautet ja auf tausend Dollar. Das Apartment kostet nur . . .«

»Schon gut«, unterbrach ihn Sam, »ich hab keine kleineren. Rechnen Sie dagegen ab und teilen Sie es mir mit, wenn er verbraucht ist.«

»*Si, eccelenza*«, sagte der Direktor mit einer tiefen Verbeugung. Er geleitete Sam persönlich in das Apartment und steckte die Hundertdollarnote mit einer überschwenglichen Verbeugung ein.

Sam ließ sich im Wohnzimmer eine Bar aufstellen. Als er ins Schlafzimmer kam, packte der Diener bereits seine Koffer aus.

Sam sah sich befriedigt um. So war das schon besser. Roger würde einen Wutanfall bekommen, wenn er erfuhr, was es kostete, aber das war ihm gleichgültig. Der mußte noch so manches lernen.

Er begann sich auszuziehen. Die Kleider klebten ihm am Körper. Als er aus der Dusche kam, klingelte das Telefon.

Und es hörte während seines ganzen Aufenthalts nicht mehr auf zu klingeln. Der Reisescheck über tausend Dollar hatte gute Arbeit geleistet. Und der stellvertretende Direktor ebenso. Es war besser, als wenn man seine Ankunft in den Sechs-Uhr-Nachrichten verkündet hätte.

Der erste Anruf kam von Charley Luongo.

3

Sam hüllte sich in den weiten Morgenrock, der gleichzeitig als Bademantel diente. Die Bar war bereits ausgestattet; er goß sich einen doppelten Scotch ein, ging damit zum Fenster und blickte hinaus.

Vor sich hatte er die amerikanische Botschaft und die Via Veneto, die im Bogen zur Altstadt führt. Der Blick auf die amerikanische Flagge besserte seine Laune; er hob das Glas und trank ihr zu.

Das Telefon rief ihn ins Zimmer zurück. Er hob den Hörer ab. »Ja?«

»Mr. Benjamin? Hier spricht Charley Luongo.« Ein unverkennbarer Brooklyn-Akzent.

»Charley Luongo? Kenne ich Sie?«

»Nein, Mr. Benjamin. Aber ich habe von Ihnen gehört. Sie sind ein amerikanischer Produzent, der nach Italien gekommen ist, um sich ein paar Filme anzusehen.«

»Sie sind gut informiert. Und was kann ich für Sie tun?«

»Sie könnten mir eine Stellung geben«, sagte Charley.

»Als was?«

»Was immer Sie wollen«, sagte Charley ganz im Ernst. »Als Ihr Übersetzer, Chauffeur, Unterhändler, Sekretär, Kuppler. Ich habe Erfahrung. Zwei Jahre Assistent des Produzenten von *Ben Hur*, ein Jahr Verkaufsabteilung und Werbung bei Columbia Pictures, zwei Jahre unabhängige Produktion Cinematografica Italiana. Gute Referenzen. Außerdem bin ich ehrlich. Ich bin nicht so wie die meisten hier, die einem den letzten Groschen klauen, wenn man nicht die ganze Zeit die Hände in den Taschen behält.«

»Sie sind nicht Italiener?«

»Ich bin Italiener, aber in den Vereinigten Staaten aufgewachsen. Ich kam vor dem Krieg mit meinen Eltern hierher; damals war ich gerade sechzehn. Als die Invasion begann, wurde ich in die amerikanische Armee eingezogen.«

»Okay«, sagte Sam. »Ich möchte ganz gern mit Ihnen reden.«

Kaum hatte er den Hörer aufgelegt, klingelte die Türglocke, und der Gast war da. Er war groß, schlank, hatte braune Augen und schütteres, blondes Haar.

Sie gaben sich die Hand und betrachteten sich gegenseitig. »Wieso haben Sie von mir gehört?« fragte Sam.

»Der Vizedirektor ist der Schwager meiner Freundin. Er hat mich sofort nach Ihrem Eintreffen benachrichtigt.«

»Wie kommt es — wenn Sie so tüchtig sind, wie Sie sagen —, daß Sie nicht beschäftigt sind?«

»Überall haben die Italiener den Vorrang.«

»Aber Sie sagten doch, Sie seien Italiener?«

»Bin ich, aber ich habe einen amerikanischen Paß. Mein Vater wurde naturalisiert.«

»Ich weiß nicht recht ...«, sagte Sam unschlüssig.

»Wollen Sie es nicht eine Woche lang mit mir versuchen?« fragte Charley. »Wenn Sie dann nicht zufrieden sind, blasen wir's ab. Sie brauchen mir nicht viel zu zahlen. Ich würde es für vierzigtausend Lire die Woche machen.«

Sam überlegte; das war nicht viel, etwa achtzig Dollar. »Okay.«

»Danke, Mr. Benjamin«, sagte Charley lächelnd.

Das Telefon klingelte. Charley hob sofort ab, und es folgte ein schneller Wortwechsel auf italienisch. Er verdeckte die Sprechmuschel und wandte sich an Sam. »Ein Produzent möchte Ihnen einen Film zeigen.«

»Welchen Film?«

»Er heißt *Crazy Baby*.«

»Ist er wert, daß man ihn sich ansieht?«

»Nein«, sagte Charley. »Man versucht nun schon seit zwei Jahren ihn anzubringen. Jede größere Gesellschaft hat ihn bereits abgelehnt.«

»Sagen Sie, ich hätte kein Interesse.«

Charley sprach noch einige Worte ins Telefon und legte auf. »Vielleicht könnte ich Ihnen helfen, wenn ich wüßte, was Sie suchen.«

»Einen großen Ausstattungsfilm in Farbe. Ich brauche erstklassige Ausstattung und Regie, Kostüme, nackte Weiber. Etwas, das ich billig einkaufen und in den Staaten ganz groß herausbringen kann.«

»Okay, nun weiß ich's«, sagte Charley. »Vielleicht kann ich etwas tun. Ich kenne einen Mann, der hat in einen Film mit dem *Icarus* vierhunderttausend Dollar investiert. Es ist die Sage von dem griechischen Jungen, der wie ein Vogel fliegen wollte und dessen Flügel in der Sonne schmolzen. Da ist alles drin, was Sie suchen. Und der Produzent ist pleite. Er wird nehmen, was Sie ihm geben.«

»Das gefällt mir schon jetzt«, sagte Sam. »Rufen Sie ihn an und treffen Sie für mich eine Verabredung zu einer Vorführung.«

Charley zog ein Notizbuch aus der Tasche, öffnete es und legte es neben den Apparat. Er rief die Zentrale an und nannte die Nummer.

»Wollen Sie etwas trinken?« fragte Sam.

»Nein, danke«, sagte Charley. Er klopfte auf seinen Magen. »Ich hab' ein Geschwür.«

Sam grinste. »Mir scheint, Sie sind doch ein ganz richtiger Amerikaner.«

So hatte es begonnen. Sam hatte Glück, denn Charley war so tüchtig, wie er es versprochen hatte. Sie konnten *Icarus* zu einem günstigen Preis kaufen und später ein fast ebenso gutes Geschäft mit einer Fortsetzung machen, *Die Flügel des Icarus*. Damals gab ihm Sam einen Bonus von tausend Dollar und erhöhte sein Gehalt auf zweihundert die Woche. Er machte ihn zum Geschäftsführer der italienischen Gesellschaft mit einem kleinen Büro in einer Seitengasse der Via Veneto, und Charley war auf Lebenszeit sein.

Das Zimmer war dunkel, und er spürte den Druck einer Hand auf seiner Schulter. Er wälzte sich herum und seufzte tief auf.

»Es ist beinahe acht Uhr«, sagte Charley. »Marilu wird jeden Augenblick hier sein.«

»Verdammt, ich muß mich duschen«, sagte Sam. Er stand auf.

»Bestellen Sie mir einen Tisch zum Abendessen im Capriccio.«

»Ich habe das Abendessen schon bestellt; es wird hier serviert.«

Sam sah ihn erstaunt an. »Halten Sie das für klug? Die ist nicht irgendein Fötzchen, wissen Sie.«

»Sie ist eine italienische Schauspielerin«, sagte Charley kurz.

»Was wird Nicki aber dazu sagen?«

»Die Idee stammt doch von ihm, oder nicht?«

Sam antwortete nicht. Auf dem Weg ins Badezimmer sagte er nur: »Wenn sie kommt, leisten Sie ihr Gesellschaft, bis ich angezogen bin.«

»Okay. Ich gehe jetzt mit Roger zum Abendessen. Wir werden bei Gigi Fazzi sein, hier um die Ecke, falls Sie uns brauchen sollten.«

Tatsächlich kam Marilu eine Stunde zu spät, und Sam war schon halb blau, als sie eintraf. Er hatte so nervös wie ein Jüngling gewartet, einen Scotch nach dem anderen getrunken, und nun war die ganze Welt in einen rosigen Schimmer getaucht.

Als es an der Tür klopfte, erhob er sich leicht schwankend, Charley öffnete, und sie trat ein.

Sam stockte der Atem, und er wurde schlagartig nüchtern. Das war ihre Wirkung auf ihn, es war unglaublich. Ihre Schönheit und Weiblichkeit verursachten ihm Schmerzen in den Eingeweiden.

Sie kam direkt auf ihn zu. Er küßte sie auf die Wange, seine Nase füllte sich mit ihrem warmen Duft. »Ich bin so froh, daß du mir nicht böse bist, Sam.«

Er lächelte. »Wer könnte einer so schönen Frau böse sein?«

Sie erwiderte sein Lächeln. »Du wirst ja schon ganz italienisch, Sam!«

Sie ging zum Tisch. »Champagner und Kaviar!« rief sie. Wie ein Kind stibitzte sie einen kleinen Löffel und schaufelte sich Kaviar in den Mund. »Köstlich!«

Sie schien nicht zu bemerken, daß Charley und Roger verschwunden waren, blieb weiter am Tisch, füllte zwei Gläser mit Champagner und reichte ihm eines: »Einen Trinkspruch, Sam!«

Er nahm das Glas, obwohl er Champagner nicht mochte. »Worauf sollen wir trinken?«

»Auf unseren gemeinsamen Film«, sagte sie.

Sie tranken. Dann setzte sie das Glas ab. »Ich freue mich sehr.«

»Ich auch.«

Das Telefon klingelte. Er hatte am frühen Nachmittag ein Gespräch mit Stephen Gaunt angemeldet, und es war jetzt endlich durchgekommen. »Ich werde im Schlafzimmer sprechen«, sagte er. »Willst du mich bitte entschuldigen?«

Sie nickte. Er hob im Nebenzimmer den Hörer ab. »Steve?«

Die Stimme der Sekretärin sagte: »Einen Augenblick, Mr. Benjamin, ich verbinde!« Ein Klicken, und da war Steve. »Wie schmeckt die *Pasta* drüben, Sam?«

»Hab noch keine Zeit gehabt, sie zu kosten«, sagte er. »Ich rief an, um zu hören, was du von dem Drehbuch hältst.«

»*Die Schwestern?*«

»Ja.«

»Scharfe Sache. Aber mir gefällt's. Ich frag mich nur, wie steht's mit Marilu Barzini. Ich weiß, sie ist großartig, wenn sie nackt rumläuft, aber kann sie auch spielen?«

Sam blickte auf; er bemerkte, daß sich die Tür ein wenig bewegte. »Warte einen Augenblick«, sagte er und legte den Apparat auf das Bett.

Er ging zur Tür und öffnete sie jäh. Marilu wäre fast ins Zimmer gefallen.

Er nahm sie bei der Hand, führte sie lächelnd ins Zimmer, setzte sich auf das Bett und griff nach dem Hörer. »Entschuldige, Steve, was sagtest du eben?«

»Ist jemand bei dir?«

»Ja.«

»Kannst du frei sprechen?«

»Ja. Was wolltest du von Marilu sagen?«

Er hielt den Apparat so, daß sie mithören konnte. »Wie gesagt, wenn sie spielen kann, besteht Aussicht, aber man müßte die Sache aufhellen. Und auch 'nen ordentlichen Schuß Sex hineinbringen, nicht soviel verdammten Symbolismus.«

»Beteiligst du dich, falls ich dir liefern kann, was du wünschst?«

»Jetzt geht es nicht, Sam; du kennst ja meinen Aufsichtsrat. Hast du aber erst den Streifen, dann ist das etwas anderes.«

»Willst du dich mit vierhunderttausend verpflichten, vorbehaltlich Lieferung?«

»Zweihundertfünfzig, mehr ist unmöglich. Vorausgesetzt, wir sind mit dem Drehbuch einverstanden. Alles hängt natürlich von der endgültigen Fassung des Films ab.«

»Und wenn ich dir nun sage, für ihre Leistung in diesem Streifen wird sie einen Oscar bekommen?«

»Wenn sie's schafft, glaub ich's dir. Machst du die Sache?«

»Ja«, sagte Sam. »Schließlich ist es ja das, was du mir geraten hast. Ich soll aus dem Gewaltgeschäft raus und in was Seriöses einsteigen.«

Steve lachte. »Okay, Vater. So oder so – ich bin dabei.«

»Für dreihundert«, sagte Sam.

»Dreihundert.« Steve lachte. »Viel Glück. Und gib der Kleinen, die ich ins Telefon atmen höre, einen für mich, ja?«

Die Verbindung brach ab, und Sam legte den Hörer auf.

»Nun?« sagte er mit einem Blick auf Marilu.

»Wer war das?« fragte sie.

»Der Präsident einer der großen amerikanischen Gesellschaften.«

»Warum will eigentlich niemand glauben, daß ich spielen kann?« fragte sie ärgerlich. »Sie sehen in mir nur einen Körper.«

»Das ist doch nicht so schlimm!«

»Aber früher oder später muß es anders werden. Denk nur an die Lollobrigida, an die Loren – die werden als Schauspielerinnen geschätzt.«

»Du wirst auch noch soweit kommen«, tröstete er sie. »Nach diesem Film.«

Plötzlich war ihr Ärger verflogen. »Glaubst du das wirklich, Sam?«

Er nickte.

»Und daß ich den Oscar gewinnen werde?«

Da wußte er, daß er sie in der Hand hatte. »Wenn du tust, was ich sage.«

Sie sank theatralisch vor ihm auf die Knie. »Alles werde ich tun, was du sagst, Sam. Du bist mein Mentor, mein Berater.« Sie grub ihr Gesicht in seinen Schoß.

Seine Reaktion war so blitzartig, daß sie sogar ihn überraschte. Sie kehrte ihm, mit einem heimlichen Lächeln in den Augen, das Gesicht zu. Er errötete. »Ich bin auch ein Mann«, sagte er.

»Natürlich«, sagte sie gelassen, ihre Finger fanden den Reißverschluß und öffneten ihn. »Ihr alle seid stets vor allem Männer.«

4

In seinen Träumen war alles immer groß. Das betraf zuerst die eigene Person. Im Traum war er einsfünfundachtzig, schlank, kräftig und breitschultrig, der Mann, dem die Mädchen seufzend nachblickten. Es dauerte nicht lange, bis ihm klar wurde, daß er trotz aller Streckübungen nie größer werden würde als die einszweiundsechzig, die seine Eltern ihm mitgegeben hatten. Da faßte er einen Entschluß: Wenn er nicht einsfünfundachtzig werden konnte, mußte er eben so handeln, als wäre er einsfünfundachtzig.

Er hatte das Glück, einen vierschrötigen, starken Körper und die Kräfte eines jungen Stiers geerbt zu haben. Andernfalls wäre er keine sechzehn Jahre alt geworden. In East Bronx nahm man angesichts der Lautstärke seiner Reden keine Rücksichten auf seine geringen Körpermaße. Gegen Ende seiner Schulzeit hatte er herausgefunden, daß er nicht alle Welt verprügeln konnte, und er begann seine scharfe Zunge im Zaum zu halten. Von da an kam er gut vorwärts.

Er erwarb sein Diplom im City College von New York und bestand die Anwaltsprüfung des Staates New York, gab jedoch nach zwei Jahren im Rechtsanwaltsbüro eines Vetters den Juristenberuf für immer auf. Für ihn war das kein befriedigender Wirkungskreis. Die kleinen Fälle, die er bekommen konnte, interessierten ihn nicht, und die großen wurden immer zu den bereits etablierten Anwälten getragen.

Man schrieb 1933, und das Land stöhnte unter der Depression. Er schätzte sich glücklich, als er einen Job als Vizedirektor in einem Kino auf dem Broadway fand. Und den bekam er auch nur, weil er dem Besitzer des kleinen Konzerns – alles in allem drei Theater – versprach, er werde gratis und außerhalb seiner Arbeitszeit die Rechtsberatung machen. Und das alles für das Prachtgehalt von zweiundzwanzigeinhalb Dollar die Woche.

1934 kam der Streik der Filmvorführer, die ganze Industrie geriet in Aufruhr. Def Direktor gab lieber seinen Posten auf, als sich gegen die Streikpostenkette zu stellen, und Sam wurde befördert. Nun war er ein großer Mann. Dreißig Dollar die Woche. Und seltsamerweise war er in das Geschäft vernarrt.

Er liebte Filme. Jeden einzelnen, gut oder schlecht. Er sah alle, wenn sie schließlich in seinem Kino gespielt wurden. Manche davon zwei- oder dreimal. Und wieder begann er zu träumen.

So war es auch an jenem Morgen, als er gegenüber dem Filmtheater aus der Untergrundstation kam. Es war warm, und eine flimmernde Hitze lag bereits über den Straßen der Stadt.

Er stand an der Ecke und schaute hinüber. Das allergrößte Schild war ein unter dem Schirmdach gespanntes Transparent:

IM INNEREN 20° KÜHLER!

Darüber war in einfachen weißen Blockbuchstaben der Hauptfilm angekündigt:

JAMES CAGNEY LORETTA YOUNG

TAXI

MATINEE FÜR FRÜHAUFSTEHER 25 CENT

AUSGEWÄHLTE KURZFILME IM VORPROGRAMM

Er überquerte die Straße und blieb bei der Kasse stehen. »Guten Morgen, Marge.«

»Guten Morgen, Sam.«

»Wie geht das Geschäft?«

Die Kassiererin warf einen Blick auf ihre Liste. »Nicht übel. Siebzig Eintrittskarten. Die Streikposten waren heute morgen nicht hier.«

Er sah nach rechts und links und sagte: »Vielleicht ist es ihnen zu heiß.«

»Ich vermisse sie direkt. Sie brachten mir immer Kaffee vom Laden an der Ecke.«

Sie hatte recht. Die Streikposten gehörten bereits zum Alltag; ohne sie und ihre weiß und rot bemalten Transparente wirkte das Foyer nackt. »Ich will mal in der Stadt anrufen und mir die Vormittagsziffern geben lassen; bei der Gelegenheit höre ich dann, was eigentlich los ist«, sagte er.

»Sieh zu, daß es nicht zu lange dauert. Ich sitze schon seit neun Uhr dreißig hier drinnen und könnte bald eine Ablösung gebrauchen.«

»Ich komme gleich wieder«, versprach er.

Der alte Eddie, der Platzanweiser am Eingang, lächelte ihm zu. »Guten Morgen, Mr. Benjamin. Siebzig Eintrittskarten heute morgen.« Es klang so erfreut, als gehöre das Kino ihm.

»Morgen, Eddie.« Er trat ein. Das beruhigende Dunkel umfing ihn, und er hörte die Stimmen von der Leinwand.

Der Hauptfilm lief. Er blieb stehen – entzückt –, es war seine Lieblingsszene.

Das Publikum lachte schallend. Sam lachte mit.

Er stieg über die Treppe zum Balkon. Das Direktionsbüro lag auf einem kleinen Treppenabsatz in halber Höhe. Er öffnete die Tür und trat ein.

Der sommersprossige junge Mann, ein entfernter Vetter des Besitzers, wandte sich zu ihm um. »Guten Morgen, Sam.«

»Guten Morgen, Elie. War etwas in der Post?«

»Das Übliche«, sagte Elie gelangweilt. »Nur die Programmhefte für die nächste Woche. Zwei Rechnungen. Die Eisfirma wird morgen nicht liefern, wenn wir unsere Schulden nicht zahlen. Ich sagte, du würdest anrufen.«

»Wieviel haben sie heute morgen gebracht?«

»Vier Block.«

»Wir werden mehr brauchen, wenn es weiter so heiß bleibt«, sagte Sam. »Geh hinunter und löse Marge ab. Ich rufe am besten gleich dort an.«

Er ließ sich mit dem Direktor der Eisfabrik verbinden, versprach eine Akontozahlung und bekam die Zusicherung, daß um vier Uhr nachmittags zwei Eisblöcke geschickt würden.

Jetzt sah er sich das Programmheft für den Hauptfilm der nächsten Woche an. Es war ein MGM-Streifen, und das Programm war sorgfältig ausgearbeitet. Sie machten es immer am besten, hatten überall die besten Leute: Stars, Regisseure, Drehbuchautoren. Er blätterte in dem Heft und überlegte, wieviel Zubehör und Propagandamaterial ihm das Hauptbüro schicken würde. Mit dem Material waren sie immer knickerig, obwohl sie es nur ausliehen, anstatt es zu kaufen wie die Kinos in der Innenstadt. Er hörte, wie sich die Tür hinter ihm öffnete, und wandte sich um.

Es war Marge. Sie schaute ihn vorwurfsvoll an. »Du hast gestern abend nicht mal angerufen.«

»Es war schon spät. Ich bin erst nach ein Uhr morgens hier rausgekommen. Ich glaubte, du würdest schon schlafen.«

»Ich hatte dir doch gesagt, ich bleibe wach und warte.«

Es verdroß ihn. Das hatte man davon, wenn man nett zu den Mädchen war. Man stemmt sie zweimal, und schon glauben sie, man gehört ihnen. »Ich war müde«, sagte er.

Sie schloß sorgfältig die Tür hinter sich. »Bist du's noch immer?«

Plötzlich lächelte er. »So müde wieder nicht.«

Sie drehte den Schlüssel um und kam auf ihn zu. Sie war groß, fast um einen Kopf größer als er. Er mochte große Frauen, und diese war überall groß. Große Titten, großes Hinterteil.

Er stand auf, und sie ließ sich umarmen. Während sie sich küßten, lehnte sie sich hinten an den Schreibtisch, um nicht größer zu sein als er. Seine Finger fummelten an den Knöpfen ihrer Bluse.

Sie lachte ein wenig, nun war sie ihrer Sache sicher. Mit einem raschen Griff öffnete sie ihre Bluse, und die schwer im BH liegenden Brüste quollen hervor; er machte sich am Verschluß zu schaffen und entblößte sie. Mit einem fast animalischen Schrei vergrub er sein Gesicht in ihrem Busen.

Mit einer Hand drückte sie seinen Kopf fest an sich, mit der anderen öffnete sie die Knöpfe an seiner Hose. Ihre Hand umfaßte sein angeschwollenes Glied.

»Hast du was zum Drüberziehen?« flüsterte sie.

Er starrte sie an. »Hier? Ich hab doch nicht erwartet . . .«

Sie zog ihre Hand zurück, als ob sie ein heißes Eisen angefaßt hätte. »Dann hören wir lieber auf«, sagte sie. »Ich darf nichts riskieren.«

»Mein Gott!« Er war ärgerlich. »Du wirst doch jetzt nicht aufhören. Ich ziehe ihn raus, bevor es mir kommt.«

»Versprichst du's?«

»Ich verspreche es.«

»Ich will kein Kind bekommen«, sagte sie, ließ ihren Rock fallen und trat zur Seite. »Wo?«

Sie hatte recht. In dem kleinen Büro gab es nicht mal genügend Platz, um sich auf den Boden zu legen. »Dreh dich um«, sagte er und legte unsanft ihre Hände auf den Schreibtisch, so daß sie halb gebückt stand.

Er ließ seine Hose fallen und drang von hinten in sie ein, während er sie mit den Armen umfaßte und ihre Brüste in die hohlen Hände nahm.

»O Gott! Du bohrst mich ja durch!« schrie sie.

Er hielt sie fest, schob sich eng an sie und entschwand in seine eigene Welt voller phantastischer Brüste, Hinterbacken und wollüstiger Punzen. Er schloß die Augen.

Zuerst schien das ferne Getöse fast mit zu ihrer Paarung zu gehören, dann erfolgte die Explosion und schleuderte sie rückwärts gegen die Wand und dann zu Boden.

Der Schreibtisch stellte sich hochkant, und der Stuhl krachte in eine Ecke. Sam lag einen Augenblick regungslos, rang nach Luft, ihr ganzes Gewicht lastete auf ihm. Dann bewegte er sich.

»Ist dir was geschehen?« fragte er.

»Nein, ich glaube nicht«, sagte sie zögernd. »Was war das?«

Er hatte es instinktiv erraten – fast noch bevor die Schreie aus dem Kino zu ihnen drangen. Er schob sie zur Seite, stand auf und zog seine Hose hoch. Nun wußte er, warum die Streikposten heute morgen nicht gekommen waren. »Zieh dich an«, sagte er. »Ich glaube, jemand hat eine Bombe ins Kino geworfen.«

Bevor sie noch antworten konnte, war er aus dem Büro und rannte die Treppe hinunter. Die hinteren Scheiben der Vorhalle lagen in Scherben. Der alte Eddie stand neben einer aus den Angeln gerissenen Tür; Blut strömte aus einer Wunde an seiner Stirn.

»Ich hab die Leute gesehen, Mr. Benjamin«, schrie er. »Sie haben die Bombe aus einem Auto geworfen. Ein schwarzer Wagen, der vor dem Kino stehenblieb.«

Sam sah sich um. Die Vorhalle war demoliert und über und über mit Glassplittern bedeckt, beinahe unpassierbar. Eine Menschenflut strömte aus dem Inneren des Kinos und drängte sich ihm entgegen. »Eddie, öffnen Sie die Seitenausgänge«, sagte er. »Okay, Leute«, rief er, »macht euch keine Sorgen, wir zahlen allen das Eintrittsgeld zurück.«

Die Seitenausgänge öffneten sich und ließen das helle Tageslicht ein. Zum Glück kam es zu keiner Panik.

Die Besucher gelangten allmählich ins Freie. Sam trat auf Eddie zu. »Wo ist Elie?«

»Ich hab ihn nicht gesehen.«

Plötzlich wurde Sam übel. Er drehte sich um und lief durch das zerbrochene Glas in die Vorhalle. Der junge Mann saß noch an der Kasse. Das heißt, was von ihm übrig war. Offenbar war der Kassenraum direkt von der Bombe getroffen worden.

In der Ferne hörte er die Sirenen der Feuerwehr. Es war reines Glück, daß nicht er an der Kasse gesessen hatte. Idiotisches Glück.

5

Er saß mit unbehaglichen Gefühlen im Schneiderladen seines Vaters, während der Alte das Geschäft für den Abend abschloß. Ab und zu warf ihm sein Vater einen Blick zu, schüttelte den Kopf und murmelte: »Was soll ich nun deiner Mutter sagen?«

Sam war damals fünfunddreißig Jahre alt, und immer noch verstanden es seine Eltern, ihm das Gefühl zu geben, als sei er noch ein kleiner Junge. Daß er inzwischen stellvertretender Direktor des Roxy-Kinos in der Innenstadt geworden war, spielte dabei keine Rolle. Auch nicht, daß er wöchentlich neunzig Dollar verdiente, mehr als irgendein anderer in der Umgebung. Zur Debatte stand nur seine jüngste »Dummheit«.

Der Vater drehte den letzten Schlüssel um, und sie standen draußen auf der Straße. »Mach den Mantel zu«, sagte er. »Bei dem Wind wirst du dir noch den Tod holen.«

Sam warf einen Blick auf den gebeugten Alten und knöpfte seinen Mantel zu. Sie machten sich auf den Weg nach Hause.

Plötzlich blieb sein Vater stehen und sah ihn an. »Ich habe dir nichts gesagt, nicht wahr, als du nicht Rechtsanwalt werden wolltest, nachdem wir soviel Geld ausgegeben hatten, um dich durch das College zu bringen? Oder?«

Sam schüttelte den Kopf.

»Und hab ich nicht deiner Mutter, weil sie zankte, erklärt, laß ihn in Ruhe, er ist ein Mann, er muß selbst seinen Weg finden? Sogar als du in diesem verrückten Filmgeschäft zu arbeiten anfingst – hab ich da nein gesagt? Ich hab gesagt, wünschen wir ihm Glück. Wenn es ihm gefällt, bitte!«

Sam antwortete nicht.

»Hab ich dich gescholten, als du die kleine Greengrass nicht heiraten wolltest, obwohl ihr reicher Vater dir zwanzigtausend Dollar geben wollte, mit denen du dir eine Kanzlei hättest aufmachen können? Nein, ich hab gesagt, ein amerikanischer Junge darf selbst entscheiden, wen er heiraten will. Solange er nicht mit einer Schickse nach Hause kommt, ist alles in Ordnung. Wir sind hier nicht drüben im alten Land.«

Sam hielt den Mund.

»Aber das jetzt ist zuviel!« sagte sein Vater. »Dazu kann ich meine Einwilligung nicht geben. Bei dieser Sache kann ich deiner Mutter nicht sagen: ›Laß ihn.‹ Das ist einfach blöd.«

Sie waren bei ihrem Haus angelangt und betraten den Flur. Er war erfüllt von den vielfältigen Gerüchen seiner Jugend. Es war Freitag abend. Hühnersuppe. Sie stiegen die Treppe hinauf.

»Du bist doch kein Junge mehr! Du brauchst nicht zu gehen. Bis die Einberufung zu dir kommt, bist du über die Altersgrenze hinaus.«

»Das ist es ja eben, Pa«, sagte Sam. »Wenn ich nicht jetzt einrücke, wird es zu spät sein. Dann nehmen sie mich überhaupt nicht mehr.«

»Aha – und wird das so ein Malheur sein?« fragte sein Vater, blieb auf dem Treppenabsatz stehen und stach ihm zur Bekräftigung seiner Worte den Finger gegen die Brust. »Was würde dir denn entgehen? Eine Chance, dich totschießen zu lassen. Überlaß doch das Kämpfen den anderen. Die verstehen das besser. Du bleib' zu Hause, wo du hingehörst, und kümmere dich um deine eigenen Angelegenheiten.«

»Papa, das *ist* meine Angelegenheit. Wenn wir Juden uns nicht als erste bemühen, dem Hitler ein Ende zu machen, wer soll es dann für uns tun?«

»Aber dein Posten im Roxy? Weißt du denn, ob man ihn dir nach dem Krieg wiedergibt?«

»Spielt doch keine Rolle, Pa«, sagte er. »Den wollte ich ohnehin bald aufgeben.«

Sie kamen zur Wohnungstür; der Vater nahm den Schlüssel aus der Tasche. »Mußt du dann die Freikarte für das Roxy zurückgeben?« fragte er.

Sam lächelte. Das war natürlich das Wichtigste. Das einzige, womit seine Mutter die Nachbarn ausstechen konnte, war ihr Recht, wann immer sie wollte, gratis ins Roxy zu gehen. »Ich glaub nicht, Pa«, sagte er. »Das bringe ich schon in Ordnung.«

Er wollte den Krieg und bekam ihn. Er brauchte nicht erst auf die Schlachtfelder in Europa zu warten. Für ihn begann es bereits am dritten Tag der Grundausbildung in Fort Bragg.

Es war sechs Uhr morgens, und sie hatten fast eine Stunde lang in dem eisigen Regen des Frühjahrsmorgens gestanden. Endlich entließ man sie zum Frühstück. Sie traten weg und liefen durch den Regen zum Speisesaal. Vor dem Eingang wurde er beiseite gestoßen.

»Hau ab, Judenjunge«, schrie ihm jemand ins Ohr. »Schlimm

genug, daß wir euren Krieg für euch führen müssen. Laß uns rein zum Frühstück!«

Er blieb stehen, versperrte den Eingang und wandte sich zu dem Mann um. Hinter ihm standen drei GIs. Den Ausdruck auf ihren Gesichtern kannte er. Nicht umsonst hatte er sein Leben in der East Bronx verbracht. »Wer von euch hat das gesagt?« fragte er scharf.

Sie wechselten einen Blick, dann trat der größte mit herausfordernder Miene vor. »Ich, Judenjunge«, sagte er kalt. Weiter kam er nicht.

Sam gab ihm keine Möglichkeit dazu. Er stieß dem Soldaten sein Knie in die Hoden. Der GI schnappte nach Luft, krümmte sich und faßte nach unten. Sam bildete mit seinen ineinander verschlungenen Händen einen Schlegel, mit dem er dem Soldaten knapp hinter dem Ohr einen fürchterlichen Schlag versetzte. Der Mann taumelte, wieder stieß Sam sein Knie nach oben und traf ihn in die Brust. Sein Gegner flog rückwärts in den Straßenschmutz und blieb bewußtlos liegen.

Es geschah so rasch, daß die anderen immer noch reglos dastanden und zusahen. Sam drehte sich zu ihnen um. »Gibt es noch jemand, der meinen Krieg für mich führen will?«

»Verdammt! Wer hält denn da vorn die Reihen auf?« schrie eine herrische Stimme.

Sie nahmen Grundstellung ein. Ein Oberleutnant kam heran, blieb stehen und blickte auf den am Boden liegenden Soldaten. »Was geht hier vor?«

Sie schwiegen bewegungslos.

»Rührt euch«, fauchte er. »Was ist passiert?«

Keiner sprach. Er wandte sich an Sam. »Sie! Was war hier los?«

Sam sah ihm in die Augen. »Er ist auf der Stufe ausgeglitten, Sir. Ich glaube, er hat sich den Kopf angeschlagen.«

Der Soldat auf dem Boden rührte sich; seine Freunde schickten sich an, ihm zu helfen. Der Oberleutnant beobachtete sie. »Bringt ihn ins Lazarett«, sagte er. Und zu Sam: »Ihr Name?«

»Benjamin, Sir. Samuel Benjamin.«

»Sie melden sich in dreißig Minuten bei mir«, sagte er, drehte sich auf dem Absatz um und verschwand, ehe sie Gelegenheit hatten, nochmals zu grüßen.

Eine halbe Stunde später stand Sam vor seinem Schreibtisch.

»Rührt euch«, sagte der Oberleutnant.

Sam stand bequem.

»Wo haben Sie zu kämpfen gelernt?«

»Ich bin in einer harten Umwelt aufgewachsen, Sir.«

Der Offizier studierte die Papiere auf seinem Schreibtisch. »Was haben Sie bei dieser Bauernbande zu suchen? Warum haben Sie sich nicht für die Offiziersschule gemeldet? Nach Ihrem Anmeldeformular zu schließen, besitzen Sie dafür alle Voraussetzungen.«

»Ich war der Ansicht, Sir, dies sei der schnellste Weg, um im Kampf eingesetzt zu werden.«

Der Oberleutnant nickte. Er sah sich noch einmal die Papiere an. »Sie sind ein verdammter Dummkopf«, sagte er. Er schrieb ein paar Worte auf das vor ihm liegende Blatt, drückte einen Stempel darauf und schob es Sam zu. »Unterschreiben Sie das.«

»Was ist es?« fragte Sam.

»Ich befürworte Ihr Ansuchen zur Ausbildung als Offizier«, sagte der Oberleutnant. »Sie glauben doch nicht, daß ich Sie nach dem, was vorgefallen ist, wieder zurückschicke. Diese Kerle würden Sie umbringen, ehe Sie überhaupt dazu kommen, gegen den Feind zu kämpfen.«

Knapp zwei Stunden später saß Sam in einem Bus und verließ das Lager. Jetzt war ihm leichter ums Herz. Drei Tage beim Militär hatten ihn überzeugt: Gemeiner Soldat zu sein, war nicht seine Sache.

Drei Monate später kam er auf Urlaub nach Hause. An seiner gut geschnittenen Uniform glänzten die Rangabzeichen des Leutnants.

Seine Mutter erblickte ihn und brach in Tränen aus. »Was hat man mit dir angestellt?« klagte sie. »Du bist ja so mager geworden!«

Er war stämmig, hart und muskulös. Er wog einhundertfünfzig Pfund wie vor seinem zwanzigsten Lebensjahr. Weniger, als er je wieder in seinem Leben wiegen sollte.

Er blieb drei Jahre in Übersee und bekam nie einen Deutschen zu Gesicht, trug nie ein Gewehr, feuerte nie einen Schuß ab. Irgendwann hatte man herausgefunden, daß er einen Projektor zu bedienen verstand. Und so verbrachte er die Kriegszeit damit, für kampfmüde Truppen in Ruhestellungen und Soldatenheimen Filme vorzuführen.

6

»Jetzt bist du also ein Held«, sagte sein Vater, indem er den Hebel an der großen Bügelmaschine niederdrückte. Eine Dampfwolke quoll hervor. »Und was hast du davon? Nicht einmal einen Job!«

Sam saß mißmutig seinem Vater gegenüber. Das Gesicht des Alten war von der Hitze gerötet. »Ich bin kein Held«, sagte er.

»Mit all den vielen Ordensbändern an deiner Jacke bist du ein Held.« Das klang endgültig und machte jede Diskussion sinnlos.

Sam gab es auf. Er hatte schon allzuoft erklärt, daß das nur Dienstbändchen waren, die angaben, an welchen Kriegsschauplätzen er gewesen war. Nordafrika, England, Sizilien, Italien, Frankreich. Die Farben leuchteten auf seiner Brust.

»Zuerst müssen wir dich wieder aufpäppeln«, sagte sein Vater. »Du siehst elend aus.«

»Das wird sich geben, wenn ich wieder genug schlafe«, sagte Sam.

»Du wirst aber nie genug schlafen.« Der Alte nahm die Hose aus der Bügelmaschine und hängte sie über einen Kleiderständer. »Erst wenn du aufhörst, jede Nacht mit Weibern rumzuziehen. Glaubst du, ich weiß nicht, warum du nicht zu Hause wohnen willst, obwohl wir dein Zimmer so nett für dich hergerichtet haben? Nein, du wohnst lieber in deiner Bude in der Stadt, wo du nichts hast als Verkehr und Lärm.«

»Es ist keine Bude, Pa, es ist eine Wohnung.«

»Du nennst das eine Wohnung«, sagte sein Vater, »ich nenne es einen Wandschrank.« Er nahm eine Jacke vom Ständer und legte sie in die Bügelpresse. Er warf einen Blick auf die Wanduhr. »Der verdammte Schwarze!« schimpfte er. »Elf Uhr, und er ist noch nicht hier! Dann wundern sie sich, wenn sie keinen Posten behalten können. Kaum behandelt man sie gut, bescheißen sie einen von allen Seiten.«

Er ließ die Presse offen, ging zur Tür, schaute hinaus und kam wieder zurück. »Noch nicht einmal auf der Straße zu sehen ...« Wütend klappte er die Presse zusammen. »Also, was wirst du jetzt machen?« fragte er. »Eine Anstellung kriegst du nicht, deinen alten Job im Roxy willst du nicht, zu Hause wohnen willst du nicht, deiner Mutter brichst du das Herz. Du bist schon bald vierzig, bist kein Kind mehr, also was willst du eigentlich?«

»Ich hab keine Lust mehr, für jemand anders zu arbeiten«, erwiderte Sam. »Ich seh mich um, ich will mir ein eigenes Kino kaufen.«

»Aha, ein Bonze!« Sein Vater hielt im Bügeln inne. »Ich hab einen Sohn, der ist ein großer Herr. Nun sag mir, du großer Herr, wo wirst du das Geld dafür hernehmen?«

»Ich habe Ersparnisse«, sagte Sam.

»Ja?« meinte der Alte zweifelnd. »Wieviel?«

»Ungefähr zehntausend Dollar«, erklärte Sam widerwillig.

»Zehntausend Dollar?« Die Bügelmaschine stand offen und spie ihren Dampf aus; der Alte hatte vergessen, das Ventil zu schließen. Sam sah, daß sein Vater beeindruckt war. »Wo hast du soviel Geld her? Du hast doch hoffentlich nichts getan, wofür man dich einsperren wird?«

»Nein«, sagte Sam lächelnd. »Nur den Sold gespart, sonst nichts.«

»Vielleicht bist du doch nicht so dumm«, sagte sein Vater. Er schloß das Dampfventil. »Ist es genug, um ein Kino zu kaufen?«

»Für das, was ich im Auge hab, genügt es«, sagte Sam. »Wenn ich noch etwas mehr nötig habe, kann ich mir's immer noch borgen.«

Einen Augenblick bügelte der Alte schweigend weiter, dann wandte er sich Sam zu. »Versprich mir eines.«

»Was?«

»Wenn du dir Geld ausborgen mußt, gehst du nicht zu fremden Leuten. Deine Eltern sind nicht ganz so arm, daß sie ihrem einzigen Sohn nicht helfen können, wenn er etwas braucht.«

Er kam aus dem Kino in der Zweiundvierzigsten Straße, blieb unter dem Schirmdach stehen und blickte hinüber zum Broadway. Die hellen Lichter schimmerten wie farbenprächtige Edelsteine. Er drehte sich um und sah nochmals in den Saal, den er gerade verlassen hatte. Irgendwie erschien er ihm klein und schäbig im Vergleich zu den anderen im selben Häuserblock.

Der Agent kam heraus, schloß die Tür ab und wischte sich an seinem Mantel den Staub von den Händen. »Man muß es nur noch frisch streichen, Mr. Benjamin, und Sie können mit dem Geschäft anfangen.«

»Na, ich weiß nicht«, sagte Sam zweifelnd.

»Sonst ist alles tadellos, das können Sie mir glauben«, sagte der Agent. »Die Projektionsapparate und Tongeräte sind wie neu. Der letzte Besitzer hat sie, kurz bevor er so plötzlich gestorben ist, der Arme, überholen lassen.«

»Wie steht's mit der Kategorie?« fragte Sam.

»Fünfte Serie«, antwortete der Agent sofort. »Genau wie die anderen Kinos hier in der Straße.«

Das war das System, nach dem festgesetzt wurde, welche Kinos die Streifen zuerst spielen durften. Aber was würde ihm das schon nützen, hier unten bei der Achten Avenue? Der Ansturm begann auf dem Broadway. Bis die Filme zu seinem Kino gelangten, würde die Sahne abgeschöpft sein. »Nein«, sagte er.

»Sie machen einen Fehler«, sagte der Agent ernst. »Es ist eine glänzende Gelegenheit. Wenn nicht der unglückselige . . .«

»Es ist nicht das, was ich suche«, erklärte Sam entschieden.

»Für das Geld, das Sie ausgeben wollen, suchen Sie wohl so was wie das ›Bijou‹«, sagte der Agent sarkastisch.

Das »Bijou« war das einzige Tageskino auf dem Broadway. Es hatte immer große Einnahmen erzielt. Aber seine Betriebskosten waren im Verhältnis zu seiner Größe zu hoch. Schon mehrere Unternehmer hatten dort Pleite gemacht. Gerade jetzt war es wieder einmal geschlossen.

»Das wäre mir schon lieber«, sagte Sam. »Was können Sie dort für mich erreichen?«

»Mit der Summe, von der Sie sprechen, gar nichts.«

»Wieviel wäre denn erforderlich?«

»Im Ernst?«

»Im Ernst.«

»Die Miete allein kostet fünftausend im Monat, das macht zehntausend Depot für den ersten und den letzten Monat, dazu fünftausend für den zweiten, siebentausend Bürgschaft und Depot für die Gewerkschaft, dreitausend für elektrischen Strom, und damit sind wir schon bei fünfundzwanzigtausend. Auf der Einrichtung und den Apparaturen steht eine Hypothek von vierzigtausend, und auf dem Grundstück bleiben noch fünfzehntausend offen. Ich schätze, es würden etwa fünfzigtausend nötig sein, um es zu übernehmen.«

Sam beobachtete den Agenten und überschlug gleichzeitig seine Guthaben im Kopf. Alles in allem konnte er ungefähr fünfzehntausend Dollar aufbringen.

»Vergessen Sie auch nicht, Ihre wöchentliche Gehaltsliste wird vierzehnhundert ausmachen, und weil Sie auf dem Broadway sind, verlangen alle Verleiher Höchstpreise und Beteiligung«, fügte der Agent hinzu.

Sam nickte. »Gehen wir hinüber und sehen wir's uns an.«

»Glauben Sie, Sie könnten das hinkriegen?«

»Probieren geht über studieren«, sagte Sam.

Die Ziffer lag eher bei fünfunddreißigtausend; dazu fehlten Sam immer noch rund zwanzigtausend Dollar.

Er saß hinter dem Ladentisch im Geschäft seines Vaters; er beobachtete den kräftigen Neger, der die Bügelmaschine bediente.

»Du hast mir gesagt, ich soll nicht zu Fremden gehen«, sagte Sam. »Also bin ich zuerst zu dir gekommen.«

»Wieviel brauchst du?« fragte sein Vater.

»Zwanzigtausend Dollar.«

»Du glaubst, es ist eine gute Anlage?«

»Ich stecke jeden Groschen hinein, den ich besitze; das sind fünfzehntausend Dollar«, sagte Sam.

Sein Vater schwieg eine Weile. Dann ging er nach hinten, nahm ein Scheckbuch aus einer Schublade und schlug es auf. »Wie soll ich den Scheck ausstellen?« fragte er.

Beinahe hätte er alles noch vor der Eröffnung verloren. Die von den Großverleihern für ihre Filme geforderten Garantien garantierten nur eines: Wenn er nicht ständig vor ausverkauftem Haus spielte, würde er in zwanzig Wochen bankrott sein, jede geringere Einnahme würde den Prozeß beschleunigen.

Er saß verzagt in dem kleinen Büro hinter der Vorhalle und studierte die vor ihm liegenden, mit Zahlen bedeckten Papiere. Er würde sich entscheiden müssen. Es fehlten nur noch zehn Tage bis zum Monatsersten, und wenn er bis dahin nicht eröffnet hatte, war alles zum Teufel.

Es klopfte an der Tür; er blickte auf. Ein hochgewachsener, gutaussehender Mann stand auf der Schwelle. »Mr. Benjamin?«

Er nickte. »Ja.«

Der Mann trat ein, zog eine Visitenkarte aus der Tasche und legte sie auf den Schreibtisch. »Hier bitte«, sagte er mit leicht ausländischem Akzent.

Sam schaute auf die Karte. Erling Solveg. Svenska Filmindustri. »Ja, Herr Solveg, und was kann ich für Sie tun?«

»Ich vertrete die schwedische Filmindustrie«, sagte er. »Wir sind auf der Suche nach einem Kinotheater auf dem Broadway für unsere Filme; wir haben mehrere, die Ihrer Beachtung wert wären.«

Sam blickte nochmals auf die Karte, dann auf den Mann. Er war der Verzweiflung nahe und bereit, alles zu versuchen. »Sind sie synchronisiert?« fragte er.

»Nein«, lautete die Antwort. »Einige sind mit Untertiteln versehen.«

»Das geht nicht«, sagte Sam kurz. »In diesem Kino sieht sich niemand so etwas an.«

»Burstyn und Mayer machen doch da drüben im Rialto gute Geschäfte mit italienischen Streifen«, sagte Mr. Solveg.

»›Rom, offene Stadt‹ hatte glänzende Kritiken«, sagte Sam.

»Wir halten unsere Filme für ebenso bedeutend.«

»Tut mir leid, aber wenn sie nicht synchronisiert sind, bringen wir sie nicht durch.«

Solveg überlegte. »Da ist einer, in dem zwei amerikanische Soldaten vorkommen; sie sprechen während des ganzen Streifens englisch. Allerdings sprechen die anderen Schauspieler schwedisch und deutsch.«

»Haben die Amerikaner große Rollen?«

»Die Hauptrollen. Sie spielen zwei Soldaten, die den Deutschen entkommen. Sie finden Asyl in einem Nudistenlager. Es ist wirklich sehr amüsant. Und auch die Farbe ist recht gut.«

»Nudistenlager?« Sams Interesse erwachte.

»Ja, aber es ist sehr geschmackvoll gemacht«, sagte Solveg hastig. »Nichts Unzüchtiges. Ich würde mich freuen, wenn Sie Zeit hätten, sich den Film anzusehen.«

»Hat er den staatlichen Zensurstempel?«

»Wir haben den Film vorgeführt, und er wurde mit einigen kleinen Schnitten angenommen. Die Schnitte haben dem Film nicht geschadet. Wenn er Ihnen gefällt, sind wir bereit, ihn Ihnen zu sehr günstigen Bedingungen zu überlassen.«

»Und zwar?«

»Wir beteiligen uns mit fünftausend Dollar wöchentlich an den Werbekosten bei einer garantierten Laufzeit von zehn Wochen. Vertriebspreis zwanzig Prozent von der Bruttoeinnahme nach Abzug der Mietkosten, äußerstes Angebot.«

»Wer ist der Vertrieb?«

»Niemand«, sagte Solveg. »Das haben wir noch nicht festgelegt.«

»Jetzt schon!« sagte Sam, ohne zu zögern. »Sie geben mir die Vertriebsrechte für Amerika, und das Geschäft für Ihren Film ist abgemacht.«

»Wollen Sie nicht vorher den Film sehen?« fragte Solveg verdutzt.

»Nur wenn das Geschäft abgeschlossen ist«, sagte Sam. »Wir können keine Zeit verlieren, wenn wir in zehn Tagen eröffnen wollen.«

Am Premierenabend saß Sam mit seinen Eltern hinten im Saal. Als die beiden Soldaten in das Nudistenlager kamen, brüllte das Publikum bereits vor Lachen. Sams Mutter versteckte ihre Augen hinter ihren Händen und lugte zwischen den Fingern auf die Leinwand. »Aber die sind doch alle ganz nackt, Sam!« sagte sie.

»Red nicht soviel, Mama«, sagte sein Vater gereizt. »Vielleicht kannst du hier was lernen.«

Sam erhob sich und ging ins Foyer. Die Menge stand schon bis auf die Straße Schlange und drängte sich zur Kasse.

Er warf einen Blick auf das Plakat über dem Fenster.

EINTRITT FÜR DIESE VORSTELLUNG: **$ 1.25**

Er begab sich in sein kleines Büro und griff nach dem Telefon, das ihn mit dem Kassierer verband. »Für die Neun-Uhr-Vorstellung erhöhen Sie die Preise auf einsfünfundsiebzig«, sagte er. Dann schlug er die Hände vors Gesicht und brach in Tränen aus.

Er hatte seinen ersten Schlager.

7

Der Anruf kam vom Platzanweiser am vorderen Eingang. »Eine Mrs. Marxman möchte Sie sprechen, Mr. Benjamin.«

»Mrs. wie?«

»Mrs. Marxman«, wiederholte der Platzanweiser. »Sie sagt, sie hat eine Verabredung mit Ihnen für zehn Uhr.«

»Ah, ja.« Plötzlich erinnerte er sich. »Schicken Sie sie herauf.« Er legte den Hörer auf und ordnete die Papiere auf seinem Schreibtisch. Das war die junge Frau, die sein Vater ihm empfohlen hatte, als er am vorigen Freitag beim Abendessen erwähnte, er suche eine gute Sekretärin.

Sein Vater hatte sich mit einer Serviette den Mund abgewischt und gefragt: »Was für eine Sekretärin suchst du?«

»So ein Mädchen, weißt du, dem man nicht erst alles zweimal sagen muß.«

»Ich hab genau die Richtige für dich«, sagte sein Vater.

»Wirklich?«

»Ja. Erinnerst du dich an Cohen, den Geflügelhändler?«

»Nein.« Sam schüttelte den Kopf.

»Er war während des Krieges der größte Schwarzhändler für Hühner in ganz Bronx.«

»Sie ist ein sehr nettes Mädchen«, sagte seine Mutter, die zum Tisch zurückgekommen war. »Eine feine Dame. Und auch gebildet.«

»Ich suche nur eine Sekretärin, ich will mich nicht verheiraten.«

»Sie auch nicht«, sagte sein Vater schnell. »Sie hat eine kleine Tochter.«

»Dann ist sie also verheiratet?«

»Eigentlich nicht. Sie ist Witwe, ihr Mann ist im Krieg gefallen. Ich hab gehört, sie will wieder arbeiten.«

»Von wem hast du das gehört?«

»Von ihrem Bruder Roger. Er kommt jeden Monat und kassiert die Miete für den Laden. Das Haus gehört Cohen, und als er plötzlich starb, hinterließ er so viele Immobilien, daß sein Sohn Roger sich als Grundstücksmakler etablieren konnte. Es geht ihm sehr gut.«

»Warum stellt er sie dann nicht an?« fragte Sam.

»Du weißt ja, wie das ist. Familie. Außerdem braucht sie das Geld eigentlich gar nicht. Cohen hat seine beiden Kinder gut versorgt.«

»Und doch will sie arbeiten?«

»Sie mag nicht nur zu Hause herumsitzen«, antwortete sein Vater. »Suchst du eine Sekretärin? Dann sieh sie dir an. Vielleicht gefällt sie dir, vielleicht auch nicht. Ich habe ihrem Bruder versprochen, mit dir eine Verabredung für sie zu treffen.«

»Sie ist eine hübsche Frau«, sagte seine Mutter, »und groß. Da, nimm noch etwas Suppe.«

Sam beobachtete sie, während sie seinen Teller nachfüllte. Es war eine Falle, das wußte er. Es gab jedoch keinen vernünftigen Grund, mit dem er sich drücken konnte; er würde die Frau ansehen müssen. Aber weiter nichts. Wenn sie glaubten, er würde sie anstellen, dann täuschten sie sich gewaltig. So dumm war er nicht, das bewiesen schon seine bisherigen Erfolge.

»Na schön, ich werde mit ihr reden«, sagte er. »Sie soll Montag morgen um zehn ins Kino kommen.«

In einem hatten seine Eltern recht: Sie war hübsch, etwas größer als er, hatte dunkelbraunes Haar und blaue Augen. »Nehmen Sie bitte Platz«, sagte er und wies auf den Stuhl vor seinem Schreibtisch.

»Danke«, sagte sie, blieb aber stehen.

Da erst bemerkte er, daß ein Haufen Papiere, die er noch durchsehen wollte, auf dem Stuhl lag. »Verzeihen Sie«, sagte er und griff rasch nach dem Stapel. Jetzt stand er da und suchte einen Platz dafür.

Sie lächelte. »Mein Bruder hat jedenfalls nicht gelogen: Sie brauchen wirklich eine Sekretärin.«

»Ja, das stimmt.« Er hielt noch immer die Papiere in der Hand. »Wie kamen Sie auf den Gedanken, Ihr Bruder hätte gelogen?«

»Sie wissen doch, wie die lieben Verwandten sind. Die glauben, man muß sofort hinrennen und wieder heiraten.«

Sein Blick ruhte auf ihr. »Ich weiß, was Sie meinen.« Endlich gab er die Suche nach einem Platz für die Papiere auf und warf sie auf eine Ecke des Schreibtisches, dann setzte er sich wieder hin. »Das gleiche höre ich auch von meinen Eltern.«

»Ehrlich gestanden«, sagte sie, »hielt ich das nur wieder für einen von Rogers Tricks. Erst wollte ich gar nicht herkommen.«

Er lachte. »Und ich glaubte, meine Eltern versuchten die gleiche List bei mir. Ich hatte mir schon überlegt, wie ich Ihnen beibringen soll, daß Sie für den Posten nicht geeignet sind.«

Nun lachte auch sie; ihr Lachen gefiel ihm, es war warm und unbefangen. Sie setzte sich auf den Stuhl, und ihr Ton wurde geschäftlich. »Welche Aufgaben gehören eigentlich zu diesem Job?«

Er sah sich hilflos um. »Nun ja, wissen Sie, das Übliche. Tippen, ablegen, ganz allgemein alles im Auge behalten. Ich brauche nicht nur eine Sekretärin, sondern jemand mit Verstand, der die Dinge weiterführen kann, wenn ich nicht im Büro bin.«

»Klingt sehr interessant.«

»Ist es auch. Ich habe große Pläne, ich werde mich nicht mit dem hier zufriedengeben. Es handelt sich um mehr als ein Kino; ich werde in das Filmverleihgeschäft einsteigen, in der ganzen Welt Filme verkaufen.«

»Ich verstehe«, sagte sie.

Sie verstummten, und er betrachtete sie. Ihre Kleidung gefiel ihm, sie war elegant, ohne auffallend zu wirken. Er griff zerstreut nach der Zigarre, die im Aschenbecher auf seinem Schreibtisch lag. Er steckte sie in den Mund und kaute daran. Dann legte er sie wieder in die Schale, nahm eine frische Zigarre heraus und zündete sie an. »Stört es Sie, wenn ich rauche?«

»Nein.«

»Mögen Sie auch eine Zigarette?« fragte er.

»Gern«, sagte sie.

Er suchte auf seinem Schreibtisch nach dem Päckchen, von dem er wußte, daß es irgendwo lag.

»Lassen Sie nur«, sagte sie, »ich habe selbst welche.« Sie nahm eine Packung aus ihrer Handtasche und steckte eine Zigarette zwischen die Lippen. Er zündete ein Streichholz an und beugte sich über den Tisch, um ihr Feuer zu geben.

Dann lehnte er sich in seinem Stuhl zurück. Sie schwiegen eine Weile, und plötzlich begannen sie beide gleichzeitig zu sprechen.

»Verzeihen Sie«, sagte sie.

»Bitte. Was wollten Sie sagen?«

Sie zögerte. »Ich glaube, daß das eine Arbeit ist, die mich interessieren würde. Möchten Sie etwas über mich wissen, damit Sie sich leichter entscheiden können?«

»Ja.« Er blickte auf seinen Schreibtisch. »Sie haben bereits in einem Büro gearbeitet?«

»Ja, nach dem College war ich bei einer Immobilienfirma, bis ich heiratete. Stenographie und Schreibmaschine ist vielleicht ein wenig eingerostet, aber sicher gibt sich das sehr schnell mit ein wenig Übung.«

»Wie lange waren Sie verheiratet?«

»Zwei Jahre. Das heißt, zwei Jahre, bis mein Mann fiel. Eigentlich waren wir noch nicht einmal einen Monat verheiratet, als er nach Übersee ging.«

»Tut mir leid«, sagte er.

Wieder schwiegen sie. »Sie wissen, daß ich eine Tochter habe?«

Er nickte.

»Sie ist jetzt drei Jahre alt. Kein Problem, wenn ich arbeite. Ich habe eine gute Kinderschwester für sie.«

»So viel wirft der Job aber nicht ab«, sagte er. »Ich beginne erst in dem Geschäft.«

»Das Gehalt spielt keine Rolle«, sagte sie. »Gibt es noch etwas, das Sie wissen möchten?«

»Ja«, sagte er und sah sie dabei an.

»Und zwar?«

»Ihren Namen.«

Sie begegnete seinem Blick. »Denise«, sagte sie.

Zwei Wochen nachdem sie bei ihm zu arbeiten begonnen hatte, wußte Sam bereits, daß es klappen würde. Sie hielt alles in Ordnung, die Bücher, die Post, die Konten.

Die nackten Flüchtlinge, wie Sam den Film für die Vereinigten Staaten betitelt hatte, war weiter ständig ausverkauft. Es schien sich eine ununterbrochene Laufzeit von einem Jahr anzubahnen, und er hatte keine Eile, den Film abzusetzen; es gab zur Zeit nichts Besseres.

Er begann sein Interesse auf das Vertriebsgeschäft zu lenken. Mehrere Großfirmen wandten sich an ihn, um den Film zu übernehmen, doch die Bedingungen waren immer so, daß sie ihm keinen anderen Verdienst gewährleistet hätten als die geringfügige Garantie, die sie ihm anboten. Sie behaupteten ständig, der Erfolg am Broadway sei ein Glücksfall, es sei eben ein Film für New York, der woanders kaum eine Chance habe. Er führte Besprechungen mit verschiedenen Vertriebsfirmen für die Vorführrechte in den einzelnen Staaten.

Das waren kleinere Gesellschaften, meist nur Ein- oder Zwei-Mann-Betriebe, aber sie konnten Filme auf den Markt bringen, die von den Großfirmen abgelehnt wurden. Doch auch da war in den meisten Fällen nicht viel zu verdienen. Er studierte verschiedene Möglichkeiten und kam schließlich auf die eine zurück, die ihm Erfolg gebracht hatte.

Was er brauchte, waren Vertriebsfirmen oder Partner zur Finanzierung der Werbekampagne. Ohne Werbung würden seine Filme nicht ankommen, denn sie hatten keine Namen bekannter Stars oder bewährter Kassenmagneten aufzuweisen. Zwei Wochen lang reiste er durch das Land und besuchte verschiedene Schlüsselstädte, das heißt jene Städte, die die größten Einnahmemöglichkeiten boten und gewöhnlich fast achtzig Prozent des Einspielergebnisses eines Films erbrachten. Als er wieder nach New York kam, hatte er seinen Plan fertig; was er nicht hatte, waren die Geldmittel, um ihn auszuführen.

Wieder fühlte er sich eingeengt und enttäuscht, empfand, was ihn schon mehrmals zuvor von einem Posten zum anderen getrieben hatte: daß er gegen steinerne Wände anrannte.

Er wandte sich an die Banken, aber sie lehnten es ab, ihm das Geld zu leihen; ihrer Ansicht nach genügten die Vertriebsrechte für einen Film nicht als Sicherheit, so gut die Aussichten auch sein mochten. Sie hatten sich schon früher bei ähnlichen Gelegenheiten die Finger verbrannt.

Die Geschäftemacher und großen Geldverleiher waren bereit, in eine begrenzte Spekulation einzusteigen, das würde zwar für einen Anfang genügen, nicht aber um das zu verwirklichen, was er wollte. Einen Augenblick lang war er versucht, ihre Angebote anzunehmen, doch die hohen Zinsen, die er zu zahlen hätte, sowie die fünfzig Prozent seines Reingewinns, die sie forderten, hielten ihn davon ab.

Eigentlich war sein Plan ganz einfach. Er hatte zehn Lichtspieltheater im Land so weit gebracht, daß jedes von ihnen bereit war, mit ihm einen Abschluß zu tätigen, bei dem ihm praktisch der Saal vermietet wurde, um den Film zu zeigen. Er würde ihnen einen Mindestgewinn garantieren, und sie würden mit fünfzig Prozent am Überschuß beteiligt sein. Die Garantien sowie die Reklame, die er zu bezahlen hätte, würden wöchentlich dreitausend Dollar pro Kino ausmachen. Dreißigtausend Dollar die Woche für einen Zeitraum von fünf Wochen, die Mindestlaufzeit, für die er abschließen müßte; alles in allem einhundertfünfzigtausend Dollar.

Dreißigtausend konnte er selbst aufbringen, weitere zwanzigtausend würden ihm seine Eltern geben, dessen war er sicher, schon weil er das erste Darlehen so schnell zurückgezahlt hatte. Solveg versprach fünfzigtausend seitens der schwedischen Filmindustrie. Damit fehlten ihm immer noch fünfzigtausend Dollar.

Er schob die Papiere auf seinem Schreibtisch beiseite und schaute auf die Uhr. Es war fast acht. Er strich sich versonnen über das Gesicht. Er mußte sich rasieren und für seine Verabredung mit Denise zum Abendessen fertigmachen. Sie war bereits nach Hause gefahren, um sich umzuziehen. Das Telefon klingelte, und er hob ab.

Es war Denise. »Sam?«

»Ja«, sagte er.

»Wie geht's?«

»Sehr gut, nur eben ein bißchen müde.«

»Hören Sie, ich hab eine Idee«, sagte sie. »Das Wetter ist scheußlich, es regnet. Warum sollen wir auswärts essen? Kommen Sie hierher und ruhen Sie sich bei mir aus. Ich hab zwei Riesensteaks, die kann ich auf den Grill legen.«

»Klingt prima«, sagte er. »Wann soll ich erscheinen?«

»Kommen Sie jetzt gleich, ich habe schon alles bereit.«

Er saß im Wohnzimmer ihrer Wohnung in der Westend Avenue, in einer Hand einen Drink, in der anderen eine illustrierte *Schneewittchen*-Geschichte.

»Ist das Snoopy, Onkel Sam?« fragte Myriam mit ihrer hellen Kinderstimme und zeigte auf eine Abbildung.

»Nein, das ist Grumpy«, sagte er.

»Den mag ich nicht«, erklärte sie.

Er lachte, stellte das Glas hin und zerzauste der Kleinen das Haar. »Den mag keiner. Er hat schlechte Manieren.«

»Ich hab gute Manieren«, sagte Myriam. »Mich mag jeder.«

»Das glaube ich gern.«

Das Kind kletterte von seinem Schoß. »Geh nicht fort, ich hole ein anderes Buch.«

»Ich bleib hier«, versprach Sam. Er griff wieder nach seinem Glas und sah sich in der Wohnung um. Seine Eltern hatten recht gehabt: Offensichtlich hatte sie es nicht nötig zu arbeiten. Die Miete dieser Wohnung kostete mehr als er ihr bezahlte. Draußen klingelte es.

»Wollen Sie bitte nachsehen, Sam?« rief Denise aus der Küche.

Er öffnete die Tür; es war ihr Bruder Roger. Er trat ein, und sie drückten sich die Hand. »Ich kann nur ein paar Minuten bleiben«, sagte Roger. »Denise erwähnte, daß Sie zum Abendessen kämen, und da dachte ich, ich guck mal rein.«

Denise kam aus der Küche. »Willst du nicht mit uns essen? Es ist genug da.«

»Ich möchte nicht stören«, sagte Roger mit einem Blick auf Sam.

»Sie stören nicht«, sagte Sam.

»Mach dir einen Drink zurecht«, rief Denise, »das Essen wird in einer Minute fertig sein. Ich lege noch ein Gedeck auf.«

»Wie geht das Geschäft?« fragte Roger.

»Gut«, erwiderte Sam, »wir spielen immer noch vor ausverkauftem Haus.«

»Es ist ein guter Film«, sagte Roger. »Mir gefällt am besten die Szene, in der die Deutschen die amerikanischen Soldaten nicht finden können, weil nackt alle gleich aussehen.«

Sam lächelte. »Ja, das ist eine gute Szene.«

»Wie kommen Sie mit Ihren Vertriebsplänen voran?«

»Langsam, das erfordert Zeit.«

»Wo liegt das Problem?«

»Wie gewöhnlich, beim Geld«, antwortete Sam.

»Wieviel brauchen Sie?«

Plötzlich begriff Sam: Er war nicht einfach zum Abendessen hier. Denise hatte das alles arrangiert.

Später, als Roger fortgegangen war und sie im Wohnzimmer eine zweite Tasse Kaffee tranken, sagte er: »Das hätten Sie nicht zu tun brauchen.«

»Ich wollte es aber gern tun. Ich glaube an Sie.«

Es geschah ganz zwanglos. Sie standen aneinandergelehnt, und dann lag sie in seinen Armen. Sie küßten sich, und plötzlich spielte seine kleine Gestalt keine Rolle mehr; er fühlte sich groß.

»Warum ich?« fragte er. »Ich bin fünfzehn Jahre älter als du, klein und dick?« Er zeigte auf das Foto ihres verstorbenen Mannes. »Kein bißchen so wie er.«

Ihre Augen waren fester als ihre Stimme. »Du bist ein Mann. Mit dir verglichen sind alle anderen kleine Jungen.«

Ein leises Geräusch kam von der offenen Tür. Sie drehten sich um. Das Kind stand auf der Schwelle und rieb sich die Augen. »Ich hab schrecklich geträumt.«

Sam hob sie auf, brachte sie zur Couch und setzte sie zwischen sich und ihre Mutter. »Das geht vorbei«, sagte er beruhigend.

Sie blickte zuerst auf ihre Mutter, dann auf ihn. »Wirst du jetzt mein Daddy sein?«

»Warum fragst du nicht lieber deine Mutter? Sie hat anscheinend schon alles arrangiert.«

8

»Ich möchte, daß du dir neue Kleider kaufst«, sagte sie eines Abends beim Essen.

»Wozu denn? Ich hab mir alles zu unserer Hochzeit neu gekauft. Das genügt doch.«

»Ja, für einen Schlepper beim Pferderennen. Nicht für einen erfolgreichen Geschäftsmann.«

»Ich bin im Filmgeschäft. Da zieht man sich nicht so an wie woanders.«

»Wie du willst. Wenn du gern klein und dick aussiehst . . .«

»Ich bin eben klein und dick«, sagte er. Und damit war der Fall erledigt. Glaubte er. Bis er sich am nächsten Morgen anziehen wollte.

Er rannte durchs Zimmer. »Wo sind denn alle meine Anzüge, zum Teufel?«

»Du schreist«, sagte sie, »das ist ungesund.«

»Ist es gesund, nackt herumzulaufen?« brüllte er. »Was hast du mit meinen Anzügen gemacht?«

»Der Heilsarmee geschenkt.«

Er war sprachlos.

»Ich hab dich beim Schneider angemeldet. Heute morgen um zehn, ich gehe mit dir hin.«

»In Gottes Namen. Aber was soll ich inzwischen anziehen?«

»Den Anzug, den du gestern getragen hast.«

Sie bestellten ein halbes Dutzend Anzüge, alles vom gleichen Schnitt, drei in Schwarz, drei in Dunkelblau. Auch er mußte nachher zugeben, daß er besser aussah. Die neuen Schuhe mit dem eingebauten Innenabsatz waren auch kein Fehler.

Einige Tage später wartete sie in einem kleinen Büro, das sie gemeinsam benutzten, bis er mit einem Kinodirektor von Oklahoma City genug gestritten und geschrien hatte.

»Warum brüllst du so?« fragte sie ruhig. »Bei dieser Lautstärke könntest du dir die Kosten für ein Telefon sparen.«

»Was soll ich denn machen?« brüllte er, »wenn der Hurensohn versucht, mich um zwei Tausender zu bescheißen?«

»Du schreist schon wieder«, sagte sie, »und ich sitze doch nur einen Meter von dir entfernt.«

»Natürlich schrei ich; ich bin wütend.«

»Du könntest mit leiser Stimme ebenso wütend sein, und die Leute würden mehr Respekt vor dir haben.« Sie erhob sich. »Du hast es nicht mehr nötig, zu schreien, damit die Leute dich anhören. Du hast Erfolg. Du bist ein großer Mann. Sie werden dich auch anhören, wenn du flüsterst.«

Sie verließ das Büro, und er folgte ihr mit den Augen, dann kehrte sein Blick zu seinem Schreibtisch zurück. Das war der Haken mit den Weibern; sie waren nicht glücklich, bevor sie einen nicht umgekrempelt hatten. Aber sie hatte vielleicht nicht ganz unrecht. Wie damals mit den Anzügen. Man konnte es immerhin versuchen. Wenn es nicht klappte, würde er weiterschreien.

Als sie abends im Bett lagen, sagte er: »Du hattest ganz recht, weißt du.«

»Womit?«

»Mit dem Schreien; es ist eigentlich unnötig. Wahrscheinlich ist es nur eine Gewohnheit, vielleicht nur meine Art zu zeigen, daß ich der Herr bin.« Er zog sie an sich.

Sie wehrte ihn ab. »Ich möchte noch etwas mit dir besprechen.«

»Hat das nicht Zeit bis später?« fragte er wie ein kleiner Junge. »Jetzt möchte ich vögeln.«

»Darüber will ich eben mit dir reden. Später schläfst du ja.«

Er tastete zur Lampe, knipste sie an und setzte sich auf. »Also, was ist los?«

Sie war errötet. »Ich kann nicht reden, wenn das Licht brennt und du mich so anstarrst.«

»Soll ich vielleicht ins Nebenzimmer gehen und telefonieren?«

»Mach keine Witze«, sagte sie, »es ist was Ernstes.«

»Ich mache keine Witze. Na, sag es schon.«

Ihr Gesicht war nun ganz rot, sie senkte den Blick. »Das ist es eben. Du bist so ungeduldig, immer bist du in Eile.«

»Wovon redest du eigentlich?«

Sie sah ihn an. »Wir sind nun fast sechs Wochen verheiratet«, sagte sie leise. »Und ich habe, scheint mir, erst zwei Orgasmen gehabt.«

Jetzt klang seine Stimme besorgt. »Warum hast du mir das nicht schon früher gesagt? Vielleicht solltest du zu einem Arzt gehen, möglich, daß da etwas nicht stimmt.«

»Alles stimmt«, sagte sie, »nur – verstehst du – du hast es immer so eilig. Rauf, rein, erledigt, raus und du schläfst. Dann lieg ich die halbe Nacht wach und denke darüber nach, was eigentlich passiert ist.«

»Da gibt's nichts nachzudenken, du mußt nur sehen, daß du früher soweit bist.«

»Das kann ich nicht«, sagte sie unglücklich. »Du mußt mir eben mehr Zeit lassen.«

»Wie soll ich das denn machen? Du kennst mich doch. Wenn es bei mir mal losgeht, läßt es sich nicht aufhalten.«

»Vielleicht würde es helfen, wenn du an andere Dinge denkst, sobald du merkst, daß du zu aufgeregt bist.«

»Wenn ich an andere Dinge denke, verlier ich meinen Steifen.«

»Ich hab irgendwo gelesen, es hilft, wenn man zählt.«

»Ich weiß nicht«, sagte er zweifelnd. »Hattest du mit ihm die gleichen Schwierigkeiten?«

Sie wußte, wen er meinte. »Bei ihm hab ich überhaupt nie einen Orgasmus gehabt«, sagte sie aufrichtig. »Ehe ich Zeit hatte, darüber nachzudenken, war er schon fort.«

Sam schwieg.

»Ich möchte dich nicht verstimmen«, sagte sie und faßte nach seiner Hand. »Ich liebe dich, das weißt du.«

»Ich liebe dich auch«, sagte er, »und ich möchte, daß es für dich gut ist. Ich werde es versuchen.«

Er knipste die Lampe aus, beugte sich zu ihr nieder und küßte sie. Sie führte seinen Kopf zu ihren Brüsten und drückte ihn, während er sie wie ein Kind liebkoste, fest an sich. Bald darauf drang er in sie ein.

»Ist es so richtig?« flüsterte er.

»Wundervoll«, erwiderte sie warm und zärtlich.

Er wurde stärker in ihr, und sie erwiderte seine kräftigen Stöße. »Ich bin bald soweit«, flüsterte er heißer. »Soll ich jetzt zählen?«

»Ja. Ja«, antwortete sie, außerstande, ihre eigene Reaktion zu beherrschen.

»Eins ... zwei ... drei ... vier ... Wie lange muß ich das weitermachen?« keuchte er.

»Solange ... du kannst.«

»Fünf ... sechs ... o Gott ... sieben ... acht.« Er schrie jetzt beinahe. »Ich schaffe das nie ... neun ... Jetzt kommt es ... oooh ... zehn. Ab mit der Rakete!«

Fest an ihn geklammert hob und senkte sie sich mit ihm, bis die Erregung in beiden verströmt war. Dann lagen sie still, und eine Schlaffheit überkam sie. Sie spürte seinen Atem an ihrer Wange und öffnete die Augen.

Sein Blick lag auf ihr. »War das besser?«

Sie nickte.

»Bei ihm hast du das nie empfunden?« Seine Stimme war fast grimmig.

»Nein, nie«, antwortete sie.

Sein Gesicht entspannte sich zu einem Lächeln. »Hast du was

dagegen, wenn ich nächstes Mal singe?« fragte er. »Ich war im Rechnen immer schwach.«

Als gegen Ende des folgenden Jahres Samuel junior geboren wurde, hatten sie sich ihr Leben bereits recht behaglich eingerichtet. Sam verdiente mit dem Kino und dem Vertriebsgeschäft etwa fünfzigtausend Dollar im Jahr und hatte sich in der Branche einen speziellen Ruf erworben – als Produzent und Verkäufer sogenannter Aufbaufilme. Ihr Thema war fast immer etwas Ungewöhnliches, etwas, das auf den ersten Blick wenig populär schien, doch Sam fand den Pfiff für die richtige Werbung und das führte meist zum Erfolg. Nur einen Haken hatte das Geschäft: Keiner der Filme war in seiner fundamentalen Anziehungskraft auf das Pulikum stark genug, um einen Durchbruch auf dem allgemeinen Markt zu erzielen.

Und dorthin mußte er gelangen, um an das wirklich große Geld heranzukommen. Siebzehntausend Kinos gegen die wenigen Hundert, in denen er manchmal zum Zug kam. Er behielt seine Überlegungen für sich und teilte seine ehrgeizigen Wünsche nicht einmal Denise mit, die in jenen Jahren mit den beiden Kindern vollauf beschäftigt war. Er verfolgte in aller Ruhe den Markt, studierte ihn, und dann, eines Tages im Jahr 1955, entschloß er sich zu dem großen Schritt.

Er verkaufte seinen Pachtvertrag für das Kino und zog mit der Vertriebsfirma in ein kleines Büro im Rockefeller Center. Das Fernsehen hatte die Filmindustrie in Panik versetzt. Die Bruttoeinnahmen gingen zurück, und im ganzen Land mußten die Kinos um ihre Existenz kämpfen.

Sams Überlegung war einfach. Was ihm in kleinerem Maßstab Erfolg gebracht hatte, würde nun auf dem größeren Markt glücken. Durch Werbung, Reklame und Aufbau würde man, mehr noch als durch den Film selbst, das Publikum an die Kassen bringen. Aber es mußte – trotz allem – der richtige Film sein. Einer, der jedem Publikum gefiel, ob jung oder alt. Und es mußte ein Film jener Art sein, die sich für die altmodische »Zirkus«-Reklame eignete, die er einzusetzen gedachte. Er wußte auch schon, wo er hingehen mußte, um ihn zu finden.

Italien. Die italienischen Filmgesellschaften hatten sich, nachdem MGM seine berühmte Neufassung von *Ben Hur* beendet hatte, an den Trend angehängt. Sie hatten die vielen Szenenaufbauten und Requisiten, die man für diesen Film zusammengetragen hatte, genutzt, und Sam hatte erfahren, daß eine Anzahl von Filmen, die zu seinem Plan paßten, gerade produziert wurde. Was er brauchte, war nur Geld.

Denise lud Roger und seine neue Frau zum Abendessen ein.

9

Sam blickte auf, als Roger ins Büro trat. Roger legte ein Blatt Papier vor ihn hin. »Das sind die letzten Zahlen von Charley Luongo aus Rom über den Barzini-Film. Was sagst du dazu?«

Sam zuckte mit den Schultern. »Das ist ja nur der Bericht des Kassenprüfers. Diese Zahlen kannte ich schon vor zwei Wochen.«

»Warum hast du mir nichts gesagt?« fragte Roger. Er ärgerte sich über sich selbst. Er hätte daran denken sollen, daß der Prüfer immer zwei Wochen hinterherhinkte.

»Was gab's dazu zu sagen?« erwiderte Sam. »Wir stecken so tief in der Patsche, es bleibt uns gar nichts anderes übrig, als weiterzumachen.«

»Trotzdem hättest du mir's sagen können; ich bin schließlich dein Teilhaber.« Roger war wütend.

»Ich wollte dich nicht beunruhigen. Ich dachte, Anne bekommt gerade das Baby, und damit hast du genug Sorgen.«

»Genug Sorgen?« Rogers Stimme wurde heftig. »Hältst du mich für ein Kind? Glaubst du, ich weiß nicht, daß wir vor dem Bankrott stehen? Ich hab ja gesagt, wir hätten uns nie auf diesen verdammten Film einlassen sollen!«

Sam starrte ihn wortlos an.

»Aber du bist ja angeblich der Fachmann«, fuhr Roger spöttisch fort. »Dieser Film wird alle Preise bekommen, hast du behauptet. Das einzige, was er kriegen wird, ist eine Verurteilung nach Paragraph elf vor dem Konkursgericht.«

»Nur nicht so stürmisch«, fuhr ihn Sam an. »Der Film ist großartig. Ich habe Steve Gaunt die zwei ersten Spulen gezeigt, und er war ganz begeistert.«

»Begeistert – gut«, sagte Roger. »Ich hab aber nicht gesehen, daß er mit Geld herausgerückt wäre.«

»Du weißt, das kann er nicht, bevor der Film fertig ist.«

»Du bist reingelegt worden, Sam, merkst du das denn nicht?«

Nun wurde Roger boshaft. »Der Junge ist ein Eisklumpen, inzwischen weiß ich über seinen Ruf Bescheid: Er nutzt jeden aus. Glaubst du, ich kenne den Typ nicht, immer ein freundliches Lächeln auf den Lippen, während er hinter deinem Rücken darauf aus ist, dir den Hals umzudrehen?«

Sams Stimme klang sanft. »Okay, Roger, du bist aufgeregt, darauf nehme ich Rücksicht. Geh jetzt wieder in dein Büro und beruhige dich. Wir reden weiter, sobald du vernüftig geworden bist.«

»Ich bin auch jetzt vernünftig, ganz und gar. Du brauchst mir nur mein Geld wiederzugeben, sonst nichts. Ich bin nicht habgierig, du kannst den ganzen Film behalten, wenn du ihn für so gut hältst.«

»Das meinst du nicht im Ernst«, sagte Sam.

»Du glaubst es nicht?« Roger starrte auf ihn nieder. »Stell mich auf die Probe.«

Sam suchte aus den Papieren auf dem Schreibtisch einen Brief heraus, an dem ein Scheck befestigt war. Er reichte ihn Roger. »Das ist ein Scheck von Supercolor Laboratories über zweihunderttausend, sie haben ihn mir als Akontozahlung für die Vereinbarung gegeben, wonach wir ihnen unsere gesamten Entwicklungs- und Kopierarbeiten übertragen. Ich war im Begriff, ihn für das Herstellungskonto nach Italien zu schicken. Jetzt liegt es an dir.

Wenn du bei deiner Meinung bleibst, behalte ihn. Wenn du glaubst, daß wir alle in dieser Branche spinnen und nicht wissen, was wir tun, dann wirst du es eines Tages bereuen. Jetzt entschließ dich: Du kannst das Geld in das Herstellungkonto stecken oder es behalten. In beiden Fällen jedoch möchte ich später von dir keine Klagen hören.«

Roger starrte ihn an. »Was wirst du tun, wenn ich den Scheck nehme?«

Sam begegnete seinem Blick. »Ich bin bis jetzt durchgekommen, ich werde auch bis zum Schluß durchkommen.«

Sie wußten beide, daß Roger den Scheck wieder auf den Schreibtisch legen würde, hätte Sam ihn darum gebeten. Aber man war zu weit gegangen, Sam war zornig; er würde nie darum bitten. Dazu war er zu stolz.

Als er abends nach Hause kam, erkannte er an Denises Miene, daß sie bereits alles wußte. Er sagte nichts, sondern begab sich geradewegs ins Schlafzimmer, um sich umzuziehen. Er schlüpfte in einen Hausanzug, steckte die Füße in Pantoffeln und ging ins Wohnzimmer. Der Scotch und die Eiswürfel standen schon auf dem Kaffeetisch. Er mischte sich einen Drink, knipste den Fernsehapparat für die Sieben-Uhr-Nachrichten an und setzte sich auf die Couch. Dann nahm er einen großen Schluck von seinem Drink.

Die Kinder kamen, wie gewöhnlich nach ihrem Abendessen, zu ihm herein. Sie kletterten auf die Couch und umarmten ihn. »Tag, Daddy.«

Er lächelte ihnen zu. »Tag, Kinder. War das Essen gut?«

Myriam nickte. Junior ließ sich zu keiner Antwort herab; er starrte auf den Fernsehschirm.

»Was siehst du dir an, Daddy?« fragte Myriam.

»Die Nachrichten.«

»Auf Kanal zwei läuft *Jagd auf See*«, berichtete Junior.

»Du kannst es dir nach den Nachrichten ansehen«, sagte Sam.

»Dann ist es schon zur Hälfte vorbei«, widersprach Junior.

Sam grinste und fuhr dem Kleinen durchs Haar. »Gut, dann geh und sieh es dir auf deinem Apparat an, wenn du willst.«

»Danke, Daddy.« Junior war draußen, noch ehe Sam zu Ende gesprochen hatte. Jetzt fragte er seine Tochter: »Wie steht's mit dir? Willst du es dir nicht auch anschauen?«

»Ich bleibe lieber hier bei dir«, sagte sie.

Das war ungewöhnlich. Sonst verschwand sie immer mit ihrem Bruder, sobald Sam das Signal gab. Jetzt kletterte sie auf seinen Schoß. Einige Minuten schwiegen beide; als der Werbespot kam, zupfte sie ihn am Arm.

»Daddy, sind wir reich?«

Sam grinste. »Ich glaube nicht.«

»Arm?«

»Nein, arm sind wir auch nicht.«

»Wenn wir nicht arm sind, dann sind wir reich«, sagte sie entschieden.

»So habe ich es noch nie gesehen«, erwiderte er. »Eine ganz neue Art, es auszudrücken.«

»Sind wir so reich wie Onkel Roger?«

»Wie kommst du darauf?«

»Tante Anne ging eben weg, als du nach Hause kamst. Sie hat zu Mummy gesagt, Onkel Roger hat mehr Geld als wir.«

»Ja. Warum auch nicht?«

»Sie hat auch gesagt, Onkel Roger hat es satt, uns zu erhalten.« Mit erstaunter Miene fügte sie hinzu: »Ich hab geglaubt, du erhältst uns.«

»Tu ich auch; deshalb geh ich ja jeden Tag zur Arbeit.«

»Warum hat Mummy dann geweint?«

»Geweint?«

Die Aufmerksamkeit der Kleinen wurde vom Fernsehschirm in Anspruch genommen. Sam drehte ihr Gesicht zu sich. »Wann hat Mummy geweint?«

»Tante Anne sagte, wenn du zu Onkel Roger nicht nett bist, wird er dir kein Geld mehr geben. Und dann würden wir arm sein, denn du würdest alles verlieren.«

»Das hat sie gesagt?« fragte Sam leise.

»Ja. Dann ist sie fortgegangen, und Mummy hat geweint.«

Sam blieb eine Weile stumm sitzen. Er nahm noch einen Schluck von seinem Drink und blickte auf den Fernsehschirm; aber er erfaßte nichts. Anne hatte nicht so unrecht. Wenn er das Geld für die Fertigstellung des Films nicht auftreiben konnte, war es wohl möglich, daß sie arm würden. Vielleicht nicht in dem Sinn arm, wie es in seiner Erinnerung seine Eltern gewesen waren, als er ein Kind war, aber arm im Vergleich zu ihrer jetzigen Lage.

Myriam erhob sich von seinem Schoß. »Ich glaube, ich seh mir jetzt *Jagd auf See* an.«

»Ja«, sagte er. »Geh nur.«

»Wir werden nicht arm sein, nicht wahr? Wie die kleinen Kinder in Indien, für die wir in der Schule sammeln? Die alle hungern und keine Kleider haben?«

»Keine Angst. Das wird nie geschehen.«

»Da bin ich froh.« Plötzlich lächelte sie. »Ich glaub nicht, daß mir das gefallen würde.«

»Du hast nichts gegessen«, sagte er, als sie vom Tisch aufstanden.

»Ich habe keinen Hunger.« Denise folgte ihm ins Wohnzimmer. Er schaltete den Fernsehapparat ein und hob den Deckel vom Eiskübel. »Alles zerschmolzen«, sagte er ärgerlich.

»Ich hole uns neues.« Sie nahm den Kübel vom Kaffeetisch und ging hinaus.

Er wechselte die Kanäle, bis er etwas fand, das ihn interessierte, dann lehnte er sich bequem auf der Couch zurück. Er goß ein wenig Whisky in ein Glas, hielt es in der Hand, bis sie mit dem Eis wiederkam, warf einige Würfel hinein und rührte mit dem Finger um.

»Eine schreckliche Angewohnheit«, sagte sie.

»Aber es erhöht den Wohlgeschmack.«

Sie schaute auf den Bildschirm. »Schon wieder ein Western? Siehst du dir nie etwas anderes an?«

»Mir gefallen die Westernfilme«, verteidigte er sich.

»Ich gehe zu Bett.« Sie verließ das Zimmer, ehe er antworten konnte.

Er blieb noch ein paar Minuten sitzen, dann erhob er sich und folgte ihr mit dem Glas in der Hand ins Schlafzimmer.

»Na schön«, sagte er, indem er die Tür hinter sich schloß, »red es dir vom Herzen.«

Sie trat von dem Wandschrank, in den sie eben ihr Kleid hängte, zurück. »Ich mag die Art nicht, wie du dich benimmst. Du sprichst mit keinem Menschen mehr. Du tust Dinge, ohne Rücksicht auf andere Leute zu nehmen. Du verhältst dich, als wärst du der einzige, der etwas versteht.«

Er trank einen Schluck aus seinem Glas.

»Du hast dich verändert«, sagte sie, »ich weiß nicht, was in dich gefahren ist. Früher warst du nie so.«

»Hat dir das dein Bruder gesagt?« fragte er.

»Ich hab mit Roger nicht gesprochen«, fuhr sie ihn an.

»Nein, du hast mit Anne gesprochen. Und er hat ihr aufgetragen, was sie dir sagen sollte.«

»Anne kann sich selbst ein Bild über die Dinge machen! Und ich auch.«

»Was soll ich also tun?«

»Du könntest Roger anrufen und ihm die Sache erklären. Er ist verletzt. Vielleicht gibt er dir dann den Scheck zurück.«

»Nein«, sagte er. »Es gibt da nichts zu erklären. Roger hat den Scheck genommen, weil er ihn haben wollte; ich hab ihn nicht dazu gezwungen. Roger hatte recht, ich hatte unrecht. Aber nicht nur jetzt: die ganze Zeit. Ich sollte eben keinen Kompagnon haben; das liegt mir nicht, ich muß mein eigener Herr sein. Darum habe ich mich damals selbständig gemacht.«

»Er war aber dein Partner. Er hat soviel Geld hineingesteckt.«

»Ich hab es ihm zurückbezahlt, das weißt du. Jeden Groschen. Diese zweihunderttausend waren sein Anteil am Geschäft, bevor wir in diesen Film einstiegen.«

»Roger sagt, Stephen Gaunt hat dir mit seinen Versprechungen den Kopf verdreht.«

»Roger redet lauter Quatsch«, fauchte er; jetzt wurde er zum erstenmal wütend. »Stephen hat mir nichts versprochen. Er hat nur gesagt, daß ihm der Film, soweit er ihn gesehen hat, gefällt, sonst nichts.« Er goß den letzten Tropfen seines Drinks hinunter. »Roger hätte im Immobiliengeschäft bleiben sollen, das ist das einzige, wovon er was versteht.«

»Wie ist das aber mit dem Geld?« fragte sie. »Du brauchst es doch, um den Film zu Ende drehen zu können.«

»Ich werde es woanders bekommen.«

»Wo?«

»Das weiß ich nicht, aber ich werde es bekommen. Und zwar zu meinen Bedingungen. Von nun an werde ich nur noch eine Partnerin haben, dich.«

Er stellte das Glas hin und trat auf sie zu. Sie ließ sich von ihm umarmen, und er legte ihren Arm an seine Brust.

»Ich mach mir Sorgen, Sam«, sagte sie.

»Ich auch«, gestand er. »Aber sprich morgen früh mit Myriam. Sie hat dich mit Anne sprechen hören und glaubt jetzt, wir seien arm. Es hat keinen Sinn, daß sie sich ängstigt.«

»Sie hat uns gehört?«

Sam nickte. »Sie erzählte mir, daß du geweint hast. Sie hat geglaubt, daß sie bald ohne Kleider herumlaufen und hungern muß.«

Plötzlich standen Tränen in ihren Augen. »Armes Kind!«

Sie ging zur Kommode und nahm ein Papiertaschentuch aus der Schublade. »Jetzt geht's mir wieder besser«, sagte sie und putzte sich die Nase. »Aber ich hätte gern etwas zu trinken.«

Sie gingen ins Wohnzimmer, und er mixte die Drinks. Als sie sich wieder setzen, begann eben ein neues Programm.

»Mein Gott, schon wieder ein Western!« sagte sie und stand auf, um einen anderen Sender einzuschalten.

»Laß sein«, sagte er, »von diesem hat mir Steve erzählt. Es ist eine neue Art Western. Psychologisch. Er glaubt, das wird ganz groß ankommen.«

Sie sah eine Weile zu. »Für mich ist der genauso wie alle anderen«, sagte sie dann. »Immer schießen sie aufeinander! Steve weiß nicht, was er redet.«

Aber Sam hörte sie gar nicht; er war gefesselt von den Vorgängen auf dem kleinen Bildschirm. Sie täuschte sich: Das war wirklich etwas anderes. Er wußte, daß Steve recht hatte, das würde ein großer Erfolg werden.

Gegen Ende des Programms fragte sie: »Sam, was willst du tun?«

Er sah sie an. »Zuerst fahre ich nach Italien und sehe mir selbst den Film an, stelle fest, was eigentlich los ist und wieviel Geld wir noch brauchen, um ihn fertigzustellen. Vielleicht finde ich eine Möglichkeit, die Kosten herabzusetzen. Wollen sehen, was sich machen läßt.«

»Und dann?«

»Dann wird es schon weitergehen.« Er wandte sich wieder dem Fernsehschirm zu, um den Höhepunkt des Films nicht zu versäumen. Der kleine Fernseher besaß eine ganz hypnotische Kraft; er lenkte die Gedanken von den eigenen Problemen in eine andere Welt ab.

Und irgendwie war das gar nicht so schlecht; denn am Ende war es doch Stephen Gaunt, der die Lösung für ihn fand.

10

Das kleine Flugzeug schlingerte, daß einem übel wurde, als es über die Berge zum Flugplatz von Palermo niederging. Der Pilot fluchte auf italienisch, während er den Stabilisator regulierte. Dann wandte er sich an Charley, um ihm rasch etwas zu erklären.

Charley nickte. »Der Pilot möchte sich wegen des Schwankens entschuldigen«, sagte er zu Sam, der hinter ihm saß. »Er hat schon lange keine so kleinen Maschinen geflogen und ist nun ein wenig außer Übung. Er steuert gewöhnlich große Constellations, aber er sagt, wir sollen uns keine Sorgen machen. Bevor wir morgen wieder nach Rom zurückfliegen, wird er noch ein wenig üben.«

Sam spürte ein unangenehmes Gefühl im Magen, als das Flugzeug so plötzlich an Höhe verlor. »Er sucht sich einen komischen Moment aus, um uns das mitzuteilen«, stellte er fest. »Er soll üben, soviel er will, aber in seiner Freizeit und nicht, wenn ich mit ihm in einem Flugzeug sitze.«

Der Sprechfunk schnatterte, und der Pilot antwortete. Er brachte das Flugzeug im weiten Bogen über die See hinaus.

»Was ist denn jetzt los?« fragte Sam nervös.

»Nichts«, antwortete Charley. »Wir haben die Landegenehmigung erhalten.«

»Was treibt er denn?« fragte Sam. »Will er auf einem Fischerboot landen?«

Charley schaute lachend nach unten. Es war ein strahlend sonniger Tag, und die See war ruhig und blau. Da und dort tauchten die Segel einiger kleiner Schiffe auf; vor ihnen brütete Palermo in der Sommerhitze. Das Flugzeug kam ordentlich zwischen zwei Bergen hinunter und setzte auf der Piste auf.

Sam stieß einen hörbaren Seufzer aus, als die Räder den Boden berührten; sie rollten auf das kleine Flughafengebäude zu.

»Der Wagen wird uns erwarten«, sagte Charley, »er bringt uns ins Hotel. Sie haben Zeit für eine rasche Dusche, bevor wir zur Außenaufnahme fahren.«

»Warum fahren wir nicht sofort hin?« fragte Sam.

»Das hätte keinen Sinn; Mittagszeit – da arbeitet niemand.«

Gedreht wurde in einem Bergdörfchen, etwa eineinhalb Stunden von Palermo entfernt. Sie fuhren über den Hauptplatz mit der unvermeidlichen Kirche und waren kurz darauf an Ort und Stelle.

Sam zwinkerte; eben hätte er noch geschworen, er sei mitten ins sechzehnte Jahrhundert zurückversetzt. Alles hatte so alt gewirkt, die Menschen, die Häuser. Und hier standen nun Wohnwagen, größer als die Hütten im Dorf, riesige Scheinwerfer, Generatoren, Reflektoren. Auf dem Feld vor ihm war eine große Mitchellkamera aufgebaut, die auf eine kleine Hütte gerichtet war. Eine schwarze Hülle schützte sie vor der Sonne.

Der Fahrer parkte den kleinen Fiat hinter einem der Wohnwagen. Er beugte sich vor und klopfte auf das Armaturenbrett, als wolle er seinen Wagen beglückwünschen, weil er so tapfer durchgehalten hatte. *»Va bene«*, sagte er.

Sam stieg aus und sah sich um. Jenseits der Straße spielten ein paar Männer auf einem Feld Boccia, andere lagen im Schatten, einige hatten den Hut über das Gesicht gezogen und schliefen. Wer noch wach war, begegnete seinem Blick mit träger Neugier; mehr wäre bei der Hitze zu anstrengend gewesen.

»Dort vor uns steht Nickis Wohnwagen«, sagte Charley, der

vorausging.

Sam folgte ihm, und sie stiegen die niedrigen Stufen empor. Innen war es dunkel und kühl; der erste Raum war als Büro eingerichtet, mit zwei kleinen Schreibtischen und einer Schreibmaschine. Er war leer.

Charley ging weiter und klopfte an die Tür zum zweiten Raum. »Hello, Nicki«, rief er. »Bist du wach?«

Von drinnen ertönte ein scharrendes Geräusch; gleich darauf trat ein Mädchen heraus. »Signor Luongo«, grüßte sie nickend, ging zum Schreibtisch, setzte sich an die Schreibmaschine und begann sich zu kämmen.

Dann kam Nicki heraus; er hatte zwar eine Flanellhose und ein Sporthemd an, aber seine Füße waren nackt und seine Augen verschlafen. Jetzt lächelte er. »Ah, Sam, was für eine Überraschung.«

Sam drückte die Hand, die sich ihm entgegenstreckte. »Ich wollte mal rüberkommen und sehen, wie es bei euch vorangeht.«

Nicki warf ihm einen Blick zu. »Es geht gut; vielleicht ein bißchen langsam, aber es wird ein sehr guter Film.«

»Ja, der Film ist gut«, sagte Sam. Daß man mit der Arbeit im Rückstand war, erwähnte er nicht – das hatte Zeit. »Ich möchte mich ein wenig umsehen.«

»Wird mir ein Vergnügen sein«, sagte Nicki. Er wandte sich zu dem Mädchen und sagte ihr schnell ein paar Worte. Sie nickte und beschäftigte sich wieder mit ihrer Schreibmaschine. Die beiden Herren gingen hinaus.

»Das ist das Häuschen, in dem *Die Schwestern* wohnen«, sagte Nicki auf dem Weg zur Kamera. »Wir haben das Dach abgenommen, damit wir Innenaufnahmen machen können. Es ist ein wirkliches Haus.«

Sam schaute sich um. Drüben wurde immer noch Boccia gespielt. »Warum arbeiten die nicht?« fragte er.

»Sie warten, bis der Regisseur sie für die nächste Aufnahme ruft«, sagte Nicki.

»Wo steckt der denn?« fragte Sam.

»Ich werde mal nachsehen.« Nicki wechselte ein paar Worte mit einem der Männer, die im Schatten bei der Kamera hockten. Dann sagte er zu Sam: »Sie warten, bis die Sonne in den richtigen Winkel kommt, in etwa einer halben Stunde.«

»Warum, zum Teufel, habt ihr all die Scheinwerfer hier draußen, wenn ihr dann doch auf die Sonne warten müßt?« fragte Sam.

»Wir verwenden sie zur Aufhellung und für Nachtaufnahmen«, antwortete Nicki. »Aber Pierangeli besteht darauf, wann immer es möglich ist, mit der natürlichen Beleuchtung zu arbeiten.«

»Wieviel Film habt ihr heute in den Kasten gebracht?«

»Ein paar Szenen«, sagte Nicki.

»Wie viele Minuten?«

»Vielleicht zwei.«

»Und diese Szene? Wie lange wird ihre Laufdauer sein?«

»Vielleicht eine Minute, möglicherweise weniger.«

»Und dafür wartet ihr auf die Sonne?« fragte Sam verärgert. »Ich dachte, Sie vertreten meine Interessen? Der Film kostet bereits das Doppelte der veranschlagten Summe. Wo bleiben da meine Interessen?«

»Wir hatten etwas Pech«, sagte Nicki betreten. »Das Wetter, immer wieder regnete es, wenn wir Sonne brauchten, und die Sonne schien, wenn wir Regen haben wollten . . .«

»Warum habt ihr euch denn nicht beim Drehen nach dem Wetter gerichtet, anstatt darauf zu warten?«

»Pierangeli arbeitet eben so«, sagte Nicki. »Ich kann ihn nicht ändern, das kann keiner.«

»Ich möchte mit ihm sprechen«, sagte Sam zornig.

»Er ist drüben in Marilus Wohnwagen«, sagte Nicki. »Sie proben.«

Als sie zu dem Wohnwagen kamen, war Pierangeli schon fort. Das Mädchen begrüßte sie; Marilu ruhe sich aus, sagte sie. »*E vero, il Maestro* und Signor Ulrich, der deutsche Schauspieler, haben mehr als eine Stunde mit ihr geprobt; jetzt sind sie fortgegangen, damit sie sich ausruhen kann, bevor die Aufnahmen wieder beginnen.«

»Womit, zum Teufel, haben die sie bei der Probe so ermüdet, daß sie sich ausruhen muß?« fragte Sam.

Charley warf ihm einen Blick zu, doch keiner antwortete, und sie gingen wieder. Charley folgte ihnen und flüsterte: »Pierangeli ist ein fanatischer Realist.«

»Und?«

»Das ist die Szene, nachdem sie und der Deutsche im Feld hinter dem Haus gevögelt haben. Sie kommt noch ganz heiß und wollüstig herein; und ihre Schwester beschuldigt sie, daß sie sie mit ihrem Geliebten betrügt.«

»Ich verstehe immer noch Bahnhof«, sagte Sam.

Charley sah ihn an. »Muß ich Ihnen eine Skizze davon machen?«

Sam starrte ihn ungläubig an. »Sie meinen – er hat es sie wirklich tun lassen?«

Charley nickte. »Pierangeli glaubt fest, daß die Kamera das auf ihrem Gesicht erkennbar machen wird.«

»Aber – Nicki? Er hat doch sicher ...«

»Es geschieht für den Film, für die Kunst. Daran ist nichts Persönliches.«

»Das muß ich einmal Denise erzählen«, sagte Sam, »sie wird es mir nicht glauben.«

Als sie zur Dekoration kamen, waren die Männer schon bei der Arbeit. Der Kameramann und seine Assistenten hatten die Hülle von der Kamera genommen und beschäftigten sich mit den Linsen. Die Tonleute rollten ihr fahrbares Aufnahmegerät in Stellung. Andere ebneten den Boden vor dem Haus, fegten die Stufen, ölten die Türangeln, damit sie nicht im ungeeigneten Augenblick knarrten.

Sam blickte sich suchend um. Pierangeli war nicht da. »Wo ist der Regisseur?«

Nicki zeigte in eine Richtung.

Pierangeli saß auf der Erde, mit dem Rücken an eine niedrige Mauer vor dem Haus gelehnt. Seine Knie waren hochgezogen, sein Kopf ruhte auf den über den Knien verschränkten Armen. Sein breitkrempiger, über das Gesicht gezogener Hut schützte ihn vor der Sonne.

Sam wollte auf ihn zugehen, aber Nicki hielt ihn zurück. »Nicht jetzt«, sagte er. »*Il Maestro* bringt sich in Stimmung. Wir stören ihn niemals, bevor er eine Szene dreht.«

Sam beobachtete ihn; nach etwa fünf Minuten hob Pierangeli den Kopf. Sein Blick glitt verwundert über die ringsum Arbeitenden, dann erhob er sich langsam.

Er trat hinter die Kamera und blickte durch den Sucher. Er sagte etwas zum Kameramann, trat zurück und ging zum vorderen Eingang des Hauses. Mit dem Fuß schob er den Straßenschmutz zurück, den die Männer weggefegt hatten. Dann schaute er schielend zur Sonne hoch und wieder zurück auf seinen Schatten.

Offenbar war alles in Ordnung, denn er gab, während er zur Kamera zurückkehrte, ein kaum wahrnehmbares Zeichen. Darauf folgte ein scharfer Pfiff.

»Silenzio!« dröhnte die Stimme eines Assistenten.

Eine Sekunde später war nichts zu hören als das leise Summen eines Motors, dann verstummte auch das. Ohne sich umzublicken, hob Pierangeli die Hand. *»Avanti«*, sagte er leise und ließ seine Hand gleich wieder sinken.

Die Tür ging auf, und das Mädchen, das die jüngere Schwester spielte, kam mit einem Eimer in der Hand heraus. Sie goß das Wasser über die Stufen. Dann wollte sie zurückgehen, hörte ein Geräusch und blickte auf.

Sam folgte ihrem Blick. Marilu kam durch das Tor. In der Art, wie sie aussah, wie sie ging, wie ihre Hüften, Beine und Brüste sich bewegten, lag etwas Unmißverständliches. Man brauchte es keinem zu sagen. Jeder wußte es, wenn er sie bloß ansah.

Sam drehte sich wieder um und beobachtete den kleinen Mann neben der Kamera. Unter dem breitrandigen Hut konnte er nur die Augen erkennen. Sie waren überall. Wie eine Kamera.

Sam winkte Charley zu sich. Sie überquerten die Straße. Als sie außer Hörweite waren, sagte Sam: »Kommen Sie, wir fahren zurück nach Rom.«

»Ich dachte doch, wir würden die Nacht hier verbringen«, sagte Charley.

»Hat keinen Sinn«, erklärte Sam. »Die haben ihre eigene Arbeitsmethode. Vielleicht ist sie langsam, vielleicht begreife ich sie nicht. Vielleicht wird sie zwanzig Groschen mehr kosten. Aber die Leute verstehen ihr Handwerk, und es wird sich lohnen.«

11

Einen Augenblick saß er allein in der letzten Reihe des Vorführungsraums. Das von der Leinwand zurückgeworfene Licht flackerte über sein ruhiges Gesicht; dann, als sie wieder hinschauten, war er fort.

Jack Savitt hob müde die Hand. »Na schön, Jungs, das wär's.«

Die Vorführung wurde abgebrochen, die Lichter im Raum blitzten auf. Jack erhob sich; Jimmy Jordan, der Produktionsleiter von Trans World Pictures, sah ihn fragend an: »Was ist los?«

»Wie, zum Teufel, soll ich das wissen?« antwortete Jack.

»Die Show ist gut«, sagte Jordan. »Was hat er denn?«

»Was immer es ist – er wird es Ihnen schon sagen, da können Sie sicher sein. Höchstpersönlich.«

»Wir haben eine Menge Geld in diesen Pilotfilm gesteckt«, sagte Jordan.

»Steve auch«, sagte Jack. »Hunderttausend Eier gehen nicht zu Fuß.« Er wandte sich zur Tür. »Ich fahre zurück ins Büro, ich rufe Sie von dort an.«

Steve saß im Wagen. Jack setzte sich wortlos neben ihn und ließ den Motor an. »Zurück in dein Büro?«

Steve schüttelte den Kopf. »Für heute hab ich genug. Bring mich bitte ins Hotel, ich will versuchen, ein wenig zu schlafen.«

»Eine gute Idee«, sagte Jack. »Du hast die letzten zwei Tage zu viel gearbeitet. Man muß sich ein wenig ausruhen, sonst kann man die Zeitverschiebung nicht verkraften.«

Er fuhr los, vorbei am Studio, an den winkenden Wächtern, und über die Autobahn zurück nach Los Angeles. Er nahm eine Zigarette aus der Tasche, zündete sie an, reichte sie Steve und nahm sich selbst eine.

»Das sind Betrüger«, sagte Steve plötzlich.

Jack erschrak. »Was hast du gesagt?«

»Daß sie schwindeln.« Steves Stimme war entschieden und verärgert. »Erst versprechen sie etwas und dann liefern sie etwas anderes. Sie lügen, sie betrügen, sie stehlen. Bilden sich ein, daß sie, nur weil sie eine große Filmproduktion haben, unsere Sachen verschludern dürfen. Dabei wären sie alle ohne unser Geld längst nicht mehr im Geschäft.«

Jack bog in den Sunset Boulevard Richtung Beverly Hills ein. »Sie haben Probleme«, sagte er. »Die Filmabteilung stützt immer das Budget für die Fernsehabteilung.«

»Das ist nur blödes Gerede«, sagte Steve. »Wir haben ihnen für diesen Pilotfilm hunderttausend gezahlt; er hat, ihren Angaben nach, hundertfünfzigtausend gekostet. Darin sind ihre fünfundzwanzig Prozent Generalunkosten enthalten, das heißt, sie haben alles in allem zwölftausendfünfhundert ausgelegt. Und dann wollen sie uns erzählen, sie hätten eine Menge Geld hineingesteckt. Kein Wunder, wenn wir von ihnen nichts als Mist bekommen.«

»Das ist nicht Jimmys Schuld«, sagte Jack, »er ist ein guter

Mann; er tut wirklich, was er kann.«

»Das weiß ich. Ich mache ihm auch keine Vorwürfe.«

»Die Leute werden eine Antwort bezüglich der Show haben wollen.«

»Die Show können sie sich an den Hut stecken; ich will sie nicht haben.«

»Du wirfst also hunderttausend zum Fenster hinaus.«

Steve legte die Zigarette in den Aschenbecher. »Wird nicht das erstemal sein.«

Sie schwiegen, bis sie zum Sunset Plaza Drive kamen. »Bieg hier ein«, sagte Steve plötzlich.

Jack bog scharf nach rechts; hinter ihnen fluchte ein Autofahrer. »Wohin willst du?«

»Fahr nur weiter«, sagte Steve.

Sie fuhren einige Minuten die gewundene Straße entlang, bis sie an eine andere, kleine Nebenstraße kamen. »Hier hinein.«

Nach dreihundert Metern gelangten sie, knapp hinter einem Etagenhaus, in eine Sackgasse. »Du kannst den Wagen dort abstellen«, sagte Steve und wies auf einen kleinen Parkplatz gegenüber dem Gebäude.

Jack stellte den Motor ab. »Und nun?«

»Komm mit!« sagte Steve und stieg aus dem Wagen.

Jack folgte ihm über den Parkplatz zu einem eisernen Gitter, das eine von außen kaum bemerkbare Einfahrt absperrte. Steve nahm einen Schlüssel aus der Tasche und schloß es auf. Er ging voraus durch die Einfahrt; sie bog jäh um die Ecke – und da stand das Haus, unmittelbar oberhalb der Straße, die sie eben verlassen hatten. Der Eingang war hinten. Steve nahm einen anderen Schlüssel und öffnete die Tür.

Sie traten oben ein und gingen über eine Treppe hinunter. Auf dem ersten Absatz wies Steve auf ein großes Panoramafenster. »Das Schlafzimmer.«

Er drückte auf einen Knopf – und das Schlafzimmer war erleuchtet. Durch das Fenster sah es aus wie ein Bühnenbild. Das riesige runde Bett stand fast in der Mitte des Zimmers. Er öffnete die Tür; sie traten ein.

Jack sah ihn neugierig an. »Keine Außenfenster?«

Steve zeigte auf die Decke und drückte zugleich auf einen Knopf neben dem Bett. Unter leisem Summen öffnete sich die Decke, und Licht flutete in den Raum. Er drückte auf einen anderen Knopf, und die Scheibe, die sie von der Außenwelt trennte, schob sich in die Wand. Der Himmel über ihnen war leuchtend blau, nur einige abendlichen Sterne glänzten bereits.

»Das Bett dreht sich auch«, sagte Steve, auf einen dritten Knopf drückend. Tatsächlich bewegte es sich langsam im Kreis, und gleichzeitig senkte sich aus einer Öffnung in der Ecke ein Fernsehapparat herab. »Es sind drei Apparate eingebaut, gleichgültig, in welcher Richtung man das Bett dreht«, erklärte Steve.

»Phantastisch!« sagte Jack.

Steve drückte auf den Hauptschalter, und alles rollte langsam zurück. »Komm weiter.«

Er ging voraus nach unten, zur Hauptetage mit einem riesigen Wohnzimmer. Jack erstarrte. Das Haus war ein Chalet in Großformat mit Giebeldach und neun Meter hohen Fenstern. Es war alles da: die geschickt hinter der Bar eingebaute Küche, der Eßplatz, die geschlossene Terrasse. Davor lag auf einer kleinen Geländestufe ein ovales Schwimmbecken, etwa vier mal sechs Meter, das über der Stadt zu schweben schien. Unten kroch der Verkehr über den Strip.

»Das hast du dir gekauft?«

»Ich hab es gebaut.«

Jack schüttelte den Kopf. »Bei dir gibt's immer neue Überraschungen.«

Steve sah ihn schweigend an.

»Ich hätte mir nie vorgestellt, daß du für die Hügel Hollywoods was übrig hast«, sagte Jack. »Eher für Beverly oder Holmsby, sogar Bel Air.«

»Das ist Familienstil. Ich bin für Einsamkeit.«

Jack lachte. »Gibst du die Mädchen auf?«

»Sieht das hier danach aus?«

Jack schüttelte den Kopf. »Nein«, sagte er lachend. »Aber du bist noch jung, du wirst wieder heiraten.«

»Möglich.« Steves Stimme klang gelassen.

»Du hast doch wohl eine Stereoanlage einbauen lassen?«

»Natürlich.« Steve drückte auf eine Schalttafel. Sofort war das Haus von Musik erfüllt; sie schien aus allen Richtungen zu kommen.

Jack hob die Hände. »Na schön, du hast mich überzeugt. Auf ins Bett.«

Steve stellte lächelnd die Musik ab.

»Du mußt eine Einstandsparty geben«, sagte Jack. »Wann ziehst du ein?«

»Nicht so bald.«

»Es sieht doch alles ganz fertig aus. Was muß denn noch getan werden?«

»Nichts.« Steve stieg die Stufen hinauf. »Gehen wir.«

Als sie wieder im Wagen saßen und den Hügel hinunterfuhren, fragte Jack: »Wann, glaubst du, wird es soweit sein?«

»Zur gegebenen Zeit.« Steve zog die Schultern hoch. »Wer weiß? Ein Jahr, fünf, zehn? Der Job dauert nicht ewig; kein Job dauert ewig. Dann werd ich herkommen und hier wohnen.«

»Und was wirst du tun?«

»Darüber werd ich mir den Kopf zerbrechen, wenn es soweit ist.« Steve schwieg eine Weile. »Gefällt dir das Haus?«

»Ich finde es toll«, antwortete Jack. »Nur eines stimmt daran nicht.«

»Nämlich?«

»Wenn du hinkommst, bist du zu alt, um es richtig zu genießen.«

Jack bog in die Einfahrt zum Beverly-Hills-Hotel ein. Ein Page lief ihm in der Halle entgegen. »Eben kam ein Telegramm für Sie, Mr. Savitt.«

Jack gab ihm ein Trinkgeld, ging zum Empfangstisch und nahm das Telegramm entgegen. Er überflog es rasch und verzog das Gesicht. »Verdammt!« sagte er.

»Irgendwas passiert?« fragte Steve.

»Deinen Freund Sam Benjamin hat's diesmal wirklich erwischt. Überall in der Stadt sind seine Schecks geplatzt.«

»Ich wußte gar nicht, daß es ihm schlechtgeht«, sagte Steve.

»Der Film mit der Barzini hat den Voranschlag weit überzogen, und da ist ihm das Geld ausgegangen. Eben teilt mir Supercolor Labs mit, daß sie ihm wegen eines Darlehens von zweihunderttausend auf die Pelle rücken.«

»Scheint dir gar nicht leid zu tun«, sagte Steve.

»Es läßt mich völlig kalt«, erwiderte Jack, »er ist ein großmäuliger kleiner Schweinehund, war schon längst für so was fällig.« Jetzt wurde ihm bewußt, daß Steve schwieg. »Ach ja, ich hatte vergessen – du hast ihn gern.«

»Ja«, sagte Steve entschieden.

»Ich versteh das nicht, er ist doch kein Typ für dich.«

»Du hast ja auch geglaubt, ich sei nicht der Typ für die Hügel von Hollywood.«

»Na gut, schön. Aber ganz unter uns, warum?«

Steve antwortete nicht sofort. »Vielleicht weil er der einzige hier ist, der nicht unaufhörlich versucht, etwas aus mir herauszuholen. Oder vielleicht, weil er Türen einschlägt.«

12

Es war nach zehn Uhr, als Denise hinter ihnen die Tür verschloß und sich erschöpft und ausgepumpt an die Wand lehnte. Nach einer Weile ging sie ins Wohnzimmer.

Im Eiskübel schwammen noch ein paar Würfel, vielleicht würde ein Drink sie ein wenig aufmöbeln. Sie warf Eis in ein Glas, goß Whisky darüber, fügte etwas Wasser hinzu und schaltete den Fernsehapparat ein. Dann ließ sie sich auf die Couch fallen. Der Fernsehschirm erwachte lärmend, aber sie sah nichts; ohne Sam war es nicht das gleiche, nichts war ohne ihn das gleiche.

Während des ganzen Abendessens hatten sie sorgfältig darauf geachtet, nicht von ihm zu sprechen. Erst ganz zum Schluß war es Roger gewesen, der das Thema anschnitt.

»Wann kommt Sam zurück?« fragte er.

»Ich weiß es nicht«, antwortete sie. »Er bemüht sich, so schnell wie möglich fertigschneiden und -mischen zu lassen.«

»Klappt alles gut?«

»Sam sagt, ja.«

»Das hoffe ich«, meinte Roger phlegmatisch. »Schon der Kinder wegen.«

Dann war es Anne, die – wie immer ein wenig dumm und taktlos – mitten in die Wunde stach. »Wo ist denn dein Verlobungsring?« fragte sie anzüglich.

Unwillkürlich blickte Denise auf ihren nackten Finger, dann wieder auf ihre Verwandten. Auf den zehnkarätigen Solitär, den Sam ihr nach dem Erfolg von *Icarus* gekauft hatte, war sie sehr stolz gewesen. Sie nahm ihn nur selten ab, manchmal schlief sie damit. »Im Leihhaus«, antwortete sie. Und herausfordernd fügte sie hinzu: »Zusammen mit der Brillantarmbanduhr und dem Ehering. Wir brauchten das Geld.«

Roger musterte sie, dann seine Frau. Nach einer Weile sprach er. »Lange kann das Geld ja nicht gereicht haben.«

»Nein.«

»Und wie macht ihr es jetzt?«

Sie zögerte einen Augenblick. »Wir schlagen uns so durch.« Sie schlugen sich tatsächlich durch – wenn man es so nennen konnte: mit der Miete waren sie zwei Monate im Rückstand, und beim Fleischer und im Lebensmittelgeschäft ließen sie anschreiben. »Sams Eltern haben uns etwas Geld geschickt«, sagte sie. Seine Eltern waren vor einigen Jahren nach Miami gezogen, als der Vater seinen Schneiderladen verkaufte und in Pension ging.

Roger griff ein wenig verlegen in die Tasche, nahm einen Scheck heraus und schob ihn Denise über den Tisch zu. Er war auf ihren Namen ausgestellt und lautete auf hunderttausend Dollar.

»Wofür soll das sein?« fragte sie mit leicht zitternder Stimme.

»Du bist meine Schwester«, sagte er mürrisch. »Es gefällt mir nicht, daß du es so schwer hast.«

Sie drängte die Tränen zurück, die ihr in die Augen stiegen, und schob ihm den Scheck wieder hin. »Nein.«

Er starrte sie an. »Warum nicht? Das wird die Schecks decken, die Sam in Umlauf gesetzt hat, und deinen Sorgen ein Ende machen. Vielleicht kann er dann nach Hause kommen und muß sich nicht mehr drüben in Italien verstecken.«

»Wenn du Sam das Geld geben willst«, sagte sie, »dann mußt du es selbst tun. Er würde es mir nie verzeihen, wenn ich es von dir nähme.«

»Mit Sam kann ich nicht reden, das weißt du. Du mußt ihm ja nicht sagen, daß ich es dir geschenkt habe. Sag ihm, es handle sich um die letzte Zahlung, die noch von Papas Nachlaß offen sei.«

Sie schüttelte den Kopf. »Das kann ich nicht. Ich habe ihn noch nie belogen und werde nicht jetzt damit anfangen.«

»Sei doch nicht dumm . . .«, begann Anne.

Roger unterbrach sie. »Halt den Mund!« Er steckte den Scheck wieder ein; dann sah er auf die Uhr: »Wir müssen jetzt gehen, es ist Zeit für Babys Fläschchen.«

Sie standen auf, und Denise begleitete sie zur Haustür. Sie wartete, während Anne ihren Nerzmantel anzog.

»Du hast wunderbar gekocht«, sagte Anne und küßte sie auf die Wange.

»Küß den Kleinen von mir«, erwiderte Denise. Sie wandte sich an ihren Bruder. »Danke. Und du weißt, das meine ich von Herzen.«

Er nickte bedrückt. »Ja. – Übrigens«, fuhr er fort, als wäre es ihm eben erst eingefallen, »ich habe die Miete und die rückständigen Rechnungen bezahlt; du brauchst dir darüber keine Gedanken mehr zu machen.«

»Woher wußtest du davon?«

»Du vergißt, daß der Buchhalter, der für Sam arbeitet, auch der meine ist.«

Das Fernsehprogramm war zu Ende, und die letzten Nachrichten begannen gerade, als das Telefon klingelte. Sie sprang von der Couch; seit fast einer Woche hatte sie nichts mehr von Sam gehört. »Hallo.«

Die Stimme der Telefonistin ertönte. »Ein Ferngespräch für Mr. Benjamin, bitte.«

»Mrs. Benjamin. Vielleicht könnte ich das Gespräch abnehmen?«

»Gibt es eine zweite Nummer, unter der er zu erreichen wäre?« fragte die Telefonistin.

Eine andere Stimme mischte sich ein, eine Männerstimme, die bekannt klang. »Ich möchte mit Mrs. Benjamin sprechen. Hallo, Denise, hier Steve. Stephen Gaunt.«

»Steve«, sagte sie.

»Wie geht es Ihnen? Und den Kindern?«

»Danke, gut. Sam ist nicht hier, er ist in Italien.«

»Haben Sie eine Nummer, unter der ich ihn erreichen kann? Es ist sehr wichtig.«

»Er wohnt im Hotel Excelsior in Rom«, erwiderte sie. »Wenn Sie ihn dort nicht erreichen können, versuchen Sie es doch bei Cinecittà Studios. Dort wird der Film geschnitten.«

»Wie geht's denn damit?« fragte Steve.

»Sam sagt, es wird ein großartiger Film.«

»Sicher. Mir hat das Projekt von Anfang an gefallen. Ich rufe eigentlich deshalb an. Ich glaube, ich habe ein Geschäft für ihn.«

»Das wäre schön«, sagte sie. Dann war der Bann gebrochen; sie begann zu weinen, und die ganze Geschichte sprudelte von ihren Lippen. Der Streit mit Roger, der Geldmangel, der Kampf, den Film beenden zu können, bevor die Gläubiger alles abschnitten.

Er lauschte wortlos, ließ sie ganz ausreden. »Warum hat Sam mich nicht angerufen, als die Schwierigkeiten begannen?« fragte er.

»Ich weiß nicht; Sie kennen doch Sam. Es war sein Stolz, der zu dem Streit mit Roger führte. Vielleicht wollte er nicht, daß Sie von seinen Schwierigkeiten erfahren. Vielleicht wollte er Sie einfach nicht belästigen, weil Sie Ihre eigenen Probleme haben.«

»Unsinn!« sagte Steve, »wozu wären Freunde da, wenn man sich nicht in schwierigen Situationen an sie wenden könnte?«

Sie schwieg.

»Jedenfalls hören Sie jetzt auf, sich darüber zu sorgen«, sagte er ruhig. »Es wird alles wieder gut werden.«

Seine Stimme hatte etwas Besänftigendes, etwas, das ihr Zuversicht gab. »Es geht schon wieder, Steve«, sagte sie. »Tut mir leid, daß ich schlappgemacht habe.«

»Reden wir nicht mehr davon«, sagte er. »Machen Sie immer noch geräucherte Rinderbrust mit Meerrettich, die guten *Bröstflenken*?«

»Ja.« Sie mußte über seine Aussprache lachen.

»Fein!« sagte er. »Ich rufe Sie an, wenn ich wieder in New York bin, und Sie laden mich zum Abendessen ein.«

Die Verbindung brach ab, und sie legte den Hörer auf. Dann knipste sie den Fernsehapparat aus und ging ins Schlafzimmer. Steve hatte gesagt, alles würde gut werden. Und er hatte recht, das wußte sie, das fühlte sie. Zum erstenmal seit Wochen konnte sie schlafen, ohne eine Tablette zu nehmen.

13

Die Büros von Sinclair Broadcasting in Los Angeles lagen im obersten Stockwerk eines neuen, zwanzig Stock hohen Hauses in Beverly Hills. Steves Räume befanden sich im Südwestwinkel des Gebäudes, mit Ausblick auf Hollywood und das Zentrum von Los Angeles. Als Jack am nächsten Morgen ins Büro kam, stand Steve mit einer Tasse Kaffee in der Hand beim Fenster und blickte hinaus.

»An einem klaren Morgen kann man von hier aus den Mount Baldy sehen«, sagte er. »Das ist fast sechzig Kilometer weit.«

»Ja, aber wie viele klare Morgen gibt es schon hier?«

»Mehr als du glaubst«, sagte Steve. »Der Smog bekommt höhere Nielsennoten, als er verdient.«

Aus der Sprechanlage auf Steves Schreibtisch ertönte die Stimme der Sekretärin: »Ich habe Mr. Brachman von Supercolor in New York für Sie am Apparat, Mr. Gaunt.«

»Ich übernehme«, sagte Steve. Er ging zu seinem Schreibtisch, drückte auf einen Knopf und hob den Hörer ab. »Guten Morgen, Ernie.«

»Bei dir ist es Morgen, Kleiner«, sagte Brachman, »aber für uns arme Sklaven hier in New York ist schon beinahe Mittag. Wir haben bereits einen halben Arbeitstag hinter uns.«

»Ihr habt es schwer!« sagte Steve lachend. »Ich hab euren Jahresbericht gelesen. Ihr Jungs seid die einzigen in der Branche, die Geld verdienen. Ihr tut nichts anderes als Filme kopieren und Geld scheffeln.«

Brachman lachte ebenfalls. »Nicht übel«, gab er zu, »aber was hast du auf dem Herzen? Wirst du ordentlich bedient?«

»Tadellos«, sagte Steve. »Ich wollte dich nur um einen Gefallen bitten.«

Brachmans Stimme klang erleichtert. »Was immer du wünschst, du brauchst es nur auszusprechen.«

»Ich höre, daß ihr gegen Sam Benjamin vorgehen wollt. Ich möchte, daß ihr ihn in Frieden laßt.«

Einen Augenblick herrschte Stille. Dann: »Ich weiß nicht, ob ich das tun kann, Steve, das liegt nicht mehr in meiner Hand. Es geht den Rechtsweg.«

»Du bist Präsident von Supercolor, nicht wahr?« Steves Stimme klang kalt. »Da kann es nichts geben, was nicht mehr in deiner Hand liegt.«

»Augenblick mal, Steve, mir geht es so wie dir. Ich muß den Aktionären Rede und Antwort stehen. Wir haben Benjamin zweihunderttausend für seinen Film geliehen, und er hat das Geld dazu verwendet, seinen Schwager auszuzahlen. Wenn wir ihn in Frieden lassen, könnten wir den Film an andere Gläubiger verlieren, und wo bringt uns das hin?«

»Erzähl mir doch keine Geschichten, Ernie«, sagte Steve. »Ihr habt Benjamin das Geld geliehen, damit ihr auf jeden Fall die Kopierarbeit für den Film bekommt; aus keinem anderen Grund. Was er damit tat, war euch ganz egal.«

»Stimmt. Aber nur für den Fall, daß alles in Ordnung ging

und es keine Probleme gab. Wir haben aber auch zu unserem Schutz eine Sicherungsübereignung für den Film in der Hand.«

Steves Stimme klang noch immer ruhig, aber es lag nun eine Spur von Schärfe darin. »Wer ist euer größter Kunde, Ernie?«

»Ihr.« Die Antwort kam ohne Zögern; so war es nun einmal, und das wußten sie beide. Supercolor stellte sämtliche Kopien für die von Sinclair gefilmten Shows her.

»Und wir verlangen nie einen Groschen Darlehen – oder?«

»Das stimmt. Aber . . .«

Steve unterbrach ihn mit täuschend sanfter Stimme. »Der Vertrag für das kommende Jahr wird demnächst aktuell; wie gewöhnlich werden sich Technicolor, Deluxe und Pathé darum bewerben. Wie gewöhnlich werdet ihr alle mit ungefähr den gleichen Preisen erscheinen. Es obliegt mir, diese Angebote dem Aufsichtsrat vorzulegen, zusammen mit meiner Befürwortung.«

Das war ein Schlag, aber Brachman reagierte beherzt. »Nun gut, Steve, du bittest uns um einen Gefallen, wir tun ihn dir. Ich sagte ja, du brauchst nur etwas zu verlangen. Allerdings hoffe ich, wir kommen dadurch nicht zu Schaden.«

»Das werdet ihr nicht; es ist ein hervorragender Film«, sagte Steve. »Danke, Ernie, ich weiß das zu schätzen.«

Er legte den Hörer auf und wandte sich an Jack. Der Agent starrte ihn an. »Bist du völlig von Sinnen, Steve? Du hast da eben deinen Kopf in eine Schlinge gelegt. Dieser Ernie Brachman ist ein mieser Bursche, und wenn er bei diesem Geschäft sein Geld verliert, würde ich ihm zutrauen, daß er zu Sinclair geht und erzählt, du hättest deine Stellung dazu benutzt, einen Druck auf ihn auszuüben.«

»Dann müssen wir eben dafür sorgen, daß das Geschäft nicht danebengeht, nicht wahr?«

Darauf wußte Jack nichts mehr zu sagen. Nach einer Weile erhob er sich. »Hast du vielleicht heute etwas Stärkeres hier als Kaffee? Ich brauche einen Drink.«

Steve wies auf die Bar. Während Jack sich ein Glas Whisky eingoß, füllte Steve seine Kaffeetasse. Jack stürzte den Drink hinunter und kam wieder zum Schreibtisch.

»Schlechte Politik, sich schon so früh am Morgen an der Flasche festzusaugen«, sagte Steve sanft.

»Schon gut. Ich habe den Eindruck, daß du mit deinem kleinen Scherz noch nicht fertig bist. Laß doch den Rest hören.«

Steve setzte sich lächelnd. »Deine Gefühle sind erstaunlich zutreffend. Du hast soeben einen neuen Kunden geworben.«

»Wirklich?« fragte Jack. »Wen?«

»Sam Benjamin. Und du wirst für seinen Film den Vertrieb übernehmen.«

»Wie soll ich denn das machen, zum Teufel, wenn er seine eigene Vertriebsfirma hat?«

»Nicht im Inland. Du wirst die Vertriebsrechte im Ausland verkaufen.«

»Du meinst, er hat dafür noch kein Abkommen getroffen?«

Steve schüttelte den Kopf. »Ich weiß es. Ich besitze die Fernsehrechte, und er muß alle Abschlüsse für den Vertrieb über uns tätigen.«

»Mein Gott! Ein solcher Film kann im Ausland mehr wert sein als hier. Dort haben sie für so was eine Vorliebe.«

»Na also, jetzt kapierst du endlich«, stellte Steve fest. »Aber ich verlange viel.«

»Wieviel?«

»Eine halbe Million oder mehr.«

»Das macht die Sache schwierig. Solche Summen können nur die Großfirmen zahlen. Und die haben noch nie solche Summen für den Auslandsvertrieb bezahlt.«

»Trans World Pictures wird soviel zahlen«, sagte Steve.

Es war ein Uhr morgens; Sam saß in seinem Lehnstuhl beim Fenster und starrte wie eine Eule auf die beleuchtete Fassade der amerikanischen Botschaft auf der gegenüberliegenden Straßenseite. Er trank aus einem Glas Champagner, das auf dem Tisch neben ihm stand, verzog das Gesicht und wandte sich zu den anderen um. »Trinkt aus, es sind noch vier Flaschen da.«

Die beiden Mädchen, die auf der Couch saßen, kicherten. Er sah zu Charley hinüber. »Sie könnten wenigstens 'n paar Fötzchen auftreiben, die Englisch sprechen«, brummte er. »Verdolmetschen Sie ihnen, was ich gesagt habe.«

Charley begann zu übersetzen, doch Sam unterbrach ihn. »Nein, einen Augenblick, ich hab eine bessere Idee.«

Er erhob sich, ging unsicheren Schrittes zur Couch und blickte auf die Mädchen nieder. »Sagen Sie ihnen, die erste, die mir einen Steifen verschafft, gewinnt eine Flasche Champagner.«

Die Mädchen kicherten wieder. Er wandte sich an Charley:

»Sind Sie sicher, Charley, daß die nicht Englisch können?« fragte Sam.

Charley nickte, dann sprach er schnell mit den Mädchen, die schnatternd antworteten. »Sie sagen, sie sind keine Huren, sondern Schauspielerinnen, und sie wünschen respektvoll behandelt zu werden.«

Sam starrte die Mädchen an und sagte: »Schmeißen Sie sie raus!« Er ging zu seinem Stuhl und setzte sich mit dem Rücken zu ihnen. Er nippte nochmals an seinem Glas Champagner und verzog wieder das Gesicht. »Herrgott, haben wir denn keinen Whisky mehr hier?«

»Nein«, antwortete Charley, »und ich kann auch keinen bekommen. Heute nachmittag haben sie uns den Kredit abgeschnitten.«

»Die werden uns noch wer weiß was abschneiden«, sagte Sam verdrießlich. »Morgen schneiden sie mir die Eier ab.« Er trank noch einen Schluck Champagner. »Die reinste Pisse! Damit kann sich ein Mann nicht mal ordentlich betrinken. Wenn ich je wieder zu Geld komme, will ich bis ans Ende meiner Tage nichts anderes trinken als schottischen Whisky. Ohne Eis, ohne Wasser, nichts, nur reinen Whisky. Dann weiß ich wenigstens, daß ich blau sein kann, wann ich will!«

Er stand auf und näherte sich wieder den Mädchen. »Ich hab gehört, daß ihr Mädchen Coca-Cola und Cinzano zum Duschen verwendet, aber habt ihr's schon mal mit Dom Perignon '55 versucht? Das muß noch besser sein.«

Die Mädchen lachten; eine von ihnen sagte schnell etwas zu Charley. Der lachte auch.

»Was haben sie gesagt?« fragte Sam.

»Daß wir hier draußen nur Zeit vertrödeln, warum wir denn nicht ins Bett gehen?«

»Ich hab nichts dagegen«, sagte Sam. »Aber wenn die glauben, daß wir hier unsere Zeit verlieren, dann werden sie erst im Schlafzimmer was erleben, denn ich könnte ihn nicht mal steif kriegen, wenn ich ihn mit Stärke vollpumpte.«

Charley redete mit den Mädchen, sie erhoben sich und gingen zum Schlafzimmer.

»Ihr könnt schon mal anfangen«, rief Sam ihnen nach, »wartet nicht auf mich.«

Die Tür schloß sich hinter ihnen, und Sam wandte sich Charley zu. »Ich hatte Ihnen ja nie einen sicheren Posten versprochen, oder?«

Charley schüttelte den Kopf. »Nun mal mit der Ruhe, Boss«, sagte er beschwichtigend. »Es wird sich schon etwas ergeben! Manchmal ändern sich die Dinge schnell.«

»Zweifellos«, sagte Sam sarkastisch. »Sagen Sie, wie stellt man es an, aus einem solchen Apartment zu verschwinden, ohne zu bezahlen?«

Charley antwortete nicht.

»Kommen Sie.« Sam ergriff eine Flasche Champagner und bewegte sich in Richtung Schlafzimmer. An der Tür drehte er sich um. »Nun?«

Charley folgte ihm langsam. Sam öffnete die Tür und blieb stehen. »Also so etwas! Sagten die nicht vorhin, sie verstehen kein Englisch? Sie haben tatsächlich ohne mich angefangen.«

Charley warf einen Blick über Sams Schulter in das Zimmer. Die beiden Mädchen lagen nackt und ineinander verschlungen im Bett.

»Mir scheint, die pflegen die Liebe«, sagte Sam feierlich.

Charley nickte. »Sieht ganz so aus.«

»Dann sollten wir sie nicht stören.« Sam schloß leise die Tür. Als sie zu ihren Stühlen zurückgingen, klingelte das Telefon. »Wer ist denn das nun wieder?«

Charley nahm den Hörer ab. *»Pronto.«* Eine Stimme schnarrte im Hörer. »Ein gewisser Jack Savitt ruft Sie aus Los Angeles an.«

»Den soll der Teufel holen! Sagen Sie ihm, ich bin nicht hier. Wahrscheinlich hat er rausgefunden, daß die Schecks, die ich seinen Kunden gegeben habe, geplatzt sind.«

Charley wollte wieder sprechen, aber eine Stimme unterbrach ihn. Er schwieg, hörte zu und starrte Sam an. »Er sagt, es ist nicht wegen der geplatzten Schecks, sondern er hat einen Vertrag für Sie, für Ihren Film.«

»Geben Sie her! Na – wird's bald?« Sam riß ihm den Hörer aus der Hand. »Hallo, Jack«, sagte er, »wo brennt's?«

Er lauschte, Schweißtropfen erschienen auf seiner Stirn. Er zog ein Taschentuch heraus und tupfte sie ab. Nach einem Augenblick sagte er: »Ja, ja ... auf Wiedersehen.« Er legte den Hörer auf, sah Charley stumm an, und plötzlich faßte er ihn um die Taille, drückte ihn an sich und stemmte ihn hoch. »Du hast recht gehabt, du Makkaronibastard, du hast recht gehabt!«

»Laß mich runter«, schrie Charley, »bist du verrückt? Willst du dir einen Bruch heben?«

Durch das Geschrei aufgestört, erschienen die nackten Mädchen in der Tür. Da standen sie nun und starrten die beiden Männer an. Sam drückte jeder eine Champagnerflasche in die Hand. »Zurück in die Klappe mit euch zwei Verliebten!« sagte er, schob sie ins Schlafzimmer und schloß die Tür.

»Komm«, rief er Charley zu, »wir suchen uns jetzt eine Bar mit echtem Whisky. Wir wollen feiern!«

»Feiern?« fragte Charley. »Was gibt es denn zu feiern?«

»Unsere Rettung«, sagte Sam. Ein Ausdruck der Verwunderung trat in sein Gesicht. »Wirklich. Jack Savitt kommt übermorgen mit dem Präsidenten und dem Direktor für den Auslandverkauf von Trans World Pictures hierher. »Sie wollen für die Auslandsrechte unseres Films mit mir abschließen!«

14

»Brustflanken!«, sagte Sam mit einem ärgerlichen Blick auf den Tisch. »Du könntest wenigstens dafür sorgen, daß ein Steak auf den Tisch kommt, Denise, wenn ich jemanden zum Essen mit nach Hause bringe. Das hier ist doch nur etwas für Verwandte.«

Denise lächelte. »Steve hat es sich gewünscht.«

»Du mußt verrückt geworden sein«, rief er Steve zu. »Davon kriegt man sofort Sodbrennen.«

Steve grinste. »Ich eß das gern; Steak bekomme ich überall, aber solche *Bröstflenken* kann ich nur hier haben.«

»Nicht mal richtig aussprechen kannst du das, aber du mußt es essen! Es heißt Brustflanken, nicht *Bröstflenken!*«

»Das ist gehupft wie gesprungen. Essen wir.« Steve hielt lächelnd seinen Teller hin.

Sam, der sich eben über das Essen beschwert hatte, schaufelte nichtsdestotrotz doppelt soviel wie jeder andere auf seinen Teller. Als sie fertig waren, erhob er sich. »Nicht übel«, sagte er zu Denise.

Steve lächelte ihr freundlich zu.

Sie erwiderte sein Lächeln. »Wollt ihr beide jetzt eine Weile im Wohnzimmer plaudern?« schlug sie vor. »Ich helfe Mamie beim Abräumen.«

Sam mixte zwei Drinks und gab einen davon Steve. »Hast du die Rezensionen gesehen?« fragte er stolz.

Steve nickte. »Sie waren glänzend. Crowther sagte, es sei der beste Film der letzten zehn Jahre.«

»Wenn der begeistert ist, dann muß es wirklich was sein«, frohlockte Sam. »Von der Kasseneröffnung bis zum Schluß stehen die Menschen um den Häuserblock Schlange. In Los Angeles ist es dasselbe. Begeisterungsstürme, und nur noch Stehplätze zu bekommen.«

»Wann wirst du den Film für die anderen Kinos freigeben?« fragte Steve.

»Ich habe keine Eile; ich will auf die Nominierung für die Oscars warten. Inzwischen soll sich der Film durchsetzen. Es kann wohl niemand behaupten, daß ich es nicht verstehe, das meiste aus einem Film herauszuholen. Wenn wir den New Yorker Kritikerpreis und dann den Oscar bekommen, werd ich einen Löffelbagger brauchen, um das Geld zu scheffeln.«

Steve erhob sein Glas: »Viel Glück!«

»Dir auch«, sagte Sam und trank. »Nicht übel für meinen ersten Film. Und dabei hieß es immer, ich verstehe nichts von dem Geschäft.«

»Was hast du als nächstes vor?«

»Im Augenblick konzentriere ich mich auf diesen Film«, sagte Sam. »Meine Werbekampagne zielt auf den Oscar. Aber ich habe Marilu und Pierangeli für einen zweiten Film unter Vertrag.«

»Sonst nichts?«

»Ist das nicht genug?«

»Nicht wenn du, wie du sagst, eine wirkliche Filmgesellschaft aufbauen willst. Das kann man nicht mit ausländischen Filmen allein, und wären sie noch so gut.«

»Wie kann ich inländische Filme bekommen? Die Großfirmen schöpfen den ganzen Rahm ab. Ich kriege nur den Mist.«

»Du könntest damit anfangen, ein paar Verfilmungsrechte zu kaufen und sie zu drehen.«

»Da müßte ich verrückt sein!« sagte Sam. »Ich weiß, daß ich kein Produzent bin.«

»Den hier hast du produziert, also bist du ein Produzent«, sagte Steve.

»Das war was anderes. Marilu ist ein Star, sie kam mit dem Film zu mir, alles war fix und fertig. Ich mußte nur die Moneten bringen.«

»Machen es denn die meisten Großfirmen nicht ebenso?«

»Doch. Aber die haben Geld – mit denen kann ich nicht konkurrieren.«

»Ist jetzt auch nicht mehr nötig. Trans World wird sich nach diesem Film an allem beteiligen, was du willst. Sie brauchen Material.«

»Glaubst du wirklich?«

»Ich bin davon überzeugt«, sagte Steve zuversichtlich. »Warum versuchst du es nicht bei ihnen?«

Sam überlegte eine Weile. »Nein, es wird nicht klappen, ich hab keine Verfilmungsrechte. Und ich würde nicht einmal erkennen, für welche es sich lohnt, wenn man mir sie vor die Nase hielte. Zeig mir einen Film, und ich kann dir sofort sagen, ob was daran ist. Aber ein Verfilmungsrecht? Das ist was anderes.«

»So schwierig ist es gar nicht, wenn du nur die Augen offenhältst«, sagte Steve. »Ich könnte dir beispielsweise gleich jetzt zwei vorschlagen.«

Sam warf ihm einen scharfen Blick zu. »Zwei?«

Steve nickte. »Eines ist ein Stück, für das die Proben nächste Woche beginnen. Eine Komödie von einem neuen Autor über ein frischverheiratetes Paar in Greenwich Village. Für fünfundsiebzigtausend bekommst du die Filmrechte zusammen mit einem Drehbuch für das Stück. Es heißt *Washington Arch.*«

»Ein mieser Titel.«

»Mag sein. Aber das Stück wird ein großer Erfolg.«

»Und das andere?«

»Das ist ein Buch; ich hab das Manuskript gelesen. Der Autor pfeift auf dem letzten Loch, braucht dringend Geld. Für fünfzigtausend kannst du es kriegen. Es kommt im Januar heraus und wird ganz bestimmt Nummer eins auf der Bestsellerliste. Und ein prima Titel: *Der stählerne Hahn.*«

»Ja, gut«, sagte Sam, »der gefällt mir. Aber warum bist du so sicher, daß es Nummer eins wird?«

»Handelt nur vom Vögeln«, sagte Steve, »und ich kenne keinen Menschen, der nicht gern über so etwas liest. Außerdem ist die Handlung einfach toll.«

»Ich werde es mir überlegen.«

»Ja, tu das. Ich schicke dir von jedem ein Exemplar. Der Preis wird vielleicht hinaufgehen, sobald du ein Interesse für die Rechte zeigst.«

»Das werden die ohnehin rausfinden, wenn ich sie kaufen will.«

»Nicht wenn du über Jack Savitt operierst. Er kann für dich verhandeln, ohne deinen Namen bekanntzugeben, bevor du selbst eingreifst.«

»Gut, ich sehe sie mir an, sobald ich sie bekomme.«

Denise kam ins Zimmer. »Alles in Ordnung?«

»Prima«, sagte Steve und stand auf. »Jetzt muß ich aber gehen, ich fliege morgen früh an die Westküste.«

»Du benutzt das Flugzeug wie ein gewöhnlicher Mensch die U-Bahn.«

Steve lachte. Dann wandte er sich an Denise: »Danke nochmals für die *Bröstflenken*. Sie waren köstlich.«

Denise lächelte; er gab ihr einen Kuß auf die Wange.

»Du kannst es noch immer nicht richtig aussprechen«, sagte Sam, indem er ihn zur Tür begleitete. Er blieb stehen. »Hör mal, wenn wir den Oscar bekommen, bestelle ich eine große Tafel. Kommst du mit?«

»Ich treffe gewöhnlich keine Verabredungen fünf Monate im voraus«, sagte Steve, »aber in diesem Fall mache ich eine Ausnahme. Wenn du den Oscar bekommst, kannst du mit mir rechnen.«

Der große Ballsaal im Beverly-Hilton-Hotel war zum Bersten voll. Er kämpfte sich, seine Partnerin an der Hand führend, zu Sams Tisch durch. Als erste sah er Denise; sie saß zwischen ihren Kindern, ein stolzes Lächeln auf den Lippen.

Er beugte sich zu ihr nieder und küßte sie auf die Wange. »Ich gratuliere, Denise«, sagte er, »entschuldige meine Verspätung.«

Sie konnte ihn durch den Lärm kaum verstehen. »Ist es nicht herrlich?« rief sie.

»Ja«, sagte er und betrachtete Myriam. »Mein Gott, du bist ja schon ganz erwachsen! Aber nicht zu alt für einen Kuß.«

»Auf die Wange«, sagte sie und neigte sich zu ihm, genau wie ihre Mutter.

Er küßte sie und begrüßte Junior. »Großer Abend, was, Samuel?« Er streckte ihm seine Hand entgegen.

Der Junge nahm sie schüchtern. »Ja, Onkel Steve.«

Er wandte sich wieder an Denise. »Darf ich vorstellen ...« Er starrte das Mädchen an – er hatte ihren Namen vergessen. Die Umstellung auf die andere Zeit mußte sich doch schlimmer auswirken, als er dachte. »Miss Grünauge«, sagte er, »Mrs. Benjamin.«

»Irene Murdoch«, sagte das Mädchen, »freut mich, Sie kennenzulernen, Mrs. Benjamin. Ich gratuliere.«

»Wo ist Sam?« fragte Steve.

»Mit den Barzinis verschwunden, sie machen Aufnahmen. Setz dich und trink etwas.«

Steve schob dem Mädchen einen Stuhl zurecht und setzte sich neben sie. »Ja, ein Drink wird mir wohltun«, sagte er. »Ich bin erst vor einer Stunde aus dem Flugzeug gestiegen, mußte mich umziehen und ...«, er blickte betreten auf das Mädchen – verdammt, schon wieder hatte er ihren Namen vergessen – »... Miss Grünauge abholen und herüberkommen.«

Er warf Eiswürfel in zwei Gläser und goß Whisky darüber; das eine reichte er dem Mädchen.

»Wenigstens erinnerst du dich noch daran, was ich trinke.«

Er grinste. »Ganz so schlimm ist es also doch nicht, Miss Grünauge.« Aber es war ein bloßer Zufall gewesen; er hatte ihr nur Whisky gegeben, weil er ihn selbst trank.

Ein Menschenschwarm steuerte auf den Tisch zu, mittendrin Sam. Sein Schlips hing schief, in den Armen hielt er mehrere Oscars.

Beim Anblick Steves stieß er einen Freudenschrei aus. »Doch noch rechtzeitig aufgetaucht!« Er warf die Oscars auf den Tisch, umarmte ihn und küßte ihn auf beide Wangen.

Steve lächelte ihm zu: »Herzlichen Glückwunsch!«

»Fünf Stück, was sagst du dazu!« schrie Sam. »Alles haben wir gekriegt: bester Film, beste Schauspielerin, bester Regisseur, bestes Drehbuch, beste Gesamtleistung!«

»Du hast es geschafft!« sagte Steve.

Sam ließ sich auf seinen Stuhl fallen. »Ich brauche einen Drink.« Er griff nach einer Flasche und setzte sie an den Mund. Der Whisky lief über sein Hemd.

Denise hob warnend die Hand. »Sam! Die Leute schauen dir zu!«

»Laß sie nur«, schrie Sam glücklich, »deshalb sind sie ja gekommen.«

Jack Savitt trat mit seiner Begleiterin heran, und sie nahmen

Platz. Jack beugte sich über den Tisch zu Steve. »Eine tolle Nacht.«

Steve nickte.

Ernie Brachman, hochgewachsen und elegant in seinem Smoking, blieb neben dem Tisch stehen. »Mein Glückwunsch, Sam.«

»Gratulier dir selbst, Ernie, du Hurensohn!« brüllte ihm Sam entgegen. »Das Klügste, was du je getan hast – mich aus deinen Klauen zu lassen!«

Ernie lächelte, aber seine Lippen waren dünn. Er verbeugte sich vor der Tischgesellschaft und ging weiter.

»Sam«, sagte Denise vorwurfsvoll, »du hättest nicht so mit ihm sprechen sollen.«

»Den soll der Teufel holen«, sagte Sam, »der Kerl hat mehr Glück, als er verdient; er hat sich ja nur an mich gehalten, weil es ein gutes Geschäft war.«

Er begann die Oscars wie Zinnsoldaten vor sich aufzustellen. »Seht euch das an«, sang er, »fünf Stück!«

Seine Augen waren leicht glasig. »Wißt ihr, was das bedeutet? Jeder einzelne ist eine Million Dollar an den Kassen wert. Fünf Millionen Dollar!«

Er musterte die Gäste am Tisch. »Jetzt werden sie mich vielleicht nicht mehr für blöd halten oder glauben, sie können mich herumschubsen. Ich bin so tüchtig wie jeder andere.

Ich habe das Erfolgsstück Nummer eins auf dem Broadway, den Erfolgsroman Nummer eins auf der Bestsellerliste; und nun hab ich den Erfolgsfilm Nummer eins auf der Welt.

Ich bin nicht mehr Sam Benjamin, der kleine dicke Kinobesitzer. Ich bin Sam Benjamin, die Nummer eins im Filmgeschäft. Mich kann keiner rumschubsen.

Und wißt ihr, was ich morgen tun werde?

Morgen werde ich die Angebote für die Fernsehvorführung des Films entgegennehmen. Die Leute werden mir eine Million Dollar für das Recht bezahlen, den Film in fünf Jahren vorzuführen.«

Er blickte Steve herausfordernd an.

Steve antwortete nicht.

Schließlich war es Jack, der sagte: »Ich dachte, du hast ein Abkommen mit Steve.«

»Freundschaft und Geschäft sind zweierlei«, sagte Sam, ohne Steve aus den Augen zu lassen. »Der Film ist eine Million Dollar wert, stimmt's, Steve?«

Alle blickten auf Steve.

Dessen graue Augen beobachteten Sam gelassen, er nickte langsam. »Ja, Sam, da hast du wohl recht.«

»Wirst du mir eine Million Dollar dafür bezahlen?«

»Nein«, sagte Steve ruhig. »Ich werde dir genau das bezahlen, was wir vereinbart haben. Nicht mehr, nicht weniger.«

Sam starrte ihn längere Zeit an, dann plötzlich lächelte er. »Du hast recht.« Er holte tief Atem. »Mit dir möchte ich nicht Poker spielen.« Er erhob sich. »Bring mich nach Hause, Mama«, sagte er zu Denise, »ich bin blau.«

Jack sah ihm nach, dann beugte er sich zu Steve. »Ich hab schon recht gehabt mit dem kleinen Schweinehund. Wie einer mal gesagt hat: Unmöglich, wenn er pleite ist, unausstehlich, wenn er bei Kasse ist.«

AN JENEM TAG IM VORIGEN FRÜHJAHR
DER NACHMITTAG

Sie sprang wie eine Katze aus dem Bett. Eben noch lag sie neben mir, schnurrend und warm, im nächsten Moment stand sie am Fenster wie ein Gefahr witterndes Tier. Sie lugte zwischen den Vorhängen hinaus. Irgendwie war etwas Besonderes an ihr, wie sie dort stand, gespannt und wachsam, von der Sonne goldig beglänzt.

Ich drehte mich auf den Bauch. »Komm wieder ins Bett, Blondchen.«

Sie rührte sich nicht. »Du bekommst Besuch.«

»Und du hast schon Besuch«, sagte ich.

Sie hörte mir nicht zu. »Er geht nach hinten zum Parkplatz. Ein kleines Kerlchen.«

»Vielleicht geht er wieder fort, wenn du aufhörst hinzustarren.«

»Es könnte ja jemand Wichtiges sein. Er fährt einen Silber-Rolls.«

Ich betrachtete sie – ihr langes blondes Haar, die blauen Augen, die vollen Brüste mit den kleinen Warzen, den feuchtgoldenen Muff – und gab den Kampf auf. »Warum lädst du ihn nicht ein, hereinzukommen?«

»Eine gute Idee!« Sie schob die Vorhänge beiseite und trat auf die Terrasse. »Juhuu!« schrie sie und winkte. »Hier herein!«

Das mußte ich sehen; ich stieg aus dem Bett und ging zum Fenster. Kaum hatte ich den Wagen erblickt, wußte ich, wer da kam und daß es nur eines bedeuten konnte: Sam Benjamin hatte seinen Plan nicht aufgegeben. Er schickte jemand, um mich zu überreden, und das war vielleicht der geeignetste Mann in der ganzen Welt dafür.

Dave Diamond, alias »Der Tüchtige«, der freundliche Bankier aus der Nachbarschaft; das heißt, wenn man in einem Millionärsbezirk wohnt. Sonst allgemein bekannt als Präsident der California Consolidated Banks.

Sie rief noch einmal, und er drehte sich um. Einen Augenblick blieb er mit offenem Mund wie angewurzelt stehen – dann rannte er zurück zu seinem Wagen und sprang hinein. Im nächsten Moment hatte er bereits die halbe Einfahrt hinter sich gebracht.

Ich beugte mich über das Geländer der Terrasse und rief, als er vorbeifuhr: »Was ist los, Dave! Hast du noch nie ein nacktes Mädchen gesehen?«

Der Rolls blieb mit kreischenden Bremsen stehen. Dave steckte den Kopf aus dem Fenster. »Was, zum Teufel, treibt denn ihr dort oben?«

»Sonnenbaden«, sagte ich.

»Am hellichten Tag! Ihr seid wohl verrückt! Gleich werden euch die Polypen schnappen!«

»Es ist eben das einzige, was man nicht in der Nacht tun kann«, antwortete ich. »Komm herauf und leiste uns Gesellschaft.«

»Nur wenn ihr euch was anzieht. Meinen Kunden würde es gar nicht gefallen, wenn man mich wegen Verstoß gegen die öffentliche Ordnung ins Kittchen brächte.«

»Was meinst du, Blondchen?« fragte ich.

»Mir gefällt er.«

Ich beugte mich wieder über das Geländer. »Jetzt hast du's gehört. Komm herauf.«

Er stellte den Wagen ab. Ich schlüpfte in eine Hose, und sie ging in ihr Zimmer. Der Bikini, den sie trug, als sie wieder herauskam, ließ sie noch nackter erscheinen als zuvor. Sie öffnete die Haustür.

Er trat ein; seine Augen wanderten argwöhnisch hin und her. »Ich dachte, du *hättest* schon ein Mädchen«, sagte er.

»Jetzt hat er ein neues«, erklärte sie fröhlich.

»Blondchen, ich möchte dir den Wächter meines Geldes vorstellen. Dave, das ist Blondchen.«

»Er hütet auch mein Geld«, sagte sie.

Sein Blick zeigte erneutes Interesse; das war sein Lieblingsthema. »Habe ich Sie nicht schon einmal in der Bank gesehen?«

»Nein, Mr. Diamond«, sagte sie zurückhaltend, »mein Konto liegt nicht in der Zentrale, ich habe eines jener kleinen Konten bei der Zweigstelle Sunset Plaza. Sie wissen ja, drüben ist die Mindesteinlage fünfundzwanzigtausend Dollar. Aber ich habe doch von Ihnen einen ganz reizenden Brief bekommen, als ich mein Konto eröffnete.«

Er war sichtlich geschmeichelt. »Nun, wenn Sie irgend etwas brauchen, wenden Sie sich nur an mich. Arbeiten Sie hier?«

»Nein, in Chikago.«

»In Chikago? Und Sie wohnen hier? Wann arbeiten Sie?«

»Jeden zweiten Montag«, sagte sie sanft. »Darf ich Ihnen was zu trinken bringen?«

Er starrte sie einen Moment lang an, bis er das verdaut hatte. »Scotch, wenn Sie welchen haben.«

»Ja.« Sie verließ das Zimmer.

Er schaute ihr anerkennend nach. »Ich weiß nicht, wie du es machst, immer tauchst du mit Prachtmädchen auf. Wie hast du die gefunden?«

»Sie hat mich gefunden«, erwiderte ich, »genau wie du. Du kannst Sam ausrichten, die Antwort lautet immer noch nein.«

»Augenblick mal, du hast ja noch gar nicht gehört, was ich dir sagen will.«

Sie kam mit der Flasche, Eiswürfeln und Gläsern zurück und stellte alles auf das Tischchen. »Ihr müßt euch selbst bedienen, meine Herren«, sagte sie und hakte dabei ihren BH auf. »Ich gehe inzwischen duschen.«

Dave konnte seine Augen nicht von ihren entblößten Brüsten wenden. Er betrachtete sie, bis sich die Badezimmertür hinter ihr schloß, dann sagte er vorwurfsvoll: »Du hast sie dazu aufgehetzt. Du weißt, ich kann nicht reden, wenn ich einen Steifen hab.«

Ich lachte, füllte ein Glas, gab es ihm und nahm mir selbst eines.

Wir tranken. »Warum – nein?« fragte er.

»Ich laß mich nicht mehr benutzen«, sagte ich. »Diesmal kann Sam sich das allein machen.«

»Er schuldet mir noch zwölf Millionen«, sagte Dave, »aber ich mach mir keine Sorgen darum. Er schafft es bestimmt.«

»Freut mich für dich«, sagte ich, »ich wünsche euch beiden Glück. Aber sag ihm, mich interessiert es nicht.«

»Erst sitzt du drei Jahre hier und wartest auf eine Gelegenheit, und wenn sich endlich eine bietet, willst du sie nicht ergreifen.«

»Es ist nicht die Art Gelegenheit, die ich mir wünsche«, sagte ich.

»Was wünschst du dir denn?« Er wurde ägerlich. »Du willst eine Gesellschaft leiten? Das möchte jeder; aber es gibt eben nur soundso viele . . .«

»Gut, gut, Dave – genug. Du bist doch nicht so dumm. Du weißt, was ich will: meine eigene Gesellschaft, in der ich der Chef bin. Wie Sinclair, wie Sam.«

»Sam sagt, du wirst der Chef sein, wenn du eintrittst.«

»Quatsch! Sam redet Unsinn. Wie kann ich der Chef sein, wenn die Gesellschaft jemand anderem gehört?« Ich füllte mein Glas. »Und was, zum Teufel, versteht eine Glasfirma vom Filmgeschäft, auch wenn sie die größten Tafelglashersteller der Welt sind?«

»Du mußt mit der Zeit gehen, Steve.« Dave musterte mich kritisch. »Das ist kein Spiel für kleine Leute mehr. Sieh dich doch um: Trans America, Gulf, Western, die Avco-Gesellschaft. Um mit solchen Firmen mitmischen zu können, brauchst du mehr als ein paar Kröten.«

»Was willst du eigentlich damit sagen?«

»Sei mir nicht böse, Steve, aber wenn du immer noch darauf aus bist, eine Gesellschaft zu kaufen, dann gib es jetzt auf: Keiner will dein Geld mehr haben. Sie wollen Papiere. Papiere, die auf den Namen einer großen Gesellschaft lauten, mit schönem Goldaufdruck, mit denen man zur Wallstreet gehen und nette Spielchen treiben kann. Du hast nicht genug Geld, um bei diesem Spiel zu gewinnen. Das hat niemand.«

Ich schwieg einen Augenblick. »Also meinst du, dies hier ist das Beste, das ich tun kann?«

Er nickte.

Ich sah zum Fenster hinaus. So war das – ganz einfach –, drei Jahre vergeudet, drei Jahre auf die richtige Gelegenheit gewartet. Und nun war es vorbei, es würde nie dazu kommen.

»Und wenn ich ebensoviel bieten könnte?«

»Zweiunddreißig Millionen Dollar?« fragte Dave ironisch.

»Es sind doch größtenteils nur Papiere?«

»Na und?«

Ich holte tief Atem. »Also, was für Aussichten hätte ich dabei?«

»Mehr als du je gedacht hättest«, sagte Dave. »Wenn ich ihnen sagen darf, daß du dich für die Sache interessierst, kann ich ein Treffen vereinbaren.«

»Mit Sam hab ich schon gesprochen.«

»Nicht mit Sam«, sagte Dave schnell. »Mit Johnston von Palomar Plate; er ist der Mann, der dich wirklich haben will, der darauf drängt, daß du bei dem Geschäft mitmachst.«

»Warum? Wir kennen uns doch gar nicht.«

»Er besteht darauf; er sagt, er kennt dich, seit er im Geschäftsleben steht. Er meint, du bist der einzige in dieser Branche, der wirklich was Vernünftiges plant.«

Ich zündete mir eine Zigarette an. »Kennst du ihn?« fragte ich und sah Dave forschend ins Auge.

»Wir sind uns schon begegnet«, antwortete er unverbindlich. Das hieß, daß er ihn überhaupt nicht kannte. In Daves Beruf war es eine Todsünde, mit einem solchen Mann nicht per du zu sein. »Hast du von ihm gehört?« fuhr Dave fort.

»Ja.« Das hatte jeder; im vergangenen Monat hatte *Time* sein Bild auf der Titelseite gebracht. Dazu einen Artikel von ihm über Konzerne und die Umbildung seiner Gesellschaft von ihrer konservativen Geschäftsführung mit achtzig Millionen Jahresumsatz zu ihrer jetzigen Höhe: fast achthundert Millionen im Jahr. Das alles innerhalb kurzer Zeit, lediglich durch Austausch von Papieren.

Ich entsann mich des Porträts, es war ein typisches *Time*-Titelbild. Voll mit dem Symbolismus von Dollarzeichen, Aktienmänteln und den Erzeugnissen der Gesellschaften, die er nun kontrollierte.

»Sag nicht nein, ehe du mit ihm gesprochen hast«, bat Dave. »Er garantiert dir völlige Selbständigkeit.«

»Das hat er dir gesagt?«

»Persönlich«, versicherte mir Dave.

»Was hat er dir noch versprochen?«

Dave wurde leicht verlegen.

»Komm, komm, mir kannst du es sagen«, drängte ich, »wir sind doch Freunde.«

»Fünf Millionen Einlagen«, sagte er widerstrebend.

Ich stieß einen Pfiff aus. »Das alles, damit du mich dafür gewinnst?«

Dave schüttelte den Kopf. »Es hat nichts mit dir zu tun. Die Art, wie wir arbeiten, gefällt ihm; wir sind keine altmodische Bank, bei uns gibt es Bewegung. Außerdem bekommen wir unsere zwölf Millionen von Sam zurück.«

»Bist du deshalb zu mir gekommen?«

Der Ausdruck seiner Augen verriet, daß er wirklich meinte, was er sagte. »Nicht nur deshalb, sondern weil ich glaube, ihr werdet euch gegenseitig fördern. Er schätzt dich und wird nicht wie so manche andere versuchen, dir bei der Geschäftsführung dreinzureden.«

Ich verstand, was er meinte. Erstaunlich, wie schnell normale, tüchtige Geschäftsleute sich vom Filmgeschäft mitreißen lassen. Dann werden alle Regeln, nach denen sie früher gelebt haben, gebrochen. »Nicht mal 'ne kleine Freundin, aus der er einen Star machen möchte?«

»Das kann ich beantworten.« Blondchen war eben in einem sarongartig um sich gewickelten großen Handtuch aus dem Badezimmer getreten.

Ich blickte überrascht auf. Dave lugte über den Rand seiner Brillengläser hinweg. »Sie?« fragte er.

Sie nickte, schüttete unbefangen Eiswürfel in ein Glas und goß Whisky darüber. »Ja.«

Ich beobachtete sie. »Ich kenne Ed Johnston sehr gut«, sagte sie zu mir. »Er ist ein ehrlicher Mann. Kein einziges Mal hat er etwas davon gefaselt, mich zum Film bringen zu wollen.«

Nun wurde die Sache langsam verständlich. Ich entsann mich, wie sie damals vor drei Monaten hier eingezogen war, wie sie immer am Fenster gestanden hatte und nie ausgehen wollte. Ihre hingeworfene Bemerkung, daß sie jeden zweiten Montag in Chikago arbeitete. Chikago war der Sitz von Palomar Plate. Ich sagte noch immer nichts.

»Böse?« fragte sie.

Ich schüttelte den Kopf. »Du hättest schon früher rauskommen sollen. Da ist uns was Schönes entgangen.«

»Du hast doch dauernd nur an die andere gedacht«, sagte sie. »Es gibt immer Raum für noch eine.«

»Ich bin unmodern. Außerdem konnte ich warten; die Bezahlung war gut, und es war nicht anstrengend.«

»Und was hast du herausgefunden?« fragte ich.

»Nichts, was er nicht bereits wußte. Du bist ein anständiger Kerl, und das hab ich ihm gesagt. Er ist bereit, an dir Gefallen zu finden, und ich glaube, er wird auch dir gefallen.« Sie trank ihr Glas aus und stellte es auf den Tisch.

Ich wandte mich an Dave. »Also gut, ich werde mit ihm sprechen, aber ohne jede Verpflichtung.«

Dave lächelte zum erstenmal. »Gut. Er ist in Las Vegas und hat die Düsenmaschine seiner Gesellschaft nach Burbank herübergeschickt, falls wir zum Lunch zu ihm kommen wollen.«

Ich warf einen Blick auf die Uhr. »Na schön, ich habe sowieso allmählich Hunger.«

»Wir fahren mit meinem Wagen zum Flugplatz«, sagte Dave schnell. »Das rasende Tempo spar ich mir, bis wir im Flugzeug sind.«

»Fahr nur in deinem Wagen«, sagte ich. »Blondchen kommt mit mir.«

Auf dem Weg nach Las Vegas erfuhr ich noch mehr über Ed Johnston; Blondchen erzählte mir einige persönliche Einzelheiten: daß er verheiratet war, zwei Kinder und ein Vermögen besaß. Er sei hitzig aber ehrlich, keine Tricks, keine Schrullen, alles einfach und korrekt. Manchmal langweilig, aber mit viel Kraft und Stehvermögen.

Dave informierte mich über die geschäftliche Seite. Er war der jüngste Kapitän, der je einen Flugzeugträger befehligt hatte, verließ die Marine nach dem Koreakrieg trotz aller Versuche, die gemacht wurden, ihn zu halten, zum Beispiel der Beförderung zum Konteradmiral in Reserve. Er trat bei Palomar Plate als geschäftsführender Vizepräsident ein und wurde innerhalb eines Jahres Präsident und Generaldirektor. Nach fünf Jahren begann er mit der Anlagenverteilung und den Neuerwerbungen. Zuerst in verwandten Branchen, dann immer weiter, bis Palomar Plate nun eine der großen Fleischkonservenfirmen und ein bedeutendes Hotelunternehmen kontrollierte, dessen neuestes Haus das Flaming Desert in Las Vegas war. Dort sollten wir uns treffen. Er bemühte sich auch um eine der wichtigsten transkontinentalen Fluglinien und hatte vor kurzem ein großes Grundstück in Los Angeles gekauft, wo er eine Art Century City im Stil der Alcoaplanung errichten wollte.

Das alles konnte ich verstehen, aber weshalb er eine Filmgesellschaft haben wollte, war mir unbegreiflich. Es paßte einfach nicht zum ganzen Rahmen.

Um Viertel vor zwei wurden wir in sein Apartment im Hotel geführt. Der Mittagstisch war bereits gedeckt, aber er stand noch beim Telefon.

Er winkte uns, Platz zu nehmen, und redete weiter. Ich spitzte die Ohren. »Das Ablenkungsmanöver ist schon im Gang«, sagte er ruhig, »warten wir doch auf die Reaktion, bevor wir anfangen, mit den Kursschwankungen herumzufummeln. Geht es gut, stehen wir prima da. Und sollte es aussehen, als würde es nicht klappen, haben wir noch immer Zeit genug umzusteigen.« Er legte den Hörer entschlossen auf, erhob sich und streckte uns die Hand entgegen. »Ich bin Ed Johnston, freue mich, Sie kennenzulernen.«

»Danke«, sagte ich.

Er drückte Dave die Hand und küßte Blondchen auf die Wange. »Du hast dir deinen Bonus schon verdient«, sagte er mit einem Lächeln, das seinen Worten den Stachel nahm. »Wie gefällt Ihnen der Leibwächter, den wir für Sie gefunden haben?«

Ich lachte, er war recht eindeutig. »Ich hätte es selbst nicht besser machen können.«

»Essen wir«, sagte er und setzte sich an den Tisch. »Ich habe Delikatessen bestellt. Angeblich hat das Hotel die besten der Welt. Was möchten Sie trinken?«

Ein Kellner erschien und nahm unsere Bestellungen entgegen. Ich wählte einen Scotch mit Wasser, und mit dem Glas in der Hand wurde mir gleich behaglicher zumute. Er trank eine Diät-Coca.

Wir aßen schnell und mit Verstand; nach zwanzig Minuten war der Tisch abgeräumt. Johnston musterte mich; ein Blick auf ihn, und Dave machte mir klar, daß ich anfangen mußte.

»Ich habe nur eine Frage«, sagte ich.

»Heraus damit.«

»Warum?«

Erstaunen malte sich in seinem Gesicht. »Warum was?«

»Das Filmgeschäft«, sagte ich. »Sie haben jetzt, scheint mir, genug Wirkungskreise und alles ist solide und reell. Warum wollen Sie in etwas so Riskantes und Kurzlebiges einsteigen?«

Er betrachtete mich intensiv.

»Ich könnte es verstehen, wenn Sie sich für ein großes Atelier interessierten, auf einem entwicklungsfähigen Landstück. Das würde in Ihre Pläne passen. Hier aber sind Filme die einzigen Posten auf der Habenseite.« Ich stellte mein Glas hin. »Daraus kann man keine Bauprojekte machen.«

»Es gibt andere Anziehungspunkte. Farbfernsehen haben wir bereits, bald kommen Bandaufzeichnungen in den Handel; da wird man Tag und Nacht arbeiten müssen, um die Nachfrage zu decken. Und unsere Bandabteilung ist eine der größten im Land.«

Darauf wußte ich nichts zu sagen.

»Die Idee ist nicht neu; andere Konzerne haben die gleichen Absichten und sind bereits auf dem Plan. Für uns, und besonders für die Art, wie wir operieren, ist meiner Meinung nach jetzt der geeignete Moment gekommen, vor allem wenn wir ungebunden bleiben. Ich stelle mir eine Herstellungs- und Vertriebsgesellschaft vor, die alle Medien der Nachfrage entsprechend beliefern könnte.«

»Klingt gut. Ich bin sicher, Sie haben da einen sehr zweckmäßigen Plan.« Ich erhob mich. »Aber nun habe ich Ihre Zeit lange genug in Anspruch genommen, Mr. Johnston. Darf ich Ihnen besten Erfolg wünschen?«

Er starrte mich ungläubig an. »Es interessiert Sie nicht?«

»Nein danke, aber das ist nichts für mich.«

»Wenn es sich um das Geld handelt, das kann ich bestimmt ...«

»Darum handelt es sich nicht.«

»Worum dann?« Die Enttäuschung eines mächtigen Mannes war in seinen Augen zu lesen.

»Sie haben alles erwähnt, nur nicht das Wichtigste ...«

Nun war er es, der unterbrach: »Talent? Dazu komme ich noch.«

»Nein, Mr. Jonston, das ist es auch nicht, Talent kann man kaufen.« Blondchen hatte recht, er sprach offen und ehrlich. »Das Wichtigste in unserem Geschäft ist Freude. Wenn man die nicht dabei haben kann, hat man gar nichts. Was Sie mir anbieten, ist nichts weiter als ein Job.«

Ich steuerte auf die Tür zu. »Bemühen Sie sich nicht, Mr. Johnston«, sagte ich. »Ich kann mir ein Taxi zum Flughafen nehmen.«

Blondchen erreichte mich, als ich durch das Kasino zur Vorhalle ging. »He du, warte auf mich!«

Ich grinste sie an. »Hat dich dein Chef geschickt?«

»Der hat mich gerade rausgeschmissen!«

»Du hättest deinen Job nicht meinetwegen aufgeben sollen.«

»Wenn du glaubst, ich lasse so was Blödes wie einen Job zwischen uns treten, dann bist du verrückt«, sagte sie. »So eine Ausstattung wie bei dir gibt's ja gar nicht mehr.«

2

Der Anruf kam, als wir die Treppen vom Kasino hinaufstiegen. Ein Page in Generalsuniform starrte Blondchen an und hielt mich auf. »Mr. Gaunt? Sie werden am Telefon verlangt.« Er ging voraus zu den Apparaten, die sich hinter einer Reihe Spielautomaten befanden, und hob einen Hörer ab. »Ich übergebe an Mr. Gaunt«, sagte er und reichte mir den Hörer.

Ich gab ihm einen Dollar.

»Sie sind nicht leicht zu erreichen, Mr. Gaunt.« In Dianas korrektem Englisch klang eine Spur von Triumph.

»Na schön«, sagte ich, »wie haben Sie's diesmal geschafft?«

»Ganz leicht«, antwortete sie selbstgefällig. »Die Polizei hat für mich Ihren Wagen auf dem Parkplatz Burbank gefunden. Der Flughafen gab mir Ihre Flugnummer und den Bestimmungsort bekannt.«

»Dann schulde ich Ihnen also wieder einmal einen Hunderter.« Wir hatten eine Abmachung: Jedesmal, wenn sie mich aufspürte, nachdem ich, ohne eine Adresse zu hinterlassen, verreist war, bekam sie hundert Dollar. Jedesmal, wenn es ihr mißlang, mußte sie einen Monat unbezahlt für mich arbeiten. Ich hatte noch nie gewonnen.

»Es schien mir wichtig, sonst hätte ich Sie nicht gestört«, sagte sie. »Ein gewisser Samuel Benjamin junior rief aus San Francisco an. R-Gespräch. Er fragte nach Onkel Steve und sagte, es sei wichtig.«

»Geben Sie mir seine Nummer, ich werde ihn zurückrufen.«

»Er sprach aus einer öffentlichen Telefonzelle und sagte, er könne nicht warten, werde aber in einer halben Stunde noch mal anrufen. Das wäre in genau zwanzig Minuten.«

»Gut. Wenn er anruft, schalten Sie ihn über Ihren Klappenschrank hierher durch.«

»Wollen Sie mir Ihre Zimmernummer geben?«

»Nein«, sagte ich, »lassen Sie mich einfach im Spielkasino ausrufen.«

Ich legte auf und verließ die Zelle. Blondchen hatte sich in einen Spielautomaten verliebt. »Gleich wird's kommen«, sagte sie, während ihre Finger den Hebel liebkosten. »Ich spür das.«

Und es kamen eine Grapefruit, eine Orange und eine Zitrone. »Probier es, ihn abzukauen«, sagte ich und ging an den Automaten vorbei. Da standen sie, die grünen Zaubertische, dicht umringt von Menschen, die sich wie Sardinen aneinanderpreßten. Wenn Johnston eine solche Geldmaschine für sich arbeiten ließ, mußte er tatsächlich Heu im Kopf haben, um sich statt dessen ein Filmgeschäft zu wünschen.

Eben hatte ein Spieler sieben gewürfelt, als ich mir den Weg zum Tisch bahnte. Der Croupier zog die Würfel an sich und schob sie zusammen mit zwei anderen Würfelpaaren über den Tisch.

Ich blickte rund um den Tisch, doch niemand schien es nehmen zu wollen; alle sahen aus wie Spieler, die ihrem Glück nicht mehr trauen. Ich nahm ein Paar Würfel zur Hand und rollte sie zwischen meinen Handflächen, um sie richtig ins Gefühl zu bekommen. Sie fühlten sich gut an; ich nickte, legte einen Hunderter auf die Gewinnlinie – 4, 5, 6, 8, 9, 10 – und sicherte mich mit einem Hunderter auf *any craps* – 2, 3 oder 12 – ab.

»Ein neuer Spieler«, rief der Hauptcroupier mit heiserer Stimme. »Bitte um Ihre Einsätze, ein neuer Spieler beginnt zu würfeln!«

Ich warf zweimal hintereinander *craps* und ließ meinen Einsatz stehen. Beim dritten Wurf änderte ich die Einsätze; ich setzte auf *any craps*, bis sechs zu eins, gewann und hatte viertausendzweihundert. Ich ließ zweihundert auf *any craps* und legte zweitausend auf die Gewinnlinie. Die restlichen zweitausend schob ich vor mir in die Rille der Randbarriere des Tisches.

Zweimal warf ich ein *natural* – 7 oder 11 beim ersten Wurf – und verdoppelte meinen Einsatz, dann warf ich zehn. Ich setzte auf alle Nummern und hatte eine tolle Glückssträhne, ich hätte zehn Paar Hände gebraucht, um alles einzuheimsen und wieder zu setzen; ich verlor jeden Begriff von Zeit. Als der »Generalmajor« kam, um mich zu rufen, blickte ich erstaunt hoch.

»Ihr Anruf«, sagte er.

Ich nickte, nahm die Würfel, rieb sie einmal und warf sie hin. Sie schlugen an die Rückwand, rollten zurück und blieben liegen. Ich brauchte nicht hinzusehen, um zu wissen, daß ich sieben geworfen hatte und draußen war. So ist es eben mit den Würfeln, sie sind schlimmer als Mädchen: Läßt man sich nur einen Augenblick ablenken, hat man auch schon verloren.

Ich nahm die Spielmarken aus der Rille. Als ich mich umdrehte, stand Blondchen hinter mir. Ich gab ihr die Marken. »Kassiere für mich.«

Ich folgte dem Generalmajor zum Telefon. »Tut mir leid, Mr. Gaunt«, entschuldigte er sich, indem er mir den Hörer reichte.

Diesmal gab ich ihm einen Hunderter. »Schon gut«, sagte ich. »Sie haben mir wahrscheinlich einen großen Verlust erspart.«

Lächelnd entfernte er sich, und ich begann zu sprechen. »Okay, Diana.«

»Ich habe Mr. Benjamin für Sie hier.«

»Gut, schalten Sie ihn durch, aber bleiben Sie mit mir in Verbindung, vielleicht brauche ich Sie nachher noch.«

Ein Klicken, dann ein leises Summen und gleich darauf Juniors Stimme: »Onkel Steve?«

»Ja, Junior«, sagte ich.

»Ich bin in San Francisco.«

»Ich weiß.«

»Ich sitze schrecklich in der Klemme.«

»Was ist geschehen?«

»Ich bin mit ein paar Freunden hier.« Seine Stimme begann zu zittern. »Heute morgen ging ich für einige Minuten raus, und als ich zurückkam, wimmelte es überall von Polypen. Sie schnappten alle und steckten sie in die grüne Minna. Nachher blieben zwei von den Brüdern in Zivil dort. Ich hatte das Gefühl, die warten auf mich, also hab ich mich um die Ecke gedrückt.«

»Weshalb war denn die Razzia?«

»Das Übliche; ab und zu werden die Bullen ungemütlich. Es gab aber gar keinen Grund, uns zu schnappen. Wir verhielten uns still und brav und machten nie einen Wirbel.«

»War irgendwas in der Wohnung?«

»Nicht viel«, sagte er. »Wir waren alle recht knapp bei Kasse. Ein bißchen Hasch, ein wenig Benzedrin, aber kein Opium.«

»Nichts Scharfes?«

»Kein Heroin, kein Kokain; Onkel Steve, wir sind alle ordentliche Jungs.«

»Auf wessen Namen läuft die Wohnung?«

»Weiß ich nicht; sie stand leer, da sind wir einfach eingezogen. Jeden Tag kam irgendein Kerl, wir gaben ihm ein paar Dollar, und er ging wieder.«

»Nach dem, was du mir erzählst, hast du nichts zu befürchten, Junior«, sagte ich. »Du mußt dich nur für eine Weile aus der Stadt verdrücken, man kann dir nichts anhaben, da du unbescholten bist.«

»So einfach kann ich aber hier nicht weg«, sagte er.

»Wenn du Geld brauchst, schick ich dir was hinüber.«

»Das ist es nicht.« Er zögerte. »Es ist ein Mädchen, um das ich mir Sorgen mache.«

Von dem Mädchen wußte ich, das hatte mir sein Vater am Morgen erzählt. Ich wollte es aber von ihm selbst hören. »Ja?«

»Sie ist nämlich schwanger – und dabei selbst noch ein Kind.«

»Ist das Kind von dir?«

»Nein, aber sie war so ein nettes Ding, da haben wir sie sozusagen alle zusammen adoptiert. Wir haben sie nicht mal rauchen oder LSD schlucken lassen.«

»Was regst du dich dann auf?« fragte ich. »Die anderen werden sich um sie kümmern, besser als du es getan hast.«

»Möglich, aber wird man sie auch gern haben?«

Ich schwieg.

»Sie ist sehr empfindsam«, sagte er, »sie braucht Liebe, sie muß wissen, daß jemand an ihr hängt. Deshalb ist es mit ihr so weit gekommen.«

Ich schwieg noch immer.

»Ich kann nicht fort, ehe ich nicht sicher bin, daß für sie gesorgt ist«, sagte er. »Irgendwie, verstehst du, muß ich sie wissen lassen, daß ich ihr nicht davongelaufen bin wie alle anderen.« Er holte tief Luft. »Wenn ich allein zum Jugendgericht gehe, um sie zu besuchen, schnappen sie mich sofort. Ich hab mir gedacht, vielleicht – wenn du Zeit hättest ...«

»Also gut«, sagte ich, »ich komme hinüber. Wo bist du jetzt?«

»In einer Telefonzelle an der North Beach.«

»Hast du Geld bei dir?«

»Ungefähr sechs Dollar.«

»Geh hinüber zum Büro der KSFS-Fernsehstation in der Van-Ness-Street und frage nach Jane Kardin in der Rechtsabteilung. Sie wird dich bereits erwarten; erzähle ihr, was du mir gesagt hast. Sie soll feststellen, wohin man deine Freundin gebracht hat, und deinen Besuch ermöglichen. Warte im Büro auf mich, ich werde mit dem nächsten Flugzeug aus Las Vegas kommen.«

Plötzlich klang seine Stimme sehr jung. »Danke, Onkel Steve, ich wußte, du würdest mich nicht im Stich lassen.« Er zögerte einen Augenblick. »Glaubst du, deine Freundin würde mir ein Sandwich spendieren? Ich hab den ganzen Tag nichts gegessen.«

Er war noch immer ein Kind. »Natürlich, geh nur hinüber zu Tommys. Dort werde ich dich abholen, bevor ich ins Büro gehe. Wiedersehen.«

»Wiedersehen, Onkel Steve.« Er hängte ein, und ich hörte Dianas Stimme in der Leitung.

»In zwanzig Minuten geht eine Western-Airlines-Maschine nach San Francisco ab«, sagte sie. »Ich habe, während Sie sprachen, für Sie gebucht.«

»Brav! Und jetzt rufen Sie bitte Jane Kardin bei Sinclair Broadcasting KSFS an, und sagen Sie ihr, ich komme hin, sie möchte sich inzwischen um den Jungen kümmern.«

»Wird gemacht, Mr. Gaunt«, sagte sie. »Wiedersehen.«

Blondchen erwartete mich mit dem Geld in der Hand, als ich aus der Zelle kam. »Was gibt's?« fragte sie.

»Wieviel zahlte dir Johnston?«

»Fünfhundert die Woche plus Spesen.«

»Wieviel hast du da?« fragte ich, auf die Scheine zeigend.

»Zwanzigtausenddreihundert«, sagte sie und gab sie mir.

Ich nahm das Geld, zählte zehntausend ab und drückte sie ihr in die Hand. Den Rest steckte ich in meine Tasche. »Für dich«, sagte ich.

Sie sah mich mit großen Augen an. »Wofür?«

»Trennungsentschädigung«, sagte ich, ließ sie im Kasino stehen, ging hinaus und stieg in ein Taxi. Sie kam zur Tür, winkte und warf mir eine Kußhand zu.

Ich erwiderte die Kußhand, und als der Wagen auf den Strip einbog, war sie bereits im Haus verschwunden.

Seit dem Morgen waren meine Abschiedstarife für Mädchen sehr rasch gestiegen; wenn ich mir heute abend eine zulegte, würde ich sie wohl behalten müssen.

In Los Angeles war es heiß und schwül gewesen, in Las Vegas schien hell die Sonne, und die Luft war trocken. San Francisco war feucht und klamm. Auf dem Weg vom Flugzeug zum Flughafengebäude fröstelte ich; Blue jeans und ein Pullover waren eben nicht ausreichend.

An der Rampe erwartete mich Jane Kardin mit einem Regenmantel, und ich schlüpfte dankbar hinein. »Ich wollte, ich wäre noch immer dein Chef, Juramädchen. Dann könnte ich dir für diese Liebestat eine Gehaltserhöhung geben.«

»Da du nicht mehr mein Chef bist, kannst du mir einen Begrüßungskuß geben.«

Ihre Lippen waren warm und weich. Ich sah ihr in die Augen. »Ich hatte schon beinahe vergessen, wie gut das ist.«

Sie lächelte. »Mein Wagen steht draußen.«

Ich schaute mich um. »Was hast du mit dem Jungen gemacht?«

»Ich hab ihn bei Tommy gelassen; er frißt sich durch einen Berg Knackwürste.«

Als wir in den Wagen stiegen, regnete es bereits heftig.

»Was hast du über das Mädchen herausgebracht?« fragte ich.

»Sie ist fort.«

»Fort?«

Sie nickte, ohne den Blick von der Straße zu wenden. »Als ich beim Jugendgericht ihre Spur fand, waren ihre Eltern bereits dagewesen und hatten sie abgeholt.«

»Und Junior?« fragte ich. »Hat er sich sehr aufgeregt?«

»Mir kam er eher erleichtert vor«, sagte sie kurz. »Schließlich ist er ja ein Mann.«

Sie war durchaus berechtigt, mir eine solche Antwort zu geben: Ich war mit ihr nicht gerade auf netteste Art verfahren. Wir hatten uns gut vertragen, aber das war vor vier Jahren gewesen. Als ich von Sinclair fortging, war sie dort noch nicht Rechtsberaterin, sondern Modell.

Man hatte sie uns von der Ford-Agentur in New York geschickt. Ich erinnere mich noch an unsere erste Begegnung, als sie ins El Morocco kam; sie stand da und sah sich mit ruhigen Blicken um.

Es war eine Premierenparty, und ich ging sofort auf sie zu. »Kann ich Ihnen behilflich sein, Miss . . .?«

»Ich suche John Stafford, den Regisseur«, antwortete sie mit unverändertem Augenausdruck.

Ich hatte ihn nicht gesehen, und hätte ich ihn gesehen, so hätte ich ihn nicht erkannt.

»Er ist gerade fortgegangen«, erklärte ich prompt und griff nach ihrem Arm. »Darf ich Ihnen etwas zu trinken bringen?«

Sie sah sich um, ohne sich vom Fleck zu rühren, dann sagte sie mit ihrem kühlen Blick: »Nein danke, ich sehe hier gar keine Bekannten, und ich bin nicht gern auf Partys, wo ich niemanden kenne.«

»Ich heiße Stephen Gaunt«, sagte ich, »und nun haben Sie keine Ausrede mehr.«

Sie lachte. »Man hat mir von den New Yorker Männern erzählt.«

Wir hatten uns schon in Bewegung gesetzt; ich winkte, und der Ober verstand mich. »Ihr Tisch ist dort drüben, Mr. Gaunt«, sagte er.

»Kommen Sie von auswärts?« fragte ich, während wir Platz nahmen.

»Aus San Francisco«, sagte sie, und zum Ober: »Bourbon mit Ginger.«

Sie liebte süße Getränke, anregende Unterhaltung und freundliche Männer. Nach einer Weile zog sie den Schluß, daß ich zuviel verlangte und alles in allem nicht freundlich genug war.

»Du willst heiraten«, sagte ich.

»Richtig. Gibt es etwas dagegen einzuwenden?«

Ich schüttelte den Kopf. »Nein.«

»Aber es ist nichts für dich.«

»Nein.«

»Du bist wenigstens ehrlich.«

»Kann ich sonst etwas für dich tun?« fragte ich.

»Ja«, antwortete sie.

Nun würde es also wieder einmal kommen; sie waren doch alle gleich. Aber sie überraschte mich.

»Ich möchte einen Job.«

»Ich schicke dich zum Rollenverteiler«, antwortete ich.

»Nein, so etwas meine ich nicht.«

»Was dann?«

»Ich habe gerade von zu Hause die Nachricht erhalten, daß ich als Rechtsanwältin zugelassen bin«, sagte sie.

»Du hast Jura studiert?«

Sie nickte. »Mit der Arbeit als Modell habe ich mir nur das Geld fürs Studium verdient. Jetzt möchte ich meinen Beruf ausüben.«

»Als Modell verdienst du mehr.«

»Na und?«

»Gut, dann schicke ich dich zum Leiter unserer Rechtsabteilung.«

»Ich möchte nicht in New York arbeiten, hier gefällt es mir nicht. Ich möchte nach San Francisco.«

»Hier sind die Aussichten besser.«

»Aber dort hab ich Verwandte und Freunde. Ich würde mich viel wohler fühlen – hier ist alles so überdreht.«

Unsere Station in San Francisco brauchte einen Juristen. Es stellte sich heraus, daß Jane sehr tüchtig war. Sie hatte die Stellung nicht nur behalten, sie war sogar befördert worden.

Sie fand einen Parkplatz in der Nähe des Restaurants. Samuel saß vor einem Bierhumpen. »Hallo, Onkel Steve, weißt du, daß es hier einundneunzig verschiedene Biersorten gibt?«

»Wisch dir den Schaum vom Bart und gib mir einen Kuß«, sagte ich. »Es war eine lange, feuchte Reise.«

»Tut mir leid«, sagte er kopfschüttelnd. »Ich ahnte ja nicht, daß sie durchbrennen würde, sonst hätte ich dich natürlich nicht bemüht.«

»Macht nichts«, sagte ich, während ich ihm gegenüber Platz nahm, »ich hatte nichts Besseres zu tun; ich habe ohnehin schon die längste Zeit eine Ausrede gesucht, um hierherzukommen und Jane zu besuchen.«

»Zu lange schon«, sagte sie, »ich werde nun lieber gehen.«

»Nein, das wirst du nicht«, sagte ich und zog sie auf den Stuhl neben mir. »Wir wissen ja noch gar nicht, ob wir schon aus der Klemme raus sind.«

Samuel musterte uns überrascht. »Das hätte ich mir eigentlich denken können.«

»Was?«

»Daß du mit dem bestaussehendsten Juristenhirn der Welt hier aufkreuzen wirst.«

Wir lachten. Die Kellnerin trat an den Tisch. »Bier für alle«, sagte ich.

»Nein«, sagte Juramädchen, »für mich Bourbon mit Ginger.«

»Ich muß mal«, erklärte Samuel und stand auf. »Bin gleich wieder da.«

Die Kellnerin kam mit den Drinks. Ich hob mein Glas: *»Ciaò.«*

»Jetzt hast du es geschafft.«

Ich sah sie an.

»Weißt du, ich hatte Jungmädchenträume über dich. Du würdest eines Tages herkommen und irgendwie anders sein ...« Sie schwieg.

»Ich bin auch anders; ich bin nicht mehr dein Chef.«

Sie schüttelte den Kopf. »Du bist noch derselbe. Du bist immer am richtigen Platz. Wo du bist, dort muß man eben sein.« Sie zögerte. »Wieso bin ich dir wieder eingefallen? Ich glaubte, du hättest mich vergessen.«

Ich antwortete nicht.

»Oder hast du irgendwo in deinem Kopf eine Ablage, und in jeder Schublade liegt eine Liste von Mädchen in verschiedenen Städten, an die du dich für allerlei Dienstleistungen wenden kannst? Ist es so, Steve, und stehe ich unter ›Rechtshilfe‹?«

»Na schön, Jane«, sagte ich, »hast du dich nun ausgetobt?«

Sie errötete. »Entschuldige.«

Samuel kam mit einem merkwürdigen Glanz in den Augen zurück. Er setzte sich beschwingt und griff nach seinem Glas.

»Wenn du's in öffentlichen Toiletten tust«, sagte ich, »dann rasier dich hinterher. Der Haschischduft steckt dir noch im Bart.«

»Ich hab nur gerade einen halben Glimmstengel geraucht«, verteidigte er sich. »Ich war ein bißchen bedrückt.«

»Weshalb denn? Du bist doch prima davongekommen.«

»Nein, deinetwegen«, sagte er. »Ich hatte Angst. Da hab ich dich für nichts und wieder nichts hergelotst; du mußt mich für sehr albern halten.«

»So ahnungslos bin ich nicht. Du hast mich ja nur wegen des Mädchens gerufen.«

Er warf einen Blick auf Juramädchen. Sie machte Anstalten aufzubrechen.

»Am besten, ich gehe jetzt, ihr habt wohl persönliche Dinge zu besprechen.«

Ich hielt sie am Arm fest. »Du bist, ohne es zu wollen, in diese Geschichte hineingeraten. Jetzt bleibst du hier. Nicht wahr, Samuel?«

Er nickte; sie ließ sich in den Stuhl zurückfallen.

»Na schön, Samuel«, sagte ich. »Jetzt raus damit!«

Er holte tief Atem. »Mein Vater war neulich hier.«

»Und?«

»Du kennst ihn doch, Onkel Steve. Wieder einer seiner Tricks. Er wollte uns einen Hunderter geben, und ich sagte, wir brauchten ihn nicht. Später schickte er seinen Chauffeur mit zwei Fünfern herauf.« Er trank einen Schluck Bier. »Er wollte, daß ich nach Hause komme.«

»Das ist verständlich, er ist ja schließlich dein Vater. Und deine Mutter ist auch nicht gerade glücklich über das, was du in letzter Zeit treibst.«

»Du wirst doch nicht auch gegen mich losziehen?«

»Durchaus nicht, Junior. Wenn ich an etwas glaube, dann an das Recht jedes Menschen, nach seiner eigenen Fasson zum Teufel zu gehen. Mir ist es scheißegal, was du treibst.«

»Das glaub ich dir nicht ganz; du hast mich gern.«

»Stimmt«, sagte ich. »Auch deine Schwester hatte ich gern, aber ich konnte nicht ihr Leben für sie leben, und ich kann es ebensowenig für dich. Ich kann nur da sein, wenn du mich brauchst.«

Er leerte sein Glas. »Kann ich noch ein Bier haben?«

Ich winkte der Kellnerin.

»Ich möchte so gern, daß du mir hilfst«, sagte er.

»Wie?«

»Findest du es nicht komisch, daß man eine Razzia auf uns macht, ausgerechnet am Tag nach dem Besuch meines Vaters?«

»*Das* glaubst du wirklich?«

Er starrte in sein Glas. »Er sagte, er brauche nur zu pfeifen, wenn ich nicht tue, was er will. Ich muß die Wahrheit herauskriegen, Onkel Steve«, fügte er mit einem festen Blick auf mich hinzu. »Es ist mir sehr wichtig.«

»Und wie soll ich dir dabei helfen?«

»Frag ihn doch, Onkel Steve. Dich würde er nicht belügen.«

»Nein, ich habe eine bessere Idee.«

»Nämlich?« erkundigte er sich hoffnungsvoll.

»Du fragst ihn selbst. Schließlich ist er nicht mein Vater, sondern deiner.«

3

Der Wagen stand noch auf dem Parkplatz, wo ich ihn abgestellt hatte, bevor ich nach Las Vegas flog; er glänzte schwarz, das Chrom schimmerte in den schrägen Strahlen der sinkenden Sonne.

Junior stieß einen leisen Pfiff aus. Er lief voraus und berührte den Wagen ehrfürchtig. »Toll!« sagte er leise.

Ich nahm den Schlüssel aus der Tasche und öffnete den Schlag. Junior war schon im Wagen, ehe ich noch eine Bewegung machen konnte. Er blieb einen Augenblick sitzen und strich mit den Fingern liebevoll über das Armaturenbrett, dann lehnte er den Kopf zurück und schloß die Augen. »Duftet wie 'ne Punze«, sagte er.

Ich klopfte ihm auf die Schulter. »Geh nach hinten.«

Er kletterte über die Rücklehne des Sitzes wie ein großer Affe und legte das Kinn auf die Kopfstütze. Ich stieg ein. »Macht der wirklich 380?« fragte er, auf den Tachometer zeigend.

»Ich weiß nicht, ich hab ihn noch nie ausgefahren.«

Juramädchen stieg ein. »Ich verstehe noch immer nicht, was ich eigentlich hier zu suchen habe.«

Ich lächelte ihr zu. »Du hast dich doch immer gelangweilt.«

»Heute abend habe ich eine Verabredung«, sagte sie abwehrend.

Ich wies auf das Telefon. »Ruf doch an und sag ab.«

»Junge, du hast wirklich alles in deinem Wagen!« bewunderte Junior. »Wo ist der Lokus?«

»Unterwegs«, sagte ich. Das Telefon läutete; ich hob ab. »Okay, Diana, Sie werden reich.«

»Die Anrufe häufen sich, Mr. Gaunt«, sagte sie. »Die Herren Johnston und Diamond haben aus Vegas angerufen, sie sind auf dem Weg zu Ihnen. Mr. Benjamin rief vom Beverly-Hills-Hotel an, Sie möchten ihn bitte zurückrufen. Mr. Sinclair läßt Ihnen sagen, daß er im Bel-Air-Hotel ist und Sie bittet, unmittelbar vom Flughafen dorthin zu kommen.«

»Sonst noch was?«

»Im Augenblick ist das alles, Mr. Gaunt«, sagte sie sanft.

Ich legte auf und ließ den Motor an. Das anfängliche Aufheulen ging in ein stetiges Summen über. Ich legte den Gang ein und verließ den Parkplatz. Auf der Autobahn geriet ich mitten in den Hauptverkehrsstrom.

»Hör dir mal den Motor an«, sagte Junior hinten. »Ich spür ihn in den Eiern.«

»Ich werde nie begreifen, warum Männer sich in Autos verlieben können«, sagte Juramädchen.

Ich begegnete Juniors Blick im Rückspiegel; er schüttelte den Kopf. Sie hatte recht, das war eine ganz private, eine Männerwelt. Ich schlängelte mich durch den Verkehr und verließ bei der nächsten Ausfahrt die Autobahn. Auf den Nebenstraßen würde ich schneller vorwärts kommen.

Juramädchen hob den Hörer ab. »Wie funktioniert das Ding?«

»Drück den Knopf«, sagte ich. »Wenn das Fräulein sich meldet, gibst du ihr die Nummer, die auf dem Hörer steht, und die, mit der du verbunden werden willst.«

Eine halbe Minute später sprach sie mit San Francisco, um ihre Verabredung abzusagen; eitel Honig tropfte von ihren Lippen. »Es tut mir wirklich leid, David, aber diese Sache hat sich im letzten Augenblick ergeben, und ich konnte nicht früher anrufen.« Einen Augenblick schwieg sie; dann war ihre Stimme eiskalt: »Du vergißt eines, David, ich bin Rechtsanwalt, und für einen Anwalt hat die Verpflichtung seinem Klienten gegenüber Vorrang.« Sie knallte den Hörer auf die Gabel.

»Das ist also alles, was ich für dich bin«, sagte ich grinsend, »ein Klient.«

»Ach, halt die Klappe!« fuhr sie mich an. »Gib mir eine Zigarette.«

»Im Handschuhfach«, sagte ich.

Sie öffnete es und nahm eine Zigarette von dem Tablett, das darin lag. Sie zündete sie an, tat einen tiefen Zug und verzog das Gesicht. »Das schmeckt komisch.«

Ich schnüffelte. »Es ist Marihuana«, sagte ich. »Rechts liegen gewöhnliche, Menthol in der Mitte.«

Sie wollte sie aus dem Fenster werfen, Juniors Hand hielt sie zurück. »Feuerzone«, sagte er und nahm ihr die Zigarette ab. »Wollen Sie einen Strafzettel kriegen?«

»Was soll das heißen?« fragte sie ärgerlich.

»Sehen Sie doch«, sagte er und wies mit dem Daumen nach hinten.

Ich guckte in den Rückspiegel; hinter mir fuhr ein Polizeiwagen. Junior steckte die Zigarette in den Mund. »Das ist guter Hasch.«

Ich blickte Juramädchen an, sie war blaß geworden. Ich tätschelte ihre Hand. »Nur ruhig, Jane, nimm jetzt mal 'ne ordentliche Zigarette.«

»Ihr seid beide verrückt«, sagte sie. Ihre Hand zitterte unter der meinen.

Ich nahm eine Zigarette aus dem Handschuhfach, zündete sie an und gab sie ihr.

Sie sog den Rauch tief ein, und ihr Gesicht bekam wieder Farbe. »Wenn die mich mit so etwas erwischen, kann ich aus der Anwaltsliste gestrichen werden.«

Ich blieb bei der Verkehrsampel stehen, und der Streifenwagen hielt neben uns. »Ein schöner Wagen«, rief der junge Polizist.

»Danke«, sagte ich. »Wollen Sie ein kleines Rennen mit mir machen?«

Er grinste zurück. »Das geht nicht. Bin im Dienst.«

Die Ampel wurde grün, und ich ließ ihn vor; bei der nächsten Ecke bog er ab. »Okay, Junior«, sagte ich, »drück den Stummel aus.«

Er wollte protestieren, aber ein Blick genügte. Wortlos drückte er den Stummel aus und steckte ihn in die Tasche.

Ich bog nach Coldwater ab und fuhr bergan. Der Verkehr hatte nachgelassen, und ich stieg ein wenig aufs Gas. Der Wagen nahm die Kurven wie eine Ballerina.

»Mensch, das ist ja schöner als fliegen!« sagte Junior.

Ich betrachtete ihn durch den Rückspiegel. Er war in bester Laune, der Hasch hatte gewirkt.

»Wohin fahren wir?« fragte er.

»Ich setze dich bei mir zu Hause ab, und dann fahre ich mit unserer Dame zu einer Verabredung mit ihrem Chef.«

Das Bel-Air-Hotel läßt sich am besten mit den Worten »vornehmes Hollywood« umreißen. Dort steigt die konservative Gesellschaft ab.

Spencer erwartet mich in seinem Apartment. Er hatte für Bungalows nichts übrig, wünschte jede Bequemlichkeit bei der Hand, kein langes Warten auf die Bedienung, wenn die Kellner mit dem Frühstück eine halbe Meile laufen mußten.

Er erhob sich, als wir eintraten. Die Jahre hatten ihn freundlich behandelt, er sah gut aus. Ich drückte ihm die Hand, sein Griff war so stark und fest wie früher. »Eine Überraschung«, sagte ich.

Er lächelte. »Freut mich, dich zu sehen.« Und das war ehrlich gemeint.

Ich stellte ihm Juramädchen vor. »Sie arbeitet bei euch«, sagte ich. »Rechtsberaterin bei KSFS in San Francisco.«

Er ließ seinen Charme spielen. »Kein Wunder, daß man sagt, der Westen ist fortschrittlicher; im Osten sehen die Juristen nicht so aus wie Sie.«

»Vielen Dank, Mr. Sinclair.«

»Ich hätte dich nicht hergebeten, aber es haben sich einige Dinge ergeben, über die wir sprechen müssen.« Er blickte auf Jane.

Sie verstand sofort. »Wenn die Herren geschäftlich zu reden haben, könnte ich vielleicht inzwischen in der Cocktailbar warten?«

»Würde es Ihnen nichts ausmachen?« fragte er. »Ich wäre Ihnen sehr dankbar.«

Die Tür schloß sich hinter ihr, und er wandte sich mir zu. »Eine sympathische Frau. Ist sie auch eine gute Anwältin?«

»Ich nehme es an. Drüben schätzt man sie offenbar sehr.«

»Möchtest du etwas trinken?«

Ich nickte und folgte ihm zur eingebauten kleinen Bar. Ich mischte zwei Whiskys mit Wasser.

»Meinen bitte leicht«, sagte er.

Ich fügte noch etwas Wasser hinzu und gab ihm das Glas. »Okay?«

»Ausgezeichnet.«

Wir setzten uns auf die Couch. Eine Weile schwieg er; wir tranken. »Du möchtest wohl wissen, warum?« fragte er.

Ich nickte.

»Ich bin fünfundsechzig«, sagte er. »Der Aufsichtsrat möchte, daß ich noch fünf Jahre bleibe. Sie sind bereit, die verbindliche Pensionierungsvorschrift zu ändern oder aufzuheben.«

»Das ist klug von ihnen.«

»Ich will aber nicht.«

Ich nippte an meinem Drink.

»Du bist nun seit drei Jahren fort«, sagte er. »Die Dinge werden nicht leichter, und ich schaffe es nicht mehr.« Er stellte sein Glas ab und sah mich an. »Nach der Stiftung und mir bist du der größte Aktionär der Gesellschaft.«

Ich wußte, was er meinte: die fünfzehn Prozent des Aktienkapitals, die Barbara aus ihrem eigenen Treuhandfonds und dem Nachlaß ihrer Mutter zugefallen waren. »Ich werde dir keinerlei Schwierigkeiten bereiten«, sagte ich. »Du hast die Stimmrechte von mir erhalten, und ich werde sie dem Mann übertragen, den du vorschlägst.«

Nach einer Weile sagte er: »Das ist es nicht, worum ich dich bitte.«

»Was dann?«

»Ich will, daß du zurückkommst.«

Ich stand auf, ging zur Bar und machte mir noch einen Drink. Ich trank einen Schluck, kam zurück und setzte mich wieder.

»Ich besitze dreißig Prozent, die Stiftung fünfundzwanzig. Zusammen mit deinen Aktien ergibt das siebzig Prozent«, sagte er. »Und es ist niemand da, dem ich das anvertrauen möchte.«

»Du hast einige gute Leute«, sagte ich.

»Ja, sie sind gut, aber du bist etwas anderes. Es sind Männer, die einfach ihre Posten ausfüllen. Wenn morgen eine andere Sendergruppe sie anstellen und entsprechend bezahlen wollte, würden sie gehen. Sie sind nicht Sinclair.«

»Der einzige Sinclair bist du«, sagte ich.

»Nein, das bin ich nicht«, erwiderte er, »du bist auch ein Sinclair. Es ist nicht nur der Name; es ist die Art. Du weißt, was ich meine.«

Ich wußte es. Er sprach über eine Lebensanschauung. Ein Sinclair baute kein Geschäft auf um des Geschäftes oder auch nur des Geldes willen. Was sie bauten, waren Denkmäler, Brücken in die Zukunft, die sie überleben würden. Dabei verstand Spencer aber nicht, daß dies sein Denkmal war, nicht meines. Ich schwieg so lange, daß er wieder zu sprechen anfing.

»Ich habe nie gewollt, daß du von uns fortgehst. Das weißt du.«

Ich nickte. »Es war das Beste, was ich tun konnte. Für uns alle.«

»Das fand ich damals nicht und sehe es auch heute nicht so!« sagte er. »Andere Leute haben größere Fehler begangen und sich einfach nichts daraus gemacht.«

»Das waren eben andere, nicht ich.«

»Du und dein Perfektionismus! Bist du dir immer noch nicht darüber klar, daß niemand und nichts vollkommen ist?«

»Das war es nicht.«

»Was dann? Du hast erreicht, was du dir vorgenommen hattest: Du hast das Geschäft deines dummen Freundes für ihn gerettet. Was aus dir wurde, scherte ihn nicht. Er glaubte, es bedürfe nur des Geldes, um dich schadlos zu halten. Was hattest du dir vorzuwerfen? ... Wofür wolltest du dich bestrafen? Letzten Endes wurde ja niemand geschädigt, dein Freund nicht, wir nicht. Nur du.«

»Auch das war es nicht«, sagte ich.

»Dann erklär es mir; das bist du mir doch zumindest schuldig.«

»Ich war verbraucht«, sagte ich einfach.

»Das verstehe ich nicht.«

Ich nippte an meinem Drink. »Ist das denn so schwer zu begreifen? Ich focht alle möglichen Kämpfe aus, immer wieder, und stets waren es die gleichen. Der Kampf um die Testnoten, der

Kampf bei der Suche nach Talenten und nach neuen Märkten. Wie viele Kämpfe muß man denn gewinnen, um sich zu bewähren? Vielleicht hatte ich zu viele gewonnen, vielleicht war es an der Zeit, daß ich einen verlor, einfach um das unbekannte Gefühl der Niederlage zu erfahren. Das wäre dann wenigstens etwas anderes.«

»Das ist aber doch nicht alles«, sagte er.

Er war klug. »Stimmt«, gab ich zu.

»Was war noch im Spiel?«

»Ich hatte einen Traum«, sagte ich. »Ich hatte die größte Chance, die ein Mensch haben kann, um sich dem Menschen mitzuteilen. Und diese Chance verpaßten wir! Vor lauter Kampf. Es gab so viel, das wir hätten tun können und nicht taten.«

»Es ist noch nicht zu spät«, sagte er. »Wenn du zurückkommst, kannst du nach deiner Vorstellung arbeiten. Ich werde dich unterstützen.«

»Es *ist* zu spät«, sagte ich, »das ist jetzt vorbei; zu vieles hat sich ereignet, die ganze Sache ist zu komplex geworden.«

Er sah mir in die Augen. »Das tut mir leid.«

Ich sagte nichts mehr.

»Hältst du noch an dem fest, was du über die gemeinsame Abstimmung unser beider Aktienpakete gesagt hast?« fragte er.

»Ja.«

»Hättest du etwas dagegen, wenn wir die Gesellschaft verkauften?«

»Gar nichts, falls du es für richtig hältst.«

»Mehrere Konzerne sind an mich herangetreten«, sagte er. »Ich habe nicht mit ihnen verhandelt. Vielleicht werde ich es jetzt tun.«

Nun geschah etwas: Zum erstenmal in einer Zeit, die mir wie ein Jahrhundert erschien, regte sich etwas in mir. »Meinst du das im Ernst?«

Er nickte. »Ja. Warum?«

»Ich hab eine Idee. Nehmen wir an, ich zeige dir, wie du alle finanziellen Vorteile erzielen könntest, die dir durch den Verkauf der Gesellschaft erwachsen würden, ohne tatsächlich zu verkaufen.«

»Ich hatte bereits Angebote zur Fusionierung.«

»Das meine ich nicht«, sagte ich.

»Was dann?«

Es dauerte drei Minuten, bis ich es ihm klargemacht hatte; ich sah, daß es ihn interessierte. »Glaubst du, das könntest du machen?« fragte er, als ich fertig war.

»Ich weiß nicht. Gib mir sechs Stunden Zeit, dann erfährst du es.«

»Du kannst dir ruhig mehr Zeit lassen«, sagte er. »Ich habe keine Eile.«

»Ich werde es in sechs Stunden wissen. Wo wirst du heute abend sein, falls ich mich mit dir in Verbindung setzen muß?«

»Hier natürlich«, sagte er erstaunt. »Was hast du denn gedacht? Für deine Art Spielchen bin ich zu alt.«

Vom Ausgang des Bel Air wandte ich mich auf dem Sunset Boulevard nach links. Es war dunkel, und die blinkenden Scheinwerfer der entgegenkommenden Wagen blendeten uns.

»Er ist gar nicht so, wie ich ihn mir vorgestellt habe«, sagte sie. »Eigentlich ein charmanter Mann.«

»Er kann es sein, wenn er will.«

»Angeblich ist er eiskalt; aber zu dir nicht.«

»Gewissermaßen gehöre ich noch zur Familie«, sagte ich mit einem Blick auf sie.

»Das verstehe ich nicht.«

»Ich war einmal mit seiner Tochter verheiratet.«

»Ah, das ist es.« Sie nahm eine Zigarette aus ihrem Etui, ich gab ihr Feuer. »Vielleicht solltest du mich jetzt zum Flugplatz bringen.«

»Warum?«

Sie sog an ihrer Zigarette. »Du scheinst in allerlei verstrickt zu sein. Ich wäre dir nur im Weg.«

»Sei nicht albern. Wenn ich dich nicht hierhaben wollte, hätte ich dich doch nicht gebeten mitzukommen.«

Sie schwieg. Dann fragte sie: »Willst du mit mir schlafen – ist es das?«

»Ja. Unter anderem.«

»Wieso unter anderem?«

»Du bist Rechtanwältin! Bleib bei mir; ich könnte eine gebrauchen, ehe die Nacht um ist.«

Ich weiß nicht, ob sie das gern hörte. Sie sagte nichts, bis wir in die Einfahrt zu meinem Haus einbogen. Ich fuhr auf den Parkplatz und drehte die Lichter ab.

Sie machte keine Anstalten, auszusteigen, es war, als warte sie auf einen Kuß. Ich schloß sie in meine Arme. Ihre Lippen waren weich, warm und gierig. Eine Minute lang saßen wir aneinandergeschmiegt, dann löste sie sich von mir.

»Fang nicht damit an«, sagte sie, »ich kann das nicht noch einmal durchmachen.«

»Du scheinst es ganz gut überlebt zu haben.«

»Woher weißt du das? Für mich war es kein Spiel. Warum, glaubst du denn, ging ich zurück nach San Francisco?«

»Du hattest einen Job, der auf dich wartete.«

»Das redete ich mir ein; und daß ich für dich nur ein Mädchen unter vielen war; daß du dich zeitweise nicht einmal an meinen Namen erinnern konntest. Aber ich empfand es anders.«

Ich antwortete nicht.

»Es ist fast vier Jahre her«, sagte sie.

»Gib mir die Hand.«

Sie legte ihre Hand in die meine, ich spürte, wie sie leicht zitterte. »Ich bin kein Ungeheuer«, sagte ich.

»Hast du jemals an mich gedacht? Einmal in den vier Jahren? Ein einziges Mal?«

»Ich hab heute nachmittag an dich gedacht. Genügt das nicht als Antwort?«

»Nein.« Sie zog ihre Hand zurück. »Würdest du glauben, daß ich seit dir mit keinem anderen Mann zusammen war?«

»Das erklärt so manches«, sagte ich. »Kein Wunder, daß du so verkrampft bist, komm, gehen wir ins Haus.«

Sie warf mir einen bösen Blick zu, stieg aus dem Wagen und schlug die Tür zu. Als sie auf meine Seite kam, umfing ich sie und hielt sie fest.

»Glaubst du, es geht immer nur darum?« fauchte sie.

»Es kann immer noch ganz nett werden«, sagte ich. »Tu es nicht ab, ehe du es versucht hast.«

Sie machte sich los und lief über die Einfahrt zum Haus. Ich folgte ihr.

Schon als ich die Tür öffnete, hörte ich das Geschrei.

Sam und Junior standen mitten im Wohnzimmer und brüllten sich an. Als Hintergrund hatten sie auf dem Fernsehschirm die Nachrichtensendung von der jüngsten Schlägerei in der Universität Berkeley.

»Hallo«, sagte ich, ging um sie herum und drehte den Fernseher ab.

»So alt bist du noch nicht, daß ich dir nicht den Hintern versohlen könnte!« schrie Sam und stürzte sich auf Junior.

Ich warf mich zwischen die beiden.

Junior faßte mich am Arm. »Er war's, der es den Schweinen gesagt hat! Er hat den Signalpfiff gegeben! Frag ihn doch, er leugnet es nicht einmal!«

»Halt's Maul!« sagte ich scharf.

Junior glotzte mich einen Augenblick wütend an, drehte sich um und rannte auf die Terrasse hinaus. Er zündete sich eine Zigarette an, stand da und starrte auf die Stadt hinunter.

Ich wandte mich Sam zu. Seine Augen funkelten mich an, sein Gesicht war noch vom Zorn gerötet. »Genügt es nicht, daß ich durch dich meine Tochter verloren habe?« sagte er bitter. »Mußt du mir auch noch meinen Sohn nehmen?«

Sam Benjamin

Der Polizist stand am Eingang von Trans-World und winkte ihm zu, als die Limousine einfuhr. »Guten Morgen, Mr. Benjamin.«

»Guten Morgen, John. Mir scheint, es wird heute ein schöner Tag.«

»Gewiß, Mr. Benjamin«, antwortete der Polizeibeamte. »Kein Smog.«

Das Auto bog rechts in die Zufahrt ein. Es fuhr an der ersten Reihe der Verwaltungsgebäude vorbei und hielt vor einem abgesonderten zweistöckigen Bürohaus. Auf dem Parkplatz stand eine Tafel: RESERVIERT FÜR MR. SAMUEL BENJAMIN.

Ein Portier polierte die Messingtafel neben dem Eingang: SAMARKAND PRODUCTIONS. Er grüßte. »Guten Morgen, Mr. Benjamin.«

»Guten Morgen.« Sam ging durch den Korridor zu seinem Büro, das den ganzen hinteren Teil des Gebäudes einnahm. Er trat durch seinen Privateingang ein. Seine Sekretärin kam ihm aus ihrem Büro entgegen.

»Guten Morgen, Mr. Benjamin.«

»Morgen, Miss Jackson«, sagte er und setzte sich an den Schreibtisch.

Sie legte einige Briefe vor ihn hin. »Mrs. Benjamin rief eben an. Sie sagte, Sie hätten vergessen, Ihre Tabletten zu nehmen.« Sie ging zur Bar, kam mit einem Glas Wasser zurück und reichte es ihm zusammen mit den Tabletten.

»Okay«, brummte er und schluckte sie. »Ich wette, ich bin der einzige Mensch auf der Welt, der je von koscheren Würstchen Gicht bekommen hat.«

Sie schob ihm noch eine Tablette zu. »Was ist das?« fragte er argwöhnisch.

»Ihre Diättablette«, sagte sie. »Sie dürfen heute fünfzehnhundert Kalorien zu sich nehmen. Mrs. Benjamin sagte, Sie hätten dreihundert zum Frühstück gehabt und würden achthundert zum Abendessen bekommen. Das heißt, es gibt mittags Magerkäse.«

»Scheiße«, sagte er und schluckte die letzte Tablette. »Können wir jetzt zu arbeiten anfangen?«

»Ja, Sir«, nickte sie, nahm die Blätter vom Schreibtisch und sah sie durch. »Die Proben für *Washington Arch* sind um elf im Vorführraum drei zu sehen.«

»Gut.«

»Hier sind die Vergleichsziffern für die Einnahmen vom *Stählernen Hahn,* die ersten siebzehn Verträge. Das Ergebnis ist um siebzig bis hundertzwanzig Prozent besser als für *Die Schwestern.«*

»Sehr schön; ich werde sie mir ansehen.«

Sie blätterte in ihren Notizen. »Mr. Cohen hat aus New York angerufen. Er möchte um fünf Uhr New York-Zeit mit Ihnen sprechen.«

Er nickte.

»Mr. Luongo rief aus Rom an. Der neue Barzinifilm hat jetzt sieben Tage Verspätung auf den Drehplan.«

»Das ist ziemlich normal, wir drehen erst seit drei Wochen«, sagte er. »Rufen Sie ihn zurück; ich will mit ihm sprechen.«

»Mr. Schindler und Mr. Ferrer von der Produktionsabteilung möchten Sie aufsuchen, sobald es Ihnen paßt. Sie haben die Schätzungen und Budgets für die Herstellung von *Preisträger* fertig und würden sie gern mit Ihnen durchgehen.«

»Ich werde vor dem Lunch mit ihnen zusammentreffen.«

»Ja, Sir. Mr. Craddock hat angerufen. Er möchte mit Ihnen um zwölf Uhr fünfzehn in seinem privaten Speisezimmer zu Mittag essen.«

Er sah sie erstaunt an. »Was der wohl von mir will!«

Craddock war der Leiter der Produktionsabteilung und geschäftsführender Vizepräsident von Trans-World.

»Haben Sie heute morgen die Fachpresse gelesen?« fragte sie fast flüsternd.

»Nein.«

Sie reichte ihm den *Hollywood Reporter* und *Variety.* »Sehen Sie sich mal die Leitartikel an.«

Sie brachten fast die gleichen Schlagzeilen. BENJAMIN NEUER PRÄSIDENT VON TRANS-WORLD? Auch die Artikel waren ganz ähnlich. Beide unterstrichen, daß praktisch die gesamte Produktion und Planung bei Trans-World seine Filme betrafen. Sie besprachen den Erfolg des laufenden Schlagerfilms *Der stählerne Hahn* und hoben seine vergangenen Erfolge von *Die Schwestern* und *Die nackten Flüchtlinge* hervor.

»Davon höre ich zum erstenmal«, bemerkte er. »Mir hat niemand etwas gesagt.«

»Es war in den letzten Wochen Thema Nummer eins im Atelier«, sagte sie.

»Ich weiß trotzdem nichts davon.« Innerlich fühlte er sich jedoch geschmeichelt. »Ich habe genug eigene Sorgen«, fügte er hinzu. »Brauche ich da noch fremde?«

»Was soll ich Mr. Craddock sagen?« fragte sie.

»Zwölf Uhr fünfzehn ist mir recht.«

Sie verließ ihn und hatte kurz darauf Charley für ihn am Apparat. »Was fällt euch denn ein!« brüllte Sam. »Sieben Tage Verspätung? Was, zum Teufel, geht da drüben vor?«

Rory Craddock war ganz anders als sein Name, der auf einen großen gutmütigen Iren schließen ließ. Wenn man in sein Büro kam, fand man statt dessen einen schlanken, leicht erregbaren Mann vor, der den ganzen Tag Gelusiltabletten schluckte, um seinen nervösen Magen zu beruhigen. Er war seit acht Jahren Leiter der Produktionsabteilung von Trans-World. Sein Geheimrezept für den Erfolg war einfach: Er genehmigte nie ein Projekt, bevor nicht alle seine Vorgesetzten ihn dazu drängten; war es erst soweit gekommen, dann konnte keiner, wenn etwas schiefging, behaupten, die Schuld liege bei ihm.

Er saß an seinem Schreibtisch und las die Fachzeitungen. Nervös schob er sich noch eine Gelusiltablette in den Mund und studierte den Artikel. Als er ihn am Morgen zum erstenmal gelesen hatte, war er nahe daran gewesen, nach New York zu telefonieren, um herauszufinden, wer ihn ausgeheckt hatte und ob etwas Wahres daran war. Doch dann hatte er es sich überlegt und nicht angerufen.

Er war lange genug im Geschäft, um die Taktik zu erkennen. Der Artikel war ein Versuchsballon – die Direktion hatte ihren Fühler ausgestreckt, um zu sehen, wie er aufgenommen würde. Er besprach die Sache mit seinem Bankier. Sie war offenbar auf der Börse gut angekommen; es gab bedeutend mehr Bewegung als gewöhnlich in Trans-World-Aktien, und die Stammaktien waren um fast zwei Punkte gestiegen.

Er fragte sich, wie sich das für ihn auswirken würde. Das Gelusil hatte sich aufgelöst, es hinterließ einen kreidigen Geschmack in seinem Mund. Er trank einen Schluck Wasser aus dem Glas, das immer auf seinem Schreibtisch stand.

Für ihn war es nicht wichtig, daß Benjamin möglicherweise Präsident der Gesellschaft wurde; aber der Gedanke, daß er vielleicht zugleich die Leitung der Produktion übernehmen würde, beunruhigte ihn. Bisher hatte es in dem Gebiet, das ihm unterstand, keine Bedrohung gegeben. Dem ersten Impuls folgend, hatte er Benjamin angerufen und ihn zum Mittagessen eingeladen. Nun fragte er sich, ob das ein kluger Schritt gewesen war. Eine seiner Stärken lag darin, sich nie nervös zu zeigen; zunächst mußte er also einen triftigen Grund für die Verabredung erfinden.

Er wollte nach einer weiteren Tablette greifen, ließ es aber sein. Der unausgesprochene Vorwurf, es sei seine Schuld, daß Trans-Worlds eigene Produktion zum Stillstand gekommen war, stimmte nicht ganz. Es hatte mehrere Projekte gegeben, die er gern genehmigt hätte, doch es war ihm nicht gelungen, die dafür nötige Unterstützung zu erhalten. Zwei davon hielt er für sehr aussichtsreich.

Das eine war die *Fatty Arbuckle Story*. Das ausgezeichnete Drehbuch beruhte auf einer Romanfassung des Skandals, der die Industrie veranlaßt hatte, ihre eigene Zensurbehörde zu bilden. Er hatte mit Jackie Gleason darüber gesprochen, der die Hauptrolle spielen sollte.

Das andere war eine neue, in großem Stil verfaßte Version des alten Grey-Romans *Die Reiter vom Scharlachsalbei*, einst einer der größten Erfolge von Tom Mix. Gary Cooper hatte zugesagt, er werde spielen, wenn das Drehbuch gut sei.

Die Gelusiltablette lag noch in seiner Hand; er steckte sie in den Mund und sog daran. Plötzlich hatte er eine Idee, und die war so gut und so einfach, daß er staunte, nicht früher darauf gekommen zu sein. Sie würde all seinen Zwecken entsprechen, die Kritiken über seine geringe Produktion beantworten und Benjamin zeigen, daß er auf seiner Seite stand für den Fall, daß das Gerücht sich bewahrheiten sollte.

2

»Kommen Sie, Mr. Benjamin«, sagte die Sekretärin und öffnete die Bürotür. »Mr. Craddock erwartet Sie.«

»Danke.« Sam betrat Craddocks Arbeitszimmer, die Tür schloß sich leise hinter ihm, und er blieb einen Augenblick stehen.

Craddock kam mit ausgestreckter Hand hinter seinem Schreibtisch hervor. »Guten Morgen, Sam«, sagte er. »Ich freue mich, daß Sie herüberkommen konnten.«

Sam ergriff die Hand. Craddock tat, als wäre er tausend Meilen weit gekommen, um ihn zu besuchen – und nicht bloß aus dem gegenüberliegenden Studio. »Morgen, Rory.«

Craddock nahm die Brille ab und legte sie auf einen Stoß Manuskripte, der Sams Aufmerksamkeit erregen sollte. Sam verstand den Wink: »Das alles müssen Sie lesen?« fragte er.

Craddock wehrte bescheiden ab. »Gehört zum Job. Sie können sich nicht vorstellen, wieviel Mist ich jede Woche durchlesen muß, um etwas zu finden, das sich vielleicht lohnt. Manchmal glaube ich, ich könnte ein zweites Paar Augen gebrauchen.«

Sam ließ sich beeindrucken. »Das könnte ich nie! Dazu hätte ich keine Geduld!«

»Es ist mein Beruf«, sagte Craddock. Er drückte auf den Knopf an der Sprechanlage.

»Bitte, Mr. Craddock?«

»Wir gehen jetzt nach oben«, sagte Craddock. »Keine Anrufe.«

»Ja, Mr. Craddock. Guten Appetit.«

Craddock schaltete das Gerät ab und wandte sich an Sam. »Hungrig?« fragte er auf der Treppe, die zum privaten Speisezimmer führte.

»Ich bin immer hungrig«, sagte Sam, »aber ich muß Diät halten.« Sie kamen zu der kleinen Terrasse, die verglast worden war, um als Speisezimmer zu dienen; von hier aus konnte man das ganze Atelier überblicken.

»Jeder zweite ißt Diät«, sagte Craddock lächelnd, »deshalb haben wir zwei Menüs, den Diätlunch und den normalen.«

»Und worin unterscheiden sie sich?« fragte Sam.

»Der normale besteht aus einem dicken New Yorker Steak, Pommes frites und Salat mit Roquefortsauce; zur Diät gibt es fettlose Hackfleischpastete mit Magerkäse und Tomatenscheiben.«

»Ach, hol's der Teufel, ich esse das normale Menü«, sagte Sam.

Der Butler verneigte sich. »Darf ich fragen, meine Herren, was sie zu trinken wünschen?«

»Das Übliche, trockenen Sherry«, sagte Craddock.

Sam bestellte Whisky. »Im Eimer, die Diät«, sagte er zu Craddock. »Heute wird gefressen!«

Craddock lächelte.

»Sie werden es nicht glauben«, fuhr Sam fort, »ich habe mir ausgerechnet, daß ich mit meiner Diät in den letzten zehn Jahren an die fünfzehnhundert Pfund verloren haben müßte. Wieso wiege ich immer noch hundertneunzig?«

Der Butler kam mit den Drinks. Sam nahm sein Glas vom Tablett. »Prost!«

»Prost«, sagte Craddock.

Sie tranken.

»Dürfte ich mir gestatten, zu fragen, wie Sie das Steak wünschen, Mr. Benjamin, Sir?« Der Butler verneigte sich.

»Halbroh«, sagte Sam.

»Meinen verbindlichsten Dank, Sir.« Der Butler verneigte sich noch einmal und verschwand in Richtung Küche.

»Wo hat der so zu reden gelernt?« fragte Sam.

Craddock lachte. »Erinnern Sie sich an die Filme mit Arthur Treacher? Ich glaube, die hat Joe alle gesehen.« Er ging voraus zum Tisch. »Ich habe gehört, die Proben von *Washington Arch* sind glänzend ausgefallen.«

Sam nickte. »Sie machen sich recht gut.«

»Geht im Atelier alles nach Wunsch? Dienstleistungen, Zusammenarbeit?«

»Könnte gar nicht besser sein.«

Der Butler stellte den Salat auf den Tisch. Sam begann gierig zu essen, Craddock stocherte nur herum. Salat mochte er nicht.

»Sie möchten wahrscheinlich wissen, warum ich heute morgen bei Ihnen anrief«, sagte Craddock.

Sam nickte wortlos; er hatte den Mund voll.

»Wir sind sehr froh, Sie hier bei Trans-World zu haben«, erklärte Craddock, »und nun zerbrechen wir uns den Kopf darüber, wie wir noch mehr aus unserer Verbindung machen könnten.«

Sam sah ihn schweigend an.

»Sie wissen ja wohl, daß Sie einer der drei Produzenten sind, deren Namen dem Publikum geläufig sind?«

Sam schüttelte den Kopf. »Nein.«

»Ich könnte nur noch zwei nennen«, sagte Craddock, »Hal Wallis und Joe Levine. Alle anderen kennt man nur in der Branche.«

»Daran habe ich nie gedacht«, sagte Sam.

»Es stimmt aber, und das haben Sie mit nur wenigen Filmen und innerhalb weniger Jahre erreicht. Die anderen brauchen dazu ihr ganzes Leben.«

Sam schwieg.

»Wir haben großes Interesse für weitere Verfilmungsrechte, an die Sie vielleicht denken«, sagte Craddock.

»Ich sehe mir einiges an«, erwiderte Sam. »Aber mit Ausnahme des *Preisträgers* habe ich noch nichts Bestimmtes im Sinn.«

»Wie schade!« Craddock schien es wirklich zu bedauern. »Wir hätten gern noch mehr.«

Der Butler servierte die Steaks. Sam betrachtete das seine prüfend. Es war heiß, dunkelgebraten, mit einem Stückchen Petersilienbutter, das mitten darauf zerschmolz. Das Wasser lief ihm im Mund zusammen, er schnitt es an. Alles war richtig, es war halb blutig und zart.

»Haben Sie je daran gedacht, für andere Leute Filme zu produzieren?« fragte Craddock. »Nicht nur für Ihre eigene Gesellschaft?«

Sam schüttelte den Kopf.

»Das würde doch gut die Zeit ausfüllen, während Sie Ihre eigenen Verfilmungen vorbereiten.«

»Ich bin eigentlich kein Produzent«, sagte Sam.

Craddock lachte. »Wenn Sie kein Produzent sind, dann wünschte ich nur, wir hätten noch zehn solche Nicht-Produzenten wie Sie.«

Sam wußte immer noch nicht, was Craddock vorhatte. Aber das Steak war gut, entschieden besser als Diätkost. »Was haben Sie im Sinn?« fragte er endlich.

»Vielleicht ist meine Bemerkung fehl am Platz«, meinte Craddock, »aber ich glaube, ich kann die Jungs drüben im Osten dazu bringen, mir zu folgen. Meiner Ansicht nach sollten wir eine Abmachung für zehn Filme treffen.«

»Zehn Filme?« wiederholte Sam überrascht.

Craddock nickte. »Sie machen fünf Streifen für uns, wir finanzieren fünf Streifen für Sie. Bei unseren Filmen zahlen wir Ihnen das doppelte Produzentenhonorar, das Sie bei Ihren eigenen Filmen verrechnen, und geben Ihnen fünfzig Prozent vom Reingewinn. Ihre Filme machen wir auf der gleichen Basis wie bisher, nur verringern wir unsere Gewinnbeteiligung im Ausland auf fünfundzwanzig Prozent anstelle der jetzigen fünfzig Prozent.«

Sam war mit seinem Steak fertig. »Ein interessanter Vorschlag.«

»Ich halte ihn für praktisch«, sagte Craddock, »und für beide Teile vorteilhaft.«

Sam nickte; an dem, was Craddock sagte, war etwas dran. Zweihundertfünfzigtausend Dollar Produzentenhonorar pro Streifen war eine Menge Geld, und es würde nicht besonders schwer zu verdienen sein. Er brauchte sich nicht mehr abzuhetzen. Er würde nur auf der Hut sein müssen. Aber letzten Endes hing doch alles von den Verfilmungsrechten ab, er konnte sich nicht darauf einlassen, daß sie ihm ihren Mist aufbürdeten. »Würde ich sie zur Ansicht bekommen?« fragte er.

»Unbedingt«, sagte Craddock. »Es würde uns doch nicht im Traum einfallen, zu verlangen, daß Sie etwas machen, das Ihnen mißfällt. Sie würden alles zur Genehmigung erhalten: Drehbuch, Regisseur, Besetzung; das ist selbstverständlich.«

»Haben Sie etwas Bestimmtes im Auge?« fragte Sam.

Craddock nickte. »Ich habe schon jetzt zwei große Projekte bereit. Das einzige, was ich noch brauche, ist der richtige Produzent. Das eine ist ein Western, der sich für Gary Cooper eignen würde, das andere käme für einen Schauspieler wie Jackie Gleason in Frage. In den richtigen Händen müßten beide Riesenschlager werden.«

Sam überlegte. Mit solchen Schauspielern konnten die Filme kein Mist sein. Diese Stars waren zu gut und zu kostspielig.

»Hören Sie«, sagte Craddock, »ich werde Ihnen die beiden Drehbücher schicken. Lesen Sie sie, und dann reden wir weiter.«

»Eine gute Idee«, sagte Sam.

Der Butler erschien am Tisch und verbeugte sich. »Und nun meine Herren, Sirs, haben wir als Nachspeise eine köstliche Apfeltorte mit Vanille- oder Schokoladeneiscreme à la mode.«

Das war Sams letzte Niederlage: »Ich nehme beides«, sagte er.

Erst nach dem Essen, als er ins Atelier zurückkehrte, fiel ihm ein, daß Craddock mit keinem Wort die Artikel in den morgendlichen Fachzeitungen erwähnt hatte.

3

»Steve!«

Er wälzte sich im warmen Sand auf den Rücken und hob einen Arm, um seine Augen vor der Sonne zu schützen, die bereits in den Pazifik zu sinken begann. »Was gibt es, Goldmädchen?«

Sie kroch über den Sand zu ihm und stützte ihre Arme rechts und links von seiner Brust auf. Sie blickte auf ihn nieder und verdeckte die Sonne.

Er ließ seinen Arm auf ihrem Oberschenkel ruhen. Ihr Fleisch war so warm wie der Sand unter ihm. Er wartete ruhig.

»Du warst weit fort«, sagte sie.

»Eigentlich nicht.«

»Woran dachtest du?«

Seltsam, wie sehr sie einander glichen. Alle. Nach einiger Zeit wollten sie einem ins Hirn kriechen. »An nichts«, sagte er. »Vielleicht wünschte ich einfach, es gäbe tausend Tage wie diesen. Keine Telefonanrufe, keine Menschen, keine Probleme.«

»Dann wärst du nicht glücklich«, sagte sie.

Er dachte einen Augenblick nach. »Nein, wahrscheinlich nicht.«

»Bist du heute abend für eine Party zu haben?« fragte sie.

Er antwortete nicht.

»Ich weiß, so hatten wir es nicht vereinbart, aber es ist Sonntag, morgen fliegst du ja ohnehin zurück nach dem Osten. Und ich muß mich langsam nach Arbeit umsehen.«

Er schwieg noch immer.

»Ardis hat heute morgen angerufen, als du noch schliefst. Die Gavins geben in ihrem neuen Haus eine Party für Sam Benjamin, den Produzenten. Bobby Gavin hat eben die zweite Hauptrolle in dem Western bekommen, den Sam mit Gary Cooper macht, und er sagt, es gibt darin eine prima Rolle für ein Mädchen; ich wäre gerade die Richtige dafür.«

»Geh nur hin«, sagte er, »ich habe nichts dagegen.«

»Nein.« Sie schüttelte den Kopf. »Ich habe versprochen, mit dir zusammenzubleiben. Wenn du nicht gehst, geh ich auch nicht.«

Aber er wußte, wie es war: Ob er mitkam oder nicht, allein würde sie zu der Party nicht gehen. Und wenn sie ihren schwulen Friseur dazu anrufen müßte.

»Auch Bobby sagt, ich habe gute Aussichten auf die Rolle. Das ist einmal ein Job, den Benjamin nicht seiner Freundin geben kann.«

»Freundin?«

»Ja, Marilu Barzini. Sie hat nicht den richtigen Akzent. Ardis sagte mir, er bringe sie zur Party mit.«

»Okay.«

»Okay was?«

»Okay, wir gehen hin«, sagte er.

Das Haus war nicht besonders geräumig, aber es besaß eine große Terrasse, die sich über den Sandstrand zum Meer erstreckte, und die Gäste strömten hinaus in die warme Nacht. Eines Tages würde Bobby Gavin, wenn es seine Frau Ardis irgendwie schaffen konnte, ein großer Star sein.

Bei ihrem Eintritt stand sie an der Tür. »Selena!« rief sie, dann wandte sie sich an Steve. »Und du bist auch gekommen, das freut mich riesig!«

»Ich würde um nichts in der Welt eine deiner Partys versäumen, Ardis«, sagte er und küßte sie auf die Wange.

»Geht hinein und holt euch was zu trinken«, sagte sie, »es sind eine Menge amüsante Leute da.«

Sie trennten sich von ihr, da sie sich bereits anderen Ankömmlingen zuwandte, und drängten sich durch die Menge zur Bar. Leicht war das nicht, denn Selena war sehr beliebt, und daß Steve sie begleitete, machte sie noch interessanter. Es war in Hollywood bekannt, daß der Präsident von Sinclair Broadcasting nicht viele Partys besuchte.

Endlich erreichten sie die Bar. Steve kam zurück in den Saal, ein Glas Whisky in der Hand, aber Selena war inzwischen mit ihren Freunden verschwunden. Der Lärm bedrückte ihn nach dem ruhigen Tag am Strand; er trat hinaus auf die Terrasse, blieb an der Brüstung stehen und blickte aufs Meer.

Am Horizont blinkten die Lichter eines Küstendampfers; die Wellen brachen sich am Strand. Es war fast ein Jahr her, seit er Sam gesehen hatte, fast ein Jahr, seit Sam seinen neuen Vertrag mit Trans-World abgeschlossen hatte.

Irgendwie konnte er sich ihn in Hollywood nicht recht vorstellen; etwas an dem kleinen Mann war so völlig andersartig. Aber er war doch hergekommen, besaß das große Haus in Beverly Hills, seine Kinder besuchten die Beverly-Hills-Schule, und Denise ... Er fragte sich, was wohl Denise machte. Die Nachricht, daß Marilu Sams Freundin war, berührte ihn seltsamerweise unangenehm. Es paßte nicht zu Sam.

Aber schließlich ging es ihn nichts an. Es waren erwachsene Menschen, sie mußten ihr Leben selbst gestalten. Wie er lebte, gefiel wahrscheinlich auch nicht jedem.

Sam und Marilu kamen spät, zumindest nach Hollywooder Begriffen; zehn Uhr dreißig. Um diese Zeit begannen die Gäste bereits Abschied zu nehmen. Montag war ein Arbeitstag, und wer arbeitete, mußte früh im Atelier sein; wer aber nicht arbeitete, wollte es sich nicht anmerken lassen.

Jetzt hörte man Begrüßungsworte vom Eingang. »Ich hatte schon gefürchtet, ihr würdet es nicht mehr schaffen«, sagte Ardis.

Steve beobachtete die Szene; alles schien sich auf Sam und Marilu zu konzentrieren. Sam lächelte, sein Gesicht war leicht gerötet, und er schwitzte. Er hatte schon einige Drinks hinter sich.

Marilu stand neben ihm. Steve betrachtete sie. Kein Zweifel, wann immer sie einen Raum betrat, verblaßten die anderen Frauen neben ihr. Sie stand mit jener Selbstsicherheit neben Sam, wie sie nur einer Frau gegeben ist, die sich ihrer makellosen Schönheit voll bewußt ist.

Jemand reichte Sam ein Glas, und er griff gierig danach. »Wir wurden durch einen Anruf aus Rom aufgehalten«, erklärte er. Dann entdeckte er Steve. Er stockte; eine Art Verlegenheit malte sich auf seinem Gesicht. Er trank seinen Drink und eilte auf die Terrasse.

»Steve!« rief er, umarmte ihn und küßte ihn auf beide Wangen. »Warum hast du mich nicht wissen lassen, daß du hier bist? Wir hätten irgendeine Vereinbarung treffen können.«

»Es ist nur ein kurzer Besuch«, sagte Steve, »nur übers Wochenende. Morgen fliege ich zurück nach New York.«

»Du hättest mich trotzdem anrufen sollen. Wir haben uns so lange nicht gesehen!«

»Du warst beschäftigt.«

»Nicht zu beschäftigt für dich, niemals zu beschäftigt für alte Freunde.« Marilu trat auf sie zu. »Apropos, kennst du Marilu Barzini?« fragte er.

Steve verbeugte sich. »Wir haben einander bei der Oscar-Verleihung kennengelernt. Das war aber nur ein Moment, vor zwei Jahren, und unter sehr vielen fremden Leuten!«

»Steve Gaunt«, sagte Sam zu Marilu.

Marilu nickte. »Ich entsinne mich. Sie sind der Mann, der die Fernsehgesellschaft leitet. Sam telefonierte mit Ihnen von Rom aus, als wir über die Produktion von *Die Schwestern* verhandelten.«

Steve überlegte, dann fiel ihm jenes Telefongespräch ein. Es hatte also bereits damals begonnen, sie war die Frau in Sams Zimmer gewesen. »Sie haben ein phantastisches Gedächtnis.«

»Ich vergesse nie etwas.« Die Art, wie sie es sagte, war sehr überzeugend: Sie würde nie etwas vergessen, das für sie oder ihre Karriere bedeutsam war.

Jemand zog Sam beiseite, so daß Marilu mit Steve allein blieb. »Darf ich Ihnen etwas zu trinken besorgen?« fragte er höflich.

»Champagner«, sagte sie.

Er winkte einen der Kellner heran. Gleich darauf hatte sie das Champagnerglas in der Hand. Steve zündete sich eine Zigarette an. »Gefällt es Ihnen hier?«

Sie lächelte. »Ich liebe Amerika.«

»Haben Sie die Absicht, lange zu bleiben?«

Sie zuckte mit den Schultern. »Sam hat einen Film, in dem ich spielen soll, und dann will man mich für zwei weitere verpflichten.«

»Wunderbar«, sagte Steve. »Was ist es denn für ein Film?«

Sie verzog das Gesicht. »Ein Western, können Sie sich das vorstellen? Ich in einem Western! Aber Sam sagt, das Drehbuch sei sehr gut. Und Gary Cooper spielt die Hauptrolle.«

Steve sah sich im Raum um und bemerkte, daß er und Marilu von Selena beobachtet wurden. Plötzlich fühlte er sich müde. Hoffentlich würde sie nicht schon am heutigen Abend herausfinden, daß sie keinerlei Aussicht hatte, die Rolle zu bekommen.

»Ich bin Ihnen zu Dank verpflichtet«, sagte Marilu.

Seine Gedanken waren weit fort. »Dank!« sagte er überrascht. »Wofür?«

»Damals in Rom. Wenn Sie ihn nicht dazu ermutigt hätten, wäre der Film vielleicht nie gedreht worden.«

»Der Film wäre gedreht worden.«

Sam kam zu ihnen zurück und nahm mit Besitzerallüren Marilus Arm. »Wir müssen gehen. Ich habe versprochen, daß wir noch bei einer anderen Party auftauchen werden.«

»Wie schade«, sagte Steve trocken.

»Ja«, sagte Sam, »ich wünschte, du bliebst noch ein paar Tage. Ich hätte soviel mit dir zu besprechen.«

»Ich habe eine Aufsichtsratssitzung in New York.«

»Wenn du das nächstemal herkommst, ruf mich an, ja?«

Steve nickte. Seine Augen fingen einen Blick von Goldmädchen auf. Einer plötzlichen Eingebung folgend winkte er ihr zu. »Einen Augenblick, Sam. Dort steht eine Schauspielerin, die ich dir gern vorstellen möchte.«

Goldmädchen kam heran, Sam wandte sich zu ihr um. »Goldmädchen, darf ich dich mit Sam Benjamin bekannt machen«, sagte Steve. »Sam, das ist Selena Fisher. Vielleicht wäre sie gerade das richtige Mädchen für den Western, den du machst.«

»Die Besetzung ist vollständig«, sagte Sam. »Morgen wird sie bekanntgegeben. Marilu spielt die Rolle.« Er wandte sich wieder an Selena. »Aber kommen Sie doch einmal zu mir, meine Liebe. Sicher mache ich noch etwas anderes, wofür Sie die Richtige wären.«

Steve begegnete Marilus Blick über Sams Kopf hinweg. Ihre Augen waren kalt und grün. Grün wie die einer Wildkatze in der Nacht. Er lächelte ihr zu, sie lächelte nicht zurück. Es war eine Kriegserklärung.

Das wußte er.

Das wußte sie.

Sam wußte es nicht.

4

In der Limousine setzten sich beide nach hinten. »Zu Dave Diamonds Villa in Bel Air«, sagte Sam zum Chauffeur.

»Nein«, sagte Marilu, »bring mich zurück ins Hotel.«

»Nur für ein paar Minuten, Liebling«, sagte er. »Ich habe Dave versprochen, daß ich auf dem Heimweg zu einem Abendtrunk zu ihm komme.«

»Nein«, wiederholte sie starrköpfig, »ich habe genug von diesen blöden Partys.«

»Es ist aber wichtig. Dave wird deine zwei nächsten Filme finanzieren.«

»Wenn es so wichtig ist, dann laß mich beim Hotel aussteigen und geh allein hin.« Sie drückte sich in ihre Ecke, wandte ihr Gesicht von ihm ab und blickte auf den Verkehr auf der Küstenautobahn.

»Na schön«, sagte er, und zum Chauffeur gewandt: »Fahren

Sie zuerst zum Hotel.«

Sie schwiegen, bis der Wagen in den Sunset Boulevard einbog und die Steigung nach Los Angeles fuhr. »Was hast du eigentlich?« fragte er schließlich.

»Nichts.«

»Etwas muß es doch sein. Du warst guter Laune, als der Abend begann.«

Sie antwortete nicht.

Er griff nach ihrer Hand, doch sie schüttelte ihn ab.

Erst als der Wagen die Vorstadt von Brentwood erreichte, drehte sie sich zu ihm um.

»Bleibst du über Nacht?«

Er schüttelte den Kopf. »Nein.«

»Warum nicht?« fragte sie.

»Mein Gott, Liebste, ich bin doch diese Woche schon einmal ausgeblieben. So viele Ausreden gibt es nicht, die ich Denise erzählen kann. Sie bringt mich noch um.«

Sie ließ ihre Stimme absichtlich verächtlich klingen: »Wenn sie jetzt noch immer nicht Bescheid weiß, muß sie sehr dumm sein.«

Er antwortete nicht.

»Die amerikanischen Männer sind Feiglinge«, fuhr sie fort. »Ich kann verstehen, daß man sich nicht scheiden läßt; dafür gibt es viele Gründe: Vermögen, Steuer und so weiter. Aber Nicki hat keine Minute gezögert. Er hat seine Frau verlassen und ist zu mir gezogen.«

»Wir sind hier nicht in Europa«, verteidigte er sich, »hier ist es anders. Solche Dinge werden nicht gern gesehen.«

»Und darum muß ich allein im Hotel wohnen wie eine *putana*, die du besuchst, wenn du sie brauchst?«

Er griff nach ihrer Hand und hielt sie diesmal fest. »Das ist nicht wahr, Liebling«, sagte er ernst, »und du weißt es genau. Du weißt, was ich für dich empfinde.«

»Und was empfindet Mr. Benjamin, der große Produzent, für mich?«

»Sei nicht sarkastisch! Ich liebe dich.«

»Wenn du mich liebtest, würdest du heute nacht bei mir bleiben. Heute brauche ich dich. Du weißt, wie ich es hasse, allein zu schlafen.«

»Es geht nicht«, sagte er verzweifelt.

Sie legte zärtlich ihre Hand auf seine Hose. »Du weißt, wie ich am liebsten schlafe: wenn ich dich in meiner Hand halten kann, die ganze Nacht.«

»Erschwer es mir doch nicht«, sagte er. »Vielleicht kann ich es morgen abend irgendwie einrichten. Aber heute habe ich versprochen, nach Hause zu kommen.«

»Versprochen!« Sie zog ihre Hand heftig zurück und begann zu weinen.

»Marilu!« Er versuchte unbeholfen, ihr über das Haar zu streichen.

Sie stieß seine Hand wütend fort. »Rühr mich nicht an!« Sie schluchzte.

Wo ihre Nägel ihn verletzt hatten, begann seine Hand zu bluten; er führte sie an den Mund und saugte daran.

»Ich weiß nicht, warum ich auf dich gehört habe«, klagte sie, »Nickie hat mir gesagt, daß du anders bist, daß du mich nicht so gern hast wie er, daß du mich nur ausnutzen willst.«

»Dich ausnutzen?« Jetzt wurde er zornig, die Szene regte ihn auf. »Dich ausnutzen, du gemeines italienisches Fötzchen? Ich hab dich auf eine halbe Million Dollar pro Film plus Beteiligung am Umsatz hochgebracht, und jetzt sagst du, ich habe dich ausgenutzt? Du bist ja nur aus einem einzigen Grund hergekommen. Du gehst dorthin, wo es Geld gibt!«

Ihr Schluchzen verstummte jäh. Er hatte sie zum erstenmal angeschrien. Ihre Miene änderte sich; plötzlich sagte sie ganz ruhig: »Du liebst mich!«

»Natürlich lieb ich dich, du Miststück«, fauchte er sie an, »warum wäre ich sonst hier mit dir, was glaubst du denn, zum Teufel? Da setze ich meine Ehe aufs Spiel und mich selbst dem Gelächter meiner Freunde aus, die meinen, ein alter Mann langt nach seinem letzten Steifen.«

Sie drückte seine Hand an ihre Lippen und leckte das Blut ab. »Ich hab dir weh getan«, jammerte sie, »es tut mir leid, dein Baby entschuldigt sich.«

Er stieß einen tiefen Seufzer aus. »Schon gut, reden wir nicht mehr davon.«

Die Limousine bog in die Einfahrt des Hotels Beverly Hills ein. Marilu glitt näher an Sam heran. »Willst du für einen kurzen Augenblick mitkommen?«

Er antwortete nicht.

»Ich verspreche dir, dich nicht lange aufzuhalten«, sagte sie, drehte seine Handfläche zu ihrem Mund und ließ ihre Zungenspitze daran spielen. »Nur lange genug, um dir zu zeigen, daß es mir wirklich leid tut.«

Ihre Auffassung von einem kurzen Augenblick war von der seinen verschieden. Er fühlte, wie die Müdigkeit in ihm aufstieg. »Ich muß sehr früh aufstehen«, sagte er. »Aber morgen abend.«

»Versprichst du mir's?«

Er nickte.

»Bist du nicht mehr böse?«

»Nein.«

Das Auto hielt an, der Chauffeur stieg aus, öffnete die Tür und blieb wartend stehen.

»Es war wegen deines Freundes«, sagte sie plötzlich.

»Meines Freundes?« fragte er verwundert.

»Ja, der Fernsehmann. Weil er mich so ansah. Er mochte mich nicht.«

»Du irrst dich«, sagte er. »Steve gehört zu deinen Bewunderern.«

»Nein, er mag mich nicht, das war klar. Warum hätte er sonst das fremde Mädchen für die Filmrolle herangerufen?«

»Er wußte nicht, daß du sie spielen solltest.«

»Doch, ich hatte es ihm, kurz bevor du zurückkamst, erzählt. Und er hat sie doch kommen lassen.«

Sam schwieg.

»Vielleicht sieht er mich so an, weil er ein guter Freund deiner Frau ist.«

»Wie sieht er dich denn an?«

»Als wäre ich ein Flittchen«, sagte sie und stieg aus. »Ich möchte ihn nicht wiedertreffen.«

Auch Sam stieg aus. »Du irrst dich bestimmt; Steve ist gar nicht so.«

»Er ist dein Freund, also will ich nichts mehr sagen. Eine Frau soll sich nicht zwischen zwei Freunde drängen.«

»Wenn er das nächstemal herüberkommt, wollen wir zusammen Mittag essen«, sagte Sam, »nur du, er und ich. Dann wirst du sehen, daß du dich getäuscht hast.«

»Möglich.« Sie hielt ihm ihre Wange zum Abschiedskuß hin. »Gute Nacht, Sam.«

Er wartete, bis sie im Hotel verschwunden war, dann stieg er abgespannt wieder in den Wagen. Jetzt hatte er keinen anderen

Wunsch mehr, als sich ins Bett zu legen und zu schlafen. Hoffentlich hatte Denise nicht auf ihn gewartet; er wäre der Aufgabe nicht gewachsen, über den heutigen Abend eine Menge Lügen zu erzählen.

Denise lag im Bett, als sie den Wagen in der Einfahrt hörte; sie legte ihr Buch beiseite und horchte. Sie hörte das Knarren der Haustür, dann seine Schritte auf der Treppe. Rasch löschte sie das Licht und zog die Decken hoch.

Die Schlafzimmertür öffnete sich leise, und ein Lichtschein drang aus dem Vorzimmer herein. Sie schloß fest die Augen, bemüht, möglichst leise und gleichmäßig zu atmen. Er kam lautlos ins Zimmer, und sie spürte, wie er sie ansah. Sie rührte sich nicht, und nach einer Zeit, die ihr sehr lang erschien, wandte er sich um und ging hinaus.

Sie lauschte in der Dunkelheit auf die leisen gedämpften Geräusche, die er beim Ausziehen machte: das dumpfe Auftreten der Schuhe, das Rascheln von Hemd und Hose. Sie hörte, wie er ins Badezimmer ging und sich im Gästezimmer schlafen legte.

Sie drückte ihr Gesicht in das Kissen und weinte; es war ein leises, unterdrücktes Schluchzen. Hollywood. Sie haßte es.

5

»Ich bin ein Ein-Mann-Filmatelier«, brüstete sich Sam hemmungslos. »Wenn morgen die Aufnahmen für *Schau, Mama, der dicke Clown weint!* beginnen, wird das der siebente Streifen sein, den ich dieses Jahr produziere. Nicht übel für einen, der erst das zweite Jahr in Hollywood ist, nicht wahr?«

Steve saß ihm gegenüber am Tisch und musterte ihn. Sams Begeisterung war ansteckend. »Nicht schlecht«, stimmte er ihm bei.

Sam sah sich in der dicht besetzten Kantine um, beugte sich vor und sagte mit gesenkter Stimme: »Weißt du, als ich herkam, war es hier so leer, daß man Tontauben schießen konnte. Jetzt ist es brechend voll, und die meisten dieser Leute arbeiten bei meinen Filmen. Man sagt«, flüsterte er, »Rory Craddock wäre hier rausgeflogen, wenn er nicht den Vertrag mit mir gemacht hätte. Die ganze Scheißfirma lebt von mir!«

Steve lachte. »Aber wie kommt man hier zu einem Drink?«

Sam machte ein langes Gesicht. »Verdammt, daran hätte ich denken sollen, bevor wir aus meinem Büro fortgingen. Hier bekommt man nur Wein oder Bier. Aber ich wollte nicht zu spät kommen; Marilu will sich in der Mittagspause zu uns setzen.«

»Könnte ich ein Bier haben?«

Sam winkte der Kellnerin. »Ein Bier für Mr. Gaunt.« Er wandte sich wieder Steve zu. »Ich bin froh, daß du mich angerufen hast; ich wollte, daß du Marilu besser kennenlernst. Sie ist nicht nur eine große Schauspielerin, sondern auch eine wunderbare Frau.«

Die Kellnerin brachte das Bier. »Wie geht es mit ihrem Film?« fragte Steve.

»Phantastisch, die Muster sind unglaublich! Als Cooper wegen eines Streits ausschied, glaubten wir schon, es würde alles schiefgehen. Aber dann angelte ich mir Jack Claw, und der ist hervorragend. Am wichtigsten ist natürlich Marilu, durch sie wird das Ganze gehoben, so daß es nicht einfach wieder irgendein Western ist.«

»Das freut mich. Und wie geht es Denise und den Kindern?«

»Denise geht's prima; was man über Hollywood sagt, stimmt wirklich: Es gibt keinen besseren Ort auf der Welt für die Erziehung der Kinder. Du solltest sie sehen, sie sind überglücklich hier.«

»Ich würde sie gern einmal sehen«, sagte Steve.

»Machen wir. Nächstens kommst du zu uns zum Abendessen. Ich werde Denise sagen, sie soll deine geliebten Brustflanken von dem koscheren Fleischer drüben in Fairfax holen lassen.«

»Laß mich's bald wissen«, sagte Steve, »mir läuft schon jetzt das Wasser im Mund zusammen.«

Vom Eingang her drang Lärm herüber. Steve wußte ohne hinzublicken, daß Marilu gekommen war. Sie blieb stehen, schrieb für einige Gäste Autogramme und kam dann durch den Mittelgang zu ihrem Tisch. Sie erhoben sich.

Sam machte Marilu zwischen sich und Steve Platz. Er küßte sie auf die Wange: »Du siehst wunderbar aus, mein Schatz!«

»Dieses Make-up ist schauderhaft«, sagte sie, »aber du bist lieb.« Sie begrüßte Steve: »Wie nett, Sie wiederzusehen, Mr. Gaunt!«

Er ergriff ihre ausgestreckte Hand: »Ganz meinerseits, Miss Barzini.«

»Wir sind so formell – das ist gar nicht amerikanisch«, sagte sie. »Nennen Sie mich doch einfach Marilu.«
»Wenn Sie mich Steve nennen.«
Sie blickte auf sein Glas. »Ist das Bier?«
Er nickte.
»Ich bin so durstig, darf ich?« Sie nahm das Glas, trank und stellte es mit einem Seufzer wieder hin. »Wir waren den ganzen Morgen auf dem hinteren Gelände, und die Sonne brannte fürchterlich.«
Sam rief die Kellnerin. »Noch zwei Bier. Ach, nein, verdammt, bringen Sie drei. Ich habe genug von dem Diätzeug!«
Die Kellnerin nickte und blieb abwartend stehen. »Das Übliche zum Lunch, Mr. Benjamin?«
»Ja«, sagte er. Und zu Steve: »Das Essen ist nicht übel, du kannst fast alles bestellen, ohne eine Vergiftung zu riskieren.«
Marilu aß nicht, sondern stocherte nur auf ihrem Teller herum, während Sam die Pommes frites daraus aufpickte. Steve war bald mit dem Steak fertig, lehnte sich zurück und trank seinen Kaffee.
»Sind Sie oft hier im Westen, Steve?« fragte Marilu.
»Das kann man wohl sagen«, antwortete er, »fast die Hälfte meiner Zeit. Ich frage mich, ob es nicht ein guter Gedanke wäre, mein Büro hierher zu verlegen.«
»Früher oder später wirst du das tun müssen«, stimmte Sam zu, »es spielt sich ja doch alles hier ab.«
Die Kellnerin kam an den Tisch. »Ihr Büro ruft an, Mr. Benjamin, soll ich Ihnen den Apparat herbringen?«
Sam schüttelte den Kopf. »Bemühen Sie sich nicht; es geht schneller, wenn ich draußen spreche.«
Sie blickten ihm nach, während er den Gang entlangging und nach dem Hörer griff. Er sprach in schnellem Tempo.
»Er arbeitet zu viel«, sagte Marilu, »nie gönnt er sich eine Pause.«
Steve sah sie schweigend an.
Sie erwiderte gelassen seinen Blick. »Arbeiten Sie auch so?«
Er zog die Schultern hoch. »Ja und nein.«
»Eine sehr europäische Antwort«, gab sie zurück.
»Ich bemühe mich, es nicht zu tun. Aber manchmal erwischt es mich doch.«
»Sie sind wie alle Amerikaner: Zuerst kommt das Geschäft. Wenn dann noch etwas Zeit bleibt und man nicht zu müde ist,

kommt das andere.«

Er lächelte, aber in seinen Augen lag nichts Heiteres.

Sie erwiderte sein freudloses Lächeln. »Sie mögen mich nicht.« Es war eher eine Feststellung als eine Frage.

»Das hab ich nicht gesagt.«

»Mein Englisch ist nicht gut genug. Vielleicht hätte ich sagen sollen: Sie haben keine gute Meinung von mir.«

»Das ist doch ganz unwesentlich; es geht mich nichts an.«

»Ein richtiger Amerikaner – so korrekt. Aber als sein Freund meinen Sie, daß ich für ihn nicht gut bin.«

»Sind Sie es denn?«

»Ich glaube ja, in vielerlei Hinsicht. Für seine Karriere, für sein – wie nennen Sie es doch – sein Ego.«

Steve antwortete nicht.

»Im Leben eines jeden Mannes sollte es eines Tages eine Frau wie mich geben«, sagte sie. »Ich tauge mehr für ihn als irgendein billiges kleines Starlet, das nur immer versuchen würde, ihm alles abzuluchsen. Ich gebe ihm soviel wie er mir. Bei mir ist er ein Mann.«

»Ein Mann war er immer«, sagte Steve.

Sam kam mit zornigem, rotem Gesicht zum Tisch zurück. »Verdammte Idioten!« schnaubte er, indem er sich setzte. Und zu Marilu: »Es tut mir leid, aber ich muß dir für heute abend absagen. Der Regisseur und die Autoren liegen sich wegen des Drehbuchs in den Haaren, und ich muß mit ihnen zusammenkommen, um das in Ordnung zu bringen. Wir beginnen schon morgen früh mit den Aufnahmen.«

»Oh«, sagte Marilu, »und ich hatte alles vorbereitet. Ich wollte *pasta asciuta* kochen.«

Sams Blick glitt von ihr zu Steve. »Ich habe eine Idee: Geh du zu ihr zum Essen. Und wenn ich früh genug fertig bin, komme ich später nach.«

»Vielleicht hat Steve eine andere Verabredung?« sagte Marilu leicht herausfordernd.

»Nein, ich habe keine.«

»Sehr gut«, sagte Sam lächelnd. »Du kennst keine richtige *pastasciutta,* bevor du sie nicht bei Marilu probiert hast.«

»Ich freue mich schon darauf. Wann und wo?«

»Acht Uhr. Bungalow drei, Hotel Beverly Hills«, sagte sie.

»Das erleichtert die Sache, ich wohne auch dort.«

Sie erhob sich. »Ich muß zur Dekoration zurück.«

Sie blickten ihr nach, dann sagte Sam: »Ich bin froh, daß du nicht abgelehnt hast. Denk dir, das arme Kind glaubt, du magst sie nicht.«

Er kam aus dem kühlen Dunkel der Polo Lounge mit ihrer Klimaanlage und trat durch die Seitentüren in die Hitze des sinkenden Tags. Er blinzelte einen Augenblick und beschritt den duftenden Gartenpfad. Bungalow drei lag direkt hinter dem Buchhaltungsbüro. Er stieg die Stufen hinauf und klingelte.

Die Tür öffnete sich, eine dunkelhaarige Frau mittleren Alters im schwarzen Dienstkleid ließ ihn mit einem Knicks ein. »*Signore.*«

Drinnen war es nur wenig kühler. Die Fenster standen weit offen.

Marilu trat ins Zimmer, und er wandte sich vom Fenster ab. »In einem Zimmer mit Klimaanlage kann man keine *pasta* essen«, sagte sie. »Das schadet ihr.«

»Ja«, sagte er, »sie wird kalt.«

Sie wußte nicht, ob er das ironisch meinte. »Ja«, sagte sie zögernd.

»Entschuldigen Sie«, bat er sofort, »das sollte ein Witz sein.«

Sie lächelte. »Ich verstehe den amerikanischen Humor noch nicht ganz.«

»Das kommt schon noch, es braucht seine Zeit.«

»Geben Sie mir Ihre Jacke.«

Plötzlich bemerkte er, daß sie ein gewöhnliches Kattunkleid trug, das in einem Broadwayladen nicht mehr als drei Dollar gekostet haben konnte, und keine Schminke aufgelegt hatte: Er holte tief Atem; was sie trug, spielte keine Rolle, sie war eine natürliche Schönheit.

Sie nahm ihm seine Jacke ab und hängte sie in einen Wandschrank. »An der Bar stehen Drinks; bedienen Sie sich. Ihren Schlips können Sie auch abnehmen. Ich muß zurück in die Küche.«

Er sah ihr nach; offenbar trug sie nichts unter dem Hauskleid, deshalb klebte es ihr so feucht am Körper. Er lockerte seinen Schlips und ging zur Bar.

Er war eben dabei, sich einen ausgiebigen Whisky einzuschenken, als ihre Stimme aus der Küche ertönte: »Keinen allzu kräftigen Drink, bitte! Sie dürfen Ihren Geschmackssinn nicht verlieren.«

»Keine Angst, Italienermädchen, ich fange gerade erst an, ihn zu finden.«

6

Das Essen war raffiniert. Zuerst *antipasto* mit Sellerie und frischen Salatblättern, festen knusprigen Schalotten und Radieschen, garniert mit eisgekühltem Thunfisch, Genueser Salami in dünnen Scheiben, schwarzen und grünen Oliven und kleinen roten und grünen Peperoni. Dann die *pasta: Lasagne al forno. Al dente* mit einer köstlichen Sauce und Einlagen aus Fleisch und italienischen Wurstscheiben. Der *Chianti classico* war gerade richtig gekühlt, und als Nachtisch gab es *zabaglione,* den sie selbst bei Tisch schlug. Zum Abschluß schwarzen starken *espresso* aus einer kleinen Maschine, die mitten auf dem Tisch stand.

Er lehnte sich in seinem Stuhl zurück. »Ich hätte nie gedacht, daß ich so viel essen kann«, sagte er.

»Nicht soviel wie ich.«

»Ich weiß nicht, wo Sie das hinstecken.« Das war richtig bemerkt. Sie hatte ungewöhnlich viel gegessen. Sie lachte. »Ich habe darin mehr Praxis als Sie.«

Das Mädchen räumte den Tisch ab. Marilu erhob sich. »Gehen wir wieder ins Wohnzimmer.«

Das Telefon klingelte. Sie ging zu dem Tischchen und nahm den Hörer ab. »Hallo.« Es war Sam.

Sie horchte einen Augenblick. »Das tut mir leid«, sagte sie, »dann also auf morgen.« Sie sah zu Steve hinüber. »Sam möchte mit Ihnen sprechen.«

Steve nahm ihr das Telefon aus der Hand; Sams Stimme drang an sein Ohr. »Ich sitze hier fest, ich kann nicht kommen. Hatte ich recht mit der *pasta?«*

»Absolut.«

»Wie lange bleibst du hier? Ich möchte mit dir zusammenkommen, ich habe einige Ideen.«

»Noch ein paar Tage.«

»Morgen geht es kaum; wie wäre es übermorgen?«

»Einverstanden. Deine Sekretärin soll bei mir im Büro anrufen und die Zeit festsetzen.«

»Okay«, sagte Sam. »Und danke.«

»Wofür?« fragte Steve verwundert.

»Daß du nett zu meiner Freundin bist. Ich weiß das zu schätzen.«

Er hängte ein, und Steve stellte das Telefon nieder. Marilu stand an der Bar. Sie kam mit zwei Gläsern auf ihn zu. Er spürte, wie ihre Finger zitterten, als er seines entgegennahm. »Fühlen Sie sich nicht ganz wohl?« fragte er.

Sie nickte. »Doch, ausgezeichnet.«

»Sie müssen erschöpft sein. Den ganzen Tag haben Sie in der Hitze gearbeitet, dann kommen Sie zurück und kochen. Am besten ich gehe jetzt, und Sie ruhen sich aus.«

»Nein«, sagte sie gepreßt. »Gehen Sie nicht.«

»Im Bett wird es behaglicher sein.«

»Ich fühle mich ganz wohl«, sagte sie. »Das Essen habe nicht ich gekocht; ich habe es holen lassen, bei Billy Karin's Casa auf dem Santa Monica Boulevard. Er ist der einzige, der so kocht, wie wir zu Hause.«

»Im Ernst?«

»Warum schauen Sie mich so verblüfft an? Wir sind ja hier in Hollywood, nichts ist so, wie es scheint, nichts ist echt.«

Er schwieg.

»Ich kann gar nicht kochen, hab es nie gelernt. Als ich vierzehn war, kam ein Filmregisseur mit seiner Gesellschaft zu uns nach Marsala. Ich fiel ihm auf; ich war damals schon erwachsen. Zwei Wochen später nahm er mich mit nach Rom. Mein Vater war froh, er hatte sieben andere Mäuler zu füttern.«

Sie wandte sich jäh ab. »Die Sizilianer sind nicht gar so streng mit ihrer Ehre, wissen Sie, wie sie einem immer einreden wollen. Erstaunlich, wieviel damals zehntausend Lire ausmachten!«

Zehntausend Lire – das war weniger als zwanzig Dollar. »Es kränkt mich für Sie«, sagte er.

»Warum denn«, antwortete sie, ohne ihm das Gesicht zuzuwenden. »Ich hab damals etwas von meinem Vater gelernt: daß alles seinen Preis hat, sogar die Ehre. Und diese Lektion hat mir gutgetan.

Nach dem Regisseur kamen andere, immer gab es jemanden. Und nun ist es Sam. Sie hatten also recht, was mich betrifft.«

Er sah die Tränen in ihren Augen. »Nicht ganz«, sagte er.

»Lieben Sie ihn?«

Ihr Blick begegnete dem seinen. »Nein, nicht in dem Sinn, wie Sie es meinen. Aber ich liebe ihn auf meine Weise, ich achte ihn.«

»Warum bleiben Sie dann bei ihm?« fragte er. »Sie haben es doch nicht mehr nötig, Sie sind jetzt ein Star.«

»Das sage ich mir auch, aber ich glaub nicht recht daran. Ich habe Angst. Angst, daß mir nichts mehr gelingt, wenn ich allein bin.«

»Das ist aber nicht richtig«, sagte er. »Was Sie sind, haben Sie selbst aus sich gemacht. Sie haben es allein erreicht, Sie standen vor der Kamera, Sie allein. Nicht irgendwer, sondern Sie, dort auf der Leinwand vor der ganzen Welt. Sie.«

»Sie sind ein sehr guter Mensch, Stephen Gaunt. Ich danke Ihnen.«

»Und Sie sind eine sehr schöne Frau, Italienermädchen, und ob Sie nun selbst das Essen gekocht haben oder nicht – es ist jedenfalls die beste *pasta,* die mir je vorgesetzt wurde.«

»Und wie steht es mit Ihnen?« fragte sie. »Sie sprechen nicht viel über sich.«

»Da gibt es nicht viel zu erzählen.«

»Bei keinem gibt es viel zu erzählen, die meisten tun's aber doch. Unaufhörlich. Sie sehe ich heute zum zweitenmal, und jedesmal hören Sie nur zu. Alle anderen erzählen einem ständig, was für große Leute sie sind. Sie nicht. Sind Sie ein großer Mann?«

»Ich bin der Beste, den es gibt.«

Sie sah ihn ernsthaft an. »Das glaube ich auch. Sind Sie verheiratet?«

»Nein. Ich war es.«

»Geschieden?«

»Sie ist gestorben.«

»Oh.« Jetzt lag Mitgefühl in ihrem Blick. »Hatten Sie sie sehr lieb?«

»Ja.« Er zögerte. »Aber ich wußte nicht, wie sehr, bis es zu spät war.«

Sie nickte. »So geht es eben; die Dinge, die wir haben, schätzen wir nicht genug.«

Er warf einen Blick auf seine Uhr. »Es ist elf; wenn Sie morgen früh vor der Kamera gut aussehen wollen, muß ich mich jetzt verabschieden.«

»Ich arbeite morgen nicht.«

»Was tun Sie an Ihren freien Tagen?« fragte er neugierig.

»Morgen früh habe ich einige Anproben; dann komme ich hierher zurück und warte, bis mich Sam anruft. Wenn er kann, essen wir abends zusammen.«

»Und wenn er nicht kann?«

»Dann esse ich allein, schau mir das Fernsehprogramm an und gehe zu Bett. Übermorgen ist besser, da arbeite ich. Wenn ich arbeite, fühle ich mich wohler.«

»Gehen Sie nicht aus? Ins Kino? Irgendwohin?«

Sie schüttelte den Kopf. »Nein. Wie würde das aussehen? Marilu Barzini, der Star, geht allein aus? Aber das macht nichts, ich bin es gewohnt.«

»Es ist nicht gut, sich so einzuschließen.«

»Es wird nicht mehr lange dauern«, sagte sie. »Mein Entschluß ist gefaßt. Ich unterschreibe die Verträge für die beiden anderen Filme nicht mehr, sondern fahre zurück nach Italien. Dort kann ich frei sein, dort bin ich zu Hause.«

»Weiß Sam davon?«

»Nein, wieso denn? Ich habe mich erst heute abend dazu entschlossen.«

»Kommen Sie auf Ihrer Rückreise über New York?«

»Wenn Sie mich darum bitten«, sagte sie.

»Ich bitte Sie darum.«

»Dann werde ich kommen.«

Er ging auf sie zu, und sie ließ sich von ihm umarmen. Sie lehnte den Kopf an seine Brust, und so standen sie eine Weile zusammen. Dann hob er ihr Gesicht zu sich empor und küßte sie sanft. »Gute Nacht, Italienermädchen.«

»Gute Nacht, Stephen Gaunt.«

Er nahm seinen Schlips von der Couch, sie reichte ihm seine Jacke. Schweigend, ohne ein weiteres Wort, verließ er sie. Sie betrachtete noch lange die geschlossene Tür; dann ging sie ins Schlafzimmer, und es war ihr so wohl zumute wie schon lange nicht mehr.

»Hast du das gesehen, Sam?«

Er hatte sich mit seinem Schinken und Ei befaßt. Nun sah er seine Frau an. »Was gesehen?« fragte er mit halbvollem Mund.

Denise reichte ihm den *Reporter* und wies auf eine kurze

Nachricht auf der Titelseite: BARZINI WILL NACH REITER NACH ROM ZURÜCKKEHREN.

Er warf einen Blick auf den Artikel, nickte und aß weiter.

»Ich dachte, du hättest sie noch für zwei weitere Filme verpflichtet«, sagte Denise.

»Wir haben uns darauf geeinigt, davon abzusehen. Sie ist hier nicht glücklich, sie arbeitet lieber in Rom.«

Denise gab sich Mühe; ihre Stimme sollte die plötzliche Erleichterung nicht verraten. »Wird das deine Pläne irgendwie beeinflussen?«

»Sicher«, sagte er und schluckte einen großen Bissen hinunter. »Vielleicht werde ich nun, wenn ich nicht mehr pausenlos hinter ihr herlaufen und ihr den Topf halten muß, manchmal abends früher nach Hause kommen können.«

»Wie heute abend?«

Er legte Messer und Gabel beiseite und griff nach ihrer Hand. »Ja, Mama«, sagte er, »wie heute abend.«

7

Steve kam kurz nach Mitternacht nach Hause. Das Telefon klingelte. Er nahm den Hörer. »Hallo?«

Mit leichtem Akzent: »Stephen Gaunt?«

»Ja.«

»Sie sagten, ich sollte Sie anrufen, wenn ich nach New York komme.«

»Italienermädchen! Wann kommst du an?«

»Ich bin schon in New York, auf dem Flughafen. Mein Flugzeug ist gerade gelandet.«

»Ist der Film fertig?«

»Ja, gestern war der letzte Drehtag. Ich mußte heute morgen noch einige Szenen synchronisieren, sonst wäre ich früher gekommen.«

»Weiß Sam, daß du fort bist?«

»Nein.« Sie zögerte. »Ich hielt es für besser, in aller Stille zu verschwinden. Ich habe versucht dich anzurufen, aber du warst nie da.«

»Holt dich jemand mit dem Wagen ab?«

»Nein, ich habe mich erst heute morgen entschlossen abzufliegen. Mein Mädchen wird meine Sachen packen und mir nachreisen.«

»Ich schick dir einen Wagen; er wird in dreißig Minuten dort sein.«

»Nicht nötig, ich nehme ein Taxi.«

»Vergiß nicht, daß du ein Star bist! Taxis sind für gewöhnliche Leute.«

Sie lachte. »Gut, dann warte ich also. In der Halle, bei United Airlines.«

Er legte den Hörer auf und griff nach dem Haustelefon.

»Sagen Sie meinem Chauffeur, ich will ihn sprechen.« Er zögerte. »Nein, sagen Sie ihm, er soll warten, ich komme gleich hinunter!«

Die Presse und die Fotografen waren schneller als er. Trotz der späten Stunde schienen sie aus dem Nichts aufzutauchen. Marilu saß auf einem Geländer, was ihnen die Chance gab, ihre Beine auf das Bild zu bekommen. Ihr kurzer Rock wirkte auf diese Weise noch kürzer.

Er blieb geduldig wartend hinter ihnen stehen.

Sie sah ihn und winkte. »Stephen Gaunt!«

Alle wandten sich um, man machte ihm Platz. Sie sprang vom Geländer und lag in seinen Armen. Sie küßten sich, die Blitzlichter krachten wie chinesische Knallfrösche.

»Noch einmal!« rief ein Fotograf. »Meine Kamera hat gestreikt.«

Sie blickte ihn fragend an.

Er grinste. »Warum nicht?«

Sie wiederholten den Kuß für den Fotografen; Steve wandte sich an die anderen. »Ich könnte noch die ganze Nacht weitermachen, aber Miss Barzini hat einen langen Flug hinter sich. Sie ist müde.«

Sie gingen zum Ausgang, einige Reporter folgten ihnen. »Eine Liebesaffäre?« fragte einer.

»Wir sind alte Freunde«, erklärte Steve.

»Wie lange kennen Sie sich schon?« fragte ein anderer.

»Wie wär's mit einem Monat?«

Sie lachten. Das Gepäck lag schon im Wagen, der Chauffeur öffnete ihnen die Tür.

Marilu stieg ein, er folgte ihr. »Bleiben Sie lange hier?« fragte ein Reporter.

Sie lächelte. »Ich habe mich noch nicht entschieden.«

Steve winkte dem Chauffeur, und der Wagen fuhr auf die Straße hinaus; die Reporter blieben zurück. Steve drückte auf einen Knopf, und die gläserne Zwischenwand glitt nach oben.

»Willkommen in New York, Italienermädchen.«

Sie sah ihn eine Weile an, dann sagte sie: »Das meinst du im Ernst, ja?«

»Ja.«

»Ich glaube dir. Merkwürdig.«

»Was ist merkwürdig?«

»Ich bin es so gewohnt nicht zu glauben, was die Leute sagen. Wenn du es jedoch sagst, dir glaube ich. Weißt du, seit unserem gemeinsamen Abendessen konnte ich es gar nicht erwarten, daß der Film endlich fertig wurde. Ich dachte an nichts anderes als herzukommen und mit dir zusammen zu sein.«

Er schwieg.

»Glaubst du mir?« fragte sie.

Er nickte.

»Warum sagst du nichts?«

»Ich weiß nicht«, antwortete er zögernd.

Sie nahm seine Hand und führte sie an die Lippen. »Ich auch nicht«, flüsterte sie.

Sie klammerte sich an ihn; ihre Hitze verschlang ihn; es war, als schmelze er in einem Hochofen dahin. »Stephen Gaunt«, schrie sie. »Nein! Das ist eine Welt, die ich nie gekannt habe! Ich hab Angst!«

Er behauptete sich gegen ihr Feuer. »Keine Angst«, flüsterte er, »du bist bei mir. Laß dich doch gehen!«

»Nein!« Plötzlich stieß sie ihn wie rasend von sich; ihre Hände schlugen gegen seine Brust und Schultern.

Er hielt sie gefangen, sein Gewicht lastete auf ihr, sein Unterarm lag an ihrer Kehle und nahm ihr die Luft. Sie kämpfte, wälzte und wand sich hin und her. Er verstärkte den Druck unerbittlich; ebenso plötzlich, wie sie sich zu sträuben begonnen hatte, ließ sie davon ab. Sie blickte mit offenem Mund, nach Atem ringend, zu ihm empor.

»Du hättest mich umgebracht«, sagte sie leise. Eine seltsame, gleichsam respektvolle Note lag in ihrem Tonfall. »Du bist nicht wie die anderen.«

Sie nahm ihn in sich auf, verengte sich in rhythmisch pulsender Spannung, um ihn zum Höhepunkt zu bringen. Instinktiv ihrem Begehren folgend, begann er sich auf und ab zu bewegen.

»Ist es dir so recht?« flüsterte sie.

»Ja.«

Sie nickte; wieder einmal hatte sie ihre Selbstsicherheit gefunden.

Er verhielt sich bewegungslos. »Du kennst alle Tricks, nicht wahr?«

Sie lächelte. Plötzlich wälzte er sich von ihr weg, stand neben dem Bett und blickte auf sie nieder.

Sie folgte ihm sofort, ihre Hand führte ihn an ihren Mund. »Mein starker schöner Schwanz«, flüsterte sie. »Laß mich ihn lieben!«

Er blieb einen Augenblick stehen, spürte ihre scharfen Zähne, dann hob er ihr Gesicht zu sich empor. »Nein. Ich will, daß du *mich* liebst, nicht ihn.« Er nahm seinen Bademantel vom Stuhl. »Und ich will auch dich lieben. Hätte ich dich bloß ficken wollen, dann hätte ich es damals in Kalifornien getan.«

Es war ein Ferngespräch aus New York. Roger Cohen. »Sam?«

»Ja«, sagte er ärgerlich; manchmal wünschte er, er hätte ihn nicht wieder genommen.

»Weißt du, wo deine Freundin heute ist?« fragte Roger höhnisch.

»Natürlich. Marilu ist im Hotel Beverly Hills. Wir sind gestern mit den Aufnahmen fertig geworden.«

»›Natürlich‹ sagst du!« Und nun vergoß Roger sein tägliches Gallenquantum. »Wie kommt es dann, daß die heutigen Morgenblätter sie eng umschlungen mit Stephen Gaunt im Flughafen Idlewild zeigen?«

»Nein!« Sam konnte es nicht glauben.

»Soll ich dir die Ausschnitte schicken?«

»Schon gut«, sagte Sam. »Ich glaube dir.« Und einen Augenblick später: »Diese Stinkpunze!«

»Was ist mit den Filmen, die wir mit ihr machen sollten?« fragte Roger.

»Die haben wir gestrichen. Sie sagte, sie sei hier nicht glücklich.«

Roger wurde noch wütender. »Ist ja wunderbar! Nun hast du deine fünf Streifen für Trans-World gemacht, aber für unsere eigene Gesellschaft haben wir nicht mehr als vor einem Jahr. Nicht einen einzigen Film mit ihr! Den einen hast du ihnen auch noch überlassen.«

»Aber die eineinviertel Millionen Produzentenhonorar, die ich für uns bekommen habe, waren doch nicht übel.«

»Wo kommen wir damit hin, glaubst du, wenn wir keine Filme zu vertreiben haben! Unsere Spesen belaufen sich jetzt schon auf mehr als fünzehntausend in der Woche. Wenn wir nicht in allernächster Zukunft Filme bekommen, können wir gleich die Bude schließen.«

»Ich habe schon einige Projekte«, sagte Sam. »Ich warte nur noch auf die Genehmigung aus Craddocks Büro.«

»Wie lange wird das dauern?«

»Ich soll heute Bescheid bekommen, es ist nur eine Formalität.«

»Ich hoffe, es sind gute Filme«, sagte Roger. »Wir haben sie dringend nötig.«

Sam ärgerte sich noch, nachdem er den Hörer aufgelegt hatte. Daß er nichts gemerkt hatte! Seit jenem Tag, an dem sie Steve zum Abendessen eingeladen hatte, war sie verändert. Sie hätte es ihm zumindest sagen können.

Dann aber empfand er eine gewisse Erleichterung. Eigentlich war es besser so. Sie hatte ihn eine Zeitlang völlig in Anspruch genommen, und er wußte nicht, wie er sich lösen sollte. Für kurze, improvisierte Eintagsgeschichten war er zu haben, aber eine Liebesaffäre – das war zu beschwerlich.

Es war ihm ganz recht, für solche Dinge zu alt zu sein.

8

»Wir kommen nicht darum herum«, sagte Steve, »wir müssen selbst produzieren. Tun wir das nicht, sind wir jeder Filmgesellschaft ausgeliefert.«

»Wir sind ja nicht in der Filmbranche«, sagte Spencer Sinclair, »sondern im Fernsehen.«

»Wir *sind* die Filmbranche«, erklärte Steve, »ferner sind wir die Presse und das Verlagsgeschäft. Wir spielen eine Rolle im Baseball-, im Fußballgeschäft, ja sogar in der Politik. Es war nicht zuletzt uns zu verdanken, daß Kennedy gewählt wurde.«

Sinclair sah ihn wortlos an.

»Was ich damit sagen will, Spencer: Wir arbeiten im Nachrichtenwesen, und das muß einfach alles decken. Unser 50-cm-Schirmchen nährt sich freßgierig wie tausend Tiger an der Welt, und wenn wir seinen Appetit nicht stillen, wird es mit uns bald vorbei sein.«

Spencer beschäftigte sich einige Minuten lang mit den Papieren auf seinem Schreibtisch, dann blickte er wieder auf Steve. »Und was glaubst du also, sollten wir tun?«

»Wir beginnen sofort, Filme herzustellen«, sagte Steve. »Das können wir auf zwei Arten: Entweder wir bauen eine eigene Produktionsgesellschaft auf oder wir kaufen uns eine.«

»Du hast wohl eine bestimmte im Auge?«

Steve nickte. »Trans-World.«

»Ich dachte, die übernimmt dein Freund.«

»Eher umgekehrt. Sam ist Produzent und Verkäufer, eigentlich kein Geschäftsmann.«

»Weshalb nimmst du an, daß die Leute verkaufen wollen?«

»Ich habe ihre Jahresberichte der letzten fünf Jahre studiert. Es ist vier Jahre her, seit sie einen Gewinn vorzuweisen hatten, und ihre Verluste betragen mehr als zwanzig Millionen Dollar. Ihr wichtigstes Aktivum stellt ihr Filmbestand dar, den sie auf einen Wert von hundertfünfzig Millionen Dollar schätzen.«

»Wie viele Aktien haben sie ausgegeben?«

»Ungefähr drei Millionen Aktien zu rund zweiundzwanzig. Wenn wir ein Angebot von dreißig Dollar pro Aktie machen, würden wir, glaube ich, innerhalb einer Woche alles in der Hand haben. Die Direktion ist eingeschlafen, sie besitzt so gut wie nichts.«

»Das könnte neunzig Millionen Dollar kosten«, sagte Sinclair.

»Muß aber nicht Bargeld sein«, sagte Steve. »Wir könnten Aktien anbieten.«

»Nein, ich habe nicht die Absicht, meinen Aktienbesitz zu verdünnen. Wenn ich mich überhaupt dazu entschließe, dann kaufe ich gegen Barzahlung.«

»Das ist deine Sache«, sagte Steve, »du bist der Boss.«

Sinclair lächelte plötzlich. »Warum hab ich dann nur immer den Eindruck, herumgestoßen zu werden?«

Steve erwiderte das Lächeln herzlich. »Vielleicht deshalb, weil du so selten ins Büro kommst, Spencer. Und wenn du es tust, mußt du immer wichtige Entscheidungen treffen.«

Sinclair lachte. »Du kannst nie locker lassen, wie?«

Steve schwieg.

»Laß die Sache von der Rechtsabteilung untersuchen. Es könnte Komplikationen geben; mit dem Antitrustgesetz und dem Bundesausschuß für Nachrichtenwesen.«

»Sie arbeiten bereits daran.«

»Und wie steht es mit den Betriebsverlusten von Trans-World? Wird das unsere Gewinn- und Verlustrechnung beeinträchtigen?«

»Vielleicht, wenn wir den Betrieb wie bisher aufrechterhalten. Ich will aber eigentlich nur den Filmbestand und die Studios; die Vertriebsgesellschaft werde ich abstoßen.«

»Hast du eine Ahnung, wer sie vielleicht haben möchte?«

Steve nickte.

»Wer?«

»Sam Benjamin«, sagte er. »Er träumt davon, aus Samarkand einen Großvertrieb zu machen, und das einzige, worüber er nicht verfügt, ist eine betriebsbereite Organisation.«

»Und warum nimmst du an, daß er einsteigen wird?« fragte Sinclair. »So wie die Sache steht, würden wir ja das Beste für uns behalten.«

»Eigentlich nicht. Wir würden doch auch weiterhin einen Vertrieb für die Filme, die wir herstellen, benötigen. Wir brauchen nur die richtige Vereinbarung, und dann kann es für keinen von uns schiefgehen. Er ist der beste Verkäufer in der Branche.«

»Mit einer Ausnahme«, sagte Sinclair.

Steve blickte ihn an. »Wer sollte das sein?«

»Du.« Sinclair lachte und erhob sich. »Manchmal frage ich mich, warum ich mir überhaupt noch die Mühe nehme, ins Büro zu kommen.«

»Du weißt ja, du wärst sonst nicht glücklich«, sagte Steve.

»Wahrscheinlich«, sagte Sinclair nachdenklich. »Nun, irgendwann werde ich es ja doch aufgeben müssen; dann wird alles wirklich nur von dir abhängen.«

Steve wußte, was er meinte; es gab ein vorgeschriebenes Pensionierungsalter in der Gesellschaft. »Bis dahin bleib aber bei uns«, sagte er, »wir brauchen dich.«

»Danke.« Sinclair setzte sich wieder. »Das war eine hübsche Frau auf dem Foto mit dir heute morgen in der Zeitung. Die italienische Schauspielerin.« Er machte eine Pause. »Etwas Ernstes?«

Steve schüttelte den Kopf. »Nur eine Freundin.«

»Ich glaubte, sie sei die Freundin Sam Benjamins.«

Dem alten Herrn entging so leicht nichts. »Vielleicht gewesen.«

»Ich hoffe, das beeinflußt deine Beziehung zu Benjamin nicht; besonders wenn du die Absicht hast, mit ihm zu arbeiten. Ich hab es immer viel gefährlicher gefunden, mit der Geliebten eines Mannes herumzutändeln als mit seiner Frau.«

Spencer hatte nicht so unrecht. Als Steve ins Büro kam, erwartete ihn eine Voranmeldung von Sam.

Sams Stimme dröhnte im Hörer: »Du Schweinehund«, schrie er lachend, »du vögelst mit meiner Freundin!«

Das klang allerdings nicht sehr böse.

Steve sagte: »Du mußt zugeben, ich habe mich als Gentleman benommen; ich hab gewartet, bis es zwischen euch beiden aus war.«

Sam wurde ernst. »Sie ist ein nettes Mädchen, Steve, du wirst ihr guttun. Sie braucht so jemanden wie dich.«

»Genug von dem Quatsch, Sam«, sagte Steve leichthin. »Marilu ist nicht der Grund, weshalb du mich angerufen hast.«

»Bei meinem Vertrag mit Trans-World hat sich ein kleines Problem ergeben. Ich habe die ersten fünf Streifen für sie fertiggestellt, jetzt bin ich soweit, meine eigene Hälfte zu beginnen, aber sie bringen die Sache des Defizits zur Sprache. Die ersten sechs Monate waren schlecht, und sie müssen die neuen Filme in den Vertrieb bringen.«

»Erzähl mir nichts«, sagte Steve. »Craddock machte nur ein langes Gesicht und erklärte, wie unangenehm ihm das sei, aber die Jungs drüben im Osten . . .«

»Du kennst also den Hurensohn?«

»Ja, den kenn ich.«

»Warum hast du mich nicht gewarnt?«

»Warum hast du mich nicht gefragt?«

Sam schwieg einen Augenblick, sein schwerer Atem war im Telefon zu hören. »Sie werden fünfundsiebzig Prozent des Fehlbetrags decken; sie wollen, daß ich die anderen fünfundzwanzig Prozent übernehme.«

»Wieviel ist das?«

»Mein Anteil für die fünf Filme beträgt etwa sechseinviertel Millionen. Diamond wird mir vier geben; den Rest will ich von dir.«

»Wann bekomme ich die Filme?« fragte Steve.

»Drei Jahre nach der Erstaufführung im Inland.«

»Abgemacht«, sagte Steve. »Unter einer Bedingung.«

»Und zwar?«

»Daß du das nächstemal auch das Kleingedruckte liest; Craddock hat solche Tricks schon früher angewandt; diese Klausel benutzt er gern, um sich zu drücken. Er dachte, du könntest das Geld nicht aufbringen.«

»Meinen Rechtsanwalt schmeiß ich raus«, sagte Sam.

Das erste, was ihm auffiel, als er in die Wohnung kam, waren ihre Koffer, die im Vorzimmer standen. Er mixte sich einen Drink und schaltete den Fernsehapparat ein, um die Nachrichten zu sehen.

Er drehte sich nicht um, als sich die Schlafzimmertür hinter ihm öffnete.

»Ich hatte dich nicht so früh erwartet«, sagte sie. »Sam hat angerufen. Hast du mit ihm gesprochen?«

»Ja.«

»Er war gar nicht überrascht, daß ich hier bin.«

»Warum hätte er überrascht sein sollen? Deine Ankunft war nicht gerade ein Geheimnis.«

»Ich möchte keinen Unfrieden zwischen euch stiften.«

»Tust du auch gar nicht. Er rief geschäftlich an.«

»Ich denke, ich sollte jetzt gehen, mein Flug nach Rom ist für neun Uhr gebucht.« Sie machte eine hilflose Handbewegung. »Es tut mir leid.«

»Was?«

»Daß ich dich enttäuscht habe.« Sie verstummte.

»Ich war nicht enttäuscht«, sagte er. »Ich war überrascht.«

»Ich verstehe dich nicht.«

»Du weißt zwar viel, aber von der Liebe weißt du nichts. Du hast Angst vor deinen eigenen Gefühlen.«

»Möglich.« Sie streckte ihm die Hand entgegen. »Leb wohl, Stephen Gaunt.«

»Lauf nicht davon!«

»Ich laufe nicht davon«, sagte sie, »ich fahre nach Hause.«

»Das ist das gleiche. Wenn du jetzt gehst, wirst du nie finden, was du suchst. Und immer wieder Angst haben.«

Sie schwieg eine Weile und betrachtete sein Gesicht. »Meinst du damit, daß ich hierbleiben soll, auch nach dem, was gestern nacht geschah?«

»Ja.«

»Warum?«

»Weil ich glaube, wir könnten einander lieben. Und das ist ein zu seltenes Glück, als daß man es verlieren sollte, ehe es überhaupt begonnen hat.«

Sie sank vor ihm in die Knie und lehnte ihren Kopf an seine Beine. »Stephen Gaunt«, sagte sie, »ich glaube, ich liebe dich schon jetzt.«

9

Marilu schwamm träge zum anderen Ende des geheizten Bassins. Dort stieg sie hinaus, blieb einen Augenblick stehen und genoß die warme, nach Gras duftende Luft von Connecticut; dann nahm sie ein Handtuch und trocknete sich ab.

Hinter sich hörte sie das leise Murmeln ihrer Stimmen. Sie drehte sich um und beobachtete die Männer, die so mit ihren Papieren auf dem Tisch beschäftigt waren, daß sie die Augen nicht davon ließen. Sie wandte sich wieder dem blauen Wasser zu.

Das Bassin lag auf dem Kamm eines kleinen Hügels oberhalb der Bucht von Long Island. Unten gab es einen Anlegeplatz, etwa fünfundzwanzig Meter vom Ufer entfernt. Längsseits war eine große Motorjacht vertäut, ihr etwa vierzig Meter langer Rumpf glänzte weiß in der Sonne. Auf der anderen Seite des Anlegeplatzes lagen zwei Schnellboote und ein Segelboot.

Sie dachte daran, wie nett es gewesen wäre, wenn sie heute mit dem Segelboot hinausgefahren wären, nur sie beide, sonst niemand. Sie hätten die Segel herunterlassen und sich im offenen Sitzraum in der Sonne lieben können. Aber es war leider nicht so gekommen.

Langsam ging sie zu den beiden Männern zurück. Den ganzen Nachmittag hatte Steve damit verbracht, dem alten Herrn Ziffern auf kleinen weißen Zetteln zu erklären. Als sie näher kam, konnte sie seine Stimme deutlich hören.

»Die Anlagefonds und die Maklerfirmen versichern mir, sie werden in das Geschäft einsteigen; und das bedeutet Kontrolle. Sie sind mit der jetzigen Geschäftsleitung sehr unzufrieden. Aber sie wollen kein Bargeld.«

»Welche Ansprüche stellen sie?«

Sie blieb bei ihrem Liegestuhl stehen und zündete sich eine Zigarette an.

»Obligationen im Wert von dreißig Dollar pro Aktie und einen Bonus von fünf Dollar für die nicht stimmberechtigten B-Stammaktien. Ihrer Ansicht nach ist das steuermäßig für sie vorteilhafter.«

»Natürlich«, sagte Sinclair, »so zahlen sie nämlich keine Steuern, wenigstens so lange nicht, bis die Obligationen und die Aktien nicht verkauft oder eingelöst werden. Das macht aber doch um fünfzehn Millionen Dollar mehr aus, als du dachtest.«

»Es gibt da ausgleichende Faktoren«, sagte Steve. »Erstens können wir Zinsen und Kosten der Obligationen auf Unkosten verrechnen; zweitens brauchen wir kein Bargeld auszugeben; drittens werden wir sie erst auszuzahlen haben, nachdem wir Filme im Wert von hundertfünfzig Millionen Dollar aus ihrem Bestand ausgewertet haben. In Wirklichkeit werden wir sie mit ihren eigenen Geldern bezahlen.«

»Sind sie sich darüber im klaren, daß du den Vertrieb der Gesellschaft abstoßen willst?«

»Ja, das kümmert sie nicht im geringsten; sie wissen, daß das die Verlustseite des Geschäftes ist. Aber ich habe ein anderes Problem.«

»Ja?« fragte Sinclair.

»Sie sind nicht daran interessiert, Samarkand zu finanzieren.«

»Du meinst Sam Benjamin?«

»Ja.«

»Haben sie einen Grund?«

»Zahlreiche, aber keiner davon ist der wirkliche. Es läuft darauf hinaus, daß sie mit einem ›jüdischen Unternehmer‹, wie sie ihn nennen, keine Geschäfte machen wollen.«

»Wenn wir die Vertriebsgesellschaft übernehmen müssen, hat das Geschäft für uns keinen Sinn«, sagte Sinclair mit Entschiedenheit. »Ich werde unsere Gewinne nicht durch dieses Defizit von fünf Millionen Dollar im Jahr schmälern lassen.«

»Ich weiß eine Methode, darum herumzukommen. Zumindest glaube ich es.«

»Sehr sicher klingt das nicht.«

»Probieren geht über studieren«, sagte Steve. »Soviel ich sehe, können wir fünfzig Prozent seines Produktionskapitals beschaffen. Ich muß nur noch die restliche Finanzierung für ihn finden.«

»Hast du schon mit ihm gesprochen?«

»Nein, das wollte ich erst tun, wenn du mir freie Hand gibst.«

»Die hast du schon«, sagte Sinclair. »Ich hoffe nur, dein Freund enttäuscht dich nicht. Wenn er ein Wort von dem Geschäft verlauten läßt, bevor wir soweit sind, kann die Sache noch platzen.«

»Das weiß ich«, antwortete Steve. »Ich werde alles vorbereiten, ehe ich ihn aufsuche. Sobald er dann einverstanden ist, machen wir das Angebot.«

»Glaubst du wirklich, daß es klappen wird?«

»Warum nicht? Wir beginnen mit einundsiebzig Prozent der Aktien in der Tasche. Wir brauchen nur noch neun Prozent dazu, dann können wir die Gesellschaften konsolidieren. Und das dürfte uns schon am ersten Tag gelingen.«

»Also gut. Halte nur die Rechte hoch genug«, sagte der Alte und erhob sich. »Es wäre mir nicht recht, daß du eins ans Kinn bekommst.«

Steve lächelte. »Jetzt ist mir leichter ums Herz.«

»Warum?« fragte Sinclair verdutzt.

»Ich befürchtete schon, du wärst weich geworden«, sagte Steve. »Aber was du zu sagen hast, sagst du laut und klar.«

Sinclair lachte und ging zu Marilu, die in der Sonne lag. »Signorina Barzini, ich muß mich entschuldigen, weil ich ein so schlechter Gastgeber bin«, sagte er in tadellosem Italienisch.

Sie antwortete ihm in derselben Sprache. »In meinem Beruf hab ich mich daran gewöhnt. Die Männer sprechen immer über ihre Geschäfte.«

»Es ist die Schuld Ihres Freundes«, sagte er, auf Steve weisend. »Ich finde, er ist verrückt, vom Geschäft zu reden, wenn er statt dessen bei Ihnen sitzen könnte.«

Sie antwortete, noch immer auf italienisch: »Er ist so manches, und für jeden etwas anderes; aber verrückt ist er nicht.«

»Sehr tief – und sehr italienisch. Würden Sie vielleicht so lieb sein, es einem alten Mann zu erklären, der es nicht ganz versteht?«

Sie zögerte.

»Ich möchte nicht indiskret sein«, fügte er schnell hinzu. »Sie brauchen mir nicht zu antworten.«

»Das ist es nicht; ich dachte nur darüber nach, *wie* ich antworten sollte.«

Er schwieg.

»Für mich ist er der Geliebte, dem zu begegnen ich nie geglaubt hatte. Für Sam Benjamin ist er der Freund, den er nie zu verdienen glaubte. Für Sie ...« Sie brach ab.

»Nur weiter«, sagte er. »Für mich ...«

»Für Sie – glaube ich – ist er der Sohn, den Sie nie hatten.«

»Und was ist er für sich selbst?« fragte der Alte. »Was meinen Sie?«

Eine dunkle Traurigkeit erschien in ihren großen, grünen Augen. »Sich selbst scheint er nie gut genug zu sein; er jagt einem Traum nach, der sich nie erfüllen wird.«

»Wer wird bei euch die Produktion leiten?« fragte Sam. »Das ist nämlich der Mann, mit dem ich leben muß.«

»Jack Savitt«, antwortete Steve. »Er verkauft seine Agentur an die Künstler- und Autoren-Gesellschaft.«

»Sehr gut«, sagte Sam, »der ist mir sympathisch.«

»Ich möchte über das Ganze Klarheit haben«, sagte Roger. »Trans-World-Sinclair übernimmt das Studio und die Vertriebsgesellschaften im Ausland. Samarkand-Trans-World den Inlandvertrieb und die Gesellschaften in Kanada. Wir finanzieren die Produktion halb und halb und teilen ebenso den Gewinn. Jeder von uns stellt auch außerhalb der Finanzierungsabmachung Filme her, aber ihr macht sie nur für das Fernsehen.«

»Richtig«, sagte Steve. »Uns interessiert nur die Herstellung von Fernsehstreifen.«

»Sollen sie im Ausland in den Kinotheatern vertrieben werden?«

»Ja«, antwortete Steve.

»Bedeutet das nicht eine Konkurrenz für uns?«

»Ich glaube nicht. Die Qualität ist nicht die gleiche. Wenn wir den einheimischen Markt nicht haben, werden uns automatisch Grenzen gesetzt.«

»Einverstanden«, sagte Sam. Er wandte sich an Dave Diamond. »Was glauben Sie?«

»Ich bin auch einverstanden«, sagte der Bankier. »Ich habe alles für einen Kredit vorbereitet, der sich automatisch erneuert. Sie beginnen mit fünfzehn Millionen Dollar.«

»Und was geschieht, wenn ich, wie ich es früher oft getan habe, ausländische Filme für den Inlandsvertrieb kaufe?« fragte Sam. »Wie stellst du dich dazu?«

»Wie früher«, sagte Steve. »Für dich gibt es keine Beschränkungen. Ich würde gern darauf Vorhand haben, da es aber dein Geld ist, kannst du tun, was du für richtig hältst.«

»Gut«, sagte Sam. »Nur auf einem bestehe ich noch.«

»Das wäre?« fragte Steve.

»Daß ich es bin, der es Craddock mitteilt.«

Steve lachte. »Da laß ich dir gern den Vortritt.«

»Ich warte schon lange darauf, dem Hurensohn eins auszuwischen«, sagte Sam. »Wann glaubst du, werden wir soweit sein?«

»Sobald deine Rechtsanwälte die Dokumente gelesen haben.«

»Heute ist Freitag«, sagte Sam. »Sonntag unterzeichnen wir.«

»Das Angebot geht am Montag hinaus«, sagte Steve.

Sam grinste. »Ich möchte gern Craddocks Gesicht sehen, wenn er davon erfährt!« Er wandte sich triumphierend Roger zu: »Samarkand-Trans-World. Wie klingt das? Wir sind eine Großfirma!«

10

»Erledigt«, sagte Steve beim Eintreten. »Wir haben am ersten Tag neunzig Prozent der Aktien in die Hand bekommen.«

»Ich gratuliere«, sagte sie.

»Das muß mit Champagner begossen werden.« Er nahm eine Flasche aus dem kleinen Kühlschrank und füllte zwei Gläser. »Fang an zu packen«, sagte er. »Morgen früh geht es nach Kalifornien.«

»Ich habe bereits gepackt.« Sie blickte auf ihr Champagnerglas, dann auf ihn. »Aber ich fliege nicht mit dir, sondern zurück nach Rom.«

»Weshalb?« fragte er verwundert. »Ich dachte, keiner von den Streifen, die man dir vorschlug, hätte dir gefallen.«

»Nicki hat mir einen Vorschlag gemacht, der mir sehr gut gefällt«, sagte sie. »Heirat.«

Er schwieg.

Sie nahm das Telegramm von dem Tischchen und reichte es ihm.

ANNULLIERUNG GESTERN VON VATIKAN BESTÄTIGT KEINE AUSREDEN MEHR KOMM NACH HAUSE WIR HEIRATEN KÜSSE

NICKI

»So ist das also«, sagte er leise.

»Ja, so ist es«, sagte sie. Dann, leichthin: »Außer ...«

Er sah sie an, da sie nicht weitersprach. »Außer ...?«

Sie schüttelte den Kopf, plötzlich schnürte es ihr die Kehle zu. »Nichts. Es würde ohnehin nicht klappen. Ich bin Schauspielerin und habe meine Arbeit. Wir würden nicht zueinander passen.«

»Du könntest deine Arbeit aufgeben.«

Das überraschte sie. »Bittest du mich, dich zu heiraten?«

»Offenbar. Es klingt doch wohl so, oder nicht?«

Die Tränen traten ihr in die Augen. »Aber du hast mir doch nie gesagt, daß du mich liebst. Nicht einmal, wenn ...«

»Ich liebe dich«, sagte er.

Sie ließ sich von ihm umarmen. »Warum hast du so lange gebraucht?«

»Ich bin dumm«, sagte er. »Ich wußte es nicht, bis mir plötzlich klar wurde, daß ich dich verlieren könnte.«

Sie gab ihm einen raschen Kuß und trat einen Schritt zurück. »Ich danke dir, Stephen Gaunt. Aber die Antwort ist ›Nein‹.«

Fast hätte er sein Glas fallen lassen.

»Wundert dich das?« fragte sie. »Wir wissen doch beide, daß es nicht klappen würde. Ich würde meine Karriere nicht aufgeben.«

»Du bist lieber Schauspielerin als Frau?«

»Ich bin habgierig, das war ich schon immer. Ich will beides sein. Bei dir müßte ich mich entscheiden.«

»Und bei Nicki?«

»Bin ich beides. Ich kenne ihn, wir haben lange zusammengelebt. Er kennt mich und hat nichts dagegen.« Sie schlürfte ihren Champagner. »Jetzt kannst du dich entspannen«, sagte sie lächelnd. »Dir geschieht nichts mehr.«

Nun lächelte auch er; gleich darauf lachten sie beide. Er breitete die Arme aus, und sie ließ sich nochmals umfangen. »Italienermädchen«, sagte er, »heute abend gehen wir aus, und es wird die phantastischste Nacht, die du je erlebt hast.«

»Nein«, sagte sie. »Heute nacht bleiben wir zu Hause.«

Er küßte sie. »Ich liebe dich wirklich; das glaubst du mir doch, nicht wahr?«

Sie nickte. »Ich glaube dir. Weil ich noch weiß, wie du einmal sagtest, wir beide können uns lieben. Aber ich weiß auch noch etwas, was du nicht weißt.«

Er sah sie fragend an.

»Es gibt zwei Arten von Liebe: die eine paßt zur Ehe – unsere ist die andere.«

Sam merkte den Unterschied sofort, als er am nächsten Morgen ins Atelier kam. Der gedämpfte Gruß des Wächters am Eingang statt des gewöhnlichen herzlichen Zurufs. Die kleinen Gruppen von Angestellten, die plötzlich ihr Gespräch abbrachen und seinem Wagen nachblickten. Die vielen Notizen über telefonische Anrufe auf seinem Schreibtisch.

»Alle Fachzeitungen haben angerufen«, meldete seine Sekretärin.

»Sagen Sie ihnen, daß noch im Laufe des heutigen Tages eine Erklärung abgegeben wird«, erklärte er. Er wußte, daß Steve zur gleichen Zeit mit der Direktion von Trans-World in New York zusammentraf.

»Mr. Craddock hat angerufen und möchte Sie gern sprechen, wenn Sie einen Augenblick für ihn erübrigen können.«

Der Saukerl hat es eilig, dachte Sam. Soll er nur kommen, wir werden ja sehen, wie es ihm gefällt, daß ihm die Eier abgeschnitten werden. »Sagen Sie ihm, ich sei jetzt frei.«

Die Sekretärin legte den Hörer nieder. »Mr. Craddock kommt herüber.«

Craddock trat lächelnd ein und streckte Sam die Hand entgegen. »Gratuliere, Sam«, sagte er. Sein Ton klang ehrlich. »Ich glaube, das ist das Beste, was Trans-World passieren konnte.«

Sam sah ihn zweifelnd an. »Glauben Sie das wirklich?«

»Das will ich meinen! Etwas mußte geschehen, und die Leitung drüben im Osten war um zwanzig Jahre zurück.« Er zündete eine Zigarette an. »Vielleicht wird es jetzt endlich dazu kommen, daß einige Streifen gedreht werden. Die Kerle hatten ja vergessen, wozu ein Studio da ist!«

»Sie gottverdammter Idiot!« schrie Sam. »Sie sind gefeuert! Wissen Sie denn das nicht?«

Craddock lächelte. »Natürlich weiß ich das.«

»Und es macht Ihnen nichts aus?« fragte Sam ungläubig.

»Doch, doch – gewiß«, sagte Craddock, mit offensichtlichem Vergnügen an seiner Zigarette saugend. »Aber sehen Sie mich doch an, Mensch: Ich rauche, ich inhaliere sogar. Und heute geschieht es zum erstenmal seit zehn Jahren, daß die Zigarette mir nicht die Luftröhre bis hinunter zu meinem Magengeschwür verbrennt. Apropos, wen wollen die denn an meinen Platz setzen?«

»Jack Savitt«, antwortete Sam ohne nachzudenken. Er war noch immer verblüfft.

»Jack Savitt«, wiederholte Craddock beifällig. »Eine gute Wahl, der Mann kann etwas. Und er hat schon ein Magengeschwür, also wird ihn der Job nicht umwerfen.«

Sam starrte ihn an; dieser Mensch hatte, wenn auch sonst nichts, Nerven aus Draht. Die ließen sich nicht durchschneiden, man hätte sie abtöten müssen. Es gab keinen anderen Produktionsleiter in der Stadt, der seinen Posten so lange behalten hatte. Dazu kam, daß er um jeden Dollar für Trans-World kämpfte, als ginge es um sein eigenes Geld. Hätte Sam einen solchen Mann als Produktionsleiter gehabt, wäre er vielleicht nie in die schwierige Lage geraten, in der er sich jetzt befand.

»Ich sprach heute morgen mit meinen Rechtsberatern«, sagte Craddock, »und sie werden für die Liquidierung meines Vertrags zur Verfügung stehen. Haben Sie eine Ahnung, wann man sich an mich wenden wird?«

Sam schüttelte den Kopf. »Das bestimmt Sinclair, das Studio gehört ihm. Ich bin hier weiter nichts als ein Mieter.«

»Gut«, sagte Craddock, »ich kann warten. Mein Vertrag läuft noch drei Jahre.«

Sam überlegte und faßte den vernünftigsten Entschluß. »Hören Sie, Rory«, sagte er, »da ich die Vertriebsfirma übernehme, werde ich den Großteil meiner Zeit außerhalb des Studios verbringen. Ich brauche jemanden, der mir die Produktion abnimmt, und Sie sind dazu der richtige Mann. Sie kennen die Pläne, die Arbeit und die Ateliers. Würde Sie das interessieren?«

»Verstehe ich Sie richtig? Sie wollen, daß ich Filme für Sie mache?«

Sam nickte. »Ich möchte, daß Sie für mich genau das gleiche machen wie früher für Trans-World.«

»Das interessiert mich«, sagte Craddock.

»Na also! Verdammt noch mal, dann machen Sie sich auf die Socken und suchen Sie mir Filme für unsere Produktion. Wir haben einen Vertrieb, der Material braucht.«

»Ich werde mich gleich dahinterklemmen«, sagte Craddock lächelnd und sog an seiner Zigarette. Plötzlich verschwand sein Lächeln, und sein Gesicht zog sich schmerzhaft zusammen. Er starrte die Zigarette an, als hätte sie ihn heimtückisch verraten, und drückte sie in der Aschenschale aus.

»Was ist los?« fragte Sam.

»Die verdammte Zigarette hat mir wieder schauderhaft das Magengeschwür verbrannt«, sagte er ärgerlich. »Na ja, ich hätte es mir denken können. Es ging mir schon zu lange gut.«

11

»Was heißt das, du willst keine Bar-Mizwa?« schrie Sam. »Deine Großeltern kommen deshalb aus Florida nach New York.«

Junior machte ein verstocktes Gesicht. »Ach hör auf damit, Dad, das ist doch bloß ein rituelles Überbleibsel wie das Beschneiden, in der modernen Gesellschaft bedeutet das überhaupt nichts mehr.«

»Nichts?« brüllte Sam. »Das ›Nichts‹ haue ich dir gleich um die Ohren! Du machst deine Bar-Mizwa, und wenn ich dich mit eigenen Händen in die Synagoge schleppen muß!«

»Sam«, sagte Denise ruhig, »reg dich nicht auf, denk an deinen Blutdruck!«

»Mein Blutdruck ist in Ordnung; was nicht in Ordnung ist, ist der Kopf dieses Lausebengels. Er braucht jemanden, der ihn ihm wieder zurechtsetzt.«

»Reden wir mal friedlich darüber«, lenkte Denise ein.

»Also gut, reden wir«, antwortete Sam. Er nahm sich wieder Junior vor und sagte kaltblütig: »Du wirst deine Bar-Mizwa machen oder ich brech dir jeden einzelnen Knochen im Leib.«

»Du kannst jetzt gehen«, befahl Denise ihrem Sohn. »Laß mich mit Vater sprechen.«

Wortlos wandte sich der Junge ab. Sie warteten, bis sich die Tür hinter ihm geschlossen hatte.

»Einen schönen Schlamassel richtest du an«, beklagte Sam sich bitter. »Ich brauche mich nur eine Minute um andere Dinge zu kümmern, und schon geht alles schief! Nicht einmal so was Einfaches wie deinen Sohn zur Bar-Mizwa zu bewegen bringst du fertig.«

Jetzt wurde Denise zornig. »So was Einfaches? Der große Herr Direktor kommt einmal im halben Jahr von seinen Reisen nach Hause und spricht zu seiner Frau, als wäre sie seine Angestellte oder noch schlimmer! Was kommt als nächstes, Herr Generaloberdirektor, schmeißt du mich hinaus?«

»Würdest du bei mir arbeiten, dann ...« Plötzlich brach er ab. »Mama«, fragte er verwundert, »warum reden wir eigentlich so miteinander?«

Sie schüttelte den Kopf. »Ich weiß es nicht, ich hab nicht damit angefangen. Aber du lebst seit einem Jahr in einer anderen Welt, wir sehen dich ja gar nicht mehr.«

»Es gab so viel Arbeit«, sagte er. »Das ganze Geschäft mußte neu organisiert werden, sonst hätten wir mit fünf Millionen Verlust im Jahr abgeschlossen, wie die Leute vorher. Aber jetzt wird es besser werden, da ich Charley als meinen Assistenten aus Rom herüberkommen lasse.«

»Dann findest du etwas anderes, das deine Zeit in Anspruch nimmt. Wir haben doch schon mehrmals darüber gesprochen. Als Craddock die Produktion übernahm, als Roger die Verwaltung übernahm, als du dir den Mann von Twentieth Century als Verkaufsleiter holtest; aber du hast immer noch genausoviel zu tun.«

»Ich bin der Chef«, sagte Sam. »Wenn ich die Dinge nicht im Griff behalte, geht alles drunter und drüber.«

»Wozu hast du denn all diese Leute nötig und zahlst ihnen phantastische Gehälter?«

»Damit ich mich auf die großen Probleme konzentrieren kann.«

»Hast du nicht eben erst gesagt, alles läuft jetzt glatt? Was für große Probleme gibt es dann noch?«

»Ich will unsere Beziehungen zu Sinclair überprüfen. Weißt du, wieviel die Leute im vorigen Jahr mit unseren Filmen verdient haben? Sieben Millionen Dollar. Das ist mehr, als uns selbst geblieben ist.«

Ihr Blick ruhte auf ihm; sie sagte nichts.

»Der neue Barzinifilm allein wird ihnen mehr als vier Millionen einbringen.«

»Ich dachte, das war Steves Verdienst. Er hat sie doch dazu gebracht, den Film zu drehen. Sie hatte gesagt, sie käme nicht wieder nach Hollywood; und dann kam sie doch.«

»Warum auch nicht? Sie und ihr Mann haben zusammen weitere drei Millionen nach Hause getragen. Wir verdienen daran alles in allem lausige anderthalb Millionen. Neulich hörte ich, daß United Artists den Auslandsvertrieb unserer Filme übernehmen möchte. Und die würden sich mit zehn Prozent weniger für den Vertrieb und fünf Prozent weniger vom Gewinnanteil begnügen.«

Sie sah ihm fest in die Augen. »An deiner Stelle würde ich mich nicht so sehr damit beeilen. Schließlich war es Steve, der dir all das verschafft hat.«

»Im eigenen Interesse«, sagte Sam. »Hätte ich den Inlandsvertrieb nicht übernommen, hätte er das Geschäft nicht machen können. Sinclair hätte die Verluste nicht übernehmen wollen, und wahrscheinlich wäre das Antitrustgesetz zur Anwendung gelangt. Er hat mir keine Gefälligkeit erwiesen, er hat nur seinen Posten gerettet; und außerdem erhielt er die Filme praktisch umsonst.«

»Wenn du mit Steve redest, wird er sicher eine Lösung finden.«

»Er kann manchmal sehr starrköpfig sein. Er handelt nach der Devise: Abkommen ist Abkommen.«

»Der Alte ist auf dem Kriegspfad«, sagte Junior, indem er sich seiner Schwester gegenüber neben dem Schwimmbassin auf die Fliesen legte.

Myriam blickte zu ihm herüber und ließ das Manuskript, das sie las, sinken. »Wieder die Bar-Mizwa?«

Er nickte. »Er hat 'ne Laus im Pelz. Jetzt geht es darum, daß die Großeltern aus Florida herüberkommen.«

»Dann wirst du's wohl über dich ergehen lassen müssen. Du weißt ja, wie er immer auf sie Rücksicht nimmt.«

»Ja«. Er zog sein Hemd aus, und entblößte die schlanke, sehnige Gestalt.

»Weißt du, ob Mutter schon über mich mit ihm gesprochen hat?«

»Ich glaube nicht. Dad hat doch jetzt den Ärger mit mir, und da wartet sie wahrscheinlich, bis er besser gelaunt ist.«

»Verflixt. Hoffentlich wartete sie nicht zu lange. Wenn ich nicht spätestens in einer Woche eine endgültige Antwort gebe, könnte ich meinen Platz verlieren. Das Actors-Studio hat mehr Bewerber, als es aufnehmen kann.«

Er blickte sie pfiffig an. »Du kommst überhaupt nicht hin,

wenn du weiter zuläßt, daß deine Freunde das Handschuhfach in deinem Auto als Ablage benutzen.«

»Du hast dort rumgeschnüffelt!«

»Nein«, widersprach er sofort. »Mama brauchte den Wagen, und ich sollte für sie waschen. Dein Glück, daß ich auch hineinsah. Wenn Mama das Zeug gefunden hätte, wärst du erledigt gewesen.«

»Was hast du damit gemacht?«

»An einem sicheren Platz aufbewahrt. Wenn ich Razz das nächstemal sehe, muß er mir dafür Lösegeld zahlen.«

»Es gehört gar nicht Razz.«

»Wem denn?«

»Mir.«

»Dir?« fragte er skeptisch. »Na schön, die Haschzigaretten versteh ich; aber auch die Gummis?«

Sie war leicht errötet und antwortete nicht.

»Du bist schon richtig, Schwesterchen.« Er sagte es unwillkürlich mit einer gewissen Hochachtung. »Hoffentlich finde ich so ein Mädchen wie dich, wenn ich auch mal soweit bin.«

»Gibst du mir die Sachen zurück?« fragte sie.

»Ja, aber fünf Zigaretten behalte ich. Sie sind besser als der Mist, den sie bei uns in der Schule verhökern.«

»Du rauchst doch nicht?« fragte er schockiert.

»Na sicher, tun ja alle Jungs; aber nicht viel, immer nur ein paar Züge. Es ist phantastisch!«

»Laß es lieber sein! Du bist noch ein bißchen zu jung.«

»Ich komm schon zurecht damit«, sagte er selbstsicher.

Sie schwieg einen Augenblick. »Und die Gummis?«

»Die kannst du alle wiederhaben; mir sind sie etwas zu groß.«

Denise blickte aus dem Fenster und sah sie im Schwimmbassin planschen. »Komm, sieh dir das mal an, Sam«, sagte sie.

Er legte die Zeitung beiseite, trat zu ihr, und eine Weile beobachteten beide ihre Kinder.

»Wir haben Glück«, sagte sie fast verwundert. »Dachtest du damals, als ich zu dir ins Büro kam, daß wir soviel Glück haben würden?«

»Nein«, antwortete er. Er beobachtete Junior, der in scharfem Tempo durch das Bassin kraulte und ein Kielwasser von champagnerähnlich sprudelnden Blasen hinter sich ließ. »Der Junge schwimmt wie ein Champion.«

»Sie sind gute Kinder«, sagte sie ernst. »Du solltest hören, was es für Geschichten gibt über die heutige Jugend und was sie treiben. Unglaublich!«

»Ich weiß.« Er wandte sich vom Fenster ab und nahm wieder die Zeitung zur Hand. »Aber seine Bar-Mizwa muß er doch machen.«

»Keine Sorge, er wird sie schon machen.«

»Das möchte ich ihm auch geraten haben.«

Er scheint jetzt besser gestimmt zu sein, dachte sie. Vielleicht ist es der geeignete Moment, um mit ihm über Myriam zu reden. »Weißt du, Sam«, sagte sie, »ich habe mit Myriam über ihre Zukunft gesprochen, über ihre Pläne.«

Er legte die Zeitung wieder fort und sah sie an. »Ja?«

»Sie ist ein sehr hübsches Mädchen«, sagte Denise schnell, »und sie möchte drüben im Osten zur Schule gehen.«

»Warum denn?« fragte er. »Ist ihr die USC nicht gut genug?«

»Nein, sie sagt, hier kann sie nicht das lernen, was sie will.«

»Was will sie denn lernen?«

»Schauspielkunst.«

»Was?« Sams Stimme schwoll an. »Du meinst, sie will Schauspielerin werden?«

»Warum nicht? Weißt du nicht mehr, wie stolz du warst, als sie in all den Theaterstücken in der Schule immer die Hauptrolle bekam?«

»Das war etwas anderes, das war eben in der Schule. Wie ich über Schauspielerinnen denke, weißt du ja: Sie sind alle Huren. Ich werde nicht zulassen, daß meine Tochter wie eine Nutte von einer Agentur zur anderen rennt.«

»Myriam ist nicht so«, sagte Denise, »sie ist ein ernstes Mädchen. Vorigen Monat war Lee Strasberg hier; sie durfte ihm vorsprechen, und er findet, daß sie begabt ist. Er hat sie für das Actors-Studio angenommen, und du weißt ja, der nimmt nicht jeden.«

»Ich will aber nicht, daß sie allein in New York lebt.«

»Sie wird nicht allein sein«, erwiderte Denise. »Roger sagt, er wird ein Auge auf sie haben.«

Insgeheim war Sam stolz auf seine Tochter.

»Du mußt es ihr erlauben, Sam«, sagte Denise, »sonst brichst du ihr das Herz.«

»Deinen dicken kleinen Freund sticht wieder mal der Hafer«, sagte Jack, als Steve in sein Büro trat.

Steve setzte sich, und Jacks Sekretärin stellte eine Tasse Kaffee vor ihn hin. »Was ist denn nun wieder los?«

»Er hat es sich einfallen lassen, die drei besten Filme, die wir für ihn gefunden haben, außerhalb des Abkommens herzustellen.«

Steve griff nach seiner Kaffeetasse. »Na und?« fragte er sanft.

»Na hör mal, Steve, das ist doch unfair, und du weißt es genausogut wie ich«, protestierte Jack. »Wie soll ich das Studio ohne Verlust in Gang halten, wenn er seine höchsten Gewinne anderen Gesellschaften zugute kommen läßt?«

»Hat er schon den Vertrieb bekanntgegeben?«

»United Artists«, antwortete Jack. »Was gedenkst du zu tun?«

»Nichts«, sagte Steve kurz. »Er hat unser Abkommen eingehalten. Er darf seine Filme mit seinem eigenen Geld herstellen, wenn er will.«

»Du wirst ihm nichts sagen?« fragte Jack ärgerlich.

»Kein Wort.«

»Okay – dann trete ich aus. So dumm bin ich nicht, weiter Filmrechte zu suchen, aus denen er uns dann ausbootet.«

»Dann suchst du eben keine mehr«, sagte Steve ruhig. »Du hast bei uns genug anderes zu tun. Laß ihn selbst seine Filmrechte suchen.«

»Meinst du das im Ernst?«

»Durchaus. In unserem Abkommen steht nichts davon, daß wir ihm die Rechte, die wir kaufen, übergeben müssen. Dafür spricht nur, daß wir eben Partner sind.«

»Das ist schon besser«, sagte Jack und setzte sich an seinen Schreibtisch. »Nehmen wir an, ich finde etwas ganz Großartiges.«

»Dann kauf es. Und den Produzenten suchen wir uns später. In dem Abkommen steht nichts, das uns davon abhalten könnte.«

Er stellte seine Kaffeetasse hin, ging zum Fenster und blickte hinaus. Die Straße im Atelier wimmelte von Menschen. »Da drüben scheint ja allerhand los zu sein.«

»Ja, es rührt sich«, sagte Jack zufrieden. »Die Produktion für den ersten unserer Zweistundenstreifen beginnt nächsten Monat, und danach haben wir schon einen weiteren in Aussicht.«

»Sehr gut«, sagte Steve, »ich werde darüber nachdenken, was wir noch einschieben könnten.«

»Wenn du willst, können wir auch früher bereit sein.«

»Ich habe keine Eile«, sagte Steve. »Der Plan bleibt bestehen. Die neue medizinische Sendereihe *Praktischer Arzt* bekommt gute Nielsenziffern. Ich habe allerdings bemerkt, daß die Noten etwas besser sind, wenn wir direkt im Krankenhaus drehen. Du könntest dir das mal ansehen und ein paar Drehbücher für Krankenhausaufnahmen verfassen.«

»Ich werde mich darum kümmern.« Jack machte eine Notiz.

»Hast du in letzter Zeit mit Sam gesprochen?«

»Er läßt sich nicht oft sehen. Ich verhandle über alles mit Craddock.«

»Frag mal nach, ob er im Atelier ist. Vielleicht kann ich vorbeikommen und mit ihm sprechen.« Steve ließ sich schwer in einen Stuhl fallen; während Jack nach dem Telefon griff, lehnte er sich zurück und schloß die Augen.

»Sam ist irgendwo an der Börse«, sagte Jack.

Steve schlug die Augen auf. »Nächstesmal, wenn ich hier bin, werd ich ihn mir vorknöpfen.«

»Ist dir nicht gut?« fragte Jack.

»O doch, ich bin nur abgespannt. Seit einem Monat bin ich pausenlos unterwegs.«

»Du brauchst Ferien.«

»Keine Zeit«, erwiderte Steve. »Morgen früh werde ich in Montreal erwartet; ich soll versuchen, die International Football League für die nächsten Jahre unter Vertrag zu bekommen. Am Tag darauf bin ich in Washington für die Rundfunkübertragung der Kongreßdebatten. Dann kommt Chikago, die Tagung der Rundfunkverbände, und danach muß ich nach London zur Überprüfung einer Reihe, die wir in Zusammenarbeit mit dem Britischen Fernsehen herstellen.«

Jack schüttelte den Kopf. »Ich wünschte, ich könnte dir mehr helfen.«

»Das weiß ich«, sagte Steve lächelnd, indem er ein Tablettendöschen aus der Tasche nahm. »Aber das ist eben ein Nachteil meiner Stellung: Jeder will mit dem Präsidenten der Gesellschaft sprechen. Dürfte ich dich um etwas Wasser bitten?«

»Gern.« Jack füllte ein Glas aus der Karaffe, die auf seinem Schreibtisch stand. »Was nimmst du? Vitamine?«

»Nein.« Steve schluckte die Tablette. »Die nehm ich auch. Aber das ist ein Benzedrin, es hält mich für den Rest des Tages auf den Beinen.«

»Starkes Zeug! Davon kann man süchtig werden.«

»Ich benutze es nur ganz selten, wenn ich sehr müde bin«, sagte Steve. »Ich habe vorige Nacht nicht viel geschlafen. Das Flugzeug hatte Verspätung.«

»Du solltest einmal richtigen Urlaub nehmen«, sagte Jack. »Ich möchte nicht, daß dir was zustößt; es wäre hier kein Leben ohne dich.«

»Es wird schon wieder besser werden.« Steve erhob sich. »Nun, wollen wir uns jetzt die Pilotfilme ansehen, die du so hervorragend findest?«

»Hat es irgendwelche Reaktionen gegeben, als du ihnen sagtest, daß wir die drei Streifen mit United Artists machen?« fragte Sam.

»Überhaupt keine«, antwortete Rory. »Ich dachte, Jack würde meckern – aber er gab keinen Ton von sich. Das ist jetzt einen Monat her. Vermutlich waren sie zu sehr mit ihren eigenen Problemen beschäftigt.«

»Wie geht es mit ihren Filmen?«

»Ganz gut, nehme ich an. Sie haben vorige Woche mit der Produktion des ersten begonnen.«

»Taugt der etwas?«

Rory zog die Schultern hoch. »Wer weiß? Jedenfalls kann's nichts Besonderes sein, was kann man denn heutzutage für sechshunderttausend Dollar bekommen? Soviel kosten ja schon gute Filmrechte.«

»Ja.« Sam war irgendwie enttäuscht; er hatte erwartet, von Steve einen Kommentar bezüglich des Vertriebswechsels zu hören. Das wäre ein guter Ausgangspunkt für neue Verhandlungen gewesen. »Und wie steht es mit den Verfilmungsrechten, hinter denen wir her waren?«

»Nichts zu machen«, antwortete Rory. »Die sind futsch.«

»Futsch? Du meinst, jemand anders hat sie gekauft?«

Rory nickte.

»Wie kommt das?« Sams Stimme wurde scharf. »Hatte ich

nicht gesagt, du solltest sie für uns reservieren?«

»Was du gesagt hast, weiß ich, Sam«, gab Rory ruhig zurück. »Als ich aber der Sache nachging, stellte ich fest, daß sie bereits verkauft waren.«

»An wen?«

»Das weiß ich nicht. Ich habe nur herausgefunden, daß beide vom selben Käufer erstanden wurden.«

»Vom selben Käufer?« wiederholte Sam nachdenklich. »Levine?«

»Ich glaube nicht. Wenn es Joe wäre, hätte man das in den Fachzeitungen gelesen. Ich glaube, es ist ein neues Konsortium, und sie geben nichts bekannt, ehe das Geschäft unter Dach und Fach ist.«

»Erkundige dich, wer es ist«, sagte Sam. »Vielleicht könnten wir, wenn sie einen Partner suchen, mit ihnen ins Geschäft kommen.«

»Okay«, sagte Rory; er lächelte. »Es gibt aber etwas, wo ich ziemlich sicher bin. Ich habe für *Blue jeans* ein Angebot von einer halben Million Dollar gemacht, und das Buch wird laut *New York Times* nächste Woche Nummer Eins auf der Bestsellerliste sein.«

»Sehr gut«, sagte Sam. »Was glaubst du, wann wirst du davon hören?«

»In allernächster Zeit. Ich habe eben ein Gespräch mit der Agentur Matson angemeldet. Heute morgen wurde mit der Versteigerung begonnen.« Das Telefon klingelte. »Das könnten sie sein.«

Er meldete sich und sprach, wobei sein Lächeln allmählich verblaßte. Schließlich legte er den Hörer auf und sagte ungläubig: »Das ist nun auch futsch. Siebenhundertfünfzigtausend Dollar.«

Sam starrte ihn an. »Wer hat es gekauft?«

Rory schüttelte den Kopf. »Das wollten sie mir nicht sagen. Ich denke, es ist dieselbe Gruppe, die die anderen erworben hat.«

Sam erhob sich. »Ich verstehe das nicht. Hast du von irgendwelchen anderen Rechten gehört, die sie gekauft haben?«

Rory schüttelte den Kopf. »Nur diese drei.«

»Ich habe den Eindruck, da ist etwas faul. Du nicht?«

»Wie meinst du das?«

»Es sieht beinahe so aus, als wollte uns jemand in die Quere kommen.« Den Blick auf Rory gerichtet, fragte er: »Wer, außer uns beiden, weiß, daß wir uns für diese Filme interessieren?«

Rory dachte eine Weile nach. »Niemand, nur unsere Sekretärinnen.«

»Und wie haben wir davon erfahren?«

»Auf dem üblichen Weg. Die Drehbuchabteilung des Ateliers hat uns die Druckfahnen und eine Synopsis geschickt.«

Sam holte tief Atem, sein Gesicht rötete sich vor unterdrücktem Zorn. »Auf dem üblichen Weg?« wiederholte er.

Rory nickte.

»Und du glaubst noch immer nicht, daß das ein Gegenschlag von Sinclair ist?«

Rorys Magengeschwür zwickte; er griff nach dem Gelusil.

»Dann bist du nicht so schlau, wie du denkst!« sagte Sam. »Oder vielleicht kenne ich Steve Gaunt eben besser als du. Das ist seine Art, uns wissen zu lassen, daß ihm unser Vorgehen nicht paßt.« Sam setzte sich schwerfällig hin. »Er wird die Filmrechte als Knüppel verwenden, um uns in die Herde zurückzutreiben.«

»Was wirst du unternehmen?« Rory saugte an der Tablette.

»Das Spielchen kann auch ein anderer betreiben. Steve wird herausfinden, daß ich anders bin als die Arschlöcher, mit denen er gewöhnlich zu tun hat. Ich mach ihn fertig.«

»Und wie willst du das anstellen?«

»Ganz einfach.« Sam lächelte verschwörerisch. »Du läßt ihn alles erfahren, wofür wir Angebote stellen. Und du machst auch noch dort Angebote, wo wir die Rechte gar nicht haben wollen. Dann werden seine Leute unsere Angebote überbieten und dadurch sehr bald mit so viel Mist belastet sein, daß sie uns verzweifelt zu Hilfe rufen werden. Und dann schmeißen wir ihnen den Kram vor die Füße!«

13

Als Steve eintraf, erhob sich Sam gerade, um seine Rede zu halten. Er setzte sich auf einen freien Stuhl an einem der hinteren Tische und sah sich um.

An der Wand hinter der großen Speisetafel hing ein riesiges Transparent:

Samuel Benjamin jr., unserem Bar-Mizwa-Jungen,
viel Glück zum Geburtstag

Sam klopfte mit dem Löffel an einen Teller, um die Aufmerksamkeit auf sich zu lenken, und es wurde langsam still. Da stand er nun, lächelnd und ein wenig schwankend; dann hob er die Arme.

»Freunde, Landsleute, willkommen zur Bar-Mizwa meines Sohnes!« Er machte eine Pause; alle applaudierten. »Sollten Sie es vielleicht beim Eintreten nicht bemerkt haben, draußen stehen fünfzig weiße Rolls-Royce. Wenn wir hier aufbrechen, bringen sie uns zum Flughafen, wo uns fünfzig weiße DC-8 erwarten, die uns direkt im Nonstopflug nach Kenia in Afrika bringen werden. Auf dem Flughafen werden fünfzig weiße Jäger mit fünfzig weißen Elefanten bereitstehen. Diese fünfzig weißen Elefanten werden wir besteigen und auf eine Safari in den Dschungel reiten. Jeder von uns wird ein weißes Gewehr erhalten, um selbst das seltenste aller Tiere zu schießen, einen weißen Tiger. Während wir uns auf dem schmalen Pfade im Gänsemarsch dem Dschungel nähern, wird der oberste weiße Jäger seine Hand heben, und wir werden anhalten. Und warten.

Und wißt ihr, worauf wir warten werden?«

Gelächter erschallte von allen Seiten. »Nein, Sam, sag es uns!«

Er blickte lächelnd um sich. »Auf Joe Levines Bar-Mizwa-Safari, damit sie vor uns aus dem Dschungel flieht.«

Das allgemeine Gelächter schwoll an, und man klatschte Beifall. Wieder lächelte Sam und hob Ruhe heischend die Hände.

»Danke«, sagte er. Und mit einem Blick rundum: »Bei manchen meiner Filme gab es bei der Premiere weniger Leute als heute hier. Falls Sie also nächsten Dienstag nichts vorhaben ...«

Erneutes Gelächter; diesmal wartete Sam, bis es von selbst verebbte.

»Nun aber, im Ernst, liebe Freunde: Vielleicht fragen sich einige unter Ihnen, warum tut der Sam Benjamin das? Warum macht er sich soviel Mühe? Schließlich ist es ja nur eine Bar-Mizwa, und die gibt es jeden Tag für irgendwelche Jungen.

Aber für mich ist das mehr. Wie sonst könnte ein armer Junge aus der Bronx, der es zu etwas gebracht hat, seinem Sohn sagen« – er wandte sich an Junior und sprach ihn unmittelbar an –,»ich habe dich lieb und bin stolz auf dich.«

In der allgemeinen Stille beugte sich Sam nieder und küßte seinen Sohn. Dann richtete er sich wieder auf und ließ seinen Blick über die Gäste schweifen. »Danke«, sagte er einfach und setzte sich.

Als Steve sich den Weg zur vorderen Tafel bahnte, war man allgemein schon im Aufbruch begriffen; Sam sprach gerade mit verschiedenen Leuten, und Denise erblickte ihn als erste.

»Steve!« rief sie erfreut.

Er küßte sie auf die Wange. »Gratuliere, es ist eine wunderschöne Feier!«

»Ich freue mich, daß du gekommen bist; sonst sehen wir uns ja so selten. Ich schulde dir noch ein Abendessen mit Brustflanken.«

»Nächstens einmal, an einem ruhigeren Tag.«

»Auch wenn man das Fleisch in der Kühltruhe aufbewahrt, sind vier Jahre eine lange Zeit«, sagte sie.

»Ist es wirklich schon so lange her?«

»Ja; das letztemal sahst du die Kinder bei der Oscar-Verleihung.«

»Diesmal wird es nicht so lange dauern, das verspreche ich dir.« Er wandte sich lächelnd an Junior. »Erinnerst du dich noch an mich?«

»Ja, Onkel Steve.«

Steve nahm einen Umschlag aus der Tasche. »Ich höre, das ist so der Brauch. Gratuliere!«

Junior nahm den Umschlag entgegen, guckte hinein und grinste über das ganze Gesicht. »Eine Fünfhundertdollarnote«, sagte er ehrfurchtsvoll. »Dabei glaubte ich mit dem Einsammeln der Beute schon fertig zu sein!«

»Aber Junior!« sagte Denise entrüstet.

Er grinste wieder und streckte Steve die Hand entgegen. »Dank dir vielmals, Onkel Steve«, sagte er begeistert, dessen Hand auf und ab schwenkend.

»Gern geschehen«, sagte Steve lächelnd; er trat wieder zu Denise. »Wo ist Myriam? Ich hätte sie gern begrüßt, wenn ich schon hier bin.«

»Sie war eben noch da«, antwortete Denise und sah sich um.

»Sie ist nach Hause gegangen«, sagte Junior, »sie sagte, sie muß heute noch packen.«

»Das stimmt«, bestätigte Denise. »Sie wird an der Ostküste zur Schule gehen und fährt morgen früh ab.«

»Tut mir leid, daß ich sie nicht mehr getroffen habe«, sagte

Steve. »Meine besten Grüße.«

»Ich werde es ihr ausrichten. Du würdest sie kaum wiedererkennen«, sagte Denise stolz, »sie ist sehr hübsch geworden.«

»Besonders seit der Nasenoperation«, flötete Junior dazwischen.

»Junior!« verwies ihn Denise scharf.

Steve lachte. »Schon recht, Denise, es bleibt unter uns, ich sag es niemandem.«

»Es ist doch nichts dabei«, wehrte sie ab. »Heutzutage tun das viele Mädchen.«

»Natürlich«, sagte Steve beschwichtigend. »Du würdest staunen, wie viele schöne Schauspielerinnen sich die Nase operieren ließen.«

»Ja«, stimmte Denise bei, »und besonders, da sie ja —«

Sams freudiger Gruß unterbrach sie. »Hallo, Steve!«

Sie schüttelten sich die Hände. »Gratuliere!«

»Wie gefällt dir mein Junge?« Sam betrachtete seinen Sohn bewundernd. »Ich glaube, der wächst noch über einsachtzig hinaus.«

»Er ist prima.«

»Komm, trinken wir etwas«, sagte Sam, nahm ihn beim Arm und zog ihn zur Bar. »Zwei Whisky.«

»Bitte sehr, Mr. Benjamin.« Der Barmann stellte die Drinks vor sie hin.

»Prosit«, sagte Sam.

Sie tranken.

»Wie geht das Geschäft?« fragte Sam.

»Wie gewöhnlich, einmal verdient man, und ein andermal verliert man.«

»Ich hab in den letzten Monaten eine Menge Filmrechte gekauft.«

»Das hab ich gemerkt«, sagte Steve ohne weitere Reaktion.

Sam sah ihm, nach einem Hintergedanken forschend, in die Augen, konnte jedoch nichts als höfliches Interesse darin finden. »Ich glaube, wir beide sollten einmal miteinander sprechen.«

»Ich bin morgen im Atelier«, sagte Steve.

»Dann rufe ich dich am Vormittag an.« Sam drehte sich um und überblickte den Raum. Er lächelte. »Eine Mordsparty, nicht wahr? So eine Bar-Mizwa hat es sicher noch nie gegeben!«

Myriams starrer Blick war auf den letzten Koffer geheftet, den sie gerade geschlossen hatte. Jetzt hörte sie den Wagen in der Einfahrt und drehte schnell das Licht ab. Ihr Bedarf an Familie war für den heutigen Tag gedeckt.

Sie begann sich langsam im Dunkeln auszuziehen, wobei ihre Beklommenheit noch immer nicht weichen wollte. Es hatte heute nichts geklappt, zumindest was sie betraf. Wenn die Bar-Mizwa nicht gewesen wäre, hätte sie schon vorige Woche fahren können. Manchmal gingen einem die Verwandten verdammt auf die Nerven, besonders ihr kleiner Bruder. Unheimlich, wie der immer durchschaute, was sie dachte.

»Wen suchst du denn?« hatte er sie leise bei Tisch gefragt, als ihr Vater sich erhob, um seine Rede zu halten.

Sie gab keine Antwort.

Er folgte ihrem Blick. »Da ist Onkel Steve.«

Sie schwieg weiter.

»Hast du dich in ihn verliebt?«

»Ach, halt doch den Mund!« zischte sie wütend, und dabei spürte sie, wie ihr die Röte ins Gesicht stieg. Sie zwang sich wegzusehen, da hatte Daddy auch schon seine Rede begonnen, und ihr Bruder wurde abgelenkt.

Aber er hatte recht: Es war ihr schon immer so ergangen. Sogar bei der Oscar-Verleihung vor Jahren, als er mit der Schauspielerin aufgekreuzt war; die hätte sie am liebsten umgebracht. Und später hatte sie jedesmal, wenn sei nur seinen Namen in der Zeitung las, einen Stich verspürt. Immer war er in Begleitung der einen oder anderen Frau, einer Schauspielerin oder eines Modells. Vielleicht gab das den Ausschlag bei ihrer eigenen Berufswahl.

Als die Rede beendet war und Steve auf den Tisch zusteuerte, überkam sie plötzlich das Verlangen, davonzulaufen. Sie wandte sich an ihren Bruder: »Sag Mutter, ich fahre nach Hause, ich muß noch fertig packen.« Und schon war sie, ehe er antworten konnte, an Steve vorbei hinausgelaufen.

Merkwürdig, daß sie soviel für ihn empfand und er sie nicht einmal erkannte. Sie ärgerte sich über sich selbst. Wie ein Kind benahm sie sich und nicht wie ein erwachsenes Mädchen. Sie ging zur Kommode und öffnete ihre Tasche, es war noch eine Zigarette darin.

Sie zündete sie an und sog den Rauch tief in die Lunge; gleich darauf wurde sie ruhiger. Mit langsamen Bewegungen knöpfte sie ihren Büstenhalter auf und ließ ihn zu Boden fallen. Nackt trat sie ans Fenster und öffnete es.

Da stand sie nun, blies den Rauch hinaus und ließ sich von der kühlen Nachtluft umwehen. Sie schloß die Augen und lehnte sich ans Fensterbrett.

Sie hätte gern gewußt, wo er sich im Augenblick befand. Er war allein gekommen, aber das bedeutete nichts, wahrscheinlich hatte er später eine Verabredung und unterhielt sich jetzt bereits mit irgendeinem Mädchen. Sie fragte sich, wie es wohl wäre, sich von ihm lieben zu lassen. Es wurde ihr warm, sie faßte mit der Hand nach unten und befühlte sich. Sie war feucht und erregt.

Mit der Zigarette in der Hand ging sie zum Koffer, öffnete ihn und entnahm einer Seitentasche einen rosafarbenen Vibrator, der durch eine Taschenbatterie betätigt wurde. Sie setzte sich auf den Bettrand, nahm noch einen Zug von der Zigarette, legte sie wieder in die Aschenschale und streckte sich auf den Rücken aus.

Sie drehte den unteren Griff des Apparats, und ein leises Summen ertönte. Plötzlich rauschte es in ihren Ohren; sie schlang die Beine um ein Kissen. Ihre Reise ins Mondland begann, und ihr jäher Orgasmus brachte seinen Namen mit einem halblauten Schrei auf ihre Lippen.

»Steve!«

Der Name hing bewegungslos in der Dunkelheit.

Tränen traten ihr in die Augen. Und sie schlief ein.

Sam kam nach Hause. »Er hat mich niederträchtig betrogen!« schrie er wütend. »Da hat er gesessen, die Schlange, die lächelnde! ›Ich bin dein Freund‹, sagte er. Und dann hat er mir den Schirm in den Hintern gestoßen!«

Denise starrte ihn bestürzt an. »Von wem redest du?«

»Von Steve, ja, von dem red ich«, sagte er böse, »von deinem lieben Freund, der erst gestern zur Bar-Mizwa unseres Sohnes gekommen ist und an unserem Tisch gegessen hat.«

»Nein. Das kann ich von Steve nicht glauben.«

»Doch«, erwiderte er. »Ich wollte nichts, als ein nettes, ruhiges Gespräch mit ihm führen. Ich wollte das, was in unserem Abkommen unbillig ist, mit ihm zusammen in Ordnung bringen.«

»Nun – und was passierte?«

»Wie ein Richter saß er an seinem Schreibtisch. ›Du hättest zu mir kommen sollen, bevor du dieses Abkommen mit United

Artists trafst‹, sagte er. Ich erklärte ihm, daß ich das doch zu meinem Selbstschutz machen mußte. Wie die Dinge sich entwickelten, steckte Sinclair bei jedem Dollar, den ich verdiente, zwei ein.

›Du hattest das Abkommen gelesen‹, sagte er. ›Niemand zwang dich, es zu unterschreiben.‹

›Aber ich habe dir einen Gefallen damit erwiesen‹, erklärte ich. ›Du wolltest das Geschäft machen, und ich habe dir geholfen.‹

›Und dabei selbst siebeneinhalb Millionen Dollar verdient‹, sagte er. ›Aber ich bin dein Freund; wenn dir die Sache nicht mehr paßt, lasse ich dich aus dem Geschäft aussteigen, obgleich es noch fünf weitere Jahre laufen sollte.‹«

»Was hast du darauf gesagt?« fragte Denise.

Er blickte sie an, als sähe er sie zum erstenmal. »Ich muß etwas trinken«, sagte er unvermittelt.

Sie folgte ihm zur Bar und wartete, während er sich einen Drink mixte und ihn in einem Zug hinuntergoß. Er füllte sein Glas erneut und erzählte weiter.

»›Und was geschieht mit den Filmrechten der Romane und Stücke, die ich für viereinhalb Millionen Dollar gekauft habe?‹ fragte ich.

›Die hast du gekauft, nicht wir‹, erklärt er so ruhig, als ob er übers Wetter spricht. ›Du hast uns nicht, wie es vertraglich vereinbart war, davon verständigt.‹«

Er trank sein zweites Glas halb leer. »Ich hab ihn mir angesehen und versucht, in seinem Gesicht zu lesen; aber da war nichts zu lesen. Ich meinte, er hätte mich nötiger als ich ihn, deshalb hat er wohl geblufft. Ich ließ ihn seine Karten aufdecken.«

Er trank aus, stellte das Glas mit schwerer Hand auf die Bar und starrte verdrießlich vor sich hin.

»Und was war dann?«

»Nichts. Morgen treffen die Rechtsanwälte zusammen.«

Sein Blick verriet, wie verletzt er war. »Ich habe mich eben geirrt.«

Stephen Gaunt

Irgendwo im Dunkel klingelte das Telefon. Ich kämpfte mich aus der Tiefe des Schlafs hoch und griff nach dem Hörer. »Hallo.«

»Steve«, krächzte die Stimme.

»Ja«, sagte ich, noch zu weit entfernt, um sie zu erkennen.

»Hier spricht Angel.«

Der Nebel schwand, und ich war wach; Angel Perez war der Vizepräsident der Abteilung Tagesprogramm. Er war Schauspieler gewesen und hatte später zur Produktion übergewechselt; hinter der Kamera war er tüchtiger als davor. Er war im letzten Jahr mein inoffizieller Assistent gewesen. Ich mußte einen Mann in New York haben, der sich überall umtat, da ich die meiste Zeit an der Westküste verbrachte.

»Ja, Angel, was gibt es?«

»Das Haus brennt. Ich meine, Sie sollten zurückkommen.«

Ich schwang die Beine über den Bettrand. »Was ist denn los?«

»Der Alte hat gestern eine Sondersitzung des Aufsichtsrats einberufen.«

»Ich weiß, ich habe die Benachrichtigung erhalten.«

»Sie hätten zur Sitzung kommen sollen. Ich höre, daß man wegen der Sonderprogramme heftig über Sie hergezogen ist.«

Ich wußte, welche er meinte. Es war zwar gutes Fernsehen, aber schlechte Programmierung. Die Testergebnisse waren schlecht, das hatte ich bereits von unseren Geldgebern gehört; die waren auch nicht glücklich damit.

»Ich habe ihnen ja gesagt, daß man darauf gefaßt sein müßte«, sagte ich. »Wir machen aber trotzdem weiter. Man muß schon ab und zu etwas riskieren.«

»Southern Products hat annulliert; denen hat Ihre Einstellung zur Gleichberechtigung der Gewerkschaften mißfallen; angeblich sei das auf sie gemünzt gewesen.«

»Für ihre Schuldgefühle bin ich nicht verantwortlich«, sagte ich.

»Also werden Sie in Schönheit gestorben sein.«

»Es muß noch mehr dahinterstecken als nur das.«

»Ja, nämlich Ihr alter Freund.«

»Ich habe viele alte Freunde.«

»Aber keinen wie den«, sagte Angel. »Dan Ritchie. Er kam mit einem anderen Ihrer alten Kumpane angezockelt, Sam Benjamin. Sie haben eine ganze neue Idee, wie man die Sendergruppe lebendiger machen könnte. Sie behaupten, Sie hätten sich vom Film- und Unterhaltungsgebiet abgewendet und sich auf einen Kreuzzug zur Reformierung der Welt begeben; Ihre Beziehung zu den Kennedys soll bei Ihnen Denken und Urteilskraft vernebelt haben.«

»Für jemanden, der unten im einunddreißigsten Stock sitzt, sind Sie erstaunlich gut informiert«, sagte ich.

»Ich lese die Memoranden.«

»Woher bekommen Sie die?«

»Vom alten Herrn. Er ließ mich zu sich rufen und ernannte mich zu einem Einmannausschuß, zwecks Studium der Lage und Berichterstattung.« Er machte eine Pause. »Er weiß, wie wir beide zusammenarbeiten. Vielleicht will er Sie auf diese Weise warnen.«

»Hat er sonst noch etwas gesagt?«

»Nein, Sie wissen ja, wie er ist: König Eisherz.«

Ja, es war typisch Sinclair. »Wie spät ist es?« fragte ich.

»Zehn Uhr hier, sieben bei Ihnen.«

»Ich werde heute abend drüben sein; wir treffen uns um acht in meiner Wohnung.«

»Sehr gut.« Seine Stimme klang merkbar erleichtert. »Ich habe hier ein Mädchen, das ich Ihnen vorstellen möchte, eine Wucht! Sie ist Schauspielerin: Marianne Darling. Die ganze Stadt läuft ihr nach. Und die will Sie treffen.«

»Mich?«

»Ja, als sie erfuhr, daß ich Sie kenne, stieß sie wie eine Rakete auf mich nieder. Ich mußte ihr versprechen, sie zu benachrichtigen, wenn Sie das nächstemal hier sind. Sie scheint Ihre Karriere in den Zeitungen oder sonst irgendwie verfolgt zu haben. Sie weiß mehr über Sie als Sie selbst.«

Das interessierte mich. »Okay, bringen Sie sie mit.«

»Faith wird auch mitkommen«, sagte er, »vielleicht machen wir uns einen vergnügten Abend.«

Faith war seine Freundin. »Ausgezeichnete Idee. Dann bis heute abend.«

Ich drückte die Telefongabel nieder und ließ sie wieder los. Das Fräulein meldete sich: »Ja, Mr. Gaunt?«

»Buchen Sie für für den Flug um zehn Uhr vormittags nach New York.« Ich legte auf und stieg aus dem Bett. Dann fiel mir noch etwas ein. Ich rief bei Jack Savitt an und ließ ihn wecken.

»Ich fliege heute vormittag nach New York«, sagte ich.

»Ist was passiert?« fragte er hastig.

»Nichts, womit ich nicht fertig werden könnte.«

»Soll ich dich zum Flughafen bringen?«

»Nein, aber ich möchte dich um etwas anderes bitten.«

»Nämlich?«

»Sam Benjamin; ich brauche genaue Informationen über ihn, was er treibt und wie seine Geschäfte gehen.«

»Seit er voriges Jahr nach New York zurückging, hab ich nicht viel gehört«, sagte Jack. »Nur daß er ständig in der Klemme sitzt und seine Rechnungen nur langsam bezahlt. Er hatte mit seinen letzten Filmen Pech, er soll daran elf Millionen verloren haben.«

»Das weiß ich, aber ich möchte wissen, womit er im Augenblick beschäftigt ist.«

»Ich werde mich erkundigen.«

»Ruf mich heute abend in meiner New Yorker Wohnung an.«

»Gute Reise!« sagte er.

Ich ging unter die Dusche, drehte sie zuerst heiß, dann eiskalt auf, und wieder heiß; als ich herauskam, war ich wenigstens nicht mehr verschlafen, aber doch noch müde und schwerfällig; also nahm ich, bevor ich mich rasierte, ein Benzedrin und fühlte mich bald darauf frischer.

Es herrschte dichter Nebel, das Auto war nicht bis zum Kennedy-Flughafen gelangt, und es war schon fast sechs Uhr und dunkel, als ich ein Taxi bekam. Erstaunt sah ich, daß der Schnee zu beiden Seiten der Straße hochgetürmt lag; dann erinnerte ich mich: es war die Weihnachtswoche in New York.

In Los Angeles war es nie das Wahre: der Schnee bestand aus weißem Kunststoff, und sogar der Weihnachtsmann trug leichte Sommerkleidung. Ich hüllte mich fest in meinen Mantel.

»Woher kommen Sie?« fragte der Taxichauffeur.

»Aus Kalifornien.«

»War nicht sehr klug«, sagte er, »haben Sie so ein Wetter nötig?«

»Mir gefällt es, als Abwechslung«, sagte ich.

»Ich würde ja an die Westküste ziehen«, sagte er, »aber meine Alte will die Kinder nicht verlassen, ich meine, die Enkel. Erst konnte sie nicht erwarten, unsere eigenen Kinder aus dem Haus zu haben, und jetzt laufen die Enkel den ganzen Tag herum und machen einen Heidenlärm, und sie ist im siebenten Himmel. Ich kann's mir nicht erklären, ich werde die Frauen nie begreifen.«

»Geht mir nicht anders«, sagte ich.

Während der Fahrt schwieg er, bis ich ihm ein Trinkgeld gab; da warf er einen Blick auf den Fünfer und grinste. »Fröhliche Weihnachten!«

»Kaufen Sie Ihren Enkeln ein Weihnachtsgeschenk«, sagte ich.

Ich schloß die Wohnungstür auf und knipste das Licht an. Alles war genauso, wie ich es vor drei Monaten verlassen hatte, einschließlich der frischen Eiswürfel im Kübel an der Bar.

Ich mixte mir einen Drink und wollte gerade nach dem Telefon greifen, als es zu läuten begann. Sheilas Stimme war zu hören: »Willkommen daheim, Boss. Ich bin unten in der Halle und bringe allerhand Neuigkeiten.«

»Komm herauf.« Ich mixte noch einen Drink; kaum war ich fertig, klingelte es an der Tür.

Der Schnee haftete noch an ihrem schwarzen Mantel, sie lächelte: »Tag, Stephen!«

Ich küßte sie auf die Wange. »Eines der netten Dinge, wenn ich heimkomme, bist du.« Ich nahm ihr den Mantel ab. »Auf der Bar steht ein Scotch für dich.«

Sie nahm sich ihr Glas. »Junge, Junge«, sagte sie.

Ich schwieg.

Sie trank aus und stellte ihr Glas hin. »Ich bin froh, daß du zurück bist. Es hat sich alles merkwürdig entwickelt.«

»Erzähl es mir.«

»Es gibt da irgendeine unterirdische Stimmung – ich kann es nicht genau definieren. Die Gewinne sind zurückgegangen, jeder ist so verkrampft. Du warst nicht hier, um die Leute zu beruhigen, und Sinclair sitzt in seinem Turm und schleudert Memos nach unten wie Papierflugzeuge, mit denen er alle ins Bockshorn jagt.« Sie brach ab, um Atem zu holen. »Mir scheint, ich muß noch etwas trinken.«

Ich mixte ihr einen Drink. »Warst du es, die Angel veranlaßte, mich anzurufen?«

Sie nickte. »Wieso weißt du das?«

»Erraten; Angel ist kein Engel, und er ist ehrgeizig. Jemand muß ihm vor Augen geführt haben, daß es besser wäre, mit mir als gegen mich zu marschieren.«

»Es ist auch nicht gerade sehr günstig, daß du dauernd an der Westküste bist«, sagte sie, »das Personal ist ständig in Unruhe.«

»Eines Tages werde ich die Verwaltungsbüros dorthin verlegen. Das einzige, was wir in New York brauchen, ist ein Verkaufsbüro; der Rest ist nur Quatsch und Tradition.«

»Du kannst es nennen, wie du willst, Stephen, aber Tatsache ist, daß das Geschäft immer noch hier ist.« Sie sagte weiter nichts, aber ich wußte, was sie sich dachte. Daß mein Platz hier war; ich war Präsident der Gesellschaft, ich hatte hier zu sein, nicht so sehr, um etwas zu tun, als um meinen Job zu wahren – das heißt, wenn ich ihn noch haben wollte.

Und das war der Kern der Sache.

Denn ich wußte nicht mehr, ob ich ihn wollte oder nicht.

2

Die Jahre treiben einen vorwärts, sie reiben einen auf, das alles hatte ich erlebt. Ich war so lange bergauf gerannt, daß es zur Gewohnheit wurde. Wenn ich das Tempo ein wenig verlangsamte, hatte jeder den Eindruck, daß ich zurückglitt; also machte ich eben weiter.

Spencer war nichts vorzuwerfen; er hatte seine eigene Aufgabe zu erfüllen: die Maschine mit kritischem Auge beobachten, sie mit einem Tritt wieder in Gang bringen, wenn ihr Tempo schleppend wurde. Und ich war der einzige, den er treten konnte, ich war der Verantwortliche.

»Wer weiß davon, daß ich hier bin?«

»Nun schon so ziemlich das ganze Büro«, antwortete sie. »Als ich fortging, brannten noch eine Menge Lampen; sie wollen bereit sein, wenn du morgen kommst.«

»Ich werde morgen nicht kommen«, sagte ich. »Ich will von hier aus alles telefonisch erledigen; laß mir die Hilfszentrale einschalten.«

Sie wußte, was ich meinte. Ich besaß ein Mehrliniengerät direkt von meinem Büro. Alles kam genauso durch, als säße ich im Büro; der Anrufer konnte nicht wissen, daß ich gar nicht dort war.

»Etwas Besonderes?« fragte sie.

»Ja. Du hältst mir Sinclair vom Leib. Mit ihm will ich nicht sprechen.«

»Und wenn er darauf besteht?«

»Sag ihm wörtlich, was ich gesagt habe; ich bin schon zu alt, um allerhand Spielchen zu treiben. Und das sollte auch er sein.«

Sie berichtete, was noch zu bestellen war, und klappte dann ihr Notizbuch zu. Ich begleitete sie zur Tür und half ihr in den Mantel. Sie sah mich eindringlich an.

»Fühlst du dich ganz wohl, Stephen?«

»Natürlich. Warum fragst du?«

»Ich weiß nicht, du kommst mir ein wenig sonderbar vor. Als ob dir das alles gar nicht wichtig wäre.«

»Es ist mir tatsächlich ein wenig langweilig; diese Reise habe ich schon allzuoft gemacht.«

»Das kann nicht der Grund sein.«

»Vielleicht bin ich müde. Morgen früh ist alles wieder in Ordnung.«

Sie ließ es dabei. »Gute Nacht, Stephen.«

Ich schloß die Tür hinter ihr ab, mixte mir noch einen Drink und setzte mich damit hin. Die Fogarty war nicht dumm. Sie kannte mich. Vielleicht besser als ich mich selbst kannte. Vielleicht merkte sie etwas in mir, das ich nicht merkte. Ich trank einen Schluck und fing an, den Stoß Memoranden durchzusehen, den sie mir dagelassen hatte.

Ich wurde mir kaum bewußt, daß die Zeit verging. Etwa eine halbe Stunde später läutete es wieder an der Tür. Ich beendete das letzte Memo, erhob mich und ging öffnen.

Ich war noch kilometerweit entfernt; das Mädchen brachte mich blitzschnell zurück. Sie hatte langes dunkelbondes Haar, das bis zur Mitte ihres Rückens reichte, ein ovales Gesicht und blauviolette Augen mit vier Paar falschen Wimpern. Sie trug einen kurzen, flauschigen Luchspelz, auf dem die Schneeflocken aussahen wie eine Verzierung. Ihre Nase war keck, ein bißchen aufgestellt, und ihr Lächeln zeigte kleine, weiße gleichmäßige Zähne und eine sinnliche Unterlippe.

»'n Abend«, sagte ich.

»Ich bin Marianne Darling«, erklärte sie. »Ich will es Ihnen leichtmachen, Sie können mich einfach Darlingmädchen nennen.«

Ich grinste. »Treten Sie ein, Darlingmädchen.«

Ich schloß die Tür und nahm ihr den Mantel ab. Sie trug einen purpurfarbenen gestrickten Supermini und dazu passende purpurrote Stiefel, die bis zu den halben Oberschenkeln reichten. Zwischen dem oberen Stiefelrand und dem Saum ihres Kleids lagen mindestens fünfzehn Zentimeter weißes Fleisch, und nach der Art zu schließen, wie der Rock an ihrem Körper klebte, trug sie nichts darunter.

Sie ging voraus in die Wohnung; ihre Blicke wanderten sofort überallhin, während ich still dastand und sie beobachtete. »Wie gefällt es Ihnen?«

Sie drehte sich zu mir um. »Gut. Es ist alles männlich. Soviel Leder . . .«

»Was trinken Sie?« fragte ich und ging zur Bar.

»Was trinken *Sie*?«

»Scotch.«

»Ich auch«, sagte sie. »So vereinfacht man sich das Leben.«

Ich goß ihren Drink ein und füllte meinen nach.

Sie hob mir das Glas entgegen. »Tschin-tschin«, sagte sie.

Wir tranken. Sie sah auf der Bar Fogartys Glas mit den leichten Lippenstiftspuren am Rand. »Ich bin zu früh gekommen«, sagte sie, »ich wollte nicht stören.«

»Es ist keine Störung. Meine Sekretärin war hier und brachte mir meine Post.«

»Ach so«, sagte sie.

Ich sammelte die Papiere und legte sie auf den Schreibtisch neben dem Fenster. Sie folgte mir und blickte hinaus. Es schneite.

»Es sieht wunderhübsch aus von hier oben«, sagte sie.

Ich sah aus dem Fenster. »Ja.« Ich hatte beinahe vergessen, wie schön es hier sein konnte. Ich wandte mich ihr zu. »Bitte, machen Sie es sich bequem. Ich möchte mal schnell unter die Dusche; ich bin noch staubig von der Reise.«

»Okay.« Sie ging zurück zur Bar, während ich ins Schlafzimmer verschwand.

Ich zog mich aus, ließ die Kleider auf dem Bett liegen, ging in die Duschkabine und drehte das heiße Wasser auf. Die Wärme erleichterte den Druck im Kopf, das Geräusch des Wassers beruhigte die Nerven.

Ich weiß nicht, wie lange ich dort stand, da hörte ich sie rufen. »Ja?« schrie ich durch das Wasserrauschen.

»Telefon! Soll ich antworten?«

»Bitte!«

Kurz darauf öffnete sich die Badezimmertür. »Von der Westküste, Jack Savitt«, sagte sie.

Ich drehte das Wasser ab und öffnete die Kabinentür. »Bitte reichen Sie mir den Apparat aus der Wandnische.«

Sie kam ins Badezimmer und blieb zögernd stehen.

»Dort drüben«, sagte ich.

Sie blickte mich zweifelnd an. »Ist das nicht gefährlich?« fragte sie. »Ich habe gehört . . .«

Ich lachte. »Keine Gefahr.«

Sie reichte mir den Apparat. Ich nahm ihn und sagte: »Jack.«

»Wer ist das Mädchen?« fragte er. »Ihre Stimme klingt prima.«

»Du kennst sie nicht«, sagte ich. »Was hast du herausgefunden?«

»Ziemlich genau das, was ich dachte. Er ist unten durch, und die Banken haben energisch Zahlung verlangt. Sie sind entschlossen, nicht länger zu warten und die Dinge in die Hand zu nehmen. Er hat sich vorige Woche an Dan Ritchie gewandt, um alles, was nur möglich ist, an das Fernsehen abzugeben; er muß Bargeld flüssig machen.«

»Wie paßt das zu seinem Verhalten uns gegenüber?«

»Ritchie hat noch Freunde im Zentralbüro. Ihr habt sechsundzwanzig Extrafilme im Programm; das sind sechsundzwanzig Spielfilme, die man zeigen kann, wenn er euch los wird.«

»Okay«, sagte ich.

»Sonst noch etwas?« fragte er.

»Im Augenblick nicht. Morgen rufe ich dich wieder an.«

Ich reichte ihr den Apparat durch den Türspalt und hörte das Klicken, als sie ihn an seinen Platz zurückstellte. Ich schloß die Tür und drehte den Wasserhahn wieder auf.

Durch das Milchglas sah ich, wie sie noch dastand, ihr rotes gemustertes Kleid wirkte wie ein seltsames Gebilde. Sie rührte sich nicht.

»Was ist los?« fragte ich.

»Nichts. Ich guck nur.«

»Sie gucken?«

»Ja. Ein toller Anblick durch das Glas; als wären Sie überall dort drinnen, die Wirkung ist eigenartig.«

Ich drehte das Wasser ab. »Geben Sie mir ein Handtuch«, sagte ich, »ehe Sie etwas Unbesonnenes tun.«

»Hab ich schon getan«, sagte sie, »zweimal. Zuerst als ich Ihnen das Telefon gab und eben jetzt, während ich Ihnen zusah.«

»Geben Sie mir trotzdem das Handtuch, und verbrauchen Sie sich nicht noch weiter, wir haben eine lange Nacht vor uns.«

Ich trat hinaus und wickelte mich in das Handtuch, zog ein zweites vom Regal und begann mich abzutrocknen.

»Ich trockne Ihnen den Rücken ab«, bot sie mir an.

Ich gab ihr das Handtuch; ihre Hände waren sicher und schnell. »Sie sind nicht etwa Japanerin?« fragte ich.

»Seh ich aus wie Japanelin?« fragte sie lachend.

Die Badezimmertür öffnete sich, und Angel stand auf der Schwelle. Sein Gesicht verzog sich zu einem Grinsen. »Wie nett! Ihr kennt euch schon, wie ich sehe.«

»Mixen Sie sich was zu trinken, ich komme gleich zu euch hinaus.«

»Okay«, sagte er und verschwand.

Ich nahm ihr das Handtuch aus der Hand. »Sie auch.«

Sie zog einen Flunsch. »Ich wollte Ihnen doch beim Anziehen helfen.«

Ich lachte und schob sie zur Tür. »Gehen Sie nur, Darlingmädchen, ich bin schon ein großer Junge, ich kann mich allein anziehen.«

Als ich hinaustrat, standen sie an der Bar. Ich begrüßte Angels Freundin und machte mir einen Drink. »Hat jemand von euch schon gegessen?« fragte ich.

Angel schüttelte den Kopf. »Nein.«

Ich sah die Mädchen an. »Wo wollt ihr essen?«

»Ist das Essen, das hier aufs Zimmer serviert wird, nicht gut?« fragte Darlingmädchen.

»Doch«, antwortete ich.

»Warum sollen wir uns dann mit dem Schnee herumplagen, wenn wir hier bequem und angenehm speisen können? Wir könnten hierbleiben, rauchen und uns vergnügen.«

Angel lachte. »Was hab ich Ihnen gesagt, Boss? Ist sie nicht prima?«

Mein Blick lag auf ihr, während ich nach dem Telefon griff. »Möglich«, sagte ich und sah, wie ihr die Röte in die Wangen stieg. Die Telefonistin meldete sich. »Geben Sie mir den Zimmerkellner«, sagte ich.

Die Steaks waren nicht übel, und als Angel einmal anfangen

wollte zu fachsimpeln, unterbrach ich ihn: »Morgen. Wir haben Zeit.«

Der Kellner trug den Tisch hinaus. Einen Augenblick herrschte Schweigen, dann erhob sich Angel. »Komm, Faith, mein Kind, es ist Zeit, daß wir gehen.«

Ich versuchte nicht, sie zurückzuhalten. Als sie fort waren, saß Darlingmädchen noch immer unbeweglich da; wir starrten uns lange an. »Woran denken Sie?« fragte sie endlich.

»Ich verstehe es nicht«, sagte ich. »Warum legen Sie sich so ins Zeug?«

Sie lächelte. »Vielleicht gefallen Sie mir.«

»Dennoch: warum?«

»Das ist eine lange Geschichte.« Sie erhob sich und ging zum Schlafzimmer. »Eines Tages werde ich sie Ihnen erzählen.«

3

Ich saß an der Bar und trank Scotch; ich war deprimiert, jede Anstrengung schien mir zuviel. Es mochte eine halbe Stunde vergangen sein, als sie wiederkam.

»Hallo!« rief sie von der Schwelle aus. »Willst du die ganze Nacht aufbleiben und trinken?«

Ich drehte mich um: Sie trug nichts als ihre Stiefel. Ich starrte sie an, sie hatte ihre Brustwarzen, zum Kleid passend, purpurrot gefärbt.

Sie lächelte. »Gefällt's dir?«

»Es ist was Neues.«

»Ich hab noch was Besonderes, damit hab ich mir die Brustwarzen eingerieben«, sagte sie. »Es verursacht so ein angenehmes Prickeln.« Sie kam herein und steckte sich eine Zigarette in den Mund. »Gib mir Feuer«, sagte sie und lehnte sich an mich.

Ich hielt ihr ein Streichholz hin, und bald erfüllte der scharfe Duft von Haschisch den Raum. »Willst du einen Zug?« fragte sie.

Wortlos nahm ich die Zigarette und sog den Rauch in meine Lunge. Ich spürte nichts; keine Reaktion.

Sie nahm mir den Stengel aus der Hand. »Mann, bist du aber fertig!«

Ich schwieg.

»Willst du, daß ich fortgehe?« fragte sie.

Ich brauchte lange, bis ich mich entschloß: »Nein.«

Sie sog an der Zigarette, ihr Blick verfinsterte sich langsam. »Willst du mich die ganze Nacht anstarren?« Ihre Worte wurden undeutlich.

»Mag sein«, sagte ich.

Sie nickte. »Na schön, wie du willst.« Sie durchquerte das Zimmer und stellte den Plattenspieler an. »Du hast nichts dagegen, daß ich mich ein wenig unterhalte?«

Ich lächelte. »Tu, was dir Spaß macht.«

Sie wiegte sich im Takt zur Musik, nahm noch einen Zug und reichte mir die Zigarette. Ich saß auf dem Barhocker und sah zu, wie sie tanzte. Sie bewegte sich durchs Zimmer und knipste die Lampen aus, bis nur noch ein schwaches Licht übrig war, das hinter der Bar schimmerte. Sie verschwand für einen Augenblick ins Schlafzimmer, ich steckte die Haschzigarette in den Mund und sog daran.

Als sie zurückkam, hielt sie etwas in der Hand, das ich im trüben Licht nicht erkennen konnte. Sie kam auf mich zu. »Darf ich dir meine wahre Liebe vorstellen?«

Ich blickte auf ihre ausgestreckte Hand, in der ein rosa Vibrator glänzte. Sie drehte den Griff, und er begann zu summen.

»Steve, ich stelle dir Steve vor«, sagte sie.

Ich blickte sie an. Ihre Miene war völlig ernst. »Tatsächlich lernten wir uns kennen, als ich vierzehn war«, fuhr sie fort, »und seither ist er immer bei mir geblieben.« Sie drückte ihn an die Wange, dann fuhr sie mit ihm seitlich am Hals nach unten und rund um ihre Brüste; ihre freie Hand streckte sie nach der Marihuanazigarette aus.

Ich gab sie ihr. Sie tat einen Zug, dann gab sie sie mir zurück. Ihre Augen waren bereits verschwommen.

Ich drückte den Stummel in der Aschenschale aus und füllte mein Glas wieder. Ich beobachtete sie in dem Spiegel, der hinter der Bar im Dunkel hing.

Sie bewegte sich im Takt der Musik, mit halbgeschlossenen Augen, und strich dabei mit dem Vibrator über ihren Körper.

Plötzlich riß sie die Augen weit auf und starrte mich an; ihre Beine begannen zu zittern. »Steve!« schrie sie auf und sank in die Knie, der Vibrator entfiel ihren Händen und blieb, widerlich summend, auf dem Teppich liegen.

Nach einer Weile nahm sie ihn auf und schaltete ihn ab. Sie sah mich an und lächelte. »Verrückt, nicht wahr?«

Ich schüttelte den Kopf.

»Ein toller Orgasmus«, sagte sie.

»Davon weiß ich nichts.«

Sie stand auf. »Ich muß ins Badezimmer.«

Ich wandte mich wieder zur Bar, im Zimmer hing ein seltsames Gemisch von Gerüchen: nach Frau, Haschisch, Whisky. Ich griff nach meinem Glas.

»Mix mir auch einen«, rief sie von der Schwelle aus. Ich drehte mich um. Sie war völlig angekleidet. Ich warf Eiswürfel in ein Glas und goß Whisky darüber.

Sie nahm es mir aus der Hand. »Tschin-tschin«, sagte sie, goß ihren Drink in einem Zug hinunter und ging zur Tür. Sie nahm ihren Pelzmantel vom Stuhl und hängte ihn sich um. »Gute Nacht.«

»Gute Nacht«, gab ich zurück.

Die Tür schloß sich hinter ihr. Ich war mit dem Drink in der Hand sitzen geblieben. Einige Minuten vergingen, dann klingelte das Haustelefon. Ich hob ab.

Sie rief von der Halle aus an. »Ich vergaß dir etwas zu sagen.«

»Was, Darlingmädchen?«

»Ich liebe dich«, sagte sie und hängte ein.

In jener Nacht machten mir die Träume zu schaffen. Das geschah jedesmal, wenn ich wieder in die Wohnung kam: Barbara war dort. Vielleicht hatte Sam recht, ich hätte umziehen sollen.

Ich hatte es aber nicht getan, und sie war immer da. Wir waren so nahe beieinander und dann – nichts. Sie war fort und kam nicht wieder.

Ich wälzte mich auf dem Bett herum und verjagte die Träume. Schluß damit! Einmal hatte ich meine Deckung sinken und mich k. o. schlagen lassen. Ich hatte nicht vor, den gleichen Fehler noch einmal zu machen.

So wie es jetzt war, ging es besser: keine Bindungen, keine Probleme, alles hübsch kühl. Man kam und ging nach Belieben, keine Schuldgefühle, weil man etwas anderes zu tun oder zu überlegen hatte.

Aber ich erinnerte mich noch, wie es gewesen war, als es mit uns begann. Wunderschön. Anders als alles, das ich vorher oder nachher erlebt hatte. Doch dann kam der Schmerz, nur der Schmerz.

Genug! Ich löste mich von meinen Gedanken und versuchte zu schlafen. Dann wurde der Traum ganz toll, und da war wieder Darlingmädchen und tanzte. Nur hatte sie diesmal das Gesicht Barbaras und lächelte mir mit Barbaras Lächeln zu.

Mit dem sanft neckenden Lächeln, das sie hatte, wenn sie mich hänselte. Ich griff nach ihr, und Barbara verschwand. Ich setzte mich im Bett auf und starrte ins Dunkel.

Still und leer lag das Zimmer vor mir. Nach einer Weile stieg ich aus dem Bett und nahm eine Schlaftablette. Das wirkte, ich verlor die Besinnung so jäh, wie ein Licht verlöscht.

Das Telefon weckte mich; ich meldete mich, noch immer benebelt.

Es war Angel, der aus der Halle anrief. »Ich habe dauernd an Ihrer Tür geklingelt, schließlich fuhr ich nach unten und versuchte es mit dem Telefon«, sagte er.

»Kommen Sie herauf«, sagte ich, drückte auf die Hörergabel und ließ sie wieder los. Die Telefonistin meldete sich, und ich bestellte Frühstück. Dann wankte ich ins Badezimmer und spritzte mir Wasser ins Gesicht.

Angel barst vor Neugier, stellte aber keine Fragen, und ich gab ihm auch keinerlei Auskunft. Nachdem ich meinen Kaffee getrunken hatte, machten wir uns an die Arbeit.

Es ging flott bei ihm, er kannte bereits alle Testziffern, alle Kosten, wußte einfach alles. Er war klug, gerissen, ehrgeizig und nicht gewillt, sich diese Sache entgehen zu lassen. Nicht, solange Sinclair am Ruder war.

Der Plan wurde mir klar, während ich Angel zuhörte. Für so klug er sich auch hielt, er blieb an der Oberfläche. Unterhalb durchwühlte Sinclair bereits die Gewässer, aber Angel vermochte nichts weiter zu erkennen, als daß der Alte sich an ihn gewendet hatte.

Die Rechnung war einfach. Die Sondersendungen verpatzten uns zwei Abende im Monat. Zuerst war alles sehr begeistert gewesen, sogar die Geldgeber; endlich wurde etwas gemacht, worauf sie stolz sein konnten. Dann kamen die Testziffern.

Angesichts der Noten war es mit dem Stolz vorbei. Man schloß daraus sofort auf die zu erwartende Reaktion der Käufer, überdachte die Sache nochmals und suchte nach einer Möglichkeit, sich elegant zu drücken. Dieselben alten Argumente wurden wieder aufgetischt: Schuld war das Publikum, das von diesem Kanal auf andere umschaltete.

Sinclair kannte mein Interesse an dem Projekt und ließ mich auf diese Weise wissen, daß er unzufrieden war. Er machte den Eröffnungszug; Angel war nur eine Figur auf dem Schachbrett.

Aber der alte Herr war nicht mehr auf der Höhe; Königsbauer von 2 auf 4 war eine schlechte Eröffnung für ihn. Er kam in Gefahr, Angel zu verlieren.

»Gute Arbeit«, sagte ich. »Ihre Art der Überlegung gefällt mir, und Ihre Einstellung ist richtig.«

»Danke, Steve«, sagte Angel sichtlich geschmeichelt.

Ich dachte einen Augenblick nach. »Haben Sie einen guten zweiten Mann für das Tagesprogramm?«

»Pete Reiser«, sagte er. »Ich hatte ihn bei *Sport und Spiel* eingesetzt, aber ich glaube, er wäre der Richtige.«

»Gut«, sagte ich. »Ich gebe Ihnen also die Sonderprogramme. Das ist eine Stufe höher und fünfzehn Tausender mehr im Jahr. Ich lege die ganze Sache in Ihre Hand und bin sicher, daß Sie sie in Ordnung bringen werden.«

Er sah mir in die Augen. »Sie werden es nicht bedauern, Steve, ich werde arbeiten, bis ich umfalle.«

»Das weiß ich, aber Sie müssen auch noch ein Auge auf Reiser haben, bis wir sicher sind, daß er den Posten ausfüllen kann.«

»Keine Angst, Steve, ich habe verstanden.«

»Ich halte es für das beste, wenn Sie an die Westküste fliegen und sich die übrigen Shows ansehen. Ich möchte hören, was Sie davon halten.«

»Ich fliege noch heute abend hinüber.« Er erhob sich. »Übrigens, ich habe den Bericht für Sinclair bereit. Was soll ich damit tun?«

»Ihm schicken, natürlich.«

»Sie bekommen einen Durchschlag, sobald meine Sekretärin damit fertig ist.«

»Besten Dank.«

Ich wartete, bis er aus der Wohnung war, dann ging ich zum Telefon. Ich brauchte es gar nicht erst zu kontrollieren, um festzustellen, daß der Bericht bereits an Sinclair abgegangen war. Ich würde ihn bekommen, wenn er der Ansicht war, daß genügend

Zeit vergangen war. Ich rief Jack Savitt zu Hause an.

»Angel Perez kommt hinüber«, sagte ich. »Sorge dafür, daß er sich gründlich die Nase anrennt.«

»Der bekommt die Sonderbehandlung«, sagte Jack.

»Sobald du das erledigt hast, steigst du ins Flugzeug und kommst hierher!«

»Warum denn?«

»Ich möchte, daß du die Angelegenheit Ritchie-Benjamin übernimmst.«

»Augenblick mal«, sagte er. »Das ging von ganz oben aus, es bedeutet also, daß du gewählt wurdest. Sinclair läßt diese Sache bestimmt nur vom Präsidenten der Sendergruppe behandeln.«

»Komm du nur herüber, um Sinclair kümmere ich mich«, sagte ich.

Ich legte auf und zündete mir eine Zigarette an. Sinclair wollte spielen, das war sein gutes Recht, schließlich gehörten Schläger und Ball ihm.

Aber er konnte sich auf ein paar Überraschungen gefaßt machen. Es gab eine ganze Reihe neuer Regeln, und die würde er lernen müssen; die erste war die, daß er nicht einen gegen den anderen ausspielen sollte.

4

Angels Bericht lag auf meinem Schreibtisch, als ich am nächsten Tag ins Büro kam. Ich nahm ihn zur Hand und überflog ihn. Er hatte kein Blatt vor den Mund genommen – der einzige, den er nicht abzuschlachten versuchte, war Sinclair selbst.

Ich lachte vor mich hin; Angel war übereifrig. Sinclair konnte das glatt durchschauen; es diente allzu offensichtlich dem eigenen Interesse. Aber eines machten seine Ausführungen klar: Weil ich die meiste Zeit an der Westküste war, fehlte es an Führung in New York.

Das war nichts Neues, wir alle hatten es kommen sehen, und ich hatte Spencer bereits vor fast zwei Jahren darauf aufmerksam gemacht. Aber er hatte es nicht ernst genommen. »Teile es dir richtig ein«, sagte er damals.

Ich hatte mich nicht darum gekümmert, sondern mich auf die Dinge konzentriert, die ich für die wichtigsten auf der Tagesordnung hielt. Alles übrige konnte nur irgendwie mitgeschleppt werden.

Ich warf den Bericht in den Papierkorb; aus Berichten lassen sich keine Fernsehprogramme machen. Ich drückte auf den Knopf der Sprechanlage: »Sagen Sie mir, wenn Sinclair ins Büro kommt«, sagte ich.

»Er ist schon hier«, erklang Spencers Stimme von der Schwelle.

Ich blickte lächelnd auf, erhob mich und streckte die Hand aus. »Mr. Sinclair.«

Er verzog das Gesicht, während er meine Hand drückte. »Den Ton kenne ich«, sagte er. »Es wird also eine formelle Besprechung?«

»Es ist an der Zeit«, sagte ich.

»Darf ich, ehe wir beginnen, sagen, daß ich mich freue, dich wiederzusehen, Steve?«

»Ganz meinerseits, Spencer.«

Er nickte und ließ sich vor meinem Schreibtisch in einen Stuhl fallen. »Warum hast du Perez an die Westküste geschickt?« begann er aggressiv.

»Um ihn abzumurksen«, sagte ich. »Für gemeine Kerle hab ich nichts übrig.«

»Ich hatte ihm einen Auftrag gegeben.«

»Das war dein Fehler; er arbeitete für mich, also hättest du es von mir verlangen sollen.«

»Sein Bericht hat Hand und Fuß.«

»Das hatte meiner vor zwei Jahren ebenfalls, aber damals wolltest du nichts unternehmen. Ich sagte voraus, daß wir Probleme haben würden. Jetzt ist es soweit, und nun bist du bereit, etwas zu tun; damals warst du es nicht.«

»Ganz so übel kann er nicht sein«, sagte Sinclair. »Schließlich hat er dich ja angerufen.«

»Nachdem er dir den Bericht übergeben hatte. Er wollte nur auf Nummer Sicher gehen.«

»Ich bin Präsident des Aufsichtsrats und verantwortlich für das Finanzgebaren der Gesellschaft. Du kannst nicht behaupten, daß dieses Jahr besonders erfolgreich war.«

»Etwas hast du vergessen«, sagte ich.

»Was denn?«

»Als du mich zum Präsidenten des ganzen Unternehmens machtest, wurde ich automatisch der oberste Betriebsleiter. Mir paßt nicht, wenn irgend jemand meine Autorität in Frage stellt. Selbst wenn du es bist.«

»Sei doch nicht so empfindlich, Steve, ich bemühte mich nur, dir zu helfen.«

»Das weiß ich, aber du hast gegen die Vorschriften gehandelt. Und das kannst du nicht noch einmal machen; jetzt ist es ein anderes Spiel mit anderen Regeln.«

»Willst du damit sagen, daß ich nicht die geeigneten Maßnahmen treffen darf, wenn ich sehe, daß etwas falsch gemacht wird?« Jetzt war er verärgert.

»Eines kannst du zumindest tun: es mir sagen.«

»Ja, zum Teufel, kann ich dir denn etwas sagen, wenn du nie im Büro bist?«

»Schon mal was von einem Telefon gehört?« erwiderte ich boshaft.

Er beruhigte sich. »Was wirst du nun unternehmen? Der Aufsichtsrat erwartet konstruktive Vorschläge. Unsere Verkäufe sind in diesem Jahr um elf Millionen Dollar zurückgegangen.«

»Wenn wir den Kopf verlieren, werden wir damit nichts besser machen.«

»Du hältst dich zu oft und zu lange an der Westküste auf, darunter leidet der Verkauf.«

»Es wird sich aber vorteilhaft im September auswirken, wenn unsere neuen Programme herauskommen.«

»Der September ist noch weit. In einer Woche beginnt das neue Jahr, und vorläufig plagen uns noch die Ziffern für diesen Winter und den Sommer danach. Machen wir uns doch eines klar, Steve: Niemand kennt die Agenturen so gut wie du. Du mußt hierher zurückkommen, du kannst nicht an zwei Orten zugleich sein.«

»Damit hast du recht: Ich kann nicht gleichzeitig an zwei Orten sein. Aber das andere stimmt nicht. Es gibt jemanden, der die Agenturen ebensogut kennt, wie ich.«

Er sah mich fragend an.

»Jack Savitt«, sagte ich. »Hast du vergessen, daß er sein ganzes Leben lang in der Madison Avenue den Agenturen, den Geldgebern und den Sendergruppen seine Programme verkauft?«

»Aber wie steht es mit dem Atelier?«

»Er hat seine Arbeit dort gut gemacht, die Sache in Gang gebracht und richtig geführt. Er hat auch einige erstklassige Hilfskräfte zugezogen, die imstande sind, weiterzumachen. Ich glaube, es ist an der Zeit, daß wir ihn uns holen.«

Er überlegte es sich. »Was würdest du ihm übergeben?«

»Ich habe ihm angeboten, bei uns einzutreten und die Geschäfte mit Benjamin zu übernehmen.«

»Moment«, protestierte er, »das ist doch dein Job.«

»Es ist der Job des Präsidenten von Sinclair TV«, sagte ich.

»Aber du bist doch immer noch der Präsident.«

»Zu Unrecht«, erwiderte ich. »Als ich deinen Posten als Präsident von Sinclair Broadcasting übernahm, hätte ich für meinen alten Job einen anderen Mann einsetzen sollen. Ich glaube, es ist höchste Zeit, daß Sinclair TV einen neuen Präsidenten bekommt.«

»Und was wirst du tun?«

»Das gleiche wie du, als du meinen Job hattest«, sagte ich. »Alle anderen verrückt machen.«

Er erhob sich lachend. Auf dem Weg zur Tür drehte er sich um. »Kommst du Sonntag zum Abendessen nach Greenwich?« fragte er. »Der Schnee ist da oben herrlich.«

»Wenn ich bis dahin nicht wieder im Westen bin, werde ich kommen.«

Er nickte. »Nun noch eines.«

»Ja?«

»Hast du dir überlegt, wann ich in Pension gehen kann?«

Ich antwortete prompt: »Sobald du fünfundsechzig bist.«

Er ging lachend hinaus. Ich blickte ihm nach, dann mußte ich selbst lächeln. Er hatte das Scharmützel verloren und den Krieg gewonnen. Er war noch immer schlauer als ich. Plötzlich wurde mir klar, daß er alles erreicht hatte, was er wollte.

Als ich das Büro verließ, war es dunkel, und ich sah sie nicht. Ich ging zu meinem Wagen und wollte eben einsteigen, da klopfte sie mir auf die Schulter.

»Ihr Arbeitstag ist lang, Mr. Gaunt«, sagte sie.

Ich fuhr herum; diesmal trug sie einen anderen Pelzmantel, ich glaube, es war Rotfuchs. Er hatte eine Kapuze, die fast ihr ganzes Gesicht verdeckte, so daß ich nichts sah als ihre dunklen, glänzenden Augen.

»Ich warte schon seit fünf Uhr auf Sie«, sagte sie.

»Wie verrückt! Warum sind Sie nicht heraufgekommen, wenn

Sie mich sehen wollten?«

»Sie werden es nicht glauben – ich hatte Angst.«

»Wovor?«

»Daß Sie – mich nicht empfangen würden.«

»Es wäre aber doch besser gewesen, als den ganzen Abend hier draußen zu stehen und sich den Popo abzufrieren.«

»Es war nicht so schlimm«, sagte sie, ein altmodisches Fläschchen aus der Tasche ziehend. Sie hielt es mit der Öffnung nach unten, um mir zu zeigen, daß es leer war. »Nach einer Weile fühlte ich die Kälte gar nicht mehr.«

»Steigen Sie ein«, sagte ich und faßte sie am Arm.

Sie rührte sich nicht. »Nein, so hab ich es nicht gemeint. Sie brauchen mich nicht mitzunehmen. Ich wollte Ihnen nur sagen, es tut mir leid, daß ich mich gestern abend so dumm benommen habe.«

Ich schwieg.

»Ich weiß nicht, was mit mir los war«, sagte sie. »Es war, als hätte ich – ganz plötzlich – alle Hemmungen verloren.«

Ihr Gesicht wirkte rührend jung. Ich griff wieder nach ihrem Arm. »Steigen Sie ein.«

Sie setzte sich wortlos in die große Continental-Limousine. Ich folgte ihr und schloß die Tür. Der Chauffeur sah mich fragend an. »Wohin, Mr. Gaunt?«

»Wo wohnen Sie?« fragte ich sie.

»Ecke Riverside Drive und Achtundsechziger«, antwortete sie. Sie erschauerte, drückte sich in die Ecke und machte sich ganz klein.

Der Wagen rollte in den Verkehr hinaus. Ich drehte die Heizung voll auf, die warme Luft umströmte uns. Als wir zum Central Park kamen, war es bereits wie in einem Ofen.

»Besser?« fragte ich.

»Ja«, antwortete sie. »Haben Sie eine Zigarette?«

Ich zündete eine an und reichte sie ihr. Sie sog daran, und nach einer Weile hörte sie auf zu zittern. Sie blickte auf den verschneiten Park hinaus. »Wohin fahren wir?« fragte sie.

»Sie sagten doch Ecke Riverside und Achtundsechzigste Straße, oder?«

»Dorthin will ich gar nicht.«

»Na schön, wohin dann?«

Sie sah mich an, der Rauch ihrer Zigarette umnebelte ihr Gesicht. »Zu Ihnen.«

»Ich fahre nach Hause, um zu schlafen«, sagte ich. »Ich bin todmüde.«

Sie schwieg. »Okay, dann spielt es keine Rolle. Sie können mich hier absetzen.«

Wir waren mitten im Park; auf der Straße lag der Schnee rechts und links hoch aufgeschichtet. »Sie sind verrückt«, sagte ich, »Sie würden eine Stunde brauchen, um hier hinauszukommen.«

»Ich gehe gern im Schnee spazieren.« Sie beugte sich vor und klopfte dem Fahrer auf die Schulter. »Halten Sie bitte hier.«

Er lenkte den Wagen an den Straßenrand; sie öffnete die Tür und stieg aus. Die kalte Luft strömte in den Wagen. »Danke fürs Mitnehmen.«

Sie schloß die Tür, kletterte über einen Schneehügel auf den Gehsteig und begann ihren Marsch. Ich sah ihr nach, während der Wagen anfuhr und sie langsam überholte. Sie hatte den Kopf gesenkt; die Kapuze war über ihr Gesicht gezogen, ich sah nur noch ihre Nasenspitze. Dann war sie hinter uns, ich lehnte mich im Sitz zurück. Gleich darauf schlug etwas an das Rückfenster.

Ich drehte mich um. Ein zweiter Schneeball prallte gegen das Fenster. Ich sah, wie sie den dritten bereitmachte. »Halten Sie an«, sagte ich zum Fahrer.

Er stoppte, und ich stieg aus. Der dritte Schneeball pfiff an mir vorbei. Ich klaubte ein wenig Schnee auf, drückte ihn zu einem Ball zusammen und schoß ihn ab. Er landete an ihrer Schulter. »Getroffen!« rief ich.

Dann aber machte ich einen Fehler! Ich blieb stehen, und da traf sie mich mit dem nächsten Ball; er platzte an meinem Kragen und ergoß sich eisig in den Nacken. Ich ging mit neuer Munition auf sie los.

Sie lief zu einem Baum, versteckte sich dahinter und bombardierte mich unter fröhlichem Geschrei, während ich auf sie zulief. Glücklicherweise war ihr sportlicher Eifer größer als ihre Zielsicherheit. Ich war schon ganz nah bei dem Baum, da wich sie aus und lief wieder davon.

Ich traf sie mit zwei Schneebällen hintereinander in den Rücken, und als sie daraufhin stehenblieb, um sich neu zu bewaffnen, stieß ich absichtlich mit ihr zusammen. Wir stürzten in einen Schneehaufen und rollten über die andere Seite hinunter. Als wir still lagen, rieb ich ihr das Gesicht mit Schnee ein.

»Das wird dich lehren, kein solcher Naseweis zu sein«, rief ich lachend.

Plötzlich rührte sie sich nicht mehr und sah mir ins Gesicht. »Du lachst«, sagte sie, »du kannst wirklich lachen.«

»Was redest du da für Unsinn!«

»Nein.« Sie schüttelte ernst den Kopf. »Du lachst wirklich, das sehe ich zum erstenmal, seit ich dich kenne.«

Sie schlang die Arme um meinen Hals; ihre Nase war kalt, ihre Lippen waren warm und ihre Zunge wie ein Feuer, das meinen Mund suchte. Nach einer Weile kamen wir wieder zu Atem.

Ihr Blick suchte meine Augen. »Ja«, sagte sie. »Tatsächlich. Ja.«

5

Jack kam mit der »Red Eye« aus Los Angeles; die Maschine setzte um sieben Uhr morgens im Kennedy-Flughafen auf. Um acht Uhr fünfzehn klingelte es an meiner Tür.

Sie erwachte sofort, ihre Augen waren ängstlich aufgerissen. Krampfhaft hielt sie das Laken fest. »Wer ist das?«

»Kein Grund zur Beunruhigung«, sagte ich. »Meine erste Verabredung.« Ich stieg aus dem Bett und griff nach meinem Morgenmantel.

»Wird es lange dauern?« fragte sie.

»Etwa zwei Stunden.«

»Oh.«

»Komm nur heraus, wenn du willst«, sagte ich, »du brauchst dich nicht zu verstecken.«

»Ich werde noch schlafen. Wenn er vor Mittag geht, komm wieder zu mir.«

»Und wenn nicht?«

»Dann bring ich ihn um und schlepp dich zurück ins Bett.« Sie zog das Laken über ihren Kopf, und ich ging zur Tür.

Jack war in höchster Aufregung; die Nembutaltabletten, die er im Flugzeug genommen hatte, zeigten keine Wirkung. Während des Frühstücks sprang er jeden Augenblick auf und setzte sich wieder hin.

»Du sagst, der Alte hat keine Einwände, gar nicht gemeckert?«

»Kein einziges Mal«, sagte ich lächelnd. »Er schien geradezu erfreut zu sein.«

»Weiß er, daß ich Jude bin?«

»Ich nehme es an; ihm entgeht so leicht nichts.«

»Mein Gott«, sagte er überwältigt, »kannst du dir das vorstellen? Ich und Präsident von Sinclair TV! Vor zehn Jahren konnten wir dort nicht mal den kleinsten Job kriegen!«

»Und morgen die ganze Welt«, sagte ich.

Er starrte mich an und setzte sich plötzlich. »Mir wanken die Knie«, murmelte er.

»Du brauchst noch einen Kaffee.« Ich füllte seine Tasse.

»Das geht gleich vorüber, es ist nur, weil alles so schnell gekommen ist. Als du es mir gestern bei deinem zweiten Anruf sagtest, konnte ich es nicht glauben.«

»Aber jetzt glaubst du es?«

Er sah mich an und nickte. »Ja. Und weißt du auch warum?«

Ich schüttelte den Kopf.

»Der Schnee«, sagte er. »Als wir landeten, sah ich den Schnee, und da wußte ich, daß es wahr ist.«

»Die Ankündigung kommt heute morgen in die Zeitungen«, sagte ich. »Du hast eine Verabredung zum Lunch um zwölf Uhr dreißig mit Sinclair im ›Einundzwanzig‹; um halb drei hast du eine Personalbesprechung, bei der du die Abteilungsleiter kennenlernen wirst.«

»Wirst du dort sein?« fragte er.

»Nicht zum Lunch, aber zur Personalbesprechung.«

Er nickte. »Ich werde alles mit dir besprechen.«

»Nein«, sagte ich.

»Wem soll ich denn Bericht erstatten?« fragte er verdutzt.

»Keinem.« Ich blickte ihn an. »Jetzt bist du der Leiter der Sendergruppe, sie ist deine Sache, du triffst die Entscheidungen. Nur um eines möchte ich dich bitten, daß du mich auf dem laufenden hältst.«

»Angenommen, ich versage?«

»Dann bist du dran«, sagte ich, »aber du wirst nicht versagen. Du wirst Fehler machen, manchmal wirst du dich irren, aber ich wette, du wirst öfter recht haben als unrecht.«

»Das klingt alles gut, Steve.« Er öffnete seine Aktentasche und nahm einige Schriftstücke heraus. »Auf dem Flug hierher habe ich das Programm studiert. Ich habe einige Ideen, willst du sie hören?«

Ich nickte.

»Die ersten zwei Dinge werden dir vielleicht nicht gefallen.«

»Sag sie mir trotzdem.«

»Ich setze die restlichen Sondersendungen ab. Wie immer man die Sache betrachtet – es können nur Durchfälle sein. Ich werde Filme hereinnehmen, bis wir einen Ersatz gefunden haben.« Er brach mit einem Blick auf mich ab.

Ich nickte. »Und was ist das zweite?«

»Angel Perez«, sagte er. »Ich weiß, du magst ihn nicht. Aber er ist klug, zäh und ehrgeizig. Er soll mein geschäftsführender Vizepräsident werden.«

Ich schwieg.

»Ich sagte ja, du wirst das nicht gern sehen«, sagte er.

»Ist auch nicht nötig; du bist es, der mit ihm auskommen muß. Gib nur immer schön acht, was hinter deinem Rücken geschieht.«

»Wenn ich nicht auf mich aufpassen kann, dann verdiene ich den Job nicht«, sagte er.

»Richtig. Was sonst noch?«

Nun machte er sich daran, drei meiner Lieblingsprogramme zu zerpflücken. »Sie sind alt und verbraucht; sie werden seit drei bis fünf Jahren gesendet, und das ist mehr als genug. Am liebsten würde ich sie sofort absetzen, aber ich habe nicht genug Ersatz, also werde ich eines nach dem anderen ausschalten, als erstes *Hollywood Stardust.*«

Das war die Show, bei der wir die Stars bei sich zu Hause aufsuchten. Als wir vor vier Jahren damit begonnen hatten, war sie ein großer Erfolg gewesen, doch inzwischen war sie beträchtlich zurückgefallen. Es gab eben nicht genug wirkliche Stars. »Was kommt an ihre Stelle?« fragte ich.

»Eine Rock Show für Teenager«, sagte er. »Rockgruppen, Tanz, Lichteffekte, haufenweise Mädchen in Mini, viele Schenkel in Großaufnahme, ein Mordslärm.«

»Wir reden aber jetzt von der Hauptsendezeit«, sagte ich, »also nicht der Zeit für Tanzkapellen.«

»Stimmt, aber wenn ABC eine Show mit Lawrence Welk in der Hauptsendezeit machen kann, sollten wir doch imstande sein, die Jugend anzusprechen. Was meinst du?«

»Darauf kommt es nicht mehr an.« Ich grinste. »Wie gesagt, die Entscheidungen triffst du.«

»Okay«, sagte er. »Was geschieht nun mit dem Fall Benjamin?«

»Du wirst auf deinem Schreibtisch einen Durchschlag des Plans finden. Sieh ihn dir an, dann reden wir darüber.«

Er erhob sich. »Ich fahre in mein Hotel, bade und komme ins Büro.«

Ich begleitete ihn zur Tür. »Bis heute nachmittag. Viel Glück.«

Ich wartete, bis er in den Fahrstuhl stieg, dann ging ich zurück in die Wohnung und goß mir noch eine Tasse Kaffee ein. Plötzlich fühlte ich mich alt. Es war noch nicht lange her, da hatte ich dort gestanden, wo Jack nun stand. All die Begeisterung, die Hoffnungen, die Pläne! Mich konnte nichts mehr davon erregen, es war ja alles fix und fertig. Zum erstenmal wußte ich die Rolle Spencers in der Firma zu schätzen: Es mußte jemand da sein, der von Zeit zu Zeit das Schiff demolierte, um es dann wieder neu aufzubauen.

»Ist er fort?« Ihre Stimme kam von der Schlafzimmertür. Sie hatte sie einen schmalen Spalt geöffnet und lugte hindurch. »Ja«, sagte ich.

»Gut!« Die Tür flog auf, und sie kam ins Wohnzimmer. Sie hatte ein Handtuch sarongartig um sich gewickelt, und ihre Haut war noch feucht vom Duschen. »Ich glaubte schon, er würde überhaupt nicht mehr gehen.«

»Möchtest du Kaffee?« fragte ich.

»Hast du vielleicht Ananassaft?«

Ich nickte. »Im Kühlschrank.«

Sie ging hinter die Bar, um die Dose zu holen. Sie schlug ein Loch hinein, tat Eis in ein Glas, goß etwas Saft darüber, nahm eine Flasche Wodka und füllte das Glas bis zum Rand. Dann rührte sie um und kostete. »Das schmeckt.« Sie hielt mir das Glas hin. »Magst du?«

Ich schüttelte den Kopf.

Sie zuckte mit den Schultern und hob das Glas. »Tschintschin.« Sie nahm einen Schluck und kam auf mich zu. »Wie spät ist es?«

»Ungefähr zehn.«

»Verdammt! Ich sollte heute morgen zur Probe und habe es vergessen.« Sie setzte sich und griff nach dem Telefon. »Darf ich meinen Agenten anrufen?«

»Nur zu, inzwischen rasiere ich mich.«

Als ich aus dem Badezimmer trat, lag sie wieder im Bett; auf dem Nachttisch neben ihr stand ein frisches Glas Ananassaft. »Mein Agent war wütend, weil ich die Probe versäumt habe.«

»War es ein gutes Engagement?«

»Eine Werbeaufnahme. Ich hätte sie sowieso nicht bekommen. Sie suchen einen Sandra-Dee-Typ, und das bin ich nun gerade nicht!«

Dem konnte ich nicht widersprechen.

»Gehst du gleich ins Büro?«

Ich schüttelte den Kopf. »Erst nach dem Mittagessen.«

»Prima«, sagte sie und legte sich auf den Bauch. »Findest du, daß ich einen schönen Popo habe?«

Ich sah ihn mir an; da gab es nur eine Antwort: »Ja.«

»Warum bleibst du dann dort stehen? Komm her und gib ihm einen Kuß.«

Ich ging zum Bett und beugte mich über sie. Als ich ihr den Schlag versetzte, fuhr sie auf und wälzte sich herum; in ihren Augen blitzte es seltsam. »Weshalb hast du das getan?«

Ich schwieg.

Sie lächelte leise und legte sich wieder auf den Bauch. »Mach's noch einmal«, sagte sie. »Ich hab es gern.«

Nachdem ich Jack den Abteilungsleitern im Konferenzraum vorgestellt hatte, erwartete mich Spencer in meinem Büro. Er musterte mich prüfend. »Du brauchst einen Drink«, sagte er.

Wir gingen zur Bar, und er mixte zwei Drinks. »Prosit«, sagte er.

Wir tranken.

»Wie ist dir zumute?« fragte er.

»Als hätte ich mein erstes Kind verschenkt«, antwortete ich.

Er nickte. »Jetzt weißt du, was ich damals empfunden habe.«

6

»Sie verlangen sechs Millionen Dollar für das Ganze«, sagte Jack. »Ich werde passen.«

»Okay.«

Er warf mir über den Schreibtisch hinweg einen Blick zu. »Benjamin wird das gar nicht gefallen; er war sicher, wir würden es übernehmen.«

»Ich weiß nicht warum, ich habe nie mit ihm über das Geschäft gesprochen.«

»Er sagt, du hättest eine Vereinbarung mit ihm getroffen, als er im Atelier war. Du seist verpflichtet, die Filme zu übernehmen.« Er zündete sich eine Zigarette an. »Er sitzt in der Klemme und braucht dringend das Geld.«

»Das ist sein Problem.«

»Ritchie sagt mir, die Juristen hätten das Liquidationsabkommen überprüft, und falls wir nicht zu einer Kompromißlösung kommen, werden sie die Klage einreichen.«

»Sie werden nicht klagen«, sagte ich.

»Wie kannst du das wissen?«

»Sam wird nicht zugeben, daß bei ihm das Geld knapp ist. Wenn seine Gläubiger herausfinden, wie schlimm die Lage wirklich ist, kann er in Konkurs gehen.« Ich erhob mich.

»Einige von den Filmen sind gar nicht übel«, sagte er. Ich wurde ärgerlich. »Du bist Präsident der Sendergruppe. Kauf sie oder kauf sie nicht, wie du willst, aber entschließen mußt du dich; es ist dein Job.«

Er überlegte. »Okay«, sagte er und ging auf die Tür zu.

»Jack«, rief ich ihm nach.

Er blieb stehen und wandte sich um. »Ich bin auf Sam nicht böse«, sagte ich, »ich hab ihn gern. Aber ich laß mich nicht herumschubsen und mir drohen.«

»Ich verstehe«, sagte er und ging hinaus.

Die Sprechanlage summte, und ich drückte auf den Knopf. »Miss Darling auf vier.«

Ich nahm den Hörer. »Tag, Darlingmädchen.«

»Was hast du mittags vor?« fragte sie. »Ich bin schauderhaft geil.«

»Tut mir leid, ich hab eine Verabredung.«

»Geschäft oder Vergnügen?«

»Vergnügen.«

»Ich bring dich um, wenn du mit einer anderen Frau gehst«, sagte sie heftig.

»Meine Tante kommt vom Kap.«

»Ja«, sagte sie höhnisch, »und du gehst mit ihr sicher in die ›Vier Jahreszeiten‹!«

»Richtig«, sagte ich lachend, »wie hast du das erraten?«

»Ich hasse dich«, sagte sie und hängte ein.

Ich saß am Tisch neben dem Schwimmbassin und trank meinen dritten Whisky. Tante Prue war verspätet, das hätte ich mir denken können. Wenn sie in New York war, konnte sie nie dem Kaufhaus Saks in der Fünften Avenue widerstehen.

Ich leerte mein Glas, winkte dem Ober, und schon erschien wie durch einen Zauber ein vierter Scotch auf meinem Tisch. Bei diesem Tempo würde ich, wenn Tante Prue endlich kam, sinnlos betrunken sein. Ich blickte hinüber in den langen Korridor; er war leer. Eine Hand berührte meine Schulter; ich drehte mich um.

»Ich hoffe, sie läßt dich sitzen!« flüsterte Darlingmädchen leidenschaftlich.

Ehe ich antworten konnte, folgte sie dem Ober zu einem Tisch und ließ sich, mit dem Gesicht zu mir, nieder. Sie bestellte etwas zu trinken. Ich grinste, und sie streckte mir die Zunge heraus.

»Kennst du die junge Dame?« fragte Tante Prue.

Ich sprang auf; ich hatte sie gar nicht kommen sehen. »Gewissermaßen«, sagte ich und drückte einen Kuß auf ihre Wange.

Der Kellner rückte ihr den Stuhl zurecht, und sie nahm Platz. »Martini pur und sehr kalt«, bestellte sie und drehte sich so, daß sie Darlingmädchen mustern konnte. »Sie ist sehr hübsch«, sagte sie, »aber ihr Haar ist gefärbt, und sie hat sich die Nase operieren lassen.«

»Woher weißt du das?« fragte ich überrascht.

»Das mit dem Haar ist ganz offensichtlich.« Sie schnüffelte verächtlich. »Und mit einer so vollkommenen Nase kommt kein Mensch zur Welt.«

Ich lächelte. Tante Prue mußte nahe an die Siebzig sein, aber ihr entging nichts. »Während ich auf dich wartete, hab ich mich betrunken«, sagte ich.

»Ich bin zu Saks hineingegangen.« Der Kellner brachte ihren Drink, sie nahm das Glas und hielt es mir entgegen; wir stießen an. »Alles Liebe«, sagte sie.

»Alles Liebe«, antwortete ich.

Sie nippte an ihrem Glas. »Sehr gut.« Sie trank noch einen Schluck und stellte das Glas hin. »Bei dir alles in Ordnung?«

»Ja. Warum fragst du?«

»In der Zeitung stand etwas davon, daß Sinclair TV einen neuen Präsidenten bekommt; da dachte ich, vielleicht bist du rausgeflogen.«

Ich lachte. »So ist es nicht. Ich hatte zuviel zu tun, da habe ich jemand anders eingestellt.«

»Eine Gesellschaft kann nicht zwei Präsidenten haben«, sagte sie mit unwiderlegbarer Logik, »das weiß sogar ich. Sag mir also lieber die Wahrheit, junger Mann, denn wenn du nicht mehr dort bist, verkaufe ich meine Aktien.«

»Das ist unnötig.« Ich erklärte es ihr, und nach einer Weile verstand sie es.

»Gut«, sagte sie, »ich bin froh, daß du es getan hast. Du hattest zuviel Arbeit.«

»Eigentlich nicht.«

»Du bist zu mager.«

Das hatte ich schon mal gehört. »Ich habe eben vier Pfund abgenommen, während ich auf dich wartete.«

Sie nippte an ihrem Martini. »Du solltest wieder heiraten«, sagte sie. »Worauf wartest du denn? Du wirst nicht jünger, weißt du.«

»Ich warte auf die richtige Frau«, sagte ich. »So eine wie du.«

»Dummes Zeug«, sagte sie verächtlich.

»Aber Tante Prue, wo hast du denn so reden gelernt?«

»Wir sind ja dort draußen auf dem Kap nicht aus der Welt. Und Fernsehen haben wir auch.«

»Okay.« Ich ließ mir die Speisekarte bringen. »Bestellen wir unser Essen.«

Der Kellner kam an den Tisch und legte einen gefalteten Zettel neben mich. »Von der jungen Dame«, flüsterte er und deutete auf sie.

Ich warf einen Blick auf den Zettel. »Zum Essen heute abend? Wenn du nicht allzu böse bist. M.«

Ich kritzelte die Antwort auf den Zettel und gab ihn dem Kellner. Er ging zu ihrem Tisch zurück.

»Wäre es nicht einfacher, du würdest sie bitten, sich zu uns zu setzen?« fragte Tante Prue.

»Wenn ich das gewollt hätte, hätte sie schon am Tisch gesessen, als du kamst.«

»Ich muß mir noch einen Martini bestellen«, sagte Tante Prue gereizt. »Jedenfalls brauchst du mich nicht so anzufahren.«

»Na schön, ich werde sie herbitten.« Ich wollte aufstehen, da sah ich, daß sie bereits fortgegangen war.

»Siehst du, was du angestellt hast!« sagte Tante Prue. Plötzlich stand sie auf ihrer Seite. »Wahrscheinlich hast du dem armen

Kind das Mittagessen verdorben und sie verjagt.«

Ich starrte sie an.

»Stephen«, sagte sie, »du hast dich nicht verändert; du bist noch genauso unhöflich wie als Kind.«

Ich lehnte mich mit einem Seufzer zurück und bestellte noch einen Whisky. »Diesmal einen doppelten«, sagte ich; es gab kein anderes Mittel.

»Ist sie in dich verliebt?« fragte Tante Prue.

»Wer?«

»Das Mädchen, das du vertrieben hast.«

»Du meinst auch immer, jedes Mädchen, mit dem ich rede, ist in mich verliebt«, sagte ich. »Außerdem hab ich sie nicht vertrieben.«

»Ich kenne deinen Ruf, Stephen. Auch wir lesen dort draußen die Zeitungen.«

Ich ärgerte mich. »Ich weiß; ihr habt auch elektrischen Strom, Gas und Telefon.«

Tante Prue sah mich an. »Du hast das Mädchen gern!« Ihre Stimme verriet, daß sie eben eine Entdeckung gemacht hatte.

»Das hab ich nicht gesagt.«

»Brauchst du auch gar nicht«, stellte sie fest, »das merke ich schon.«

Ich versteckte mich hinter meinem Whiskyglas.

»Stephen!«

»Ja, Tante Prue.«

»Wenn du sie gern hast, wirklich gern hast, dann verschließ dich nicht dagegen.« Sie sprach sehr sanft. »Hab keine Angst!«

Als Jack endlich mein Büro verließ, war es fast elf Uhr. Er hatte den Nachmittag gut angewendet. Er kam mit einem Vorschlag für die Rock Show, der mir vielversprechend erschien.

»Ich habe den ganzen Nachmittag mit Angel telefoniert«, erzählte er. »Der Junge kennt sich in Sachen Musik gut aus. Ich hab ihm gesagt, er soll mit der Koordination an der Westküste anfangen, dort gibt es die besten amerikanischen Gruppen — in Los Angeles und San Francisco. Nächste Woche schicke ich ihn nach Nashville, er soll sich auch dort umsehen.«

»Okay«, sagte ich.

»Das wär's also.« Er begann seine Papiere zusammenzusuchen. »Ich werde wohl einen Verbindungsmann einschalten, der mit den Schallplattenfirmen und den Musikverlegern in Kontakt bleibt, damit wir ständig auf dem laufenden gehalten werden.«

»Du wirst auch einen erfahrenen Produzenten brauchen, einen, der richtig *hip* ist.«

Er nickte. »Daran dachte ich schon, aber den richtigen Mann habe ich noch nicht gefunden.«

»Vielleicht weiß ich einen für dich: Bob Andrews.«

»Der ist doch kein Produzent«, sagte Jack erstaunt, »er ist Diskjockey.«

»Der Diskjockey Nummer eins im Land«, erwiderte ich, »die Jugend liebt ihn. Er war der erste, der Elvis Presley spielte, der erste, der die Beatles spielte. Und er hat noch einen besonderen Vorteil. Er steht bei uns unter Exklusivvertrag.

Noch etwas: Ihm verdankten wir die Rundfunkstation Nummer eins in New York. Bevor er bei uns arbeitete, hatten wir die allerlausigste.«

»Gut«, sagte Jack, »ist mir recht.«

»Er wird dich morgen früh anrufen.«

»Und wenn es ihn nicht interessiert, was dann? Er ist an seinem jetzigen Platz Nummer eins, vielleicht will er keinen Wechsel.«

»Es wird ihn interessieren«, sagte ich. »Seit zwei Jahren erzählt er mir, daß er ins Schallplattengeschäft einsteigen oder eine Schallplattenfirma kaufen möchte. Wenn wir nun Musik in der Hauptsendezeit bringen, wird die ganze Sache vielleicht Hand und Fuß bekommen.«

»Wir hätten es schon seit Jahren tun sollen«, sagte Jack. »Weißt du, wieviel RCA an Elvis, wieviel Capitol an den Beatles verdient?«

»Ja.«

Er schob die Dokumente in seine Aktenmappe und erhob sich. »Das wär's also für heute. Ich bin hundemüde. Ich fahre ins Hotel und leg mich schlafen.«

Kaum war er fort, klingelte das Telefon. Ich ließ es ein paarmal läuten, dann erinnerte ich mich, daß Fogarty schon weg war, und hob ab.

Eine Lärmwelle, Stimmen und Musik schlugen an mein Ohr.

»Steve?« Ihre Stimme klang leise und ruhig.

»Ja, Darlingmädchen?« fragte ich.

»Ich bin blau.«

»Und was gibt es sonst Neues?«

»Nein, wirklich, ich bin sternhagelvoll«, sagte sie. »Bin den ganzen Abend lang rumgewandert.«

Ich gab keine Antwort, eine Weile herrschte Schweigen; durch den lärmenden Hintergrund hörte ich ihren Atem. »Steve«, sagte sie, »bist du noch da?«

»Ja.«

»Steve, warum hast du mich nicht zum Essen abgeholt?«

»Ich mußte arbeiten.«

»Ich hatte auf dich gewartet«, sagte sie.

»Es scheint dir ja auch so ganz gutzugehen.«

»Ich hatte Sehnsucht nach dir«, sagte sie, »ich war einsam, saß allein zu Hause, rauchte Haschisch und weinte. Ich mußte ausgehen.«

»Es klingt ja da wie eine Bombenparty«, sagte ich.

»Willst du mich hier abholen, Steve? Ich möchte mit dir zusammen sein.«

Ich zögerte.

»Bitte!«

»Okay«, sagte ich und griff nach einem Bleistift. »Gib mir die Adresse.«

Es war ein altes Mietshaus ohne Fahrstuhl. Ich hörte den Lärm schon von der Straße aus und roch den Haschisch im Flur des Erdgeschosses, bevor ich noch die Treppe hinaufstieg. Der Lärm wurde lauter und der Rauch immer dichter, bis ich zum obersten Stockwerk kam. Die letzte Treppe zwang zu einem Hindernislauf: ich mußte über Liebespaare hinwegschreiten, die mit sich selbst beschäftigt waren und weder mich noch sonst jemanden beachteten.

»Mensch, kommst du aber spät!« sagte der langhaarige Junge an der Tür, als ich zu ihm kam, »du hast eine Menge nachzuholen. Macht fünf Dollar, bitte.«

Ich legte die Note in seine ausgestreckte Hand; er gab mir eine verkrümmte Haschzigarette. »Zünd sie an und rauch«, sagte er.

Hatte ich es schon zuvor laut gefunden, so war das noch gar nichts, verglichen mit dem Getobe, das mich empfing, als ich eintrat. Ich stand in einer schmalen Diele und wartete einen Augenblick, bis meine Augen sich an das Halbdunkel gewöhnt hatten. Das Getöse kam aus dem nächsten Raum; als ich an der Tür war, wurde das Zimmer plötzlich dunkel, und der Lärm verstummte.

Ich spürte die unterdrückte Spannung der um mich gedrängten Menge. Ich wartete und versuchte vergeblich, im Dunkel etwas zu erkennen.

Die tiefe Baritonstimme kam aus dem Hintergrund des Raums. »Und nun zeigt Don Rance sein neuestes Werk in lebender Kunst, Vorschau auf das neue Jahr. Ausgeführt in Hershey's Schokoladefondant, Heidelbeer- und Erdbeerjam, Orangenmarmelade, Pfefferminzkonfekt, Schlagsahne und natürlich dem phantastischen Corpus von Marianne Darling!«

Die schmetternde Musik und die Beleuchtung setzten zugleich ein. Einen Augenblick zwinkerte ich, dann sah ich sie.

Sie stand mitten im Zimmer mit dem Rücken zu mir auf einem Tisch und hielt ein Schild über ihren Kopf. Ihren Körper bedeckte ein wildes Gemisch von Farben – Sirup und Marmeladen, die zu zerfließen begannen. Sie drehte sich langsam um.

Die Menge wurde wild, sie klatschte Beifall und stieß begeisterte Schreie aus. Alles drängte näher an den Tisch heran.

Ich hörte ihre Stimme durch den Lärm. »Was ist los mit euch, Leute? Könnt ihr nicht lesen?« Sie lachte ausgelassen und bewegte sich im Takt der Musik.

Sie sprangen mit herausgestreckten Zungen auf sie los und leckten an ihrem Körper. Die Farben verschmierten sich und verflossen ineinander. Das Tischchen geriet ins Schwanken, während sie versuchten, immer höher zu springen.

Lachend bewahrte sie ihr Gleichgewicht und drehte sich weiter. Nun blickte sie in meine Richtung. Ich starrte sie an.

Ihre Brüste waren rot und purpurn bemalt, sie bildeten ein Paar Riesenhoden, aus deren Mitte ein aus Schokoladenfondant und Sirup bestehender Phallus in Erektion hervorstand; er reichte bis zu ihrer mit Schlagsahne bedeckten Scham. Auf dem Schild, das sie über ihrem Kopf hielt, standen nur zwei Worte:

ESST MICH!

Ihr Blick begegnete dem meinen und wurde für einen kurzen Moment klar. Aber sie steckte schon zu tief in ihrem Rausch; die Schleier kehrten wieder, und sie lächelte mir zu. »Ist es nicht wunderschön?« schrie sie.

In diesem Augenblick griff ein Mann nach oben und begrub sein Gesicht in ihrer Schamgegend, seine Zunge leckte gierig die Sahne ab. Schließlich brach der Tisch zusammen; sie stürzte mitten hinein in die kreischende Menge und verschwand in der Masse vorwärts drängender Körper.

Ich schloß die Augen und kämpfte gegen die in mir aufsteigende Übelkeit an. Dann drehte ich mich um und rannte hinaus. Ich lief ohne anzuhalten die Treppe hinunter, bis ich auf der Straße war. Dann lehnte ich meinen Kopf an den kalten Stein des grauen Gebäudes an der Ecke und übergab mich.

Es war Barbara, noch einmal das gleiche.

7

»Mr. Benjamin am Apparat«, sagte Fogarty.

Ich drückte auf den Knopf. »Tag, Sam.«

Seine Stimme klang vorwurfsvoll. »Warum haßt du mich, Steve?«

Ich lachte. »Weshalb glaubst du das?«

»Du hast Jack Savitt auf mich gehetzt. Du weißt doch, ich konnte nie mit ihm einen Kontakt herstellen.«

Sam war in der Welt emporgekommen; »Kontakt herstellen« war ein Ausdruck, den ich bei ihm noch nie gehört hatte. »Ich hab ihn nicht auf dich gehetzt«, sagte ich, »es ist sein Job. Er ist jetzt Präsident der Sendergruppe.«

»Was macht unter Freunden ein Titel aus?« fragte Sam. »Wir beide verhandelten doch immer direkt, von Angesicht zu Angesicht, warum nicht auch jetzt?«

»Das ist nicht mehr meine Aufgabe, Sam. Du willst doch nicht, daß ich etwas über seinen Kopf hinweg mache, nicht wahr?«

»Doch«, antwortete Sam kurz.

»Das werde ich nicht tun, Sam, so arbeite ich nicht.«

Er schwieg einen Augenblick. »Okay«, sagte er. »Bedeutet das, daß du heute nicht zum Abendessen kommst, wenn ich dich einlade?«

»Lad mich ein.«

»Wie wär's? Es wird so sein wie in alten Zeiten. Junior ist zu den Feiertagen von der Schule heimgekommen, und auch Myriam beehrt uns mit ihrer Gegenwart. Wenn du willst, lasse ich dir sogar von Denise Brustflanken machen.«

»Nicht nötig. Gib mir nur die Adresse.«

»Fünfte Avenue 700, acht Uhr.«

Sam war tatsächlich in der Welt emporgekommen. Zwischen der Fünften Avenue und der Bronx lag ein weiter Weg. Hoffentlich war, was ich über seine finanziellen Schwierigkeiten gehört hatte, übertrieben; es wäre herzzerreißend, wenn er diesen ganzen Weg wieder zurückgehen müßte.

Die Sprechanlage klickte. »Mr. Savitt und Mr. Andrews sind hier; sie möchten Sie sprechen.«

»Ich lasse bitten.«

Sie öffnete die Tür, und die beiden traten ein. Ich wies auf die Armstühle vor dem Schreibtisch, und gleich darauf kam Fogarty mit dem Kaffee. Als wir mit unserer Begrüßung fertig waren, standen die vollen Tassen schon vor uns. Sie schloß die Tür hinter sich.

»Wie ich sehe, haben Sie und Jack sich zusammengefunden. Was halten Sie von der Idee?«

»Ich bin begeistert«, sagte Bob mit seiner schallenden Ansagerstimme. »Ich warte schon lange auf so etwas.«

»Das freut mich«, sagte ich. »Hat Ihnen Jack auch von unseren Plänen, in das Musik- und Schallplattengeschäft einzusteigen, erzählt?«

Andrews nickte. »Er hat es erwähnt, sagte aber, Sie würden es mir näher erklären.«

»Ganz einfach«, sagte ich, »wir eröffnen eine neue Abteilung, und ich meine, Sie sind der richtige Mann, um sie zu leiten. Sie kennen das Geschäft und genießen darin allgemeines Ansehen.«

»Ich kann es noch gar nicht glauben. Soviel Glück auf einmal!«

»Vor einigen Monaten trat Joe Regan an mich heran, ob ich seine Firma übernehmen wolle. Was halten Sie von Symbolic Records?«

Er überlegte. »Keine schlechte Firma. Musikalisch sind sie überall auf Draht und modern, sie besitzen eine gute Sammlung von Standardnummern, die sie kauften, als sie die Gesellschaft Eagle Record and Music übernahmen. Sie sichern sich einen angemessenen Anteil an den neuen Schlagern, und der Vertrieb ist nicht übel.«

»Und wie klingt die Rückseite?«

Er grinste über meine Verwendung seiner Fachsprache. »Eine elende Verwaltung und Leitung. Für ihre Finanzierung haben sie sich mit den Geiern von der Mafia eingelassen, und man erzählt sich, daß sie in der Klemme sitzen.«

»Haben Sie eine Ahnung, wie hoch die Schulden sind?«

»Angeblich zwischen zwei und drei Millionen Dollar«, antwortete er. »Und bei dreißig Prozent Zinsen bleibt ihnen wenig Spielraum.«

»Sind sie einen Versuch wert?«

Er nickte. »Sie sind wert, daß man sich genauer über sie informiert. Die Marke hat in der Branche einen guten Namen.«

Seine vorsichtige Einstellung gefiel mir. Merkwürdig, daß man einen Menschen so lange kennen konnte, ohne etwas Genaueres über ihn zu wissen. Ich hätte ihm nie im Leben geschäftliche Klugheit zugetraut. Dabei hätte ich eigentlich Bescheid wissen sollen, denn er hatte seinen Vertrag mit uns selbst aufgesetzt, und zwar verdammt raffiniert: der beste Diskjockeyvertrag in der Welt.

Ich drückte auf Fogartys Klingel. »Verbinden Sie mich mit Joe Regan von Symbolic Records in Los Angeles.« Ich wandte mich wieder zu meinen Gästen. »Nun zurück zur Show; wie sehen eure Pläne aus?«

»Ich hab mir gedacht, Bob könnte nach dem Neujahrstag an die Westküste fahren und dort die Dinge in Gang bringen«, erwiderte Jack.

»Ich habe ein paar Verpflichtungen während der Feiertage, denen ich mich nicht entziehen kann«, erklärte Andrews. »Ich mache im alten Brooklyn-Fox-Theater eine Neujahrs-Rock-Show.«

»Damit bin ich völlig einverstanden«, sagte ich.

Die Sprechanlage klickte. »Mr. Regan am Apparat.«

Ich nahm den Hörer. »Wie geht's, Joe?«

Seine Stimme hatte einen Nachhall, ich hatte den Eindruck, daß er mich an den Lautsprecher angeschlossen hatte, so daß andere Leute im Büro mich hören konnten. »Könnte nicht besser sein, Steve. Und Ihnen?«

»Danke, gut«, sagte ich. »Ich wollte nur mal hören, ob es in der Sache, von der wir vor einigen Monaten sprachen, etwas Neues gibt.«

»Es hat sich nicht viel ereignet«, sagte er. »Wir hatten ein paar Angebote, aber das war nicht die Art Verbindung, die uns vorschwebte. Im Augenblick sieht es bei uns recht gut aus. Wir haben zwei Platten auf den Bestsellerlisten.«

»Haben Sie noch Interesse, weiter zu verhandeln?«

»Wäre möglich«, sagte er vorsichtig, dann schmiß er das Ganze mit seiner nächsten Frage. »Wann wollen wir uns zusammensetzen?«

»Ich bin morgen wieder in Kalifornien. Wollen Sie zum Mittagessen zu uns ins Atelier kommen?«

»Paßt Ihnen halb eins?«

»Ausgezeichnet«, sagte ich und hängte ein. »Sie haben das Gespräch gehört. Ich treffe ihn morgen.« Ich erhob mich. »Ich werde Sie auf dem laufenden halten.«

Sie verließen das Büro, und Fogarty meldete sich. »Miss Darling hat während Ihrer Besprechung zweimal angerufen. Soll ich sie mit Ihnen verbinden?«

»Nein.« Ich schaltete ab, dann knipste ich den Knopf nochmals.

»Bitte, Mr. Gaunt?«

»Sollte Miss Darling nochmals anrufen, sagen Sie ihr, ich hätte kein Interesse daran, mit ihr zu sprechen.«

Fogarty schwieg einen Augenblick. »Einfach so?«

»Ganz einfach so«, sagte ich und schaltete ab.

Denise öffnete mir selbst. »Stephen!« begrüßte sie mich lächelnd. »Wir haben uns lange nicht gesehen!«

Ich gab ihr die Rosen und küßte sie auf die Wange. »Zu lange«, sagte ich. »Aber du siehst jünger aus denn je.«

»Danke. Jetzt weiß ich, warum ich dich so gern treffe. Du bist gut für mein Ego.«

Ich folgte ihr ins Wohnzimmer. Durch die Fenster sah man den schneebedeckten Park, und von tief unten drang der Verkehrslärm leise an unser Ohr.

»Was möchtest du trinken? Sam ist unter der Dusche, er wird gleich herauskommen.«

Ein Dienstmädchen servierte mir den Drink. Ich kostete, er war gut. »Das ist ein bezauberndes Zimmer.«

»Ich freue mich, daß es dir gefällt«, sagte sie befriedigt und übergab dem Mädchen die Blumen. »In Kalifornien kann man sich nicht so einrichten wie hier.«

Ich nickte; in Kalifornien war das Leben viel weniger konventionell. »Bist du froh, wieder hier zu sein?«

»Ja«, sagte sie, »und Sam auch. Ihm hat es in Kalifornien nie richtig gefallen. Er ist durch und durch New Yorker.«

Junior kam herein. Er war fast so groß wie ich, schlank und ein bißchen ungelenk, mit langem, glattem Haar. Er kam mit ausgestreckter Hand auf mich zu. »Tag, Onkel Steve.«

Wir schüttelten uns die Hände. »Junior«, sagte ich lächelnd, »entweder werde ich kleiner, oder du wirst größer. Es muß mindestens drei Jahre her sein, seit ich dich zuletzt gesehen habe.«

»Ja, bei meiner Bar-Mizwa«, antwortete er lachend.

Ich nickte. »Es war ein lustige Angelegenheit.«

Er lachte wieder. »Kann man wohl sagen. Mein Vater war in seinem Element.«

Sam trat ein. »Wie gefällt es dir?« fragte er, auf die Wohnung weisend.

»Prächtig!« sagte ich.

Er wandte sich an Denise. »Wo ist Myriam?«

»Sie wird gleich hier sein.«

»Es ist acht Uhr vorbei«, sagte Sam zu mir. »Dieses Mädchen, meine Tochter, hat kein Zeitgefühl. Immer kommt sie zu spät.«

»Macht ja nichts«, sagte ich, »ich habe Zeit, ich gehe nicht vor elf von hier fort. Zum Mitternachtsflugzeug.«

»Zurück an die Westküste?« fragte Sam.

Ich nickte.

Es klingelte. »Das muß Myriam sein«, sagte er, »ich mache ihr auf.«

Ich redete mit Denise.

Aus dem Nebenzimmer hörten wir seine Stimme. »Wie ziehst du dich denn an?« schrie er. »Wenn dein Kleid noch um eine Spur kürzer wäre, müßtest du dich rasieren!«

Ihre Antwort war nicht zu vernehmen.

Junior grinste. »Pop hat schon wieder was zu nörgeln.«

Als sie auf der Schwelle erschien, drehte ich mich um. Sam kam ins Zimmer, sie aber stand dort und starrte mich an. Ich erwiderte ihren Blick.

Sam blieb stehen und drehte sich um. »Du erinnerst dich wohl an Onkel Steve, Myriam, nicht wahr?«

Sie zögerte einen Augenblick, dann kam sie mit ausgestreckter Hand auf mich zu. »Natürlich«, sagte sie.

Ich faßte ihre Hand. Ihr Gesicht war blaß unter der Schminke. Ein merkwürdig verängstigter Ausdruck lag in ihren Augen. »Guten Tag, Myriam«, sagte ich.

Ich sah über ihre Schulter, daß Junior uns belustigt beobachtete; plötzlich wurde mir klar, daß er der einzige im Zimmer war, der im voraus gewußt hatte, was geschehen würde.

»Aber ich glaube, ich bin schon ein bißchen zu erwachsen, um dich noch Onkel zu nennen«, sagte Darlingmädchen.

8

Das Mädchen kam mit einer Vase zurück, in die sie die Rosen gesteckt hatte. Fragend sah sie Denise an.

»Stell sie auf das Klavier, Mamie«, sagte Denise.

Mamie ging quer durchs Zimmer, stellte die Blumen hin und meldete: »Es ist serviert.«

Ich saß neben Darlingmädchen. Sie führte ihr Spielchen mit mir auf.

»Bleibst du eine Zeitlang in New York?« fragte sie.

»Ich fliege noch heute abend an die Westküste«, sagte ich. Mir gegenüber grinste Junior, und ich sah den Blick, den er seiner Schwester zuwarf.

»Myriam dachte auch daran, an die Küste zu fahren«, sagte er. »Sie behauptet, dort gibt es mehr Arbeitmöglichkeiten.«

»Nur über meine Leiche!« sagte Sam. »Ich hab schon genug Mühe, hier auf sie aufzupassen.«

Mamie servierte uns die Suppe. Ich nahm einen Löffel – und hätte die Suppe fast über meinen Schoß geschüttet: Darlingmädchen hatte unter dem Tischtuch ihre Hand auf meinen Schwanz gelegt.

»Was meinst du, Onkel Steve?« fragte sie mit vorgetäuschter Sanftheit. »Glaubst du nicht, daß es dort drüben mehr Arbeit gibt?«

»Das würde ich nicht behaupten«, antwortete ich. »Mir scheint, wenn man Talent hat, ist ein Ort so gut wie der andere.«

»Du gehst erst hinüber, wenn du einen festen Job hast«, sagte Sam.

Sie sah mir in die Augen und fragte neckend: »Warum gibst du mir keinen Job, Onkel Steve?«

»Nun reicht es aber«, sagte Denise entschieden. »Steve ist zum Abendessen zu uns gekommen und nicht um hier belästigt zu werden.«

»Das macht mir nichts, Denise, ich bin es gewöhnt. Dafür hab ich eine Routineantwort.«

»Und die lautet?« fragte Darlingmädchen.

»Schicken Sie Ihr Foto ein; ich werde dafür sorgen, daß es in die Besetzungsabteilung kommt.«

»Und was geschieht dann?«

»Die dort legen es in den ›Ablegen-und-Vergessen‹-Ordner.« Sie kniff mich so heftig, daß ich beinahe von meinem Stuhl hochfuhr.

»Entschuldige meine Frage«, sagte sie kühl.

Ich sah auf die Uhr. »Zeit, daß ich gehe. Vielen Dank für den schönen Abend, Denise.«

»Wir haben uns gefreut, dich hier zu haben.«

»Könntest du mich mitnehmen?« fragte Darlingmädchen. »Ich fahre zur Ecke Neunzehnte und York; es liegt auf deinem Weg.«

»Okay.«

»Ich begleite dich zum Wagen«, sagte Sam. Er ging hinaus, um unsere Mäntel zu holen.

»Wiedersehen, Onkel Steve«, sagte Junior lächelnd; wir schüttelten uns die Hand. Mit einem raschen Blick vergewisserte er sich, daß ihn niemand hören konnte. »Myriam ist schon seit ihrer Kindheit in dich verliebt«, flüsterte er. »Deshalb war sie bei deinem Anblick so erschrocken.«

Ich sah ihn erleichtert an. Es gab also doch wenigstens etwas, das er nicht wußte. »Wiedersehen, Junior.«

Wir stiegen in den Fahrstuhl. »Was werden wir nun mit diesen Filmen unternehmen?« fragte mich Sam.

Darlingmädchen betrachtete uns mit besonderer Aufmerksamkeit. Ich schwieg.

Die Fahrstuhltür öffnete sich. »Geh voraus zum Wagen«, sagte Sam zu ihr. »Ich möchte noch einen Augenblick mit Steve sprechen.«

Sie gab ihm einen Kuß auf die Wange und lief hinaus. Ich sah, wie der Chauffeur ihr die Tür öffnete. Nachdem sie wieder geschlossen war, wandte sich Sam mir zu.

»Das Mädchen ist ein Problem; sie läuft mit sämtlichen Strolchen von New York herum. Ich wage nicht, es ihrer Mutter zu sagen.«

»Sie ist noch sehr jung.«

»Ich hoffe, sie lernt einen netten Jungen kennen und kommt zur Ruhe«, sagte er.

»Wird schon werden. Laß ihr Zeit.«

Plötzlich schienen die Worte nur noch zögernd über seine Lippen zu kommen. »Wir waren immer Freunde. Ich will es dir kurz und klar sagen: Wenn wir nicht zu einem Abschluß gelangen, und zwar schnell, bin ich erledigt.«

Ich sah, wie Darlingmädchen durch das Wagenfenster zu uns hersah. »Wieviel brauchst du?« fragte ich ihn.

»Vier Millionen Dollar.«

»Wie steht es mit Dave Diamond?«

»Zu dem kann ich nicht gehen. Ich schulde ihm jetzt zehn Millionen Dollar, und er macht Krach.« Er holte tief Atem. »Ich hatte eine Pechsträhne, aber ich habe zwei Filme, die fast fertig sind, von denen ich glaube, sie werden einschlagen.«

Das war Filmgerede. Keiner machte jemals einen Streifen, der kein großer Schlager sein würde. Ich schaute zum Wagen; Darlingmädchen beobachtete uns.

»Was besitzt du, das nicht verpfändet ist?«

»Nichts.« Er dachte einen Augenblick nach. »Nur die Aktien meiner Gesellschaft.«

»Was kannst du dafür bekommen?«

»Im Augenblick?« Er wartete nicht auf meine Antwort. »Keinen Pfennig. Wenn ich aber Luft hätte, mit den vier Millionen zu operieren, wäre das in einem Jahr fünfundzwanzig Millionen wert.«

»Okay«, sagte ich. »Ich nehme fünfundzwanzig Prozent für vier Millionen Dollar und gebe dir eine Option, sie innerhalb eines Jahres zum gleichen Preis oder zum Buchwert zurückzukaufen, je nachdem, welches von beiden mehr ausmacht.«

»Du meinst, Sinclair wird fünfundzwanzig Prozent meiner Firma kaufen?«

»Nein, nicht Sinclair. Ich werde es tun.«

Er nahm meine Hand und drückte sie fest. Seit ich ihn kannte, war er zum erstenmal sprachlos.

»Sag deinem Rechtsanwalt, er soll mich morgen im Atelier anrufen«, sagte ich und ging zum Wagen.

Damit war ein verdammt hoher Preis dafür bezahlt, daß ich seine Tochter fickte.

Als ich einstieg, drückte sie sich in die andere Ecke. »Neunzigste und York«, sagte ich zum Fahrer. »Dann American Airlines, Kennedy-Flughafen.«

»Nein«, sagte sie. »Das war nur eine Ausrede, um dort rauszukommen. Ich fahre mit dir zum Flughafen.«

»Warum?«

»Ich will mit dir reden.«

Ich schwieg.

»Du könntest mich wenigstens anhören«, sagte sie.

»Lassen Sie die York Avenue«, sagte ich zum Fahrer. »Wir fahren direkt zum Flughafen.«

Sie drückte auf den Knopf neben sich, und die gläserne Trennungswand zwischen dem Chauffeur und uns glitt nach oben. Ich zündete mir eine Zigarette an. Sie blickte mich an, ich reichte ihr das Paket.

Sie sog an ihrer Zigarette und lehnte sich zurück; ihr Blick lag auf dem Hinterkopf des Fahrers, nicht auf mir. »Ich liebe dich«, sagte sie.

Der Wagen fuhr zwei Blocks weiter.

»Das glaubst du mir wohl nicht, wie?« Noch immer sah sie mich nicht an.

Ich antwortete nicht.

»Ich bin kein Kind«, sagte sie. »Ich bin nicht verrückt. Ich hab mich in dich verliebt, als ich noch ein kleines Mädchen war. Und es blieb dabei.«

»Warum hast du mir nicht gesagt, wer du bist, als du damals zu mir kamst?«

»Zuerst war es ein Riesenspaß«, sagte sie. »Dann hatte ich Angst. Ich fürchtete, du würdest böse sein und mich nicht mehr sehen wollen.«

Plötzlich wurde ich müde. Ich lehnte den Kopf zurück und schloß die Augen. »Es spielt jetzt keine Rolle mehr«, sagte ich matt. »Es ist vorbei.«

Ich hörte, wie sie sich auf dem Sitz bewegte, und schlug die Augen auf. »Wegen gestern abend?« fragte sie.

»Nein.«

»Sondern?«

»Weil ich zu alt bin, um bei jungen Mädchen, deren Gefühlswert nicht stimmt, Kindergärtner zu spielen.«

»Und du findest, daß ich zu denen gehöre?«

»Was glaubst du selbst?«

Ihre Augen füllten sich mit Tränen, aber sie wandte ihren Blick nicht von mir ab. »Daß ich wie jede andere bin«, sagte sie. »Ein bißchen verwirrt, ein bißchen verängstigt; ich versuche, alles noch zu erwischen, bevor die Bombe uns erwischt. Warum glaubst du, daß ich so anders bin als die vielen Mädchen, mit denen du dich vergnügt hast?«

»Vielleicht ist es eben das«, sagte ich barsch. »Du bist nicht anders.«

»Oh!« sie stöhnte, als hätte ich sie körperlich getroffen. Sie schloß die Augen. Wir sprachen nicht mehr, bis der Wagen von der Van-Wyck-Schnellstraße zum Flughafen einbog. Er fuhr zur Rampe.

»Steve«, sagte sie.

Ich sah sie an.

»Nimm mich mit«, bat sie.

»Nein.«

Mein kalter Ton schien sie abzuschrecken. Ihre Stimme klang sehr leise und gepreßt. »Stoß mich nicht zurück, Steve. Ich habe sonst niemanden, zu dem ich gehen könnte.«

Der Wagen hielt an, und ich stieg aus; ich beugte mich nochmals zurück in den Wagen. »Myriam«, sagte ich, »willst du etwas Gutes für dich tun?«

Sie blickte mich mit ihren großen dunklen Augen an.

»Tu, was dein Vater will. Such dir einen netten Jungen und führe mit ihm ein ruhiges Leben.« Ich wollte die Tür schließen, sie legte ihre Hand darauf und hielt sie offen. »Steve, bitte!«

»Hör auf damit, Myriam, du bist jetzt erwachsen«, sagte ich müde. »Siehst du denn nicht, daß es nichts mehr nützt?«

Ich schlug die Tür zu und ging ins Gebäude, ohne mich umzudrehen.

9

Am Morgen ging ich als erstes zu Dave Diamonds Büro im zweiten Stockwerk der Zentrale der California Consolidated Banks auf dem Wilshire Boulevard. Er kam hinter seinem Direktorenschreibtisch aus Nußholz hervor, der ihn halb so groß aussehen ließ, als er tatsächlich war, und streckte mir die Hand entgegen. »Was für eine Überraschung«, sagte er.

Ich drückte ihm die Hand. In der Zimmerecke stand ein kleiner Fernsehapparat, auf dem die neuesten Börsenziffern abzulesen waren. Das war eine der Dienstleistungen unserer UHF-Station. Erstaunlich, wie groß die Seherbeteiligung war; für Geld interessierte sich jeder.

»Was kann ich für dich tun?« fragte er, während seine Sekretärin eine Tasse schwarzen Kaffee vor mich hinstellte.

»Zwei Dinge«, sagte ich. »Erstens möchte ich, daß du mir eine vollständige Information über Joe Regan und Symbolic Records zusammenstellst.«

»Die bekommst du in zehn Minuten«, sagte er. »Wir führen laufende Berichte über alle Firmen, mit denen wir in Geschäftsverbindung stehen.« Er sprach ein paar Worte ins Telefon und wandte sich wieder an mich. »Was ist das zweite?«

»Ich möchte vier Millionen Dollar ausleihen.«

»Du persönlich?«

»Persönlich.«

»Geld ist sehr knapp«, sagte er.

»Ich weiß, deshalb komme ich ja zu dir.«

Er lachte. »Ihr Jungs glaubt wohl, ich drucke es.«

»Tust du das nicht?«

Er lachte wieder, dann wurde er ernst. »Was bietest du als Sicherheit?«

»Sinclair-Aktien«, sagte ich.

»Eine gute Bürgschaft, aber besitzt du genügend Aktien, um den Kredit zu decken? Wir dürfen nicht mehr als fünfundsiebzig Prozent vom Marktwert leihen.«

»Ich besitze genug.«

»In Ordnung«, sagte er. »Wann willst du das Geld?«

»Sobald ich es bekommen kann.«

»Ich werde es in die Wege leiten.« Er griff wieder nach dem Telefon und sprach mit seiner Kreditabteilung. »Siehst du, wie leicht das ist? Geh einfach zu deinem Freund und Bankier!«

Ich lächelte.

»Wenn es kein Geheimnis ist«, fragte er taktvoll, »wofür brauchst du das Geld?«

»Ich kaufe fünfundzwanzig Prozent von Samarkand.«

Er starrte mich ungläubig an. »Sam Benjamins Gesellschaft?«

Ich nickte.

»Das kann ich nicht glauben, dazu bist du doch zu gescheit. Weißt du, wieviel Geld er uns schuldet und nicht zurückzahlen kann?«

Darauf hatte ich nichts zu erwidern.

»Acht Millionen Dollar!« sagte er heftig. »Und ich war der größte Esel der Welt, es ihm zu geben!«

Ich lächelte. Sogar sein Unglück mußte Sam übertreiben! »Nun, jetzt wird dir wohl leichter ums Herz sein: Du hast Gesellschaft.«

»Vielleicht kommt es dir verrückt vor«, sagte er, »ich scheine gegen mein eigenes Interesse zu sprechen. Dein Darlehen ist für uns ein gutes Geschäft, wir verlangen die höchsten Zinsen in der Stadt. Außerdem werden wir sofort eine Million Dollar abschöpfen, ehe er sie auch nur zu Gesicht bekommt, denn soviel ist im Augenblick fällig. Du siehst also, uns kann das nicht weh tun. Und dennoch sage ich dir nur eines –« Er schaltete eine Atempause ein. »Tu es nicht!«

Seine Sekretärin kam herein und legte einige Papiere auf seinen Schreibtisch. »Der Bericht über Symbolic Records, den Sie verlangt haben, Mr. Diamond.«

Er nickte, und sie ging hinaus. »Also wenn du zum Beispiel diese Firma kaufen wolltest, da würde ich sagen, das ist klug. Sie macht gute Geschäfte, und wenn die Leute einmal die Geldverleiher los sind und die richtige Geschäftsleitung eingesetzt haben, ist das eine aussichtsreiche Sache. Aber bei dem anderen ist es, als ob du das Geld in den Kanal werfen wolltest.«

»Ich schätze deine Aufrichtigkeit, Dave«, sagte ich, »aber ich habe mich verpflichtet.«

»Nichts ist endgültig, solange das Geld nicht ausgezahlt ist«, sagte er. Als er aber sah, daß ich nicht antworten wollte, fügte er hinzu: »Okay. Aber du kannst mir als einem Freund wenigstens sagen, warum du das tust.«

»Wir wollen es vielleicht so formulieren: Jeder muß seine Schulden bezahlen. Ich bezahle die meinen.«

Als ich alles in der Bank geordnet hatte und man mir die Kapitalanteilscheine aus dem Tresor heraufbrachte, war es fast zwölf Uhr.

»Hier ist also alles erledigt«, sagte Dave. »Sobald du mir den Auftrag erteilst, werde ich die Summe Sams Konto gutschreiben.«

»Ich rufe dich aus dem Atelier an.«

In meinem Büro erwartete mich Joe Regan. »Geben Sie mir zehn Minuten«, sagte ich, »dann können wir gleich zusammen zur Kantine hinübergehen.«

»Lassen Sie sich Zeit, Steve«, sagte er.

Ich meldete ein Gespräch mit meinem Rechtsanwalt in New York und ein zweites mit Sam an. Das Gespräch mit dem Anwalt kam als erstes.

»Es ist eine einfache Transaktion, Paul.« Ich erklärte es ihm kurz.

»Ich verstehe«, sagte er.

»Ich werde mit Sam absprechen, daß er mit seinem Rechtsanwalt zu Ihnen ins Büro kommt«, sagte ich. »Sobald ich von Ihnen erfahre, daß sie die Aktien abgeliefert und die Rückkaufoption unterzeichnet haben, lasse ich das Geld seinem Konto gutschreiben.«

»Es wäre besser, wenn das Geld zur Zeit des Abschlusses bezahlt werden könnte«, sagte Paul.

»In Ordnung. Benachrichtigen Sie mich, wenn es soweit ist, dann lasse ich Dave Diamond in der Bank zu einem Konferenzgespräch einschalten.«

»Ja, so ist es besser«, sagte Paul. »Ich melde mich wieder.«

Kaum war ich mit ihm fertig, kam Sam an den Apparat. »Das Geld liegt für dich bereit«, sagte ich. »Dein Rechtsanwalt soll mit Paul Gitlin in Verbindung treten; der wird den Abschluß für mich tätigen.«

»Warum Paul Gitlin?« schnaubte er. »Ich hatte schon früher geschäftlich mit ihm zu tun. Er ist ein Scheusal.«

»Für vier Millionen Dollar bringst du vielleicht etwas Sympathie für ihn auf«, sagte ich.

»Kann ich das Geld noch heute haben?« fragte er.

»Er sagt, du brauchst nur die Aktien abzuliefern, den Vertrag zu unterschreiben, dann bekommst du das Geld.«

»Jetzt ist er mir schon sympathischer«, sagte Sam.

Ich legte den Hörer auf und ließ Joe Regan hereinrufen. »Wie wäre es mit einem Drink vor dem Essen?« fragte ich. »In der Kantine wird kein Alkohol serviert.«

»Bourbon und Wasser«, sagte Joe sofort.

Ich gab meiner Sekretärin einen Wink, und sie mixte uns die Drinks; nachdem sie sie gebracht hatte, ging sie aus dem Zimmer.

»Prosit«, sagte ich.

Er nickte, und wir tranken. »Ah, das tut gut!« sagte er. »Ich bin froh, daß Sie angerufen haben. Neulich konnte ich wirklich nicht sprechen; ich hatte Leute in meinem Büro und mußte Sie über den Lautsprecher schalten.«

»Das habe ich mir gedacht.«

»Man beginnt, uns in die Enge zu treiben«, sagte er. »Die Leute wollen es so machen wie mit der Firma drüben im Osten.«

Ich ließ ihn reden.

»Ich war schon so weit, daß ich ihnen das Ganze überlassen wollte; ich kann nachts schon gar nicht mehr schlafen.« Sein Glas war leer. »Kann ich noch einen haben?«

Ich ging zur Bar, füllte sein Glas und kehrte zu meinem Schreibtisch zurück.

Er trank einen Schluck. »Ja, ich wollte es ihnen übergeben und mich zurückziehen. Können Sie sich das vorstellen? Fünfzehn Jahre meines Lebens, und nun bin ich bereit, es hinzuschmeißen.«

»Wieviel wäre nötig, um sie loszuwerden?«

»Man muß ihnen nur zahlen, was ich schuldig bin«, sagte er. »Aktien besitzen sie nicht – noch nicht. Das wäre der nächste Schritt. Sie haben angeboten, die Hälfte des Darlehens gegen fünfzig Prozent der Gesellschaft zu löschen.«

»Wieviel schulden Sie ihnen?«

»Ungefähr eine Million sieben.«

»Das ist nicht schlimm.«

»Für Sie nicht«, sagte er, »wohl aber für mich. Wieviel wir auch verdienen, ich komme anscheinend nie auf einen grünen Zweig.«

»Nur keine Aufregung«, sagte ich und stellte mein leeres Glas nieder. »Wenn wir die Sache miteinander besprechen, sollten wir doch wohl imstande sein, uns etwas auszudenken.«

Das Telefon läutete. Es war Paul, aus New York. »Eben hat mich Benjamin benachrichtigt«, sagte er. »Sie werden um fünf Uhr bei mir im Büro sein. Wenn Sie das Konferenzgespräch für fünf Uhr dreißig ansetzen, dürfte alles bereit sein. Das ist zwei Uhr dreißig bei euch.«

»Wird gemacht«, sagte ich.

»Steve«, sagte er.

»Ja?«

»Mich geht es nichts an, das weiß ich, aber haben Sie sich das überlegt?«

»Was meinen Sie damit?«

»Ich spreche als Rechtsanwalt«, sagte er. »Ich kenne Ihren Anstellungsvertrag nicht, aber es könnte da eine Klausel geben, die Ihnen etwas Derartiges verbietet.«

»Es gibt keine.«

»Auch die Frage der ethischen Grundsätze spielt eine Rolle«, sagte er. »Schließlich ist es eine Gesellschaft, mit der ihr Geschäfte tätigt. Es könnte sich die Frage eines Interessenkonflikts ergeben.«

»Dazu kann es nie kommen«, erwiderte ich. »Es ist in Wirklichkeit nichts als ein Darlehen; die Aktien nehme ich nur als eine Art Sicherheit; daher die Vereinbarung über den Rückkauf.«

»Warum lassen Sie mich, wenn dem so ist, den Vertrag nicht entsprechend aufsetzen?« fragte er. »Mag sein, daß es keine große Hilfe wäre, aber ein wenig besser wird es doch aussehen, falls sich irgend etwas ergeben sollte.«

»Der Rechtsanwalt sind Sie. Formulieren Sie, wie Sie es für richtig halten. Nur soll der Vertrag noch heute für ihn bereit sein.«

»Wird gemacht«, sagte er. »Und jetzt habe ich auch schon ein besseres Gefühl.«

»Ich auch, Paul. Danke.« Ich legte auf und wandte mich zu Joe. »Kommen Sie, gehen wir essen.«

»Ich würde ebenso gern hier sitzen bleiben und trinken«, sagte er.

»Keine schlechte Idee. Ich laß uns etwas herüberschicken.«

Als er mich verließ, war er angeheitert; es schien mir aber, als sei das nicht so sehr die Wirkung des Alkohols als sein erleichtertes Gemüt. Er würde zweieinhalb Millionen in Sinclair-Aktien für seine Gesellschaft erhalten, und wir würden die Schuld bezahlen.

Das Konferenzgespräch kam, kurz nachdem er fort war, durch. Sobald die Formalitäten erledigt waren, sprach Sam. »Ich wollte dir nur noch danken.«

»Keine Ursache«, sagte ich. »Sorge nur dafür, daß es klappt, und du bekommst deine Aktien zurück.«

»Das werde ich tun, jetzt wird alles in Ordnung sein. Es wird ein wirklich glückliches neues Jahr werden.«

Da erst wurde mir bewußt, daß heute Silvester war.

Es war zu spät, um noch Pläne zu machen; außerdem war ich nicht recht in Stimmung für irgendwelche Partys. Ich war müde und wollte weiter nichts als ins Hotel zurückfahren, ein heißes Bad nehmen, zu Abend essen, ein wenig fernsehen und schlafen gehen. Ich machte nur einen Fehler: Ich hätte das Fernsehen nicht einschalten sollen.

Das Fernsehen am Silvesterabend weckt allerlei Sehnsucht. Ich begann zu trinken. Um neun Uhr sah ich zu, wie in New York um Mitternacht die Leuchtkugel vom *Times*-Gebäude niederging, während Guy Lombardo spielte; um zehn bekam ich Woodie Herman um Mitternacht in Chikago. Da hatte ich bereits eine Flasche Scotch fast ausgetrunken und wankte ins Bett.

Ich glaubte, ich würde sofort einschlafen, aber der Whisky arbeitete in mir; ich war zu betrunken, um einzuschlafen. Ich lag da, halb bei Bewußtsein und halb im Schlaf, während der Festlärm rund um das Hotel immer lauter wurde.

Fünf Minuten vor zwölf läutete es an der Tür. Ich wartete einige Minuten in der Hoffnung, die Besucher, wer immer sie waren, würden ihren Irrtum merken und fortgehen. Sie taten es nicht; es klingelte weiter.

Schließlich stieg ich aus dem Bett, zog den Morgenmantel über und riß wütend die Tür auf, bereit, jeden, der dort stehen mochte, zu vernichten.

Sie war es, und ihre weit geöffneten Augen sahen mich ängstlich an. »Ich hatte schon Angst ... ich fürchtete, nicht mehr rechtzeitig herzukommen«, sagte sie leise. »Viel Glück im neuen Jahr!«

Sie flog in meine ausgebreiteten Arme.

10

Ich drehte mich im Bett auf die Seite und sah sie an. Sie schlug die Augen auf. »Guten Morgen«, sagte ich.

Sie lächelte. »Ein glückliches 1965!«

Ich gab ihr einen Kuß. »Ein glückliches 1965!« Ich nahm das Telefon und verlangte den Zimmerkellner. »Was möchtest du zum Frühstück?« fragte ich sie.

Sie verzog das Gesicht. »Nur Kaffee.«

»Ich habe einen Wolfshunger«, sagte ich und bestellte ein komplettes Frühstück.

»Das alles wirst du doch nicht essen können«, sagte sie.

»Wart es nur ab«, sagte ich, wälzte mich auf sie und drückte sie mit meinem ganzen Gewicht ins Bett. Ihre Arme umschlangen meinen Nacken und zogen mein Gesicht zu ihr nieder. Ihr Mund war morgendlich süß.

»Was hättest du getan, wenn ich nicht zu dir gekommen wäre?« fragte sie.

»Nichts. Ich wäre einsam gewesen.«

Sie hielt meine Wange nahe an ihr Gesicht und flüsterte: »Meine Mieze fühlt sich so wohl, so warm und geliebt.« Sie legte ihren Kopf nach hinten und sah mir in die Augen. »Ich bin noch ganz voll von dir, so hast du gespritzt. Mensch, hast du gespritzt!«

»Red nur so weiter«, sagte ich, »und du wirst das Ganze noch einmal über dich ergehen lassen müssen.«

»Damit machst du mir keine Angst«, sagte sie lächelnd. »Ich mag es gern.«

Ich war im Begriff, sie weiter zu küssen, da klingelte die Türglocke. »Verdammt!« sagte ich.

Sie glitt aus dem Bett. »Du hast doch das Frühstück bestellt.« Sie wollte ins Badezimmer; ich rief sie zurück, und sie drehte sich auf der Schwelle um.

»Du bist schön«, sagte ich. »Weißt du das?«

»Geh und hol dir dein Frühstück«, sagte sie lachend. »Ich möchte nicht schuld daran sein, daß du verhungerst.«

Ich ging zur Tür und hatte den Orangensaft bereits getrunken, ehe noch der Rolltisch mit dem rosa Deckchen stillstand.

Ich war mit meinem Ham-and-eggs fast fertig, als sie, in ein Handtuch gehüllt und das Haar noch feucht von der Dusche, aus dem Schlafzimmer kam. Ich blickte sie an und wies mit vollem Mund auf den Stuhl.

Sie nahm Platz, goß sich Kaffee ein und sagte nichts, bis ich meinen Teller mit dem letzten Stück eines englischen Brötchens leergetunkt hatte.

»Das mit dem Wolfshunger war also kein Witz«, stellte sie fest, als ich endlich Messer und Gabel beiseite legte.

»Nein, ich war wirklich sehr hungrig.« Ich goß mir Kaffee ein. »Jetzt geht's mir besser.«

Sie griff nach ihrer Kaffeetasse.

Ich erhob mich und zog die Jalousien hoch; die Sonne flutete ins Zimmer. »Es ist wunderschön draußen, und wir haben ein langes Wochenende vor uns. Wollen wir nicht fortfahren?«

»Und wohin?« fragte sie.

»Nach Palm Springs?«

»Zu langweilig.«

»Las Vegas?«

»Zuviel Getriebe.«

»Ans Meer? Wir könnten nach La Jolla fahren und ein Boot mieten.«

»Ich werde schon seekrank, wenn ich mir nur die Wellen ansehe«, sagte ich.

»Was möchtest du denn unternehmen?« fragte ich.

»Warum müssen wir etwas unternehmen?« Sie lächelte mir zu. »Warum können wir nicht einfach daheimbleiben und vögeln?«

»Eine unübertreffliche Idee«, sagte ich. »Einverstanden. Wenn du das willst, dann geh dich anziehen!«

Ihre Stimme verriet ihr Erstaunen. »Wozu denn?«

»Wenn wir an diesem Wochenende sonst nichts tun«, sagte ich, »dann weiß ich dafür einen viel romantischeren Ort.«

Ich lenkte den Wagen in die Einfahrt, fuhr in die Garage und stieg aus. »Komm mit!«

Sie folgte mir zum Vordereingang, ich nahm einen Schlüssel aus der Tasche und öffnete. »Es geht nach unten«, erklärte ich.

Beim Schlafzimmer auf dem ersten Treppenabsatz blieben wir stehen, und ich stellte den Handkoffer nieder, in den wir kunterbunt alles fürs Wochenende Nötige geworfen hatten. Ich drückte auf den Knopf, und die Decke rollte auf.

Sie warf sich auf das Bett und blickte nach oben. Das goldene Sonnenlicht umstrahlte sie. »Ich kann's einfach nicht glauben!« rief sie.

»Das ist nur der Anfang«, sagte ich. Ich drückte auf die anderen Knöpfe, und das Bett begann sich zu bewegen; die Fernsehapparate rundum im Zimmer kamen an ihre Plätze und verschwanden wieder. Ich drehte den Schalter ab, und alles stand still.

»Genug davon«, sagte ich. »Ich will dir das ganze Haus zeigen.«

Wir stiegen die Treppe hinunter ins Wohnzimmer. Ich betätigte einen Schalter an der Wand, und die Vorhänge glitten zur Seite. Ganz Los Angeles lag zu unseren Füßen. Ich schob die gläserne Schiebetür auf, und wir traten hinaus. Das kleine, ovale Schwimmbassin glänzte im Sonnenlicht.

»Wie schön!« rief sie, schleuderte die Schuhe von den Füßen und zog ihr Kleid über den Kopf. Sie sprang ins Bassin und tauchte wassersprudelnd auf. Sie zwinkerte und wandte mir ihr Gesicht zu. »Wem gehört das alles?«

»Mir«, antwortete ich.

Sie schwamm zu mir zurück, ihr nackter Körper schimmerte noch weißer in dem blauen Wasser. Sie stützte die Arme auf den Rand des Bassins. »Wie lange hast du das schon?«

»Ungefähr fünf Jahre.«

»Wer wohnt hier?«

»Niemand«, sagte ich.

Sie schwieg eine Weile. »Ich versteh das nicht. Warum wohnst du weiter im Hotel, wenn dir ein solches Haus gehört?«

»Ich glaube, ich bin noch nicht soweit. Außerdem habe ich im Hotel die nötige Bedienung.« Ich zog mein Hemd aus. »Eine Nacht lang habe ich es versucht.«

»Und?«

»Es war zu leer.« Ich legte meine Schuhe ab, zog Hose und Unterhose aus und lief nackt und mit erhobenen Armen zum Sprungbrett.

Sie blickte zur mir hoch. »Prima!« schrie sie lachend.

Ich sprang ins Wasser. Es war durch die Heizung und die Sonne angenehm erwärmt. Ich tauchte auf, suchte sie und konnte sie nicht sehen.

Sie war wie ein weißer Streifen unter dem Wasser, als sie mich um die Taille faßte und begann, mir einen abzukauen. Wir versanken im Bassin, dann kamen wir hoch und spien Wasser.

»He du«, rief ich lachend, »weißt du, daß man bei solchen Spielen leicht ertrinken kann?«

»Kennst du eine schönere Art zu sterben?« fragte sie.

Als die Sonne unterging, aßen wir Steaks und Pommes frites, die ich auf der Fahrt am Markt vom Sunset Boulevard mitgenommen hatte. Später schalteten wir die Stereoanlage ein und legten uns vor dem Kamin nieder.

»Wie geht es dir?« fragte ich, indem ich mich mit dem vom Feuer erwärmten Kognak ihr zuwandte.

»Phantastisch«, sagte sie und nippte an ihrem Glas. »Bin ich deiner Frau irgendwie ähnlich?«

Ich war verdutzt. »Warum fragst du das?«

»Gestern nacht, als du in mir warst, hast du einmal ihren Namen gerufen. Sie hieß doch Barbara, nicht wahr?«

»Ja«, sagte ich. »Barbara.«

»Erinnere ich dich an sie?«

Ich blickte in mein Kognakglas, es war dunkel und goldfarbig. Ich ließ die Flüssigkeit kreisen. »In gewisser Weise.«

»Wie?«

»Hauptsächlich in eurem Verhalten; es ist nichts Bestimmtes, aber die Einstellung zum Leben, die Art, wie man es anpackt. Barbara war sehr sinnlich; auch sie wollte alles spüren, alles kosten.«

»Gelang es ihr?«

»Nein«, sagte ich. »Das gelingt keinem.«

Sie schwieg. Dann trank sie noch einen Schluck. »Mir schon«, sagte sie.

Als ich später in jener Nacht auf ihr lag und wir das Gefühl hatten, in einer einzigen, gemeinsamen Haut zu stecken, sah sie mir in die Augen. »Ich möchte den Himmel sehen«, sagte sie.

»Es wird kalt sein, die Nächte sind kühl«, sagte ich.

»Das macht nichts. Du hältst mich warm.«

Ich streckte die Hand aus und drehte den Schalter. Die frische Nachtluft strömte herein, und der Mond legte einen weißen Schein über ihr Gesicht.

Sie zog meinen Kopf auf ihre Brust nieder. »Rühr dich nicht«, sagte sie, dann zog sie das Laken bis an die Schultern über uns. »Jetzt dreh den Kopf und schau nach oben!«

Es war wunderschön, der Mond und die Sterne erfüllten den mitternachtsblauen, samtigen Himmel.

»Als ob man fliegt, nicht wahr?« flüsterte sie.

»Ja«, sagte ich.

Ich spürte, wie sie sich um mich verengte. »Ich liebe dich.«

Ich stieß tief in sie hinein, bis sie stöhnte in ihrer Bemühung, mich ganz in sich aufzunehmen. »Mehr, ich will noch mehr«, sagte sie heiser. »Stoß alles in mich hinein, deinen ganzen Körper, den ganzen Menschen.«

So verbrachten wir das Wochenende. Wir verließen das Haus nur, um Lebensmittel vom Markt, Wein und Whisky vom Laden und Marihuana vom Strip zu holen.

Am Montag brachte ich den Rest meiner Sachen vom Hotel herüber, und wir zogen ein.

11

»Ich werde mir eine Wohnung suchen müssen«, sagte sie.

»Warum?«

»Das weißt du doch. Wie würde es aussehen, wenn Mutter oder Daddy mich anriefen und zur Antwort bekämen ›Bei Mr. Gaunt‹?«

»Da gibt es eine einfache Lösung«, sagte ich, »wir lassen eine zweite Leitung installieren. Dort antwortest nur du.«

»Und die Adresse?«

»Das macht nichts, niemand kennt das Haus.«

Sie schüttelte den Kopf. »Es würde nicht klappen. Wenn sie herüberkommen, werden sie vor allem meine Wohnung sehen wollen, sich vergewissern, daß ich es gemütlich habe.«

»Na schön.«

»Mach doch kein so beleidigtes Gesicht«, sagte sie lachend. »Ich ziehe nicht aus; es ist nur eine Scheinadresse.«

»Sieh zu, daß du etwas hier in der Nähe bekommst.«

»Einen Wagen brauche ich auch.«

»Dafür hab ich bereits gesorgt. Morgen wird hier ein Mustang-Kabriolett für dich geliefert werden.«

»Weiß mit rotem Leder?« fragte sie.

Ich nickte.

Sie schlang ihre Arme um mich wie ein beglücktes kleines Mädchen.

Das war Montag. Als ich Dienstag abend vom Atelier kam, wanderte sie im Wohnzimmer auf und ab. »Der Wagen ist noch nicht geliefert worden.«

»Ich werde mich morgen darum kümmern«, sagte ich leichthin. »Und jetzt ziehe ich mir eine Sporthose an, und wir gehen irgendwohin essen.«

»Ich habe keinen Hunger!« sagte sie verdrießlich und stieg über die Stufen zum Schlafzimmer. Ich hörte, wie sie die Tür zuschlug.

Ich goß mir an der Bar einen Drink ein. Dabei überlegte ich, ob ich irgend etwas getan hatte, das sie verärgerte. Mein Blick fiel auf den Aschenbecher hinter der Bar.

Es war voller Zigarettenstummel, die Hälfte Marihuana. Jetzt wurde mir die Sache langsam klar; sie hatte sich gelangweilt, da sie den ganzen Tag nichts zu tun hatte, und nun war ihre vom

Haschisch gehobene Stimmung verflogen.

Ich blieb sitzen und trank mein Glas aus. Dann hörte ich ihre Schritte auf der Treppe und drehte mich um. Sie hatte eine Hose angezogen.

Sie kam zu mir und nahm eine Zigarette von der Bar; ich reichte ihr Feuer. Sie sah ein wenig blaß aus, hatte blaue Schatten unter den Augen und kleine Schweißtropfen auf der Stirn.

»Fühlst du dich nicht wohl?« fragte ich.

»Nein«, antwortete sie kurz. Sie sog an der Zigarette.

»Was ist es denn?«

»Das würdest du nicht verstehen«, sagte sie feindselig.

»Vielleicht doch. Eine Frauensache?«

Einen Augenblick glaubte ich, etwas wie Erleichterung in ihren Augen zu entdecken. »So was Ähnliches«, sagte sie.

Ich schwieg.

»Seit ich begonnen habe, die Pille zu nehmen«, erklärte sie, »gibt es Zeiten, da bin ich ganz durcheinander.«

»Warum hast du mir nichts gesagt? Kann ich dir irgendwie helfen?«

Sie schüttelte den Kopf. »Nein.« Sie sog an der Zigarette, dann blickte sie mich an. »Darf ich mir für ein paar Minuten deinen Wagen leihen?« fragte sie. »Ich fahre nur rasch hinüber zum Drugstore. Vielleicht kann ich etwas bekommen, das mir hilft.«

»Ich fahre dich hin, wenn du willst.«

»Nein, mach dir nicht die Mühe«, sagte sie. »Geh inzwischen duschen und zieh dich um. Ich bin in wenigen Minuten wieder hier.«

»Okay. Die Schlüssel sind im Wagen.«

Sie gab mir einen Kuß auf die Wange. »Danke.« Sie lief die Treppe hinauf, ich hörte, wie sie den Motor anließ und den Wagen aus der Einfahrt lenkte. Dann nahm ich mein Glas von der Bar und ging hinauf in die Dusche.

Es dauerte mehr als eine Stunde, und ich war schon bei meinem dritten Drink, als sie zurückkam. Ich hörte ihre Schritte auf der Treppe, sie ging ins Schlafzimmer, und die Badezimmertür wurde geschlossen. Ich mixte mir noch einen Drink und wartete. Bis sie herunterkam, vergingen noch weitere fünfzehn Minuten.

»Wie geht es dir jetzt?«

»Besser«, sagte sie.

»Du siehst auch schon besser aus.« Das stimmte, ihre Farbe

war normaler, und die blauen Schatten unter ihren Augen verschwanden allmählich. »Was hat dir der Apotheker gegeben?«

»Ich weiß nicht«, sagte sie. »Aber er ließ es mich dort einnehmen und warten, um zu sehen, wie es wirkte. Deshalb hat es so lange gedauert.«

»Ich bin froh, daß es gewirkt hat«, sagte ich. »Möchtest du etwas trinken?«

»Nein«, sagte sie lächelnd und nahm mich am Arm. »Du mußt ja schon verhungert sein. Gehen wir essen.«

»Okay«, sagte ich und stellte mein Glas nieder. »Aber du wirst vielleicht fahren müssen; ich bin ein wenig angesäuselt.«

»Armer Liebling!« sagte sie lächelnd, zog mein Gesicht zu sich und gab mir einen Kuß. »Sei nicht böse, daß ich dich so schlecht behandle.«

Sie fand eine kleine Wohnung auf dem Hügel unterhalb des Hauses und ließ ein Telefon in der Wohnung und eine Nebenstelle im Haus installieren. Klingelte es in der Wohnung, so hörte man es auch im Haus. Das klappte tadellos.

Wenn ich morgens fortging, war sie meistens schon wach und telefonierte mit ihrem Agenten. Sie verbrachte einen großen Teil ihres Tages mit verschiedenen Besprechungen in der Stadt. Ich fragte sie einmal, wie es damit ginge.

»Mühsam«, sagte sie. »Die meisten wollen nur mit mir schlafen.« Ein andermal saß sie, als ich nach Hause kam, im sinkenden Licht im Wohnzimmer und rauchte eine Marihuanazigarette.

»Fängst du nicht ein bißchen früh damit an?« fragte ich.

Sie antwortete nicht.

Ich kam näher und drückte ihr einen Kuß auf die Stirn. »Du kannst dich mit mir aussprechen«, sagte ich, »ich bin dein Freund.«

»Ich muß Arbeit bekommen«, sagte sie, »unbedingt.«

»Warum so schlechter Laune?« fragte ich. »Du bist doch erst wenige Wochen hier. Es dauert einige Zeit, bis man sich durchsetzt.«

»Daddy macht mir die Hölle heiß«, sagte sie. »Wenn ich nicht innerhalb eines Monats etwas finde, muß ich nach Hause kommen.«

»Du hast mit ihm gesprochen?«

»Kurz bevor du kamst, riefen meine Eltern an.«

»Du mußt es weiter überall versuchen«, sagte ich. »Es wird sich schon etwas ergeben. Man beginnt jetzt, die Besetzungen der Shows für den nächsten Herbst zusammenzustellen.«

»Na und?« fragte sie. »Immer wieder komme ich um die Rolle, weil die Freundin von irgend jemand sie kriegt. Vielleich fange ich es nicht richtig an.«

»Doch«, sagte ich lächelnd. »Du hast ja einen Freund bei Sinclair.«

Sie blickte hoffnungsvoll zu mir auf. »Willst du etwas tun, um mir zu helfen?«

»Könnte sein«, sagte ich, und, mit vorgetäuschter Lüsternheit im Blick: »Du weißt natürlich, was das bedeutet: Du mußt dich aufgeschlossen zeigen, vielleicht sogar deine Ehre opfern.«

»Dazu bin ich bereit, sehr bereit«, rief sie lachend. Sie sprang auf und schlüpfte aus ihrem Kleid. »Jetzt gleich?«

»Warum nicht«, sagte ich und zog sie an mich.

Am nächsten Morgen hörte ich, daß man für eine unserer Westernserien eine neue Darstellerin suchte. Ich veranlaßte sie, hinzugehen und sich um die Rolle zu bewerben; es war nichts Besonderes, aber es gab ihr eine gute Gelegenheit, bekannt zu werden, und sie bekam die Rolle.

Am Ende des Monats mußte ich zu einer Aufsichtsratssitzung nach New York. Auch war die Rock-Show fertig, und ich wollte sehen, wie Jack das Programm manipulieren würde, um sie einzuschieben. Sie fuhr mich zum Flughafen.

»Beeil dich und komm gleich wieder zurück«, sagte sie.

»Mach ich«, versprach ich.

»Und halt dich von den New Yorker Mädchen fern. Ich bin sehr eifersüchtig.«

»Das weiß ich«, sagte ich lachend, küßte sie und begab mich, während sie abfuhr, ins Flughafengebäude. Aber der Flugplatz lag im Nebel, und als man um ein Uhr morgens verkündete, daß alle Flüge für diese Nacht abgesagt seien, nahm ich ein Taxi und fuhr nach Hause.

Sie schlief fest, zusammengerollt, die Laken lagen zerknüllt zu ihren Füßen. Die Art, wie sie in kindlicher Wehrlosigkeit dort lag, entlockte mir ein Lächeln. Ein Dutzend Einbrecher hätte kommen und gehen können, sie hätte es nicht einmal bemerkt. Ich hob das Laken auf und deckte sie behutsam zu.

Ich entkleidete mich im Dunkeln und ging ins Badezimmer. Um sie nicht zu stören, schloß ich die Tür, ehe ich das Licht anknipste.

Ich stand vor dem Waschbecken und drehte das Wasser auf. Es war wie gewöhnlich zuerst kalt, und ich wartete, bis das warme Wasser durch die Röhren strömte. Inzwischen blickte ich zu dem anderen Waschbecken hinüber – und da vergaß ich das warme Wasser. Die beiden Becken waren in einen gemeinsamen Marmorwaschtisch eingebaut. Normalerweise lagen auf ihrer Seite Schminktöpfe, Kämme, Bürsten und Haarnadeln verstreut. Heute war außerdem noch etwas anderes dabei: ein Teelöffel, angebrannte Streichhölzer und eine Injektionsspritze.

Neben der Spritze lag ein kleiner Umschlag. Ich öffnete ihn und fand darin mehrere kleine Päckchen. Eines davon machte ich auf; es enthielt ein feines kristallinisches Pulver. Ich nahm etwas davon auf einen Finger und kostete es. Der widerwärtige bittersüße Geschmack von Heroin blieb auf meiner Zunge haften.

Plötzlich verstand ich alles. Ihre merkwürdige Nervosität an jenem Tag, als der Wagen nicht geliefert wurde; den seltsam glasigen Blick ihrer Augen damals nachts in New York, als ich zu der Party ging, um sie abzuholen; ihre komische Art, manchmal so undeutlich zu sprechen, als wäre ihre Zunge zu dick geworden. Soweit kam niemand mit Haschisch allein.

Aber ich konnte es noch immer nicht glauben.

Ich nahm einen Waschlappen vom Regal und hielt ihn unter das heiße Wasser, bis er triefnaß war. Dann drückte ich ihn aus und ging zurück ins Schlafzimmer. Ich zog ihr die Laken fort und schaltete alle Lampen ein.

Erschrocken fuhr sie hoch: »Steve!«

Ich faßte sie am Handgelenk, zog ihren Arm hervor und rieb mit dem Waschlappen die Innenseite ihres Ellbogens ab.

Sie versuchte den Arm wegzuziehen. »Steve! Bist du verrückt geworden?«

Ich hielt ihren Arm fest, ohne zu antworten. Die Schminke blieb auf dem Waschlappen, ich sah auf die nackte weiße Haut. Die Nadelspuren waren da. Überall rund um die blauen Venen.

Wütend schleuderte ich den Waschlappen durchs Zimmer. »Verdammt!« sagte ich. »Der Teufel soll dich holen, du blödes Miststück!«

Mein Darlingmädchen war eine Rauschgiftsüchtige.

12

Ich saß an der Bar im Wohnzimmer und ließ den Whisky in meinem Glas kreisen. Hinter mir auf der Treppe hörte ich Schritte. Ich drehte mich nicht um.

Sie setzte sich neben mich an die Bar. »Steve!«

Ich sah sie nicht an. »Ja?«

»Ich bin nicht süchtig, wirklich nicht. Ich hab's nur getan, weil ich mich einsam fühlte. Du hast mir gefehlt, und ich konnte nicht schlafen.«

»Lüge mich nicht an, Myriam«, sagte ich. »Ich hab mindestens sechs Stiche an deinem linken Arm gezählt. Wieviel hast du am rechten?«

»Ich kann es jederzeit aufgeben, wenn ich will.«

»Wem willst du etwas vormachen, Myriam?« fragte ich. »Hast du es denn je versucht?«

»Ich werde es dir beweisen«, sagte sie. »Sieh mal.« Sie öffnete ihre Hand und zeigte mir die kleinen Päckchen, rutschte vom Stuhl und ging hinter die Bar. Sie drehte den Wasserhahn auf, öffnete eines der Päckchen nach dem anderen und leerte sie aus.

Ich langte über die Bar, nahm ihr das letzte aus der Hand, öffnete es und kostete: Speisesoda. Ich gab ihr das Päckchen zurück. »Ich habe noch nie einen Süchtigen gekannt, der das Zeug fortgeschüttet hätte.«

Sie starrte mich an und drehte langsam den Hahn zu. »Ich liebe dich«, sagte sie. »Weißt du das?«

»Sicher«, sagte ich sarkastisch, »ich würde dich nicht halb so lieben, liebte ich das Heroin nicht mehr.« Ich goß Whisky in mein Glas und stand auf. Mit dem Gesicht zum Fenster ließ ich mich auf den Diwan fallen. Draußen blitzten die Lichter von Los Angeles in der Nacht, aber irgendwie sah das alles nun nicht mehr so schön aus.

Sie kam hinter der Bar hervor und blieb vor mir stehen. »Was wirst du tun?«

»Nichts«, sagte ich mit einem Blick auf sie. »Das ist dein Problem, nicht meines.«

Die Tränen traten ihr in die Augen. »Weise mich doch nicht so ab, Steve!«

Sie sank vor mir zu Boden, umklammerte meine Knie, ihr ganzer Körper wurde von heftigem Schluchzen geschüttelt. »Hilf mir,

Steve, bitte hilf mir!«

Sie ergriff meine Hand und bedeckte sie mit raschen, kleinen Küssen, ihre heißen Tränen brannten auf meiner Haut. »Hilf mir, hilf mir, hilf mir«, murmelte sie immerfort.

Ich sah auf sie nieder; im Augenblick hätte ich am liebsten geweint. Es war schließlich nicht so lange her, daß sie ein kleines Mädchen war. Ich strich ihr übers Haar.

Sie griff nach meiner Hand und drückte sie an ihre Wange. »Was soll ich tun?« fragte sie verzweifelt.

Ich sah sie schweigend an.

»Sag es mir doch, Steve!« drang sie stürmisch in mich.

»Ich weiß drei Dinge, die du unternehmen könntest«, sagte ich, »aber ich glaube nicht, daß du eines davon tun wirst.«

»Sag sie mir!«

»Erstens könntest du nach New York zurückgehen, es deinen Eltern erzählen und dir von ihnen helfen lassen.«

»Nein«, sagte sie, »meine Mutter würde das nicht überleben.«

»Zweitens könntest du nach England fahren und dich behandeln lassen. So würdest du das Zeug wenigstens unter ärztlicher Aufsicht bekommen.«

»Nein, dann müßte ich mich von dir trennen; ich wäre dort und du hier. Und ich könnte nicht zurückkommen.«

»Das dritte ist das härteste«, sagte ich.

Sie schwieg.

»Du läßt dich in Vista Carla aufnehmen.« Das war wahrscheinlich die beste Privatklinik zur Entwöhnung Rauschgiftsüchtiger und die kostspieligste. Aber sie hatten dort alle notwendigen modernen technischen Hilfsmittel, medizinische und psychologische. »Morgen früh.«

Ich spürte, wie es sie kalt überlief; Angst ist etwas sehr Konkretes. »Gibt es sonst noch eine Möglichkeit?«

»Ja, natürlich«, sagte ich schroff. »Tu gar nichts, mach nur so weiter wie bisher, dann kommst du geradewegs in die Klapsmühle.«

Sie war eine ganze Weile still. Ich zündete eine Zigarette für sie und eine für mich an. Dabei beobachtete ich sie. In ihrem Gesicht waren Falten zu sehen, die es dort nie gegeben hatte.

Die Zigarette war fast bis zu ihren Fingern niedergebrannt, als sie sprach. »Wirst du mich nicht verlassen, wenn ich das tue?« fragte sie.

»Nein.«

»Wirst du mich dort besuchen?«

»Ja.«

»Wirklich?«

Ich nickte.

»Ohne dich kann ich es nicht schaffen«, sagte sie, »das weiß ich.«

»Du wirst es schaffen«, sagte ich und zog sie in meine Arme. »Ich werde dir helfen.«

Vista Carla lag mitten in den Hügeln hinter Santa Barbara. Wir kamen mittags an. Ohne die drei Meter hohe eiserne Umfriedung und den uniformierten Wächter am großen Portal hätte man das Grundstück für den Besitz eines reichen Mannes halten können.

Ich hielt vor dem geschlossenen Tor und gab dem Wächter meinen Namen an. Er ging in das Pförtnerhäuschen und kam mit einem Notizbuch zurück.

»Ist die Dame die Patientin?« fragte er.

»Ja«, antwortete ich, »Miss Darling.«

Er blickte kurz in den Wagen. Sie erwiderte seinen Blick nicht, sondern sah auf ihre nervös zuckenden Hände nieder. Er nickte und trat zurück. »Fahren Sie diese Allee weiter hinauf«, sagte er, »biegen Sie oben nach links ab, und Sie kommen zum Haupteingang. Dort finden Sie einen Parkplatz. Dr. Davis wird Sie erwarten.«

Er ging ins Pförtnerhaus zurück; ich sah durch das Fenster, daß er auf einen Knopf drückte. Das breite Eisentor öffnete sich; während wir hineinfuhren, ging er zum Telefon. Sobald der Wagen hindurchgefahren war, schloß sich das Tor.

Auf den Stufen, die zum Eingang führten, erwartete uns eine gutaussehende junge Frau. Sie trug einen weißen Ärztekittel über ihrem kurzen Kleid. Als ich den Wagen abgestellt hatte, kam sie die Stufen herunter.

»Mr. Gaunt?« fragte sie und streckte mir die Hand entgegen. Ihr Händedruck war fest und geschäftsmäßig. »Ich bin Dr. Shirley Davis.«

»Erfreut, Sie kennenzulernen«, sagte ich.

Sie wandte sich zu Myriam, die ausgestiegen war, »Miss Darling? Ich bin Ihre Ärztin, Shirley Davis.«

Myriam nickte und sah mich zweifelnd an.

Dr. Davis lachte; es war ein angenehmes Lachen. »Falls Sie sich vielleicht wundern – ich bin wirklich Ärztin. Wenn wir in mein Büro kommen, zeige ich Ihnen meine Diplome.«

Myriam lachte und streckte die Hand aus. »Freut mich sehr, Sie kennenzulernen, Dr. Davis.«

Das war ein erster Sieg. Einen Augenblick lang klang es, als sei es Myriam ernst. Wir stiegen die Treppe hinauf, Dr. Davis nahm einen Schlüssel aus der Tasche und öffnete die Tür. Wir traten ein, die Tür schloß sich automatisch hinter uns.

»Diese Einrichtung besteht aus echt mexikanisch-spanischen antiken Möbeln aus dem neunzehnten Jahrhundert«, erklärte Dr. Davis, während sie uns durch die Halle zu ihrem Büro führte. »Sie sind das Geschenk einer Stiftung an Vista Carla.«

Vor einer dunklen Eichentür blieben wir stehen. Wieder nahm Dr. Davis einen Schlüssel aus der Tasche, wieder schloß sich die Tür automatisch hinter uns.

Das Zimmer war behaglich möbliert; ein einziges Zeichen deutete darauf hin, daß es sich um das Arbeitszimmer eines Arztes handelte: die kleine hölzerne Vitrine hinter dem Schreibtisch, durch deren Scheiben ich verschiedenfarbige Glasphiolen mit Medikamenten sah.

»Nehmen Sie bitte inzwischen auf dem Diwan Platz, Mr. Gaunt«, sagte Dr. Davis, »während ich mit Miss Darling die notwendigen Routinefragen bespreche. Auf dem Tisch finden Sie ein paar Zeitschriften, wenn Sie lesen möchten.«

Ich setzte mich. Die beiden gingen ans andere Ende des Zimmers; Dr. Davis nahm einige Formulare heraus und las leise die verschiedenen Fragen vor.

Ich nahm die Magazine zur Hand, es waren alte Nummern von Ärztezeitschriften. Für einen, der die Geschichte der Medizin studieren wollte, wären sie wahrscheinlich hochinteressant gewesen. Ich legte sie beiseite und sah aus dem Fenster.

Gelegentlich ging ein Patient, stets von einer Krankenschwester begleitet, vorbei. Davon abgesehen, schienen die weiten grünen Rasenflächen fast klosterhaft in ihrer Einsamkeit und Jungfräulichkeit.

»Ich glaube, damit haben wir die Formalitäten beendet«, hörte ich Dr. Davis sagen. Ich wandte mich wieder dem Zimmer zu.

Die Ärztin hielt einen großen Pappumschlag in der Hand.

»Wollen Sie bitte alle Ihre Wertsachen hier hineinlegen«, sagte sie, »wir werden sie im Tresor für Sie aufbewahren und sie Ihnen wiedergeben, wenn Sie fortgehen.«

Schweigend nahm Myriam ihre Ringe, ein Armband und die Goldkette ab, die sie um den Hals trug, und ließ alles in den Umschlag fallen.

»Auch Ihre Armbanduhr«, sagte Dr. Davis.

Myriam öffnete die Schließe des Armbands und schob es in den Umschlag. Die Ärztin versiegelte ihn, legte ihn auf den Schreibtisch und drückte auf einen Knopf.

Eine grauhaarige, mütterlich aussehende Krankenschwester trat durch die Tür hinter dem Schreibtisch ein und blieb wartend stehen.

»Mrs. Graham wird Sie in Ihr Zimmer bringen«, sagte Dr. Davis. »Sie werden alle Ihre Kleider ablegen und ein Hospitalkleid anziehen. Dann beginnen wir mit unseren Untersuchungen und Tests.«

»Hier entlang, meine Liebe«, sagte die Schwester mit angenehmer Stimme, während sie die Tür hinter sich offenhielt.

Myriam erhob sich und blickte ängstlich auf mich.

»Keine Sorge«, sagte Dr. Davis schnell, »Mr. Gaunt bleibt hier und wird Sie in Ihrem Zimmer aufsuchen, sobald wir es Ihnen hergerichtet haben.«

Ich lächelte Myriam beruhigend zu. Sie versuchte das Lächeln zu erwidern, es gelang ihr nicht ganz. Sie drehte sich um und folgte der Schwester hinaus. Ich ging zum Schreibtisch.

Dr. Davis setzte sich wieder hin und lud mich ein, auf Myriams Stuhl Platz zu nehmen; ich tat es, er war noch warm.

»Ist Ihnen bekannt, wann die Patientin zum letztenmal eine Spritze genommen hat?« fragte sie kühl und sachlich.

»Soviel ich weiß, gestern abend«, antwortete ich.

»Wissen Sie, wie lange sie schon Rauschgift nimmt?«

»Nein.«

»Wissen Sie ungefähr, wie oft sie es nimmt?«

»Nein.«

Sie hatte, während sie die Fragen stellte, die vor ihr liegenden Papiere studiert, auf denen sie die von Myriam erhaltenen Informationen verzeichnet hatte.

Nun blickte sie mich an. »Ist die Patientin freiwillig hierhergekommen oder unter Zwang?«

»Freiwillig.«

»Glauben Sie, daß sie den aufrichtigen Wunsch hat, sich zu entwöhnen?«

»Ja.«

»Ein sehr hübsches Mädchen«, sagte sie. »Ich hoffe, wir können ihr helfen.«

Ich antwortete nicht.

»Sie wissen ja, in solchen Fällen hängt mehr vom Patienten ab als bei gewöhnlichen Krankheiten.«

»Ich verstehe«, sagte ich.

Sie nahm ein Formular aus ihrer Mappe. »Bitte sagen Sie mir, wo man Sie erreichen kann, für den Fall, daß es besondere Probleme geben sollte.«

Ich gab ihr alle Nummern an, einschließlich jener der Wohnung in New York.

»Hoffentlich wird es nicht nötig sein, Sie zu stören«, sagte sie, »aber man kann nie wissen. Wie Sie sehen, treffen wir die äußersten Sicherheitsvorkehrungen; aber wir sind schließlich hier in einer Klinik und nicht in einem Gefängnis. Manchmal gelingt es Patienten, uns zu überlisten.«

»Wann, meinen Sie, werde ich sie besuchen dürfen?«

»Wenn wir Glück haben, in einer Woche«, sagte sie, »wahrscheinlicher jedoch erst gegen Ende der zweiten Woche. Die beiden ersten Wochen sind für den Patienten die schwierigsten.« Sie erhob sich. »Ich werde Sie anrufen, sobald ich den Eindruck habe, daß sie Sie empfangen kann.«

Ich stand auf. »Ich danke Ihnen, Frau Doktor.«

»Wenn Sie mir nun folgen wollen, bringe ich Sie zu ihrem Zimmer. Sie dürfte schon soweit sein.«

Wir traten durch die gleiche Tür, durch die Myriam gegangen war. Nun merkte ich, daß wir in einem Krankenhaus waren: Der Korridor war grün und steril. Wir stiegen eine Treppe hinauf und gingen durch einen zweiten Korridor; sie blieb vor einer Tür stehen und klopfte.

»Herein.« Die grauhaarige Schwester öffnete die Tür. Sie sagte zu Myriam: »Ich komme in einigen Minuten wieder«, und ging an mir vorbei hinaus. Ich trat ins Zimmer. Die Tür fiel zu und war verschlossen.

In dem weißen Kittel sah Myriam wie ein Kind aus; sie saß, auf Kissen gestützt, im Bett. Ich sah mich im Zimmer um; es war recht nett, aber das einzige Fenster befand sich hoch oben an der

Wand, unmittelbar unter der Decke.

»Wie fühlst du dich?« fragte ich.

Ihre Unterlippe bebte. »Ich habe Angst.«

Ich setzte mich auf das Bett, nahm sie in meine Arme und gab ihr einen Kuß. »Du tust das Richtige«, sagte ich, »jetzt wird alles gut werden.«

Die Tür öffnete sich, und die Schwester schob einen kleinen Rolltisch mit allerlei Instrumenten ins Zimmer. »Es ist Zeit, mit der Arbeit zu beginnen, meine Liebe«, sagte sie heiter.

Myriam sah mich an. »Wann sehe ich dich wieder?«

»Frau Doktor sagt, ich werde wahrscheinlich nächste Woche herkommen dürfen.«

»Das ist sehr lange. Warum nicht früher?«

»Ich will es versuchen«, sagte ich.

Sie streckte mir die Arme entgegen. »Küß mich noch einmal, Steve.«

Ich küßte sie und hielt sie einen Augenblick in den Armen, bevor ich auf den Korridor hinausging. Dort erwartete mich die Ärztin.

In der Halle fragte sie mich: »Welchen Eindruck haben Sie von ihr?«

»Okay«, antwortete ich. »Ein wenig ängstlich.«

»Das ist ganz normal«, sagte sie. »Es ist ein schwerer Schritt für sie.«

Wir stiegen die Treppe hinunter. Unten blieb sie zögernd stehen. Sie hielt etwas in der Hand, und ich blickte darauf nieder.

»Übrigens, das hatte sie im Futter ihrer Handtasche versteckt«, sagte sie.

Ich nickte. »Etwas Ähnliches habe ich erwartet.« Nun wußte ich, wo das Heroin hingekommen war.

»Glauben Sie, daß sie noch mehr davon bei sich hat?«

»Das kann ich Ihnen nicht sagen.«

»Dann machen Sie sich darüber keine Sorgen, Mr. Gaunt«, sagte die Ärztin lächelnd. »Wenn es der Fall ist, wird Mrs. Graham es finden; sie ist in solchen Dingen sehr tüchtig.«

Ich bedankte mich und ging hinaus zu meinem Wagen. Ich fuhr zum Flughafen von Los Angeles und nahm die Drei-Uhr-Maschine nach New York.

Das Schlimmste stand mir noch bevor: Sam und Denise über ihre Tochter zu benachrichtigen.

13

Ich war zeitig im Büro. Fogarty brachte mir Kaffee und wartete, bis ich den ersten Schluck getrunken hatte. »Gestern herrschte hier große Aufregung«, erzählte sie. »Man wußte nicht, ob Sie rechtzeitig zur heutigen Aufsichtsratssitzung kommen würden. Sie waren nirgends zu finden.«

Ich trank meinen Kaffee, ohne mich dazu zu äußern.

»Wir überlegten, ob wir Sinclair anrufen sollten. Es hätte nicht viel Sinn gehabt, eine Aufsichtsratssitzung abzuhalten, ohne daß einer der Generaldirektoren dabei wäre.«

Spencer befand sich in Urlaub auf den Antillen, er war seit fast einem Monat fort.

»Ich bin hier«, sagte ich mit einem Blick auf sie.

Ich wußte, wie gern sie erfahren hätte, wo ich am Vortag gewesen war, gab ihr aber keine Auskunft, und sie fragte nicht; sie war wohl durch frühere Erfahrungen klug geworden. Sie begann die Liste der telefonischen Anrufe durchzugehen.

»Mr. Savitt möchte Sie noch vor der Sitzung sehen; er will das neue Programm mit Ihnen besprechen, ehe er es dem Aufsichtsrat zur Genehmigung vorlegt.«

»Schicken Sie ihn herauf, sobald wir hier fertig sind.«

»Mr. Regan hat von der Westküste angerufen; ich soll Ihnen sagen, daß sein Aufsichtsrat den Verkauf der Aktien von Symbolic Records an Sinclair in aller Form genehmigt hat. Sie möchten ihn bitte anrufen, sobald unser Aufsichtsrat sein Einverständnis gegeben hat, damit die Artikel für die Presse drüben und hier koordiniert werden können.«

Ich nickte.

»Mr. Benjamin hat angerufen und mich gebeten, Ihnen seine Zufriedenheit über den neuen Abschluß mitzuteilen. Ein Rückruf sei unnötig.«

»Welchen Abschluß?«

»Mr. Savitt hat gestern versucht, Sie zu erreichen und es Ihnen mitzuteilen. Er hat ein Paket Spielfilme von ihm gekauft.« Sie sah in ihren Notizen nach. »Darüber wollte er ebenfalls mit Ihnen sprechen.«

»Sonstige Anrufe?«

»Nur das Übliche, nichts Besonderes.«

»Na schön. Bitten Sie Mr. Savitt herauf.«

»Sofort«, sagte sie und legte eine Aktenmappe vor mich auf den Schreibtisch. »Das ist Ihr Exemplar der Tagesordnung für die heutige Aufsichtsratssitzung.«

Ich dankte ihr und wollte es, nachdem sie hinausgegangen war, durchsehen. Aber die Worte verschwammen vor meinen Augen; immer wieder drängte sich Darlingmädchens Gesicht mit einem zugleich furchtsamen und vertrauensvollen Ausdruck zwischen mich und das Papier.

Jack trat ein. Wir drückten uns die Hand, während Fogarty den Kaffee vor ihn hinstellte. Er wartete, bis sie draußen war. »Du siehst nicht gut aus.«

»Mir fehlt nichts«, sagte ich, »ich bin nur ein wenig müde.«

Er schwieg einen Augenblick. »Vielleicht könntest du nach der Sitzung ein bißchen Urlaub machen.«

»Wenn Spencer zurückkommt«, sagte ich. »Die Statuten der Gesellschaft bestimmen ausdrücklich, daß einer von uns stets anwesend sein muß.«

»Wann kommt er zurück?«

Ich zuckte mit den Schultern. »Ungefähr Ende März, Anfang April.«

»Bis dahin sind es ja noch zwei Monate.«

»Ich werde es schon schaffen; ich brauche nur eine gut durchschlafene Nacht.« Ich wechselte das Thema. »Setz mich mal ins Bild über die Sache mit Benjamin. Ich glaubte doch, du seist absolut dagegen.«

»War ich auch, aber Sam kam vorige Woche ohne Dan Ritchie herüber und machte mir einen ganz neuen Vorschlag. Für drei Millionen Dollar gab er uns die Wahl aus dem gesamten Paket. Ich konnte ihn auf zweieinhalb drücken und schöpfte den Rahm ab; ich nahm die zwölf besten Filme heraus. Das sind eineinhalb Millionen weniger, als er vorher verlangt hatte.«

Ich sagte nichts. Sam war nicht dumm. In Anbetracht der zusätzlichen Finanzierung, die er von mir erhalten hatte, durfte er sich etwas Nachgiebigkeit leisten. Alles zusammen hatte er sechseinhalb Millionen Dollar aufgebracht.

Jack mißverstand mein Schweigen und hielt es für Mißbilligung. »Es gefällt dir nicht?«

»Doch, sehr gut«, sagte ich. »Was geschah mit Ritchie?«

»Ich weiß es eigentlich nicht«, antwortete er. »Angeblich hatten sie Streit. Ritchie sollte Geld mit dem Verkauf von Filmen ans

Fernsehen heranschaffen, aber daraus wurde nichts. Inzwischen gelang es Sam, anderswo eine Finanzierung zu finden, und er warf ihn hinaus. Ritchie wurde wütend und drohte mit einem Prozeß. Aber soviel ich weiß, ist das alles nur Geschwätz.«

»New York ist schon eine komische Stadt.«

»Ja, immer ist irgend etwas los. Könntest du jetzt das Programm mit mir durchgehen?«

»Ja.«

Er legte die Listen und Programme vor mich hin, und ich sah sie mir an. Immer der gleiche alte Mist. Auch die Überschriften waren stets dieselben: NBC, CBS, ABC und SINCLAIR. Es langweilte mich.

Als die Sitzung zu Ende ging, war es nach fünf Uhr. Ich ging in mein Büro und rief Sam an.

Er war glänzender Laune. »Ich werde aus dir noch einen reichen Mann machen«, sagte er. »Wenn ich die Aktien von dir zurückkaufe, werden sie bereits das Doppelte von dem wert sein, was du mir dafür gegeben hast.«

Es war das erste Lachen, das ich an jenem Tag hörte. »Mit so etwas kannst du mir mein Image bei der Steuer für zehn Jahre verderben.«

»Dann sei nett zu mir«, sagte er, »sonst bezahl ich dir, was ich dir schulde.«

»Ich möchte dich gern sehen«, sagte ich, nun in ernsterem Ton.

»Wie wär's heute zum Abendessen bei uns? Es werden nur Denise und Junior da sein.«

»Ich dachte, Junior sei in der Schule?«

»Er ist gerade rausgeflogen«, sagte Sam. »Man hat ihn beim Rauchen von Marihuana oder Onanieren oder beidem im Klo erwischt. Du weißt doch, wie es die Jugend heutzutage treibt.«

»Ich weiß«, sagte ich. Einen Augenblick lang erwog ich, mich zu drücken. Aber sie war seine Tochter, und er hatte einen Anspruch darauf, die Sache zu erfahren. Und zwar sofort. »Das Abendessen bei euch ist leider nicht möglich, ich muß mit dem Neun-Uhr-Flug zurück an die Westküste. Wie wäre es mit einem Drink?«

»Wo wollen wir uns treffen?«

»Wenn es dir paßt, bin ich um halb sieben in deiner Wohnung.«

»Okay«, sagte er, »dann also bis später.«

Ich stieg vor dem Etagenhaus aus dem Auto. »Bleiben Sie hier«, sagte ich zum Chauffeur. »Ich weiß nicht genau, wie lange es dauern wird.«

Er nickte, und ich betrat das Haus. Im Fahrstuhl zündete ich mir eine Zigarette an. Leicht würde es nicht sein, es gab tausend andere Dinge, die ich ihnen lieber erzählt hätte.

Mamie, das Mädchen, ließ mich ein, und ich folgte ihr in die Bibliothek. Sam und Denise erwarteten mich bereits, und Mamie brachte mir unaufgefordert einen Scotch.

»Du siehst so ernst aus«, sagte Sam lachend, als ich das Glas zur Hand nahm. »Ich weiß nicht, ob du mir nicht besser gefielst, als du noch Martini trankst.«

Ich zwang mich zu einem Lächeln. »Euer Wohl«, sagte ich; sogar der Whisky schmeckte schauderhaft.

Junior kam herein. »'n Abend, Onkel Steve.«

»Wie geht's?«

»Frag ihn nicht, er ist ein Nichtsnutz«, sagte Sam, aber sein Lächeln war voller Humor. »Kannst du dir vorstellen, daß mein Sohn sich bei so einem Blödsinn erwischen läßt?« Er wandte sich an Junior. »Was hast du's denn so eilig gehabt? Konntest du nicht warten, bis du in deinem Zimmer warst?«

»Ach, Vater«, sagte Junior angewidert. Und zu mir: »Ich war nicht der einzige, der hinausflog. Wir waren zu viert in der kleinen Mistkammer.«

Es wurde nicht leichter.

Denise ging zur Tür. »Komm mit, Junior«, sagte sie. »Lassen wir sie von ihren Geschäften reden.«

»Bitte bleib hier«, sagte ich.

Sie blieb bei der Tür stehen und sah mich an. Der Ausdruck in ihren Augen brachte mir zum erstenmal zum Bewußtsein, daß sie Myriams Mutter war.

»Es geht auch dich an«, sagte ich.

Sie kam langsam auf mich zu. »Betrifft es Myriam?«

Ich nickte.

Instinktiv näherte sie sich ihrem Mann; ihre Hand suchte die seine und fand sie. Sie sagte nichts, blickte mich nur an, ihr plötzlich blasses Gesicht verriet ihre geheime Furcht.

Ich holte tief Atem. »Myriam ist gestern ins Sanatorium Vista Carla eingetreten.«

Sam hatte es noch nicht verstanden. »Ist sie krank?« fragte er besorgt.

»Ja«, sagte ich.

»Warum hat sie es uns nicht mitgeteilt? Wir sind doch schließlich ihre Eltern!« Er wurde langsam böse, plötzlich brach er ab und sah mich an. »Was ist los mit ihr? Ist sie schwanger?«

»Nein«, sagte ich. Dies waren wohl die schwersten Worte, die ich jemals aussprechen mußte. »Myriam nimmt Rauschgift; sie ist heroinsüchtig. Sie hat sich zu einer Entwöhnungskur nach Vista Carla begeben.«

»Verflucht!« brüllte Sam. Er wandte sich an Junior. »Samuel, geh in dein Zimmer!«

»Nein«, sagte Denise, »sie ist seine Schwester. Er soll hierbleiben!«

»Du und deine Ideen!« schrie Sam wütend. »Laß sie Schauspielerin werden! Das wünscht sie sich. Hab ich dir nicht gesagt, daß da lauter Huren und Lumpen beisammen sind? Hoffentlich bist du jetzt zufrieden!«

Denise stand schweigend mit Tränen in den Augen neben uns. Ich sah, wie sie um ihre Beherrschung kämpfte. Nach einem kurzen Augenblick sprach sie. »Ich packe mir jetzt meinen Handkoffer.«

»Nein!« brüllte Sam. »Du wirst nicht hinfahren!«

»Sie ist immer noch mein Kind«, sagte Denise, »und sie braucht mich.«

»Sie hat deine Hilfe nicht nötig gehabt, um da hineinzuschlittern!« fauchte er sie an. »Laß sie ebenso wieder herausfinden!«

Denise starrte ihn an und verließ das Zimmer. Er wandte sich mir zu.

»Wie hast du das erfahren?«

»Sie war vorgestern nacht bei mir im Haus«, sagte ich. »Ich fand im Badezimmer die Spritze.«

Ich sah, wie ihm das Blut ins Gesicht schoß; seine Augen wurden zu argwöhnischen Schlitzen hinter den schimmernden Brillengläsern. »Was hatte sie in deinem Haus zu suchen?«

Ich antwortete nicht.

Er faßte mit starken Fingern meine Rockaufschläge. »Antworte mir, verdammt noch mal!«

Ich sah tief in seine wütenden Augen und schob seine Hände beiseite. »Sie hat bei mir gewohnt«, sagte ich.

Ich hätte nie gedacht, daß ein so breiter, schwerer Mann sich so rasch bewegen kann. Zu spät sah ich, wie sein Arm nach vorn stieß; dann spürte ich den jähen Schmerz im Magen, ich krümmte mich zusammen und versuchte, dem auf mich niederkrachenden Schlag auszuweichen. Er traf mich zwischen Hals und Schulter und ich stürzte zu Boden. Ein zweiter scharfer Schmerz durchzuckte meine Rippen, als mich sein Tritt traf. Ich versuchte, aus seiner Reichweite zu rollen.

»Papa! Papa!« schrie Junior und faßte ihn an den Armen.

»Du halt dich hier raus!« Er stieß Junior gewaltsam zur Seite. »Ich bring ihn um, den Hurensohn!«

Ich stützte mich auf den Rand des Diwans und zog mich langsam hoch.

Sam näherte sich, ich starrte ihm, kaum mehr einer Bewegung fähig, entgegen.

Junior stürzte wieder zu seinem Vater. »Sie war in ihn verliebt, Papa! Immer schon hat sie ihn geliebt!«

Diesmal machte Sam eine halbe Drehung und schlug nach ihm. Der Junge flog rückwärts gegen die Bücherregale, die Bücher prasselten um ihn herum zu Boden. »Ich hab dir gesagt, du sollst dich nicht einmischen!«

Der Junge sah ihn entsetzt an. Ich stand wieder auf den Beinen, mußte mich jedoch am Diwan festhalten, um nicht erneut umzufallen.

»Du Schwein!« sagte Sam. »Du mußtest auch sie haben! Alle Weiber der Welt waren dir nicht genug!«

Ich sah, wie er ausholte, aber es war mir einfach unmöglich, die Arme zu heben, um den Schlag abzuwehren; ich besaß die Kraft nicht mehr.

Plötzlich stand Denise zwischen uns. »Sam!«

Er blieb mit erhobener Faust wie angewurzelt stehen.

»Sie ist einundzwanzig, Sam, und eine Frau, kein Kind mehr«, sagte Denise. »Wenn Steve nicht gewollt hätte – er hätte es nicht nötig gehabt, zu uns zu kommen und es uns zu erzählen.«

Er blickte ihr noch immer starr in die Augen. »Geh mir aus dem Weg!« sagte er heiser.

»Sie ist meine Tochter, Sam, nicht die deine«, sagte sie ruhig. »Laß ihn in Ruhe!«

Er zwinkerte, als hätte er einen Schlag bekommen; langsam sanken seine Arme herab. Trotz meiner Schmerzen empfand ich

Mitleid mit ihm, er schien vor meinen Augen zusammenzuschrumpfen. Er ging zur Tür, dann drehte er sich zu uns um.

Doch er sprach nur zu Denise, ich existierte nicht mehr für ihn. »Wenn du einen Schritt machst, um zu ihr zu fahren«, sagte er mit bebender Stimme, »braucht ihr beide, du und sie, nicht mehr hierher zurückzukommen!«

14

Ich folgte Dr. Davis in ihr Büro. »Es war nicht leicht für sie«, sagte sie. »Sie durchlebt schwere Zeiten.«

Ich schwieg.

»Ich bin nicht einmal ganz sicher, daß Sie sie jetzt schon besuchen sollten.«

»Sie ist bereits seit zwei Wochen hier«, sagte ich.

»Wir können keine Wunder wirken, wir können uns nur bemühen. Schließlich ist sie seit mehr als drei Jahren süchtig, und das läßt sich nicht so leicht aus ihrem Organismus vertreiben.«

»So lange schon?«

»Ja«, sagte sie. »Bisher hatten wir alle Hände voll zu tun, um ihre körperlichen Probleme zu behandeln. Es gab noch keine Möglichkeit, sich mit ihr psychologisch zu befassen. Und dort liegt bei achtzig Prozent der Fälle der Schlüssel zu jeder erfolgreichen Behandlung.«

»Was soll ich also tun?«

»Ich würde vorschlagen, daß Sie zu ihr hineingehen. Sie liebt Sie sehr, und Sie sind anscheinend der einzige Mensch, den sie sehen will. Allerdings ...«

Ich merkte, daß sie zögerte. »Allerdings?«

»Möglicherweise will sie Sie überreden, sie von hier fortzunehmen.«

Ich horchte auf.

»Sie müssen verstehen, daß sie im Augenblick nicht mehr dasselbe Mädchen ist, das Sie hierherbrachten. Sie ist wie ein Tier und wird von den Bedürfnissen ihrer Sucht getrieben. Sie wird alles tun, um hinauszukommen und das Gift zu erhalten, das sie raucht. Sie hat bereits zwei Fluchtversuche unternommen.«

»Davon wurde mir nichts gesagt.«

»Bei unserem Telefongespräch schien mir das nicht erwähnenswert«, sagte sie. »Wir nehmen so etwas als beinahe normal hin. Wenn ich Sie zu ihr lasse, wird sie auf jede nur mögliche Weise Ihr Mitleid zu erregen versuchen. Was sie gerade jetzt am meisten braucht, ist Liebe und Verständnis. Aber Sie müssen da eine sehr feine Unterscheidung treffen: Sie dürfen ihr nicht zuviel Mitleid zeigen. Tun Sie das, dann erwecken Sie nur falsche Hoffnungen in ihr. Es ist keine leichte Sache. Glauben Sie, Sie können es schaffen?«

»Ich weiß nicht. Was ist Ihre Ansicht?«

»Wenn der Besuch gut verläuft, kann er überaus nützlich sein. Er könnte ihr den stärksten Impuls zur Genesung geben.«

»Dann sollte ich es wohl versuchen.« Ich drückte meine Zigarette aus und erhob mich.

Dr. Davis nickte, und ich folgte ihr auf den Korridor. »Lassen Sie sich keine Überraschung anmerken, wenn Sie sie sehen«, sagte sie, während wir zum zweiten Stockwerk hinaufstiegen. »Sie hat beträchtlich abgenommen. Wenn Sie können, machen Sie ihr Komplimente, sie soll sich für reizvoll halten; das könnte eine große Hilfe sein.«

Vor Myriams Tür blieben wir stehen, und sie klopfte an. Die Schwester, die uns am ersten Tag empfangen hatte, öffnete.

Sie wandte sich zurück zum Bett und sagte. »Ach, ist das nicht nett, meine Liebe? Wir haben Besuch. Ihr Freund ist hier.«

Ich hörte ihre Stimme: »Steve!« Dann kam sie zur Tür gelaufen und warf sich in meine Arme. Die Schwester verließ das Zimmer, und die Tür fiel ins Schloß.

»Steve.« Sie weinte. »Steve, Steve, Steve.«

Ich drückte sie fest an mich und streichelte ihr Haar. »Darlingmädchen«, flüsterte ich.

Sie sah mich an und versuchte die Tränen fortzublinzeln. »Ich muß fürchterlich aussehen! Man erlaubt mir nicht, mich zu schminken.«

»Du bist schön«, sagte ich und spürte dabei einen Stich im Herzen. Sie war nur noch Haut und Knochen, die Augen bildeten tiefe Höhlen in ihrem Gesicht.

»Das weiß ich besser«, sagte sie, »wenn es auch keinen Spiegel im Zimmer gibt.«

»Du siehst prima aus.«

Sie ging zum Bett und setzte sich auf den Rand. »Komm her, setz dich neben mich.«

Ich nahm neben ihr Platz.

Sie nahm meine Hand und schob sie in ihr Kleid an ihre Brust. »Ich bin so geil«, sagte sie und blickte mir in die Augen.

Ich konnte nicht sprechen; es fiel mir schon schwer genug, das Weinen zurückzuhalten.

»Ich bin es los, weißt du?« sagte sie. »Angeblich hat man kein Verlangen nach Sex, bis man es los ist.«

»Das weiß ich nicht.«

»Es ist wahr«, sagte sie ernsthaft. »Faß doch meine Punze an, sie ist ganz naß, so geil bin ich.«

Ich schüttelte den Kopf. »Die Ärztin sagt, du bist noch nicht kräftig genug dafür; du bist noch zu erschöpft.«

Plötzlich wurde sie wütend. »Natürlich sagt sie das! Denen geht es nur darum, mich hier zu behalten, damit sie noch mehr Geld bekommen. Sie hat dir wahrscheinlich nicht einmal gesagt, daß ich es aufgegeben habe?«

»Sie sagte, du hättest Fortschritte gemacht«, erwiderte ich vorsichtig.

»Die sind ja verrückt!« sagte sie und erhob sich. »Ich könnte dir Dinge über diese Anstalt erzählen und über die Art, wie man die Patienten behandelt, die würdest du gar nicht glauben!«

Sie blickte sich schnell im Zimmer um, als wollte sie sich vergewissern, daß kein Dritter zuhörte. Sie senkte die Stimme und flüsterte wie eine Verschwörerin: »Du kennst doch die Schwester, Mrs. Graham?«

Ich nickte.

»Du meinst wohl, das ist nur eine nette alte Dame, nicht wahr?« Sie wartete meine Antwort nicht ab. »Das ist sie aber nicht. Sie ist eine Sadistin, sie hat mich mehrmals verprügelt. Ich will es dir zeigen.«

Sie streifte ihr Nachthemd ab und ließ es zu Boden fallen. Nun stand sie nackt vor mir. »Siehst du die blauen Flecke?«

Davon war keine Spur zu sehen, nur ihre Rippen im abgemagerten Körper und die bleiche, fast durchscheinende Haut.

Sie machte keine Bewegung, um ihr Nachthemd vom Boden aufzuheben. »Außerdem ist sie eine Lesbierin. Mehr als einmal hab ich im Schlaf gespürt, daß sie mir einen abgelutscht hat!«

Ich hob das Hemd auf. »Zieh es an«, sagte ich, »ich möchte nicht, daß du dich erkältest.«

Wortlos ließ sie sich von mir das Hemd anziehen, ging zum

Bett zurück und setzte sich. »Und diese Dr. Davis mit ihren Diplomen und ihrem erhabenen Getue, weißt du, was die macht? Sie nimmt eine paar Patienten und Pfleger zu sich ins Zimmer und hält jede Nacht Orgien ab. Sie ist schwanztoll! Sie nimmt sie in den Mund, in die Punze, in den Hintern, alles gleichzeitig. Aber tagsüber tut sie vornehm und hält alle zum Narren. Nur mich nicht, ich bin nicht so dumm!«

Ich sah sie nur an.

Einen Augenblick war sie still, dann warf sie sich schluchzend in meine Arme. »Du mußt mich aus diesem entsetzlichen Haus fortnehmen, Steve. Wenn ich noch länger hier bleibe, verliere ich den Verstand!«

Ich drückte sie fest an mich; sie zitterte.

Sie blickte mich flehend an. »Du kannst mich hinausnehmen, Steve, wirklich. Ich nehm es nicht mehr.«

»Noch ein Weilchen, Darlingmädchen«, sagte ich. »Vorerst müssen wir dafür sorgen, daß du wieder zu Kräften kommst.«

Sie riß sich von mir los und warf sich aufs Bett, das Schluchzen erschütterte ihren ganzen Körper.

Ich trat zu ihr und legte meine Hand auf ihre Schulter. Wütend schlug sie beiseite. »Geh zum Teufel!«

Ich blieb eine Zeitlang stehen, dann wandte ich mich zur Tür.

»Steve!« schrie sie.

Ich drehte mich um, sie warf sich zu Boden, ihre Hände umklammerten meine Knie, ihre Augen schwammen in Tränen. »Nimm mich hier fort, Steve, bitte! Ich werde brav sein, ich werde alles tun, was du willst, nur nimm mich fort!«

Ich half ihr auf die Füße und drückte sie an mich. »Es wird jetzt nicht mehr lange dauern, Darlingmädchen«, sagte ich.

Ihre Hand fuhr ins Innere meiner Jacke. Ehe mir klar wurde, was sie tat, hatte sie mir den Füllfederhalter aus der Tasche gezogen. Sie hielt ihn wie einen Dolch über ihren Kopf.

»Wenn du mich nicht mitnimmst«, schrie sie, »stech ich dir die Augen aus!«

Sie war hemmungslos und schien durchaus fähig, ihre Drohung wahrzumachen. »Alo gut«, sagte ich, so ruhig ich konnte, »aber wie soll ich die Tür öffnen? Ich habe keinen Schlüssel, ich muß die Schwester rufen.«

Für einen Moment schweifte ihr Blick zu dem Klingelknopf neben dem Bett. Mehr brauchte ich nicht; ich packte sie am Arm und entriß ihr den Füller. Mit ungläubigem Ausdruck starrte sie auf ihre leere Hand.

»Du hast mich reingelegt«, sagte sie wie ein kleines Kind, hob die Hände zum Gesicht und begann zu weinen.

Ich nahm sie in die Arme und beruhigte sie. »Ich weiß, daß es nicht leicht ist, Darlingmädchen«, sagte ich, »aber du mußt dich weiter bemühen. Je eher du gesund wirst, desto schneller werden wir wieder beisammen sein.«

»Ich bin schon gesund!« Sie weinte. »Ich bin gesund!«

Dann ging die Tür auf, und die Schwester kam herein. Die Besuchszeit war abgelaufen.

Die Ärztin erwartete mich. »Kommen Sie in mein Büro«, sagte sie.

Ich folgte ihr, und die Tür schloß sich hinter uns. »Sie brauchen einen Drink«, sagte sie, öffnete den Medikamentenschrank hinter sich, nahm eine Flasche Whisky und ein Glas heraus und goß mir zwei Fingerbreit ein.

Ich trank es wie Wasser. Es brannte bis zum Magen hinunter, aber dann wurde mir besser. »Es war nicht leicht«, sagte ich.

»Ich weiß, wir haben mitgehört. Wir haben in jedem Zimmer ein Mikrophon, nur so können wir die Patienten dauernd kontrollieren. Sie haben sich sehr gut gehalten.«

»Hoffentlich.« Ich habe aber das Gefühl, daß sie das nur sagte, um mich zu ermutigen.

Sie begleitete mich zu meinem Wagen hinaus.

»Mr. Gaunt.«

Ich blieb stehen. »Ich möchte mich nicht in Ihr Privatleben einmischen, aber ein paar Antworten von Ihnen könnten mir sehr helfen.«

»Stellen Sie Ihre Fragen.«

»Welches Interesse haben Sie, genaugenommen, an ihr?«

»Ich kenne sie seit ihrer Kindheit; ich bin schon lange mit ihren Eltern befreundet.«

»Sie hatten aber ein Liebesverhältnis mit ihr, nicht wahr?«

»Ja.«

»Wie lange hat das gedauert?«

»Etwa einen Monat, bis ich sie hierherbrachte.«

»Eine Frage noch, Mr. Gaunt. Lieben Sie sie?«

Ich dachte lange nach. Schließlich antwortete ich: »Ich weiß es nicht.«

Sie blickte mir einen Moment in die Augen. Dann sagte sie ruhig: »Danke, Mr. Gaunt.«

Ich stieg in den Wagen und ließ den Motor an. Als ich mich nach ihr umwandte, betrat sie bereits das Haus.

15

Am nächsten Besuchstag wollte sie mich nicht sehen. »Sie hat es uns erst heute morgen gesagt«, berichtete Dr. Davis. »Ich versuchte Sie anzurufen, Sie waren aber bereits fort.«

»Ich verstehe das nicht.«

»Es gehört alles zu ihrem Spiel«, erklärte die Ärztin. »Sie will Sie dafür bestrafen, daß Sie sie nicht von hier fortnehmen. Entweder das, oder sie denkt sich etwas Neues aus, um Sie zu überreden.«

Ich gab keine Antwort.

»Es tut mir leid, daß der ganze Weg umsonst war«, sagte sie.

»Das macht nichts.«

»Wir kommen aber voran, auch wenn es nicht danach aussieht. Sie ist jetzt einen Monat hier, und ihre körperliche Reaktion auf die Giftentziehung ist beträchtlich geringer. Sie hat sogar ein wenig zugenommen. Aber die psychiatrische Betreuung lehnt sie auch weiterhin ab. Sie will mit dem Therapeuten nicht einmal sprechen.«

»Wie wollen Sie sie dazu bringen?«

»Wir setzen unsere Bemühungen fort«, antwortete sie. »Früher oder später wird sie mit jemandem sprechen wollen, und sei es nur, um einen mitfühlenden Zuhörer zu finden. Das tun alle, aber im Augenblick steht sie uns noch feindlich gegenüber.«

Mrs. Graham kam herein und legte einen Umschlag auf den Tisch.

»Sie gab mir diesen Brief, ich sollte ihn für sie aufgeben.«

Sie sah mich lächelnd an. »Oh, Mr. Gaunt, guten Tag. Unsere Patientin ist heute ein wenig bockbeinig, aber keine Sorge, wir bringen sie schon wieder in Ordnung.«

Sie verließ das Büro, und Dr. Davis warf einen Blick auf den Brief; sie reichte ihn mir ohne ein Wort.

Er war an mich gerichtet, ich öffnete ihn. Er war in fast kindlichem Gekritzel geschrieben.

»Lieber Steve,

Als du gestern herkamst, hat man dir gesagt, daß ich dich nicht sehen will. Das war gelogen, man hält mich hier gefangen, schlägt und beschimpft mich. Die wollen nur jede Woche ihr Geld bekommen. Ich bin schon entwöhnt, aber sie sind noch immer nicht zufrieden. Dieser Brief muß dich überzeugen. Ich sehne mich sehr nach dir. Komm und hol mich.

Dein Dich liebendes Darlingmädchen.«

»Lesen Sie«, sagte ich und reichte ihr den Brief. »Sie hatten wohl recht.«

Sie las, gab aber keinen Kommentar. Ich erhob mich. »Ich muß nächste Woche zu einer Aufsichtsratssitzung nach New York«, sagte ich. »Wahrscheinlich wird es also mindestens zehn Tage dauern, bis ich wiederkommen kann.«

»Fahren Sie nur, Mr. Gaunt«, sagte sie und stand ebenfalls auf. »Sollte irgend etwas passieren, rufe ich Sie an. Ich erwarte aber eigentlich nicht, daß etwas vorfällt.«

Dieses eine Mal irrte sie sich jedoch.

Am Tag vor der Aufsichtsratssitzung hatte Dan Ritchie Sam verklagt. Er verlangte zweihundertfünfzigtausend Dollar als seine zehnprozentige Provision bei dem Globalverkauf der Filme an uns sowie Schadenersatz und Prozeßkosten. Und um die Sache substantieller zu machen, dehnte er den Prozeß gleich auch auf uns aus, indem er Sinclair Broadcasting, sowohl die Gesellschaft als auch mich persönlich, der Mittäterschaft beschuldigte.

In seiner gleichzeitig mit der Klage abgegebenen Presseerklärung sagte er, er werde, »die schändliche Geschäftspraxis anprangern, die zwischen Sinclair und Samarkand und einigen ihrer Direktoren zu deren privatem Vorteil bestehen«, falls seine Ansprüche nicht unverzüglich befriedigt würden.

Ich kam am Tag der Aufsichtsratssitzung nach New York; Jack erwartete mich in meinem Büro.

»Ich hab dir ja gesagt, dem Hurensohn kann man nicht trauen«, erklärte er.

Ich grinste. »Welchem?«

Er starrte mich an. »Du hast recht, daran hatte ich nicht gedacht. Zwischen Sam und Ritchie besteht tatsächlich kein großer Unterschied, sie sind beide geldgierige Schweinehunde.«

»Sag das lieber nicht in der Öffentlichkeit«, riet ich ihm. »So darf man nicht von einem Mitangeklagten reden.«

»Ich kann dir nicht folgen«, sagte er kopfschüttelnd, »du hast eine seltsame Art von Humor.«

Fogarty brachte den Kaffee. »Mr. Sinclair möchte so bald wie möglich mit Ihnen sprechen.«

»Ist er schon hier?«

Sie wußte alles. »Er ist schon seit acht Uhr in seinem Büro.«

Jack wartete, bis sie draußen war. »Wahrscheinlich tobt er bereits.«

Ich schlürfte wortlos meinen Kaffee.

»Gehst du nicht zu ihm hinauf?« fragte er.

»Ja, ja, ich komme immer noch zurecht. Im Augenblick haben wir wichtigere Dinge zu tun, als hinaufzugehen und ihm einen Beruhigungstee zu verabreichen.«

»Was glaubst du – könntest du auch ein paar gute Nachrichten vertragen?«

»Das wäre eine angenehme Abwechslung.«

»Die Rock-Show ist ein richtiger Schlager«, berichtete er. »Wir kassieren fast vierzig Prozent Seherbeteiligung ein, und die Geldgeber bringen sich gegenseitig um, so gern möchten sie hineinkommen.«

»Prima!«

»Ich habe daran gedacht, die Show zweimal wöchentlich anzusetzen.«

»Tu das nicht«, sagte ich. »Oft passiert es, daß man Schiffbruch erleidet, wenn man sich allzuviel vornimmt.«

»Wir brauchen etwas, das unser Programm gegen Ende der Woche auf Touren bringt.«

»Du hast doch Filme von Sam gekauft. Verwende die«, sagte ich.

»Die wollte ich mir für den nächsten Herbst aufheben.«

»Du hast acht Monate Zeit, um deine Pläne für nächsten Herbst aufzubauen, und nur noch acht Wochen in dieser Saison, ehe du auf die Reprisen zurückgreifen kannst.«

Ich trank meinen Kaffee aus und erhob mich. »Ich will dir das einzige verraten, das ich in all den Jahren in diesem Geschäft gelernt habe. Die Geldgeber kaufen nur eines: Leistung. Wovon sie heute die Testnoten sehen, das kaufen sie für morgen. Und die Testnoten waren für die Show von gestern.«

Ich verließ ihn und fuhr mit dem Privatfahrstuhl zu Spencers

Büro. Er saß, frisch und ausgeruht nach seinen Ferien auf den Antillen, an seinem Schreibtisch.

Wir reichten uns die Hand. »Wie war dein Flug?« fragte er in seiner stets verbindlichen Art.

»Ein Flug wie jeder andere. Und dein Urlaub?«

»Sehr schön. Ich habe die Absicht, mir dort nach meiner Pensionierung eine Villa für den Winter zu kaufen.«

»Keine schlechte Idee«, sagte ich und setzte mich ihm gegenüber.

»Die Direktoren haben mich während des ganzen Morgens wegen des Prozesses von Dan Ritchie angerufen.«

»Mich haben sie auch angerufen.«

»Ich weiß nichts über den Fall Benjamin«, sagte er, »aber ich sprach mit Harley. Und der versicherte mir, wir hätten da keine rechtlichen Verpflichtungen.«

Harley Garrett war unser allgemeiner Rechtsberater, ein gesetzter, sehr vorsichtiger Rechtsanwalt.

»Der Prozeß macht mir weniger Sorge als die Behauptungen Ritchies«, sagte Spencer. »Weißt du darüber etwas?«

»Vielleicht«, sagte ich und erzählte ihm von meinem durch Aktien gedeckten Darlehen an Sam.

Er hörte mir aufmerksam zu und schwieg, bis ich zu Ende war. Dann schüttelte er nachdenklich den Kopf. »Das war nicht sehr klug«, sagte er.

Ich war ein wenig überrascht. Der Sinclair, den ich von zehn Jahren, als ich in die Firma eintrat, kennenlernte, wäre in die Luft gegangen. »Aber meine Beziehung zu Sam steht in keinerlei Zusammenhang mit dem Kauf dieser Filme. Jack kaufte sie ohne mein Wissen. Ich erfuhr von dem Geschäft erst, nachdem es abgeschlossen war.«

»Du wirst das dem Aufsichtsrat erklären müssen«, sagte er.

Ich erhob mich. »Das beabsichtige ich auch zu tun.«

Die Direktoren reagierten dann nicht ganz so ruhig wie er. Sie brachten alle Schreckgespenster ins Treffen: den Bundesausschuß für Fernmeldewesen, FCC, den Wertpapier- und Börsenausschuß, SEC, das Antitrustgesetz und das Finanzamt. Nach einer Weile gerieten sie über die Frage, wie man sich am besten verhalten sollte, in Streit.

»Vielleicht sollten wir versuchen, einen Vergleich auszuhandeln«, sagte Harley schließlich. »Die Öffentlichkeit der Sache kann, falls wir vor Gericht gehen müßten, unserem Image schaden.«

»Ich bin dagegen«, sagte ich.

»Sie werden dem Verdacht nicht entgehen können, daß Sie persönlich das Geschäft begünstigt haben, weil Sie aufgrund Ihrer Beteiligung an Samarkand daraus Gewinn ziehen.«

»Ich besitze im Augenblick keine Beteiligung an Samarkand«, sagte ich. »Die Aktien sind nur als Sicherheit für ein Darlehen in meinen Händen.«

»Glauben Sie, daß irgendeine Aussicht auf Rückzahlung des Darlehens besteht?« fragte Harley.

»Davon habe ich nicht die leiseste Ahnung.«

»Sogar die Rückzahlung könnte so angesehen werden, als ob sie Ihnen Vorteil brächte«, sagte er. »Meiner Ansicht nach sollten wir einen Vergleich schließen; zuviel Geld steht ja nicht auf dem Spiel.«

»Nein«, sagte ich entschieden, »es ist Erpressung, und das gefällt mir nicht. Wenn man einer Erpressung einmal nachgibt, finden sich tausend Dummheiten gleicher Art, die einen plagen könnten.«

Stille herrschte in der Tischrunde. Ich sah Sinclair an. Sein Gesicht war ausdruckslos. Das Telefon neben mir klingelte.

»Bitte um Entschuldigung, meine Herren«, sagte ich und hob ab.

Es war Fogarty. »Ich wollte Sie nicht stören, Mr. Gaunt«, sagte sie, »aber eine Frau Dr. Davis aus Santa Barbara in Kalifornien verlangt Sie zu sprechen; sie sagt, es sei sehr dringend.«

»Schalten Sie durch«, sagte ich. Es klickte. »Dr. Davis?«

»Leider eine schlechte Nachricht, Mr. Gaunt«, sagte sie. »Die Patientin ist uns heute morgen durchgebrannt.«

»Wieso?« fragte ich.

»Das wissen wir nicht«, gab sie zu. »Als Mrs. Graham nach dem Frühstück in ihr Zimmer kam, war sie fort. Wir haben das Grundstück gründlich durchsucht, aber sie ist nicht mehr hier.« Nach einer kurzen Pause: »Sollen wir die Polizei verständigen?«

Ich überlegte einen Augenblick; das hätte uns gerade noch gefehlt, ich sah schon die Schlagzeilen vor mir. »Nein«, sagte ich, »unternehmen Sie gar nichts. Ich komme mit dem nächsten Flugzeug hinüber.«

Ich sah mich um; die anderen hatten, während ich telefonierte, weiter beraten.

»Ich glaube, wir sollten über die Sache abstimmen«, sagte Harley. »Ich stelle den Antrag, daß wir im Streitfall Daniel Ritchie gegen Sinclair Broadcasting Corporation, Stephen Gaunt und andere über einen Vergleich verhandeln.«

Ich erhob mich und ging zur Tür.

»Einen Augenblick, Steve«, sagte Harley, »ich habe soeben einen Antrag gestellt. Sie müssen darüber abstimmen.«

Ich starrte auf ihn nieder. »Stimmt ihr nur darüber ab«, sagte ich, »mir ist es völlig schnuppe!«

16

Als das Flugzeug landete, erwartete mich Dr. Davis. »Ihre Sekretärin hat mir die Nummer Ihres Flugs angegeben.«

»Es war nicht nötig, daß Sie herkamen, ich wäre geradewegs zu Ihnen gefahren.«

»Ich hielt es für meine Pflicht«, sagte sie einfach und sah mir dabei in die Augen. »Außerdem habe ich eine Information, die uns zu ihr führen könnte.«

»Sie haben herausgefunden, wie sie entkommen ist?«

»Nein, aber wir wissen, daß sie in Los Angeles ist.«

»Wieso?«

»Wir arbeiten mit einem privaten Detektivbüro, das uns bei derartigen Fällen schon sehr geholfen hat.«

Sie ging voran zur Cocktailbar und blieb vor einem Tisch in der hinteren Ecke stehen. Der junge Mann, der dort vor einem Glas Bier saß, erhob sich ein wenig linkisch.

»Nick Jones, Stephen Gaunt«, sagte sie. »Nick ist der Leiter der Agentur.«

Er streckte die Hand aus. »Erfreut, Mr. Gaunt«, sagte er mit unüberhörbar westlichem Näseln.

Er sah durchaus nicht so aus, wie ich mir einen Privatdetektiv vorgestellt hätte, allerdings stammten meine bisherigen Erfahrungen nur aus Filmen und Fernsehstücken.

Er war eine magere Hopfenstange, mindestens einsneunzig groß, trug einen weißen, schräg ins Gesicht gezogenen Cowboyhut im Westernstil und ein unansehnliches Hemd unter einer schmutzigbraunen Wildlederjacke. Sein langes braunes Haar reichte bis zur Mitte des Nackens, und ein langer Schnurrbart hing rechts und links bis zu seinem vorspringenden Kinn hinunter. Er sah aus wie der leibhaftig gewordene Buffalo Bill.

»Mr. Jones«, sagte ich.

»Nennense mich nur Nick«, näselte er.

Wir nahmen Platz. Frau Dr. Davis bestellte einen Whisky mit Wasser und ich meinen üblichen Scotch.

»Erzählen Sie Mr. Gaunt, was Sie herausgefunden haben«, sagte sie.

Plötzlich war der westliche Akzent verschwunden, der Ton war geschäftsmäßig, der eines Profis. »Wir haben erfahren, daß sich die Gesuchte heute morgen um elf von einem Lastwagen auf der Küstenautobahn per Autostop mitnehmen ließ. Sie verließ den Laster bei einer Benzinstation in Santa Monica nahe des Sunset Boulevard und stieg dort in einen anderen Lastwagen, der nach Los Angeles fuhr. Den haben wir noch nicht finden können, daher wissen wir nicht, wo sie ausgestiegen ist.«

»Wie haben Sie den ersten Laster gefunden?« fragte ich.

»Viele von den großen Überlandlastern sind mit Funksprechgeräten ausgerüstet«, sagte er. »Ich habe selbst mit dem Fahrer gesprochen.«

»Hatte sie Geld bei sich?«

Frau Dr. Davis antwortete: »Als sie flüchtete, hatte sie keines. Alles liegt noch im Tresor.«

»Sie wird Geld brauchen«, sagte ich. »Ich hab noch nie von einem Rauschgifthändler gehört, der auf Pump geliefert hätte.«

»Sie hat Geld«, sagte Nick entschieden.

»Woher wissen Sie das?«

»Sie bekam es von dem Lastwagenfahrer«, sagte er.

»Warum, zum Teufel, sollte ihr der Geld geben?«

Er sah mich an, ohne zu antworten.

Die Kellnerin kam mit unseren Getränken; ich trank die Hälfte meines Glases in einem Zug aus.

»Sie müssen Verständnis haben«, sagte Dr. Davis mitleidig, »sie ist sehr krank.«

Ich schwieg.

»Es ist jetzt zehn Uhr dreißig«, sagte der Detektiv. »Am Freitag abend beginnt der Betrieb auf dem Strip gegen elf Uhr. Wenn sie noch niemanden gefunden hat, der ihr das Zeug liefert, wird sie wahrscheinlich jetzt dort sein. Ich habe einige meiner Freunde bei der Polizei gebeten, sich außerdienstlich nach ihr umzusehen.«

»Gut«, sagte ich.

»Inzwischen könnte es nicht schaden, wenn wir hinübergingen und selbst ein wenig Ausschau hielten.«

Ich trank mein Glas aus. »Ich bin bereit, wenn Sie soweit sind; mein Wagen steht auf dem Parkplatz.«

»Okay«, sagte der Detektiv, »ich werde an der Ecke Clark Street–Sunset Boulevard sein, wenn Sie hinkommen.«

»Ich gehe mit Ihnen«, sagte Dr. Davis, »Nicks Vehikel ist nicht gerade sehr bequem.«

»Er bringt mich überallhin«, sagte er trocken, »und außerdem paßt er genau zu meinem Image.«

Es war das zweitemal an jenem Tag, daß ich das Wort hörte. Die ganze Welt schien sich um ihr Image zu sorgen. Ich verstand jedoch erst, was er meinte, als ich ihn in seinen Wagen steigen und davonfahren sah.

Es war ein dunkelgrüner Ford-Kombiwagen.

Der Strip ist jener Teil des Sunset Boulevards, der durch Los Angeles West führt. Während des Tages ist es eine trostlose Straße, größtenteils von alten Häusern gesäumt, voller Imbißstuben, undefinierbarer Läden und gelegentlich einem neuen Bürohochhaus. Sie dient hauptsächlich als Verkehrsverbindung zwischen Beverly Hills und Hollywood.

Nachts war das anders, dann erwachte der Strip unter hellem Neonlicht zum Leben. Restaurants, Diskotheken, die ihre Musik auf die Straße hinausschmettern. Tausende von jungen Leuten aller Gestalten, Größen, Farben und Altersklassen gingen da spazieren, plauderten, gafften oder standen bloß herum. Der leicht süßliche Geruch von Haschisch hing wie eine Wolke über ihnen, und die Hilfspolizisten mit ihren weißen Sturzhelmen beobachteten sie aus ihren langsam fahrenden Streifenwagen und beteten jede Nacht, daß nichts passieren möge, was die Straße in einen brodelnden Vulkan verwandeln könnte.

Er stand genau dort, wo er sich mit uns verabredet hatte, unter einem Reklameschild für Whisky an der Ecke der Clark Street. Wir wollten auf ihn zugehen, doch er machte eine abweisende Kopfbewegung und entfernte sich langsam.

Da er in der Menge herausragte, war er leicht zu verfolgen. Er schien alle Welt zu kennen, die jungen Leute wie die Erwachsenen. Gelegentlich blieb er stehen und sprach mit jemandem, doch nur für einen Augenblick, dann ging er weiter.

Er wanderte bis zum Delikatessenladen im Häuserblock 9000 und kam wieder zurück. »Dort ist nichts«, flüsterte er uns im Vorbeigehen zu. »Wir wollen es in der anderen Richtung versuchen.«

Wir warteten, bis er einige Meter weiter war, dann kehrten auch wir um. Er blieb vor dem Whiskyschild stehen. Die Musik kreischte in die Nacht hinaus, und die jungen Leute standen vor dem Eingang Schlange. Wir blieben vor dem Lokal Sneaky Petes stehen und behielten Nick im Auge.

Ich blickte zu dem Schild empor; es freute mich nicht, als ich erkannte, daß die im Inneren spielende Gruppe in unserer dieswöchigen Rock-Show Nummer eins war. Nick ging weiter, und wir folgten ihm.

Müde und mit schmerzenden Füßen gelangten wir schließlich um zwei Uhr morgens zum Body Shop. Er wies auf ein unbeleuchtetes Haus auf der anderen Straßenseite und ging hinüber. Wir ebenfalls.

Er trat ins Dunkle. »Die Rauschgifthändler sind nicht da«, sagte er; der Hut verdeckte seine Augen. »Alles ist in heller Aufregung, und sie halten sich versteckt. Sie müssen durch irgend etwas gewarnt worden sein, ich kann mir aber nicht denken, was es war.«

»Was machen wir jetzt?« fragte ich.

»Ich grase noch einige Plätze ab«, sagte er, »aber da können Sie nicht mitkommen. Wo kann ich Sie erreichen, wenn ich etwas erfahre?«

»Wie wäre es bei mir?« sagte ich mit einem Blick auf Dr. Davis.

Sie nickte.

Ich gab ihm meine Telefonnummer, er glitt aus dem Dunkel und lief zur Straße zurück. Wir warteten einige Minuten, um ihm einen Vorsprung zu lassen, dann gingen wir zu meinem Wagen.

»Hier ist es wirklich bezaubernd!« sagte Dr. Davis, während wir die Treppe zum Wohnzimmer hinunterstiegen.

»Ich muß etwas trinken«, sagte ich und ging zur Bar.

»Mir könnte es auch nicht schaden.«

Ich mixte zwei Scotch und reichte ihr einen; wir tranken schweigend. Nach einer Weile ging sie zu den großen Glastüren und blickte durch die Scheiben.

»Könnten wir einen Augenblick hinausgehen?« fragte sie.

Ich drückte auf die Knöpfe und ließ die Türen zur Seite rollen. Die Nachtluft war auf den Hügeln kühl, es war angenehm. Unter uns blinkten die Lichter; in der Ferne, fast auf der Höhe unserer Augen, sahen wir die roten Blinklichter eines Flugzeugs, das sich dem Flughafen näherte.

»Es ist so ruhig hier oben«, sagte sie.

»Deshalb hab ich das Haus hier bauen lassen. Und doch kann man innerhalb von fünf Minuten mitten im Getriebe sein.«

Sie sah mich an. »Ist Ihnen das wichtig?«

»Früher war es mir wichtig«, antwortete ich, »jetzt bin ich nicht mehr so sicher.«

»Seltsam, wie die Zeit uns verändert«, sagte sie. »Als ich mein Doktorexamen machte, glaubte ich alles zu wissen. Jetzt wird mir klar, wie wenig ich eigentlich weiß.«

»Das gehört wohl zum Reifeprozeß, Frau Doktor.«

»Ich habe es satt, mich hinter diesem Titel zu verstecken.«

»Und wie gefiele Ihnen ›Doktormädchen‹?« fragte ich.

»Ich bin ein Mädchen, das wissen Sie doch, nicht wahr?«

»Das läßt sich nicht übersehen«, sagte ich.

Ich weiß nicht, wie es geschah, doch plötzlich lag sie in meinen Armen. Dann durchfuhr es uns wie ein Atomfeuer, wir konnten es nicht erwarten, zueinander zu kommen. Kleider und Wäsche fielen auf unserem Weg ins Schlafzimmer auf die Stufen. Nackt stürzten wir aufs Bett und verbissen uns ineinander wie wilde Tiere.

Dann kam die Entladung, und wir fielen nach Atem ringend zurück. Wir sahen uns lange und ruhig in die Augen; endlich sagte sie:

»Das war nicht gerade sehr berufsmäßig.«

»Du hast dich hinter deinem Titel hervorgewagt.«

Sie senkte kurz den Blick. »Freust du dich darüber? «

»Ja«, sagte ich.

Sie lachte und gab mir einen Kuß. »Ich auch.« Sie wälzte sich zur Seite und stieg aus dem Bett. An der Badezimmertür blieb sie stehen. »Ich möchte duschen.«

Ich nickte.

Sie drehte sich um, ging ins Badezimmer und schloß die Tür. Gleich darauf war sie wieder da; ihr Gesicht war weiß, sie hielt sich am Türrahmen fest.

Ich starrte sie an.

»Gibt es bei dir noch ein anderes Badezimmer?« fragte sie leise. »Ich glaube, mir wird übel.«

»Unten, neben der Bar.«

Sie lief durchs Zimmer, und ich hörte die Schritte ihrer nackten Füße auf den Stufen. Ich stieg aus dem Bett und ging ins obere Badezimmer.

Darlingmädchen lag da, seitlich zusammengerollt wie ein Fötus, den Kopf zwischen Toilette und Badewanne auf dem Boden; ihre offenen Augen starrten ins Leere, die Finger ihrer rechten Hand lagen noch auf der Nadel in der Beuge ihres linken Arms.

Sie war die ganze Zeit dort gewesen, während wir sie auf dem Strip gesucht, die ganze Zeit, als wir uns auf dem Bett im Nebenzimmer vergnügt hatten.

Nun bekam alles einen Sinn: Wo sollte sie hingehen, wenn nicht nach Hause?

Ich hörte das Geräusch der Wasserspülung aus der unteren Toilette und ging ins Schlafzimmer zurück. Ich nahm das Telefon und rief die Polizei an.

Langsam erteilte ich ihnen die Auskunft, die sie verlangten, und wollte wieder auflegen.

Plötzlich wurde ich wütend. Ich knallte den Hörer so auf die Gabel, daß der Apparat zerbrach; er fiel zu Boden mit seinem ganzen Gewirr von roten, gelben, weißen, grünen, blauen und violetten Drähten, die wie die Fäden eines mechanischen Gehirns zu den Silber- und Messingschräubchen liefen.

Ich starrte darauf nieder und schloß die Augen. Und jetzt hörte ich in meinem Gedächtnis die Stimme Sams, wie sie damals, vor vielen Jahren gesprochen hatte.

Was für ein Gebet war das? Wie hatte er es genannt? Ich konnte mich nicht erinnern. Aber die Worte wußte ich noch, und sagte sie laut vor mich hin.

Ich spürte, wie die heißen Tränen mir in die Augen stiegen.

Die Zeit war für mich gekommen, aus dem Flugzeug zu steigen.

AN JENEM TAG IM VORIGEN FRÜHJAHR
DER ABEND

Ein Mensch besteht aus tausend Teilen, und das sind die anderen Menschen: die er liebt, die er nicht liebt, die ihm im Leben begegnen. Und er, der ganze Mensch, ist die Summe aus ihnen allen, geteilt durch einander, von ihnen abgezogen und einzeln sowie in ihrer Gesamtheit multipliziert. Ich blickte mich im Zimmer um, und das war nun ich.

In einer Ecke plauderten Spencer und Johnston leise miteinander, in der anderen Sam und Dave. Draußen auf der Terrasse blickte Juramädchen hinunter auf die Stadt, während in meinem Schlafzimmer Denise und Junior die Tür geschlossen und sich von der Welt zurückgezogen hatten.

Ich trat auf die Terrasse und blieb neben Juramädchen stehen. »Worüber denkst du nach?« fragte ich.

»Du bist mir zu hoch«, sagte sie. »Du fliegst Düsenmaschinen, und ich versuche immer noch, eine Piper Cub vom Boden hochzukriegen.«

»Es ist ganz einfach«, sagte ich, »so einfach, daß ich überrascht bin, daß nicht jeder selbst darauf kommt. Alle erhalten genau das, was sie wollen. Schlußpunkt. Happy-End.«

»So einfach ist es nicht«, sagte sie. »Sie bekommen alles, was sie wollen, ausgenommen das eine, das sie anscheinend am meisten wünschen: dich.«

»Sie wollen eigentlich gar nicht mich. Ich bin eine Illusion, die ihnen im Kopf sitzt. Das werden sie auch herausfinden, sobald sie sich selbst prüfen.«

»Bist du das für mich auch, Steve? Eine Illusion in meinem Kopf?«

Ich gab keine Antwort.

»Ich erinnere mich, wie ich nach meiner Rückkehr nach San Francisco in der Zeitung von dem Mädchen las, das starb. Ich weinte über dich, Steve; du mußt sie sehr geliebt haben.«

Ich sah sie wortlos an. Sicher, ich liebte sie so sehr, daß ich eine andere vögelte, während sie tot im Nebenzimmer lag. Ich dachte an den Abend nach dem Begräbnis zurück, an dem ich in die Wohnung in der Fünften Avenue ging, um mein Beileid auszudrücken.

Mamie öffnete die Tür und nahm mir den Mantel ab. Ihr freundliches schwarzes Gesicht war vom vielen Weinen verschwollen. »Guten Abend, Mr. Gaunt«, sagte sie.

»Guten Abend, Mamie«, sagte ich.

»Sie sind im Wohnzimmer.«

Ich ging durch die Wohnung; die Spiegel waren mit Tüchern verhängt, die Bilder hingen mit der Vorderseite zur Wand. Die breiten Türen zum Wohnzimmer standen offen, und ich blieb auf der Schwelle stehen.

Der Raum war voller Menschen, die unbequem auf Holzkisten und Koffern saßen. Plötzlich wurde es still im Zimmer, und alle Gesichter wandten sich mir zu.

Ich stand verlegen da und wußte nicht, ob ich hineingehen sollte. Ich war mit dem jüdischen Ritual nicht vertraut.

Denise kam mir zu Hilfe; sie reichte mir die Wange zum Kuß, nahm mich an der Hand und führte mich ins Zimmer. »Ich bin froh, daß du gekommen bist«, sagte sie, »ich hatte noch keine Gelegenheit, dir für alles zu danken, was du getan hast.«

Das Gespräch lebte ebenso schnell wieder auf, wie es abgebrochen worden war, aber ich spürte immer noch die Augen der Anwesenden auf mich gerichtet.

Als wir näher kamen, erhob sich Sam schwerfällig von einer Holzkiste und streckte die Hand aus.

Ich ergriff sie. »Mein innigstes Beileid, Sam.«

Er blinzelte und hielt meine Hand fest. »Ja«, sagte er, »ja.« Er blickte zu mir hoch, dann ließ er meine Hand los, nahm seine dicke schwarzgerahmte Brille ab und reinigte sie mit seinem Taschentuch.

»Sie war ein gutes Mädchen, Steve«, sagte er mühsam. »Sie war krank.«

Ich nickte. »Ja, Sam.«

»So war es«, sagte er, steckte das Taschentuch wieder ein und setzte seine Brille auf. »Sie war krank«, wiederholte er wie zu sich selbst.

Ich sah, daß Junior von der anderen Seite des Zimmers aus zu uns herüberblickte. Sein Gesicht war bleich und verzerrt, seine Augen hatten rote Ränder. Er nickte mir zu, ohne sich von der Wand zu rühren, an der er lehnte. Ich erwiderte seinen Gruß.

»Ich möchte mit dir sprechen, Steve. Privat«, sagte Sam. »Gehen wir in die Bibliothek.«

Ich folgte ihm ins Nebenzimmer. Er schloß die Tür. »Möchtest du etwas trinken?« fragte er.

»Ja.«

Er ging zur Vorzimmertür und rief: »Mamie!«

Er brauchte ihr nichts weiter zu sagen, sie brachte von selbst zwei Drinks herein. Er dankte ihr, und sie ging hinaus.

Wir schlürften unsere Drinks. Er ging zum Schreibtisch und stellte sein Glas ab. Das Sprechen fiel ihm nicht leicht. »Ich weiß nicht, wie ich das machen ... sagen soll. Ich hab so etwas noch nie tun müssen.«

Ich betrachtete ihn wortlos.

»Ich habe ein langes Gespräch mit Frau Dr. Davis geführt«, sagte er. »Sie erzählte mir, was du alles für Myriam getan hast.«

Ich schwieg.

»Was ich sagen wollte ... ich meine ... es tut mir leid.« Er nahm wieder sein Glas. »Ich weiß nicht, was über mich gekommen war, ich bin verrückt geworden, hab den Kopf verloren. Aber es tut mir leid. Ich wollte, daß du das weißt.«

Ich holte tief Atem. »Es ist vorbei, Sam, auch mir tut es leid; leid, daß es nicht geklappt hat, für sie. Jetzt können wir nichts anderes tun, als das Vergangene vergangen sein lassen.«

Er nickte. »Das wird nicht leicht sein. Ich weiß nicht, ob wir jemals darüber hinwegkommen werden.«

Ich schwieg.

»Und noch etwas«, sagte er, »Junior. Er hat seit dem Tag deines Besuchs nicht mehr mit mir gesprochen. Sogar jetzt wendet er sich ab, wenn ich in seine Nähe komme.«

»Auch er wird darüber hinwegkommen.«

»Ich weiß nicht«, sagte er traurig. »Ich bin da nicht so sicher.« Er seufzte. »Aber das ist mein Problem. Gehen wir zurück zu den anderen.«

Er blieb mit der Hand auf dem Türknopf stehen. »Eines Tages werde ich das alles bei dir wiedergutmachen, Steve«, sagte er. »Alles. Du warst mir immer ein guter Freund.«

Guter Freund. Ich dachte wieder an sein Versprechen; aber das war drei Jahre her, und ich hatte bis heute morgen nichts mehr von ihm gehört. Ich hatte mich auch damals, zwei Wochen, nachdem er es gegeben hatte, an sein Versprechen erinnert, an dem Tag, als ich in Spencers Büro saß.

Spencer starrte auf meine Rücktrittserklärung, die auf seinem Schreibtisch lag, dann sah er mich an. »Das ist doch nicht nötig«, sagte er.

»Ich halte es unter den gegebenen Umständen für das beste.«

»Du brauchst nichts weiter zu tun, als deinen Freund zu überreden, es nicht zum Prozeß gegen Ritchie kommen zu lassen.«

»Wie kann ich das, wenn ich in aller Ehrlichkeit der Ansicht bin, daß er das Richtige tut? Ich sagte bei der Aufsichtsratssitzung, daß ich von Erpressung nichts halte. Das hat sich nicht geändert.«

»Aber der Aufsichtsrat hat sich für einen Vergleich entschieden. Das einzige, was dem im Wege steht, ist Benjamins Weigerung. Wir sind sogar bereit, die gesamte Streitsumme zu bezahlen, um die Sache aus der Welt zu schaffen. Dann werden wir sie vergessen.« Er machte eine kurze Pause. »Und du kannst dies hier vergessen.«

»Nein«, sagte ich, »ihr werdet meiner Ansicht nach den Prozeß gewinnen. Aber ob das der Fall ist oder nicht, spielt keine Rolle. Bei meinem Entschluß bleibt es.«

Er erhob sich, ging zum Fenster und blickte eine Weile hinaus, dann drehte er sich zu mir um. »Würdest du deine Ansicht ändern, wenn ich jetzt in Pension ginge und du meinen Job übernehmen könntest?«

Ich spürte einen Schmerz in der Kehle. Ich wußte, was er mir anbot: Wenn er jetzt ging, würde er an meiner Stelle der Sündenbock sein.

»Nein«, sagte ich.

Er kam wieder zu meinem Stuhl und sah auf mich nieder. »Warum, mein Sohn?« fragte er leise.

Einen Augenblick lang konnte ich nicht sprechen, dann fand ich meine Stimme wieder. »Weil ich mir mein Leben davon hab versauen lassen, Dad. Und es macht mir keinen Spaß mehr.«

»Was wirst du also tun?« fragte er. »Du bist noch jung, nicht einmal vierzig.«

Ich erhob mich. »Ich gehe in mein Haus auf dem Hügel zurück«, sagte ich, »und will sehen, ob es mir gelingt, mit meinem Leben zurechtzukommen.«

Mit dem Leben zurechtkommen, das war wohl schon immer die Lösung. Aber so leicht war es nicht, diese Lösung zu finden, wenn man in einem Vakuum lebte. Und das hatte ich in den letzten drei Jahren getan, hatte irgend etwas erwartet und wußte nicht, was. Etwas, das meinem Leben einen Sinn gegeben hätte.

Ich wandte mich um und blickte zum Haus zurück; Denise kam die Treppe herunter ins Wohnzimmer. Sie ging auf Sam zu und sagte ihm etwas. Er nickte und stieg die Treppe hinauf.

Sie kam auf die Terrasse und sah mich an, in ihren Augen standen Tränen. Plötzlich beugte sie sich vor und gab mir einen Kuß. »Ich glaube, nun wird alles wieder gut«, sagte sie.

Ich lächelte ihr zu. »Das freut mich.«

»Junior kommt mit mir«, sagte sie, ging zurück ins Haus und stieg nach oben. Kurz darauf kam Junior die Treppe herunter. Ich starrte ihn überrascht an.

»Im ersten Augenblick hätte ich dich fast nicht erkannt.«

Er strich sich verlegen mit der Hand über das frisch rasierte Kinn. »Fühlt sich komisch an.« Er hatte sogar sein Haar gekämmt. »Ich gebe nicht auf«, sagte er schnell.

»Ich weiß«, sagte ich.

»Ich gehe wieder ins College, das ist jetzt nötig. Hast du die Filme im Fernsehen gesehen? Mensch, wer mitmachen will, muß aktiv sein!«

»Stimmt!« sagte ich.

»Ich fahre mit Mom zurück ins Hotel.« Er streckte mir die Hand entgegen. »Danke für alles, Steve.«

Ich schüttelte ihm die Hand. Kein »Onkel Steve« mehr, stellte ich fest. »Nichts zu danken«, sagte ich.

»Auch Ihnen danke ich, Miss Kardin«, sagte er, zu ihr gewandt.

Sie nickte lächelnd, und er lief wieder hinein und verschwand auf der Treppe. Wenige Minuten später hörte ich einen Wagen aus der Einfahrt fahren, und Sam kam ins Zimmer zurück.

Die vier Männer setzten sich zusammen und redeten. Nach einer kleinen Weile kam Dave auf die Terrasse heraus.

Er lächelte mir zu. »Sie sind alle mit deiner Idee einverstanden.«

»Gut!«

»Es wird klappen«, sagte er, »die Leute werden alles zusammenlegen. Sinclair wird die Rundfunk- und Schallplattengesellschaften einbringen, Sam bringt Samarkand und Johnston seine Verlags- und Tonbandfirmen; er wird auch die gesamte Finanzierungs- und Dachgesellschaft zur Verfügung stellen. Wenn das alles durchgeführt ist, wird daraus eine völlig unabhängige Tandemgesellschaft, von deren Aktien nicht mehr als fünfundzwanzig Prozent in ihren Händen bleiben, während der Rest zum freien Verkauf an die Öffentlichkeit gelangt. Sogar der Name, den du für die neue Gesellschaft vorschlägst, gefällt ihnen: Communications Corporation of America. Es wird das größte Unternehmen sein, das seit Ford an die Börse kommt.«

»Ausgezeichnet!« sagte ich.

»Nur einen Haken hat es.«

Ich wartete.

»Es ist deine Idee, und man ist der Ansicht, daß du der einzige bist, der sie verwirklichen kann.«

Ich schwieg.

»Sie haben mich zu dir geschickt, weil von allen dort drinnen nur ich unparteiisch bin.«

Da mußte ich grinsen; er war ungefähr so unparteiisch wie eine bestochene Jury. Er hatte dabei nichts zu gewinnen als große Einlagen.

»Ich glaube, du solltest es tun«, sagte er. »Schließlich wirst du ja eine große Beteiligung an den Unternehmen haben, wenn du deine fünfundzwanzig Prozent der Aktien von Samarkand und deine fünfzehn Prozent von Sinclair zusammenlegst. Du bist es dir schuldig, dafür zu sorgen, daß es klappt.«

Ich sagte immer noch nichts; nicht umsonst nannte man ihn den »Tüchtigen«, er war ein toller Verkäufer.

»Du sagtest, was du suchst, sei Freude; dies hier wird eine ganz neue Sache, und wenn du sie da nicht findest, dann nirgends.« Er machte eine Atempause und fuhr fort: »Du solltest es dir überlegen. Du brauchst nichts zu überstürzen. Die Leute drinnen werden auf deine Antwort warten.«

Ich blickte ihm nach, während er zurückging; dann wandte ich mich an Juramädchen, nahm mir schweigend eine Zigarette und zündete sie an.

Ich warf über die Schulter einen Blick ins Zimmer; die vier Männer hatten die Köpfe zusammengesteckt. »Sieh sie dir an«, sagte ich, »sie beraten schon, wie sie die Welt erobern werden.«

»Wenigstens keine langweiligen Menschen«, sagte sie.

»Sie sind zäh, hart und selbstsüchtig, das weißt du doch selbst.«

»Ja«, sagte sie, »aber ich weiß, daß zwei von ihnen, vielleicht sogar drei dich gern mögen.«

Ich sah sie an.

»Und auch du magst sie gern, selbst wenn du es dir nicht eingestehst.«

»Sie werden gegeneinander kämpfen, sie werden kratzen und beißen und versuchen, mich bei lebendigem Leib aufzufressen«, sagte ich. »Es sind Wilde.«

»Du weißt dich zu schützen. Wie Junior ganz richtig sagte: ›Wer mitmachen will, muß aktiv sein!‹«

»Du meinst also, ich sollte das annehmen?«

Sie antwortete nicht, sah mich nur an.

Ich drehte mich um und blickte auf Los Angeles hinunter. Es war spät, oder besser gesagt, früh am Morgen. Im Osten erschien das erste Licht der Morgendämmerung.

»Und wie steht es mit dir?« fragte ich.

»Ich fahre zurück nach San Francisco und lese über dich in den Zeitungen.«

»Und wenn ich dich bitte, hierzubleiben?«

Sie sah mir in die Augen. »Für zwei oder drei Tage?«

»Vielleicht für länger.«

»Ich könnte mich dazu verleiten lassen.«

Ich schwieg lange Zeit. »Bleib hier«, sagte ich. »Jetzt schicke ich die Leute erst mal fort.«

Dann ging ich ins Haus zurück und lieferte mich den Philistern aus.

[illegible]